भारतीय ज्ञान-परंपरा
वैभव और व्याप्ति

भारतीय ज्ञान-परंपरा
वैभव और व्याप्ति

सम्पादक

डॉ० दयानिधि मिश्र

डॉ० उदयन मिश्र

प्रलेक प्रकाशन

प्रलेक प्रकाशन

PRALEK PRAKASHAN

(an Imprint of ''PRALEK PUBLISHING HOUSE PVT. LTD.'')

मुख्य कार्यालय : 702, जे-50, ग्लोबल सिटी, विरार (वेस्ट), मुम्बई, महाराष्ट्र-401303

दिल्ली एनसीआर ऑफ़िस पता : 03/सी, ज्ञान खण्ड-4, इंदिरापुरम्, गाजियाबाद, उ.प्र.-201014

E-mail : pralek.prakashan@gmail.com

Website : www.pralekprakashan.com

दूरभाष : + 91 7021263557

भारतीय ज्ञान-परंपरा : वैभव और व्याप्ति : डॉ. दयानिधि मिश्र

Bhartiya Gyan-Parampara : Vaibhav Aur Vyapti

Dr. Dayanidhi Mishra

Dr. Udayan Mishra

ISBN : 978-93-5869-68-99

प्रथम सजिल्द संस्करण : 2026

आवरण एवं पुस्ततक सज्जा : प्रलेक स्टूडियो

(प्रलेक प्रकाशन का लोगो मिक्की पटेल की तूलिका से।)

संपादकीय

यह विसंगति ही कही जाएगी कि भारत में उद्‌भूत और विकसित हुई देशज ज्ञान-विज्ञान की विभिन्न परम्परायें अनेक कारणों से भारतीय जीवन से बहिष्कृत कर विस्मृत की जाती रहीं। भारत के इतिहास के औपनिवेशिक चरण में उसका यह कह कर तिरस्कार हुआ कि इनमें निहित सोच अवैज्ञानिक इसलिए दूषित और अहितकर है। उसे हाशिए पर रख कर भारत के लिए उसकी भलाई के नाम पर पाश्चात्य ज्ञान की ऐसी समझ परोसी गई कि आम जनों में भारतीय ज्ञान के प्रति उपेक्षा के भाव प्रबल हों। वस्तुतः भारतीय आचार-विचार तथा आदर्श और व्यवहार के लिए गौरव की जगह इनको अपनाने से अनावश्यक रूप से हीनता की भावना को बढ़ावा दिया गया। यद्यपि 1947 में राजनैतिक स्वतंत्रता तो मिली परंतु भ्रमवश और औपनिवेशिक मानसिकता के मन में घर करने के कारण विचारों के स्वराज को प्राप्त करने की दृष्टि से हम पिछड़ते गए।

यह सब तब हुआ जब इस बात के पर्याप्त प्रमाण निरंतर विद्यमान रहे हैं कि खगोल-विज्ञान, रसायन शास्त्र, आयुर्वेद और गणित जैसे आधारभूत आधुनिक वैज्ञानिक विषयों में भी यहाँ के मनीषियों ने सहस्त्रों वर्ष पूर्व जो ज्ञान अर्जित किया था वह वैश्विक स्तर पर अप्रतिम है। वैदिक ज्ञान अपने ढंग का अकेला है और आरम्भ में ही उत्कर्ष को व्यक्त करता है। साहित्य, कला, योग, शिल्प, भाषा-विज्ञान, दर्शन और संगीत आदि के अन्य क्षेत्रों में भी भारत की समृद्ध विरासत किसी को भी सहज में ही चकित कर देने वाली है। पाणिनि, कणाद, पतंजलि, चरक, सुश्रुत, आर्य भट्ट आदि के अवदान ज्ञान के विभिन्न क्षेत्रों में निकष सरीखे हैं। स्मरणीय है कि भारत के ज्ञान-परम्परा की विविधता और गहनता सुदीर्घ काल तक उसके समाज में व्याप्त जीवन दृष्टि, संस्थाओं और सांस्कृतिक मूल्यों में भी प्रतिध्वनित होती रही।

आज विश्व में विभिन्न देश पर्यावरण के विनाश, हिंसा और कलह आदि की जिन भीषण समस्याओं से जूझ रहे हैं उनके समाधान पर विचार करने पर भारतीय चिंतन की प्रासंगिकता प्रकट होती है। भारत में औपचारिक शिक्षा पश्चिम के माडल पर ही चलती रही। उसका प्रतिरोध और भारत की ज्ञान परम्परा को प्रतिष्ठित करने के प्रयास सीमित रहे हैं। इस क्रम में जिन आधुनिक

विद्वानों ने रुचि ली और उसके लिए प्रयास किया उनमें आचार्य विद्यानिवास मिश्र इस अर्थ में विशिष्ट हैं कि उन्होंने भारतीय चिंतन की व्याख्या और प्रस्तुति के लिए अनेक तरह के प्रयास किए जिसमें जन साधारण के साथ संवाद और शास्त्रीय विवेचन दोनों ही विद्यमान है।

आचार्य मिश्र की जन्म शती के अवसर पर चिंतन और विमर्श के आयोजनों की एक श्रृंखला का प्रकल्प आरम्भ हुआ। उसी क्रम में भारतीय ज्ञान परम्परा का विषय भी लिया गया। प्रस्तुत पुस्तक इसी विषय ओर केन्द्रित संगोष्ठी में प्रस्तुत हो रहे आलेखों का संकलन है। हमारा प्रयास था कि भारत की विविध ज्ञान परंपराओं को आधुनिक या समकालीन संदर्भ में प्रस्तुत किया जाय ताकि उसमें प्रवेश के लिए रुचि की अभिवृद्धि हो सके। यह संतोष का विषय है कि ज्ञान परम्परा के प्रमुख पक्षों को लेकर सुबोध ढंग से विचार रखने के अनुरोध को सुधी लेखकों ने स्वीकार किया। हम उन सभी लेखों के लिए उनके प्रति हृदय से आभारी हैं।

हमारा प्रयास इस प्रस्तुति को सर्वांगपूर्ण बनाने का था परंतु समय और संसाधनों की सीमा के चलते ऐसा न हो सका। यह प्रयास समग्र भारतीय ज्ञान परम्परा को समर्पित तो है परंतु अनेक पक्ष अभी भी छूट गए हैं। ज्ञान का महोदधि जितना विशाल है उस दृष्टि से यह प्रयास निश्चय ही अपर्याप्त है। हमारा प्रयास रहेगा कि अन्य पक्षों को भविष्य में प्रस्तुत किया जाय।

यह महत्वाकांक्षी योजना विद्वान लेखकों की रुचि, सदिच्छा और प्रयास द्वारा ही सफल हो सकी। पुस्तक के प्रकाशन के अवसर पर मैं सभी लेखकों के प्रति कृतज्ञता ज्ञापित करता हूँ। इस पुस्तक को अन्तिम रूप देने में प्रो० गिरीश्वर मिश्र का अप्रतिम योगदान रहा, इसके लिए उन्हें स्नेहाशीष। सम्पादन में सक्रिय सहभागिता के लिए डॉ० उदयन मिश्र को आशीष। इसके प्रकाशन के लिए श्री जितेन्द्र पात्रो के प्रति भी मैं आभारी हूँ जिन्होंने रुचिपूर्वक त्वरित ढंग से प्रकाशन कार्य पूरा किया।

दयानिधि मिश्र
सचिव
विद्याश्री न्यास
वाराणसी

अनुक्रम

■

सा विद्या या विमुक्तये

विद्यानिवास मिश्र

कर्म न ज्ञान का विरोधी है और न ही ज्ञान कर्म का। दोनों एक-दूसरे के सहायक हैं। कर्म की शुद्धता के बिना ज्ञान की शुद्धता सुनिश्चित नहीं होती, न ज्ञान की शुद्धता के बिना कर्म की शुद्धता ही संभव होती है। ज्ञान का भारतीय परंपरा में अर्थ जानना मात्र नहीं है, विद धातु से कई शब्द बनते हैं— वेद प्रकाशमय ज्ञान की राशि, विद्या, विद्यमान (= वर्तमान), वित्त (= धन)। इसका अर्थ यह हुआ कि ज्ञान या ज्ञान की प्रक्रिया या शाखा के रूप में विद्या का बहुत व्यापक अर्थ है। आचार्य पतंजलि ने विद्या की तब तक उपयोगिता नहीं मानी है, जब तक वह चार प्रक्रियाओं से सम्पुष्ट न हुई हो। ये चार प्रक्रियाएँ हैं, अध्ययन, मनन, प्रवचन और प्रयोग। अध्ययन का अर्थ है जिज्ञासु होकर उचित गुरु के पास जाना, विनयपूर्वक उनसे शिक्षा ग्रहण करना। शिक्षा केवल अक्षर की ही नहीं होती, हर एक कौशल की, हर एक कला की होती है और सिखाने वाले केवल साक्षर व्यक्ति ही नहीं होते, गाड़ी हाँकने वाले रैक्व जैसे गंवार भी राजा को शिक्षा दे सकते हैं, काशी का चांडाल श्री शंकराचार्य को शिक्षा दे सकता है, सच्चकिरिया (सत्यक्रिया) की प्रक्रिया बुद्धवचन के ही अनुसार उनके अलावा एक वेश्या उस समय भी दे सकती थी, अध्ययन का अर्थ सीखने के लिए अच्छे सिखाने वालों के पास जाना है और उनके साथ रहकर सीखना है। भारतीय शिक्षा प्रणाली गुरु को ही संस्था मानती रही है।

अध्ययन के बाद है मनन। जो कुछ भी सीखें, उस पर मनन करें, मनन करने की प्रक्रिया में दो बातें आती हैं, एक अपने से पूछना, अपने से उत्तर पाना, दूसरी बात है संगति बिठलाना-समस्त उपलब्ध ज्ञान के बीच और ज्ञान तथा आस-पास के जीवन के बीच। उपनिषद् की प्रसिद्ध कथा है, देव, मनुष्य और असुर तीनों ने तप किया, ब्रह्मा प्रसन्न हुए और तीनों को शिक्षा दी- द द द। प्रत्येक से पूछा क्या समझे? प्रत्येक ने पहले उत्तर दिया, हम नहीं समझ पाए। बाद में प्रत्येक ने अपने आप मनन करके अपने लिए अलग-अलग संदेश पाया। देवता ने सोचा-हमसे कहा है—दाम्यत, दमन करो, भोग पर

नियंत्रण करो, क्योंकि हमारा स्वभाव बहुत भोगात्मक हो गया है। मनुष्य ने सोचा कि हम बड़े लोभी और परिग्रह के प्रति आसक्त हैं, हमसे कहा है दत्त, दो, वस्तुओं के प्रति अपनी ममता छोड़ो, वस्तु दो। असुरों ने सोचा कि हमसे कहा गया है कि दयध्वम् दया सीखो, हम बहुत क्रूर हो जाते हैं। इस प्रकार मनन से तीनों ने अपने लिए अलग-अलग शिक्षा ग्रहण की। इस कहानी पर हम मनन करेंगे, तो हमें लगेगा कि कि तीनों शिक्षाएँ मनुष्य के लिए हैं, क्योंकि उसमें देव, मनुष्य और असुर तीनों निवास करते हैं, (ये तीन गुणों, सत्व, राजस, तमस के ही वाचक है), इन तीनों की कुछ सहज प्रवृत्तियाँ होती हैं, उनके ऊपर काबू पाना चाहिए।

मनन के बाद है प्रवचन। जो सीखा, जिस पर मनन किया, उसकी परख सिखाने से होती है, क्योंकि सिखाते समय जो प्रश्न सीखने वालों के द्वारा उभारे जाते हैं, वे सीखी हुई विद्या का विस्तार करते हैं, प्रश्नों से ही अधिगत ज्ञान में गति आती है। हमारी ज्ञान-परंपरा बराबर प्रश्नों के समाधानों के रूप में आगे बढ़ी है। उपनिषद् प्रश्नोत्तर है, गीता प्रश्नोत्तर है, बुद्ध के वचन भी प्रश्नों के अधिकतर समाधान ही हैं।

आचार्य पतंजलि ने चिंतन की शैली ही ऐसी बनाई जिसमें विस्तृत व्याख्या करते समय शंका अपने आप उठाई जाती है, एक समाधान दिया जाता है, वह उतना संतोषजनक नहीं होता, अंत में सबसे सटीक समाधान दिया जाता है। यही पद्धति समस्त शास्त्रों की पद्धति हुई। पहले एक स्थापना दी जाती है, फिर पूर्वपक्ष उठाया जाता है, इस स्थापना में ये दोष हैं। दोषों का परिहार प्रस्तुत किया जाता है। उस परिहार में भी दोष निकाले जाते हैं। स्थापना प्रत्येक समाधान में परिष्कृत होती चलती है। अंत में शास्त्रकार सबसे उचित समाधान देते हुए स्थापना का अत्यंत परिष्कृत रूप रखता है। आगे आने वाले चिंतक उस परिष्कृत समाधान का और परिष्कार करते हैं। परिष्कार की इस अनवरत प्रक्रिया में भाषा की मंजाई तो होती ही है, विचारों की स्पष्टता भी सुनिश्चित होती चलती है। जहाँ कहीं कोई अर्थ इकहरा न होकर दुहरा है और केवल एक और सही अर्थ देना अभिष्ट है, वहाँ उस अर्थ का वहन करने वाली भाषा माँजी जाती है और विचार भी प्रखरतर बनाए जाते हैं। इस तरह से प्रवचन केवल गुरु-शिष्य संवाद ही नहीं है, अपने आप में भी प्रश्नों और उत्तरों की कल्पना का अभ्यास है। प्रवचन में ये सभी बातें सन्निविष्ट है। अंत में आता है प्रयोग। कालिदास ने कहा है—

आपरितोषाद् विदुषां न साधु मन्ये प्रयोगविज्ञानम्।
बलवदपि शिक्षितानामात्मन्यप्रत्ययं चेतः ॥ — मालविकाग्निमित्र

प्रयोग का विज्ञान मैं तब तक ठीक नहीं मानता, जब तक विद्वान भली-भाँति परितुष्ट न हो जाए। कितनी भी कठिन अभ्यास प्रक्रिया से कोई विद्या क्यों न सीखी गई हो, सीखने वालों को अपने ऊपर विश्वास नहीं होता है। इस श्लोक से दो संकेत मिलते हैं कि हमारे यहाँ प्रयोग विज्ञान है। प्रयोग का अर्थ है प्रकृष्ट योग। योग तो अपने शरीर, मन, वचन, संतुलन तक सीमित रहता है, प्रयोग दूसरों के शरीर, मन, वचन से योग स्थापित करता है। साथ ही प्रयोग परीक्षण है। वस्तुओं के स्वभावों का निरीक्षण करके उनके स्वभाव की विविधता का कुछ सामान्य कोटियों में वर्गीकरण है। पुनः उनकी ऐसी प्रस्तुति है कि प्रत्येक व्यक्ति को, जो उसे पढ़ता देखता, सुनता है, स्वभाव की विलक्षणता का ठीक-ठीक ज्ञान हो सके।

तुलसीदासजी ने भी कहा है, उपजहिं अनत अनत सुख लहहीं। (अन्यत्र उपजते हैं, अन्यत्र शोभा पाते हैं, रचता कोई है, पर रचना ग्राहक को अच्छी लगती है, तभी शोभा पाती है)। तुलसीदास की बात हर रचना पर लागू होती है और शिक्षा भी रचना ही है।

प्रयोग का तीसरा अर्थ भी है, आचरण में उतारना। पर उपदेश कुसल बहुतेरे। जे आचरहिं ते नर न घनेरे। तुलसीदास की इस उक्ति में यही बात रेखांकित की गई है कि आचरण में न उतारें, तो समस्त अद्वैत पाखंड हो जाता है। सर्वभूतहित की बात उपहास हो जाती है। प्रयोग बाह्य प्रयोग तो है ही, वह समस्त विधाओं का चरम परीक्षण है। व्याकरण पढ़ लिया और व्याकरण के नियमों को अपनी ही भाषा के तत्वों पर घटा न सकें, तो व्याकरण ज्ञान व्यर्थ है। प्रश्न ज्योतिष पढ़ा और मुट्ठी में अंगूठी रखकर पूछा गया कि क्या है? प्रयोग में अनभिज्ञ ज्योतिषी ने बतलाया, गोल है, बीच में खाली है, पत्थर है पर निष्कर्ष निकाला चक्की है। सामान्य ज्ञानवाला व्यक्ति भी जानता है कि चक्की मुट्ठी में नहीं बंद होगी। ज्योतिषी केवल शास्त्र जानता था, उसको प्रयोग से पुष्ट नहीं किया था। प्रयोग और कुछ नहीं, जीवन को खुली आँख से देखना है और शास्त्र को इस जीवन में प्रमाणित करना है। हमारी चिंतन परंपरा जब से प्रयोग से अलग हुई, तब से इसकी गतिशीलता क्षीण होती गई। ज्योतिषी ने नक्षत्रों का निरीक्षण करना छोड़ दिया। वैयाकरण ने भाषा के बदलते स्वरूप को ध्यान से देखना छोड़ दिया। वास्तुशास्त्री ने निर्माण-कार्य छोड़ दिया। नाट्यशास्त्रवेत्ता ने नाटक करना छोड़ दिया। इसी प्रकार दर्शनशास्त्री ने नई ज्ञान सामग्री का परीक्षण छोड़ दिया। इसलिए शास्त्रों की बोधकता कुछ कुहासे के भीतर धुँधली हो गई। पश्चिम के ज्ञान से आतंकित हुए बिना उसे समझना और उसकी क्षमता-अक्षमता को समझना हमारी

विद्याओं के विकास के हित में है। हम अपनी विद्याओं को प्राच्य या प्राचीन मानकर भी अलग रख रहे हैं, यह न केवल अपनी विद्याओं के लिए घातक है, यह पश्चिमी विद्याओं के लिए भी घातक है। हमारा मन–मस्तिष्क खुला रहा है। अब भी खुला रहना चाहिए। तभी हम अपने स्वरूप की सही पहचान कर सर्वत्र और अपने ज्ञान का सही उपयोग अपने देश के हित में और विश्व के हित में कर सकेंगे।

हमारे यहाँ ज्ञान–प्रक्रिया एकांतिक नहीं रही है, एतावदिति निश्चिता: (यहीं तक सबकुछ है, ऐसा आसुर बुद्धिवाले ही माने बैठे रहते हैं)। इसीलिए हमारे यहाँ गुरु शिष्य से पराजित होने में अपनी जीत और अपनी सार्थकता मानते हैं। वे यह जानते हैं कि ज्ञान यात्रा मुझ तक ही समाप्त नहीं होनी चाहिए, यह आगे जानी चाहिए। इसके लिए तैयार होना चाहिए कि सत्य की कसौटी बड़ी निर्मम होती है। इसे देखना हो, तो महाभारत पढ़ें और द्रौपदी और गांधारी के प्रति श्रीकृष्ण के निर्मम वचन पढ़ें, युधिष्ठिर के स्वर्गारोहण के अवसर पर अपने भाइयों और द्रौपदी के बर्फ में गिरते जाने पर कठोर सत्य वचन पढ़ें। सत्य की खोज ही ज्ञान का मुख्य प्रयोजन है। इसीलिए श्रीकृष्ण ने गीता में कहा है कि ज्ञान की आग सभी कर्मों को भस्म कर देती है। ज्ञान को आग कहने का अर्थ केवल यह नहीं है कि वह जलाता है, वह केवल दाहक है, आग कहने का यह भी अर्थ है कि वह प्रकाशक है, एक–दूसरे के चेहरे की पहचान कराता है, एक–दूसरे को सन्निकट लाता है, एक–दूसरे को बातचीत के लिए उकसाता भी है, वह आत्मीयता का बोध कराता है। वह अपने चारों ओर घिरे अंधकार का भयमात्र नहीं दूर करता, वह उन आतंकों को भी दूर करता है, जो दूर से हिंस्र पशुओं से सम्भावित होता है। ये हिंस्र पशु हैं काम, क्रोध, लोभ, मोह, मद, मात्सर्य। इसीलिए विद्या को विमुक्ति दिलाने वाली कहा गया, केवल मुक्तिदायिनी नहीं।

ऐसी विद्या सोपानों के द्वारा सीखी जाती है। पहले सीमित वस्तुओं को समझने के लिए सीमित ज्ञान आवश्यक होता है। रेखागणित के सिद्धांत परिभाषा से अशुद्ध बिंदु और रेखा से सीखे जाते हैं, क्योंकि शुद्ध बिंदु और शुद्ध रेखा मूर्त रूप में बनेंगे नहीं, वे अवधारणाएँ हैं। अवधारणा साध्य है, साधन नहीं बनाई जा सकती। हमारे यहाँ न्याय, वैशेषिक, मीमांसा परम ज्ञान के पहले सोपान हैं, सांख्य–योग दूसरे सोपान हैं और वेदांत अंतिम सोपान है। न्याय, वैशेषिक, मीमांसा और सांख्य और योग दर्शनों में बहुत्व स्वीकार किया गया है। इस बहुत्व को व्यावहारिक स्तर पर समझना आवश्यक है। इसकी उपेक्षा करने से एकत्व का ज्ञान पूरा नहीं होगा।

पहले हम द्रव्यों को वस्तु के रूप में समझते हैं, और अव्यक्त आत्मा को भी उसी तरह द्रव्य मानते हैं, जैसे काल, दिक् और आकाश को। इसके बाद हम द्रष्टा और दृश्य के रूप में दूसरे सोपान में विभाजन करते हैं। जब द्रष्टा का ज्ञान हो जाता है, तो अंतिम सोपान में हम द्रष्टा-दृश्य में अंतर मिटा देते हैं। इस प्रकार हम उपनिषद के शब्दों में—

अविद्यया मृत्युं तीर्त्वा विद्ययामृतमश्नुते।

अविद्या के द्वारा हम मृत्यु का संतरण करते हैं। अविद्या अर्थात् सीमित ज्ञान हमें केवल वहीं तक पहुँचाती है, जहाँ हम यह जान पाते हैं कि मृत्यु अंत नहीं है, खंडित सत्य सत्य नहीं है। परंतु असीमित ज्ञान अर्थात् विद्या के द्वारा यह संभव होता है कि अमृत तत्व के आस्वादक बनें। अखंड सत्य अखंड आनंद है। दु:ख से मुक्ति होगी, विमुक्ति नहीं है। आनंद की प्राप्ति दुरूख-सुख से परे निर्बाध अनंत आनंद की प्राप्ति ही विमुक्ति है।

हमारी सभी विद्याएँ, ज्ञानधाराएँ इसलिए एक-दूसरे की उपकारक हैं, क्योंकि ज्ञान समावेशक है। उनमें आपस में विरोध नहीं, जैसा कि भ्रमवश समझा जाता है। जो एक दर्शन से दूसरे में, एक चिन्तक से दूसरे चिंतक में मतभेद और खंडन-मंडन दिखाई देता है, उसका तात्पर्य यही है कि अखंड को समझने के लिए खंड-खंड अलग करके समझना आवश्यक है। एक खंड को समझने के लिए दूसरे खंड से अलग-अलग वैशिष्ट्य समझना आवश्यक है। श्रमण और वैदिक विचारधाराओं में विरोध की बात की जाती है। श्रमण विचारधारा में शास्त्रों की विद्रोही विचारधारा की बात की जाती है। लोग यह नहीं सोचते कि वैचारिक टकराव टकराव नहीं है, वह सत्य को समझने का अभ्यास है। देखना यह चाहिए कि क्या जीवन-पद्धति में टकराव है? वहाँ तो सामान्य भूमि है ही। प्रात: काल से दूसरे प्रात: काल तक दैनन्दिन जीवन एक-सा है, विरक्त परिव्राजकों के लिए आदरभाव एक-सा है, ज्ञान सीखने की गुरु-शिष्य परंपरा एक-सी है, भक्ति भाव और उसकी बाह्य और आभ्यन्तर अभिव्यक्ति एक-सी है, योग का अनुशासन एक-सा है, कर्मवाद एक-सा है। यह स्वीकार भाव भी एक-सा है कि प्रत्येक को अपनी रुचि के अनुसार परम सत्य के अनुसन्धान का मार्ग वरण करने का अधिकार है। यदि ऐसी बात है, तो यही भाव पश्चिम की ज्ञान-पद्धति और साधना-पद्धति के प्रति भी होना हमारी परंपरा की दृष्टि से सहज है। संकोच पश्चिम के लोगों को हो सकता है, क्योंकि अभी भी चार सौ वर्षों की औपनिवेशिक मनोवृत्ति से उनकी मुक्ति नहीं हुई है, हमारी तो विमुक्ति पहले ही हो चुकी है। विश्व को ज्ञान के इस विमोचक रूप को आज नहीं, तो कल पहचानना ही होगा कि

सभी ज्ञान में यह क्षमता होनी चाहिए कि अपना कहा जाने वाला सब कुछ ज्ञात होता, चला जाए, पर मनुष्य की ज्ञान-यात्रा ठीक राह पर चलती रहे। जो चिंतन परंपरा ईश्वर को माया से ढंका कह सकती है और इसे चरम सत्य नहीं स्वीकार करती है, तथागत को भी संवृत्ति मानकर अवास्तविक मान सकती है, वह कभी क्षीण नहीं होगी। जो शुद्ध ज्ञान की परिभाषा यह मानता है कि—

सर्वभूतेषु येनैकं भावमव्ययमीक्षते।
अविभक्तं विभक्तेषु ज्ञानं तद्विद्धि सात्विकम्॥

वही ज्ञान शुद्ध ज्ञान है, तो समस्त प्राणियों में, समस्त पृथ्वी, जल, अग्नि, वायु, आकाश, पंचमहाभूतों में, समस्त सत्ताओं में एक न चुकने वाला भाव जो है, उससे कुछ अलग होने का भाव, जो जानना चाहते हैं, वह होने का भाव देखता है और जो विभक्ति विलग दिखने वाले पदार्थों में एक अविभक्त (संपूर्ण, अखंड) भाव देखता है। वह स्वयं भी कभी चुकेगा नहीं, वह अव्यय बना रहेगा, भले वह सीमित अर्थ में कुछ कम शक्तिशाली दिखे। इस सात्विक शुद्ध ज्ञान की आवश्यकता आज के खंडित और परस्पर अविश्वासी, परस्पर भयभीत संसार में जितनी है और दिनोंदिन जितनी और बढ़ती जाएगी, उतनी कभी न रही होगी। भयंकर जकड़न के बीच विमुक्ति अधिक जोरदार होती है। वह जकड़न चतुर्दिक हैं, जड़ वस्तुओं की नहीं, जड़ वस्तुओं के साथ जुड़ाव की जकड़न और पीड़ा दे रही है। वही आशा है नए या अपने पुराने ज्ञानोदय की।

■

भारतीय चिन्तनधारा : प्रयोजन और प्रासंगिकता

विद्यानिवास मिश्र

भारतीय चिन्तनधारा की इतनी अपरूप व्याख्यायें हुई हैं कि उसके चारों ओर एक धुन्ध छा गयी है। हमारे मन में भी वह धुन्ध एकांगी शिक्षा की अवकृपा से फैल चुकी है। जो आलोक-कनियाँ उस धुन्ध को काटने के लिए प्रक्षेपित भी होती हैं, वे अलग नया प्रभाभास पैदा कर रही हैं। मुझे लगा कि अधकचरा ही ज्ञान सही, अपना परम्परा के साथ थोड़ी-बहुत सम्पृक्तता के कारण आये अचेतन संस्कार से सही, मेरे सामने एक नक्शा उभरता है, उसे मैं उतार दूँ। उसके बारे में चर्चा होगी, इसमें कुछ जोड़ने-घटाने के सुझाव आयेंगे। उसकी जगह अलग नक्शा ही बनाने के मूर्त्त सुझाव आयेंगे, मेरा प्रयोजन सिद्ध हो जायेगा। यह तो हुआ भारतीय चिन्तनधारा की बात किसलिए, इस प्रश्न का समाधान।

हिन्दू चिन्तनधारा भारतीय चिन्तनधारा का मुख्य उपादान है विभिन्न विचारधाराओं से कुछ टकराव, कुछ विनिमय, कुछ अनुकूलन आदि प्रक्रियाओं से हिन्दू चिन्तनधारा धीरे-धीरे भारतीय चिन्तनधारा बन गयी है इसी को उलटकर कहें कि जिसे आज हिन्दू चिन्तनधारा के रूप में देश के मूल स्वभाव से अलग माना जा रहा है, उसी को और जीवन्त तथा समग्र बनाने का यह उपक्रम अपराध नहीं कहा जा सकता। एक बात और, प्राचीन काल में हमने तो अपने धर्मशास्त्र का नाम भारतीय ही नहीं रखा, केवल मानव धर्मशास्त्र रखा। हमारे आदिकवि ने संस्कृतभाषी के लिए ही नहीं, भारतीय के लिए ही नहीं, अयोध्यावासी के लिए ही नहीं, समस्त लोक के लिए राम का सम्पूर्ण चरित चित्रित किया। हमारी प्राचीनतम ज्ञानराशि वेद में कहीं भी किसी नस्ल के देवकृपाधिकारी को मानने की बात नहीं आयी। हमारी बात तो सर्वदा यही रही कि—

तस्य भासा सर्वमिदं विभाति
तमेव भान्तमनुभाति सर्वम्।

उन्हीं के प्रकाश से सब प्रकाशित है, उन्हीं के प्रकाशित होने पर सब उनके प्रकाश से प्रकाशित होते हैं। हिन्दू नाम भी धर्म के पहले नहीं जुड़ा।

जातियों, कबीलों की चर्चा भी आयी तो इस रूप में कि हे पृथिवीमाता, तुम्हारी गोद में नाना प्रकार के आचार-विचारवाले, नाना प्रकार की भाषा बोलनेवाले पलते हैं, आपस में खेलते हैं, लड़ते हैं, फिर मिलते हैं, क्योंकि मिलानेवाली तो एक तुम्हीं हो न। ऐसी दशा में भारत नामक वैचारिक भूगोल में चिन्तनधारा का विस्तार हुआ। उसके साझीदार दूर-दूर के लोग प्राचीनकाल में तो हुए ही, आज भी हो रहे हैं। इस चिन्तन में भारतीय भूगोल के बाहर के बहुत-से लोगों का अवदान है। शापेनहॉर, एमर्सन, थरो, येट्स, हंबोल्ट, शेरेवात्स्की, योकोब्सन, बेटी हाइमान, हाइनरिख त्सिमर स्टेला्रमरिश, एरिख फ्रॉम, फ्रित्ज काप्राय आदि अनके विद्वानों ने इस चिन्तन की व्याख्या में नयी कड़ियाँ जोड़ीं, क्या यह उनकी नहीं है? हम भारतीय चिन्तनधारा नाम इन सबको समेटनेवाली और आगे बढ़नेवाली चिन्तनधारा को देना चाहते हैं। अपने को हिन्दू कहने में मुझे गर्व है कि हिन्दू होने के कारण दूसरों के विचारों को समझने की मुझमें तितिक्षा है, मुझमें एक सहज स्वीकारी भाव है, जो किसी को पराया नहीं समझता, परन्तु इसका यह अर्थ कैसे होगा कि हिन्दू कहने वाला व्यक्ति भारतीय कीबात करने का समावेशक भारतीय अवधारणा की बात करने का अधिकारी नहीं?

स्व० सम्पूर्णानन्दजी कहा करते थे 'विज्ञान के नाम पर अपनी ज्ञान की धरोहर को एकदम खारिज कर दिया जाय, यह भी अन्धविश्वास का ही प्रकार है, क्योंकि सही विज्ञान तो परीक्षण के आनन्तर ही निष्कर्ष निकालता है। अपनी परम्परा निरन्तर जाँच की परम्परा रहीहै, उसे जाँचें, उस जाँच में कुछ त्याज्य पायें, उसे छोड़ दें, यह तो समझ में आता है। पर यह कहाँ की बुद्धिमानी है कि पूरी-की-पूरी परम्परा को बेकार घोषित कर दें, नये विचारों, नयी विकास-पद्धतियों के नाम पर।' स्व० सम्पूर्णानन्द जी के कथन की आज भी उतनी ही संगति है, आज विशेष संगति है, क्योंकि वे दूसरी चिन्तनधाराएँ भी विकल्पों की तलाश करने लगी हैं, जिन्हें हम अपना चरम प्रमाण मान रखा है। उनके कहने पर हम अपने प्राप्त विकल्प की स्वयं जाँच-पड़ताल करें, इसके पहले ही अपनी देशी चिन्तनधारा का पुनश्चिचन्तन क्यों न किया जाय? मेरी समझ में पुनश्चिन्तन की प्रक्रिया तीव्र होनी चाहिए। इसकी तीव्रता हमारे देश की प्रतिभाशाली आत्मन्थन परम्परा ही प्रमाणित करेगी।

भारतीय चिन्तनधारा के बारे में उसकी प्रासंगिकता तो ले कर कुछ प्रश्न उभर रहे होंगे, विशेष रूप से शिक्षित लोगों के मन से। पहला प्रश्न तो यही होगा कि आज कहीं यह विचारधारा है भी? इतनी अधिक घृणा, इतना अविश्वास, इतनी अकारण हिंसा, इतनी संग्रह-वृत्ति, इतना वस्तुओं से

चिपकाव, इतनी संकीर्णता, इतना अन्धविश्वास, इतनी जड़ता, यही सब क्या भारतीय चिन्तनधारा है? कहाँ है अद्वैत जब जाति-जाति के बीच ही नहीं, उपजाति और उपजाति के बीच भेद ही नहीं, परस्पर दुराव भी है? कहाँ है सर्वात्मभाव, जब पुण्य का कार्य भी अपने निज के पारलौकिक लाभ और उससे अधिक लौकिक प्रतिष्ठा के लिए किया जाता है? कहाँ है सत्य की खोज की चिन्ता, जबकि हम असंख्य झूठों को गर्व से जीते जा रहे हैं? कहाँ है वह समग्र की समरसता की बात करनेवाला रागबोध, जब हम उत्सव के दिन दूसरे के कान के ज्वर बनने में दर्प का अनुभव कर रहे हैं और अपरूप प्रकाश के प्रदर्शन और आक्रामक चीत्कार के द्वारा अस्मिता का बोध कराते हैं?

ये प्रश्न मुझे नहीं बींधते, ऐसा नहीं। मैं प्रतिक्षण इन प्रश्नों की चुभन अनुभव करता हूँ। इनके समाधान के लिए अवतारी पुरुष की प्रतीक्षा करने का धीरज भी मुझमें नहीं है। मुझे लगता है, प्रत्येक प्रश्न का समाधान मुझे स्वयं अपने लिए अपने प्रयत्न से पाना होगा और मुझे इसी जड़ या स्थगित-सी लगती हुई विचारधारा के साथ अधिक तादात्म्य होकर पाना होगा। क्या मेरे परिवेश में कुछ भी नहीं बचा है, इस विचारधारा का? देखता हूँ तो थोड़ी आशा होती है। सामान्य जीवन में जाति-द्वेष की लपटों के बीच भी कातिक और माघ में नहाने वाली स्त्रियों की भीड़ से समवेत स्वर में जुड़वा देने वाले कुछ बोल निकलते हैं—'रघुवर सँ जाब हम न अवध माँ रहिबै (राम के साथ हम भी वन चलेंगी, अवध में, राम से सूनी अयोध्या में नहीं रहेंगी)'। आज भी पुत्रजन्म में मंगलगीत में विश्वमंगल का साकार रूप प्रस्तुत होगा—

कुववाँ खोदाये कवन फल हे मोरे साहब,
झोंकवन भरै पनिहारिन तबै फल होइहैं।
बगिया लगाये कवन फल हे मोरे साहब,
राहिबाट अमवा जे खइहैं तबै फल होइहैं।
पोखरा खनायै कवन फल हे मोरे साहब,
गउआ पियैं जुड़ पानी तबै फल होइहैं।
तिरिया के जनमे कवन फल हे मोरे साहब,
सन्तति जनम जब लेइहैं तबै फल होइहैं।
पुतवा के जनमे कवन फल हे मोरे साहब,
दुनिया आनन्द जब होइहैं तबै फल होइहैं।

गीत का अभिप्राय है कि कुआँ खुदवाना तभी सार्थक है जब भीड़-की-भीड़ पनिहारिनें उसमें से पानी भरें। बाग लगाना तभी सार्थक है जब राही-बटोही उस बाग के आम खायें और तृप्त हों। पोखर खुदवाने का अर्थ

भी तभी है जब पशु उसका ठण्डा पानी पियें। स्त्री का जन्म भी तो तभी सार्थक है जब वह माँ बने। पुत्र का जन्म भी तभी सार्थक है जब वह संसार के लिए आनन्द बने। परार्थ जीवन ही जीवन है, यह सन्देश अभी कहीं-न-कहीं से मिलता रहता है और निपट स्वार्थ में सने लोगों को भी कचोटता रहता है।

अब भी अनचाहे ही सही, धरती से, धरती की फसल से और उस फल में हिस्सा पाने वाले पशुओं-पक्षियों से मनुष्य का रिश्ता टूटा नहीं है। अब भी हरी फसल काटना या चराना गाँव में पाप माना जाता है। धींगामुश्ती दिखाने के लिए कोई गरीब की या दुश्मन की हरी फसल चरा दे तो उसका आतंक कितना भी छा जाय, वह व्यक्ति लोक की प्रीति का पात्र नहीं हो पाता। उसके तथाकथित धार्मिक कार्य भी उसे पवित्र नहीं कर पाते।

अब भी कुछ ही घरों में सही, कुछ ही अवसरों पर सही, कुछ समग्र चित्र भीत पर, फर्श पर उकेरे जाते हैं जिनमें दो पक्षी एक-दूसरे की ओर देख रहे हैं, एक छायादार फलदार वृक्ष की ऊँची फुनगी पर बैठे हुए हैं, ऊपर चाँद-सूरज-सितारे हैं, आजू-बाजू गाय-बछड़ा, गृहस्थी के सामान, किनारों पर फूलों से लदी बेल, तरह-तरह के घर के व्यापारों में रत स्त्री-पुरुष, एक तरह से पूरा सीधे अनुभव में हा रहा विश्व अंकित रहता है। गीतों में भी कोयल, सुग्गा-सुग्गी, पपिहरा, मोर बोलते रहते हैं। प्रकृति अब भी मानवीय रिश्तों में बँधी हुई है, कहानियों में, विशेष करके पर्वों-त्योहारों को कहानियों में समस्त लोक के मंगल की आकांक्षा किसी-न-किसी कथानक रूढ़ि के व्याज से कभी नेवला सहायता करता है, कभी पेड़ पर बैठी चिड़िया दुर्गम राह पार कराती है, कभी साँप मित्र बन जाता है, कभी नदी मित्र बन जाती है और हर कहानी की फलवृत्ति यही होती है—जैसे उनके दिन बहुरे (लौटे) वैसे सबके दिन बहुरें (लौटें)। इसमें सबके सुख की वापसी की कामना की जाती है। भारत की स्त्रियाँ सबसे अधिक आज भी मंगलकातर होती हैं और घर में कोई गलत काम करता है तो चिन्तित हो जाती हैं, किसी का भी अहित हो जाता है तो चिन्तित हो जाती हैं, जाने इसका क्या फल बच्चों को भुगतना पड़े। इसीलिए आज भी अकारण हिंसा के साथ-साथ अकारण करुणा की भी सच्ची कहानियाँ सुनने को मिल जाती है। आज भी उस भावना की प्रबलता जहाँ है वहाँ शरणागत दया का पात्र नहीं होता, वह अपना विशिष्ट स्वजन होता है। आज भी मामूली रिक्शेवाला दिन-भर उस सवारी की तलाश करता है जो थैला रिक्शे पर छोड़ गया है, अपना हर्ज भी करता है, पर सवारी से (जिसकी बहुत बड़ी रकम मिल जाती है) एक पैसा पुरस्कार नहीं लेना

चाहता है। ये सकारात्मक पक्ष विरल होते हुए भी हैं और इनका मूल्य है, यह बहुत बड़ी आशा का बीज है।

एक दूसरा प्रमाण मिलता है भारतीय मूल के बाहर बसे लोगों के जीवन में। वे जहाँ हैं, वहाँ संघर्ष से, धैर्य से और परिश्रम से आगे बढ़े, उन्होंने अपनी अस्मिता रखते हुए आसपास के भिन्न स्वभाव-संस्कारवाले समाज से सामंजस्य भी साधने का प्रयत्न किया। इसी का परिणाम है बिना किसी अभियानात्मक प्रचार के पश्चिम का संसार पुस्तकों के द्वारा तो कम पर भारतीयों की जीवन-पद्धति के निरीक्षण द्वारा भारतीय विचारधारा की ओर आकृष्ट हो रहा है। अनेक विद्वान् अब उपनिवेशवादी भारतीय अवधारणा की विकृति समझने लगे हैं। वे भारत की दृष्टि से भारत को नये सिरे से तलाशने लगे हैं, क्योंकि उन्हें लगने लगा है कि दूसरी नस्लों से गोरी नस्ल को श्रेष्ठतर मानकर उन दूसरी नस्लों की जीवन-पद्धति की अवज्ञ कुछ महँगी पड़ेगी। आर्थिक प्रसार के हित में भी शायद यह नहीं होगा कि इतने बड़े समूह और इतने संस्कार सम्पन्न समूह की आकांक्षाओं की चिन्ता न की जाय। यही नहीं, पश्चिम को सोलहवीं-सत्रहवीं सदी से राजनैतिक और औद्योगिक अग्रगामिता तो प्राप्त हुई, पर पश्चिम का आदमी कहीं कद में छोटा होता गया। अमेरिका में मूल निवासियों के उन्मूलन का अपराध-बोध कुछ मुखर होने लगा है। प्रभुता (हैविंग) का जीवन-दर्शन थोथा लगने लगने लगा है, भले ही अभी थोड़े से लोगों को ही ऐसा लगे। वे भावप्रधान जीवन-दर्शन (बिकमिंग दर्शन) का महत्व समझ रहे हैं। हिंसा-प्रतिहिंसा की अमानवीयता का अतिरेक अहिंसा की मानवीयता की सुधि दिला रहा है। संघर्षों के फल एक-से-एक कड़वे इसी शताब्दी में मिले हैं। विरोध से ऊर्जा का जन्म अब कुछ अयथार्थ लगने लगा है। समाधान की बेचैनी महसूस होने लगी है। एक-दूसरे की अपेक्षा करके, एक-दूसरे की कमी की पूर्ति करके संयोजन करना ऊर्जा का अधिक यथार्थ कारण प्रतीत हो रहा है। सब कुछ यान्त्रिक है, इसलिए मनुष्य भी यान्त्रिक तरीकों से यन्त्र बनाया जा सकता है, इस औपनिवेशिक विज्ञान का स्थान ऐसे भौतिक विज्ञान ने ले लिया है जो कुछ-न-कुछ अनियत या अनिश्चित को भी स्थान देता है। सब कुछ परिमेय ही नहीं है, कुछ अपरिमेय भी बच जाता है। इसलिए विज्ञान और अध्यात्म का इस धरातल पर मिलन सम्भव है। वैज्ञानिक निरीक्षण के सीमान्त पर रहस्यानुभूति की सम्भावना दिखायी देने लगी है। बलशाली ही बचा रहेगा, निर्बल नष्ट होता जायेगा, यह विचार अब बहुत मान्य नहीं रह गया है और अतिमानव के आने की आशा धूमिल हो गयी है। निरपेक्ष रूप से कोई रहता है, होता है, यह अब स्वीकार्य नहीं। सत्ता मात्र सापेक्ष है, इस विचार की ही मान्यता अब स्थापित हो गयी है।

विचारों में ये सभी मोड़ भारतीय चिन्तनधारा की सर्वात्मवादी, अनेकान्तवादी, पूर्णतावादी और सम्बद्धतावादी स्थापनाओं से संवाद स्थापित करना चाहते हैं।

यह सही है कि न अभी भारतीय चिन्तनधारा के मौलिक स्वरूप का स्पष्ट प्रतिपादन भारत में हुआ, न पश्चिम में हुआ, जो हुआ वह इस माने में एकांगी है कि पश्चिम की एकान्तवादी दृष्टि हमारे ऊपर हावी रही है। हम यही मानकर चलते रहे हैं, सब कुछ कारण-कार्य के रूप में एक सीधी रेखा में घटित होता है, पर दिखनेवाले कारणों से अतिरिक्त भी घटक होते हैं, कुछ तत्काल भी अकारण घटित होता है, जीवन अपने आप में अप्रत्याशित है, वह विश्व प्रपंच के कितने रिश्तों में गुँथा हुआ है कि कारण धरे रह जाते हैं, कार्य कुछ अलग हो जाता है। इस दृष्टि से जो भी व्याख्या होती है, वह अधूरी और एकान्तवादी होती है। पूरब के लोग (यहाँ भारत के अतिरिक्त दूसरे पूरब के देशों के लोग भी सम्मिलित हैं) विचार और आचार में एक विकल्प के आग्रही नहीं, एक सम्भावना से सन्तुष्ट नहीं। वे अनेक विकल्पों की, अनेक सम्भावनाओं का दर्शन करते रहते हैं और इस कारण अपने-अपने स्वभाव, परिवेश और साधन के अनुसार मार्ग का निर्देश करते हैं। एकरूपता एकता नहीं है, एकरूपता परस्पर स्पर्धा, विरोध और द्वेष का कारण बनती है। वह एक करने के बजाय विरसता लाती है, पास के आदमी से ऊब और विरक्ति पैदा करती है। पूरब-पच्छिम का यह द्वैत बड़ी मानवीय आकांक्षा की धार में अब एक होने की क्रिया में है, जब दो धारायें एक हो जाने की तैयारी कर रही हैं।

परन्तु यह भी सही है कि एक होने के पहले जो प्लावन होगा, उसमें बहुत कुछ ध्वस्त होगा, बहुत कुछ उन्मूल होगा, बहुत-सी पुरानी कही जाने वाली इमारतें ढह जायेंगी, शायद मिलकर एक बनने वाली धारा ही कुछ अलग मोड़ ले लेगी। अभी बहुत विलम्ब है। अभी तो दोनों धाराओं के टकराव से दोनों के फेन एक में एक हो रहे हैं, दोनों के दोष उतरा रहे हैं। एक-सी भोग की अपप्रवृत्ति सब जगह फैल रही है, सर्जना के क्षेत्र में एक-सा बाजारूपन गन्धाने लगा है। एक होने की प्रक्रिया बहुत ही शुरू में अप्रीतिकर अशोभन लग रही है। पश्चिम के अतिवैभव का रोग नशीली दवाओं के सेवन तथा अनियन्त्रित असहज जंगलीपन के रूप में फूट रहा है और भारत के समुद्रतट, भारत की हिमधुली तराइयाँ गँदलेपन से दूषित हो रही हैं। देखादेखी यहाँ के नवदीक्षित नवकुबेर भी उसी मादनभाव में गर्क हो रहे हैं। उनके चित्रण को छोटे-बड़े परदों पर देखकर दूसरे भी वही राह अपनाने

का सपना सँजो रहे हैं। पर यह सब एक भीतरी खोखलेपन के कारण घटित हो रहा है। उस खोखलेपन की दवा न नशा है, न भोग के नये-नये उपाय हैं। उसकी दवा यदि कुछ है तो यही है कि अपने खोखलेपन को दूसरों के खोखलेपन से जोड़ो। जहाँ कहीं कुछ भरने का व्यापार हो रहा है, वहाँ अकिंचन बनकर जाओ और अपना औंधा कर रखा हुआ पात्र उलटा दो। जो अभी तक मुँह नीचे किये जल में छिछले घड़े की तरह तैर रहे हों, खतरा उठाओ डूबने का, मुँह ऊपर करो, कुछ भी तैरो, न तैर सको तो छूँछे घड़े के रूप में क्यों जीते हो, जल के साथ एकाकार हो जाओ, तुम भी प्रवाह हो जाओ।

मैंने लन्दन, कोलम्बिया (संयुक्त राज्य अमेरिका) और माण्ट्रियल में भरने का जादू देखा। भक्ति संगीत और भक्ति कथा में (कुछ अध-अनजानी भाषा में गाये गये संगीत और बाँची गयी कथा में क्योंकि श्रोता अधिसंख्य हिन्दी ही कम जानते थे। अवधी तो शायद ही कोई पूरी तरह समझता हो, पर सभी रामचरितमानस में मग्न हो रहे थे) पाँच-पाँच घण्टे तक पश्चिम में कुरसी-मेज के अभ्यस्त हो गये लोग पालथी मारकर फर्श पर बैठे रहे। कोई बीच में न कहीं पॉपकॉर्न (मक्के के लावे) वाला आया, न कोला आया, न कोई उठा, तल्लीन होकर सुनते रहे, बीच-बीच में अश्रुधारा भी बहती रही, किसी को किसी की सुधि नहीं थी, अपनी भी सुधि नहीं थी। कहीं कोई अव्यवस्था नहीं हुई, किसी पुलिस की आवश्यकता नहीं हुई। यह सब इसलिए हुआ कि खोखलापन अब सका नहीं जा रहा है, भरने की उत्कण्ठा तीव्रतर होती जा रही है। केवल अपने छोटे-से शरीर की आवश्यकता सोचने से बात नहीं बनती, दूसरे की आवश्यकता समझने और दूसरे के साथ जोड़ने वाले एक परम भाव से जुड़ने से ही बात बनेगी। भारतीय चिन्तनधारा का यहीं कुछ विनम्र भूमिका आती है।

अस्तु, आज भी बहुत बिखरे और बहुत कम निखरे रूप में ही सही, सामान्य लोगों के आचार-विचार में यह चिन्तनधारा जीवित ही नहीं, क्रियाशील भी है। पढ़े-लिखे आदमी ने, सम्पन्न आदमी ने इसे सुनहले तारों वाले चमकीले आवरणों से, सन्देह के घने नीले आवरणों से ढँक रखा है। इन आवरणों का मोह छोड़ने और इनको चीरकर फेंकने की आवश्यकता है। फेंकने का संकल्प लिया नहीं जा रहा है, अँधेरे की कैद बड़ी लुभावनी होती है न। पर संकल्प लेने में अब देरी हो रही है, प्राणवत्ता के रहते-रहते ही संकल्प लिया जाना चाहिए।

■

भारतीय ज्ञान-परम्परा और उसकी विश्वदृष्टि

अम्बिकादत्त शर्मा

उपक्रम

आधुनिक सभ्यता ने आज एक बलीयसी विश्व-सभ्यता का रूप धारण कर लिया है। यहूदी-ख्रिस्तीय ज्ञान-परम्परा और पश्चिमी विज्ञान तथा तकनीकी के आपसी गठबंधन से बनी और विकसित ज्ञान-परम्परा की यह आवश्यक साभ्यतिक निर्मिति है। जीवन और जगत् के दिव्य और दैवीय लंगरों को काट कर विश्व के उत्तरोतर लौकिकीकरण और निर्दैवीकरण की यह सार्वभौम कार्ययोजना है। समूची दुनिया को इसके माध्यम से नेतृत्व मिले और और पूरी मानव जाति को इस एकरेखीय जीवन शैली में नियोजित करना इस कार्ययोजना का अघोषित लक्ष्य है। इस कार्ययोजना में विगत दो सहस्राब्दियों तक एक-दूसरे की हम वजन बनी रहीं दुनिया की तमाम संस्कृति और सभ्यताएँ इस तरह अनुप्रविष्ट और यहाँ तक कि अन्तर्भुक्त होती जा रही हैं जैसे 'ब्लैक होल' के सम्पर्क में आने वाली हर एक वस्तुएँ अपनी इयत्ता को समाप्त कर उसमें विलीन हो जाया करती हैं। सम्प्रति पूरी दुनिया में देशजता और अपनी-अपनी ज्ञान-परम्पराओं से जुड़ने की जो चेतना दिखाई पड़ रही है वह वास्तव में आधुनिक सभ्यता के वर्चस्वशाली सर्वग्रासी पूर्वपक्ष की प्रतिक्रिया में उत्पन्न एक प्रतिचेतना है। आजकल भारत में भी यह प्रतिचेतना क्रियाशील है। यह बात अलग है कि इस सजगता के विस्फार में ज्ञान-निष्ठा कम और राजनीतिक-निष्ठा अधिक है। इस सन्दर्भ में औपनिवेशिक आवरणों से आवृत भारतीय ज्ञान-परम्परा के सर्वसमावेशी, जीवन्त और संवर्द्धनशील स्वरूप को अनावृत करने की आज महती आवश्यकता है। इसके लिए भारतीय ज्ञान-परम्परा की चयापचयी प्रणाली को समझना आवश्यक है ताकि उसकी ऋजु-कुटिल गतिशीलता और गतिरोध की अभियांत्रिकी को भली-भाँति समझा जा सके।

किसी भी सभ्यता और संस्कृति के पुष्पित और पल्लवित होने तथा उसे कायम बने रहने के पीछे ज्ञान-परम्परा की महती भूमिका होती है। वास्तव में एक विशेष प्रकार की ज्ञान-परम्परा ही एक विशेष प्रकार की सभ्यता और

संस्कृति की धारक होती है। सभ्यता और संस्कृतियों का अधिष्ठान भौगोलिक नहीं अपितु ज्ञान-परम्परा ही होती है। यह बात अलग है कि कोई भी सभ्यता और संस्कृति एक भौगोलिक परिवेश में ही मूर्त रूप ग्रहण करती है। किसी भी ज्ञान-परम्परा का भौगोलिक परिवेश में अवतरण और मानवीय अभीप्साओं की अनुरूपता में उसका विकास एकरेखीय रूप में न होकर बहुआयामी रूप से होता है। इसीलिए सभ्यता और संस्कृतियों का रूपायन भी बहुआयामी होता है। हाँ, किसी सभ्यता और संस्कृति की पहचान इस बात पर निर्भर करती है कि वह किस प्रकार के ज्ञान का मानकीकरण और आदर्शीकरण करती है। आदर्शीकृत ज्ञान ही वास्तव में पुरुषार्थ-साधना में फलित होता है।

भारतीय सभ्यता और संस्कृति भी दुनिया की प्रचीनतम, समृद्धतम और अद्यतन सभ्यता और संस्कृति है। इसकी निरन्तरता का शानी तो दुनिया की और कोई सभ्यता और संस्कृति है ही नहीं। भारतीय ज्ञान-परम्परा में सभी प्रकार के श्रेय-प्रेयात्मक ज्ञानात्मक उपक्रम सम्मिलित होते हैं जो भारतीय सभ्यता और संस्कृति की गतिशीलता को एक विशेष प्रकार की विश्वदृष्टि की ओर उन्मुख किये रही है। सम्भावना के बतौर ही सही, लेकिन यह बात सोची जा सकती है कि सिन्धुघाटी की अतिनगरीय सभ्यता के विनाश का प्रतिस्मरण हमारे वैदिक ऋषियों को रहा होगा। सम्भवतः इसी कारण गंगा के समतल मैदानों और समशीतोष्ण जलवायु वाले परिक्षेत्र में ग्राम्य सभ्यता और आरण्य जीवन शैली के निर्माण के लिए एक विशेष प्रकार की अन्तर्दृष्टि और ज्ञान का मानकीकरण और आदर्शीकरण उन ऋषियों ने किया होगा। वास्तव में वह विश्व की नैतिक व्यवस्था की नियामक ऋतानुगामी अन्तर्दृष्टि थी जो भारतीय ज्ञान-परम्परा में ज्ञान के विनिर्माण और मानकीकरण का नीति निर्देशक तत्व बनी। भारतीय सभ्यता का उद्भव, विकास तथा पोषण नगरीय चहारदीवारियों के भीतर नहीं हुआ है। नगरीय वातावरण में जो सभ्यता पनपती है उसमें मानव और प्रकृति के मध्य एक दूरी पर आधारित विचारों का प्रादुर्भाव संभावित होता है। विकास और विचार के मध्य एक पार्थक्य पर विशेष बल दिया जाता है। ऐसे वातावरण में उपजी सभ्यता मानव और मानव में, स्वराष्ट्र और परराष्ट्र में तथा मानव और प्रकृति में अभेद के सूत्र को नहीं देख पाती है।

भारतीय संस्कृति का जन्म, पोषण और विकास वनीय वातावरण में हुआ है। वनीय वातावरण ने हमारी सभ्यता के विचार, व्यवहार और आचार सभी को प्रभावित किया है। ऐसी सभ्यता मानव का मानव के साथ, मानव की जीवन और जगत् के साथ चेतना के विस्तार को किसी सीमा में नहीं

बाँधती है। ऐसी सभ्यता मानव का मानव के साथ, मानव का जीवन-जगत् के साथ, मानव का प्रकृति के साथ तथा मानव का विश्वोत्तीर्ण सत्ता के साथ अपने अस्तित्व का जुड़ाव पाती है। केनोपनिषद् में ब्रह्म को 'वन' नाम से उपासना करने का उपदेश दिया गया है। इस प्रकार से उसकी उपासना करने पर वह सभी भूतों का प्रिय हो जाता है (केनोपनिषद्, खण्ड 4, 6)। इसलिए, वन पोषित पुरातन ऋषियों का मुख्य ध्येय मानवीय चेतना और वैश्विक चेतना के मध्य संगति के सूत्र का साक्षात्कार करना था।

भारतीय ज्ञान-परम्परा का भौगोलिक मानचित्र

भारतीय ज्ञान-परम्परा को भूगोलवाची अर्थ में हिन्दू ज्ञान-परम्परा भी कहते हैं। यह सिन्धु नदी के उस पार के परिक्षेत्र में रहने वाले निवासियों की ज्ञान-परम्परा और उनकी भौगोलिक एकता की वाचक ज्ञान-परम्परा है। यह बात अलग है कि हिन्दू शब्द ईरानियों द्वारा सिन्धु शब्द के अपभ्रंश उच्चारण के कारण प्रचलन में आया हुआ एक रूढ़ लेकिन स्वीकृत पद है। इससे जिस भूभाग को संकेतित किया जाता है उसे ही हिन्दुस्तान कहते हैं। इसका प्राचीन नाम आर्यावर्त भी था, लेकिन दोनों के भौगोलिक विस्तार में थोड़ा ही सही, अन्तर अवश्य है। आर्यावर्त पूर्वी समुद्र से लेकर पश्चिमी समुद्र तक और हिमालय से लेकर विन्ध्याचल तक के परिक्षेत्र को कहा जाता है, परन्तु हिन्दुस्तान की दक्षिणी सीमा विंध्यपर्वत से आगे कन्याकुमारी तक जाती है। इस व्यापक भूभाग की सभ्यता और संस्कृति के पीछे जिस ज्ञान-परम्परा की सक्रिय भूमिका रही है उसे ही भारतीय ज्ञान-परम्परा से अभिहित किया जाता है। यह बात अलग है कि किसी भी ज्ञान-परम्परा के भौगोलिक मानचित्र की कोई स्थिर अवधारणा नहीं होती है। उसमें विस्तार और संकोच दोनों ही होते रहते हैं।

ज्ञान-परम्परा के भौगोलिक मानचित्र में भाषायी भूगोल, सांस्कृतिक भूगोल और राजनीतिक भूगोल भी सम्मिलित हुआ करते हैं। इसी कारण किसी भी ज्ञान-परम्परा के भौगोलिक मानचित्र का विचार उसकी संक्रान्तिक सीमाओं के आधार पर भी की जाती है। ज्ञान-परम्परा की संक्रान्तिक सीमा अक्सर भाषायी, सांस्कृतिक और राजनीतिक भूगोल का अतिक्रमण भी करती है। इस दृष्टि से भारतीय ज्ञान-परम्परा की संक्रान्तिक सीमा को पश्चिम में मध्यपूर्व से लेकर पूर्व में सुदूर पूर्व तक और उत्तर में हिमालय के पार से दक्षिण में हिन्द महासागर पर्यन्त विस्तृत माना जा सकता है। पं० मधुसूदन ओझा ने अपनी कृति 'इन्द्रविजय:' में भारत वर्ष की संक्रान्तिक सीमा को वैदिक-पौराणिक प्रमाणों के आधार पर पूर्वी चायना समुद्र से लेकर पश्चिम में

प्रशान्त महासागर (रेड समुद्र) पर्यन्त माना है। दक्षिण में इसका विस्तार हिन्द महासागर के मध्य विषुवत रेखा और उत्तर में हिमालयपर्यन्त निर्धारित किया है (एतद्भारतवर्ष रक्तसमुद्रान्तमस्ति पश्चिमतः। पीतसमुद्राश्लिष्टप्रशान्तसागर-परंप्राच्याम्॥ याम्ये समुद्रमध्ये विषुवान्तं तत् यथोदीच्याम्। हिमवत्पर्वतपरमं प्रवदीन्तीत्थं चतुःसीमम्॥ —भारतवर्ष : दी इण्डिया नैरेटिव, पं० मधुसूदन ओझा, अंग्रेजी अनुवाद, प्रो० कपिल कपूर, सम्पादक, विल्सनजॉन, रूपा पब्लिकेशन, 2017, पृ० 344।

सनातन का आशय

भारतीय ज्ञान-परम्परा के उपर्युक्त भूगोलवाची अर्थ से भिन्न उसके स्वरूप को बताने वाला जो दूसरा शब्द है—सनातन ज्ञान-परम्परा। साधारण तौर पर इसके सनातन होने का अर्थ इसकी प्राचीनता से लिया जाता है। यह सही भी है, क्योंकि विश्व के ज्ञात इतिहास में उसके प्राचीन और अद्यतन कोई दूसरी ज्ञान-परम्परा नहीं रही है। परन्तु भारतीय ज्ञान-परम्परा को सनातन कहे जाने के कालवाची अर्थों से भिन्न उसका एक गहरा अर्थ भी है। वह यह कि भारतीय ज्ञान-परम्परा का अनुवाद कर्तव्याकर्तव्य के जिन विधि-निषेधों की सांस्कृतिक अथवा धार्मिक व्यवस्था में हुआ है वह किसी शास्ता अथवा देवदूतों के माध्यम से प्राप्त ईश्वरीय आदेश अथवा परामर्श नहीं बल्कि स्वतंत्र मानवीय विवेक की सार्वभौमिक गवेशणाएँ हैं और जिनका निर्धारण या तो संसार के वास्तविक स्वरूप और उसे धारण करने वाले नियमों (ऋत्) या फिर मनुष्य की अन्तरात्मा जहाँ भूतमात्र की आत्मौपम्यता का स्वाभाविक विवेक जागता है; को सन्दर्भ बनाकर किया जाता है। वस्तुतः औचित्य अथवा श्रेय के निर्धारण के यही दो मौलिक प्रतिमान हैं। इसलिए भारतीय ज्ञान-परम्परा धार्मिक पोथियों में सदा-सर्वदा के लिए निबद्ध कोई अनुलंघ्य आदेश नहीं बल्कि संसार की वास्तविकता और मनुष्य की अन्तरात्मा के बीच आदर्शतम ताल-मेल के साथ जीवन का सर्वोश्रम विनियोग है।

ज्ञान-परम्परा की आत्म-प्रतिमा

जगत् के वास्तविक स्वरूप को संदर्श बनाकर जब किसी ज्ञान-परम्परा का अनुवाद जीवन-लोक में होता है तो प्रवृत्तिमूलक लोकसिद्धि उसका जीवनादर्श बनता है। उसी तरह अन्तरात्मा को संदर्श बनाकर जब ज्ञान-परम्परा जीवन-लोक में अनूदित होती है तो निवृत्तिमूलक स्वरूपसिद्धि उसका प्रमुख जीवनादर्श बनता है। भारतीय ज्ञान-परम्परा की आत्मप्रतिमा इन्हीं दोनों प्रकार के जीवनादर्शों के सुन्दर सहभाव से निर्मित हुई है। इसलिए इसके

अन्तर्गत विकसित ज्ञान-विज्ञान की समस्त शाखायें लोकसिद्धि और स्वरूपसिद्धि के जीवनादर्श को ही अपने-अपने तरीकों से पुष्ट करती हैं। ऐसा माना जाता है कि भारतीय ज्ञान-परम्परा में लोकभावना, जगद्भावना की प्रवृत्तिमूलक प्रधानता आर्यपरम्परा से आई है और लोकजीवन का अतिक्रमण करते हुए स्वरूपसिद्ध (मोक्ष) को ही श्रेय समझने का विचार द्राविड़ परम्परा की देन है। इतिहास के गर्भ में छिपी इस बात को लेकर कितना भी विवाद क्यों न हो, परन्तु इतना तो निर्विवाद है कि भारतीय ज्ञान-परम्परा की आत्मप्रतिमा लोकसिद्धि (धर्म) और स्वरूपसिद्धि (मोक्ष) के आदर्श से ही लक्षित होती है। इन दोनों जीवनादर्शों को भारतीय ज्ञान-परम्परा का मौलिक प्रतीक कहा जाना अधिक उचित है। दूसरे शब्दों में अभ्युदयकारक धर्म और निःश्रेयशकारक मोक्ष से ही भारतीय ज्ञान-परम्परा की आत्मप्रतिमा परिभाषित होती है। यहाँ अभ्युदय का अर्थ लोकसिद्धि और निःश्रेयश का अर्थ स्वरूपसिद्धि है। महाभारतकार ने भी ''धर्मार्थकामोक्षाणां इतिहास समन्वितम्.... कहते हुए भारतीय ज्ञान-परम्परा के इसी टेलियोलॉजी को संकेतित किया है। भारतीय ज्ञान-परम्परा की आत्मप्रतिमा के उपर्युक्त दोनों मूलभूत प्रतीकों ने सम्पूर्ण भारतीय वाङ्मय के काव्यों, कलाओं, धर्म, दर्शन, इतिहास, साहित्य और पुराकथाओं के साथ-साथ वैयक्तिक एवं सामाजिक आचरण के विधानों को किस तरह प्रभावित और अनुप्राणित किया है, यह खुली आँख से देखने की चीज है। यहाँ तक कि 'कामशास्त्र' भी इसका अपवाद नहीं है। इसने भारतीय सभ्यता और संस्कृति तथा उसकी धार्मिक चेतना को इतना समन्वयात्मक चरित्र और आत्मसीमन की क्षमता प्रदान किया है कि प्रश्न और प्रतिप्रश्न, पूर्वपक्ष और उत्तरपक्ष दोनों ही इसके अंगभूत हो जाते हैं। विरोधों और विचित्रताओं को आत्मसात् कर लेने की इसमें अद्भुत क्षमता है।

ज्ञान-परम्परा का वाङ्मय संस्थान

भारतीय ज्ञान-परम्परा कोरी आस्थाओं की संहिता न होकर जीवन और जगत् के प्रति आत्मचेतन विवेक से उपजा एक औचित्यविधान है। इसके पार्श्व में जो आत्मचेतन विवेक की सुदीर्घ परम्परा रही है उसी की अभिव्यक्ति ऋषियों, मुनियों और व्यास परम्परा के माध्यम से श्रुति, स्मृति, शास्त्र, पुराण, दर्शन, नीति और महाकाव्यों के रूप में वाग्विग्रहित हुई है। इन सबों का सम्मिलित रूप ही भारतीय ज्ञान-परम्परा का लिपिबद्ध वैचारिक संस्थान है।

श्रुति का अर्थ वेद है जो ऋग्वेद, सामवेद, अथर्ववेद और यजुर्वेद के नाम से प्रसिद्ध हैं। भारतीय ज्ञान-परम्परा के आद्य स्त्रोत के रूप में वेदों को अपौरुषेय और पौरुषेय दोनों माना जाता है, लेकिन इससे उनकी सर्वोपरि

प्रामाणिकता पर कोई आँच नहीं आती। यद्यपि वैदिक सूक्तों एवं मंत्रों के उपस्थापक ऋषि ही होते हैं लेकिन उन्हें मंत्रकर्त्ता नहीं अपितु मंत्रद्रष्टा (ऋषियोः मंत्र द्रष्टारः) कहा गया है। प्रत्येक वेद की बहुत सी शाखायें हैं जिनमें कुछ प्राप्त हैं और शेष अन्य लुप्त हो गये हैं। मुख्य रूप से वेदों के चार भाग होते हैं जिन्हें मंत्र, ब्राह्मण, आरण्यक और उपनिषद् कहा जाता है। स्मृतियों की संख्या भी चार मानी जाती है। इन्हें मनुस्मृति, याज्ञवल्क्य स्मृति, शंख स्मृति और पराशर स्मृति के नाम से जाना जाता है। शास्त्र छः हैं जो वास्तव में विशिष्ट विद्याएँ हैं। इन्हें शिक्षा, कल्प, निरूक्त, छन्द, व्याकरण और ज्योतिष के रूप में परिगणित किया गया है। वेदांग इनका अपर नाम है। देखने लायक बात यह है कि छः वेदांगों में चार (शिक्षा, व्याकरण, निरूक्त, छन्द) प्रत्यक्ष रूप से भाषा विषयक हैं। शिक्षा भाषा को उसके ध्वन्यात्मक रूप में विचारती है। निरूक्त उसे अर्थविज्ञान के परिवेश में देखता है। व्याकरण भाषा को संरचना के रूप में देखता है और छन्द उसे एक लय के रूप में देखता है। शेष दो शास्त्र कल्प और ज्योतिष क्रमशः धर्म विज्ञान और खगोल विज्ञान और गणित विद्या से सम्बन्धित हैं। इसके अतिरिक्त वैदिक वाङ्मय में उपवेदों का भी उल्लेख आता है। वेदांगों का उल्लेख तो उत्तरवैदिक साहित्य में मिलता है परन्तु उपवेदों की चर्चा परवर्ती प्रतीत होती है। किन्तु इसका अर्थ यह भी नहीं कि जो विद्याएँ उपवेदों में निहित हैं वे वैदिक युग में नहीं थीं। आयुर्वेद, शिल्पशास्त्र, धनुर्वेद और दण्डनीति ये सभी विद्याएँ अपनी परम्परा का मूल वैदिक ऋषियों से ही बताती है। पुराण अठारह हैं जिनमें इतिहास, कथा, वंशावली और दृष्टान्तों-आख्यानों के माध्यम से वैदिक अन्तर्दृष्टियों का लोकजीवन में संस्थानीकरण किया गया है। पुराण एक विद्या है जो वेद के समान ही अनादि है। वेद के दो भाग माने गए हैं—पुराण वेद व यज्ञ वेद। आज सामान्यतया यज्ञवेद को ही वेद माना जाता है तथा पुराण वेद को केवल 'पुराण' शब्द से ही अभिहित किया जाता है किन्तु याज्ञवल्क्य आदि ऋषियों ने विद्याओं की गणना में पुराण-विद्या को प्रथम स्थान देकर इसका शीर्ष स्थानीय महत्व स्वीकारा है—

पुराण न्याय मीमांसा धर्म शास्त्राङ्गमिश्रिताः।
वेदाः स्थानानि विद्यानां धर्मस्य च चतुर्दश॥

पुराण प्राचीन काल की कथाओं, घटनाओं के बोधक ग्रंथ हैं। यह शब्द ''इतिहास-पुराण'' इस द्वन्द्व समास के रूप में भी व्यवहृत हुआ है, इससे भी वही अर्थ द्योतित होता है। सायणाचार्य के मत से—'पुराण वह है जो मनुष्य की आदिम दशा का वर्णन करता है।' यह पुराण-साहित्य अत्यन्त विशाल है

जो मुख्यत: दो श्रेणियों में विभक्त है—पुराण और उपपुराण। पुराणों की संख्या 18 मानी गई है और इतने ही उपपुराण भी कहे गए हैं, यद्यपि कहीं-कहीं उपपुराणों की संख्या अधिक भी बताई गई है। 18 महापुराणों के नाम इस प्रकार हैं—1. ब्रह्म पुराण, 2. पद्म पुराण, 3. विष्णु पुराण, 4. वायु पुराण (या शिव पुराण), 5. भागवत पुराण, 6. नारद पुराण, 7. मार्कण्डेय पुराण, 8. अग्नि पुराण, 9. भविष्य पुराण, 10. ब्रह्मवैवर्त पुराण, 11. लिंग पुराण, 12. वराह पुराण, 13. स्कन्द पुराण, 14. वामन पुराण, 15. कूर्म पुराण, 16. मत्स्य पुराण, 17. गरुड़ पुराण तथा 18. ब्रह्माण्ड पुराण। इसी प्रकार गरुड़ पुराण (अ० 227) में उल्लिखित 18 उपपुराणों के नाम ये हैं—1. आदि पुराण, 2. नरसिंह पुराण, 3. स्कन्द पुराण, 4. शिवधर्म पुराण, 5. दुर्वासा पुराण, 6. नारद पुराण, 7. कपिल पुराण, 8. वामन पुराण, 9. औशनस पुराण, 10. ब्रह्माण्ड पुराण, 11. कालिका पुराण, 12. वारुण पुराण, 13. माहेश्वर पुराण, 14. साम्ब पुराण, 15. सौर पुराण, 16. पाराशर पुराण, 17. मारीच पुराण एवं 18. भास्कर पुराण। जबकि ''वृहद् विवेक'' (3/37.39) में उपपुराणों के नाम इस प्रकार बताये गये हैं—1. सनत्कुमार पुराण, 2. बृहन्नारदीय पुराण, 3. आदित्य पुराण, 4. मानव पुराण, 5. नन्दिकेश्वर पुराण, 6. कौर्म पुराण, 7. भागवत पुराण, 8. वशिष्ठ पुराण, 9. भार्गव पुराण, 10. मुद्गल पुराण, 11. कल्कि पुराण, 12. देवी पुराण, 13. महाभागवत पुराण 14. वृहद्धर्म पुराण, 15. परानन्द पुराण, 16. पशुपति पुराण, 17. बह्नि पुराण और 18. हरिवंश पुराण। उपपुराणों की कतिपय अन्य सूचियाँ भी प्राप्त होती हैं। इस तरह जहाँ महापुराणों की संख्या और नामों के विषय में प्राय: मतैक्य है वहाँ उपपुराणों के विषय में उतना ही मतभेद है। इन पुराणों-उपपुराणों को शैव, ब्राह्म, शाक्त, वैष्णव, सौर आदि श्रेणियों में भी बाँटा गया है, जैसे—वैष्णव पुराणों के अन्तर्गत विष्णु, विष्णु धर्म, विष्णु-धर्मोत्तर, नरसिंह, क्रियायोग सार, कल्कि तथा आदि पुराण, सौर पुराणों के अन्तर्गत साम्ब, सूर्य, सौरधर्म तथा सौरधर्मोत्तर पुराण आदि, शाक्त पुराणों के अन्तर्गत देवी, कालिका, महाभागवत, नन्दा, सारदा, वृहन्नन्दिकेश्वर आदि पुराणों की गणना की जाती है। पुराण का अपर नाम ''पंच-लक्षण'' भी है, जो इन समस्त पुराणों में समान रूप से वर्णित पाँच विषयों की ओर संकेतित करता है। ये पाँच विषय हैं—सर्ग अर्थात् सृष्टि का विज्ञान, प्रतिसर्ग अर्थात् सृष्टि का विस्तार, लय और पुन: सृष्टि, सृष्टि की आदि वंशावली अर्थात् किस मनु का अधिकार कब तक रहा तथा उस काल में कौन-कौन सी प्रमुख घटनाएँ हुईं और वंशानुचरित अर्थात् सूर्य और चन्द्रवंशी राजाओं का संक्षिप्त वर्णन। ये ही पुराण के पंच-लक्षण हैं—

सर्गश्च प्रतिसर्गश्च वंशो मन्वन्तराणि च।
वंशानुचरितं ज्ञेयं पुराणं पंचलक्षणम्॥

भारतीय ज्ञान-परम्परा के दार्शनिक पक्ष को प्रस्तुत करने वाले छः आस्तिक दर्शन जिन्हें सांख्य, योग, न्याय, वैशेषिक, मीमांसा और वेदान्त के नाम से जाना जाता है। चार्वाक, बौद्ध और जैन दर्शन को नास्तिक कोटि में रखा गया है। वेद के प्रामाण्य को स्वीकार नहीं करने के कारण ही इन्हें नास्तिक कहा गया है (नास्तिको वेदनिन्दकः)। यद्यपि भारतीय दर्शनों का यह विभाजन पर्याप्त नहीं है। यदि इसे अद्यतन किया जाये तो दार्शनिक सम्प्रदायों की संख्या निम्न रूप में परिगणित की जा सकती है—बौद्ध, मीमांसा, वेदान्त, सांख्य, वैषेषिक, न्याय, जैन, योग, व्याकरण दर्शन, चार्वाक, शैव सिद्धांत, काश्मीर शैव, अद्वैत वेदान्त, विशिष्टाद्वैत, वीर शैव, न्याय वैशेषिक, निम्बार्क वेदान्त, विशिष्टाशैवाद्वैत, हठ योग, भक्ति दर्शन, वल्लभ वेदान्त, द्वैताद्वैत, योगवासिष्ट, अचिंत्यभेदाभेद। सर्वदर्शनसंग्रहकार माधवाचार्य ने भारतीय दार्शनिक सम्प्रदायों की संख्या बारह मानी है। भारतीय ज्ञान-परम्परा में इन सभी दर्शन-प्रस्थानों की बड़ी महिमा रही है और इनके साहित्य का भण्डार भी उतना ही विपुल है। वास्तव में देखा जाए तो भारत में 'दर्शन' की प्रस्थिति और भूमिका ज्ञान की अन्य विधाओं की तरह कोई एक विषयमूलक-ज्ञानव्यवस्था नहीं, अपितु ज्ञान का एक आत्मोन्मुख व्यापार है जो ज्ञान की अन्तर्वस्तु की ही अनुवीक्षा या फिर विमर्श करता है। यही कारण है कि 'दर्शन' मूलगामी रूप से विश्वदृष्टि के सैद्धान्तिक परिप्रेक्ष्यों के उद्घाटन में फलित होता है जो विभिन्न विद्यास्थानों के आदेशों, परामर्शों, निर्धारणों, व्यवहार के विधि-निषेध परक नियमों, आदर्शों एवं मूल्यों को प्रामाणिकता के साथ-साथ औचित्य प्रदान करता है। अपनी इसी भूमिका में 'दर्शन' भारतीय ज्ञान-परम्परा के सभी विद्यास्थानों के पुरुषार्थों को एक विश्वदृष्टि में आदर्श नियामक समायोजन भी करता है। इसीलिए भारतीय परम्परा में 'दर्शन' को 'प्रदीपः सर्वविद्यानां' कहा गया है। नीति ग्रंथों में शुक्र नीति, विदुर नीति और कामंदक नीति का भारतीय ज्ञान-परम्परा में बड़ा आदर है। अंत में महाकाव्यों की परम्परा में रामायण, महाभारत, रामचरितमानस और अश्वघोष रचित बुद्धचरित महत्वपूर्ण माने जाते हैं। ये महाकाव्य कथानक के माध्यम से एक सम्पूर्ण संसार और संसार में भारतीय जीवन-दृष्टि के आदर्शतम स्वरूप को चरितार्थ हुआ दिखाते हैं। वास्तव में इन महाकाव्यों को धर्ममय जीवन की जीवनगाथा कहा जाना अधिक उचित है। यद्यपि इन चारों महाकाव्यों की मूल-दृष्टि के प्रस्थान-भेद की अनदेखी नहीं की जा सकती, फिर भी माना

जाता है कि भारतीय ज्ञान-परम्परा का निचोड़ इन महाकाव्यों में मानव जीवन के समस्त अन्तर्द्वन्द्वों के साथ, उनका समाधान करते हुए प्रस्तुत किया गया है। महाकाव्यों की परम्परा में संस्कृत परम्परा के पंचमहाकाव्यों को भी भारतीय ज्ञान-परम्परा को उत्तर-समृद्धि प्रदान करने वाला माना जाता है। ये पंचमहाकाव्य हैं—कालिदास कृत 'रघुवंशम्' और 'कुमारसम्भवम्', भारवी कृत 'किरातार्जुनीयम्', माघ कृत 'शिशुपालवध' और श्रीहर्ष प्रणीत ''नैषधचरित''। भारतीय ज्ञान-परम्परा के इस विशाल वाङ्मयी संस्थान में जीवन और जगत् के परमार्थ से लेकर व्यवहार पर्यन्त समस्त प्रेरणाओं, अभीप्साओं और लोकजीवन के बहुविध रूपों एवं संस्थानों का समावेश किया गया है। परा और अपरा विद्या के रूप में सम्भव ज्ञान के समस्त अनुशासनों का विकास इसके अन्तर्गत न्यूनाधिक रूप में सम्भव हुआ है। इनमें विविधता बहुत है, पक्ष और विपक्षों की भरमार है, फिर भी सबके सब निगमागमों के ही अर्थ विस्तार हैं। मनु ने भी कहा है—इतिहास पुराणाभ्यां वेदं समुपवृंहयेत्।

किसी भी ज्ञान-परम्परा का वैचारिक संस्थान उसके अन्तर्गत विकसित जिन विद्यास्थानों के संकुल से बनता है, उनमें एक लक्ष्योन्मुखी एकवाक्यता आवश्यक होती है। ऐसा होने से ही सभ्यता और संस्कृति में उनका अधिकतम विनियोग हो पाता है। इसी प्रक्रिया में ज्ञान-परम्पराएँ सभ्यता और संस्कृति को सुगठित कर सौष्ठव प्रदान करती हैं। भारतीय ज्ञान-परम्परा के समस्त विद्यास्थानों की लक्ष्योन्मुखी एकवाक्यता ही उसके वैचारिक संस्थान की अत्युच्च विशेषता है। भारतीय ज्ञान-परम्परा के वाङ्मयी संस्थान की अद्‌भुत विशेषता यह है कि यह कोई स्थावर हो गई रूढ़ विचार-परम्परा नहीं बल्कि बहुविध प्रकार के व्याख्या ग्रन्थों के माध्यम से उत्तरोतर अपना आलोचनात्मक परिष्कार और अपनी अर्थ-चेतना के विस्तार में सतत् संलग्न जीवन्त विचार-परम्परा है।

विशिष्ट व्याख्या पद्धति

भारतीय ज्ञान-परम्परा की एक महत्वपूर्ण विशेषता उसकी तंत्रबद्धता और प्रतितंत्र के प्रति आश्चर्यजनक सहिष्णुता रही है। यहाँ पर विभिन्न प्रकार के विद्या-स्थानों और बौद्धिक परम्पराओं का अस्तित्व आरम्भ से ही रहा है जो अपने कुछ आधारभूत एवं मूलगामी मान्यताओं के साथ विकास के स्वकीय प्रारूप में उत्तरोत्तर विकसित होती रही हैं। विकास की ऐसी बहुध्रुवीय लेकिन तंत्रकेन्द्रित गतिशीलता में भारतीय ज्ञान-परम्परा की विकासमानता ऊपर से प्रकट रूप में दिखाई नहीं पड़ती। इसी कारण कुछ लोग इसे स्थावर हो गई परम्परा मान बैठते हैं। वास्तविकता जबकि यह है कि भारतीय ज्ञान-परम्परा में

व्याख्याओं, पुनर्व्याख्याओं, यहाँ तक कि वैकल्पिक दृष्टियों के विकास की अन्तर्धारा युक्तिमत और अनवरत रूप से वर्द्धमान रही है। द्रष्टव्य है कि भारतीय पुराकथा में 'ब्रह्मा' आदि देव के नाम से प्रसिद्ध हैं और उन्हें ही समस्त प्रधान-भूत शास्त्रों, विद्या-स्थानों का आद्य शास्ता कहा जाता है। शास्ता का अर्थ शासनकर्त्ता होता है। इसीलिए समस्त विद्याओं के मूल ग्रंथ शास्त्र अथवा शासन कहे जाते हैं। ब्रह्मा के द्वारा उपदिष्ट शास्त्रों के अतिविस्तीर्ण होने के कारण इन्हें तंत्र भी कहते हैं। उत्तरवर्ती ऋषि-मुनियों ने ब्रह्मोपदिष्ट शास्त्रों को ही संक्षिप्त और स्वकालोपयोगी बनाया है। भारतीय परम्परा में तत्तद शास्त्रों को तत्तद ऋषियों द्वारा प्रोक्त कहे जाने के पीछे यही आशय रहा है। प्रोक्त का लक्षण है—यज्ञेन प्रोक्तं न च तेनकृतम्। अर्थात्, अन्य के द्वारा उपदिष्ट अथवा कृत का विशेष प्रवचन। ब्रह्मा द्वारा उपदिष्ट वाङ्मय (दिव्यं वर्ष सहस्रं प्रोवाच् न चान्तम् जगाम्) शास्त्र, शासन और तंत्र नाम से अभिहित होने के कारण ही उत्तरकालिक ऋषि-मुनियों द्वारा प्रोक्त वाङ्मय को अनुशास्त्र, अनुशासन और अनुतंत्र कहा जाता है।

इस परम्परा में शास्त्रों का सूत्र, वृत्ति, भाष्य, वार्तिक, टीका और प्रकरणादि ग्रन्थों के माध्यम से लोकविस्तरण को बड़े ही रोचक ढ़ंग से पराशरोपपुराण के 18 वें अध्याय में निरूपित किया गया है। इसमें अल्पाक्षर और असंदिग्ध पदों से युक्त सारवत् और विश्वतोमुख ज्ञान-राशि को सूत्र कहा गया है, जिसमें पुनरावृत्ति और क्रमभंग की संभावना नहीं रहती है। वास्तव में सूत्र अपने मूल स्वरूप में ज्ञान के घनीभूत रूप को धारण करने वाले अत्यन्त संश्लिष्ट शब्द-राशि हुआ करते हैं। सूत्रों की संश्लिष्टता को भाषायी संक्षेपीकरण के अर्थ में नहीं समझा जा सकता, बल्कि किसी विचार को उसके मूल प्रत्यय में प्रत्यहृत करने के अर्थ में समझा जाना चाहिए। व्याकरण परम्परा में संज्ञा, परिभाषा, विधि, नियम और अधिकार नामक सूत्रों के प्रकार-भेद स्वीकार किये गये हैं। आयुर्वेद परम्परा में डल्हण में सूत्रों के गुरुसूत्र, एकीयसूत्र, प्रतिसंस्कृत सूत्र इत्यादि के रूप में प्रकार भेद बताए हैं। इसी तरह न्याय परम्परा में उद्देश्य, लक्षण और परीक्षा नामक भेदों में सूत्रों को परिगणित किया गया है। श्री लक्ष्मीपुरम श्रीनिवासाचार्य ने श्रुतिप्रकाशिका नामक ग्रन्थ को उद्धृत करते हुए उपदेशानात्मक, व्याख्यानात्मक और उपपादानात्मक नामक सूत्रों के तीन प्रकार बताए हैं। जब कोई शास्त्र परम्परा अपनी सम्पूर्ण वैचारिक योजना के साथ सूत्रसंहति में प्रस्तुत होती है तो वास्तव में वह विचार की अत्यन्त सघन संरचना हुआ करती है। इसलिए सूत्रों को बाद में उसके निहितार्थ को उद्घाटित करने के लिए व्याख्यायित करना

पड़ता है। सूत्रों को व्याख्यायित करने के षड्तंत्रीय और पंचसूत्रीय व्याख्या पद्धतियाँ भारतीय ज्ञान-परम्परा में बहुत प्रसिद्ध रही हैं। इन्हीं व्याख्या पद्धतियों का विनियोग करते हुए सूत्रोपरिवृत्ति नामक ग्रन्थ के द्वारा सूत्र के तात्पर्य को विस्तार और संक्षेप दोनों से बचते हुए उसके यथातथ को प्रकाशित किया जाता है। पुनः सूत्रों पर भाष्य लिखने की बड़ी समृद्ध परम्परा भारतीय ज्ञान-परम्परा में रही है। सूत्रानुसारी वाक्यों के द्वारा सूत्र के आशय को प्रकट करते हुए अपने वाक्यों का तात्पर्य भी जहाँ कहा जाता है उसे भाष्य कहते हैं। भाष्य के पश्चात् वार्तिक ग्रन्थ के माध्यम से किसी अनुशास्त्र का लोकविस्तरण अपने परम आलोचनात्मक स्वरूप को प्राप्त करता है। इसीलिए वार्तिककार वृत्ति एवं भाष्य में उक्त, अनुक्त और दुरुक्त तीनों पक्षों की व्याख्या करते हुए शास्त्र के तात्पर्य को उच्चस्तरीय आलोचनात्मकता के साथ निरूपित करता है। भारतीय ज्ञान-परम्परा में अनुशास्त्रों का अवान्तर लोकविस्तरण संग्रह एवं अन्याय प्रकार की टीका एवं प्रकरण ग्रन्थों के माध्यम से सतत् प्रवर्द्धमान रही है। अतः यह कहना कोई अतिशयोक्ति नहीं कि भारतीय ज्ञान-परम्परा संग्रहालय में पड़ी कोई पुरानी वस्तु नहीं जिसे केवल संरक्षित ही किया जा सकता है, बल्कि यह उत्तरोत्तर आलोचनात्मक होती हुई विचारों की एक जीवन्त परम्परा है जिसमें अतीत वर्तमान की प्रतीक व्यवस्था में अपने को समायोजित करता जाता है। इसीलिए भारतीय ज्ञान-परम्परा की इतिहास दृष्टि इतिहास की आधुनिक अवधारणा से सर्वथा भिन्न रही है।

विविध विद्या-स्थानों की लक्ष्योन्मुखी एकता

भारतीय ज्ञान-परम्परा में किसी भी विद्या का मूल्य स्वरूपतः उतना नहीं है, जितना ब्रह्मविद्या का अंश होने के नाते है। इसीलिए प्राचीन प्रधान विज्ञानों का नाम 'उपवेद' रखा गया, जिससे स्पष्ट होता है कि वेदमूलक होने से ही उनका मूल्य है, न कि स्वतंत्र होने से। आयुर्वेद, धनुर्वेद, गन्धर्ववेद आदि को इसी कोटि में रखा जा सकता है। यही बात कलाओं के ऊपर भी लागू होती है, क्योंकि कला प्रतीकों का आधार है एवं ध्यान आदि का आश्रय प्रतीक होता है। कलाओं के नियमादि भी अन्य विद्याओं के नियमों की भाँति प्रकृति के आधारभूत धर्म के आभास हैं। इस प्रकार सनातनी विद्याओं-विज्ञानों के साथ सनातनी कलाएँ भी हैं। मध्यकालीन शिल्प-कला सनातनी कलाओं का एक अनुपम नमूना है, क्योंकि इस कला में शिल्प-सम्बन्धी प्रत्येक विद्या या विज्ञान का स्पष्ट संकेत है। दुर्भाग्य से आधुनिक पाश्चात्यों को इनका कोई ज्ञान नहीं है।

प्राकृतिक विज्ञान या फिर अपरा विधाएँ अपने-अपने क्षेत्र में अवश्य

उपयोगी हैं, जब तक वे अपने स्थान में स्थित हों। यह सुगमता से समझ में आ सकता है कि जो कोई व्यक्ति ज्ञान की उच्च भूमिका पर पहुँच चुका है, उसके लिए निम्न श्रेणी के साधारण विज्ञानों का विशेष मूल्य नहीं रहता। यह भी कहा जा सकता है कि वास्तविक विद्या अर्थात् ब्रह्मविद्या के इच्छुक व्यक्ति के लिए विज्ञानों का मूल्य वहीं तक है, जहाँ तक उनका ब्रह्मविद्या से सम्बन्ध है, अर्थात् जब तक वे अपने-अपने क्षेत्र में तत्व-दृष्टि रखते हैं एवं जिज्ञासुओं के लिए ब्रह्मविद्या की प्राप्ति का मार्ग बन सकते हैं। इस प्रकार, परम्परागत विज्ञानों के दो परस्पर सहकारी कार्य हैं, प्रथम तो तत्व-विद्या के अंश एवं विशेष अंग होने से संसार के समस्त क्षेत्रों की आधारभूत एकता इनके द्वारा प्रकट होती है। इनका दूसरा कार्य यह है कि विशेष व्यक्तियों के लिए उनकी मानसिक शक्ति एवं अधिकार, समय, स्थान आदि के अनुसार ये विज्ञान ब्रह्मविद्या की ओर ले जाने वाले मार्ग बन सकते हैं। वे ऐसी सीढ़ियों का काम देते हैं, जिनके द्वारा बुद्धि क्रमशः जड़ संसार को छोड़कर ब्रह्मविद्या की ओर अग्रसर हो सकती है। इसलिए भारतीय ज्ञान-परम्परा में ज्ञान के समस्त अनुशासनों की प्रयोजनीयता ब्रह्मविद्या के अनुषंगी होने में है और ब्रह्मविद्या की फलश्रुति "आत्मज्ञान" है। यही कारण है कि भारत में ज्ञानी होने का मतलब आत्मज्ञानी होना है।

जब विद्या के किसी रूप की स्थापना ऊपर से नीचे के क्रम में हुई हो, तब उसकी शिक्षा नीचे से ऊपर के क्रम में हो सकती है। इस प्रकार अनेक विद्याएँ एक तत्व के दर्शन में दृष्टान्त-रूप बन जाती हैं, जिनकी सहायता से विविध प्रकार की बुद्धियों को तत्वदर्शन करने में सुविधा हो। बहुविध प्रकृति के वश में रहते हुए मनुष्य की बुद्धि बहुत्व में लीन रहती है, इसलिए उसको एकत्व की ओर ले जाने के लिए बहुविध रूपों की सहायता लेनी पड़ती है। सर्वोच्च ज्ञान के मार्ग की प्रारम्भिक भूमिकाएँ अनेक प्रकार की हैं। परन्तु जीव लक्ष्य के जितना समीप पहुँचता है, विभिन्न मार्ग उतने ही अधिक एक-दूसरे में लीन होते जाते हैं। कुछ व्यक्ति ऐसे भी होते हैं, जिनमें भक्ति की सघनता होने के कारण ऐसे साधनों की आवश्यकता नहीं होती, उनको सीधे ही तत्वदर्शन का सौभाग्य मिल जाता है। परन्तु यह असाधारण बात है, साधारण जीवों को क्रमशः उन्नत अवस्था की ओर चलना पड़ता है। यही कारण है कि आचार्यों ने भक्ति को परम कोटि का 'विज्ञान' माना है। इस प्रकार हम कह सकते हैं कि वस्तुओं की तात्विक एकता के कारण जड़ वस्तु भी तत्व की प्रतिमा एवं तत्वदर्शन का आधार बन सकती है। यही बात प्रत्येक विद्या या विज्ञान के बारे में सत्य है। ज्योतिष विद्या और गणित विद्या का इसी प्रकार का उपयोग अनेक सम्प्रदायों ने

परम्परा में किया है। इसी से प्राचीन ज्योतिष और गणित की गरिमा और महत्ता को समझा जा सकता है। कोई भी विद्या, जो अपने सनातनी स्रोत से कटी नहीं है, आत्मविद्या की प्रतिमा बन सकती है।

समवेत विश्वदृष्टि

भारतीय ज्ञान-परम्परा अपने स्वरूप में एक सावयवी विचार-परम्परा है। इसलिए भारतमूलीय ज्ञान की विभिन्न विधाओं, शाखाओं और विद्यास्थानों को एकबारगी एक-दूसरे से अलग करके नहीं देखा-समझा जा सकता है। सभी प्रकार के शास्त्र और विद्याएँ एक समग्र विश्वदृष्टि की अनुशयी होकर ही भारतीय ज्ञान-परम्परा में अपनी-अपनी भूमिका और प्रस्थिति में फलवती होती हैं। अतः भारतीय ज्ञान-परम्परा समवेत रूप में जिस विश्वदृष्टि के साथ फलित होती है उसे समझे बिना भारतीय ज्ञान-परम्परा के स्वरूप और उसकी निज विशेषता को समझा नहीं जा सकता। भारतीय ज्ञान-परम्परा की विश्वदृष्टि का एक आधारभूत मौलिक पहलु यह है कि समस्त सृष्टि ही अपने आप में एक समग्र नैतिक-व्यवस्था है। सम्पूर्ण प्रकृति की गतिशीलता कोई अस्त-व्यस्त और बेमेल स्वच्छंदता नहीं बल्कि उसमें एक लय और छंदबद्धता है। ऋत्, सत्य और यज्ञ की वैदिक अवधारणा के मूल में यही दृष्टि रही है। ऋत् ही विश्व-व्यवस्था का नियामक और धारक है। जड़, चेतन, स्थावर, जंगम, उद्भिज, सूर्य, चन्द्रमा, ग्रह, नक्षत्र, देवता और तीनों भुवन, यहाँ तक कि ऋतुएँ भी ऋत् से ही अधिशासित होकर अपनी-अपनी प्रस्थिति और भूमिका में नियोजित हैं। धर्म के विधि-निषेध और नैतिक विधान भी ऋत् की सामाजिक स्तर पर अभिव्यक्ति है। भारतीय ज्ञान-परम्परा में मुनष्य के आचार और व्यवहार, सामाजिक सम्बन्ध और कर्तव्य न तो उसकी निरंकुश इच्छा पर निर्भर है, न ही कार्यकारणात्क प्रवृत्तियों से जनित हैं और न वे ऐतिहासिक संयोग से उत्पन्न हैं। आचार और व्यवहार के आदर्श प्रतिमान अन्ततः ऋत् में ही गोपित हैं जो मनुष्य के हृदय में प्रकाशित और शिष्ट परम्परा से सुनिश्चित होते हैं। इसीलिए 'ऋतम्भराप्रज्ञा' अर्थात् ऋत् को धारण करने वाली, उसके साथ प्रचोदनात्मक सम्बन्ध में रहने वाली प्रज्ञा को मानव-बुद्धि का आदर्श माना गया है (धीयोयोनःप्रचोदयात्)। ऋग्वेद के सर्वाधिक निगुढ़ मंत्र 'गायत्री' का निहितार्थ भी यही है कि मनुष्य की बुद्धि ऋतानुगामी हो, ऋत् और मानवीय बुद्धि में प्रेरक-प्रेर्य भाव हो। इसी विश्वदृष्टि को ध्यान में रखते हुए आर्ष संस्कृति का जीवनादर्श 'देवो भूत्वा देवं यजेत' के रूप में निरूपित हुआ है। मनुष्य द्वारा देवयजन का उद्देश्य देव बनना है, क्योंकि देवता ऋत् का उल्लंघन नहीं करते, जबकि साधारण चेतना के धरातल पर मनुष्य ऋत् का उल्लंघन भी करता है। अनेकों वैदिक ऋचाओं में

ऋत् के उल्लंघन से उत्पन्न पाप के लिए वरुण देव से क्षमा-याचना करते हुए मनुष्य को देखा जा सकता है।

भारतीय ज्ञान-परम्परा की विश्वदृष्टि में मनुष्य को सृष्टि का स्वामी नहीं अपितु न्यासी माना जाता। मनुष्य भी चराचर में तमाम जीवित प्राणियों के बीच महज एक प्राणी ही है। इसलिए यह मानव-केन्द्रित (एन्थ्रोपोसेन्ट्रिक) नहीं अपितु चराचर-केन्द्रित विश्वदृष्टि है। इस विश्वदृष्टि में मनुष्य की अवधारणा 'प्रकृतिजयी' रूप में अवधारित न होकर 'आत्मजयी' रूप में साकार हुई है। इसके विपरीत यूरोपीय विश्वदृष्टि में बाईबिल (गौड हैज क्रियेटिड मैन इन इट्स मिनी इमेज टू रूल ओवर अर्थ...) से लेकर विज्ञान (प्रकृतिजयी मनुष्य) तक मनुष्य के स्वामीवादी वर्चस्व को बनाए रखा गया है। यही वह अन्तर है जिसके चलते इतिहास की भारतीय दृष्टि मानव और मानवीय अतीत की अवधारणा के घेरे में बँधी नहीं रह जाती, बल्कि समस्त चराचर के अतीत से जुड़ जाती है। आश्चर्य है कि यूरोप द्वारा विकसित विज्ञान जो माइण्ड एण्ड मैटर, मनुष्य और प्रकृति के अन्तहीन द्वैत पर आधारित है और यूरोप जिसे अपने गौरव की ललामभूत उपलब्धि मानता है, वह आज तक इस विशाल, जीवन्त और रहस्यपूर्ण मानवेतर संसार से ''आत्मीय सम्प्रेषण'' की भाषा खोजने में असफल रही है। वस्तुतः मानवीय संसार का मानवेतर संसार से अलगाव-दुराव यूरोपीय सभ्यता का सबसे त्रासद आयाम रहा है, जिसने गोएटे को यह कहने के लिए विवश किया कि हर अलगाव-दुराव में विक्षिप्तता के बीज होते हैं और हमें यह ध्यान रखना चाहिए कि उसे पनपने न दिया जाए। इस अलगाव-दुराव से यूरोपीय आत्मा की लहू-लुहान विक्षप्तता ही होल्डरीन और रिल्के की काव्य और कलाकृतियों में दिखाई पड़ती है।

इसके विपरीत भारतीय जीवन-दृष्टि को इस अलगाव-दुराव का सामना इसलिए नहीं करना पड़ा कि उसने मानवेतर संसार से कभी अपने मिथकीय सम्बन्धों को त्यागा नहीं। सचमुच उस जीवन-दृष्टि के लिए इस अलगाव-दुराव पर विश्वास करना ही मुश्किल है जिसमें जीवन के एक रूप से दूसरे रूप के बीच पुनर्जन्मों और कायान्तरों की एक अटूट श्रृंखला है और जहाँ हर जीव के भीतर दूसरे के रहस्योद्घाटन की कुंजी छिपी हुई है। भारतीय दर्शन, धर्म और नीति इत्यादि के द्वारा मनुष्य और प्रकृति, मानवीय और मानवेतर संसार के बीच के सम्बन्धों के रहस्यों को खोलने के बहुविध प्रयास किए एक हैं। 'देवो भूत्वा देवं यजेत्' से लेकर 'आत्मवत् सर्वभूतेषु' के आदर्श में यही भाव गहरे में प्रतिध्वनित होता है। प्रत्येक भारतीय के लिए अपने जीवन में ऋणत्रय (पितृ-ऋण, ऋषि-ऋण और देव-ऋण) को चुकाना और प्रतिदिन

पंच महायज्ञों (भूतयज्ञ, नृयज्ञ, पितृयज्ञ, देवयज्ञ और ब्रह्मयज्ञ) का कर्त्तव्य विधान मानवीय संसार और मानवेतर संसार के मध्य आत्मीय सम्बन्ध बनाए रखने का ही विधान है। इस भारतीय दृष्टि का निचोड़ प्रस्तुत करते हुए उचित ही कहा गया है कि "प्रकृति रहस्यपूर्ण है, जैसा कि हर अन्य सत्ता होती है, लेकिन उससे आतंकित होने का कोई कारण नहीं, क्योंकि वह मनुष्य का एक अंश भी है—मानवीय प्रकृति, उसका स्व-स्वभाव।" वास्तव में देखा जाए तो यूरोप ने सर्वप्रथम प्रकृति को ही "अन्य" के रूप में देखा है और इसी कारण वहाँ एक ऐसे विज्ञान का विकास हुआ जिसका लक्ष्य प्रकृति को समझना नहीं, बल्कि प्रकृति को इस तरह समझना है ताकि उसे मनुष्य की देह-वासना के हित में बदला जा सके। अन्यथा प्रकृति की आत्मीय समझ के आधार पर किसी भिन्न प्रकार के विज्ञान की भी कल्पना की जा सकती है। ऐतरेय उपनिषद् में मनुष्य और प्रकृति, बाह्य और आन्तर की स्वभावगत एकता को ही तो यह कहते हुए प्रतिध्वनित किया गया है कि—

अग्निर्वाग भूत्वा मुखं प्राविशत्। वायुः प्राणोभूत्वा नासिके प्राविशत्। आदित्यश्चक्षुषी भूत्वाक्षिणी प्रविशत्। दिषः श्रोतं भूत्वा कर्णौ प्राविशत्। औषधिवनस्पतयो भूत्वा त्वचं प्राविशन्। चन्द्रमा मनोभूत्वा हृदयं प्राविशत्। मृत्युरपानो भूत्वा नाभिं प्राविशत्। आपो रेतोभूत्वा शिष्नं प्राविशत्।

भागवत पुराण में भी इस चराचर सृष्टि के अविरोध को उद्घाटित करते हुए कहा गया है कि—अहस्तानि सहस्तानां अपदानि च चतुष्पदां, फल्गुनि तत्र महतां, जीवो जीवस्य जीवनम्।

लेविस्त्रास ने भारतीय परम्परा के ऐसे ही मिथकीय स्त्रोतों को पूर्वी संस्कृतियों के सम्पर्क सूत्र (एंकर प्वायंट्स ऑफ ईस्टर्न कल्चर) कहा है। इसे पश्चिमी मन का अहंकार कहा जाए या दम्भ कि वह पौर्वात्य अनुभव के सहयोग से अपने परिष्कार के लिए कभी तैयार नहीं होता। स्वामी विवेकानन्द ने भारतीय और यूरोपीय सभ्यता की तुलना करते हुए उचित ही कहा है कि एशिया की सम्पूर्ण सभ्यता का विकास प्रथमतः बड़ी नदियों के समीप के मैदानों और उपजाऊ भूमियों में—गंगा यांगसीकियांग और यूफ्रेटिज निदियों के कछारों में हुआ। इन सभ्यताओं का मूल आधार कृषिकर्म ही है और इन सब में दैवी प्रकृति की प्रधानता है। एतद्विपरीत, अधिकांश यूरोपीय सभ्यता का उद्भव पर्वत-प्रदेशों या समुद्र-तटों में हुआ है—जल और स्थल में लूटमार ही इस सभ्यता का आधार है, उसमें आसुरी प्रकृति की प्रधानता है। अतएव यूरोपीय सभ्यता की तुलना उस वस्त्रखण्ड से की जा सकती है, जो इन उपादानों से बना है—उसे बुनने का "करघा" समुद्रतट का विस्तृत

समशीतोष्ण पहाड़ी प्रदेश है; उसकी "रुई" विभिन्न जातियों की वर्णसंकरता से उत्पन्न प्रबल युद्धप्रिय जाति है; उसका "ताना" अपने शरीर और अपने धर्म की रक्षा के लिए लड़ा जाने वाला युद्ध है... और उसका "बाना" वाणिज्य है। उस सभ्यता का साधन तलवार है; उसके सहायक— साहस और शक्ति; और उसका उद्देश्य ऐहिक और पारलौकिक सुखोपभोग है। इसके विपरीत आर्य-सभ्यता रूपी वस्त्र का "करघा" विस्तृत गरम, समधरातल प्रदेश है, जिसमें स्थान-स्थान पर चैड़ी, जहाज चलने लायक निदियाँ प्रवाहित हो रही हैं। इस वस्त्र की "रुई" है अतिसभ्य, अर्द्धसभ्य और जंगली जातियाँ, जिनमें अधिकांश आर्य हैं। उसका "ताना" है वर्णाश्रम-धर्म और उसका "बाना" है प्रकृतिगत कलह और प्रतियोगिता पर विजय-प्राप्ति। यूरोप निवासियों का उद्देश्य है अपने जीने के लिए अन्य सबका अन्त कर देना और आर्यों का उद्देश्य है सभी को ऊपर उठाकर अपने समकक्ष बनाना; यही नहीं; बल्कि अपने से भी ऊँचे स्तर पर पहुँचाना।

उपसंहार

भारतीय ज्ञान-परम्परा का विनियोग एक ऐसी सभ्यता और संस्कृति में हुआ है जिसके लिए उन सभी मानव प्रवृत्तियों (ईर्ष्या, द्वेष, काम, क्रोध, लोभ, मान, मोह और मद-मत्सरादि) से भी मुक्तिकाम्य है जिन्हें आधुनिक सभ्यता और सामजिक डार्विनवाद न्यूनाधिक रूप से मानव-स्वभाव अथवा मनुष्य का सत्य समझती है। आधुनिक सभ्यता जो आज विश्वसभ्यता का रूप धारण करती जा रही है वह मानव-सत्य के ऐसे ही दृष्टिकोण पर टिकी हुई दुनिया की तमाम सभ्यताओं में अग्रगण्य है तथा भारतीय सभ्यता और संस्कृति आज इसी 'ऐन्द्रिक सभ्यता' की ज्ञानमीमांसा को अपने ऊपर उत्तरोत्तर आरोपित करती जा रही है। इसके बावजूद भी भारतीय ज्ञान-परम्परा की दीप्ति अभी भी पूरी तरह समाप्त नहीं हुई है और भारतीय संस्कृति की मूल्य चेतना से उसकी संलग्नता अभी भी प्राणवंत है। ऐसा भी नहीं कि इसके अभिव्यक्तिपक्ष में समय-समय पर विकार उत्पन्न न हुए हों, जैसा कि किसी भी ज्ञान-परम्परा के गतिशील जीवन में स्वाभाविक ही होता है। परन्तु भारतीय ज्ञान-परम्परा में अपने विकारों के परिमार्जन की आत्मचेतना सदैव प्रज्ज्वलित रही है। अपने अभिव्यक्ति पक्ष में आक्षिप्त हुए विकारों को अपना स्वरूप समझने की भूल भारतीय ज्ञान-परम्परा ने कभी नहीं की है। स्मरणीय है कि भारतीय सभ्यता ज्ञानकेन्द्रित है, संस्कृति मूल्याधारित है, समाज धर्म केन्द्रित/कर्त्तव्य केन्द्रित है और वह समवेत रूप से चैतन्य की एकात्मता से आपूरित है।

■

ज्ञान-परंपरा की सामाजिक-सांस्कृतिक आधारभूमि

गिरीश्वर मिश्र

ज्योतिर्वृणीत तमसो विजानन्

अज्ञान के अंधकार में से विवेक द्वारा ज्ञान के प्रकाश का वरण करो)

(ऋग्वेद 3/39/7)

ज्ञान-सृजन समाज की संस्कृति के मध्य होता है और उस संस्कृति को समृद्ध भी करता चलता है। इसलिए जब वर्तमान काल को 'ज्ञान-युग' कहा जा रहा है तो ज्ञान की संस्कृति का प्रश्न विशेष रूप से विचारणीय हो जाता है। ज्ञान की भारतीय परम्परा ज्ञान की साधना को जीवन के क्लेशों से छुटकारा दिलाने के उपाय के रूप में स्थापित करती है—सा विद्या या विमुक्तये। ज्ञान दूसरों पर नियंत्रण और शोषण का माध्यम नहीं है। भारतीय विद्या के विस्तृत प्रांगण में सृष्टि और मनुष्य के जीवन से जुड़े सभी पक्ष सम्मिलित हैं और सबका कल्याण अभीष्ट है। इसी भाव के साथ वेदों, वेदांगों, उपनिषदों, स्मृतियों, पुराणों और महाकाव्यों का ही नहीं अपितु गणित, ज्योतिष, व्याकरण, योग, आयुर्वेद, वृक्षायुर्वेद, धातु-विज्ञान, संगीत तथा नाना प्रकार के अनुशासनों, विद्याओं और व्यावहारिक विषयों का भी विकास हुआ। यह अवश्य है कि इस ज्ञान परंपरा के प्रति लम्बी अवधि तक असहिष्णुता बरती जाती रही। इस ज्ञान-कोष को आक्रांताओं के भयंकर विद्वेष का सामना भी करना पड़ा। इतिहास साक्षी है कि नालंदा जैसे विश्वविख्यात ज्ञान केंद्र को जला कर नष्ट कर दिया गया था, तथापि विपरीत परिस्थितियों में भी ज्ञान की विभिन्न परंपराओं का विकास होता रहा।

वाचिक ज्ञान परम्परा

भारत की वाचिक पद्धति के अध्ययन-अध्यापन की प्रक्रिया से बहुत कुछ बच गया। सौकर्य के लिए अनेक विषयों के प्रतिपादन में संक्षिप्त, सांकेतिक तथा संयत सूत्र पद्धति का उपयोग भी किया गया। वाचिक पद्धति से सीखने और याद करने की अपनी सीमाएँ हैं। वाचिक ढंग से ग्रहण कर किसी सामग्री को स्मृति में बनाए रखने के लिए किसी बाहरी तकनीकी उपकरण की अपेक्षा नहीं होती। परंतु मानवीय स्मृति सृजनात्मक होती है

इसलिए याद की गयी सामग्री में विभिन्न अध्येताओं की स्मृतियों में पाठ-भेद भी पैदा हो जाते हैं। अतः समय के साथ उसमें परिवर्तन का आना भी अवश्यंभावी हो जाता है। इस सीमा के बावजूद भी बहुत हद तक सामग्री हमारी स्मृति में अपने प्रामाणिक रूप में उपलब्ध रहती है और उसे अगली पीढ़ी तक पहुँचाना सरल होता है। चूँकि आरम्भ में छापे खाने की सुविधा उपलब्ध नहीं थी इसलिए पुस्तकों की प्रतिलिपि भी हाथ से तैयार होती थी और सीमित मात्रा में ही उपलब्ध होती थी । इस स्थिति का परिणाम यह भी था कि विषय प्रतिपादन के लिए सूत्र जैसी कई तरह की युक्तियों का सहारा लिया गया।

सूत्र पद्धति तथा ज्ञान का वैविध्य

सूत्रों की परंपरा बड़ी ही समृद्ध है। बादरायण का ब्रह्म सूत्र, आपस्तम्ब का धर्म सूत्र, वात्स्यायन का काम सूत्र, गौतम का न्याय सूत्र, पतंजलि का योग सूत्र और पाणिनिरचित व्याकरण का मानव मेधा का अप्रतिम प्रमाण 'अष्टाध्यायी' विविध विषयों का व्यवस्थित प्रतिपादन करते हैं। थोड़े से अक्षरों में निबद्ध सूत्र की विशद व्याख्या की जाती है। सूत्रों पर भाष्य और टीका की लंबी परम्परा विकसित हुई। पाणिनि के अष्टाध्यायी के सूत्रों पर कात्यायन ने वार्तिक लिखे। अष्टाध्यायी के अनेकानेक विस्तार हुए और वरदराजाचार्य की लघुकौमुदी, भट्टोजिदीक्षित की सिद्धांतकौमुदी, पतंजलि का महाभाष्य, भर्तृहरि का वाक्यपदीय, नागेश भट्ट का शब्देन्दुशेखर और परिभाषेन्दुशेखर आदि अनेकानेक व्याख्या ग्रंथ रचे गए। विश्लेषण की गहनता और विचार की स्वाधीनता के ये निकष आज भी स्पृहणीय हैं। अज्ञानवश संस्कृत-विद्या पर संकुचित होने का आरोप लगाया जाता है। सत्य यह है कि यह परंपरा वैचारिक वैविध्य, उदारता और सहनशीलता का अनोखा उदाहरण प्रस्तुत करती है। उदाहरण के रूप में अद्वैत विषयक शास्त्रीय चिन्तन का उल्लेख समीचीन होगा। इसके अंतर्गत अद्वैत, द्वैत, विशिष्टाद्वैत, द्वैताद्वैत, भेदाभेद, शुद्धाद्वैत, अचिंत्य भेदाभेद जैसी विभिन्न दृष्टियों से शंकराचार्य, निम्बार्काचार्य, मध्वाचार्य, रामानुजाचार्य और वल्लभाचार्य आदि मनीषियों के द्वारा वेदांत के प्रतिपादन सृष्टि, जीवन और जगत की समग्र विविध व्याख्याओं को उपस्थित करते हैं। भारतीय ज्ञान परम्परा के बौद्धिक परिवेश में प्रवेश करने पर ज्ञान के प्रति निश्छल उत्सुकता और अदम्य साहस के प्रमाण पग-पग पर मिलते हैं। इसमें आलोचना और परिष्कार का कार्य भी सतत होता रहा है। सैद्धांतिक अमूर्तन तथा खंडन-मण्डन की एक पारदर्शी एवं सार्वजनिक विमर्श की व्यवस्था सर्वत्र झलकती है। प्रत्येक शास्त्र की विषय वस्तु, उद्देश्य, प्रासंगिकता और इसके

अनुप्रयोग को सुनिश्चित किया गया था। ज्ञान अबाधित और छल- प्रपंच से रहित होना चाहिए। उसे प्रत्यक्ष, अनुमान, शब्द, उपमान आदि विभिन्न स्वीकृत प्रमाणों पर जाँच–परख कर स्वीकार करना चाहिए। ज्ञानार्जन में श्रवण, मनन और निदिध्यासन की प्रक्रियाओं का अवलम्बन किया जाता है।

दुर्भाग्य से अनेक कारणों से हम इस अमूल्य विरासत का मूल्य भूलते गए। शिक्षा, परिवार, राजनय, व्यवसाय, वाणिज्य, स्वास्थ्य, प्रकृति, जीवन, जगत और ईश्वर आदि को ले कर उपलब्ध चिन्तन बेमानी रहा। हम नाम तो सुनते रहे पर बिना श्रद्धा के क्योंकि मन में संदेह और दुविधा थी। पश्चिमी सांस्कृतिक और वैज्ञानिक घुसपैठ ने हमारी विश्व दृष्टि को ही बदलना शुरू किया। आज अतिशय भौतिकता और उपभोक्तावाद से सभी त्रस्त हो रहे हैं। भारत में अकादमिक समाजीकरण की जो धारा बही उसमें हमारी सोच परमुखापेक्षी होती गई और हमारे लिये ज्ञान का सन्दर्भविन्दु पश्चिमी चिन्तन होता गया। ज्ञान के लिये हम परोपजीवी होते गए। हम उन्हीं के सोच का अनुगमन करते रहे। ज्ञान की राजनीति से बेखबर हम नए उन्मेष से वंचित होते गए।

ज्ञान की अवधारणा

'ज्ञान' शब्द की व्युत्पत्ति दो प्रकार से होती है। भावप्रधान दृष्टि से कहें तो कहेंगे 'ज्ञायते इति ज्ञानम्' अर्थात् जिसे जाना जाय, वह ज्ञान है। वह सूचनात्मक हो सकता है। यदि करण प्रधान दृष्टि से देखें तो कहेंगे 'ज्ञायते अनेन इति ज्ञानम्' यानी जिसके माध्यम से जाना जाए वह ज्ञान है। ज्ञान की कोटियाँ भी होती हैं। हम अवर या निम्न स्तर की सूचनाओं से महत्तर ज्ञान की ओर आगे बढ़ते है, जैसा कि कठोपनिषद् में कहा गया है— '*अनित्यैर्द्रव्यैः प्राप्तवानस्मि नित्यम्*'। मनुष्य की जीवन यात्रा ज्ञान के अंतर्गत ही सम्पन्न होती है। इस पृथ्वी पर ज्ञान सबसे पवित्र होता है—(न हि ज्ञानेन सदृशं पवित्रं इह विद्यते)। यह संयोग मात्र नहीं है कि भारत का प्राचीन ग्रंथ और कदाचित विश्व का भी, 'वेद' है जिसका भी अर्थ ज्ञान होता है। विशाल वैदिक ज्ञान परम्परा में ज्ञान या विद्या के दो प्रकार प्राप्त होते हैं—परा (अध्यात्मपरक) और अपरा (अन्य, भौतिक)। यह भी कहा गया है कि लौकिक ज्ञान (अविद्या) से मृत्यु–संकटों को पार का आत्मज्ञान से अमरत्व मिलता है— *अविद्यया मृत्युं तीर्त्वा विद्ययामृतमश्नुते* (मुंडक उपनिषद–1/14)। विद्या से परिष्कृत होने के लिए साधना आवश्यक है। महाभारत के उद्योग पर्व में इस साधना के मार्ग में पड़ने वाले व्यवधानों को व्यक्त करते हुए सूत्र रूप में तीन बातें कही गई हैं—गुरु शुश्रूषा न करना, पढ़ने में त्वरा या जल्दबाज़ी तथा

अपनी प्रशंसा। ये विद्यार्जन के तीन शत्रु हैं (*अशुश्रूशात्वरा श्लाघा विद्याया: शत्रवस्त्रय:*)।

विद्या की साधना

भारतीय समाज के मन में प्राचीन काल से ही विद्या और बुद्धि की अनेक छवियाँ अंकित हैं। उसका महत्व बताते हुए यह बात अनेक स्थलों पर कही गई है कि विद्याविहीन पशु होता है और विद्या ही सबसे बड़ा धन है। ऐसे ही आलस्य, घर के प्रपंच, अनभ्यास, समय की हानि, ग़लत विधि से सीखना, अनुचित रूप से पढ़ाई आदि विष की भाँति होती है (*दुरधीता विषं विद्या*)। विद्यार्थी को सुख की चिंता नहीं करनी चाहिए और विद्या अच्छे आचरण से सुशोभित होती है— विद्या धर्मेण शोभते। विद्या से विनय, विनय से पात्रता, पात्रता से धन और धन से सुख मिलता है। ऐसे ही बुद्धि को लेकर भी कई बातें कही गई हैं। बुद्धि से किए गए कर्म श्रेष्ठ होते हैं। बुद्धि ज्ञान से शुद्ध होती है। सब कुछ बुद्धि पर ही प्रतिष्ठित है और बुद्धि से ही महान लक्ष्य पाया जा सकता है। जिसके पास बुद्धि है उसके पास बल होता है। बुद्धिमान व्यक्ति एक पैर से चलता है और एक पर से रुकता है अर्थात् सोच-विचार कर चलता है—चलत्येकेन पादेन तिष्ठत्येकेन बुद्धिमान् (हितोपदेश)।

इस तरह हम पाते हैं कि ज्ञानार्जन का लक्ष्य इस देश की संस्कृति में प्राचीन काल से वरणीय रूप में प्रतिष्ठित रहा है। ज्ञान की अभीप्सा सर्वांगीण ज्ञान पाने की रही है अर्थात् ऐसा ज्ञान जो विज्ञानयुक्त हो और हर तरह के कष्टों से मुक्ति दिलाने वाला हो—*ज्ञानं विज्ञानसहितं यज्ज्ञात्वा मोक्ष्यसे शुभात्* (गीता 9/1)। ज्ञान पाने की यह यात्रा तप द्वारा पूरी की जाती है। तप का अर्थ है शरीर, प्राण, इंद्रियों, और मन को अच्छी तरह वश में करना, उन पर नियंत्रण करना। तप वह साधन है जिससे अस्तित्व को निर्मल या दोषमुक्त किया जा सकता है।

शरीर के तपों के अतिरिक्त वाणी का भी तप होता है। वाणी को संयम में रखना और सत्य, प्रिय तथा आवश्यकतानुरूप यथायोग्य सम्मान करते हुए बोलना वाणी का तप है। संयमित वाणी के साथ मौनव्रत लाभकर होता है। ऐसे ही मन का तप मन को संयम में रखना है। हिंसायुक्त क्लिष्ट भावना रखना तथा अपवित्र विचार को दूर कर शुद्ध विचार मन में धारण करना मानसिक तप है। इस दृष्टि से सात्विक, राजसिक और तामसिक तप विशेष रूप से प्रासंगिक है (देखें गीता, अध्याय17/ 17-19)।

गुरु-शिष्य परम्परा

श्रीमदभगवद्गीता संवाद द्वारा गुरु शिष्य के मध्य की अंत:क्रिया का

सम्यक् निदर्शन करने वाला अद्‌भुत ग्रंथ है। पांडुपुत्र श्रेष्ठ धनुर्धर अर्जुन को पता नहीं है कि कुरुक्षेत्र की युद्ध भूमि में वह क्या करे। वे कहते हैं—में मूढ़ चित्त वाला हूँ! शिष्य हूँ! आपकी शरण हूँ! मुझे उपदेश दें!

कार्पण्यदोषोपहतस्वभावः पृच्छामि त्वां धर्म सम्मूढचेताः।
यच्छ्रेयः स्यान्निश्चितं ब्रूहि तन्मे शिष्यस्तेहं शाधि मां त्वां प्रपन्नम्॥
(गीता 2/7)

कृष्ण ने उत्तर दिया कि स्वधर्म द्वारा निर्धारित विहित कर्म अनासक्त भाव से करें। अर्जुन की यह यात्रा बड़ी मुश्किल थी। वह युद्ध भूमि में स्वजनों को सम्मुख देख दुखी और विषादग्रस्त हो गए थे। उसकी स्थिति कुछ इस तरह थी—

सीदंति मम गात्राणि मुखं च परिशुष्यति।
वेपथुश्च शरीरे मे रोमहर्षश्च जायते॥ (गीता 1/29)

मोह और भय से अर्जुन का धर्म और अधर्म का विवेक जाता रहा। श्रीकृष्ण अर्जुन की शंकाओं को दूर करते हैं, समझाते हैं और ज्ञान का मार्ग प्रशस्त करते हैं। गीता के अनुसार गुरु के निकट प्रणिपात, गुरु से परिप्रश्न करते हुए और गुरु की सेवा करते हुए शिष्य गुरु से ज्ञान प्राप्त करता है—

तद्विद्धि प्रणिपातेन परिप्रश्नेन सेवया।
उपदेक्ष्यंति ते ज्ञानम् ज्ञानिनस्तत्वदर्शिनः॥ (गीता 4/34)

ज्ञान पाने के लिए विद्यार्थी में श्रद्धा, तत्परता और इंद्रियों का नियंत्रण भी आवश्यक तत्व हैं—

श्रद्धावाँल्लभते ज्ञानम् तत्परः संयतेंद्रियः।
ज्ञानम् लब्ध्वा परां शांतिमचिरेण अधिगच्छति॥ (गीता 4, 39)

एक शिष्य के रूप में अर्जुन भगवान से निवेदन करते हुए बड़े मार्मिक शब्दों में कहते हैं—'हे प्रभो में शरीर को अच्छी तरह चरणों में रख कर और प्रणाम कर स्तुति करने योग्य आपको प्रसन्न करने के लिए प्रार्थना करता हूँ। हे देव! पिता जैसे पुत्र के और सखा जैसे सखा के और पति जैसे प्रिय स्त्री के वैसे ही आप भी मेरे अपराध को सहन करने योग्य हैं।

तस्मात् प्रणम्य प्रणिधाय कायं प्रसादये त्वामहमीशमीड्यम्।
पितेव पुत्रस्य सखेव सख्युः प्रियः प्रियायार्हसि देव सोढुम॥
(गीता, 11, 44)

रुचि अनुरूप साधना

श्रीकृष्ण भिन्न-भिन्न प्रकृति वालों के लिए भिन्न-भिन्न मार्ग (यथा—भक्ति योग, कर्म ज्ञान, राज योग) सुझाते हैं। तदनुसार ज्ञान, अभ्यास, ध्यान,

कर्मफलत्याग आदि का विस्तृत विधान है। उनका प्रमुख संदेश है कि स्वधर्म का पालन करना चाहिए जो मनुष्य के स्वभाव के अनुरूप कर्म में सन्नद्ध करता है, उसी से संसिद्धि प्राप्त होती है। परमेश्वरार्पण की बुद्धि से कर्म करना श्रेष्ठ है। गुरु शक्ति का संचार करता है ताकि कार्य को निष्ठापूर्वक किया जा सके। कर्म से अर्चना कर के मनुष्य सिद्धि पाते हैं (गीता, 18,46)। श्रीकृष्ण से प्राप्त ज्ञान द्वारा अर्जुन का भ्रम दूर होता है और अज्ञान से ज्ञान की यात्रा सम्पन्न होती है।

ज्ञान की गरिमा

ध्यातव्य है कि सभी मूल्यपरक बातें एक विचारप्रधान समाज में ही फलित हो सकती हैं। इसके लिए आवश्यक है कि समाज में ज्ञान को वरीयता दी जाये। भारतीय परम्परा का महत्त्व इस कारण भी है कि उसमें ज्ञान को सम्पत्ति तथा शक्ति दोनों की अपेक्षा अधिक महत्त्व दिया गया है। वैदिक ऋषियों की प्रार्थना है कि हमें विकसित करने वाला और हमें दबाकर न रखने वाला ज्ञान प्रवाह विश्व की समस्त दिशाओं से हमारी ओर आये—आ नो भद्राः क्रतवो यन्तु विश्वतः। मनुष्य का जीवन केवल सम्पत्ति के उपार्जन अथवा उसके उपभोग के लिए नहीं है, और न ही शक्ति का सन्धान करके, कमज़ोरों को पीड़ित करके अपनी अहंमन्यता सिद्ध करने के लिए है। शक्ति और सम्पत्ति दोनों जीवन को सरल करने के साधन हो सकते हैं, मानव के वास्तविक गन्तव्य के उपकरण नहीं। निःस्वार्थ ज्ञान ही वह उपकरण है जिससे हम समाज में सुख शान्ति लेकर आ सकते हैं। इसलिए भारतीय ज्ञान परम्परा में ज्ञान को सबसे बड़ा उपकरण माना गया है—*ज्ञानात् परतरं न हि*। ज्ञान की इसी अपूर्व उपासना के कारण भारतवर्ष शताब्दियों से विश्व भर की ज्ञान परम्पराओं का संश्लेषणात्मक केन्द्र बना रहा है। उसका विश्वगुरु होना इस नाते भी है कि यहाँ पर समस्त विश्व के विद्यास्थानों का अध्ययन, अध्यापन और पोषण होता रहा है। यदि भारत का सभ्यताबोध और सांस्कृतिक परम्पराएँ आज भी मौजूद हैं, तो उसका मुख्य कारण वह केन्द्रीय आध्यात्मिक तत्त्व है, जिसमें इतनी क्षमता और ऊर्जा थी कि इतिहास के निर्मम थपेड़ों के बावजूद वह समस्त प्रभावों को अपने भीतर समाहित कर सका। अंग्रेज़ी मार्क्सवादी इतिहासकार ई०पी० थाँप्सन के शब्दों में— 'भारत सिर्फ़ महत्त्वपूर्ण ही नहीं, दुनिया का शायद सबसे महत्त्वपूर्ण देश है, जिस पर सारी दुनिया का भविष्य निर्भर करता है। भारतीय समाज में दुनिया के विभिन्न दिशाओं से आते प्रभाव एक दूसरे के साथ मिलते हैं...पूर्व या पश्चिम का कोई ऐसा विचार नहीं, जो भारतीय मनीषा में क्रियाशील न हो' (देखें निर्मल वर्मा, भारत और यूरोपः प्रतिश्रुति के क्षेत्र, 1991, पृष्ठ 15)

परम्परा : ज्ञान का सातत्य

भारत में ज्ञान की संस्कृति का उन्मेष गुरु के आश्रम में हुआ करता था जहाँ उपनयन के बाद विद्यार्थी ब्रह्मचारी के रूप में रहता था। गुरु उसे अपनी संतान की तरह रखता था। गुरु और शिष्य का सम्बन्ध बड़ा पवित्र था और गुरु अपने चरित्र, सीखने के प्रति लगन और समर्पण की भावना से विद्यार्थी में श्रेष्ठ गुणों का विकास करता था। श्रवण, मनन और निदिध्यासन की प्रक्रियाओं द्वारा विद्यार्थी ज्ञान को आत्मसात् करता था। प्राचीन काल में छापेखाने न थे और आरम्भ में शायद लिपि भी न रही होगी। सब कुछ स्मृति पर आधृत होता था। इसलिए सूत्र पद्धति से ज्ञान का संक्षिप्त रूप विकसित हुआ। बाद में लेखन के साथ भाष्य और टीकाएँ भी लिखी गयीं। यहाँ पर यह उल्लेख करना समीचीन होगा कि उपनिषद् काल में भी अध्ययन विषय की परिधि बड़ी व्यापक थी। छांदोग्योपनिषद् में एक प्रसंग है जिसमें नारद ज्ञान प्राप्त करने के लिए ऋषि सनत्कुमार के पास जाते हैं और पूछे जाने पर अपने द्वारा पढ़े गए विषयों की सूची बताते हैं—चार वेद, महाकाव्य, पुराण, व्याकरण, अंकगणित (राशि), देवविद्या, कालविज्ञान, वाकोवाक्यम, राजनीति, निरुक्त, ब्रह्मविद्या, भूतविद्या, रक्षाशात्र, नक्षत्रविद्या, सर्पविद्या, नृत्य, गीत, वाद्य, शिल्प। वे कहते हैं 'यह सब तो मैंने पढ़ा है, मैं मंत्रविद् हूँ पर अभी भी मुझे आत्मज्ञान नहीं है, मैं आत्मविद् नहीं हूँ। मुझे उसका ज्ञान दें, तब सनत्कुमार कहते हैं— 'तुमने जो कुछ अब तक सीखा है वह सिर्फ़ शब्द मात्र है'। अर्थात् शब्दज्ञान नाकाफ़ी है। आत्मज्ञान उत्तम और श्रेष्ठ है—'*सर्वेषामपि चैतेषामात्मज्ञानम् परं स्मृतम्*'। पर यह भी याद याद रखना चाहिए कि मोक्ष चार पुरुषार्थों में से एक था। शेष तीन थे—धर्म अर्थात् कर्तव्य पालन, अर्थ यानी भौतिक समृद्धि की प्रासि और काम अर्थात् धर्मानुकूल सुख प्राप्ति।

गुरुकुल में शिक्षा पाने के बाद समावर्तन संस्कार होता था और तब विद्यार्थी अपने घर जाता था। तब वह स्नातक होता था— *स्नातकः स्नाति विद्यया*। जब स्नातक घर जाता था तो आचार्य उपदेश देता जैसा तैत्तिरीय उपनिषद् में है और जिसका संक्षिप्त रूप आजकल दीक्षांत समारोह के अवसर पर प्रयुक्त होता है। वाद और शास्त्रार्थ के द्वारा ज्ञान का विकास होता था। गुरुकुल के अतिरिक्त परिषद तथा याग-क्षेत्र जैसे—नैमिषारण्य और ब्रह्मावर्त भी विद्याकेंद्र थे जहाँ पर ज्ञान मिलता था। उस समय कुलपति वह होता था जो दस हज़ार विद्यार्थियों की शिक्षा, आवास और भोजन की व्यवस्था करता था।

मुनीनां दश साहस्त्रं योन्नपानादि पोषणात्।
अध्यापयति विप्रर्षिरसौ कुलपतिः स्मृतः ॥

वसिष्ठ, भारद्वाज, अगस्त्य जैसे ऋषि कुलपति थे। महाभारत काल में कण्व, सांदीपनि और शौनक आदि ऋषि भी कुलपति थे। व्यास भी इसी क्रम में आयेंगे। विभिन्न शास्त्रों की प्रचुर सामग्री ज्ञान की समृद्ध संस्कृति का प्रमाण प्रस्तुत करती है।

बौद्ध काल में विहार और अग्रहार और आराम होते थे। बौद्ध ग्रंथों में यष्टीवन, वेणुवन, जेतवन, महावन, निग्रोधाराम और सारिपुत्त, महा मोग्गलायन और आनंद जैसे कुलपतियों का उल्लेख मिलता है। तक्षशिला, काशी, नालंदा, काँची, विक्रमशिला, नवद्वीप, शारदापीठ, वलभी आदि प्रमुख विद्याकेंद्र थे। चीनी यात्री ह्वेनसांग ने नालंदा का वर्णन किया है। बाणभट्ट की 'कादम्बरी' में भी विद्यार्जन का विस्तृत वर्णन मिलता है। मुस्लिम काल में मदरसे खुले। फिर पुर्तगीज, ईसाई मिशनरी, डच, अंग्रेज, डेनिश, फ्रेंच आए और अपने ढंग की शिक्षा शुरू की। अंग्रेजों ने कलकत्ता मदरसा 1780 में, बनारस संस्कृत कॉलेज 1791 में, फ़ोर्ट विलियम कालेज 1800 में और कलकत्ता, बम्बई और मद्रास में विश्वविद्यालय 1857 में शुरू किए। स्वतंत्र भारत में क्रमशः शिक्षा संस्थाओं की संख्या बढ़ती गयी और अब हजार से अधिक विश्वविद्यालय हैं परंतु गुणवत्ता की दृष्टि से स्थिति में अपेक्षित सुधार नहीं आ सका। संरचनात्मक दृष्टि से औपनिवेशिक ढाँचा ही थोड़े बहुत परिमार्जन के साथ चलता रहा। शिक्षा के आयोग बने और उनके प्रतिवेदन भी आए परंतु आवश्यक कार्यवाही करने में हम चूकते रहे। पश्चिम ही ज्ञान का संदर्भ बना रहा और वहाँ की ज्ञानोपलब्धि निकष के रूप में प्रयुक्त होती रही। संभवतः पहली बार 2020 में पूरी शिक्षा व्यवस्था का भारतीय खाका तैयार हो सका।

भारतवर्ष की परम्परा का यदि एक समेकित नाम दिया जा सकता है तो वह है ज्ञान की परम्परा। युगों-युगों में आंतरिक तथा बाह्य स्तरों पर होने वाले सामाजिक-राजनीतिक परिवर्तनों के बावजूद भारतीयों ने अपनी ज्ञान प्रधान संस्कृति को जीवंत तथा उद्दीप्त बनाये रखा। ज्ञान की परम्परा ने भी अपने आप को हर युग के अनुकूल बनाने के लिए निरंतर अद्यतन होती रही। इस अद्यतनीकरण के लिए उसके पास अनेक रोचक प्रविधियाँ रहीं। कभी उसने अपना विस्तार कर आगंतुक कल्याणकारी तत्वों को स्थान दिया तो कई बार अपना संक्षेपण करके हानिकर तत्वों को दूर भी किया। कई बार पुरानी चीजों को केवल पुनः परिभाषित करके उसे समयानुकूल बनाया तो कभी कभी रूढ़ियों में बदलते अनुत्पादक प्रचलनों को छोड़ कर उनसे मुक्ति भी पायी। इस तरह भारतीय ज्ञान परम्परा स्थिर न हो कर गतिशील है, जो अपने स्वरूपगत समृद्धि की सुरक्षा करते हुए समय के साथ कदम से कदम मिला कर चला करती है।

नवोन्मेष का आवाहन

अमृत-महोत्सव के संदर्भ ग़ुलामी की मानसिकता से मुक्त होने के लिए आह्वान यह स्मरण दिलाता है कि देश की आज़ादी अभी भी अधूरी है। हम आज भी मानसिक रूप से पूरी तरह से स्वाधीन नहीं हो सके हैं। पराधीनता के बंधन में एक दास अपने स्वामी की दृष्टि से स्वयं को और अपनी दुनिया को देखने का भी अभ्यस्त हो जाता है। अभ्यास में आने के बाद जब हम उसके आदी हो जाते हैं तो हमारी भावना, विचार और कर्म सभी उसी से अनुबंधित हो जाते हैं। उसकी तीव्रता का अहसास भी ख़त्म होने लगता है और तब दासता दासता नहीं रह जाती। ग़ुलाम अपने आका की ख़ुशी में ही अपनी भी ख़ुशी देखता है। ग़ुलामी की सोच या मनोवृत्ति संकुचित या प्रतिबंधित दृष्टि के साथ बंधी बंधाई लीक पर ले जाती है। अनुगमन और अनुकरण करते रहना अपनी नियति मान कर इस तरह की सोच सर्जनात्मकता से भी विमुख करने लगती है। इस हाल में आदमी के ऊपर संशय, अनिश्चय और हीनता की ग्रंथि हाबी होने लगती है।

भारत का स्वतंत्रता संग्राम अंग्रेजी हुकूमत की जिस ग़ुलामी के विरुद्ध लड़ा गया था उससे देश को राजनैतिक स्वाधीनता तो 1947 में मिली परंतु आज जब देश की कमान स्वतंत्र देश में जन्मे नेताओं के हाथ में पहुँची तो स्वराज के अधूरेपन की टीस हरी होने लगी। पराधीन भारत में महात्मा गांधी ने 1909 में 'हिन्द स्वराज' बड़े स्पष्ट शब्दों में कहा था कि सिर्फ अंग्रेजों और उनके राज्य को हटाने भर से स्वराज की प्राप्ति सम्भव नहीं है। उनके जाने पर भी उन्हीं की सभ्यता और उन्हीं के आदर्श यदि बने रहें, तो व्यावहारिक रूप से हम पहले जैसे ही बने रहेंगे। अपनी बात को आगे बढ़ाते हुए उन्होंने पश्चिम की सभ्यता को 'शैतानी सभ्यता' घोषित किया और अपनी शंकाएँ व्यक्त की थीं। महात्मा गांधी में गुलामी का प्रतिरोध और अस्वीकार के साथ भारत की आत्मा की पहचान भी थी और उस चेतना को जगाने के लिए उन्होंने पश्चिमी सभ्यता की प्रखर आलोचना की। स्वराज के इस संकल्प-पत्र का प्रतिफलन भारत में 1915 में आने के बाद गांधी जी के निजी जीवन और सार्वजनिक उद्यम में देखा जा सकता है। पराधीन भारत में अपने आचरण और व्यवहार में गांधी जी ने स्वराज की संभावना की मूर्त छवियाँ भी प्रस्तुत कीं। उनके आश्रम और आन्दोलन इसकी सामाजिक प्रयोगशाला बने। इस दृष्टि से गांधी जी का रचनात्मक कार्यक्रम सामाजिक क्रांति का आगाज था जिसमें हिंसक आधुनिक सभ्यता के चंगुल से छूटना मुख्य ध्येय था। उन्होंने पूर्ण स्वराज्य पाने के कार्यक्रम में राजनीतिक पहल और सामाजिक रचनात्मक

कार्यक्रम दोनों की भूमिका को रेखांकित किया। वे सविनय अवज्ञा या सत्याग्रह को रचनात्मक कार्यक्रम का सहायक मानते हैं और देश की समृद्धि का मार्ग प्रशस्त करने वाला कहते हैं। इस तरह उन्होंने औपनिवेशिकता का विकल्प सामाजिक परिवर्तन के रूप में प्रस्तुत किया था। सिर्फ अंग्रेजी सत्ता की समाप्ति नहीं बल्कि सर्वोदय उनका उद्देश्य था। वे एक जीते जागते निरामय समाज का निर्माण चाहते थे। स्वतंत्र भारत की कथा में बहुत सारे उतार-चढ़ाव आए और सम्पूर्ण स्वराज का सपना अधूरा रहा। आज भ्रष्टाचार, पाखण्ड और नैतिक मूल्यों के ह्रास से देश जूझ रहा है। सार्वजनिक जीवन में मर्यादाएँ टूट रही हैं और प्रवचन तथा नाटक के दौर चल रहे हैं।

आत्मान्वेषण की आवश्यकता

आधुनिकता का लबादा ओढ़ कर औपनिवेशिकता हाबी होती रही और एक सभ्यता के रूप में हम उसका समाधान नहीं कर सके। साथ ही औपनिवेशिक दौर में आर्थिक असमानता खूब बढ़ी थी और बाद में ऐसी संस्थाएँ खड़ी की गईं जो उनका प्रभुत्व बनाए रखें। उपनिवेशवाद मूलतः शोषण, दमन और हिंसा से बनता है। तीव्र वैश्वीकरण के युग में भी आज देश के आत्मबोध को सशक्त बनाने के लिए पश्चिम के औपनिवेशिक विचार के खांचों से बाहर निकल कर देखना होगा। परन्तु गुलामी की मानसिकता से मुक्ति पश्चिमी दृष्टि से ही मुक्ति नहीं है। जैसा कि सर्वविदित है बर्तानवी साम्राज्य ने आधिपत्य ज़मा कर आर्थिक शोषण तो किया ही सांस्कृतिक व्यवस्था को भी समूल नष्ट करने की भरपूर कोशिश की। दुर्भाग्य से स्वतंत्र भारत में भी भारतीय सभ्यता का ज्ञान की दृष्टि से योगदान पश्चिमाभिमुख बुद्धिजीवी वर्ग ने पहचाना ही नहीं। भारत की आत्मा बंधन में ही रही। इसकी अपनी सामग्री और सैद्धांतिकी की लगातार उपेक्षा होती रही। साहित्य और संस्कृति का आधार भाषा होती है और देश की भाषाओं की उपेक्षा होती रही। भाषा सिर्फ संचार का माध्यम ही नहीं बल्कि संस्कृति की वाहिका भी होती है। भाषा में सांस्कृतिक मूल्य और आदर्श रचे-बसे होते हैं। आरोपित भाषा हमें अपने विचार, मूल्य और कल्पना से विलग करती है। तब हम अपने से बाहर निकल कर खुद (स्व!) को देखने और पहचानने का काम करते हैं मानों कि वह कोई (अन्य!) दूसरा है। कल्पना का यह आइना यूरोप, उसकी संस्कृति को केंद्र मान कर सारी दुनिया को उसी की दृष्टि से स्वतंत्र या देखता है। जब देश को आजादी मिली तो हम राजनीतिक दृष्टि से 'इंडिपेंडेंट' तो हुए पर अंग्रेजी, यूरोपीय ज्ञान, शासन-संरचना और उसकी परम्परा से मुक्ति नहीं

मिली। पश्चिम के मानस कारागृह से बाहर निकलना न हो सका। सभ्यता के आलोक में वर्तमान के साथ संवाद नहीं हुआ।

यहाँ की धरती पर उपजे और पनपे विचारों में लोक, जन और सर्व जैसे विचार बड़े पुराने प्रतीत होते हैं। यहाँ पर यह विचार अधिक प्रचलित है कि अकेला अधूरा होता है। यहाँ जुड़ने की छटपटाहट और बेचैनी स्वाभाविक रूप से दिखती है। वैयक्तिकता कृत्रिम और अस्वाभाविक है। व्यक्ति के लिए उसकी अपनी सत्ता का अतिक्रमण करना ही विकास का उद्देश्य होता है। अहं के स्वच्छंद विस्तार की जगह उसका नियंत्रण व्यक्ति के विकास का उपक्रम होना चाहिए। अगर वेदांत 'अहं ब्रह्मास्मि' का उद्घोष करता है तो वहाँ भी अपने विस्तार की ही बात है ताकि व्यक्ति का स्व सर्वसमावेशी हो सके। सबको साथ लेकर चलने वाला स्व ही मुक्त होता है। बंधनों से मुक्त होने पर ही अपने स्वरूप का पता चलता है। भारत की मानसिक गुलामी से उबरने के लिए उसे अपने स्वरूप और अस्मिता को अपनी दृष्टि से पुनः पहचानना होगा। शिक्षा-दीक्षा भविष्य के समाज के निर्माण की आधारशिला होती है और भविष्य को रचने का विकल्प मुहैया करती है। अधिकांश माता-पिता अभी भी यही मानते हैं कि अच्छे आचरण वाले, विचारशील और सुलझे शिक्षक अपने आचरण, विचार और मानवीय मूल्यों के प्रति समर्पण द्वारा एक सार्थक सामाजिक परिवेश की रचना करते हैं जो छात्रों को सद्गुण के विकास और सही राह पर ले जा सकते हैं। वस्तुतः विद्या केंद्र घर और समाज के बीच सेतु होते हैं। ये ऐसे जीवन स्थल हैं जहाँ सही रास्ते की समझ, रिश्तों की गहराई और उसकी पवित्रता की अनुभूति संभव है। विश्वविद्यालय के परिसर से ही प्रकाश और विवेक का उदय हो सकता है।

ज्ञान-विज्ञान की आधुनिक परम्परा : चुनौतियाँ और उपाय

औपचारिक शिक्षा के आधुनिक केंद्रों में कला, विज्ञान, प्रौद्योगिकी और साहित्य किसी भी क्षेत्र में पढ़ते हुए विद्यार्थी अधिकाधिक सूचना का संग्रह करता है। इस तरह की सूचना का अकादमिक, दार्शनिक और व्यावसायिक जगत में बड़ा सम्मान है। परंतु शिक्षक सिर्फ पाठ्यक्रम में दिया विषय मात्र ही नहीं पढ़ाता है। वह सीखने की पूरी प्रक्रिया को समझाता है और पूर्ण मनुष्य रचने में सहायक होता है। अच्छे शिक्षक छात्रों को प्रश्न और विवेचन का अवसर देते हुए उनकी जिज्ञासा को पुष्ट करते हए एक समग्र बोध और सीखने की प्रक्रिया को आत्मसात कराते हैं। ऐसे में ही एक संभावना से भरा व्यक्तित्व पल्लवित और पुष्पित होता है। हम देखते हैं कि एक पौधा भी पनपने के लिए स्वतंत्रता चाहता है और उसे धूप, हवा, पानी और खाद आदि

का समुचित मात्रा में पोषण मिलना चाहिए। ऐसे ही मन और शरीर सबका प्रस्फुटित होना ही शिक्षा का अभिप्राय होना चाहिए। इसके लिए सीखने की स्वतंत्रता और आवश्यक समर्थन मिलना चाहिए। मनुष्य के मन, शरीर और बुद्धि के बीच सामंजस्य हो तभी उसके समग्र विकास में उत्कृष्टता आ सकेगी। अभय की स्थिति में ही स्वतंत्र विचार की शक्ति आती है। उसी के साथ आदमी में अच्छाई का विकास होता है। अहंकाररहित, विनयसम्पन्न और दूसरों का ध्यान रखने वाला व्यवहार मन के भीतर से आता है। शिक्षक और विद्यार्थी के बीच भी मानवीय रिश्ता होता है। यदि अध्यापक को उच्च पद पर आसीन होने और ज्ञानी होने का अभिमान रहता है तो उसका छात्रों के साथ भरोसे और आश्वस्ति का रिश्ता नहीं बन सकता। उल्टे भय पैदा होता है और दबाव और तनाव की स्थिति में स्वाभाविक सीखना नहीं हो पाता है। तब विद्यार्थी के मन में गांठ बन जाती है और वे आगे के जीवन में या तो आक्रामक या फिर अनुगामी बना रहता है।

सही रिश्ते हों तो बुद्धि का जागरण होता है और आत्मविश्वास बढता है। निर्भय और सचेत हो कर सीखने पर ही व्यवहार, कार्य और सम्बन्ध में उत्कृष्टता या कुशलता आ सकेगी। ज्ञान ही पर्याप्त नहीं है, बोध और विवेक का जागरण भी आवश्यक है। नई पीढ़ी और नई सामाजिक संरचना का उदय विद्या केंद्रों के गर्भ से ही हो सकता है। लोभ, ईर्ष्या और शक्ति के ऊपर टिकी सभ्यता का हश्र हम देख रहे हैं। अस्त्र-शस्त्र का जखीरा बढ़ रहा है। व्यापारीकरण की अतिव्याप्ति से नैतिक गिरावट आ रही है। अपनी संतुष्टि और स्वार्थ के लिए हम धरती का अंधाधुंध दोहन कर रहे हैं। जीवन के इस ढर्रे को बदलने में शिक्षा ही कारगर हो सकती है। विद्यार्थी में दायित्व का भाव पैदा करना, मनुष्य और उसके दैनिक जीवन को संस्कारित करना शिक्षक का दायित्व है। इसकी वास्तविकता को महसूस कराना और सात्विकता और सद्गुण का विकास शिक्षक के लिए प्रमुख सरोकार होना चाहिए। इसके लिए अध्यापक को आर्थिक और मानसिक सुरक्षा मिलनी चाहिए।

एक नए भारत (न्यू इण्डिया!) के स्वप्न को साकार करने के लिए सुशिक्षित समाज के निर्माण की आवश्यकता है, यह इसलिए और भी जरूरी हो जाता है क्योंकि अनुमान है कि इस बीच भारत की आधी जन संख्या तीस वर्ष की आयु के नीचे की होने जा रही है। सक्रियता, उत्साह और उत्पादकता की दृष्टि से यह आयु वर्ग निश्चय ही अत्यधिक महत्त्व का होता है। इस तरह अमृत-काल एक निर्णायक दौर होने जा रहा है जिसे अवसर में बदलने के लिए शिक्षा को ठीक रास्ते पर लाना होगा। ज्ञान और कौशल दोनों ही दृष्टियों

से अच्छी शिक्षा व्यवस्था के लिए वरीयतापूर्वक काम करने की जरूरत है। सकारात्मक भविष्य की परिकल्पना को केंद्र में रखकर शिक्षा नीति-2020 राज्य की जन कल्याणकारी योजना के रूप में प्रस्तुत की गई जो भारत की युवा जनसंख्या के सुखद भविष्य को चित्रित करती है। इस शिक्षा नीति में प्राथमिक से लेकर उच्च शिक्षा तक अनेक नवाचार सुझाए गए हैं। उनको सूचना प्रौद्योगिकी के माध्यम से लागू कर बेहतर शिक्षा के अवसर उपलब्ध कराने की बात भी की जाती है। पर इन सबके लिए सघन सुधार, आर्थिक निवेश और शिक्षा को स्वायत्तता देने की दरकार है।

आज औद्योगीकरण और नगरीकरण ने शिक्षा के दृश्य को बहुत हद तक बदल डाला है और शिक्षक भी प्रहनों के दायरे में आ गया है। बाजार और पूँजी के प्रभुत्व ने शिक्षा के दरवाजे पर जर्बदस्त दस्तक दी है। समाज कि वरीयताएँ बदल गई हैं। मुक्ति को छोड़ अब शिक्षा को अर्थ की खोज और प्राप्ति से जोड़ दिया गया है। शिक्षा वित्त के अधीन कर दी गई है। उसे नौकरी और उद्योग धंधे से जोड़ दिया गया। यहाँ तक कि अब यह नारा दिया जा रहा है कि सब कुछ भूल जाओ और उद्योग की दुनिया से पूछ-पूछ कर ही ज्ञान-विज्ञान को आयोजित करो। पढ़ाई-लिखाई लोक-कल्याण और जनहित से दूर हो रही है। प्रौद्योगिकी के प्रवेश से शिक्षा की दुनिया में एक नया ही दौर शुरू हुआ। इसे युग-परिवर्तन ही कहेंगे जिसके साथ शिक्षा की पूरी पारिस्थतिकी (इकोलोजी) ही बदलने लगी है। मीडिया के तीव्र प्रसार ने घर बैठे सारे विश्व से सीधा संपर्क साधना संभव कर दिया है और वह भी सतत या अटूट। सब कुछ अकल्पनीय ढंग से बदल रहा है। आज के जीवन में ई-माध्यम की जोरदार उपस्थिति हमारे मन मस्तिष्क की आदतों को बदल रही है। शिक्षक को अपनी भूमिका पुनः परिभाषित करनी होगी और नए कौशलों से खुद को लैस करना होगा।

आज की इंटरनेटप्रिय छात्र की स्वयंशिक्षा की बढती प्रवृत्ति और नाना विषयों पर मल्टीमीडिया की प्रचुर सामग्री का उपलब्ध होना सीखने के पूरे परिवेश को ही बदल रहा है। ई-माध्यमों पर व्याख्यान और शैक्षिक सामग्री की सशक्त प्रस्तुतियाँ लोकप्रिय हो रही हैं। यही नहीं इन सबमें भागीदारी और मिल-जुल कर सीखने समझने की संभावना भी बन रही है। इसका एक सुखद पक्ष यह भी है कि छात्र इनके साथ अपनी रुचि और गति के साथ ज्ञान और कौशल अर्जित करने का सुविधाजनक अवसर पा रहे हैं। इस परिवर्तन को गंभीरता से लेने की आवश्यकता है। तभी हम स्वाधीन और ज्ञानसम्पन्न नागरिक बनाने में सफल हो सकेंगे। दरअसल अभी तक चल रही औपचारिक

शिक्षा उन्नीसवीं सदी के औद्योगिक माडल पर आयोजित 'मास स्कूलिंग' की अवधारणा भ्रामक वैचारिक आधारशिला पर टिकी थी। यह माना गया कि सभी बच्चे मूलतः खाली या रिक्त स्लेट की तरह जीवन शुरू करते हैं तथा उन्हें जबरन सिखाया जा सकता है। यह सोच मानव स्वभाव की वास्तविकता से बहुत दूर थी। पर इसे ध्यान में रख कर फैक्ट्री जैसी स्कूली व्यवस्था व्यवहार में लाई गई। यह व्यवस्था अक्षम, अलगाववादी, मानकीकृत और बहुत हद तक अनुत्पादी साबित हुई है। शिक्षा के परिसरों को भयमुक्त और सकारात्मक बनाने के लिए अध्यापकों को प्रशिक्षित करना और शिक्षा की प्रक्रिया को रुचिकर और आकर्षक बनाना आवश्यक है। मनुष्य यदि केवल तकनीकी कौशलों वाले उपकरण के रूप में ही ढाला जाय तो यह मानवता के लिए ख़तरनाक होगा। चरित्र, मूल्य और पारस्परिक सद्भाव को समझने बूझने की भी ज़रूरत है। सिर्फ़ आर्थिक प्रगति ही आवश्यक नहीं है। हम मात्र अर्थ-पशु बन कर न जियें बल्कि सच्चरित्र मनुष्य बनें इसके लिए शिक्षा में चरित्र निर्माण की जगह बनानी होगी। हम दिन-प्रतिदिन सामाजिक मूल्य की दृष्टि से व्यापक गिरावट के साक्षी हो रहे हैं और इससे समाज की समरसता घट रही है और सामाजिक स्वास्थ्य दुर्बल हो रहा है। हमें यह व्यवस्था करनी होगी कि हमारी शिक्षा पूर्णतर मनुष्य, सर्जनशील प्रतिभा और अच्छे सामाजिक व्यक्तित्व के निर्माण की राह पर ले जाय। इसके लिए शिक्षा में सार्थक गुणात्मक परिवर्तन की आवश्यकता है।

ज्ञान की पहुँच और उपयोगिता को बढ़ाना एक कठिन लक्ष्य है इसके बावजूद भी ज्ञान समाज में हो रहे परिवर्तनों के प्रतिबिम्ब के रूप में देखा जा सकता है। वैश्वीकरण ने ज्ञान की एक नई राजनैतिक अर्थव्यवस्था का मार्ग प्रशस्त किया है जिसके भीतर शैक्षिक संस्थान अपनी जगह और पहचान को बदल रहे हैं। उच्च शिक्षा के दायरे में, विश्वविद्यालयों पर शिक्षा के संचालन के तरीके को बदलने के लिए लगातार दबाव पड़ रहा है। कुछ विचारकों के मत में यह दबाव उद्योगप्रेरित है। कार्ल मार्क्स ने आर्थिक संरचना को पूँजीवादी सामाजिक संरचना के मूल आधार के रूप में पहचाना था, आज ज्ञान और सूचना संसाधन पर अर्थव्यवस्था और समाज की बढ़ती निर्भरता ने आर्थिक क्षेत्र की पहुँच को व्यापक बना दिया है जिससे महत्वपूर्ण संस्थागत परिवर्तन आवश्यक हो रहा। अब विश्वविद्यालयों को तेजी से ज्ञान उत्पादन, संरक्षण और संचार की अपनी पारम्परिक भूमिकाओं के अलावा, सामाजिक-आर्थिक विकास और क्षेत्रीय नवाचार के दायित्व को अपनाने में सक्षम संस्था के रूप में देखा जा रहा है। यह महत्वाकांक्षी जनादेश उस बढ़ती जागरूकता

से आता है जो उत्पादकता और वैश्विक प्रतिस्पर्धा, निरंतर उत्पादन तथा सतत परिष्कार पर बना देती है।

उपसंहार

शैक्षिक विकास सर्वांगीण विकास का माध्यम बनना चाहिए। पूर्ण मनुष्य यानी समग्रता का आशय विचारवान और विवेकवान होना है। वेद के व्याख्याता यास्क मनुष्य होने का लक्षण बतते हुए निरुक्त में कहते है—

मत्वा कर्माणि सीव्यती, मनुष्यमानेन सृष्टाः
मनस्यतिः पुनर्मनस्वी भावे। मनोरपत्यं वा।

अर्थात् जो विचार कर कर्म करे, वह मनुष्य है। कर्म करने के पहले जो भलीभाँति विचार करे कि मेरे इस कर्म का क्या फल होगा? किस किस पर इसका प्रभाव पड़ेगा? मेरे इस कर्म से किसका भला और किसका बुरा होगा? साथ ही यह भी सोचना चाहिए कि बुरे कर्म का फल बुरा होगा और अच्छे कर्म का फल अच्छा होगा। ऋग्वेद में कहा गया—

मनुर्भव जनया दैव्यं जनम् (ऋग्वेद,10/53/6)

मननशील होवो! मनुष्य तू सच्चे अर्थों में मानव बन ! तेरा लक्ष्य आत्म विकास ही न हो बल्कि अपने जीवन द्वारा दिव्यता का मानवता का विकास हो! अपने आदर्शों के लिए उत्सर्ग के लिए सदैव तत्पर रहना चाहिए।

मानव को धर्ममय मार्गों का आलम्बन करते हुए मननशील हो कर उत्तम गुणयुक्त संतानों और शिष्यों के निर्माण में संलग्न रहना चाहिए। ज्ञान की संस्कृति इसी लक्ष्य के प्रति समर्पित है।

■

शास्त्रार्थ परम्परा

दिव्यचेतन ब्रह्मचारी

भारतीय संस्कृति और दर्शन की परम्परा में 'शास्त्रार्थ' का एक विशिष्ट स्थान है। यह केवल सामान्य बहस न होकर, विद्वानों के बीच ज्ञान, तर्क, प्रमाण और उपपत्ति के आधार पर सत्य की खोज के लिए किया जाने वाला विमर्श है। भारत की ज्ञान परम्परा में केवल आस्था ही नहीं, अपितु तर्क, विचार (तत्वचिन्तन), संशय और समाधान की श्रृंखला रही है। इसी से 'शास्त्रार्थ' परम्परा का उदय हुआ, जिसने भारतीय ज्ञान की गहराई, व्यापकता और विकास को सम्भव किया।

शास्त्रार्थ का स्वरूप

शास्त्र और अर्थ, इन दो शब्दों से मिलकर शास्त्रार्थ शब्द बना है। 'शास्त्रस्य अर्थः शास्त्रार्थः।' यहाँ 'शासुँ अनुशिष्टे' धातु से शास्त्र शब्द निष्पन्न है तथा अर्थ शब्द 'अर्थ याच्ञायाम्' धातु से निष्पन्न है अर्थात् 'शास्त्र जन्य जो बोध का विषय, उसे शास्त्रार्थ कहते हैं।' शास्त्र क्या है ? 'शास्ति अनुशिष्टि हितमुपदिशति इति शास्त्रम्।' अर्थात् जो शासन पूर्वक हित का उपदेश करे, वह है शास्त्र और उससे होने वाला जो ज्ञान है, उस ज्ञान की जो विचार पद्धति है, उस विचार पद्धति का नाम है शास्त्रार्थ। शास्त्रार्थ में शास्त्रों (वेद, उपनिषद, स्मृति, पुराण, दर्शनों आदि) को प्रमाण माना जाता है और उनकी व्याख्या के आधार पर तर्कपूर्वक विषयों पर विमर्श किया जाता है—
'यत्र शास्त्राणि प्रमाणं कुर्युः, तत्रार्थविचारः शास्त्रार्थः॥'

'शास्त्रार्थः तत्त्वनिश्चित्याय संवादः॥' अर्थात् शास्त्रार्थ केवल बौद्धिक विमर्श नहीं, तत्त्वनिर्णय का माध्यम है। शास्त्रार्थ का दूसरा नाम भारतीय परम्परा में कथा भी है। यहाँ जो कथा शब्द है, वह उपन्यास का वाचक नहीं है। यहाँ कथा शब्द का तात्पर्य है 'विचारविषयः नानावक्तृक वाक् विस्तरः॥' अर्थात् 'विचारविषयक नानावक्तृक वाक्य समूहः कथा॥' जब एक विषय को लेकर अनेक वक्ता एकत्र होते हैं। उस विषय को केन्द्रित करके विचार की जो पद्धति है, उसी का नाम शास्त्रार्थ है। सत्य का उद्घाटन, धर्म निर्णय, ज्ञान का प्रसार और विपरीत मतों के बीच बौद्धिक संतुलन स्थापित करना इसके

प्रमुख उद्देश्य हैं। इसमें विषय, पूर्वपक्ष, उत्तरपक्ष, संगति और सिद्धान्त की क्रमबद्ध पद्धति रहती है। यह न्यायशास्त्र, मीमांसा, व्याकरण, वेदान्त, आगम, नास्तिक-आस्तिक वाद, सभी में समान रूप से व्यवहृत है।

ऐतिहासिक पृष्ठभूमि

ऋग्वेद के अनेक सूक्तों में ऋषियों के बीच संवादात्मक शैली से तात्विक प्रश्नों के उत्तर रूपी संवाद के रूप में शास्त्रार्थ के बीज दिखाई देते हैं। उपनिषदों में जहाँ आत्मा, ब्रह्म, मृत्यु, मोक्ष आदि गूढ़ विषयों पर विमर्श हुआ, वहीं बाद में यह परम्परा वैदिक, सांख्य, योग, न्याय, वैशेषिक, मीमांसा, वेदांत, बौद्ध, जैन आदि दर्शनों में विकसित होती चली गई। दर्शन, धर्म, नैतिकता, समाज और आचरण पर शास्त्रार्थ के माध्यम से गहन चिन्तन होता रहा है।

ऋग्वेद, यजुर्वेद, अथर्ववेद के ब्राह्मणग्रंथों में ऋषियों के संवाद शास्त्रार्थ के आद्य रूप माने जाते हैं। 'नासदीय सूक्त' में जगत् की उत्पत्ति को लेकर संशय और संभावनाओं का विश्लेषण शास्त्रार्थीय शैली का प्रमाण है। बृहदारण्यकोपनिषत्, छान्दोग्योपनिषत्, केनोपनिषत्, कठोपनिषत् आदि उपनिषदों में गर्गी-याज्ञवल्क्य संवाद, नचिकेता-यम संवाद जैसे अनेक शास्त्रार्थ दृष्टिगोचर होते हैं। याज्ञवल्क्य और मैत्रेयी के प्रश्नोत्तर में तत्वज्ञान का मंथन इसी परम्परा का द्योतक है।

बौद्ध एवं जैन युग

बुद्ध के काल में भी शास्त्रार्थ की परम्परा जीवंत रही। उनके शिष्य नागसेन और मिलिन्द के बीच का संवाद 'मिलिन्दपन्ह' में मिलता है, जो शास्त्रार्थ की विलक्षण कृति है। संयुत्तनिकाय, मज्झिमनिकाय में शास्त्रार्थ के अनेक उदाहरण हैं। जैन धर्म में भी 'हरिभद्राचार्य' जैसे विद्वानों ने बौद्धों से शास्त्रार्थ कर अपने मत की स्थापना की। मध्यकाल में विमर्श और संवाद के माध्यम से जैन और बौद्ध धर्मों ने अपना दर्शन विकसित किया। जैन आगमों में 'संवाद' (गणधर संवाद) शास्त्रार्थ परम्परा का अभिन्न अंग है।

दर्शनों का उत्कर्ष काल (700 ई०पू०)

इस समय सांख्य, वैशेषिक, न्याय, मीमांसा, वेदान्त, बौद्ध, जैन—इन सभी दर्शनों में प्रश्नोत्तरात्मक तर्कप्रधान शास्त्रार्थ की धारा सशक्त रही। यथा कुमारिल भट्ट का बौद्धों से शास्त्रार्थ। शंकराचार्य जी का मण्डन मिश्र, बौद्ध विग्रह, प्रबोधनन्द सरस्वती जैसे विद्वानों से शास्त्रार्थ प्रसिद्ध हैं।

आदि शंकराचार्य

लगभग 500 ईसा पूर्व के महान दार्शनिक आदि शंकराचार्य ने सम्पूर्ण

भारत में भ्रमण कर विभिन्न मठों और विद्वानों से शास्त्रार्थ किया। उन्होंने अद्वैत वेदांत की स्थापना करते हुए बौद्ध, सांख्य, मीमांसा, वैशेषिक आदि मतों से गहन संवाद किया। माहिष्मती ग्राम (वर्तमान बिहार के सहरसा जिले के महिषी ग्राम) में मंडन मिश्र और उभय भारती जी के साथ हुआ शास्त्रार्थ अत्यंत प्रसिद्ध है, जिसमें अंततः मंडन मिश्र जी ने शंकराचार्य जी के मत को स्वीकार किया।

मध्यकालीन शास्त्रार्थ

आगम सम्प्रदायों में भी शास्त्रार्थ की परम्परा रही। कश्मीरी शैवदर्शन में अभिनवगुप्त और उनके शिष्य क्षेमराज ने 'परत्रिंशिकाविवेक', 'तंत्रालोक' आदि में शैव, वैदिक, बौद्ध तर्कों का खण्डन-मण्डन कर शास्त्रार्थ शैली को चरमोत्कर्ष तक पहुँचाया।

नव्यन्याय परम्परा

गंगेश उपाध्याय, रघुनाथ शिरोमणि, रघुनन्दन भट्टाचार्य, गदाधर भट्टाचार्य आदि ने नव्य न्याय पद्धति का विकास कर शास्त्रार्थ को सूक्ष्म तार्किक स्वरूप प्रदान किया। मिथिला और नादिया (नवद्वीप) इस परम्परा के प्रमुख केन्द्र थे।

शास्त्रार्थ की विधा एवं पद्धति

विधा : अनेकानेक दार्शनिकों ने अपने विचारों को प्रस्तुत करने के लिए शास्त्रार्थ नामक इस विचार पद्धति को अपनाया है या तो शास्त्रार्थ तत्त्वनिर्णय की अभिलाषा से किया जाता है अथवा जय-लाभ की अपेक्षा से। इस भेद से शास्त्रार्थ नामक इस विचार पद्धति की तीन विधाएँ हैं—

वाद कथा : यह परस्पर जय अथवा अपमान की अभिलाषा से रहित होकर शास्त्रसम्मत और मर्यादित ढंग से एक तत्व के निर्धारण के लिए किया गया संवाद होता है। 'तत्वबुभुत्सु कथा वादः।' इसमें विनम्रता, तर्क, प्रमाण और संवाद का संतुलन होता है।

जल्प कथा : जय की इच्छा से किया गया संवाद, जिसमें लक्ष्य अपने मत को जितना होता है, न कि तत्व निर्णय करना, वह संवाद जल्प कहलाता है—'विजिगीषूणा कथा जल्पः' इसमें वक्तृत्व, शब्दों का कौशल और शास्त्रों के चयनात्मक प्रयोग पर बल होता है।

वितण्डा कथा : यह शास्त्रार्थ का निम्नतम स्तर होता है, जिसमें व्यक्ति केवल विपक्ष का खंडन करता है, स्वयं कोई पक्ष उपस्थित नहीं करता। यह नकारात्मक विमर्श की श्रेणी में आता है।—'स्वपक्षहीना परपक्षखण्डनपरा वितण्डा।'

पद्धति : शास्त्रार्थ, जो हमारे विचारों की निर्भ्रान्त प्रस्तुति का माध्यम है, उसके लिए हमारे आचार्यों ने एक पद्धति का आविष्कार किया है। शास्त्रार्थ के समय पर विचार करने के कुछ नियमों का शास्त्रों में उल्लेख प्राप्त होता है। एक तत्व के निर्णय के उद्देश्य को लेकर गुरु और शिष्य के मध्य प्रश्न और उत्तर का जो विचारात्मक संवाद है, जिसमें गुरु और शिष्य प्रश्न और उत्तर के माध्यम से विचार करते हैं। तात्पर्य है—एक आदरणीय व्यक्ति और आदरणीय व्यक्ति का आदर करने वाला जो व्यक्ति, उन दोनों के बीच किसी एक सिद्धान्त की प्राप्ति के लिए परस्पर जय-अभिलाषा रहित, अपमान की अभिलाषा से रहित होकर एक तत्व के निर्धारण के लिए जो विचार पद्धति है, उसे वाद कहते हैं। वाद के विषय में भगवान् स्वयं गीता के दशमध्याय में कहते हैं—'प्रवदतानां वादोऽस्मि।' अर्थात् वाद पद्धति अत्यन्त पवित्रतमा पद्धति है। इस विचार पद्धति में जब हम तत्व निर्णय करने की ओर चलते हैं, तो उस समय उस विचार को अत्यन्त प्रस्फुटित होने के लिए एक आचार्य, एक गुरु कुछ वाक्यों का प्रयोग करता है, जिन वाक्यों पर शिष्य और गुरु का संवाद होता है। उस संवाद में भी पाँच अंग हैं। एक विषय है। उस विषय का एक पूर्वपक्ष है। एक उत्तर है। और उन प्रश्नों में कोई वितक्रम न हो, 'सोपानन्यायेन' एक अन्त तक पहुँचाने की जो क्रमबद्धता है, जिसे संगति कहेंगे, एक संगति है और उसके बाद सिद्धान्त है और यह जो पाँच विषय हैं—

- विषय
- पूर्वपक्ष
- उत्तरपक्ष
- संगति
- सिद्धान्त

इन पाँच विषयों पर वह शास्त्रार्थ निर्धारित रहता है और आचार्य अपनी बात समझाने के लिए किस प्रकार से इनका प्रयोग करे, उस विषय में शास्त्रों में नियम है—

उपक्रमोपसंहारावभ्यासापूर्वताफलम्।
अर्थोवादोपपत्ती च लिंगं तात्पर्यनिर्णये॥

इन षड्लिंगोपेत वाक्य द्वारा गुरु अपने शिष्य के प्रश्नों के उत्तर देने का जो क्रम है, वह वाद है। यह वाद, गुरु और शिष्य के बीच का जो सम्बन्ध है, विश्वास, उस विश्वास पर यह आधारित होता है। गुरु के वाक्य पर विश्वास पर आधारित यह एक संवाद है जिसका लक्षण हमारे शास्त्रों में किया गया है— 'तत्वबुभुत्सु कथा वादः।' अर्थात् तत्व को जानने की इच्छा से प्रश्न और

उत्तर का जो क्रम है, उस क्रम का नाम वाद है। किसी अन्य सभापति की, निर्णायकों की इसमें आवश्यकता नहीं होती है। यह वाद कथा भारतीय संस्कृति का मूल स्तम्भ है, क्योंकि यह वाद किसी विरोधी से नहीं है, अपितु गुरु और शिष्य आपस में इस माध्यम से विचार करते हैं और तत्व निर्णय करने में समर्थ होते हैं। इसीलिए हमारे यहाँ कहा गया है—'वादे वादे जायते तत्वबोधः ॥'

परन्तु तत्वनिर्णय पूर्वक जो जय का अभिलाषी है, उसके सम्पादन करने के लिए हमारे आचार्यों ने जल्प और वितण्डा का उल्लेख किया है। जल्पकथा की परकाया है—'विजिगीषूणां कथा जल्पः।' विजिगीषु का तात्पर्य है, जो मात्र जय की कामना से, तत्त्वनिर्णय जिसका प्रधान उद्देश्य नहीं है, ऐसे संवाद को जल्प कहते हैं। वितण्डा शब्द का अर्थ है 'वितण्ड्यते व्याहन्यते परपक्षो अनया इति वितण्डा।' जो दूसरे के पक्ष का खण्डन करती है, ऐसी जो शास्त्रार्थ पद्धति, उस शास्त्रार्य पद्धति का नाम वितण्डा है। इसलिए कहा जाता है 'स्वपक्षहीना परपक्षखण्डनपरा वितण्डा।'

इस जल्प और वितण्डा के सम्पादन के लिएग इन कथाओं के चार अंग हैं—

- वादी के नियम
- प्रतिवादी के नियम
- सभापति के नियम
- मध्यस्थ के नियम

अधिकार के निर्णय के लिए वादी और प्रतिवादी के नियमों की आवश्यकता होती है। सभा में सभापति वादी और प्रतिवादी को निश्चित करता है। 'त्वया पूर्वपक्षः उपस्थापनीयः॥ त्वया उत्तरपक्षः करणीयः॥' वादी का और प्रतिवादी का, यह प्रश्न करने में समर्थ है और यह प्रश्न का उत्तर देने में समर्थ है, ऐसे दो व्यक्तियों को निश्चय करने वाला एक सभापति होता है। क्योंकि ऐसा न हो, कि कोई शास्त्रज्ञानशून्य और विषय से अनभिज्ञ व्यक्ति मात्र अपनी प्रसिद्धि के लिए शास्त्रार्थ करने आ जाए, इसलिए सभापति वादी के (प्रश्नकर्ता के) और प्रतिवादी के (उत्तरकर्ता के) नियमों का उल्लेख करता है।

उस सभा के सभापति के लिए हमारे शास्त्रकारों ने कहा है, कि शास्त्रार्थ का जो सभापति हो वह या तो राजा हो अथवा कोई प्रभावशाली व्यक्ति हो। वह सभापति मध्यस्थ को नियुक्त करेगा। मध्यस्थ के द्वारा वादी और प्रतिवादी के विचार की प्रवर्तना होगी। वादी, प्रतिवादी और मध्यस्थ, इन

तीनों के समीप अनेक विद्वान बैठे रहेंगे तथा जो मध्यस्थ विद्वान है, उसके समक्ष वादी और प्रतिवादी अपने-अपने वक्तव्य विषय को कहेंगे। नियमानुसार वादी पहले मध्यस्थ को विषय देगा। मध्यस्थ उन दोनों का परीक्षण करेगा और परीक्षण के द्वारा उनको वादी और प्रतिवादी के रूप में प्रस्तुत करेगा और पहले वादी, मध्यस्थ ने जो बीजारोपण किया अर्थात् जो प्रश्न का उपस्थापन किया, जो विचार वाक्य का उद्घाटन किया, उसी विचार वाक्य में, जैसे मान लें मध्यस्थ ने कहा 'जगन्मिथ्या न वा', तो अब वादी कहेगा 'जगत् सत्य है' तो प्रतिवादी कहेगा 'जगत् मिथ्या है', उसी पर विचार होगा। मध्यस्थ के प्रश्न के अनुसार पहले वादी अपना प्रश्न उपस्थित करेगा और उसमें पंचावयव का प्रयोग करेगा।

- प्रतिज्ञा
- हेतु
- उदाहरण
- उपनय
- निगमन

इन पंचावयव न्याय प्रयोग पूर्वक, सबसे पहले वादी अपने पक्ष को रखता है। वादी द्वारा अपना पक्ष रखने हेतु में जो दोष आदि हैं, उनका निराकरण करके, समस्त वक्तव्य समाप्त होने के बाद, प्रतिवादी मध्यस्थ के समीप ही पूर्वोक्त कथन का पूरा अनुवाद करते हुए वादी के पूरे भाव को बताएगा। अतः तब मध्यस्थ कहेगा, इसने वादी के प्रश्न को समझ लिया। अनुवाद करने के बाद प्रतिवादी वादी के सामने उसका उत्तर देना आरंभ करेगा और यदि वह वादी के अर्थ को नहीं समझ पाता है तो वह निग्रह स्थान में चला जाएगा, शास्त्रार्थ से उसे हटा दिया जाएगा। अतः सबसे पहले वादी के अर्थ को समझने के बाद पुनः प्रतिवादी अपने वक्तव्य को कहेगा। उसकी समाप्ति होने के बाद पुनः मध्यस्थ के सामने अब पूर्ववादी, प्रतिवादी बन जाएगा और उसने जो उत्तर दिया है, उसका पूरा अनुवाद करेगा, उसके उत्तर को समझेगा, मध्यस्थ को बतायेगा, इसने यह कहा है। उसके बाद यदि संदेश होगा, तो पुनः प्रतिवादी के उत्तर में प्रतिवादी बनकर वादी उससे प्रश्न करेगा। यह प्रक्रिया चलती रहेगी। अंतिम जब स्थिति तब आएगी जब समस्त दोषों का निराकरण हो जाएगा और मध्य में दोषों का प्रदर्शन हो जाएगा, फिर जो प्रदर्शन कर लेगा वह विजयी हो जाएगा, जो नहीं कर सकेगा वह विजय को प्राप्त नहीं करेगा। उनके जय और पराजय का निर्णय मध्यस्थ करेंगे तथा सभापति इसकी घोषणा करेगा। यह हमारी एक प्राचीन पद्धति है और यदि

नियमपूर्वक विचार किया गया है, तब तो जय पराजय की बात होगी, अगर नियम से इतर हुआ तो वह निग्रह स्थान को प्राप्त हो जायेगा, उसे हटा दिया जाता है।

ये नियम जल्प और वितण्डा कथा के नियम हैं। परन्तु वादकथा में न किसी मध्यस्थ की आवश्यकता है, और न ही सभा की। हमारे आचार्यों ने कहा 'गुरुशिष्यौ तत्व निर्णयार्थं वादं कुरूतः।' यह किसी वन में, उपवन में, पवित्र स्थल में, वृक्ष के मूल में, पर्णकुटीर में बैठ कर, कहीं भी किया जा सकता है। आचार्य लिखते हैं 'किन्तु वादकथायां सभायाः मध्यस्थस्य वाऽपेक्षा नास्ति, पर्णकुटीरे वृक्षमूले च वा स्थित्वा गुरुशिष्यौ तत्व निर्णयार्थं वादं कुरूतः॥' तथा यदि कोई मुमुक्षु है, जिन्हें संसार से वैराग्य है, जिसे जय की कामना नहीं है, वह इस विचार में प्रवृत्त हो या न हो, तो उसके लिए हमारे शास्त्रों में कहा गया है, उसे भी विचार में प्रवृत्त होना चाहिए। क्योंकि गुरु ने उसे जो तत्व निर्णय दिया है, कहीं कोई विधर्मी आकर उसमें आशंका न पैदा कर दे, उस आशंका की निवृत्ति के लिए उसे भी इस पद्धति का, प्रतिज्ञा, हेतु, उदाहरण, उपनय, निगमन, पंचावयववाक्य पुरस्सर प्रतिज्ञावाक्य का चिन्तन आवश्यक है। इसीलिए गुरु के पास में जो शिष्य, जो आपस में सतीर्थ्य होते हैं, वह अपने गुरु-प्रदत्त ज्ञान को दृढ़ करने के लिए किसी भी शास्त्रज्ञ के पास में, गुरु के पास में अथवा सतीर्थ्य के पास में बैठकर आपस में विचार करते हैं।

वर्तमान में शास्त्रार्थ का स्वरूप

वर्तमान काशी में शास्त्रार्थ की तीन पद्धतियाँ प्रसिद्ध हैं—

- पूर्वपक्ष उत्तरपक्ष पद्धति
- वाक्यार्थ पद्धति
- चक्रकानुक्रम पद्धति

पूर्वपक्ष उत्तरपक्ष पद्धति। इसमें दो ही वक्ता, वादी और प्रतिवादी होते हैं। जो परस्पर पूर्वपक्ष और उत्तर पक्ष के माध्यम से प्रश्नोत्तरात्मक संवाद करते हैं। यह पद्धति शास्त्रार्थ प्रतियोगिता के रूप में आज जीवित है। जो दूसरी पद्धति है, उसमें एक ही वक्ता रहता है, और बाकी सभी श्रोता। उन श्रोताओं के मध्य से ही प्रश्न होते हैं। इस पद्धति को दक्षिण भारत में वाक्यार्थ कहते हैं। यह वाक्यार्थ पद्धति काशी में और अन्यत्र प्रचलित है। शास्त्रार्थ की एक और पद्धति काशी में प्रचलित है—चक्रक पद्धति। इसमें सभी वक्ता चक्रकानुक्रम से बैठ जाते हैं। इस पद्धति में पहला वक्ता पूर्वपक्ष प्रस्तुत करता है, फिर दूसरा उत्तर देता है। पुनः तीसरा व्यक्ति पूर्वपक्ष प्रस्तुत करता है, चौथा

उत्तर देता है। वादी और प्रतिवादी पद्धति में एक प्रश्न करेगा तो दूसरा उत्तर देगा और यदि दूसरे ने प्रश्न किया तो पूर्व वाला ही उत्तर देगा। परन्तु चक्रक पद्धति में ऐसा नहीं है। जिसके क्रम में जो पक्ष आ जाएगा, उस क्रम से प्रस्तुत करता है। यह चक्रक पद्धति सम्प्रति काशी में अत्यन्त प्रचलित है। जहाँ प्रतियोगिताओं में दो से अधिक छात्र रहते हैं, उनको एक साथ चक्रकानुक्रम से बैठा दिया जाता है और पूर्वपक्ष उत्तरपक्ष करते करते जो अन्त में बचते हैं, उन्हें ही जय और उपविजय के रूप में घोषित किया जाता है। इन पद्धतियों से अतिरिक्त धर्मशास्त्र के विवेचन की एक विलक्षण पद्धति है तथा अन्य पद्धतियों का भी हमारे शास्त्रों में निरूपण है।

शास्त्रार्थ के संवर्धन हेतु प्रयास

सम्प्रति काशी में शास्त्रार्थ की तीनों पद्धतियाँ प्रचलित हैं और अत्यन्त सौभाग्य की बात है, काशी की यह जो वेद-प्रसिद्ध परम्परा है, उसका संरक्षण एवं संवर्धन काशी में दत्तात्रेयमठ (नारद घाट) और करपात्रधाम (केदार घाट) के प्रयासों से सफलता पूर्वक हो रहा है। जहाँ पर मास के प्रत्येक पक्ष में 'त्रयोदशी शास्त्रार्थ-सभा' के नाम से शास्त्रार्थ आयोजित होता है, जिसमें शास्त्रार्थ की तीनों पद्धतियों (वादी प्रतिवादी पद्धति, चक्रकानुक्रम पद्धति एवं वाक्यार्थ पद्धति) का संगम रहता है।

यह अत्यन्त प्राचीन, पौराणिक और वैदिक काल की शास्त्रार्थ पद्धतियों का जीवन्त उदाहरण है। काशी की गरिमामयी शास्त्रार्थ पद्धतियों का संरक्षण संवर्धन करने के उद्देश्य से दत्तात्रेय मठ, करपात्र धाम एवम् उत्तम संस्थानम् के संयुक्त तत्वाधान में चारों धामों की तीर्थ यात्रा पूर्वक शास्त्रार्थ सभाएँ आयोजित की गईं। जिस क्रम में सर्वप्रथम जगन्नाथ पुरी में तीर्थ यात्रा वर्ष 2017 ईसवी में हुई। वहीं पर गोवर्धन पुरी पीठ में दिनांक 30.08.2017 से 01.09.2017 तक त्रिदिवसीय शास्त्रार्थ युवा तरुण विद्वानों के द्वारा सम्पन्न हुआ। तत्पश्चात वर्ष 2018 में रामेश्वरम् में कांचीपीठ की शाखा में 01.09.2018 से दिनांक 05.09.2018 तक शास्त्रार्थ का आयोजन हुआ और इसी क्रम में 17.02.2020 से 21.02.2020 तक द्वारका शारदा पीठ में और गतवर्ष दिनांक 11.06.2024 से 16.06.2025 वद्रिकाश्रम में शास्त्रार्थ सभा संपन्न हुई। इसके फलस्वरूप देश के विभिन्न भागों में शास्त्रार्थ के आयोजन का पुनः प्रचलन हुआ। इस प्रकार चारों धामों में शास्त्रार्थ के प्रचार हेतु सभाएं कराकर शास्त्रार्थ के संवर्धन के उद्देश्य को भी प्राप्त किया गया। यह पद्धति जीवित रहे, इसके लिए संरक्षण, संवर्धन और समाज का प्रोत्साहन अत्यन्त आवश्यक है।

उपसंहार

शास्त्रार्थ परम्परा ने भारतीय ज्ञानधारा को वैज्ञानिक दृष्टि, तर्क-प्रधान दृष्टिकोण तथा सत्यनिष्ठा प्रदान की। शास्त्रार्थ केवल एक पुरातन परंपरा नहीं, बल्कि तात्त्विक-दार्शनिक चेतना की रीढ़ है। भारतीय ज्ञान-संस्कृति की आत्मा है। यह आत्मा तर्क, सहिष्णुता, सत्य, संवाद और ज्ञान पर आधारित है। ऋषि-मुनियों से लेकर, तन्त्राचार्यों, न्यायदर्शनविदों तक, सभी ने शास्त्रार्थ को ही सत्य की उपलब्धि का सर्वोत्तम साधन माना। भारतीय संस्कृति की यह बौद्धिक विरासत आज भी उतनी ही प्रासंगिक है जितनी वैदिक काल में थी। वर्तमान समय में भी यदि शास्त्रार्थ की तर्कसंगत, मर्यादित और सत्य के प्रति निष्ठावान परम्परा को पुनर्जीवित किया जाए, तो समाज में बौद्धिक चेतना का अभूतपूर्व विकास संभव है।

■

वैदिक ज्ञानपरम्परा

धनञ्जय कुमार पाण्डेय

आज भी ज्ञान मानव जाति के लिए परम प्रेमास्पद एवं परम श्रद्धा का विषय बना हुआ है, जैसा आदिम काल में था। इस विचार के स्थापन में मुण्डकोपनिषद् का यह मन्त्र अत्यन्त ध्येय है—

ॐ ब्रह्मा देवानां प्रथमः सम्बभूव विश्वस्य कर्ता भुवनस्य गोप्ता।
स ब्रह्मविद्यां सर्वविद्याप्रतिष्ठामथर्वाय ज्येष्ठपुत्राय प्राह॥

इस प्रकार जैसा कि ब्रह्मा जो अग्रजन्मा हैं, आप अपने ज्येष्ठ पुत्र अथर्वा को यह ब्रह्मविद्या प्रदान किये। अथर्वा ने अङ्गी को, तथा अङ्गी ने भारद्वाज सत्यवाह के लिए इस विद्या का प्रकाशन किया। फिर भारद्वाज सत्यवत ने अपने योग्य अधिकारी शिष्य अङ्गिरा को इस विद्या का दान किया। शौनक ने इस विद्या की महती जिज्ञासा की है, जिसका प्रख्यात विवरण मुण्डकोपनिषद् में वर्णित है। आशय यह है कि जहाँ भी ज्ञान विषयक विवेचना उपलब्ध है, उसकी एक सुदीर्घ अनादि परम्परा स्पष्टतः उल्लिखित है। वेदों में ऋषियों की वंश परम्परा का क्रमानुवर्णन इसी वैदिक ज्ञानपरम्परा की ओर हमारा ध्यान आकृष्ट करता है।

श्रीमद्भगवद्गीता के भाष्यकार आद्य जगद्गुरु आचार्य श्रीशङ्कर-भगवत्पाद ने ज्ञान परम्परा का सूत्र रूप से उल्लेख किया है, जो अत्यन्त ध्येय एवं ज्ञेय है। इस विषय में भगवत्पाद की परम्परा का उल्लेख आवश्यक है। आचार्य अपने प्रकाश्य विषय के अवसर पर ब्रह्मविद्या के सम्प्रदाय का उल्लेख अवश्य करते हैं। यहाँ यह जान लेना आवश्यक है कि समस्त वेदराशि एक अनुपम ज्ञान शृङ्खला से ओतप्रोत है। सभी वेदों का जो परम तात्पर्य है, यदि उसको सीधे सीधे कह दिया जाता तो अकस्मात् उसको हृदयङ्गम करना कठिन हो जाता और संशय, विपर्ययादि की सावकाशता हो जाती। अतः बड़े ही कौशल से संहितादि का निरूपण किया गया है। अधोलिखित सम्प्रदाय की स्तुति में यह परम्परा में प्रायः कहा जाता है—

ॐ नमो ब्रह्मादिभ्यो ब्रह्मविद्यासम्प्रदायकर्तृभ्यो
वंशऋषिभ्यो महद्भ्यो नमो गुरुभ्यः॥

इस स्तुतिवाक्य के द्वारा एक सारगर्भित वैदिक ज्ञान परम्परा का उल्लेख

हो जाता है। प्रकाशनीय वस्तु एक परम्पराप्राप्त अध्ययन के सोपान क्रम से उत्तरोत्तर प्रवाहित होती आ रही है। सम्प्रदाय के अध्ययनाध्यापन परम्परा में यह पद्य प्रतिदिन ग्रन्थाध्ययन के पूर्व उच्चारित किया जाता है, जैसा कि—

नारायणं पद्मभवं वसिष्ठं शक्तिं च तत्पुत्रपराशरं च।
व्यासं शुकं गौडपदं महान्तं गोविन्दयोगीन्द्रमथाऽस्य शिष्यम्॥

इससे भगवान् नारायण से आरम्भ होकर भगवत्पाद गोविन्दमुनि पर्यन्त एक आदरणीय गुरु-शिष्य परम्परा का वर्णन प्राप्त हो रहा है। श्रीभगवत्पाद श्रीशङ्कराचार्य के पूर्व ज्ञान परम्परा की विद्यमानता का अवबोध इस पद्य में कराया गया है। तत्पश्चात् यह अधोलिखित पद्य गोविन्दभगवत्पाद के शिष्य परम्परा का बोधक है—

श्रीशङ्कराचार्यमथाऽस्य पद्मपादं च हस्तामलकं च शिष्यम्।
तं त्रोटकं वार्तिककारमन्यानस्मद्गुरून् सन्ततमानतोऽस्मि॥

इस पद्य के द्वारा आचार्य श्रीशङ्करजी की अग्रिम शिष्य एवं ज्ञान परम्परा का अभिवर्णन दीख रहा है, जिसमें उनके चारों शिष्यों सहित आज तक की ज्ञान परम्परा का सहज रूप से दिग्दर्शन कराता है। अत एव आज भी हम 'अस्मदाचार्यपर्यन्तां वन्दे गुरुपरम्पराम्' का वाचिक उल्लेख करते हैं।

इस प्रकार श्रीमच्छङ्करभगवत्पाद जी कहते हैं—'स भगवान् सृष्ट्वेदं जगत् तस्य च स्थितिं चिकीर्षुर्मरीच्यादीनग्रे सृष्ट्वा प्रजापतीन् प्रवृत्तिलक्षणं धर्मं ग्राहयामास वेदोक्तम्। ततोऽन्यांश्च सनकसनन्दादीनुत्पाद्य निवृत्तिधर्मं ज्ञानवैराग्यलक्षणं ग्राहयामास'। इस भाष्यवचन से दोनों ही धर्मों की अपनी अपनी शिष्य-प्रशिष्य परम्परा का आविर्भाव सुनायी दे रहा है। दोनों में ही एक अजस्र ज्ञानपरम्परा दिखायी दे रही है। इन्हीं ज्ञान परम्पराओं का श्रीमद्भगवद्गीता में निरूपण दृष्टिगोचर है। सम्प्रदाय का वास्तविक मूल अर्थ, अध्यापक एवं अध्येता की अविशुद्ध ज्ञानार्जन परम्परा में है। इस अर्थ को भामती आदि ग्रन्थों में विस्तारपूर्वक वर्णित किया गया है। 'अध्यापकाध्येतृपरम्परा लोकः'— इसके द्वारा लोक को दर्शाते हुए एक आवश्यक परम्परा का दिग्दर्शन कराया गया है। चम्पू रामायण के आरम्भ में श्रीरामचन्द्रबुधेन्द्र ने इस आशय को स्पष्ट करते हुए कहा कि— 'परमकारुणिकस्य ब्रह्मण एव भूमौ स्वांशेन वाल्मीकिरूपेणावतीर्णत्वादस्य प्रष्टृत्वं नारदस्योपदेष्टृत्वं च कथमुपपद्यते इति चेत् सत्यम्। मानुषलोके रूपान्तरेणावतीर्णस्य तस्य सम्प्रदायप्रवर्तनार्थमित्थमुपयुक्तत्वान्नानुपपत्तिरित्यल-मतिप्रपञ्चेन'। इससे यह सिद्ध होता है कि ब्रह्मा या हिरण्यगर्भ एवं उनके सिद्ध मानस पुत्र नारदादि वशिष्ठ प्रभृति इस लोक में एक परम्परा के सञ्चालनार्थ तथा स्थापनार्थ ही उल्लिखित हैं। यदि ज्ञान परम्परा इतनी आवश्यक न होती

तो इनका इस प्रकार का प्रयास सफल न सिद्ध हो पाता। पूर्व समर्थित या अनुमोदित वस्तु में व्यक्ति की प्रवृत्ति होती है। तत्तद् रूपों में अवस्थित होती हुई अनादि शाश्वत चेतना उत्तरोत्तर एवं बृहद् आदरणीय परम्परा का रूप धारण कर लेती है। इस ज्ञान परम्परा को इतना परिमार्जित एवं ग्राह्य बनाया गया कि आगे इसके उपर किसी भी प्रकार के आक्षेप का जन्म न हो सके।

वेदविद्या समस्त ज्ञात एवं अज्ञात विषयों का प्रकाशन करती है। मनुष्य को परमात्मा वह सारे ज्ञान के उपकरण प्रदान किये हैं, जिससे वह हर एक पदार्थ को बुद्धिगम्य कर लेता है। यदि परम्परा न हो तो कोई भी अपने अभीप्सित लक्ष्य तक नहीं पहुँच सकता है। जब हम ज्ञान परम्परा के क्षेत्र में प्रवेश करते हैं, तो हमें उसके आदिम एवं मूल स्रोत की सहज जिज्ञासा समुत्पन्न होती है। वेदों की निर्मिति किसी व्यक्ति विशेष के द्वारा नहीं हुई है, कारण कि हम एक स्वस्थ एवं सटीक वातावरण में ही ज्ञान का आचार्य या शिक्षक के सान्निध्य में अर्जन अथवा ग्रहण करते हैं। ऐसे में यदि वेद का निर्माण माना जाय तो उसके निर्माण के पूर्व ज्ञान को अर्थात् निर्माण की जानी वाली वस्तु के पूर्व एक आवश्यक अनुभव सामग्री को मानना पड़ेगा। इस प्रकार वह अनुभवात्मक बोध स्थिर नहीं हो पायेगा। ऐसे में वेद अपौरुषेय एवं सर्वज्ञ ही सिद्ध हो पायेंगे। परमात्मा यद्यपि कर्तुम् अकर्तुम् एवं अन्यथा कर्तुम् समर्थ हैं, तथापि वेद का कारक माने जाने पर भी उसके आनुपूर्वी में उनके द्वारा कोई परिवर्तन नहीं किया जाता है।

हमारे विषयों के विभाग में प्रमुख रूप से तीन विभाग दृष्टिगोचर हैं, जो आधिभौतिक, आधिदैविक एवं आध्यात्मिक रूप से अत्यन्त प्रसिद्ध हैं। धर्म, अर्थ, काम एवं मोक्ष का प्रकाशन वेदादि शास्त्र करते हैं। अर्थ एवं काम का यद्यपि हमें अनुभव एवं परिज्ञान है, किन्तु धर्म एवं मोक्ष हमारी बुद्धि एवं क्रिया कलाप से अत्यन्त परे हैं। केवल शास्त्र ही इनका स्वरूप एवं उपाय हमारे सामने प्रस्तुत करते हैं। अर्थ एवं काम का भी साङ्गोपाङ्ग स्वरूप जो न्यायोचित एवं अग्रिम यात्रा के लिए उपादेय है, उसका भी प्रकाशन शास्त्र के द्वारा ही सम्भव है। वेदों के उपकारक अर्थात् वेदार्थ के उपबृंहण हेतु तथा तात्पर्य विनिश्चय के लिए वेदाङ्गों के अवबोध की आवश्यकता है।

शिक्षा, कल्प, व्याकरण, छन्द, निरुक्त एवं ज्योतिष इन षड्विध वेदाङ्गों के द्वारा ही वेदराशि का सम्यक् परिज्ञान सम्भव है। शिक्षा नामक वेदाङ्ग के अवतरण से हमें स्पष्ट एवं अपूर्व परिमार्जित परम्परा का अनुभव सहज रूप से प्राप्त है। वर्णों के स्थान एवं उच्चारण प्रक्रिया का ज्ञान हम किसी न किसी शिक्षाविद् के सान्निध्य से ही अवगत करते हैं। यदि इस प्रकार की हमारी शिक्षा न हो तो हम अध्ययन, दान, कर्म, यज्ञ, उपासना एवं सदाचार से हमेशा

के लिए वञ्चित हो जायेंगे। इस शिक्षा का एक अपना अनादि एवं वैज्ञानिक क्रम है, जिसके आलोक में हम अपने गन्तव्य तक की यात्रा कर सकते हैं। आज हमारे मध्य पाणिनीय शिक्षा का स्वरूप एवं विस्तार दिखायी पड़ रहा है। इसकी अनिवार्यता की किसी भी प्रकार से हम उपेक्षा नहीं कर सकते। इसी प्रकार कल्प रूप वेदाङ्ग का यज्ञीय निर्माण या उपादेय लौकिक निर्माण में अविच्छिन्न परम्परा आज भी देखने को मिल रही है।

व्याकरण की तो जिस प्रकार की सारगर्भित अक्षुण्ण परम्परा की गरिमा के आगे सभी नतमस्तक हैं। पाणिनी की अष्टाध्यायी की वैज्ञानिकता को देखकर आश्चर्य होता है कि आखिरकार बुद्धि की किस सत्वातिशय अवस्था में अवस्थित होकर इसका निर्माण किया गया होगा।

वैदिक ज्ञान परम्परा एक ऐसी अवस्था है, जिसके तात्पर्य अत्यन्त निगूढ़ हैं फिर भी मानव बुद्धि अपने अनुकूल एक जिज्ञासा का आविर्भाव करते देखी जाती है। बुद्धि अपने स्वरूप से हर एक विषय-वस्तु का प्रकाशन करती रहती है, बुद्धि भी विना किसी अवलम्बन के आगे नहीं बढ़ सकती है। उसके उत्तरोत्तर निर्माण एवं अवस्थिति में पूर्व-पूर्व की अपेक्षा का होना स्वाभाविक एवं व्यावहारिक दोनों है। सूत्रों से लेकर भाष्यादि निरूपण एक महती ज्ञान-परम्परा की ओर संकेत करते हैं। इसके बाद न्याय, वैशेषिक, सांख्य, योग, मीमांसा एवं वेदान्त— हर दर्शनों में यह परंपरा प्रवहमान रही है। अर्थात् वेदाङ्गों में जो धारा अवस्थित थी, उसी क्रम में ज्ञान परम्परा की धारा आज भी दर्शनों में देखने सुनने को मिल रही है।

व्याकरणशास्त्र के अष्टाध्यायी के प्रणेता आचार्य पाणिनि के सूत्रों के निर्माण के पूर्व अवश्य ही स्वस्थ सम्प्रदाय एवं परम्परा का क्रम था, जिससे आचार्य पाणिनि का यथोचित अध्ययन सम्पन्न हुआ होगा, अन्यथा सूत्र निर्माण सम्भव नहीं है। इन सूत्रों के निर्माण के बहुत अनन्तर भाष्य का निर्माण हुआ। फिर भी सूत्र एवं भाष्य के मध्य व्याकरण अध्ययन की परम्परा चलती रही है। सूत्र के आशयों के सुस्पष्टार्थ अध्ययन की एक सारगर्भित एवं विशद परम्परा ही भाष्य प्रणयन की आधार भूमि थी। भाष्य प्रणयन के बाद भाष्यवचनों के स्वारस्य प्रकाशन हेतु आचार्य कैयट एवं उनके व्याख्याकार आचार्य नागेश आदि के द्वारा जो व्याकरण शास्त्र की उच्चकोटि की परम्परा का आप्लावन हो सका है, अपने आप में ज्ञानपरम्परा का अन्यतम उदाहरण है। इसके अनन्तर श्रीभट्टोजीदीक्षित जी की सिद्धान्तकौमुदी की भी अपनी विशालतम परम्परा आज भी लोकोपकारकता के साथ-साथ ज्ञान के हर एक क्षेत्र के लिए प्रेरणादायक है। मूल सूत्र परम्परा के क्रम में काशिका की न्यास एवं पदमञ्जरी आदि की भी

वैदिक परम्परा अपने आप में स्तुत्य एवं ज्ञानवर्धक है। जिससे वैदिक परम्परा का जाज्वल्यमान स्वरूप अपने आप प्रकाशित हो जाता है।

समग्र वाङ्मय में छन्द की अपने आप अन्यतम परम्परा दृष्टिगोचर है। छन्द इस नामकरण से ही अत्यन्त प्रसिद्ध है कि जो अपने विषय से सभी को आवृत कर ले उसे हम छन्द कहते हैं। वेदों में हर एक वाक्य इन छन्दों के विषय में हमारा मार्गदर्शन कर रहे है। इन छन्दों में सात छन्दों का तो अत्यन्त विशद रूप से विवेचन है। गायत्री, बृहती, त्रिष्टुप, जगती आदि छन्द तो अन्ततः सूर्य के सात घोड़ों के भी रूप में प्रसिद्ध हैं जो सूर्य के रथ को खींचने का कार्य करते हैं। इन छन्दों का समग्र वेद राशि की परम्परा को अग्रसारित करने में अन्यतम योगदान सिद्ध हो रहा है। इसके अनन्तर जो रामायण, महाभारत, स्मृति, पुराण एवं महाकाव्यों में भी जो छन्द देखने को मिल रहे हैं, उनका भी उपजीव्य कहीं न कहीं वेद ही हैं।

वैदिक ज्ञान परम्परा में हम साक्षात् वेदराशि की एक ज्ञान परम्परा, जिसमें संहिता, ब्राह्मण, आरण्यक एवं उपनिषद् की एक आदिम परम्परा हमें देखने को मिलती है। संहिताओं के अर्थों का प्रकाशन उब्बट महीधर आदि की व्याख्या एवं भाष्यीय सन्दर्भों में किया गया है। ब्राह्मण ग्रन्थों में भी हमारे यज्ञों की विधियों से सम्बन्धित विषय विशद रूप से वर्णित हैं। ब्राह्मण ग्रन्थों, शतपथ ब्राह्मण आदि विषय की दृष्टि से अत्यन्त महत्त्वपूर्ण हैं। आरण्यकों का भी अपना यत्र-तत्र वैदिक ज्ञान परम्परा के उन्नयन में अन्यतम योगदान है। वेद की हर एक शाखा में जो संहिता, ब्राह्मण एवं आरण्यक उपनिषद् हैं, उनकी अपनी अपनी शाखा में अध्ययनाध्यापन की ज्ञान परम्परा ही मूल रूप से कारण है। शाखा भेद का मूल उद्देश्य यह भी रहा है कि उस ज्ञान राशि का विधिवत् एवं नित्य निरन्तर अध्ययन परम्परा बनी रहे।

वेदार्थों का निरूपण प्रक्रिया के द्वारा पुराणों में वर्णन प्राप्त है। अस्तु, वेदार्थों का जिस प्रकार विनिश्चयार्थ जैमिनि महर्षि की मीमांसा में स्वरूप प्रकट हो रहा है, उसे देखकर इस विशद ज्ञान परम्परा का पूर्ण ज्ञान हो जाता है। वेदार्थ के निरूपण में जिन विषय सन्दर्भों का मीमांसा दर्शन में आद्यन्त निरूपण है। शाबरभाष्य एवं उसके उत्तरवर्ती ग्रन्थराशि, विधि, नामधेय, अर्थवाद आदि का जिस प्रकार निरूपण करते हैं, वह एक आवश्यक कदम है, अन्यथा वेद के उन प्रकाशनीय विषयों तक हम कभी भी नहीं पहुँच सकते। कर्मकाण्ड, उपासना के सन्दर्भ एवं यज्ञों से सम्बन्धित सन्दर्भ, धर्म विषयक सन्दर्भ में प्राप्त होते हैं।

भारतीय ज्ञान परम्परा के नाम से जिस विषय का आज निरूपण चल रहा है, वह वस्तुतः वैदिक ज्ञान परम्परा ही है, जिसके मूल के विषय में आज गहन शोध चल रहा है। जैसा कि मेरे द्वारा प्रतिपादित किया गया है कि वेदादि

शास्त्रों का किसी भी काल में आविर्भाव, तर्क को सहन नहीं कर पायेगा। किसी ईश्वर के भी वेदादि का कर्ता होना युक्ति युक्त नहीं है। क्योंकि ईश्वर भी अपनी असाधारण प्रज्ञा से कुछ अवश्य कर सकते हैं, अतः श्रुति का सकलपुंदोषराहित्य को दृष्टि में रखते हुए अपौरुषेय मान लेना ही उचित एवं तर्क संगत प्रतीत होता है।

जैसे परमेश्वर का अन्य कोई जनक सम्भव नहीं है, उसी प्रकार अनादि सिद्ध ज्ञानस्वरूप वेदादि शास्त्रों का भी अन्य कोई जनक नहीं है, किन्तु ये असाधारण विज्ञान स्वरूप शास्त्र कल्प के आदि में परमसत्ता के अजस्र संकल्प से महर्षियों को प्रकाशित होते रहते हैं, जो सूर्य आदि प्रकाशकों का भी प्रकाशक है। तस्य भासा सर्वमिदं विभाति—इस उपनिषद् वाक्य के स्वारस्य से यह सब कुछ नामरूपात्मक प्रपञ्च एक अनन्त ज्योतिस्वरूप सत्ता से प्रकाशित है। अतः एव वह ज्योति ही परमसत्तात्मक परमचिद्रूपात्मक एवं परमसुखात्मक है। अन्य समुत्पन्न सभी नामरूपात्मक वस्तुओं में तत्तद्रूप में वही ज्ञान के रूप में व्यवहारदशा में स्फुरित होती रहती है। इस प्रकार ज्ञानपरम्परा का मूल बीज, वही अविनाशी सर्वतोभावेन नित्य ज्ञान है। वही ज्ञान उत्तरोत्तर परम्परा का रूप धारण कर गुरु-शिष्य परम्परा में ग्राह्य एवं व्यवहार्य के रूप में दिखायी देता है। वैदिक ज्ञान परम्परा का मूल उद्देश्य अन्ततः उस परम आत्मसाक्षात्कार में ही निहित है। समस्त वैदिक काम, कर्म, क्रियाकलापों का मात्र यही उद्देश्य है कि प्राणी पाशविक काम, कर्म, क्रिया से हटकर नित्य परमात्मज्ञान में अवस्थित हो कृतकृत्यता को प्राप्त करें।

भारतीय ज्ञान परम्परा में दो प्रकार की स्थितियों का वर्णन प्रायः उल्लिखित है। एक तो सामान्य सभी अध्येताओं के लिए लौकिक प्रमाणों से ज्ञायमान ज्ञान परम्परा, जिसमें उन प्रमाणों का एवं उनके प्रमेयों का विशद विवेचन न्याय शास्त्र के अन्यान्य ग्रन्थों में मिलता है। एक परिमार्जित शैली में षोडश पदार्थों का यथावत् निरूपण हमारे सामने टीका उपटीकाओं के साथ ग्रथित एवं निबद्ध है।

इन सभी षोडशविध पदार्थों के तत्त्वज्ञान से निःश्रेयस का अधिगम यहाँ स्वीकार किया गया है। प्रमाण, प्रमेय, संशय, प्रयोजन आदि के क्रम में पदार्थों के उपर सविस्तृत महान विचार हमारे सामने प्रस्तुत हैं, जो भारतीय ज्ञान परम्परा का एक अन्यतम उदाहरण है। आचार्य गौतम से लेकर उदयनाचार्य तक न्याय दर्शन की जिस प्रकार की ज्ञान परम्परा दिखायी दे रही है, उसकी वर्तमान में भी आवश्यकता सहज रूप से सभी को अनुभूत है। नव्य न्याय की धारा तो अत्यन्त सभी वर्णनीय विषयों के लिए अमृत तुल्य है। इसका परवर्ती

ज्ञान परम्परा पर इतना प्रभाव पड़ा कि सभी साहित्य, वेदान्त, मीमांसा, व्याकरण आदि में इसकी परिष्कृत शैली की सहायता ली गयी है।

हमारे जागतिक विषयों से लेकर पारमार्थिक सभी विषयों के स्वरूप के स्पष्टार्थ इन शैलियों का भरपूर उपयोग किया गया है। परमाणु विषयक विचार आज के लिए मार्गदर्शक दिखायी देते हैं, जिनकी अनिवार्यता का वारण करना सम्भव नहीं है। काल एवं दिक् इन दोनों का इतना सुस्पष्ट आकलन हमारे मध्य अत्यन्त उपयोगी सिद्ध हो रहे हैं। आज के वैज्ञानिक युग में खगोल विषयक हमारी ज्ञान परम्परा का और अधिक महत्त्व बढ़ गया है। ग्रह, नक्षत्र, नदी, समुद्र, पर्वत आदि के उल्लेख आज भी हमारे पुराण ग्रन्थों में प्राप्त हैं। सृष्टि के आविर्भाव एवं प्रलय के साथ-साथ, युग, मन्वन्तर, एवं कल्पादि के वर्णन हर प्रकार से हमारे लिए अत्यन्त आश्चर्य कारक हैं।

इन सभी की एक आदर्श ज्ञान परम्परा के कारण ही सत्ता सम्भव है। कहीं भी इस परम्परा में विच्छिन्नता नहीं दिखायी देती है। इसकी नदी की धारा की तरह शाश्वत अविरल अविच्छिन्नता ही इस परम्परा की परम शोभा है। चाहें वाङ्मय का कोई भी सन्दर्भ हो, उसके विषय एक अजस्र सोपान क्रम से सम्बन्धित हैं। हर एक निकाय के अपने विचार अपने आप में स्तुत्य एवं सराहनीय हैं। इस प्रकार यह कहा जा सकता है, कि इन प्रमाण प्रमेय स्तम्भों पर टिकी हुई एक अन्यतम ज्ञान परम्परा हमारे मध्य आने वाली परम्परा का जनक एवं उपादान के रूप में प्रतिष्ठित है। इसकी आधार शिला तप एवं स्वाध्याय से विनिर्मित है, अतः इसकी उत्तरोत्तर नित्य निरन्तर अभिवृद्धि हो रही है। इसके बाद एक दूसरी भी ज्ञान परम्परा हमारे मध्य दृष्टिगोचर है, जो समाधि के द्वारा इस परम्परा का परम मूल कारण है। लौकिक प्रामाण्यों की सजीवता को अक्षुण्ण रखने में इस समाधि ज्ञान परम्परा का परम योगदान है।

अथो महाभाग भवानमोघदृक् शुचिश्रवाः सत्यरतो धृतव्रतः।
उरुक्रमस्याखिलबन्धमुक्तये समाधिनानुस्मर तद्विचेष्टितम्॥

(श्रीमद्भागवतमहापुराण 1.5.13)

इस श्रीमद्भागवत महापुराण के श्लोक का आशय स्पष्ट करने में यह कहा जा सकता है कि नारद के द्वारा जिस दिव्य अलौकिक ज्ञान वस्तु की ओर बादरायण व्यास का ध्यान आकृष्ट किया जा रहा है, वह एकदम पृथक् निरूपण की ओर हमारा मार्गदर्शन करता हुआ दृष्टिगोचर हो रहा है। इस प्रतिपादन के बल से एक ऐसी आर्ष ज्ञान परम्परा का स्वरूप समुपस्थित हो रहा है, जहाँ देश, काल से परे हमारे ज्ञान विज्ञान प्रतीत हो रहे हैं।

श्रीमद्भागवत महापुराण के द्वादश स्कन्ध के अन्त में सूत जी द्वारा एक पद्य उद्धृत है, जिसका हमें कभी भी विस्मरण नहीं होना चाहिए।

कस्मै येन विभासितोऽयमतुलो ज्ञानप्रदीपः पुरा
तद्रूपेण च नारदाय मुनये कृष्णाय तद्रूपिणा।
योगीन्द्राय तदात्मनाथ भगवद्राताय कारूण्यत:
तच्छुद्धं विमलं विशोकममृतं सत्यं परं धीमहि॥

यहाँ जिस ज्ञान प्रदीप की बात कही जा रही है, वह साक्षात् सभी का प्रकाशक एवं सर्वोपादान के रूप में वर्णित है। सबसे बड़ी बात यहाँ यह कह दी गयी है कि, जिन-जिन को यह अमूल्य निधि प्राप्त हुई, वह सभी उसी के प्रतिनिधि के रूप हैं। प्रजापति ब्रह्मा के द्वारा सर्वप्रथम यह दुर्लभ ज्ञान महर्षि नारद को उपलब्ध हुआ। नारद के द्वारा महर्षि पाराशर्य बादरायण व्यास को इस अमूल्य निधि का अधिकारी माना गया है। इसी क्रम में श्री शुक शौनकादि के द्वारा यात्रा करती हुई यह शाश्वत परम्परा आज भी हमारे मध्य विद्यमान है। आज भी गुरु शिष्य परम्परा के क्रम में ही इसकी उपलब्धता है। जब तक हम एक अक्षुण्ण आचार्य परम्परा का आलम्बन नहीं करते, तब तक हम इस विषय से प्राय: वञ्चित ही अपने को पाते हैं। हमारे गुरुओं ने जिस उपर्युक्त विषय के साथ हमारा सम्बन्ध स्थापित किया है, उनको भी उनके पूर्वाचार्यों ने इस विषय से अवगत कराया था। यह बात केवल श्रीमद्भागवत महापुराण या पुराणों तक ही सीमित नहीं है, अपितु हमारे वैदिक ज्ञान परम्परा का ऐसा कोई भी विषय नहीं है, जो इससे अछूता रहा हो। पूर्व पूर्व में विद्यमान ज्ञानराशि का उत्तरोत्तर अधिगम हमारे द्वारा दृष्ट है। ब्रह्मा जी से पूर्व भगवान् नारायण के द्वारा यह परम्परा अवस्थित थी। भगवान् नारायण ही समस्त ज्ञानपरम्परा के मूल हैं, क्यों कि सच्चिदानन्द होने से उनका ज्ञान स्वप्रकाशात्मक एवं विशुद्ध ज्ञान है, जिसका कभी लोप नहीं होता है। पूर्व में इन विचारों का उल्लेख किया गया है।

समग्र वैदिक ज्ञान परम्परा के विस्तार के विषय में यह कहना अधिक संगत प्रतीत होता है कि इसका मूल उद्देश्य वेदार्थ के तात्पर्य तक पहुँचना ही है, जिससे मानव अपने को कृतार्थता का अनुभव कर सके। किन्तु यह कृतार्थता इस बात पर निर्भर है कि हम संहिता, ब्राह्मण, आरण्यक एवं उपनिषद् के साथ-साथ वेदाङ्गों के आलोक में इतिहास, पुराण, स्मृतियों का आलम्बन प्राप्त कर सटीक एवं यथार्थ मार्ग का अनुसरण करें।

'बिभेत्यल्पश्रुताद् वेदो मामयं प्रहरिष्यति' अर्थात् वेद अल्पश्रुत अध्येता या जिज्ञासु स्नातक से भय करता है कि यह मेरे उपर प्रहार कर देगा। अत: इसकी परिपूर्ति हेतु एक परिष्कृत ज्ञान परम्परा की महती आवश्यकता है, जिसके मार्गदर्शन में वेदार्थ के विनिश्चय तक पहुँचा जा सके।

■

वेदाङ्ग परम्परा

उपेन्द्र कुमार त्रिपाठी

वेद शब्द ज्ञानार्थक रूप से सर्वविदित है। ज्ञान का कोई कर्ता नहीं होता वह सर्वकालिक होता है, जिसका बोध होने पर हमें समस्त पदार्थों अथवा संसार का ज्ञान हो जाता है। ऋषियों ने वैदिक मंत्रों की रचना नहीं की है 'ऋषयो मंत्रद्रष्टारः' ऋषियों ने मंत्रों का निदर्शन किया, योगबल से उन मंत्रों को देखा व प्राप्त किया। इसीलिए वह उस मंत्र के द्रष्टा कहे जाते हैं। वेद शब्दात्मक रूप में सर्वदा नित्य रूप में विद्यमान रहता है।

वेद समस्त ज्ञान-विज्ञान का मूल आधार है। सभी ज्ञान-विज्ञान का उत्स इसी से प्रवाहित होता है। 'वेदोऽखिलोधर्ममूलम्'[1] वेद समस्त धर्मों का मूल है।

समस्त ज्ञान-विज्ञान का उद्भावक वेद शास्त्र है। वेदों का अर्थ अवगाहन तथा गूढ़ विषयों को समझने के लिए वेदांगों का महत्व बताया गया है। अंग शब्द का व्युत्पत्तिलभ्य अर्थ है—'उपकारक' अङ्ग्यन्ते ज्ञायन्ते एभि इति अंगानि' किसी भी वस्तु के स्वरूप को देखने में सहायता के लिए उन्हें अङ्ग कहा जाता है। तथापि भाव और भाषा दोनों दृष्टियों से वेद अत्यंत कठिन है, अतः वेद के अर्थज्ञान के लिए उनके तीनों काण्ड-कर्मकांड उपासना एवं ज्ञान के प्रतिपादन में जो उपयोगी शास्त्र हैं उन्हें वेदांग नाम से अभिहित किया जाता है। वे छः वेदांग बतलाये गये हैं। जिस महर्षि पाणिनि ने वेद पुरुष के छः अंगों के रूप में उल्लेख किया है—

> छन्दःपादौ तु वेदस्य हस्तौ कल्पोऽथ पठ्यते।
> ज्योतिषामयनंचक्षुर्निरुक्तंश्रोत्रमुच्यते ॥
> शिक्षा घ्राणं तु वेदस्य मुखं व्याकरणं स्मृतम्।
> तस्मात्सांगमधीत्यैव ब्रह्मलोके महीयते ॥[2]

वेद पुरुष का वेदांग छंद-पैर, कल्प-हाथ, ज्योतिष-नेत्र, शिक्षा-नासिका, निरुक्त-कान एवं मुख-व्याकरण वेदांग है, इन सभी वेदांगों का अध्ययन करने

---

1. मनुस्मृति 2.6
2. पाणिनीय शिक्षा 41-42

के उपरांत ब्रह्मलोक को भी प्राप्त किया जा सकता है। वेदांगों का उल्लेख मुंडकोपनिषद् में परा व अपरा विद्या के रूप में बताया गया है—

तत्रापराऋग्वेदोयजुर्वेद:सामवेदोऽथर्ववेद: शिक्षा कल्पोव्याकरणं निरुक्तं छंदो ज्योतिषमिति।[1]

वेदांगों की आधारभूत सामग्री मन्त्र-संहिताओं एवं ब्राह्मण साहित्य से ही प्राप्त होने लगती है। संहिताओं में जैसे-श्रौतयागों के नाम, वैदिक शब्दों के निर्वचन, भाषा के स्वरूप की संरचना, व्याकरण की मूल अवधारणा, विभिन्न नक्षत्रों और छन्दों के नाम प्रभृति तथ्य प्रकीर्ण रूप से उपलब्ध होते हैं। इसी प्रकार से ब्राह्मण साहित्यों में भी श्रौतयागों से सम्बद्ध विधि-वाक्य आनुष्ठानिक सूक्ष्म विवरण के साथ प्राप्त होते हैं। श्रौतसूत्रों के उपजीव्य रूप में ब्राह्मणग्रन्थों की ही मान्यता है। वेदाङ्ग निरुक्त में, प्राय: ब्राह्मणों के सन्दर्भ देते हुए दिखलाई देते हैं। छन्दों के विषय में भी ब्राह्मण साहित्य में पुष्कल सामग्री दृष्टिगोचर होती है। किस छन्द के प्रयोग से कौन सी कामना पूरी हो सकती है—इसका उल्लेख ब्राह्मण साहित्य में पौन:पुन्येन हुआ है। व्याकरण वेदाङ्ग की बात की जाय तो गोपथ ब्राह्मण के पूर्वभाग में धातु, प्रातिपदिक, नाम, आख्यात, लिंग, वचन, विभक्ति, प्रत्यय, स्वर, उपसर्ग, निपात, विकार, विकारी, मात्रा, अक्षर, पद, संयोग, स्थानानुप्रदान, शिक्षा, वर्ण, कृदन्त तथा अव्यय प्रभृति व्याकरण के पारिभाषिक शब्द विपुल परिमाण में उपलब्ध होते हैं। इसी प्रकार अव्यय के सन्दर्भ में सुप्रसिद्ध कारिका गोपथ ब्राह्मण में ही प्राप्त होती है—

सदृशं त्रिषुलिङ्गेषु सर्वासु च विभक्तिषु।
वचनेषु च सर्वेषु यन्न व्येतितदव्ययम्॥[2]

स्वर विषयक स्वर प्रक्रियाओं का सर्वप्रथम स्वरूप गोपथ-ब्राह्मण में ही दृष्टिगोचर होता है। गोपथ ब्राह्मण में तो यास्क के समान ही किसी शब्द का निर्वचन करते समय रूप-आकार की समानता की अपेक्षा अर्थगत समानता पर विशेष बल देने का उल्लेख करते हैं—

'रूपसामान्यादर्थसामान्यं नेदीय:'[3] इसी प्रकार छन्द की गणना तो व्याकरण की तरह की गयी है—एतद्वैव्याकरणं धात्वर्थवचनं शैक्ष्य छन्दोवचनं च[4] वेदाङ्ग का स्वरूप विवेचन आरण्यक एवं उपनिषदों में भी इसी प्रकार यत्र-तत्र प्राप्त होते हैं। शिक्षावल्ली में शिक्षा वेदाङ्ग के अनेक तथ्य दृष्टिगत

1. मुंडको० 1.1.5
2. गोपथ ब्राह्मण 1.1.24
3. गोपथ-ब्रा-1-1-26
4. गोपथ-ब्रा-1.1.27

होते हैं। छान्दोग्योपनिषद में व्याकरणगत अनेक स्वर, घोष, ऊष्म, विवृति, प्रभृति पारिभाषिक शब्दों का उल्लेख प्राप्त होता हैं—

सर्वेस्वराघोषवन्तोवक्तव्या-सर्वे ऊष्मानोऽग्रस्ता अनिरस्ता विवृतावक्तव्या:[1]

वेदाङ्गविषयक सर्वाधिक सामग्री बृहन्नारदीय पुराण में प्राप्त होता है। नारद पुराण के अनुसार 'अनूचान' वही है जो वेदों के साथ वेदाङ्गों का भी ज्ञाता हो। पुराणों में वेदाङ्ग के विषय प्रकीर्ण रूप से उपलब्ध होता है। इसीलिए महाभारत में इतिहास पुराणों के साथ ही वेदार्थ के उपबृंहण की दृष्टि से परम उपादेय माना गया है—

इतिहासपुराणाभ्यां वेदं समुपबृंहयेत्।
विभेत्यल्पश्रुताद्वेदोमामयंप्रहरिष्यति ॥[2]

सम्पूर्ण वेदाङ्ग साहित्य के अनुशीलन से ज्ञात होता है कि वैदिक संहिताओं एवं ब्राह्मण साहित्य में वेदाङ्गों का स्वरूप प्रकीर्ण रूप से दिग्दर्शित होता है। कालान्तर में सूत्र साहित्य में बृहद्वाङ्मय का प्रणयन सम्पन्न हुआ है। शिक्षा ग्रन्थ अपवाद है, जो प्राय: कारिका शैली में रचे गये हैं।

वेदाङ्गों का परिचय—

शिक्षा—'स्वरवर्णाद्युच्चारणप्रकारोयत्रशिक्ष्यतेउपदिष्यते सा शिक्षा'[3] स्वर (उदात्त, अनुदात्त, स्वरित आदि) वर्णोच्चारण के ज्ञान व उपदेश परिज्ञात होता है उसे शिक्षा वेदांग कहा जाता है।

शिक्षा का वर्ण्य विषय—उच्चारण के निमित्त स्थान, प्रयत्न, वर्णों की संख्या और प्रकृति आदि के विषय में अभीष्ट ज्ञान है। पाणिनीय शिक्षा में कहा गया है कि बिल्ली जिस प्रकार अपने बच्चे को दाँत से पकड़ती है न तो बच्चे गिरते हैं और न उन्हें दाँत ही गड़ते हैं उसी प्रकार सन्तुलन बनाए रखकर अक्षरों का उच्चारण करना चाहिए।

व्याघ्री यथा हरेद्व्त्संद्रंष्टाभ्यां न च पीडयेत्।
भीतापतनभेदाभ्यांतद्वद्-वर्णान्प्रयोजयेत् ॥[4]

मन्त्रों का सस्वर उच्चारण परमावश्यक है, स्वर अर्थ परिवर्तन के विधायक भी हैं। इस सन्दर्भ में एक प्रसिद्ध घटना सुविख्यात है कि अशुद्ध स्वर के उच्चारण से कितना अनर्थ हो जाता है। इन्द्र को पराजित करने के लिए शुक्राचार्य वृत्रासुर से यज्ञ करा रहे थे। उन्होंने मन्त्र-पाठ किया

1. छा० उप-4.9.5
2. महाभारत आदि पर्व
3. ऋग्वेद भाष्य भूमिका पृ०112 (वै० सं० मण्डल) पूना संस्करण
4. पाणिनीय शिक्षा 25

'इन्द्रशत्रुवर्धस्व स्वाहा' उनका अभिप्राय था कि हे इन्द्र के नाशक (शत्रु)! तुम बढो। यहाँ तत्पुरुष समास होने के कारण अन्तोदात्त होना चाहिए था, किन्तु भ्रान्तिवशआद्युदात्त का उच्चारण हो गया जो बहुव्रीहि समास में होता है। फलस्वरूप अर्थ हुआ—इन्द्रशत्रु (शातयिता नाशक) है जिसका वह बढे, इस प्रकार इन्द्र का विजय हुआ एवं वृत्रासुर ही मारा गया—

मन्त्रोहीन:स्वरतो वर्णतो वा मिथ्या प्रयुक्तो न तमर्थमाह।
स वाग्वज्रो यजमानं हिनस्ति यथेन्द्रशत्रु:स्वरतोऽपराधात्॥[1]

शिक्षा वेदाङ्ग मूलतः वर्णोच्चारण, सस्वर उच्चारण पर बल देता है। मंत्रपाठ के छः पाठक के गुण पाणिनीय शिक्षा में बताये गये हैं—

माधुर्यमक्षरव्यक्ति:पदच्छेदस्तुसुस्वरः।
धैर्यं लय समर्थश्चषडेतेपाठका: गुणाः॥[2]

मन्त्रपाठ के लिए ये गुण बताये गये हैं—मधुरता, अक्षरों का स्पष्टोच्चारण, पदच्छेद, सुस्वर, धैर्य और लयसम्पन्नता ये छः पाठकों के गुण हैं।

इसी प्रकार पाणिनीय शिक्षा में छः अधम पाठकों का उल्लेख हैं—

गीतीशीघ्रीशिर:कम्पी तथा लिखितपाठकः।
अनर्थज्ञोऽल्पकण्ठश्च षडेते पाठकाधमाः॥[3]

अर्थात् गाकर, शीघ्रतापूर्वक, सिर हिलाकर, लिखे हुए को, बिना अर्थ जाने और अल्पकण्ठ से मन्त्रपाठ करने वाले—ये छः निम्न कोटि के पाठक हैं।

तैत्तिरीय उपनिषद की 'शिक्षावल्ली' में शिक्षा के छह तत्त्व उल्लिखित हैं—

शिक्षांव्याख्यास्यामः-वर्णः स्वरः मात्रा बलं साम सन्तान इत्युक्तः-शीक्षाध्यायः।

वर्ण—'त्रि:षष्टिश्चतु:षष्टिवर्णा:शंभुमतेमताः' पाणिनीय शिक्षा के अनुसार 63 संवृत अ को विवृत अ से पृथक मानने पर 64 वर्ण बतलाए हैं।

स्वर—उदात्त, अनुदात्त और स्वरित ये तीन प्रमुख स्वर हैं। इनके अवान्तर एवं उपस्वर भी बताये गये हैं।

मात्रा—स्वरों के उच्चारण में लगने वाला काल मात्रा कहलाता है। ये तीन हैं ह्रस्व, दीर्घ और प्लुत। ह्रस्व को एक मात्राकालिक, दीर्घ को द्विमात्राकालिक और प्लुत को त्रिमात्राकालिक माना गया है।

बल—वर्णोच्चारण में होने वाले प्रयत्न तथा उनके उच्चारण स्थान को

1. पाणिनीय शिक्षा –52
2. पाणिनीय शिक्षा 33
3. पाणिनीय शिक्षा 32

बल कहते हैं। आभ्यन्तर और बाह्य प्रयत्न हैं तथा कण्ठ और ताल्वादि उच्चारण स्थान है।

साम—साम का अभिप्राय सुस्वर एवं सुस्पष्ट उच्चारण है।

सन्तान—सन्तान का अभिप्राय पदपाठ में प्रयुक्त शब्दों में सन्धि नियमों का सन्निवेश। सन्धि नियमों का ज्ञान और उनका यथास्थान प्रयोग शुद्ध उच्चारण के लिए बहुत आवश्यक हैं।

शिक्षा वेदाङ्ग के अन्तर्गत ग्रन्थों की बात करें तो प्रत्येक वेद के शाखानुसार शिक्षा एवं प्रातिशाख्य ग्रन्थ प्राप्त होते हैं। लगभग 34 शिक्षा ग्रन्थ उपलब्ध होते हैं जिनमें पाणिनीय शिक्षा एवं व्यास शिक्षा विशेष महत्त्वपूर्ण हैं।

प्रायः सभी शिक्षाग्रन्थरचनाकार ऋषियों के नाम से ही जाने जाते हैं। जैसे—याज्ञवल्क्य शिक्षा, वासिष्ठी शिक्षा, कात्यायनी शिक्षा, माण्डव्य शिक्षा, पराशरी शिक्षा, माध्यान्दिनी शिक्षा, अमोघानन्दिनी शिक्षा, केशवी शिक्षा, वर्णरत्नदीपिका, मल्लशर्म शिक्षा, स्वरांकुशशिक्षा, षोडशश्लोकी शिक्षा, अवसाननिर्णय शिक्षा, स्वरभक्तिलक्षण शिक्षा, नारदीय शिक्षा, गौतमी शिक्षा, लोमशी शिक्षा, मान्डूकी शिक्षा, क्रमसन्तान शिक्षा, गलहक शिक्षा, मनःस्वार शिक्षा, प्रातिशाख्य प्रदीप शिक्षा आदि उल्लेखनीय हैं।

ध्यातव्य है कि शिक्षा वेदाङ्ग के अन्तर्गत ही प्रातिशाख्य ग्रन्थ भी आते हैं। प्रातिशाख्य वेद का लक्षण ग्रन्थ है। इसके द्वारा वेद का बाह्य स्वरूप निर्दिष्ट किया जाता है। वेदाभ्यास के पाँच प्रकार हैं—अध्ययन, विचार, अभ्यास, जप एवं अध्यापन। ऋक्प्रातिशाख्य के सूत्रों में इन पाँचों का वर्णन प्राप्त होता है। इन पाँचों पर यदि विचार करते हैं तो अध्ययन = वेद मन्त्रपाठ या श्रवण का घोतक है। विचार आदि उसके मननपक्ष का द्योतक है। विचार दो प्रकार का माना जाता है—अर्थतः तथा लक्षणतः।

निरुक्तकार का कथन है—

'स्थाणुरयंभारहारःकिलाभूत, अधीत्य वेद न विजानातियोऽर्थम्।
योऽर्थज्ञाइत्सकलंभद्रमश्नुतेनाकमेतिज्ञानविधूतपाप्मा॥'[1]

जो व्यक्ति वेद पढ़कर उसका अर्थ नहीं जानता, वह भार ढोने वाला स्थाणु है। जो अर्थ को जानता है वही समस्त कल्याण को प्राप्त करता है और ज्ञान से पाप को नष्ट कर स्वर्ग को प्राप्त करता है। फलतः निरुक्त आदि के द्वारा अर्थ का विचार करना एक कोटि है और दूसरी कोटि है लक्षण द्वारा विचार करना। इस सन्दर्भ में शास्त्र वचन है—

1. निरुक्त 1.16

'लक्षणं यो न वेत्यृक्षु न कर्मफलभाग्भवेत् ।
लक्षणज्ञो हि मन्त्राणां सकलं भद्रमश्नुते ॥'[1]

अर्थात् जो व्यक्ति ऋचाओं के लक्षण को नहीं जानता, वह कर्मफल प्राप्त नहीं कर सकता। मन्त्रों के लक्षण को जानने वाला ही समग्र कल्याण को प्राप्त करता है अतः लक्षण का वर्णन पहले किया जाता है, क्योंकि अर्थ का ज्ञान लक्षणपूर्वक ही होता है।

शास्त्र का वचन है—

'स्वरोवर्णोऽक्षरं मात्रा दैवंयोगार्षमेव च।
मन्त्रं जिज्ञासमानेन वेदितव्यं पदे पदे ॥'[2]

अर्थात् मन्त्र को जानने के अभिलाषी व्यक्ति को प्रथमतः स्वर, वर्ण, अक्षर, मात्रा, देवता, विनियोग तथा ऋषि का ज्ञान प्राप्त करना चाहिए। इन्हीं पदार्थों के ज्ञान के लिए प्रातिशाख्य की उपयोगिता है। प्रातिशाख्य के अध्ययन का फल है मन्त्रों का लक्षणज्ञान। सूत्रकार शौनक का स्पष्ट निर्देश है—

'तंपद्मगर्भपरमंत्वादिदेवंप्रणम्यर्चांलक्षणमाहशौनकः'।[3]

इसीलिए ऋक्प्रातिशाख्य का दूसरा नाम 'ऋक्लक्षण' है। प्रातिशाख्य का विधिवत् अध्येता ही आचार्यत्व का अधिकारी बनता है। प्रातिशाख्य के प्रयोजन के विषय में उवट का कथन है—

'शिक्षा छन्दोव्याकरणैःसामान्येनोक्तलक्षणम्।
तदेवमिहशाखायामितिशास्त्रप्रयोजनम् ॥'[4]

अर्थात् शिक्षा, छन्द तथा व्याकरण सामान्य नियमों का वर्णन करते हैं। वे ही नियम उस वैदिकी शाखा में किस प्रकार के हैं; यही बतलाना प्रातिशाख्य का प्रयोजन है। वस्तुतः प्रातिशाख्य का क्षेत्र शिक्षादि तीनों वेदाङ्गों को अपने में समेटता है और उस विशिष्ट शाखा में होने वाले विशेष नियमों का विवरण प्रस्तुत करता है।

उच्चारण, स्वरविधान, सन्धि, स्थान-स्थान पर ह्रस्व का दीर्घ विधान-आदि संहिताओं के पाठ से सम्बन्धित समस्त विषयों का प्रातिशाख्य ग्रन्थों में साङ्गोपाङ्ग विवेचन किया गया है। प्रातिशाख्य ग्रन्थों का दो प्रकार से महत्त्व है। प्रथम महत्त्व भारत में व्याकरणशास्त्र के इतिहास के सम्बन्ध में है और द्वितीय महत्त्व उपलब्ध वैदिक संहिताओं के पाठ तथा स्वरूप के विषय में है।

---

1. ऋक्प्रातिशाख्य
2. ऋक्प्रातिशाख्य
3. ऋक्प्रातिशाख्य
4. उवटकृत ऋक्प्रातिशाख्य-भाष्य

प्राचीन भारत में संस्कृत भाषा का व्याकरण इन्हीं प्रातिशाख्यों से प्रारम्भ होता है। वैदिक काल में व्याकरणशास्त्र के उदय अभ्युदय का सूचक प्रातिशाख्य साहित्य ही है। व्याकरणशास्त्र के समस्त पारिभाषिक शब्द इसमें स्वीकृत हैं।

वेदों के प्रातिशाख्यों में प्रमुखतः—ऋक्प्रातिशाख्य, वाजसनेयि-ऋक्प्रातिशाख्य, तैत्तिरीयप्रातिशाख्य, सामवेदीयप्रातिशाख्य एवं अथर्ववेदीय-प्रातिशाख्य समुपलब्ध हो पाते हैं।

कल्प वेदाङ्ग—

'कल्पोवेदविहितानां कर्मणामानुपूर्वेण कल्पनाशास्त्रम्'[1] वेदविहित-कर्मानुष्ठानों (यज्ञों) का ज्ञापित कराने वाला शास्त्र है। कल्प्यतेसमर्थ्यते-यागप्रयोगोऽत्र कल्पः।[2] कल्प का व्युत्पत्तिमूलक अभिप्राय है यज्ञ—याग के विभिन्न विधानों का समर्थन और निरूपण। यज्ञों के समस्त नियमों-विधानों को संक्षेप तथा व्यवस्थित रूप में ऋत्विजों व्यवहारिक उपयोग के लिए कल्पसूत्रों का निर्माण प्रत्येक शाखा में हुआ है, यद्यपि सम्प्रति सभी व शाखाओं के कल्पशास्त्रीय ग्रन्थ समुपलब्ध नहीं हो पाते हैं।

कल्पसूत्रों के मुख्यतः चार प्रकार निम्नवत् हैं—

- **श्रौत सूत्र**—श्रौतयाग का विधान शास्त्र जो विशेषकर ब्राह्मण ग्रन्थों में वर्णित यागादि अनुष्ठानों का वर्णन।
- **गृह्यसूत्र**—गृह्याग्नि में होने वाले सभी संस्कारगत अनुष्ठानों का वर्णन।
- **धर्मसूत्र**—चातुर्वण्य, चार-आश्रम, राजधर्म आदि आचार, व्यवहार आदि विशिष्ट कर्तव्यों का प्रतिपादन किया गया है।
- **शुल्बसूत्र**—यज्ञकर्म सम्पादन हेतु वेदि निर्माण से सन्दर्भित ज्यामितिविषयक कल्पनाओं तथा प्रतिपादन होने से वैज्ञानिक महत्त्व रखता है।

सभी कल्पसूत्रों के प्रायः चारों वेदों के प्रमुख शाखाओं से सम्बद्ध कल्पसूत्रों के ग्रन्थ प्राप्त होते हैं।

ऋग्वेद—श्रौत सूत्र-एवं गृह्यसूत्र—1. आश्वलायन 2. शाङ्खायन

यजुर्वेद—शुक्लयजुर्वेदश्रौतसूत्र—कात्यायन श्रौतसूत्र। गृह्यसूत्र—पारस्करगृह्यसूत्र।

कृष्णा यजुर्वेद से सम्बद्ध छः श्रौतसूत्र उपलब्ध हैं—

1. बौधायन 2. आपस्तम्ब 3. हिरण्यकेशी 4. वैखानस 5. भारद्वाज 6. मानव श्रौतसूत्र

कृष्णयजुर्वेदीय गृह्यसूत्रों में प्रमुख रूप से 9 गृह्यसूत्र प्राप्त होते हैं—

1. विष्णुमित्र ऋग्वेद प्रातिशाख्य वर्ग ध्या वृति पृ०13
2. भाष्यभूमिका-सायण

1. बौधायन 2. भारद्वाज 3. आपस्तम्ब 4. हिरण्यकेशी 5. वैखानस 6. अग्निवेश्य 7. मानव 8. वाराह 9. काठक गृह्यसूत्र हैं।

सामवेद—आर्षेय कल्प एवं क्षुद्रकल्पसूत्र है।

श्रौतसूत्र—लाट्यायन, जैमिनीय एवं द्राह्याण श्रौत सूत्र हैं।

गृह्यसूत्र—गोभिल, गृह्यसूत्र, खादिरगृह्यसूत्र एवं जैमिनीयगृह्यसूत्र है।

अथर्ववेद—वैतान श्रौतसूत्र एवं कौशिक गृह्यसूत्र हैं।

धर्मसूत्र—गौतम, बौधायन, आपस्तम्ब, हिरण्यकेशी, वशिष्ठ एवं विष्णु धर्मसूत्र प्राप्त होते हैं।

शुल्बसूत्र—बौधायन, आपस्तम्ब, कात्यायन चारों वेदों के महत्वपूर्ण शुल्व ग्रन्थ हैं।

व्याकरण

'व्याक्रियन्तेव्युत्पाद्यन्तेशब्दा अनेनेतिव्याकरणम्' जिसके द्वारा शब्दों को स्पष्ट किया जाता है, व्युत्पन्न किया जाता है, शुद्ध किया जाता है, उसे व्याकरण कहा जाता है। पदों की मीमांसा करने वाला शास्त्र व्याकरण कहलाता है। व्याकरण वेदाङ्ग को वेदपुरुष का मुख कहा गया है। 'मुखं व्याकरणं स्मृतम्'।

व्याकरण विषय का सर्वप्रथम उल्लेख तैत्तिरीय संहिता में प्राप्त होता है—'तामिन्द्रोमध्यतोऽवक्रम्यव्याकरोत्। तस्मादियंव्याकृतावागुच्यते' पूर्वकाल में वाक् अव्याकृत थी, इन्द्र ने उसे व्याकृत किया जिसे वाक् वाणी के रूप में जाना जाने लगा। महर्षि पतंजलि ने महाभाष्य में लिखा है—

बृहस्पतिश्च वक्ता इन्द्रस्याध्येता। दिव्यवर्षसहस्रमध्ययनकालःनान्तंजगाम।[1] बृहस्पति ने इन्द्र को प्रत्येक पद का उल्लेख कर दिव्य सहस्र वर्षों तक शब्द का पारायण किया, किन्तु अन्त को न पा सके—यह शब्दरूप सागर इतना अगाध है। इस प्रकार व्याकरण वेदाङ्ग के रूप में ऐन्द्रव्याकरण का स्पष्ट संकेत प्राप्त होता है।

सम्प्रति व्याकरण शास्त्र का प्रतिनिधित्व पाणिनीय व्याकरण माना जाता है, तथापि पाणिनीय के पूर्व ऐन्द्र, चान्द्र आदि का स्वरूप भी था। 'इन्द्रश्चन्द्रःकाशकृत्स्नापिशलीशाकटायनः। पाणिन्यमरनैनेन्द्राजयन्त्यष्टा-दिशाब्दिकाः'[2]

महर्षि पाणिनी ने 4000 सूत्रों के द्वारा संस्कृत का अत्यन्त वैज्ञानिक व्याकरण शास्त्र प्रस्तुत किया जिसे हम 'अष्टाध्यायी' नाम से जानते हैं। महर्षि

1. महाभाष्य पस्पशाह्निक
2. मुग्धबोध / कविकल्पद्रुम

कात्यायन ने अष्टाध्यायी के पूरक रूप में वार्तिकों की रचना की, तदनन्तर महर्षि पतंजलि ने महाभाष्य का निर्माण किया। व्याकरण शास्त्र के ये मुनित्रय कहलाते हैं। पाणिनीय, कात्यायन एवं पतंजलि। उसके बाद वामन तथा जयादित्य ने अष्टाध्यायी पर काशिकावृत्ति नामक व्याख्या लिखी।

महर्षि पतंजलि के महाभाष्य (पस्पशाह्निक) के बाद व्याकरण दर्शन का प्रधान ग्रन्थ भर्तृहरिरचित 'वाक्यपदीय' है। इस ग्रन्थ द्वारा व्याकरण शास्त्र का दार्शनिक पक्ष स्पष्टतः अभिव्यक्त होता है। आचार्य भर्तृहरि मूलतः शैवाद्वैत के प्रवर्तक थे। उनकी दृष्टि में स्फोट ही एकमात्र परमतत्व है और यह जगत उसी का विवर्तरूप है। आचार्य भर्तृहरि ने महाभाष्य पर 'भाष्यदीपिका' नामक टीका लिखी थी। इसी प्रकार आचार्य कैयट ने महाभाष्य पर 'भाष्यप्रदीप' नामक टीका लिखकर महाभाष्य के सिद्धान्तों का प्रतिपादन किया है। प्रदीप के ऊपर नागेशभट्ट की 'उद्योत' नमक टीका अत्यन्त उपयोगी है।

व्याकरण शास्त्र पर सभी टीकायें प्रायः अष्टाध्यायी केन्द्रित हैं परन्तु 15वीं शताब्दी में रामचन्द्राचार्य ने अष्टाध्यायी के सूत्रों को प्रक्रिया के अनुसार एक नवीन क्रम में निबद्ध किया, जिसमें क्रमपद सिद्धि को प्रधानता दी गई। इसी क्रम को प्रख्यात वैयाकरण भट्टोजिदीक्षित ने तीन महनीय ग्रन्थों की रचना की। सिद्धान्तकौमुदी, शब्दकौस्तुभ तथा मनोरमा। इसी परम्परा के बहुमुखी प्रतिभा के धनी आचार्य नागेशभट्ट हुए जिन्होंने भी तीन महनीय ग्रन्थों का प्रणयन किया —परिभाषेन्दुशेखर, शब्देन्दुशेखर तथा लघुमंजूषा।

निरुक्तः—अर्थावबोधे निरपेक्षतया पदजातं[1]

अर्थात् अर्थ-ज्ञान में निरपेक्षता से पदों की व्युत्पत्ति जहाँ कही गयी है, वह निरूक्त है। निरुक्त भाषा शास्त्र की दृष्टि से अनुपम रत्न है। निरुक्तनिघण्टु की टीका है। निघण्टु में वेद के दुरुह शब्दों को एकत्रित किया गया है तथा निघण्टु पर व्याख्या ही निरुक्त वेदाङ्ग है। महाभारत के उल्लेख के अनुसार प्रजापति कश्यप ने ही निघण्टु की रचना की है।

> वृषोहिभगवान्धर्मःख्यातोलोकेषु भारत।
> निघण्टुकपदाख्यानेविद्धि मां वृषमुत्तमम्॥
> कपिर्वराहःश्रेष्ठश्चधर्मश्च वृष उच्यते।
> तस्माद्वृषाकपिंप्राहकाश्यपो मां प्रजापतिः॥[2]

ऐसा प्रतीत होता है कि निघण्टु के रचना के अनन्तर निरुक्त ग्रन्थ की

1. निरुक्तम्
2. महाभारत, शांतिपर्व, अध्याय-342, श्लोक-86-87

रचना हुई होगी। वैसे निरुक्त के टीकाकार दुर्गाचार्य के अनुसार 14 निरुक्तकार हुए हैं 'निरुक्तंचतुर्दशप्रभेदम्' (दुर्गवृत्ति1/13) यास्क ने निरुक्त ग्रन्थ में बारह निरुक्तकारों का नामोल्लेख किया जिसमें शाकपूर्णि का नाम अधिकता से उद्धृत है।

वेदाङ्गनिरुक्त के रूप में महर्षि यास्क द्वारा रचित निरुक्त ही समुपलब्ध हो पाता है। यास्क रचित निरुक्त में 12 अध्याय है, अन्त में दो अध्याय परिशिष्ट रूप में दिये गये हैं। इस प्रकार समग्र ग्रन्थ 14 अध्यायों में विभक्त है। यास्क महर्षि पाणिनीय से भी प्राचीन है। महाभारत के शान्ति पर्व में (अ. 342) यास्क के निरुक्तकार होने का स्पष्ट उल्लेख है अतः यास्क का समय विक्रमपूर्व 800 वर्ष माना जा सकता है।

निघण्टु पाँच अध्यायों में संकलित है। निघण्टु एक प्रकार से वैदिक शब्दकोश है जिसमें कुल 1341 शब्द परिगणित हैं। इसके प्रथम तीन अध्यायों में नैघण्टुककाण्ड है, चतुर्थ अध्याय नैगमकाण्ड (ऐकपदिक) और अन्तिम अध्याय दैवतकाण्ड कहलाता है। यास्क ने निरुक्त में निघण्टुगत 230 शब्दों का निर्वचन किया है।

यास्क ने अपने निरुक्त में अन्य बारह जिन निरुक्तकारों का नामोल्लेख किया है वे इस प्रकार हैं—आग्रायण, औपमन्यव, और्णवाभ, औदुम्बरायण, कात्थक्य, कौत्स, गार्ग्य, गालव, वार्ष्यायणिशाकपूणि तथा स्थौलाष्ठीवि आदि 12 निरुक्तकारों का उल्लेख किया है। निघण्टु पर देवराज यज्वा की एक टीका भी है।

निरुक्त का वर्ण्य विषय का पाँच प्रकार से बताया गया है—

वर्णागमो वर्णविपर्ययश्च द्वौ चापरौ वर्ण विकारनाशौ।
धातोस्तदर्थातिशयेनयोगस्तदुच्यते पञ्चविधं निरुक्तम्॥[1]

वर्णागम, वर्णाविपर्यय, वर्ण-विकार, वर्ण-नाश और धातुओं का अनेक अर्थों में प्रयोग। यास्क के निरुक्त में वैदिक मंत्रों के अर्थ करने की विशेष शैलियों का उल्लेख प्राप्त होता है जिनमें आधिभौतिक, आधिदैविक व आध्यात्मिक इसके अतिरिक्त ऐतिहासिक, नैदान, नैरुक्त, परिव्राजक और याज्ञिक आदि अनेक मतों का उल्लेख भी यास्क ने किया है। भाषा विज्ञान, अर्थविज्ञान, शब्द-निर्वचनशास्त्र और शब्दव्युत्पत्ति की दिशा में निरुक्त ने बड़ी गम्भीरता से विचार किया है। निरुक्त में यास्क ने पदों को चार प्रकार का बताया है। नाम, आख्यात, उपसर्ग एवं निपात।

आख्यात शब्द क्रियार्थक है। सभी नामों अथवा संज्ञा शब्दों को वे

1. निरुक्तम्-कारीकावृत्ति।

आख्यातज अथवा धातुज मानते हैं 'सर्वाणि नामानि आख्यातजानि' जब तक क्रिया का कर्म चल रहा है वह भाव है किन्तु पूर्ण हो जाने पर वही 'सत्त्व' अथवा नाम में परिणत हो जाती है।

यास्क के इस सिद्धान्त पर अनेक आपत्तियाँ प्रकट की गई हैं।

(पाणिनि के सदृश यास्क भी उपसर्गों को द्योतक ही मानते हैं, अकेले उपसर्गों का कोई अर्थ नहीं है। यास्क ने उपर्युक्त सिद्धान्त को शाकटायन और नैरुक्त-परम्परा के नाम से प्रस्तुत किया है, किन्तु इसमें उनकी भी पूर्ण सहमति प्रतीत होती है।) उपसर्ग के योग से नाम और आख्यात में क्या परिवर्तन होता है, इसे उन्होंने पृथक-पृथक स्पष्ट करने की चेष्टा की है। निपातों के उन्होंने तीन भेद बतलाये है। उपमार्थक, कर्मोपसंग्रहार्थक तथा पादपूरणार्थक। शब्द की नित्यता व अनित्यता के संदर्भ में भी, विमर्श किया है तथा शब्द को उत्तरपक्ष में नित्य माना है। जो वैज्ञानिक क्रम में आज भी वैज्ञानिक शब्द की नित्यता को स्वीकार करते है जो प्राचीन काल में नहीं मानते थे।

निरुक्त में मन्त्र व्याख्या का आधार निर्वचनात्मक है। यास्क सरल शब्दों या वाक्यों को ज्यों-का-त्यों रख देते हैं। वैदिक पदों को लौकिक पदों में परिवर्तित कर देते हैं। कठिन शब्दों के या लौकिक पर्याय देते हैं या उनका निर्वचन करके अर्थ निर्धारित कर देते हैं। यास्क ने मन्त्रार्थ की दृष्टि से जिन दृष्टियों का उल्लेख किया है, उनमें नैरुक्त (देवताओं को प्रकृति के विभिन्न स्वरूप मानकर आधिदैवत दृष्टि से की गई व्याख्या) ऐतिहासिक (तत्रेतिहासमाचक्षते रूप में) याज्ञिक, परिव्राजक (आत्मवादी अथवा अध्यात्मिक व्याख्या) नैदान (अंशतः ऐतिहासिक) आख्यानात्मक (घटनापरक) पद्धतियाँ प्रमुख हैं। सायण, उवट, महीधरप्रभृति अधिकांश मध्ययुगीन व्याख्याकारों ने इन्ही पद्धतियों का आश्रय लिया है। उनकी व्याख्या के केन्द्र में यज्ञ ही रहा है, लेकिन संदर्भों के अनुसार अन्य पक्षों का भी वे उल्लेख करते रहे हैं।

यास्क के एतद्विषयक कुछ वचन ये हैं—

'अयं मन्त्रार्थचिन्ताभ्यूहोऽपिश्रुतितोऽतितर्कतः[1] मंत्र का विचार परम्परागत अर्थ के श्रवण और तर्क-युक्तियों से करना चाहिए। मंत्रों की व्याख्या सन्दर्भ से हटकर नहीं तदनुरूप ही होनी चाहिए—'न तुपृथक्तवेननिर्वक्तव्याः-प्रकरणशःएवनिर्वक्तव्याः'। परम्परागत ज्ञान प्राप्त करने में वह श्रेष्ठ है, जिसने अधिक ज्ञान प्राप्त किया है।

1. निरुक्तम्- 13.12

प्रकरणगत एक मंत्र की व्याख्या उदाहरणार्थ प्रस्तुत है जो निरुक्त में व्याख्यायित किया गया है—

'चत्वारिश्रृंगा:त्रयोअस्य पादा द्वेशीर्षे सप्त हस्तासोअस्य।
त्रिधाबद्धोवृषभोरोरवीति महो देवोमर्त्यांआविवेश॥'[1]

मन्त्रार्थ—इसकी चार सींगे, तीन पैर, दो शिर और सात हाथ हैं। यह वृषभ तीन प्रकार से बँधा है, यह जोर से चिल्ला रहा है। इस महान देव ने मरणशील वस्तुओं में प्रवेश किया है।

यज्ञपरक व्याख्या—महादेव यज्ञ हैं, जिसकी चार सींगें चारों वेद हैं, प्रात:, मध्याह्न और सायं—ये तीनों सवन ही तीनों पैर हैं। प्रायणीया तथा उदयनीयासंज्ञकइष्टियाँ इसके दोनों सिर हैं। सात छन्द इसके पैर हैं। यह यज्ञ, मंत्र (संहिता) ब्राह्मण तथा कल्प के द्वारा त्रिधा बद्ध है। ऐसे स्वरूप से युक्त यज्ञरूपी महादेव ने भजन के लिए मनुष्यों में प्रवेश किया। सूर्यपरक—सूर्यरूपी महादेव की चार सींगे चार दिशाएँ हैं, तीन वेद तीनों पैर हैं। रात और दिन ये दोनों सिर हैं। सात किरणें ही सात हाथ हैं। पृथ्वी, अन्तरिक्ष, और आकाश से ये सम्बद्ध है अथवा ग्रीष्म, वर्षा और शीत इन तीन ऋतुओं का उत्पादक है। इसी प्रकार महर्षि पतञ्जलि ने महाभाष्य में शब्द के दृष्टि से व्याकरणपरक तथा राजशेखर ने काव्यमीमांसा में इस मन्त्र की व्याख्या काव्यपुरुषपरक की है।

वस्तुत: निरुक्तवेदाङ्ग व्याकरण वेदाङ्ग का पूरक भी है—'तदिदंविद्यास्थानंव्याकरणस्यकार्त्स्नयम् स्वार्थ साधकं च'[2] व्याकरणगत प्रक्रिया को भी कहीं-कहीं उन्होंने सन्देह की दृष्टि से देखने का निर्देश निर्वचनकर्ता को दिया है—'न संस्कारमाद्रियेत। विशयवत्योहिवृत्तयोभवन्ति।'[3]

अभिप्राय यह है कि वेदार्थानुशीलन की दृष्टि से निरुक्त के बिना असंभव है। स्कन्दस्वामी, वेंकटमाधव एवं सायणप्रभृति सभी वैदिक भाष्यकारों ने यास्क के प्रमाण को ही माना है।

निरुक्त में निर्वचन के अतिरिक्त स्थान-स्थान पर कुछ संकेत छोड़े हैं, जिनका विवेचन करके हम उनके समय के समाज की अनेक विषयों का परिज्ञान कर सकते हैं—

सामाजिक आचार व्यवहार की दृष्टि से देखे तो सात निषिद्ध कर्मों का उल्लेख प्राप्त होता है—सप्तैवमर्यादा:कवयश्चक्रुस्तासामेकामप्यभिगच्छन्न-हस्वान्भवति।[4]

1. ऋ०सं० 4.58.3
2. निरुक्तम्- 2.15
3. निरुक्तम्- 2.9 4. निरुक्तम्- 6.27

स्तेय, व्यभिचार, ब्रह्महत्या, गर्भपात, मद्यपान, बार-बार दुष्कर्म सेवन, पापकारक असत्य भाषण ये सात कर्म सर्वथा अकृत्य थी इनमें से एक भी करना पापकारक है।

उस समय सूदखोरी प्रथा थी। सूदखोरी भी जीविका का साधन था—

बेकनाराः खलुकुसीदिनोभवन्ति, द्विगुणकारिणोवा।[1]

राजा के अनाचार से समस्त प्रजा को दैवी विपत्ति झेलनी थी। प्रजा के आधिदैविक कष्टों के लिये राजा ही उत्तरदायी माना जाता था—

समूचुर्ब्राह्मणाः—अधर्मस्त्वयाचरितः तस्मान्तेदेवो न वर्षतीति[2]—

इस प्रकार से धार्मिक विश्वास, आर्थिक स्थिति, भाषाशास्त्र और काव्यशास्त्रीय सन्दर्भ, भाषा ध्वनि विज्ञान, अलंकारशास्त्र आदि विषयों का प्रचुर मात्रा में सन्दर्भों के संकेत निरुक्तवेदाङ्ग से ज्ञात होता है जिसमें वेद शब्दार्थ के साथ-साथ तत्कालीन सामाजिक एवं भाषाशास्त्रीय विषयों के ज्ञान-विज्ञान का हमें बोध हो पाता है।

छन्द

वेद मन्त्रोच्चारण हेतु छन्दों का ज्ञान परमावश्यक है। प्रत्येक सूक्त में देवता, ऋषि, तथा छन्द का ज्ञान नितान्त अपेक्षित है। कात्यायन कहा है—

'यो ह वाअविदितार्षेयच्छन्दोदैवतब्राह्मणेनमन्त्रेणयाजयतिवा-अध्यापयतिवास्थाणुंवर्च्छतिगर्तेवापात्यते या पापीयान्भवति'।[3]

यास्क ने छन्द की व्युत्पत्ति छद् ढकना से बतलाया है। छन्द वेदों के आवरण है 'छन्दांसिछादनात्' (निरुक्त 7.19) इसी अर्थ की पुष्टि में दुर्गाचार्य ने यह सारगर्भित वाक्य उद्धृत किया है—'यदेभिरात्मानमाच्छादयन् देवा मृत्योर्बिभ्यतःतच्छन्दसांछन्दस्त्वम्'

वैदिक छन्दों की विशेषता है कि वे अक्षरगणना में नियत रहते हैं। उनमें अक्षरों के लघु, गुरु—क्रम का कोई विशेष नियम नहीं हैं। इसी लिए कात्यायन ने छन्द का लक्षण किया है—

यदक्षरपरिमाणंतच्छन्दः प्रातिशाख्यों में, विशेषतः ऋक्प्रातिशाख्य में, छन्द का विस्तृत विवेचन किया है इसी प्रकार प्रत्येक संहिता के छन्दों का वर्णन अनुक्रमणियों में सूक्ष्मता से किया गया है।

वैदिक छन्दों की संख्या 26 मानी गई है। इनमें आरम्भिक पाँच छन्द वेद में प्रयुक्त नहीं होते हैं। उन्हें छोड़कर शेष छन्द तीन सप्तकों में विभक्त किये जा सकते हैं। वेदों में प्रयुक्त छन्दों में गायत्री प्रथम छन्द है। प्रथम

1. याज्ञवल्क्य स्मृति – 2.38
2. रामायण सर्ग– 64.5
3. सर्वानुक्रमणिका 1.1

सप्तक गायत्री छन्द से प्रारम्भ होता है। प्रथम सप्तक के सात छन्दों के नाम हैं—

गायत्री, उष्णिक, अनुष्टुप, बृहती, पंक्ति, त्रिष्टुप् तथा जगती। द्वितीय सप्तक के सातों छन्द 'अतिछन्द' के नाम से प्रसिद्ध हैं। इस सप्तक के छन्दों के नाम हैं—अतिजगती, शक्वरी, अतिशक्वरी, अष्टि, अत्यष्टि, धृति, अतिधृति। तृतीय सप्तक के छन्दों के नाम हैं—कृति, प्रकृति, आकृति, विकृति, संस्कृति, अभिकृति तथा उत्कृति सप्तकों के विभिन्न नाम उपलब्ध होते हैं। भरतमुनि ने नाट्यशास्त्र (14/113) में इनको क्रमशः दिव्य, दिव्येतर तथा दिव्यमानुष दिया है। वस्तुतः संस्कृत के छन्दों का विकास इन्हीं वैदिक छन्दों से हुआ है। जैसे वैदिक अनुष्टुप्छन्द ही लौकिक अनुष्टुप् का मूल है। वैदिक त्रिष्टुप्छन्द से ही एकादशाक्षर छन्दों का विशेषतः इन्द्रवज्रा और उपजाति का आविर्भाव हुआ है। जगती से द्वादशाक्षरवंशस्थ आदि तथा शक्वरी से चतुर्दशाक्षरवसन्ततिलका का उत्पत्ति हुई है। अन्य लौकिक छन्दों का भी उत्स वैदिक छन्द ही है।

ज्योतिषः—वेदाङ्ग ज्योतिष में ज्योतिष को वेद का सर्वोत्तम अंग कहा गया है—

यथा शिखा मयूराणांनागानांमणयोयथा।
तद्वद्वेदाङ्गशास्त्राणांगणितंमूर्धनिस्थितम्॥[1]

अर्थात् ज्योतिष समस्त वेदांगों में मूर्धस्थानीय है। जिस प्रकार मयूर की शिखा अपने सिर पर निवास करती है, सर्पों की मणि अपने मस्तक पर निवास करती है, उसी प्रकार की षडंगों में ज्योतिष को सर्वोच्च स्थान प्राप्त है। इसके कुछ विधान ऐसे हैं, जिनका सम्बन्ध संवत्सर से है और कुछ का ऋतु से। तैत्तिरीयब्राह्मण का कथन है कि वसन्तेब्राह्मणोऽग्निमादधीत। ग्रीष्मेराजन्यआदधीत।[2] शरदि वैश्य आदधीत। यानी ब्राह्मण वसंत में अग्नि का आधान (स्थापना) करें, क्षत्रिय ग्रीष्म ऋतु में और वैश्य शरद ऋतु में अग्नि का आधान करें। कुछ यज्ञ विशिष्ट मासों और विशिष्ट पक्षों में किये जाते हैं। 'एकाष्टकायांदीक्षेर्नफाल्गुनीपूर्णमासेदीक्षेर्न।'[3] प्रातः काल तथा सायंकाल में प्रत्येक अग्निहोत्री को अग्नि में दुग्ध या घृत से निवास करने का विधान है—'प्रातर्जुहोति सायं जुहोति।'[4] नक्षत्र, तिथि, पक्ष, मास, ऋतु और संवत्सर काल

1. वेदांग ज्योतिष — 6
2. तैत्तिरीय ब्रा० - 2.15
3. आपस्तम्ब श्रैतासूत्र - 5
4. तैत्तिरीय ब्रा० - 211.2

के संपूर्ण खंडों के साथ यज्ञ–याग का विधान चेतों में पाया जाता है। इन अटल के यथार्थ निर्वाह के लिए ज्योतिष शास्त्र का ज्ञान नित्यन्त आवश्यक एवं उपादेय है। इसीलिये वेदांग ज्योतिष का तो यही आग्रह है कि जो व्यक्ति ज्योतिष को भली–भाँति जानता है, वही यज्ञ का यथार्थ ज्ञाता है।

वेदाहियज्ञार्थमभिप्रवृत्ताःकालानुपूर्वाविहिताचयज्ञाः ।
तस्मादिदंकालविधानशास्त्रंयोज्योतिषं वेद स वेद यज्ञम् ॥[1]

वेद यज्ञों के लिये प्रवृत्त है और यज्ञ काल के अनुसार किये जाते हैं। ज्योतिष कालनिर्णय करने वाला शास्त्र है, इसको जो जानता है, वही यज्ञों को जानकर कर सकता है।

लगधाचार्य एवं महर्षि वसिष्ठ का कथन है कि ज्योतिषशास्त्र कालनिर्धारक शास्त्र है, जबकी महर्षि पराशरआयुष्य एवं लोकयात्रा इसका मुख्य प्रयोजन मानते हैं। पाराशर होरा शास्त्र में मैत्रेय ने पाराशर मुनि से ज्योतिष का प्रयोजन बताते हुए कहा है—

आयुश्चलोकपात्रा च द्वेशास्त्रेऽस्मिन्प्रयोजनम्।
निश्धेतुं को नुशक्नोतिवसिष्ठो या बृहस्पतिः ॥[2]

देवर्षि नारद ने श्रौत एवं स्मार्तकमों की सिद्धि हेतु ज्योतिष की रचना मानी है। वराहमिहिर का कहना है कि पूर्वजन्म में प्राणियों द्वारा जो शुभाशुभ कर्म किया गया है, उसको यह शास्त्र उसी प्रकार व्यक्त कर देता है, जिस प्रकार अन्धकार में अदृश्य पदार्थों को दीपक। बृहज्जातक के टीकाकार भट्टोत्पल इसकी व्याख्या करते हुए कहते हैं कि कुछ कर्म दृमूलक होते हैं और कुछ शिथिलमूलक। दृढमूलक कर्मों का फल अवश्य भोगना पड़ता है, जबकि शिथिलमूलक कर्मों का फल इस शास्त्र के द्वारा जानकर दान, जप, तप, हवन आदि के द्वारा निवारित किया जा सकता है।

भास्कराचार्य जी ने कहा है—

योज्योतिषंवेत्तिनरः स सम्यक धर्मार्थकामांल्लभतेयशश्च ॥[3]

अर्थात् चतुर्विध पुरुषार्थ की प्राप्ति इसका मुख्य प्रयोजन है। ज्योतिर्विवरण ग्रन्थ में भी कहा गया है कि ज्योतिषशास्त्र पुष्पाद तथा स्वतः प्रामाण्य शास्त्र है, प्रत्यक्षता ही इसका आधार है—

---

1. वेदांग ज्योतिष
2. परासर होराशास्त्र
3. सिद्धान्तशिरोमणि कालमानाध्याय– 12

ज्योतिःशास्त्रमिदंपुण्यंप्राहुनयविदोबुधाः।
स्वतः प्रामाण्यमस्यास्तिसत्यंप्रत्यक्षतोयतः ॥[1]

ज्योतिष शास्त्र के प्रमुख तीन भेद—

1. सिद्धान्तस्कन्ध (गणित शास्त्र)
2. संहितास्कन्ध (गोचर शास्त्र)
3. होरास्कन्ध (जातक शास्त्र)

सिद्धान्तस्कन्ध—सामान्य रूप से सिद्धान्तस्कन्ध में गणित विद्या का सांगोपांग निरूपण है। आचार्य भास्कर ने अपने सिद्धान्तशिरोमणि में बताया है कि जिसमें त्रुटि (काल की लघुत्तम इकाई) से लेकर प्रलयान्तकाल तक की कालगणना की गयी हो, कालमानों के सौर-सावन-नाक्षत्र-चान्द्र आदि भेदों का निरूपण किया गया हो, ग्रहों की मार्गी-वक्री, शीघ्र-मन्द, नीच- उच्च, दक्षिण-उत्तर आदि गतियों का वर्णन हो, अंक (पाटी) गणित एवं बीजगणित दोनों गणित विद्याओं का विवेचन किया गया हो, उत्तर सहित प्रश्नों का विवेचन हो, पृथ्वी की स्थिति, स्वरूप एवं गति का निरूपण हो, ग्रहों के कक्षा क्रम एवं वेधोपयोगी यन्त्रों का वर्णन किया गया हो, इसके साथ ही अधिकमास, क्षयमास, प्रभवादिसंवत्सर, नक्षत्रों का भ्रमण, चरखण्ड, राश्युदय, छाया, नाड़ी, करण आदि का वर्णन रहता है, उसे सिद्धान्त ज्योतिष कहते हैं।

संहितास्कन्ध—ज्योतिष का संहितास्कन्ध बड़े ही महत्त्व का है। इसमें नक्षत्रमण्डल में ग्रहों के गमन और उनके परस्पर युद्धादि, केतु-धूमकेतु, उल्कापात, उत्पात तथा शकुनादिकों के द्वारा राष्ट्र के लिये शुभाशुभ फल का विवेचन होता है तथा मुहूर्तशास्त्र का वर्णन रहता है। वराहमिहिराचार्य ने अपने ग्रन्थ वृहत्संहिता (वाराहीसंहिता) में अपने पूर्ववर्ती गर्ग, पराशर, असित, देवल, कश्यप, भृगु, वसिष्ठ, वृहस्पति आदि अनेक संहिताकारों का स्मरण किया है और आचार्य भट्टोत्पल ने भी अनेक संहिताकारों का उल्लेख किया है। प्राचीन उपलब्ध संहिताओं में वसिष्ठ, वृहस्पति और नारद संहिता प्राप्त होती है। नारद संहिता में प्रायः तीनों स्कन्धों के विषय विवेचित हैं।

होरास्कन्ध—मानव जीवन के सुख-दुःख आदि सभी शुभाशुभ विषयों का विवेचन करने वाला विभाग होराशास्त्र है। इस स्कन्ध में ग्रह और राशियों का स्वरूपवर्णन, ग्रहों की दृष्टि, उच्च-नीच, मित्रामित्र, बलाबल आदि का विचार, द्वादशभावों द्वारा विचारणीय विषय, बालारिष्ट, आयुर्दाय, दशा-अन्तर्दशा, अष्टकवर्ग, गोचर विचार, विविध योग, पूर्वजन्म आदि का विचार, तात्कालिक प्रश्नों का शुभाशुभ-निरूपण, नष्टजातक विचार, वियोनि-जन्मज्ञान

1. ज्योतिर्विवरण

आदि विषय सम्मिलित रहते हैं। होराशास्त्र के ताजिकशास्त्र, प्रश्नतन्त्र, सामुद्रिक शास्त्र, रमल, स्वरोदय तथा स्वप्नविज्ञान आदि अनेक विभाग हैं।

ज्योतिष शास्त्र के प्रमुख प्रवर्तक आचार्य

वेद में ज्योतिष का वर्णन होने से यद्यपि यह शास्त्र वेद के समान अपौरुषेय है, फिर भी कालक्रम से महर्षि काश्यप के मतानुसार ज्योतिष शास्त्र के 18 प्रवर्तकाचार्य हैं, यथा—

सूर्य:पितामहोव्यासोवसिष्ठोऽत्रि:पराशर: ।
कश्यपोनारदोगर्गोमरीचिर्मनुरङ्गिरा: ॥
लोमश:पौलिशश्चैवच्यवनोयवनोभृगु: ।
शौनकोऽष्टादशाश्चैतेज्योतिश्शास्त्रप्रवर्तका: ॥[1]

सूर्य, ब्रह्मा, व्यास, वसिष्ठ, अत्रि, पराशर, कश्यप, नारद, गर्ग, मरीचि, मनु, अंगिरा, लोमश, पौलिश, च्यवन, यवन, भृगु तथा शौनक—ये अट्ठारह ज्योतिषशास्त्र के प्रवर्तक हुए। ज्योतिष के प्रथम आचार्य ब्रह्मा हुए। उन्होंने अपने पुत्र वसिष्ठ को ज्योतिष विद्या सिखायी, जो 'वासिष्ठ सिद्धान्त' के नाम से प्रसिद्ध हुआ। एक दूसरी परम्परा के अनुसार सूर्य ने मय को पढ़ाया, जिसे 'सूर्यसिद्धान्त' कहा जाता है। ऋषि पराशर के अनुसार पितामह ब्रह्मा ने वेदों से लेकर ज्योतिष शास्त्र को विस्तारपूर्वक कहा है—

'वेदेभ्यश्चसमुद्धृत्य ब्रह्मा प्रोवाचविस्तृतम् ॥'[2]

ब्राह्मण, उपनिषद्, पुराण एवं इतिहासादि विविध प्राचीनतम ग्रन्थों में ज्योतिष का विशद वर्णन मिलता है। अत: इसकी प्राचीनता एवं उपादेयता सिद्ध होती है। उन्हीं ग्रन्थों के आधार पर विश्व के अनेक आचार्यों ने ज्योतिष सम्बन्धी अनेक ग्रन्थों को रचना कर इसका प्रचार और प्रसार किया। इनमें भारतीय आचार्य प्रमुख रूप से आर्यभट्ट, वराहमिहिर, भास्कराचार्य, कमलाकर, चन्द्रशेखर सामन्त, केतकर, बापूदेव शास्त्री, सुधाकर द्विवेदी आदि हैं। निष्कर्षत: वेदाङ्ग साहित्य द्वारा हम वैदिक संहिताओं एवं ब्राह्मण साहित्य को सही प्रकार से समझ पाते हैं।

■

1. काश्यप संहिता
2. बृहद पराशर होरा शास्त्र 203

स्मृतियों की परम्परा

लक्ष्मी मिश्रा

भारतीय जीवन धर्मशास्त्रीय सिद्धान्तों से निर्देशित एवं संचालित होता रहा है। श्रुतिस्तु वेदो विज्ञेयो धर्मशास्त्रं तु वै स्मृतिः यह शास्त्रवचन प्रमाण है कि, स्मृतियाँ धर्मशास्त्र हैं। स्मृतियों में धर्म शब्द प्रधानतया पुरुषार्थ-चतुष्टय की सिद्धि हेतु आवश्यक वर्णाश्रम-धर्मों के अर्थ में प्रयुक्त होता है तथा शास्त्र शब्द शास् धातु में सर्वधातुभ्यष्ट्न् (4.1.58) उणादि सूत्र से ष्ट्रन् प्रत्यय करके व्युत्पन्न हुआ है—शिष्यतेऽनेनेति शास्त्रम् अथवा शासनाच्छंसनाच्छास्त्रम् अर्थात् जिसके द्वारा शासन किया जाता है या जिसके द्वारा शासन हो सकता है, वह 'शास्त्र' है। 'शास्त्र' शब्द का एक लक्षण शास्त्रवेत्ताओं ने यह भी किया है कि जिसमें प्रवृत्ति, निवृत्ति एवं मनुष्य का धर्म उपदिष्ट हुआ है, वह शास्त्र है—

> प्रवृत्तिश्च निवृत्तिश्च पुंसां येनोपदिश्यते।
> तद्धर्माश्चोपदिश्यन्ते शास्त्रं शास्त्रविदो विदुः॥

इस प्रकार 'शास्त्र' शब्द का आशय व्यक्ति को परमार्थिक लाभ प्रदान करने वाली, विद्या का विधान है। शास्त्र विधि के अनुसार कर्म-निष्पादन 'परमपद' की प्राप्ति का हेतु है। 'शास्त्रविधि' का अर्थ है 'शास्त्र की आज्ञा' अथवा 'शास्त्र के नियम'। यथा—'वेदवाक्य 'आज्ञावाक्य' हैं।' वेदाज्ञा के पालन से व्यक्ति 'परमपद' प्राप्त करता है।

श्रीमद्भगवतद्गीता में श्रीकृष्ण ने भी अर्जुन से कहा है कि 'जो अविवेकी व्यक्ति शास्त्रविधि त्याग करके अपनी इच्छा के अनुसार स्वच्छन्दता से व्यवहार करता है, वह कभी भी सिद्धि को, सुख को तथा उत्तम गति नहीं प्राप्त करता।

> यः शास्त्रविधिमुत्सृज्य वर्तते कामकारतः।
> न स सिद्धिमवाप्नोति न सुखं न परां गतिम्॥
>
> —श्रीमद्भगवद्गीता 16(33)

अतः 'कार्य' और 'अकार्य' की व्यवस्था में 'शास्त्र' ही प्रमाण हैं, शास्त्रोचित 'विधि' को जानकर, तदनुसार कर्म करना ही श्रेयस्कर है—

तस्माच्छास्त्रं प्रमाणं ते कार्याकार्यव्यवस्थितौ।
ज्ञात्वा शास्त्रविधानोक्तं कर्म कर्तुमिहार्हसि॥

—श्रीमद्भगवद्गीता 16(24)

शास्त्र कहने से प्रायः चतुर्दश अथवा अष्टादश विद्याओं का बोध होता है। मत्स्यपुराण के तृतीय अध्याय में इन शास्त्रों की उत्पत्ति कुछ इस प्रकार बताई गई है—

तपश्चचार प्रथममराणां पितामहः आविर्भूतास्ततो वेदाः साङ्गोपाङ्गपदक्रमाः॥

पुराणं सर्वशास्त्राणां प्रथमं ब्रह्मणा स्मृतम् नित्यशब्दमयं पुण्यं शतकोटि प्रविस्तरम्॥

अनन्तरं च वक्त्रेभ्यो वेदास्तस्य विनिस्सृताः मीमांसा न्यायविद्याश्च प्रमाणं तर्कसंयुताः॥

वेदाभ्यासरतस्यास्य प्रजाकामस्य मानसाः मनसः पूर्वसृष्टा वै जातास्तेन मानसाः॥ —मत्स्य पुराण, 3(2)

अमरकोश में इसके अठारह प्रकार बताये गये हैं तथा विष्णु पुराण में चतुर्दश विद्याओं का उल्लेख है—

अङ्गानि वेदाश्चत्वारो मीमांसा न्यायविस्तरः।
धर्मशास्त्रं पुराणज्य विद्याद्धेता चतुर्दश॥ —भविष्य पुराण

प्रायश्चित्ततत्त्वकार नें इसमें चार और जोड़कर अष्टादश कर दिया है—

आयुर्वेदो धनुर्वेदो गान्धर्वं चेति ते त्रयम्।
अर्थशास्त्रं चतुर्थश्च विद्या अष्टादशैव ताः॥

इस प्रकार धर्मशास्त्रों का वर्ण्य विषय है—धर्मादेश अथवा वर्णाश्रम धर्म का विधान या समादेश। तन्त्रवार्तिक से इस कथ्य की पुष्टि होती है—सर्वधर्मशास्त्राणां वर्णाश्रमधर्मोंपदेशित्वात्। पूर्वमीमांसा में महर्षि जैमिनि ने वेद विहित विधि वाक्यों को धर्म माना है अर्थात् वेदों में प्रयुक्त अनुशासनों के अनुसार चलना ही धर्म है। इस आधार पर वेदविहित धर्मोंपदेशों के द्वारा संचालन की व्यवस्था का नाम धर्मशास्त्र है।

धर्मशास्त्र की परम्परा वेदों से प्रारम्भ होती है। यद्यपि वेदों में स्पष्ट रूप से धर्मविषयक विधियाँ उपलब्ध नहीं होतीं, परन्तु यत्र-तत्र सन्दर्भ अवश्य मिलता है। यथा—विवाह, विवाह-प्रकार, पुत्र-प्रकार, सम्पत्ति-विभाजन, रिक्थलाभ, श्राद्ध, स्त्रीधन इत्यादि। धर्मशास्त्र के अन्तर्गत धर्मसूत्रों तथा स्मृतियाँ दोनों ही परिगणित होते हैं। सूत्र-साहित्य कल्पवेदाङ् के अंग हैं। ऋग्वेदप्रातिशाख्य के अनुसार कल्प का अर्थ है—कल्पोवेदविहितानां

कर्माणामानुपूर्वेण कल्पना शास्त्रम्। (ऋग्वेद ....) अर्थात् वेद विहित कर्मों को व्यवस्थित करने वाले ग्रन्थ को कल्पशास्त्र कहा जाता है। कल्पसूत्रों को चार श्रेणियों में विभाजित किया गया है—श्रौतसूत्र ,गृह्यसूत्र, धर्मसूत्र तथा शुल्वसूत्र।

श्रौत-अग्नि में सम्पादित होने वाले यज्ञों का विवेचन करना श्रौतसूत्र का कार्य है। आपस्तम्ब, भारद्वाज, आश्वलायन, बौधायन, शाङ्खायन, कात्यायन, वैखानस, लाट्यायन ये महत्त्वपूर्ण श्रौतसूत्र हैं। गृह्यग्नि में सम्पादित होने वाले गृहयज्ञ, उपनयन तथा विवाह आदि का विवेचन गृह्यसूत्र में है। पारस्कर, आश्वलायन, गोभिल इत्यादि प्रमुख गृह्यसूत्र हैं।

धर्मसूत्रों का प्रतिपाद्य वर्णाश्रम व्यवस्था में सम्पादित होने वाले धार्मिक कृत्यों, सामाजिक-कर्तव्यों तथा राजधर्म है। प्रमुखतया गौतम, बौधायन, आपस्तम्ब, हिरण्यकेशिन तथा वसिष्ठ आदि विशिष्ट धर्मसूत्र हैं। यज्ञ सम्पादन के समय यज्ञवेदिका तथा मण्डप-निर्माण आदि की विधियों का विवेचन करने वाले सूत्रों को शुल्बसूत्र कहा गया है जिनमें बौधायन शुल्बसूत्र प्रमुख है। प्राचीन काल में धर्मसूत्रों का अध्ययन शाखाओं में हुआ करता था। दुर्भाग्यवश सभी शाखाओं के धर्मसूत्र वर्तमान में उपलब्ध नहीं हैं। यथा—आश्वलायन श्रौतसूत्र तथा शांखायन श्रौतसूत्र का कोई धर्मसूत्र नहीं है। कालान्तर में आचार-नियम सम्बन्धित ये धर्मसूत्र अपनी शाखाओं के प्रमाणिक ग्रन्थ बन गये।

धर्मसूत्रों में मुख्यतः गौतम, बौधायन तथा आपस्तम्ब धर्मसूत्रों प्राचीनतम माना गया हैं। इनमें अनेक धर्मशास्त्रों तथा धर्मशास्त्रकारों का उल्लेख है। अनेक सूत्रकारों ने मनु आदि धर्मशास्त्रकारों (स्मृतिकारों) के मतों का भी वर्णन किया है। वर्तमान में 'गौतम', 'आपस्तम्ब', 'वसिष्ठ', 'बौधायन', 'हिरण्यकेशी', 'हारीत', 'वैखानस' तथा शंखलिखित धर्मसूत्र प्रसिद्ध एवं मान्य हैं। इन सूत्रों में धर्मशास्त्रीय विषयों का व्यापक विवेचन और विश्लेषण किया गया है। यद्यपि धर्मशास्त्र के अन्तर्गत सूत्र और स्मृति दोनों ही परिगणित होते हैं तथापि वर्तमान में धर्मशास्त्र से केवल स्मृति साहित्य का बोध रूढ हो चुका है।

भारतीय वाङ्मय में 'श्रुति' के साथ-साथ 'स्मृति' शब्द प्रायः प्राचीन काल से ही व्यवहृत होता आ रहा हैं। स्मृति का यौगिक अर्थ है—'स्मर्यंत इति स्मृतिः अर्थात् वह ग्रन्थ जो स्मरण करके लिखे गये। ऋषिलोग समाधि में स्थित होकर वेद के नित्य नूतन अर्थों को स्मरण करते और उसको अपने शब्दों में प्रकट करते थे। इसलिये मनुस्मृति आदि के जितने अर्थ हैं, वे सब के सब वेदमूलक हैं, किन्तु शब्द वेद के नहीं हैं। शब्द तो मनु आदि स्मृतिकारों द्वारा कृत हैं। परम्परा श्रुति और स्मृति दोनों नित्य नूतन मानती है।

दोनों में पार्थक्य मात्र इतना है कि श्रुति के शब्द, अर्थ और उच्चारण तीनों नित्य-नूतन होते हैं, जब कि स्मृति के केवल अर्थ नित्य-नूतन होते हैं। इसके शब्द मनु और याज्ञवल्क्य आदि के द्वारा निर्मित हैं। स्मृति की विशेषताएँ बहुत महत्त्वपूर्ण हैं, अनन्त वेद को जिस कल्प में जिस वेद की जितनी शाखाएँ ब्रह्मा प्राप्त कर पाते हैं, उतनी ही शाखाएँ हमको अध्ययन-परम्परा से प्राप्त होती हैं। ब्रह्मा भी स्मरण करते हैं, ऋषि भी स्मरण करते हैं। ऐसी स्थिति में उनकी ऋतम्भरा प्रज्ञा से वेद के कुछ ऐसे अर्थ हैं, जो वेद की शाखाओं में आज उपलब्ध नहीं हैं। वैसी स्थिति में इस स्मृत अर्थ के द्वारा अनुपलब्ध श्रुति की कल्पना करनी पड़ती है। अतः स्मृति की मूल विशेषता है कि बहुत से वेदार्थ वेद द्वारा बोधगम्य नहीं हैं, किन्तु स्मृतियों के द्वारा हम उन्हें प्राप्त करते हैं। यह स्मृतियों की महत्वपूर्ण विशिष्टता है। इसी अभिप्राय से अत्रि ने कहा है कि वेद पढ़ लेने के बाद भी स्मृतियों का पढ़ना आवश्यक होता है—

वेदंगृहीत्वायकश्चिच्छास्त्रं चैवावमन्यते।
स सद्यः पशुतां याति संभवानेकविंशतिम्॥ अचि संहिता 1(11)

यही कारण है कि श्रुति की तरह स्मृति को भी नेत्र माना जाता है। नेत्र दो होते हैं। एक नेत्र है श्रुति, दूसरी स्मृति। इन दोनों में से यदि एक न रहे तो वह विद्वान् काना माना जाता है और यदि दोनों ही न रहें तो अन्धा ही माना जाता है—

श्रुतिस्मृती तु विप्राणां चक्षुषी द्वे विनिर्मिते।
काणस्तत्रैकया हीनो द्वाभ्यामन्धः प्रकीर्तितः॥

प्राचीन चिन्तकों ने वेद को स्वतः प्रमाण के रूप में तथा स्मृतियों को श्रुतिमूलक होने के कारण प्रमाण के रूप में स्वीकार किया है। वाधूलस्मृति के अनुसार भगवान् कहते हैं कि 'श्रुतिस्मृती ममैवाज्ञे'—श्रुति अर्थात् वेद और मन्वादि स्मृतियाँ मेरी आज्ञा हैं। ध्यातव्य है कि शास्त्रों का स्पष्ट निर्देश है कि यदि श्रुति एवं स्मृति में किसी विषय विशेष पर मतभेद होता हो तो वहाँ श्रुति प्रमाण ही प्रबल एवं अन्तिम प्रमाण होगा।

विषयवस्तु की दृष्टि से सामान्यतः स्मृतियों में तीन प्रधान विषयों पर विवेचन प्राप्त होता है—(1) आचार (2) व्यवहार और (3) प्रायश्चित्त। आचारकाण्ड में वर्णाश्रम व्यवस्था के अन्तर्गत चारों वर्णों के कर्तव्य-कर्मों का विधान हुआ है। ब्रह्मचर्य तथा गृहस्थ के कर्तव्य, अतिथि सत्कार, पञ्चमहायज्ञ, दान आदि विवरण प्राप्त होते हैं। इसी प्रकार वानप्रस्थ का जीवन एवं उसका कर्तव्य, संन्यासी का लक्षण, उसका धर्म और उसके दैनिक आचार, उसकी वृत्ति आदि अनेक विषयों का वर्णन स्मृतियों में किया गया है। इन विषयों के

अतिरिक्त राजा के कर्तव्य, प्रजा के प्रति उसके व्यवहार, उसके द्वारा दण्ड-विधान के पालन का विस्तृत विवेचन भी प्राप्त होता है।

व्यवहारकाण्ड के अन्तर्गत व्यवहार की प्रक्रिया, अग्निशुद्धि, कानून से अभिहित दण्ड और उसके प्रकार, साक्षी और उसके प्रकार, शपथ, न्यायकर्ता के गुण, न्याय-निर्णय की पद्धति आदि वर्णित हैं। न्याय और दण्डनीति धर्मशास्त्र के महत्त्वपूर्ण अंग हैं। पवित्र आचरण और शुद्ध व्यवहार के निमित्त दण्ड ही एक ऐसा साधन है, जिसके भय से व्यक्ति पाप या अनीति-कर्म से बचता है। इस प्रकार धर्मशास्त्रों में अभिव्यक्त न्याय और दण्डनीति के माध्यम से न्याय, न्याय-निर्धारण की नीति, अपराध और दण्डनीति तथा प्रयोग-पद्धति आदि का ज्ञान होता है। इसके अतिरिक्त सम्पत्ति का विभाजन, दाय (सम्पत्ति) के अधिकारी, दाय का अंश, स्त्रीधन और कर-ग्रहण की व्यवस्था आदि विषय भी स्मृतियों में वर्णित हैं।

प्रायश्चित्त-खण्ड में धार्मिक तथा सामाजिक कृत्यों के न करने तथा उनकी अवहेलना करने से जो पाप होते हैं, उनके प्रायश्चित्त का विधान बताया गया है। इस प्रायश्चित्त-विधान के अन्तर्गत कृच्छ्र-चान्द्रायण, सांतपन आदि व्रत, गोदान, भूमिदान तथा तुलादान आदि विविध दान के प्रसंग तथा जप, तप, उपवास एवं तीर्थयात्रा और पंचगव्य सेवन आदि कृत्यों का विधान बताया गया है। प्रायश्चित्त न करने पर तथा पाप छिपाने पर परलोक में भीषण नरक-यातनाओं का विवरण भी मिलता है। 'अवश्यमेव भोक्तव्यं कृतं कर्म शुभाशुभम्' इस दृष्टि से शुभ-अशुभ कर्मों का फल भोगना ही पड़ता है, अतः 'कर्मविपाक' भी स्मृतियों का एक मुख्य विषय है। धर्मशास्त्रों में दुष्कर्मों या पापों का फलवान् होना 'कर्मविपाक' शब्द से व्यंजित है। जीव जब दुष्कर्म या पापकर्म करता है और वह इन कृत्यों का प्रायश्चित्त भी नहीं करता, तब धर्मशास्त्र ऐसे जीवों को नारकीय यातनाएँ भोगनेके उपरान्त पापकृत्यों के चिह्नस्वरूप पशु, पक्षी, कीट-पतंग या निम्न कोटि के जीव अथवा वृक्ष आदि योनियों में जन्म लेने की बात बताते हैं। किसी प्रकार पाप से संयुक्त जीव अपने पापों को समाप्त कर मानवरूप धारण करता है तो प्रायश्चित्त न करने के कारण रोगों एवं शारीरिक दोषों से ग्रस्त होता है। इस प्रकार कर्मविपाक के भोगों से अनावृत होने पर ही सांसारिक जीव जन्म-मरण के दारुण दुःखों से मुक्त होकर अनन्त आनन्द में विलीन हो जाता है अर्थात् परमात्मपद को प्राप्त करने का अधिकारी बनता है।

अतःस्मृतियों में वर्णधर्म, आश्रम-धर्म, सामान्य धर्म, विशेष धर्म, गर्भाधान से अन्त्येष्टितक के संस्कार, दिनचर्या, पंचमहायज्ञ, बलिवैश्वदेव, भोजनविधि,

शयन विधि, स्वाध्याय, यज्ञ-यागादि, इष्टापूर्तधर्म, प्रायश्चित्त, कर्मविपाक, शुद्धितत्त्व, पाप-पुण्य, व्रत, दान, प्रतिष्ठा, श्राद्ध, सदाचार-शौचाचार, आशौच (जननाशौच, मरणाशौच), भक्ष्याभक्ष्यविचार, आपद्धर्म, दाय-विभाग (सम्पत्तिका बँटवारा), स्त्रीधन, पुत्रों के भेद, दत्तक पुत्रमीमांसा और राजधर्म तथा मोक्षधर्म एवं अध्यात्मज्ञान इत्यादि का विस्तार से वर्णन हुआ है।

स्मृतियों की संख्या बहुत बड़ी है। मनु ने अत्रि, उतथ्यपुत्र, भृगु, वसिष्ठ, वैखानस एवं शौनक आदि केवल सात स्मृतिकारों का ही उल्लेख किया है। वसिष्ठ ने गौतम, प्रजापति, मनु, यम एवं हारीत मात्र पाँच स्मृतिकारों का उल्लेख किया है। आप स्तम्ब द्वारा उल्लिखित 10 धर्मशास्त्रकारों में एक, कुणिक तथा पुष्करादि का नाम भी आता है जबकि याज्ञवल्क्य ने मुख्यतः 20 स्मृतियों तथा स्मृतिकारों का उल्लेख किया है— (1) मनु, (2) अत्रि, (3) विष्णु, (4) हारीत, (5) याज्ञवल्क्य, (6) उशनस, (7) अंगिरस, (8) यम, (9) आपस्तम्ब (10) संवर्त्त, (11) कात्यायन, (12) वृहस्पति, (13) पराशर, (14) व्यास, (15) शंख, (16) लिखित, (17) दक्ष, (18) गौतम, (19) शातातप और (20) वसिष्ठ आदि हैं।

मन्वत्रिविष्णुहारीतिर्याज्ञवल्क्योशनोऽङ्गिराः ।
यमापस्तम्ब संवर्ताः कात्यायन बृहस्पतिः ॥
पराशरव्यासशंखलिखिता दक्षगौतमौ ।
शातातपो वसिष्ठश्च धर्मशास्त्रप्रयोजकाः ॥

—याज्ञवल्क्य स्मृति, 1(4.5)

परवर्ती मित्रमिश्र ने अपने विशाल निबन्ध संग्रह 'वीरमित्रोदय' में इसके अतिरिक्त अन्य 21 स्मृतिकारों का विवरण दिया है, जिनमें— वसिष्ठ, नारद, सुमन्त, पितामह, विष्णु, कार्ष्णाजिन, सत्यव्रत, गार्ग्य, देवल, जमदग्नि, भारद्वाज, पुलस्त्य, पुलह, ऋतु, आत्रेय, गवेय, मरीचि, वत्स, पारस्कर, ऋष्यश्रृंग तथा वैजताप सम्मिलित हैं। बौधायन ने कुल सात स्मृतिकारों का उल्लेख किया है जिनमें— औपजंघनि, कात्यायन, काश्यप, गौतम, प्रजापति, मौद्गल्य तथा हारीत आते हैं। पैठीनसि ने कुल 36 स्मृतियों का नामोल्लेख किया है। इस प्रकार स्मृतियों की संख्या का विस्तार होते-होते निर्णयसिन्धु एवं नीलकण्ठ में सौ से अधिक हो गयी है। कतिपय महत्त्वपूर्ण स्मृतियों का परिचय इस प्रकार है—

अत्रि संहिता (स्मृति) में आत्रेय धर्मशास्त्र की चर्चा है। इसके अनुसार महामुनि अत्रि और 'अत्रिस्मृति' एवं 'अत्रिसंहिता' के प्रणेता महर्षि अत्रि वैदिक मन्त्रद्रष्टा ऋषि हैं। ब्रह्माजी के नेत्रों से महर्षि अत्रि का प्रादुर्भाव हुआ।

मरिचिरर्त्यङ्गिरसौ पुल्स्त्यःपुलहःक्रतुः।
भृगुर्वसिष्ठो दक्षश्चदशमस्त्र नारदः॥
—श्रीमद्‌भागवत् 3 (12, 21)

महर्षि अत्रि की धर्मपत्नी देवी अनसूया ने अपनी दिव्य शक्ति एवं तपोबल से गंगा की पवित्र धारा को चित्रकूट में प्रवाहित किया, जो 'मन्दाकिनी' नामसे प्रसिद्ध है और सब पापों को दूर करने वाली है—

नदी पुनीत पुरान बखानी।
अत्रि प्रिया निज तपबल आनी॥
सुरसरि धार नाउँ मंदाकिनि।
जो सब पातक पोतक डाकिन॥ —रामचरितमानस 2 (132, 5-6)

ऋषि-महर्षियों ने महर्षि अत्रि के पास जाकर भक्ति एवं नम्रतापूर्वक जिज्ञासा की कि 'हे महामुने! किस जप, तप, दान अथवा साधन से सभी पातकों से मुक्ति हो जाती है और प्राणी पवित्र हो जाता है, उसे आप बतलाने की कृपा करें।' इसके उत्तर में महर्षि अत्रिजी ने जो धर्मोपदेश उन्हें प्रदान किया, वह 'अत्रिस्मृति' के नाम से विख्यात हुआ।

य इदं धारयिष्यन्ति धर्मशास्त्रमतन्द्रिताः।
इह लोके यशः प्राप्य ते यास्यन्ति त्रिविष्टपम्॥

डा० राधेश्याम शुक्ल द्वारा सम्पादित अष्टादश स्मृतिः के अनुसार डेक्कन कालेज में नव अध्यायों में विभक्त 'आत्रेयधर्मशास्त्र' की पाण्डुलिपि उपलब्ध है, जोकि गद्य-पद्य मिश्रित शैली में है। अत्रि संहिता एवं अत्रि स्मृति का उल्लेख जीवानन्द द्वारा भी किया गया है। अत्रि संहिता (स्मृति) में कुल 398 श्लोक हैं। वर्णाश्रम धर्म में चारों वर्णों के आचार, पाप कर्म एवं प्रायश्चित्त पर ही मुख्यतः कथन उपलब्ध होता है। राजधर्म तथा धर्मशास्त्र के प्रमुख घटक व्यवहार पक्ष, सम्पत्ति-विभाजन, उत्तराधिकार, न्याय एवं दण्ड व्यवस्था आदि का इस स्मृति में उल्लेख नहीं है।

विष्णुधर्मसूत्र को सर्वप्रथम जीवानन्द ने 1876 में अपने 'धर्मशास्त्रसंग्रह' में प्रकाशित किया था। तदुपरान्त ई0 सन् 1909 में डॉ0 जे0 जोली ने इसका सम्पादन किया। इस पर नन्द पण्डित द्वारा वैजयन्ती नामक टीका की रचना की गई। कल्याण के धर्मडास्त्रांग में सौ अध्यायों वालेविष्णु प्रोक्त धर्मशास्त्र तथा लघु विष्णु स्मृति का उल्लेख है, इसको 'वैष्णव धर्मशास्त्र' भी कहा गया है जैसा कि इस ग्रन्थ की पुष्पिका में निर्दिष्ट है— 'इति वैष्णवे धर्मशास्त्रे द्वितीयोऽध्यायः'। इसमें केवल चारों वर्णों तथा आश्रमों के सनातन विधि-विधान का निदर्शन पाँच अध्यायों में कुल 114 श्लोकों में किया गया है।

धर्मशास्त्र के अन्य विषयों का स्पर्श न करते हुये उसे विष्णु प्रोक्त धर्मशास्त्र आदि अन्य ग्रन्थों से अनुशीलन का निर्देश भी किया गया है।

हारीत रचित दो स्मृतियाँ उपलब्ध होती है— लघुहारीत स्मृति तथा बृद्धहारीत स्मृति। लघुहारीत स्मृति में 193 श्लोकों को सात अध्यायों में निबद्ध किया गया है। इसमें गृहीत सात विषयों में से वर्णाश्रमधर्म, चातुर्वर्णधर्म, ब्रह्मचर्याश्रम धर्मवर्णनम्, गृहस्थाश्रम धर्मवर्णनम्, वानप्रस्थ धर्मवर्णनम्, संन्यासाश्रम धर्मवर्णनम् तथा योगवर्णनम् है। इसमें सर्वाधिक महत्व गृहस्थाश्रम धर्म को देते हुये उसका व्याख्यान 78 श्लोकों में प्रस्तुत किया गया है। बृद्धहारीत स्मृति में कुल आठ अध्याय तथा 2529 श्लोक हैं।

औशनस स्मृति का अपरनाम औशनस संहिता तथा औशनस धर्मशास्त्र भी है। इसके रचयिता उशना या शुक्र ऋषि हैं। यह कलेवर में अत्यन्त छोटी है। इसमें कुल इक्यावन श्लोकों में जातियों एवं उनके कर्तव्यों के विधान का निदर्शन किया गया है।

महर्षि अंगिराप्रणीत धर्मशास्त्र आंगिरस स्मृति के नाम से विख्यात है। यह स्मृति दो खण्डों में उपलब्ध होती है। मनसुखराय मोर द्वारा सम्पादित 'स्मृतिसन्दर्भ' में संकलित आंगिरस स्मृति के पूर्वांगिरसम् में 1113 श्लोक तथा उत्तरांगिरसम् में मात्र 164 श्लोक हैं। कोलकाता से प्रकाशित एक अन्य संस्करण जीवानन्द द्वारा सम्पादित किया गया है जिसमें 74 श्लोक मात्र हैं। इस ग्रन्थ में आंगिरस स्मृति के जीवानन्द के संस्करण को ग्रहण किया गया है। जिसमें विविध प्रकार के प्रायश्चित्तों के विधान का निर्देश किया गया है।

याज्ञवल्क्य द्वारा संवर्त्त का स्मृतिकार के रूप में उल्लेख किया गया है। इस संस्करण में संग्रहीत संवर्त्त स्मृति में कुल 233 श्लोकों में धर्मशास्त्रीय विषयों को उपनिबद्ध किया गया है। जबकि मनसुखराय मोर द्वारा प्रकाशित स्मृति-सन्दर्भ में संवर्त्त स्मृति के कुल 227 श्लोक ही उपलब्ध होते हैं। इसमें वर्णित विषयों में ब्रह्मचर्य का विधान, सन्ध्योपासना प्रकरण, कन्या-विवाह प्रकरण, अशौच शुद्धि, श्राद्धकर्म, विविध प्रकार के दान का महत्त्व, गृहस्थ की दिनचर्या का विधान, वानप्रस्थी के धर्म, यति का धर्म, महापापों का परिगणन, पापों का प्रायश्चित्त-विधान, उपवास व्रत, ब्राह्मणों को भोजन कराने के लिए निर्दिष्ट तिथियाँ, गायत्री जप तथा प्राणायामादि का विवेचन किया गया है।

यम द्वारा रचित तीन स्मृतियाँ अपूर्ण या पूर्ण रूप में उपलब्ध होती हैं। जिनमें—लघुयम स्मृति, वृद्यम स्मृति तथा यम स्मृति है। लघुयम स्मृति में विषयों का समाहार 99 श्लोकों में किया गया है। जिसमें अनेक प्रकार के

प्रायश्चित्तों के विधान का उल्लेख है। इसके साथ ही प्रसंगतः यज्ञ-विधान, सरोवर, कूप आदि के निर्माण की विधियों का निर्देश है।

आपस्तम्ब द्वारा रचित श्रौतसूत्र, गृह्य-सूत्र तथा धर्मसूत्र प्राप्त के साथ-साथ स्मृतिग्रन्थ भी प्राप्त होता है। इनकी स्मृति पर मनु एवं याज्ञवल्क्य का स्पष्ट प्रभाव परिलक्षित होता है। स्मृतिचन्द्रिका तथा मेधातिथि द्वारा और मिताक्षरा आदि में प्रायशः इसको उद्धृत किया गया है। इसमें समग्र विषय-वस्तु दस अध्यायों में विभक्त है तथा कुल श्लोक संख्या 199 है। इसके अन्तर्गत कृषि तथा पशुपालन कर्म में हुये अनुचित कर्मों के प्रायश्चित्त का विधान, शुद्ध्यशुद्धि का विवेचन, अपरिचित अन्त्यज के गृहवास का प्रायश्चित्त, उच्छिष्ट (जूठे) भोजन का प्रायश्चित्त, अपेयपान (सुरा आदि) तथा अभक्ष्य-भक्षण (मांसादि) का प्रायश्चित्, यम-नियम की परिभाषा, अग्निहोत्र का विधान तथा अन्य अनेक प्रकार के पापों के प्रायश्चित्त का विधान ही मुख्य प्रतिपाद्य विषय के रूप में ग्रहण किया गया है।

महर्षि बृहस्पति प्राचीन धर्मशास्त्र प्रणेता के रूप में प्रतिष्ठित हैं। याज्ञवल्क्य की टीका मिताक्षरा के आचार अध्यायों में इनके 100 श्लोकों तथा व्यवहार अध्याय में 700 श्लोकों को उद्धृत किया गया है। वर्तमान में बृहस्पति स्मृति पूर्ण रूप से उपलब्ध नहीं है। डॉ0 जे0 जॉली ने विभिन्न ग्रन्थों में उद्धृत इनके द्वारा रचित 711 श्लोकों का संग्रह किया है। किन्तु मनसुखरायमोर द्वारा सम्पादित स्मृति-सन्दर्भ में संकलित बृहस्पति स्मृति में मात्र 81 श्लोकों का संग्रह ही उपलब्ध होता है। बृहस्पतिस्मृति के प्रमुख विषय हैं— सुवर्णदान, पृथ्वीदान, गोचर्म के लक्षण, नीलवृषभ का लक्षण, निन्दावर्णन, भूमिहरण फल तथा कूप-वापी-तडागादि के निर्माण-विधान का उल्लेख किया गया है। बृहस्पति द्वारा सुवर्णदान, भूमिदान, तथा गाय के दान के विशिष्ट महत्व को प्रतिपादित किया गया है।

कात्यायन स्मृति भी बृहस्पति स्मृति की ही भाँति पूर्णरूप से उपलब्ध नहीं है। अनेक धर्मशास्त्रीय ग्रन्थों में प्रसंगानुसार उनको उद्धृत किया गया है। उन उद्धरणों की संख्या सहस्त्रोपरि है। कात्यायन प्रणीतग्रन्थ का एक संस्करण जीवानन्द द्वारा 500 श्लोकों में 'कात्यायनप्रदीप' नाम से कलकत्ते से प्रकाशित किया गया है। इसको विषयानुसार 29 खण्डों में वर्गीकृत किया गया है जिसमें कुल 481 श्लोक है। इसमें वर्णित प्रमुख धर्मशास्त्रीय विषयों में से आचार (उपनयनादि संस्कार), नित्य नैमित्तिक कर्मविधान, श्राद्ध प्रकरण, गृहस्थब्रह्मचर्य आदि आश्रमों में प्रयुज्य शमी, अश्वत्थ (पीपल) आदि काष्ठ (वृक्षों) का विवरण, स्नान, सन्ध्योपासन, तीर्थ तथा तर्पण, पंच महायज्ञ,

ब्रह्मयज्ञ, श्राद्ध वर्णन, वैवाहिक होम विधान, स्त्रीधर्म, मृतकदाह संस्कार तथा प्रायश्चित्त आदि का विधान वर्णित है।

महर्षि पराशर का धर्मशास्त्रकार (स्मृतिकर्ता) होने का उल्लेख करते हुये महर्षि याज्ञवल्क्य का कथन है कि 'कलौ पाराशरी स्मृता' अर्थात् कलियुग में पराशर स्मृति ही व्यवहार्य होगी। पराशर के अतिरिक्त बृहत्पाराशर तथा वृद्ध पाराशर के ग्रन्थों के उल्लेख भी यत्र-तत्र प्राप्त होते हैं किन्तु यहाँ पर पराशर स्मृति का विवेचन ही विषय सापेक्ष है। प्रस्तुत संस्करण में संग्रहीत पराशर स्मृति में कुल 588 श्लोकों को 12 अध्यायों में वर्गीकृत किया गया है। इसमें वर्णित विषयों में मुख्यतः धर्मोपदेश (आचार धर्म), गृहस्थ धर्म-विवेचन, अशौच-व्यवस्था, विविध प्रायश्चित्त विवेचन, प्रायश्चित्त वर्णन, प्राणि हत्या-प्रायश्चित्त, ब्राह्मण-महत्व-विवेचन, द्रव्य-शुद्धि, स्त्री-शुद्धि, धर्माचरण-विवेचन; निन्द्य ब्राह्मण, अगम्यागमन-अभक्ष्याभक्ष्य तथा प्रायश्चित्त विधान आदि विषयों का विवेचन किया गया है। पराशर स्मृति के इस संस्करण में विषयों का वर्गीकरण (सम्पादन) यथाक्रम नहीं किया गया है। उदाहरणार्थ प्रायश्चित्त के प्रकरण को अनेक अध्यायों के स्थान पर एक अध्याय में संग्रहीत किया जा सकता हैं, इसी प्रकार कुछ अन्य विषय भी हैं। अतः इसके पुनर्सम्पादन की आवश्यकता है।

व्यासस्मृति के उपलब्ध विभिन्न संस्करणों में से जीवानन्द तथा आनन्दाश्रम पूना द्वारा सम्पादित एवं प्रकाशित संस्करणों में कुल श्लोकों की संख्या 150 है, जबकि मनसुखराय मोर द्वारा सम्पादित 'स्मृतिसन्दर्भ' की व्यास-· स्मृति के चार अध्यायों में श्लोकों की कुल संख्या 241 है। प्रस्तुत संस्करण में सम्पादित एवं अनूदित व्यास स्मृति के चार अध्यायों में श्लोकों की संख्या 242 है। मेधातिथि एवं विश्वरूप द्वारा व्यास स्मृति के जिन प्रमाणों को उद्धृत किया गया है वे श्लोक महाभारत में भी यथावत मिलते हैं। इस स्मृति पर पुराण तथा इतिहास का प्रभूत प्रभाव परिलक्षित होता है जिससे यह स्पष्ट है कि महाभारत तथा पुराणों के रचयिता वेदव्यास ही स्मृतिकर्ता भी हैं।

व्यास स्मृति में प्रतिपादित विषयों में धर्माचरण, वर्ण तथा षोडश-संस्कार-विवेचन, अनुलोम एवं प्रतिलोमज जातियों का वर्णन, विवाह संस्कार, गृहस्थधर्म-विवेचन, स्त्रीधर्म-विवेचन, गृहस्थ के नित्य-नैमित्तिक कर्म, तीर्थ-धर्म, दान धर्म आदि विषयों का निरूपण किया गया है। गृहस्थ धर्म की प्रशंसा करते हुये व्यास का कथन है कि यह तथ्य पुनः पुनः कहा जा सकता है कि गृहस्थ धर्म (आश्रम) से बढ़कर कोई दूसरा आश्रम (धर्म) नहीं है—गृहाश्रमात् परोधर्मः नास्ति नास्ति पुनः पुनः।

सर्वतीर्थ फलंतस्य यथोक्तं यस्तु पालयेत्॥ —व्यास स्मृति 4(2)

शंखस्मृति महर्षि याज्ञवल्क्य ने शंखद्ध एवं लिखित का परिगणन धर्मशास्त्रकार के रूप में किया है। शंख-लिखित महाभारत काल या उससे पूर्व के ऋषि थे। इन दोनों के द्वारा कुछ स्मृतियों का प्रणयन किया गया जिसमें—लघुशंखस्मृति, (71 श्लोक), शंखस्मृति (272 श्लोक), लिखितस्मृति (96 श्लोक) तथा शंख-लिखित स्मृति है। शंखस्मृति में कुल 15 अध्याय हैं तथा कुल श्लोकों की संख्या 272 है। इस स्मृति के प्रमुख प्रतिपाद्य विषय हैं—चातुर्वर्ण्य के कर्म विधान, गर्भाधान से उपनयन तक के संस्कारों का विवेचन, ब्रह्मचर्य विधान, विवाह संस्कार, पंच महायज्ञ, वानप्रस्थियों के धर्म, प्राणायाम, ध्यान, स्नान, तर्पण, श्राद्ध, अशौच, द्रव्य एवं पात्र-शुद्धि तथा विविध प्रकार के प्रायश्चित्त के विधान आदि का विवेचन।

लिखित द्वारा रचित स्वतन्त्र ग्रन्थ लिखित स्मृति है। जिसमें मात्र 93 श्लोक हैं। इनके प्रमुख प्रतिपाद्य विषयों में इष्टापूर्त कर्म, बलि वैश्वदेव, अतिथि पूजन, सांस्कृतिक जीवन तथा अशौच विवेचन आदि हैं।

दक्षस्मृति में सात अध्याय है, इसमें श्लोकों की संख्या 210 है। आश्रम व्यवस्था, दिनचर्या कर्म-वैदिक कर्म, गृहस्थाश्रमधर्म, नव कर्म, स्त्रीधर्म, शौच-अशौच, समाधि-योग, इन्द्रिय-निग्रह, अध्यात्मयोग साधन, द्वैतानुभावोद्योग-साधन आदि दक्षस्मृति के विषय है।

गौतमधर्मसूत्र, गौतमस्मृति तथा वृद्धगौतम स्मृति के प्रणेता के रूप में उपलब्ध होता है। यह कहना कठिन है कि इन तीनों ग्रन्थों के कर्त्ता एक ही गौतम है। मनसुखरायमोर द्वारा प्रकाशित स्मृति में 22 अध्यायों में कुल 1611 श्लोकों में धर्मशास्त्रीय तत्त्वों का निरूपण किया गया है। गौतमस्मृति में प्रमुखतः आचार वर्णन, ब्रह्मचारी, विवाह प्रकरण, गृहस्थाश्रम, आपद्धर्म, संस्कार, कर्तव्याकर्तव्य, राजधर्म, दण्डविधान, अशौच, श्राद्ध, अनध्याय, भक्ष्याभक्ष्य, कर्म फल तथा सम्पत्ति-विभाजन आदि विषयों का निरूपण किया गया है

काणे महोदय ने शातातपस्मृति के तीन संस्करणों का उल्लेख किया है। इण्डिया ऑफिस लाइब्रेरी लन्दन से प्राप्त पाण्डुलिपि में दो अध्याय—शुद्धि एवं आचार मात्र ही उपलब्ध होते हैं, यह गद्य-पद्य मिश्रित है। जीवानन्द ने अपने संग्रह में इसको प्रकाशित किया है, जिसमें छः अध्याय में कुल 231 श्लोक हैं। आनन्द आश्रम संस्कृत सीरीज, पूना से भी शातातपस्मृति का प्रकाशन हुआ है। नोटिसिज ऑफ संस्कृत मैन्युस्क्रिप्ट्स (भाग-2 पृ0-4) में शातातप स्मृति के 47 अध्याय में 2376 श्लोक होने का उल्लेख किया गया है। इस संस्करण में धर्मशास्त्र के इन प्रमुख विषयों का निरूपण किया गया है—अकृत कर्म

(पाप) का प्रायश्चित्त, पूर्वजन्म कृत प्रायश्चित्त, ब्राह्मण महत्त्व, कुष्ठ निवारण, सर्व पाप प्रायश्चित्त, प्रकीर्ण रोगों का प्रायश्चित्त, कुलध्वंस, मधु-तेल-धातु चोरी, अगम्यागम्य प्रायश्चित्त, अप्रिय व्यवहार का प्रायश्चित्त आदि हैं।

बुद्धस्मृति का उल्लेख प्राचीन स्मृतियों के रूप में नहीं हुआ है। कतिपय निबन्धकारों यथा—वीरमित्रोदय, हेमाद्रि (चतुर्वर्गचिन्तामणि) एवं जीमूत वाहन (दायभाग) में बुद्ध का उद्धरण प्राप्त होता है। यह कलेवर में अत्यन्त लघु है। इसमें कुल 45 श्लोकों में चातुर्वर्णों के धर्म का विवेचन किया गया है। धर्म के तत्वों का विवेचन श्लोक में न होकर गद्य में किया गया है।

मनुस्मृति धर्मशास्त्रों में अत्यंत प्रतिष्ठित ग्रंथ है। इसे मनु नामक प्राचीन ऋषि द्वारा रचित माना जाता है। जो प्रथम मनु 'स्वायम्भुव मनु' थे। उन्होंने मानव समाज की स्थापना और व्यवस्था का सूत्रपात किया। ग्रंथ में स्वयं मनु कहते हैं—

इदं तु धर्मशास्त्रं वै व्याख्यातं मया यथा।
एतद्विद्वान् समासाद्य सदा धर्मेषु युज्यते॥ —मनुस्मृति 2(10)

अर्थात् "यह धर्मशास्त्र मैंने इस प्रकार कहा है, इसे जानकर मनुष्य सदा धर्माचरण में प्रवृत्त रहता है। मनुस्मृति में कुल 12 अध्याय हैं और लगभग 2685 श्लोक हैं। प्रत्येक अध्याय विशिष्ट विषय पर केन्द्रित है, इन बारह अध्यायों में क्रमश:प्रतिपाद्य विषय हैं— सृष्टि की उत्पत्ति और वेदों का स्त्रोत। शिक्षा, आचार, ब्रह्मचर्य, और जीवन के नियम। विवाह, गृहस्थ धर्म। नैतिकता, दान, अन्न, भोजन। शुद्धि, आचरण और मांस भक्षण। वानप्रस्थ और संन्यास धर्म। राजा के कर्तव्य और प्रशासन। दण्ड नीति, न्याय व्यवस्था। उत्तराधिकार, स्त्रीधन, पति-पत्नी संबंध। जातियों के कर्तव्य और मिश्रित जातियाँ। प्रायश्चित्त नियम। कर्म और पुनर्जन्म, मोक्ष की व्याख्या।

मनुस्मृति धर्म को आचारसंहिता रूप में परिभाषित करती है—

धृतिः क्षमा दमोऽस्तेयं शौचमिन्द्रियनिग्रहः।
धीर्विद्या सत्यमक्रोधो दशकं धर्मलक्षणम्॥ —मनुस्मृति 2(92)

धृति, क्षमा, दम, अस्तेय, शौच, इन्द्रिय-निग्रह, बुद्धि, विद्या, सत्य और अक्रोध—ये धर्म के लक्षण हैं।

मनु ने समाज को चार वर्णों (ब्राह्मण, क्षत्रिय, वैश्य, शूद्र) में विभाजित कर उनके कर्तव्यों को भी धर्म के रूप में परिभाषित किया हैं। उन्होंने आश्रम-धर्म (ब्रह्मचर्य, गृहस्थ, वानप्रस्थ, संन्यास) की व्याख्या की, जिससे व्यक्ति के जीवन को चार चरणों में विभाजित किया जा सके।

राजा को ईश्वर का प्रतिनिधि मानते हुए मनु ने उसके लिए उच्च नैतिक और विधिक कर्तव्यों का निर्धारण किया।

राजा धर्मेण गुप्तेन नीत्या चाभिरक्षिताः।
राज्ञा विनीताः सन्त्यस्मिन्सर्वे लोकाः सुखं वसन्॥
—मनुस्मृति 7(20)

राजा द्वारा धर्म और नीति से शासित प्रजा सुखपूर्वक रहती है। यह दायविभाग (उत्तराधिकार), स्त्रीधन, दान, चोरी, हत्या, व्यभिचार आदि पर स्पष्ट नियम प्रस्तुत करती है। पापकर्मों के लिए प्रायश्चित्त विधान भी मनुस्मृति का महत्वपूर्ण भाग है। इसके अंतिम अध्याय में कर्म, पुनर्जन्म और मोक्ष की दार्शनिक व्याख्या दी गई है।

मनुस्मृति का भारत की विधि, समाज, और संस्कृति पर व्यापक प्रभाव पड़ा है। विशेषतः धर्मशास्त्रों में से यह सर्वाधिक उद्धृत ग्रंथ है। राजा भोज, याज्ञवल्क्य, अपस्तम्ब, आदि ने भी इसे आदर्श माना। मध्यकालीन हिन्दू समाज की संरचना इसी के अनुसार हुई। ब्रिटिश काल में भी 'हिन्दू लॉ' की आधारभूमि यही थी।

आधुनिक काल में मनुस्मृति पर आलोचना भी हुई, विशेषकर जातिवाद और नारी विरोधी प्रवृत्तियाँ जैसे विचारों पर डॉ० अंबेडकर जैसे समाज सुधारकों ने मनुस्मृति को दलितों के लिए अपमानजनक माना और 'मनुस्मृति दहन दिवस' भी मनाया। यह भी सत्य है कि मनुस्मृति एक काल विशेष की सामाजिक संरचना को दर्शाती है— जिसे आज के युग में इतिहास, दर्शन और समाजशास्त्र के परिप्रेक्ष्य में विवेकपूर्वक समझने की आवश्यकता है।

याज्ञवल्क्य स्मृति यह स्मृति मनुस्मृति के पश्चात् सर्वाधिक प्रभावशाली और व्यवस्थित रूप से संकलित धर्मशास्त्र मानी जाती है। इसका प्रणयन गौतम शाखा के याज्ञवल्क्य ऋषि द्वारा किया गया था। याज्ञवल्क्य स्मृति की रचना अनुष्टुप छन्द में की गई है। इसमें कुल 1003 श्लोक हैं, जो तीन अध्यायों (काण्डों) में विभक्त हैं—आचारकाण्ड, व्यवहारकाण्ड, प्रायश्चित्तकाण्ड।

आचारकाण्ड में श्लोक 1-370 हैं। इस भाग में व्यक्ति के सामाजिक और धार्मिक आचरण की मर्यादा का निर्देश है। इसमें विषय जैसे—वर्णाश्रम धर्म, संस्कार विधि (जन्म, विवाह, उपनयन आदि), दैनिक आचार, यज्ञ, दान, व्रत आदि, गृहस्थ, वानप्रस्थ, संन्यास आदि आश्रमों की व्यवस्था पर विस्तार से विवेचन हैं।

व्यवहारकाण्ड में श्लोक 371—748 आते हैं। इस खण्ड में न्याय-व्यवस्था एवं विधि-विधान का अत्यन्त सुगठित वर्णन है यथा—साक्ष्य, साक्षी, ऋण, उत्तराधिकार, दायविभाग, स्त्रीधन, विवाह विवाद, शूद्रों के अधिकार, राजा का कर्तव्य, न्यायपालिका की संरचना।

प्रायश्चित्त काण्ड में श्लोक 749—1003 हैं। इस भाग में पापों के प्रकार, उनके दण्ड तथा शुद्धि की विधियाँ वर्णित है। यथा— दान, तप, व्रत द्वारा प्रायश्चित्त, ब्रह्महत्या, सुरापान, चोरी आदि महापाप, स्त्री और पुरुषों के लिए भिन्न दण्ड, अक्षम्य अपराधों की सूची। विषयों का स्पष्ट और तार्किक विभाजन मनुस्मृति की तुलना में अधिक सुव्यवस्थित है वर्णाश्रम धर्म का समर्थन यह स्मृति वर्ण व्यवस्था को बनाए रखती है, परंतु ब्राह्मणों को अधिक उत्तरदायित्व भी देती है। वैदिक संन्यास की परंपरा को यह धर्मशास्त्र प्रतिष्ठा देता है।

हिन्दू उत्तराधिकार अधिनियम (Hindu Succession Act, 1956) में याज्ञवल्क्य स्मृति के विचार आज भी निहित हैं। न्याय, दाय, स्त्रीधन, विवाह, संन्यास आदि विषयों में यह स्मृति आज भी विद्वानों द्वारा अध्ययन की जाती है। यह धर्म और कानून का अद्वितीय समन्वय है।

याज्ञवल्क्य स्मृति न केवल एक धर्मशास्त्र है, अपितु यह भारत के न्यायिक और सामाजिक ढांचे का मूल स्तम्भ रही है। इसकी स्पष्टता, तार्किक शैली, तथा व्यवहारिक दृष्टिकोण इसे अन्य स्मृतियों से विशिष्ट बनाता है।

स्मृति ग्रन्थों पर अनेक आचार्यों की टीकाएँ, भाष्य हुए हैं, तथा इन विविध विषयों में एक-एक विषय पर स्वतन्त्र निबन्ध ग्रन्थों की रचना भी हुई है, जिनमें विविध विषयों का संग्रह किया गया है। अनेक भाष्यकारों एवं निबन्धकारों ने अपनी रचनाओं के माध्यम से धर्मशास्त्र को विकसित एवं प्रकाशित कर अहम् भूमिका का निर्वाह किया है। मनुस्मृति पर प्राचीन टीका मेधा-तिथि की है। इनका समय (825-900 ई0) माना गया है। इसके बाद कुल्लूक भट्ट (12वीं शताब्दी) की प्रसिद्ध प्रामाणिक टीका है। याज्ञवल्क्यस्मृति के टीकाकार विश्व रूप ने मनुस्मृति के बारहवें अध्याय से लगभग 200 श्लोकों का हवाला दिया है। वेदान्तसूत्र के भाष्य में आचार्य शंकर ने मनु का उल्लेख किया है। तन्त्रवार्तिक में कुमारिल ने मनुस्मृति को सबसे प्राचीन कहा है।

याज्ञवल्क्य स्मृत्ति पर उपलब्ध अपरार्क, बालम्भट्टी व विश्वरूप आदि बहुत सी टीकायें हैं, परन्तु इन सब में प्रस्तुत टीका मिताक्षरा ही सर्वत्र प्रचलित तथा प्रसिद्ध टीका है। इस टीका के रचयिता श्रीविज्ञानेश्वर बड़े ही प्रतिष्ठित विद्वान् हैं।

इस प्रकार स्मृतियों की शास्त्रीय—परंपरा वेदों से प्रारंभ होकर बारहवीं शताब्दी तक दिखाई पड़ती है। इनके अतिरिक्त भी बहुत-सी टीकाएँ हैं, जो स्मृति-परंपरा को और समृद्ध करती हैं।

■

भाषा एवं व्याकरण

गोपबन्धु मिश्र

संसार की किसी भाषा का प्रसङ्ग सामने आते ही उसके साथ दो अन्वित आयाम भी दिखायी पड़ते हैं—(1) कोष एवं (2) व्याकरण। भाषाकोष में सम्बद्ध शब्द का अर्थ, उपसर्ग अथवा/एवं प्रत्यय के योग से निर्मित अथवा सम्भावित नये शब्द एवं उनके अर्थ, समास विधि से निष्पन्न अथवा निष्पाद्य शब्दान्तर एवं उनके अर्थ का संग्रह पाया जाता है और व्याकरण में सम्बद्ध भाषा में प्रयुज्यमान वर्ण, शब्द, वाक्य आदि के स्वरूप, स्वभाव एवं प्रयोग के नियम प्राप्त होते हैं। अतः यह विषय स्वतः जिज्ञास्य हो उठता है कि किसी भी भाषा का उसके व्याकरण का सम्बन्ध क्या एवं कैसा होता है। प्रस्तुत लेख में भाषा- सामान्य का व्याकरण के साथ एवं उपलक्षण के रूप में भाषाविशेष का व्याकरण के साथ सम्बन्ध विवेच्य है।

भाषा

'भाष्' व्यक्तायां वाचि (व्यक्त वाणी का प्रयोग करना) धातु से 'अ' प्रत्यय एवं स्त्रीलिङ्ग में टाप् प्रत्यय के योग से निष्पन्न 'भाषा' शब्द वाक्, वाणी एवं सरस्वती के पर्यायवाची के रूप में पठित है।[1] उच्यते इति 'वाक्' ('वच्' परिभाषणे धातु से) एवं भाष्यते इति 'भाषा' उभय पर्यायवाची शब्दों में व्यक्त वाक् के प्रयोग का उल्लेख है अर्थात् जिसे व्यक्त रूप से कहा जाय वही 'वाक्' है और 'भाषा' भी। इस में वाणी की व्यक्तता की अपेक्षा की गयी है, अतः अव्यक्तवाक् शुकादि पक्षी एवं गवादि पशु के द्वारा उच्चारित ध्वनि एवं तद्गत नानाविध क्षुधा, पिपासा, स्नेह अथवा क्रोध आदि की अभिव्यक्ति को भाषा या वाक् नहीं कहा जाता है और भी, व्यक्तता की आवश्यकता से यह ध्वनित है कि भाषा अथवा वाक् व्यक्ति की अन्तर्निहित अभिव्यक्ति का वागिन्द्रियनिष्पन्न रूप है, अतः अवश्य ही अर्थ के साथ है। समासतः, भाषा अथवा वाक् व्यक्तवाक् मनुष्य के द्वारा अभिव्यक्त वागिन्द्रियनिष्पन्न सार्थक अभिव्यक्ति है जो आकाश का गुण होने से श्रोत्र इन्द्रिय से ग्राह्य है।

---

1. अमर सिंह, अमर कोष, 1.6.1 ब्राह्मी तु भारती भाषा जीर्वाग् वाणसी सरस्वती।

भारतीय मनीषा में 'वाक्' को स्वयम्भू से सृष्ट अनादि, अनिधन एवं नित्य कहा गया—

'अनादिनिधना नित्या वागुत्सृष्टा स्वयम्भुवा।'

आचार्य दण्डी ने कहा—यदि शब्द नामक ज्योति इस संसार में प्रदीप्त नहीं होती तो अखिल संसार तमोमय ही रहता—

इदमन्धं तमः कृत्स्नं जायेत भुवनत्रयम्।
यदि शब्दाह्वयं ज्योतिरासंसारं न दीप्यते॥ (काव्यादर्श)

आचार्य भर्तृहरि ने कहा कि संसार में ऐसा कोई भी बोध नहीं जो शब्द के बिना गम्य हो एवं प्रत्येक प्रकार का ज्ञान शब्द का अनुगमन करके ही प्रतीति के स्तर में आता है—

न सोऽस्ति प्रत्ययो लोके यः शब्दानुगमादृते।
अनुविद्धमिव ज्ञानं सर्वं शब्देन भासते॥ (वाक्यपदीय 1/23)

उपनिषद् में मन को वाक् का प्रतिष्ठान बताया गया है—

'वाङ् मे मनसि प्रतिष्ठिता।' (ऐतरेयोपनिषद् 1)

परंब्रह्म परमेश्वर की वाक् एवं मन से अगोचरता उपनिषद् में बतायी गयी है—

यतो वाचो निवर्तन्ते अप्राप्य मनसा सह।
आनन्दं ब्रह्मणो विद्वान् न बिभेति कदाचन॥
(तैत्तिरीयोपनिषद्, ब्रह्मवल्ली)

इस प्रकार अनिर्वचनीय परमसत्ता की अवाङ्मनसगोचरता से परोक्ष रूप से यह सिद्ध होता है कि परंब्रह्म परमेश्वर को छोड़कर जो भी सांसारिक स्थूल या सूक्ष्म तत्त्व हैं वे सभी वाक् एवं मन के गोचरीभूत हो सकते हैं अर्थात् स्थूल बृहत् से बृहत्तर हिमालय जैसा एवं सूक्ष्म से सूक्ष्मतर अणुरूप अथवा लज्जा, भय, क्रोध जैसा सूक्ष्मरूप तथा असम्भव वन्ध्यापुत्र, आकाशकुसुम जैसे कल्पित विषय उभय वाक् (भाषा) एवं मन से ग्राह्य हो सकते हैं। सम्भवतः इसी कारण से महर्षि पाणिनि ने वैदिक प्रयोग को 'छन्दस्' शब्द से एवं लौकिक प्रयोग को 'भाषा' शब्द से अभिहित किया है।[2]

आचार्य भर्तृहरि ने 'घट, पट' आदि शब्द से 'घडा, कपड़ा' आदि अर्थों की अभिव्यक्ति की योग्यता तथा शब्द तथा अर्थ में परस्पर कार्यकारण भाव—इन दोनों का विवेचन किया है। वे मानते हैं कि भाषा में प्रयुक्त 'घट, पट' आदि शब्द से तत्तत् अर्थ की अभिव्यक्ति की योग्यता उसी प्रकार अनादि एवं स्वाभाविक है जैसे चक्षु आदि इन्द्रियों से घटपटादि के रूप को ग्रहण करने की योग्यता—

2. पाणिनी, अष्टाध्यायी 3.2.88 बहुलं छन्दसि, 3.2.108 भाषायां सद-वस-श्रुवः।

इन्द्रियाणां स्वविषयेष्वनादिर्योग्यता यथा।
अनादिरर्थैः शब्दानां सम्बन्धो योग्यता तथा॥ (वाक्यपदीय 3.3.29)

किन्तु चक्षु आदि इन्द्रियों के द्वारा विषयज्ञान एवं शब्दों द्वारा अर्थज्ञान इन दोनों में एक मौलिक भेद है। चक्षु आदि इन्द्रियाँ घट, पट आदि ज्ञान की उत्पत्ति के साधनमात्र हैं। वे ज्ञान के अङ्ग नहीं बनती। जब वे ज्ञान उत्पन्न करती हैं स्वयं उनका (चक्षु आदि इन्द्रियों का) ग्रहण नहीं होता। शब्दों के साथ उनकी समानता का एक प्रमुख पक्ष यह है कि वे स्वाभाविक योग्यता के कारण ज्ञान उत्पन्न करती हैं। किन्तु अन्तर यह है कि इन्द्रियाँ स्वयं का ज्ञान कराये बिना ज्ञान उत्पन्न करती हैं जबकि शब्द स्वयं का ग्रहण कराता है अर्थात् दूसरे का ज्ञान उत्पन्न करने के पूर्व उसकी स्वयं (घ् अ ट् अ) की पहचान की जाती है। इतना ही नहीं (घट आदि) ज्ञान द्वारा गृहीत अर्थ (घट) शब्द के साथ एकरूप हो जाता है, अर्थात् जैसे अग्नि के अनुमान में हेतु 'धूम' अग्नि से साहचर्य नियम के कारण उससे सम्बद्ध है। किन्तु अग्नि ज्ञान से धूम पृथक् रहता है, किन्तु 'अग्नि' शब्द से जब अग्नि पदार्थ की अभिव्यक्ति होती है तब उस में 'अग्नि' शब्द का ज्ञान भी अनुस्यूत रहता है।

शब्दों की अर्थाभिव्यक्ति में उपर्युक्त रीति से अनुस्यूततया प्रवृत्ति सहज, स्वाभाविक एवं निसर्गसिद्ध है। मनुष्य शब्द तथा अर्थ के बीच इस सम्बन्ध को पैदा नहीं कर सकता है, चाहे कोई नित्य माने अथवा अनित्य—

नित्येऽनित्येऽपि वाच्येऽर्थे पुरुषेण कथंचन।
सम्बन्धोऽकृतसम्बन्धैः शब्दैः कर्तुं न शक्यते॥
(वाक्यपदीय, 3.3.38)

भाषागत समस्या

यह शब्द से अर्थाभिव्यक्ति प्रक्रिया जितनी सहज एवं निसर्गसिद्ध है, उसी कारण से ही नयी समस्या की जन्मदात्री भी है।

जैसा कि ऊपर कहा गया, अन्तरिन्द्रिय मन से संयुक्त चक्षु आदि इन्द्रिय अर्थों का ज्ञान करते समय तटस्थ अर्थात् ज्ञान से पृथक् रहती है और मन तदाकाराकारित हो जाने से बड़े से बड़े हाथी का आकार एवं छोटी सी छोटी चींटी का आकार ले लेता है एवं उस विषय का ज्ञान हमें हो जाता है, जिसमें चक्षु आदि करण बन जाते हैं, किन्तु अग्नि आदि अर्थाभिव्यक्ति में 'अ ग् न् इ' यह शब्दस्वरूप भी ज्ञान का विषय बन जाने से एवं अकारादि स्वर एवं ककारादि व्यंजनों की संख्या सीमित होने से उतनी ही अ क आदि ध्वनियों से अग्नि, निगम, नग आदि अनन्त विषयों की प्रतीति अपेक्षित होती है, जिसके कारण थोड़ा सा व्यतिक्रम हो जाने से समान ध्वनियों से निर्मित 'राम' एवं

'मरा' में महान् अर्थभेद हो जाता है, साथ ही उस शब्द के प्रयोक्ता की इष्टसिद्धि के स्थान पर कभी कभी भयंकर अनिष्ट उपस्थित हो जाता है। उस समय वर्णों का सही नियमानुसार उच्चारण हो, उसके लिए 'शिक्षा' शास्त्र की, सम्भाव्य अथवा विलक्षण अर्थ की उपलब्धि हेतु 'निरुक्त' शास्त्र की जैसे आवश्यकता होती है, वैसे ही पौर्वापर्य एवं आनुपूर्वी की आवश्यकता को दर्शाते हुऐ उस शब्द में जो प्रकृति-प्रत्यय प्रयुक्त अथवा सम्भावित हैं, उन्हें बताकर स्थानविपर्यय की अशक्यता को सिद्ध करने वाले 'व्याकरण' शास्त्र की भी आवश्यकता आती है और उससे सिद्ध हो सकता है कि 'राम' शब्द से अन्वित अर्थ की अभिव्यक्ति (उतने ही 'आ म् अ' ध्वनियों का प्रयोग व्यत्यय के साथ करते हुए) 'मरा' से हम नहीं कर सकते हैं।

व्याकरण

व्याक्रियन्ते प्रकृति-प्रत्यय विभाजन द्वारा व्युत्पाद्यन्ते शब्दाः अनेन (वि आ कृ ह ल्युट्, करण अर्थ में) ज़ व्याकरणम्। अर्थात् शास्त्र से भाषा व्याकृत की जाए, उसके पदों को तोड़-तोड़ कर जिससे प्रकृति-प्रत्यय आदि का ज्ञान विधान किया जाय, वह 'व्याकरण' है। इस प्रकार 'व्याकरोति भाषामिति व्याकरणम्'—जो शास्त्र भाषा को व्याकृत करे, वह 'व्याकरण'। 'व्याकृतिः व्याकरणम्'—ऐसा भावप्रधान भी।

पण्डित किशोरीदास वाजपेयी के अनुसार प्रकृति-प्रत्यय की कल्पना करके पद-व्युत्पत्ति करने से यह शास्त्र 'व्याकरण' है और शब्दों का परस्पर सम्बन्ध विधान आदि करने के कारण इसे 'शब्दानुशासन' कहते हैं। प्रयोगबाहुल्य से 'व्याकरण' एवं 'शब्दानुशासन' शब्द पर्यायरूप हो गये हैं—एक की विशेषता दूसरे में आ गयी है। व्याकरण में पदप्रकृति आदि की व्यवस्था एवं शब्दों की प्रयोगविधि समझायी जाती है। यह बात 'शब्दानुशासन' में है। शब्दानुशासन-शास्त्र में शब्दों की प्रत्ययकल्पना तथा प्रयोग विधि प्रतिपादित होती है। अतः 'अथ शब्दानुशासनम्' की पंक्ति से व्याकरण-महाभाष्य का प्रारम्भ करने वाले महर्षि पतंजलि शब्दानुशासन के पर्याय के रूप में व्याकरण शब्द का प्रयोग करते हैं और रक्षा, ऊह आदि 'व्याकरण' के प्रयोजनों को बताते हैं।

शब्दों का अनुशासन ज़ शब्दानुशासन। इसमें 'अनु' शब्द ध्यातव्य है। व्याकरण भाषा पर (अर्थात् भाषा के शब्दों पर) शासन नहीं करता है। व्यााकरण अपनी आज्ञा से शब्दों के स्वरूप में परिवर्तन नहीं कर सकता, उनके अर्थों में हेर-फेर नहीं कर सकता, भाषा की गति बदल नहीं सकता। वह तो अनुशासन मात्र करता है, अनु अर्थात् पश्चात् अथवा अनुसार। परम्परा से

जिस शब्द का जो रूप चलता आ रहा है और जिसका जिस अर्थ में प्रयोग है व्याकरण उसी का अनुगमन करेगा। व्याकरण न तो शब्दों के रूप बदल सकता है, न मनचाहे अर्थ में किसी शब्द को धकेल सकता है। वह भाषा के अनुसार ही चलेगा और भाषा की गति भंग करने वाले अज्ञानी या उच्छृंखल जनों को सही रास्ते लाएगा। यही इसका 'शासन' है। भाषा के शब्दों के पीछे चलने के कारण 'अनुशासन'। अतः व्याकरण को 'शब्दानुशासन' कहा गया, न कि 'शब्दशासन'।[3]

महर्षि पाणिनि ने भी भाषा में प्रयुक्त अनेक शब्दों को व्याकरण के अपने नियम एवं परिनियमों के अन्तर्गत न आने पर उन्हें निपातन सिद्ध किया, न कि व्याकरण के अनुसार जो रूप बन सकते थे उसे मानने के लिए बाध्य किया। यथा— 'दन्तानां राजा' इस विग्रह में षष्ठी तत्पुरुष समास करने पर 'पशूनां राजा = पशुराजः' के समान 'दन्तराजः' ही बनना चाहिए था। किन्तु भाषा में किये जाने प्रयोग का ही अनुशासन करते हुए 'राजन्' शब्द का पूर्व प्रयोग कर 'राजदन्तः' होगा—ऐसा निपातन सिद्ध रूप बताया। उसी प्रकार 'जाया च पतिश्च' इस द्वन्द्व समास में 'जायापती' शब्द तो व्याकरण के नियमों से सिद्ध होता है, किन्तु उसी विग्रह में 'दम्पती', 'जम्पती' शब्दों के प्रयोगों को निपातन सिद्ध बताया।[4] अर्थात् व्याकरण के नियमनों को प्राथम्य न देकर भाषागत प्रयोगों की मान्यता को महत्त्व दिया। उत्तर काल में कुल + अटा = कुलटा, मनस् + ईषा = मनीषा, पतत् + अञ्जलि = पतंजलि जैसे प्रयोगों को व्याकरण के सामान्य नियमों से सिद्ध न होने के कारण वार्तिककार महर्षि कात्यायन ने यहाँ कुल आदि शब्दों के टि (अन्तिम स्वर अथवा आगे व्यञ्जनवर्ण सहित अन्तिम स्वर वर्ण) अर्थात् 'कुल' के अकार, 'मनस्' के अस्, 'पतत्' के अत् को पररूप एकादेश कर उपर्युक्त शब्दों की सिद्धि हेतु 'शकन्ध्वादिषु पररूपं वाच्यम्' ऐसा वार्तिक बताया, न कि व्याकरण के उपलब्ध नियमों से कुलाटा, मन ईषा, पतदञ्जलि—ऐसे प्रयोग ही सही हैं—यह बताया। इस दृष्टि से व्याकरण ने अपने व्याकरण धर्म के स्थान पर अपने 'शब्दानुशासन धर्म' का पूर्ण निर्वाह किया है और 'करने वाले' को कारक, 'गाने वाले' को गायक जैसे प्रयोग की सिद्धि में पूर्णतः प्रकृति-प्रत्यय विश्लेषण को दर्शाते हुए व्याकरण इस प्रकार अपने 'व्याकरणधर्म' का निर्वाह करता है जिससे लोक स्वयं तदनुरूप प्रयोग सर्वथा करते हैं, और ऐसे स्थलों में कदाचित् प्रयुक्त 'कारिक', 'गयिक' जैसा कोई भ्रान्त प्रयोग कर बैठता है

3. श्री किशोरीदास वाजपेयी, हिन्दी शब्दानुशासन
4. अष्टाध्यायी 2.2.31 राजदन्तादिषु परम्

उसे 'व्याकरण के अनुसार यह सही नहीं है'—ऐसा भी कहते हैं। इसी प्रकार 'राम' के स्थान पर 'मरा' प्रयोग की अस्वीकार्यता सिद्ध की जाती है।

उक्त रीति से देखा जाय तो भाषा सर्वथा प्रवाह एवं विस्तार की पक्षधर होती है, अतः एक नदी के समान उसकी प्रवृत्ति होती है। व्याकरण लाघव एवं अनुशासन का पक्षधर होता है, अतः नदी के तट पर के बाँध जैसा होता है। नदी अपने प्रवाह में जल की निम्नाभिमुख प्रवृत्ति के कारण जहाँ जैसा अवसर अपना विस्तार करती है। उसके किनारे कोई बाँध है और उसकी किसी प्रकार की कोई आवश्यकता भी है—इसका अनुभव नहीं करती है। उसी तरह कोई भी भाषा अपनी प्रवाहमयता एवं विस्तारप्रणयिता के कारण अनेक रूपों में, यथा—साहित्यिक भाषा, शिष्ट जनों की भाषा, साधारण जनों की भाषा आदि में दिखायी पड़ती है तथा कब उसका 'सर्प' रूप 'साँप' में, 'अग्नि' 'आग' में 'नकुल' 'नेवला' में बदल जाता है, उसे महत्त्व नहीं देती है। किन्तु व्याकरण उस नदी के तटबन्ध के समान जहाँ कहीं और जब कभी भाषा के प्रवाह में परिवर्तन अथवा दिग्विहीनता दृष्टिगोचर होती है तब उसे स्वीकारने के लिए सूत्र के बाद वार्तिक एवं तदनु भाष्य के समान कुछ परिनियमों को बनाता है, किन्तु भाषा की व्यापकता के कारण और व्याकरण की तद्व्याप्यता के कारण सभी को नियमित एवं अनुशासित कर पाने की शक्यता व्याकरण में रहती नहीं है। वैसी स्थिति में स्वयं व्यााकरण प्रकृति-प्रत्यय विश्लेषण में पर्याप्त आधार न मिलने पर भाषा के शब्द एवं अपशब्द—इन दो विधाओं को मान्यता देता है। वाक्यपदीयकार ने साधु शब्द एवं असाधु शब्द (अपशब्द)—उभय से अर्थबोध की शक्यता को माना है और साधु शब्द के प्रयोग से धर्म होता है और अपशब्द के प्रयोग से धर्म प्राप्त नहीं होता है—केवल इसी भेद को दर्शाया है—

शिष्टेभ्य आगमात् सिद्धाः साधवो धर्मसाधनम्।
अर्थप्रत्ययनाभेदे विपरीतास्त्वसाधवः॥ (वाक्यपदीय 1/27)

इसका आधार 'एकः शब्दः सम्यग् ज्ञातः शास्त्रान्वितः सुप्रयुक्तः स्वर्गे लोके कामधुग् भवति' यह श्रुतिवाक्य है[5], जिसके कारण पाणिनीय तन्त्र के पुरोधा महर्षि पतञ्जलि ने यह स्पष्ट कहा है कि यद्यपि लोक में अर्थ को ध्यान में रखते हुए शब्दों का प्रयोग किया जाता है तथापि शास्त्र (व्याकरण) के द्वारा अनुशासित साधु शब्द के प्रयोग से धर्म की प्राप्ति होती है, जो अपशब्दों के प्रयोग से सम्भव नहीं है, अतः साधु शब्द ही प्रयोज्य हैं—

लोकतोऽर्थप्रयुक्ते शब्दप्रयोगे शास्त्रेण धर्मनियमः क्रियते, यथा लौकिकवैदिकेषु। (महाभाष्य, पस्पशाह्निक)

5. प्रदीपः, महाभाष्यम्, पस्पशाह्निकम्, 'शब्दस्य ज्ञाने धर्मः, आहोस्वित् प्रयोगे।

निष्कर्ष

उपर्युक्त विवेचन के आधार पर हम बिन्दुशः कतिपय निष्कर्ष पर पहुँच सकते हैं—

(1) भाषा अनादि, अनिधन, अतः नित्य है तथा प्रवाह एवं विस्तार धर्म से अन्वित है। व्याकरण तत्तद् भाषा में प्रयुक्त शब्दावली, पद, वाक्य आदि के मानक रूप बनाने का एक शास्त्र है, जो उस भाषा के तत्तत् प्रयोगों को अनुशासित करने हेतु अनेक प्रकार की प्रकृति एवं प्रत्ययों की कल्पना एवं प्रबन्धन करता है। इस रूप में यह शास्त्र **शब्दशास्त्र** अथवा **शब्दानुशासन** कहलाता है।

(2) भाषा सर्वथा व्यापक है एवं एक नदी के प्रवाह के समान विस्तारधर्मी होने के कारण अनेक जलधाराओं का प्रवाह मुख्य नदी धारा में समावेश हो जाया करता है। उसी तरह अनेक इतर भाषाओं से आहृत शब्द, पद, वाक्य आदि सम्बद्ध भाषा के अङ्गीभूत हो जाते हैं। व्याकरण शास्त्र उन प्रयोगों के अनुशासन में अभिनिविष्ट हो जाता है। एतदर्थ कदाचित् निपातन, शिष्ट प्रयोग, आर्ष प्रयोग आदि उपाय से प्रयुक्त अथवा प्रयुज्यमान शब्द आदि को मान्यता देता है।

(3) भाषा एवं व्याकरण सर्वदा परस्पर साहचर्य, सद्भाव तथा परिपूरक रूप में रहते हैं। किन्तु भाषा आगे विस्तृत एवं प्रवाहित हो जाती है, अतः व्याकरण उन्हें अनुशासित करने में सर्वथा पूर्ण एवं सफल नहीं हो पाता है। अतः अपने समय में सर्वदा साधु शब्द कम एवं अपशब्द अधिक दिखायी पड़ते हैं। महाभाष्यकार ने इसे इस प्रकार कहा है—

'**भूयांसोऽपशब्दाः, अल्पीयांसः शब्दाः।**' यह उक्ति सार्वकालिक है।

■

इतिहास और विज्ञान की भारतीय दृष्टि

बृजेन्द्र पाण्डेय

भारतीयता का मूलाधार तत्त्वशास्त्रीय है। सम्पूर्ण चराचर में एक ही परमतत्त्व की व्याप्ति अभिव्यक्त होती है; सम्पूर्ण सृष्टि ब्रह्म का ही विवर्त्त है, विस्तार है। अद्वैत-दर्शन की यह मूल मान्यता ही भारतीयता का आधार है। यही कारण है कि भारतीयों ने सृष्टि को न तो अकारण अथवा अनात्मिक माना और न ही सृष्टि के किसी भी अंश को निष्प्रयोज्य। भारतीयों के लिए सृष्टि का होना ही अपने में एक एकात्म घटना है। सृष्टि के माध्यम से विराट् पुरुष की अनेक-असंख्य अन्तर्भूत विभूतियाँ स्वरूप और विस्तार पाती हैं। ये विभूतियाँ सृष्टि में त्रिगुणात्मक रूप से अभिव्यक्त होती हैं। सृष्टि के प्राकट्य की यह त्रिगुणात्मक अनिवार्यता ही विराट् की वैश्विक अभिव्यक्ति के बीच देश-कालानुरूप विशिष्टता को जन्म देती है। विशिष्टता के इस स्वरूप के दर्शन हमें देश-काल-परिस्थिति-जन्य पदार्थों और मानव-समाज की व्यवस्थाओं में होते हैं। इसलिए, एक ओर तो हम भारतीयों के लिए सम्पूर्ण सृष्टि को परमात्मा का विवर्त मानते हुए उसकी प्रत्येक अभिव्यक्ति में उसकी अन्तर्भूत विभूतियों का प्राकट्य देखना है और इस प्रकार, सम्पूर्ण सृष्टि के साथ एक सहज, स्वाभाविक, आत्मीय तादात्म्य स्थापित करना है; तथा दूसरी ओर, अपने देश-कालानुरूप प्राप्त विशिष्टता की रक्षा भी करनी है; कारण कि इसी विशिष्टता के सहारे हमारे समाजार्थिक जीवन का नियमन तय होगा जो हमारे अन्दर विश्व-बोध की प्राप्ति के लिए आवश्यक दशाएँ और पात्रता उत्पन्न करेगा।

इस निबन्ध में हम इतिहास-बोध की भारतीय संकल्पना को समकालीन सन्दर्भों में उद्घाटित करने का भी यत्न करते हैं। इतिहास-बोध का प्रश्न कोई सामान्य प्रश्न नहीं है। इसके महत्व का गहन अन्वेषण करने से स्पष्ट होता है कि तथाकथित भारतीय पुनर्जागरण द्वारा प्रसूत विचार-प्रवृत्तियों के प्रभाव-स्वरूप हम भारतवासियों का आत्मबोध जिस प्रकार से धुँधला, अस्पष्ट, विसंगतिपूर्ण और दुविधायुक्त हुआ है, उसके मूल में हमारा धुँधला, अस्पष्ट, विसंगतिपूर्ण और दुविधायुक्त इतिहास-बोध ही है। इस विकृत इतिहास-बोध

के कारण ही हमारा आत्मबोध, राष्ट्रबोध और गौरवबोध भी विस्मृत-विकृत हुआ है। यह विस्मृति और विकृति इतनी गहन और व्यापक है कि इसने हमारी ज्ञानात्मक संवेदनशीलता (noetic sensitivity) को भी शिथिल और सामर्थ्यहीन बना दिया है।

यह हमारी शिथिल और सामर्थ्यहीन ज्ञानात्मक संवेदनशीलता का ही परिणाम है कि आधुनिक 'वैज्ञानिक' प्रविधि पर आधारित तथ्यों के संग्रह और उनके 'निष्पक्ष' विश्लेषण से युक्त विवरण को ही हम सम्यक् इतिहास मानने लगे हैं। दूसरे शब्दों में, यह इतिहास को वैज्ञानिक बनाने का एक उपक्रम है। तर्क यह है कि इस प्रकार का वैज्ञानिक इतिहास ही अधिक स्पष्ट, प्रामाणिक और स्वीकार्य होता है। जबकि, फलक के दूसरी ओर, इतिहास-बोध की इस आधुनिक पश्चिमी 'वैज्ञानिक' दृष्टि के विपरीत आर०जी० कॉलिंगवुड, ऑर्नल्ड टॉयनबी, जॉर्ज बर्नार्ड शॉ, ऑस्वाल्ड स्पेंगलर और एरिक वोगलिन जैसे समकालीन पश्चिमी विचारक ही इस दृष्टि को अपर्याप्त और संदिग्ध मानते हैं।

इन विचारकों का मानना है कि न तो तथ्य संख्यात्मक रूप से स्थिर होते हैं और न ही उनको देखने की दृष्टि ही स्थायी होती है। किसी भी ऐतिहासिक घटना-विशेष से सम्बन्धित तथ्यों की संख्या समय के साथ घटती-बढ़ती रहती है तथा उन्हें विश्लेषित करने की दृष्टि भी परिवर्तित-परिमार्जित होती रहती है। इसलिए इस अन्तर्निहित परिवर्तनशीलता की उपेक्षा करके किसी समय-विशेष में उपलब्ध तथ्यों और किसी दृष्टि-विशेष के माध्यम से उनके विश्लेषण के आधार पर निकाले गए निष्कर्ष मनुष्यता के लिए बहुत खतरनाक भी हो सकते हैं। इतिहास की मार्क्सवादी दृष्टि इसका सटीक उदाहरण है। इसी प्रकार, एरिक वोगलिन जैसे विचारक मानते हैं कि सभ्यताओं के इतिहास में अच्छे-बुरे, नैतिक-अनैतिक, सकारात्मक-नकारात्मक घटनाओं का क्रम चलता रहता है। इन विरोधी प्रवृत्तियों को ही हम तथ्यों अथवा ऐतिहासिक घटनाओं के रूप में देखते हैं। इन तथ्यों या घटनाओं से इतिहास का क्षैतिज (horizontal) अथवा विवरणात्मक (descriptive) फलक निर्मित होता है। किन्तु, क्षैतिज या विवरणात्मक फलक पर स्थित इन तथ्यों-घटनाओं की सार्थकता या उपादेयता इतिहास के दूसरे फलक, ऊर्ध्वाधर (vertical) या अनुमोदनात्मक (prescriptive) फलक के माध्यम से स्थिर होती है। वोगलिन क्षैतिज फलक पर स्थित ऐतिहासिक तथ्यों को Secondary History और ऊर्ध्वाधर फलक पर स्थित सकल सांस्कृतिक-सभ्यताई मूल्यों (cumulative cultural capital/civilizational ethos) को

Primary History कहते हैं। वोगलिन का मानना है कि किसी भी सभ्यता की सुस्थिरता इस समीकरण पर निर्भर करती है कि क्षैतिज फलक पर व्याप्त ऐतिहासिक तथ्य किस सीमा तक ऊर्ध्वाधर फलक पर व्याप्त सांस्कृतिक मूल्यों और सभ्यताई मान्यताओं से युक्त उस राष्ट्रीय निधि (National Capital) को पुष्ट करते हैं, जिसकी निर्मिति में उस राष्ट्र के भूत, वर्तमान और भविष्य के सकल पुरुषार्थ निहित होते हैं। इसीलिए, आधुनिक यूरोपीय सभ्यता के विघटन के कारणों को रेखांकित करते हुए स्पेंगलर कहते हैं कि इसका कारण अपने केन्द्रीय चरित्र का विस्मरण करके यूरोप का परिधि की ओर अति उन्मुख होना है। इसी प्रवृत्ति ने आधुनिक यूरोप की सामूहिक चेतना को विघटित किया, जिसके परिणामस्वरूप पहले व्यक्तिवाद की और कालान्तर में अनेकानेक बिखरी हुई (scattered) और संघर्षशील (conflicting) अस्मिताओं का जन्म हुआ। ये बिखरी हुई और परस्पर संघर्षशील अस्मिताएँ ही आज विचारधाराओं (ideologies) के रूप में हमारे अकादमिक विमर्श को आच्छादित की हुई हैं।

भारत में अपने इतिहास-बोध का विस्मरण ही आदर्श और मूल्यबोध से जनमानस को वंचित कर रहा है। इसी कारण भारत में राजनीति मनुष्य की चित्तवृत्ति को सदा उद्वेलित और अशांत किए रहती है। यह अनपेक्षित और अतिशय राजनीतिक उद्वेग ही समाज में अस्थिरता, मूल्यहीनता, लोलुपता और विश्रृंखलता का कारण है, जो हमें कई प्रकार से आत्म-विभाजित, आत्म-भ्रमित और आत्म-विस्मृत करता जा रहा है। इन नकारात्मक प्रवृत्तियों से पार पाने के लिए सम्यक् इतिहास-बोध ही एकमात्र सम्भावना है। भारत में इतिहास को अनन्त की लोकयात्रा के रूप में देखा गया है। इसी अर्थ में आचार्यों ने पुराणों को सम्यक् इतिहास-स्रोत के रूप में मान्यता दी है और इसीलिए इतिहास की भारतीय दृष्टि को उन्मीलित करने वाली इस परिभाषा की मीमांसा करने की आवश्यकता है।

धर्मार्थकाममोक्षाणाम् उपदेशसमन्वितम्।
यथावृत्तं कथायुक्तं इतिहासं प्रचक्षते॥

× × ×

भारत में धर्म, दर्शन, विज्ञान न केवल समानार्थक वरन् परस्पर आप्लावित धारणाएँ हैं। ज्ञान-मूलक सनातन संस्कृति में विद्याएँ तत्त्वज्ञान अथवा ब्रह्मविद्या का अंग मानी जाती हैं। ऐसी मान्यता प्राचीन समय एवं मध्यकाल तक अनेक देशों में मान्य थी। आजकल भारत जैसे कुछ देशों में इस परम्परा के चिह्न विद्यमान हैं। विद्या का स्वरूप देशकाल आदि के अनुसार एवं जाति-

व्यक्ति आदि की मानसिक क्षमता के अनुसार भिन्न हो सकता है, किन्तु ब्रह्मविद्या के स्वरूप में इन भिन्नताओं का कोई प्रभाव नहीं पड़ता। ब्रह्मविद्या के विवरण के प्रकार में भिन्नाता की सम्भावना है, किन्तु उसका ब्रह्मरूप विषय निर्विकार है, उसमें भिन्नता का प्रसंग नहीं आ सकता। सम्पूर्ण विद्याओं को एक ही तत्त्वविद्या की अंगभूता मानने का अभिप्राय यह है कि सभी विद्याएँ प्रकृति की विशेषताओं के अनुसार एक ही विद्या के विशेष प्रयोजन हैं। इसलिए परम्परा में भौतिक विज्ञान प्रकृति और काल का विज्ञान है; इस भौतिक विज्ञान के अन्तर्गत प्रकृति के अंग-विशेषों का अन्वेषण करने के उद्देश्य से कई खण्ड-विज्ञान हैं, जो भौतिक विज्ञान के अंगभूत विज्ञान हैं। इस प्रकार भौतिक विद्या को परम्परा में भूतों से परे वेदान्त का अंग माना गया है। वेदान्त का विषय परम-तत्त्व है। प्रकृति में परम-तत्त्व का प्रतिबिम्ब पड़ता है जिसके आभास से प्रकृति का वास्तविक रूप समझ में आ सकता है। यह आभास ही परम्परागत भौतिक विद्या का विषय है। यहाँ तक कि पश्चिमी मध्यकालीन सृष्टि-नियम-मीमांसा की भी यही दृष्टि थी। यही बात रसायन विज्ञान पर भी लागू होती है। वास्तविक रस-विज्ञान यथार्थ में विश्व ब्रह्माण्ड की रचना का ही विज्ञान है और पिण्ड-ब्रह्माण्ड के समानधर्मी होने के नाते यह मनुष्य पर भी प्रयुक्त है। इसके अतिरिक्त इस विज्ञान के निर्माण में यह उद्देश्य सामने दिखायी देता है कि भौतिक क्षेत्र में होने वाला इसका उपयोग पीछे आध्यात्मिक क्षेत्र में भी किया जा सके। इसी से इसका लक्ष्यार्थ सूचक विशेष महत्त्व है और इस विज्ञान का इतना गौरव है। परम्परागत विज्ञानों में एक विशिष्ट और पूर्ण विज्ञान के तौर पर इसकी गणना होती है। यही बात प्राचीन ज्योतिष, गणित और मानस-विज्ञान के सम्बन्ध में भी कही जा सकती है।

सनातनी दृष्टि से किसी विद्या का मूल्य स्वरूपतः उतना नहीं है, जितना ब्रह्मविद्या का अंश होने के नाते है। इसीलिए प्राचीन प्रधान विज्ञानों का नाम 'उपवेद' रखा गया, जिससे स्पष्ट होता है कि वेदमूलक होने से ही उनका मूल्य है, न कि स्वतंत्र होने से। आयुर्वेद, धनुर्वेद, गन्धर्ववेद आदि को इसी कोटि में रखा जा सकता है। यही बात कलाओं के ऊपर भी लागू होती है, क्योंकि कला प्रतीकों का आधार है एवं ध्यान आदि का आश्रय प्रतीक होता है। कलाओं के नियमादि भी अन्य विद्याओं के नियमों की भाँति प्रकृति के आधारभूत धर्म के आभास हैं। इस प्रकार सनातनी विद्याओं-विज्ञानों के साथ सनातनी कलाएँ भी हैं। मध्यकालीन शिल्प-कला सनातनी कलाओं का एक अनुपम नमूना है, क्योंकि इस कला में शिल्प-सम्बन्धी प्रत्येक विद्या या विज्ञान का स्पष्ट संकेत है। दुर्भाग्य से आधुनिक पाश्चात्यों को इनका कोई ज्ञान नहीं है।

विज्ञान अपने क्षेत्र में अवश्य उपयोगी है, जब तक वह अपने स्थान में स्थित रहता है। यह सुगमता से समझ में आ सकता है कि जो कोई व्यक्ति ज्ञान की उच्च भूमिका पर पहुँच चुका है, उसके लिए निम्न श्रेणी के साधारण विज्ञानों का विशेष मूल्य नहीं रहता। यह भी कहा जा सकता है कि वास्तविक विद्या अर्थात् ब्रह्मविद्या के इच्छुक व्यक्ति के लिए विज्ञानों का मूल्य वहीं तक है, जहाँ तक उनका ब्रह्मविद्या से सम्बन्ध है, अर्थात् जब तक वे अपने-अपने क्षेत्र में तत्त्व-दृष्टि रखते हैं एवं जिज्ञासुओं के लिए ब्रह्मविद्या की प्राप्ति का मार्ग बन सकते हैं। इस प्रकार, परम्परागत विज्ञानों के दो परस्पर सहकारी कार्य हैं, प्रथम तो तत्त्व-विद्या के अंश एवं विशेष अंग होने से संसार के समस्त क्षेत्रों की आधारभूत एकता इनके द्वारा प्रकट होती है। इनका दूसरा कार्य यह है कि विशेष व्यक्तियों के लिए उनकी मानसिक शक्ति एवं अधिकार, समय, स्थान आदि के अनुसार ये विज्ञान ब्रह्मविद्या की ओर ले जाने वाले मार्ग बन सकते हैं। वे ऐसी सीढ़ियों का काम देते हैं, जिनके द्वारा बुद्धि क्रमशः जड़ संसार को छोड़कर ब्रह्मविद्या की ओर अग्रसर हो सकती है। सनातनी विद्या, धार्मिक विद्या अथवा परम्परागत विज्ञानों के मुख्य प्रमाण आत्मप्रत्यक्ष हैं, जो अन्य ज्ञान-साधनों की अपेक्षा अत्यन्त उत्कृष्ट एवं शंकारहित हैं तथा मन, बुद्धि आदि साधनों से सीमित नहीं हैं। सनातन सिद्धान्तानुकूल वास्तविक विज्ञान उन ऋषियों द्वारा प्रादुर्भूत हुए हैं, जिनको तत्त्व का पूर्ण ज्ञान हो चुका था।

जब विद्या के किसी रूप की स्थापना ऊपर से नीचे के क्रम में हुई हो, तब उसकी शिक्षा नीचे से ऊपर के क्रम से हो सकती है। इस प्रकार अनेक विद्याएँ एक तत्त्व के दर्शन में दृष्टान्त-रूप बन जाती हैं, जिनकी सहायता से विविध प्रकार की बुद्धियों को तत्त्वदर्शन करने में सुविधा हो। बहुविध प्रकृति के वश में रहते हुए जीव की बुद्धि बहुत्व में लीन रहती है, इसलिए उसको एकत्व की ओर ले जाने के लिए बहुविध रूपों की सहायता लेनी पड़ती है। सर्वोच्च ज्ञान के मार्ग की प्रारम्भिक भूमिकाएँ अनेक प्रकार की हैं; परन्तु जीव लक्ष्य के जितना समीप पहुँचता है, विभिन्न मार्ग उतने ही अधिक एक-दूसरे में लीन होते जाते हैं। कुछ व्यक्ति ऐसे भी होते हैं, जिनमें भक्ति की सघनता होने के कारण ऐसे साधनों की आवश्यकता नहीं होती, उनको सीधे ही तत्त्वदर्शन का सौभाग्य मिल जाता है; परन्तु यह असाधारण बात है, साधारण जीवों को क्रमशः उन्नत अवस्था की ओर चलना पड़ता है। यही कारण है कि आचार्यों ने भक्ति को परम कोटि का 'विज्ञान' माना है। इस प्रकार हम कह सकते हैं कि वस्तुओं की तात्त्विक एकता के कारण जड़ वस्तु भी तत्त्व की

प्रतिमा एवं तत्त्वदर्शन का आधार बन सकती है। यही बात प्रत्येक विद्या या विज्ञान के बारे में सत्य है। ज्योतिष विद्या और गणित विद्या का इसी प्रकार का उपयोग अनेक सम्प्रदायों ने परम्परा में किया है। इसी से प्राचीन ज्योतिष और गणित की गरिमा व महत्ता को समझा जा सकता है। कोई भी विद्या, जो अपने सनातनी स्रोत से कटी नहीं है, आत्मविद्या की प्रतिमा बन सकती है; यही सनातनी विद्याओं या विज्ञानों का मुख्य अर्थ एवं प्रयोजन है।

इस दृष्टि से जब हम भारतीय ज्ञान-विज्ञान की उपलब्धियों पर विचार करते हैं तो पाते हैं कि भारतीय विश्व-दृष्टि मनुष्य और प्रकृति, दोनों को अविलग देखती है—बाहर जो सूर्य का प्रकाश है, वही भीतर बुद्धि का प्रकाश है; बाहर जो अंधकार है, वही भीतर का भय है; बाहर जो तृण, वीरुध और वृक्ष में ऊपर उठने की प्रक्रिया है, वही भीतर की उमंग है। भारतीय ज्ञान-विज्ञान का मूल केन्द्र वैदिक यज्ञ-संस्था मनुष्य और देवता, आभ्यंतर और बाह्य, व्यक्त और अव्यक्त, चर और अचर—इन युग्मों को, सम्पृक्त मिथुनों को एक-दूसरे के लिए अपेक्षी बनाने वाली विधि है। इसलिए जहाँ आधुनिक पाश्चात्य चिन्तन मनुष्य को केन्द्र में रखता है, मनुष्य की अप्रतिहत बुद्धि को केन्द्र में रखता है, प्रकृति पर मनुष्य की विजय को मनुष्य का पुरुषार्थ मानता है तथा पूरी सृष्टि को मनुष्य का उपभोग्य मानता है, वहीं भारतीय चिन्तन कोई एक केन्द्र देखता ही नहीं, उसका विश्व बहुकेन्द्रिक है; मनुष्य के लिए देवता केन्द्र है, देवता के लिए मनुष्य। यहाँ प्रकृति पर विजय नहीं, प्रकृति से सामंजस्य और समग्र अस्तित्व से परम सामंजस्य स्थापित करना ही मानव-जीवन का परम लक्ष्य है, समस्त भूतों के ऋण की परिशुद्धि ही परम पुरुषार्थ है; यहाँ न कोई निरपेक्ष रूप में भोग्य है, न निरपेक्ष रूप में भोक्ता। या तो मनुष्य सहभोक्ता है या सभी सहभोक्ता हों, इसके लिए अपने को अर्पित करने वाला भोज्य है। वह अन्न भी है, अन्नाद (अन्न खाने वाला) भी है।

× × ×

भारतीय 'वैज्ञानिक' दृष्टि में सृष्टि जीवात्मा का सजीव, प्राणप्रवण लौकिक आश्रय है। इसे जड़ भौतिक पदार्थों का आपतिक संकलन या बाह्य शक्तियों का प्रासंगिक संयोग नहीं समझना चाहिए। सम्पूर्ण दृश्य जगत एक अदृष्ट पारमार्थिक सत्ता का प्रतिबिम्ब है। संस्कृत वाङ्मय में आकाश, पृथ्वी, वायु, जल और अग्नि जैसे शब्दों में सामान्य वाच्यार्थ के अतिरिक्त एक अत्यन्त सूक्ष्म, रहस्यात्मक, तत्त्वबोधक लाक्षणिकता सन्निहित है। आकाश शब्द पूर्णत्व का, वायु प्राण का, जल जीवन का, पृथ्वी क्षमा का और अग्नि तेजस् का रूप है। इसके अतिरिक्त इन पंचमहाभूतों में घनिष्ठ पारस्परिक सम्बन्ध भी

विद्यमान है, क्योंकि वे अपना पृथक या स्वतंत्र अस्तित्व न रखते हुए एक ही नित्य सत्य की विभिन्न अभिव्यक्तियाँ हैं। इसी प्रकार प्रकृति के अन्य अवयव जैसे नदी, पर्वत, समुद्र आदि निर्जीव पदार्थ नहीं, वरन् देवी-देवताओं के आश्रय माने गए हैं। पशु-पक्षी विभिन्न देवताओं के वाहन के रूप में प्रसिद्ध हैं। उदाहरण के लिए कवि-कुलगुरु कालिदास ने नगाधिराज हिमालय को देवतात्मा और पृथ्वी का मानदण्ड बताया है—स्थितः पृथिव्या इव मानदण्डः। स्वर्गलोक से पृथ्वी पर अवतरित माता भागीरथी समस्त जीवों का उद्धार करने वाली देवी मानी गयी हैं। ये सभी स्थावर-जंगम चक्षु-विषय एक सूत्र में बँधे हुए हैं और एक-दूसरे के पूरक हैं। जैसे प्रकृति के विभिन्न पदार्थ और तत्त्व एक सूक्ष्म आन्तरिक शृंखला में अविकल रूप से निबद्ध हैं, उसी प्रकार प्रकृति और मनुष्य का भी अत्यन्त घनिष्ठ अन्योन्याश्रित सम्बन्ध है, क्योंकि दोनों एक ही अनादि, अनन्त, अव्यक्त परम-तत्त्व के प्रतिभास हैं।

मनुष्य जहाँ एक ओर अपने दैहिक अस्तित्व और जीवन-यापन के लिए प्रकृति पर आश्रित है, वहीं उसके भौतिक पर्यावरण को भी उसके स्वभाव, उसकी आकांक्षाओं तथा अभिलाषाओं, उसके क्रियाकलाप, उसकी सामाजिक व्यवस्था, उसके राजनीतिक संगठन इत्यादि से पृथक नहीं किया जा सकता। जब मानव-चेतना दृश्य-जगत की असीम विचित्रता तथा विपुलता का अतिक्रमण कर प्रातिभ ज्ञान या प्रज्ञा के द्वारा सभी वस्तुओं के मूल प्रतिमान का ध्यान करती है तो समस्त सृष्टि एक सर्वव्यापी, अखण्ड और अनन्त सत्य का प्रतिभास ज्ञात होती है: 'एकै रूप अचार प्रतिबिम्बित लखियत जहाँ।' सृष्टि की अविभाज्य समग्रता और उसके अन्तर्सम्बन्धों के इसी अर्थ-गाम्भीर्य को महाकवि भवभूति ने अत्यन्त काव्यात्मक ढंग से उत्तर रामचरितम् के एक श्लोक (6.12) में व्यक्त किया है:

व्यतिषजाति पदार्थानान्तरः कोऽपि हेतुर्न खलु बहिरूपाधीन्प्रीतयः संश्रयन्ते।

विकसति हि पतङ्गस्योदये पुण्डरीकं द्रवति च हिमरश्मावुद्गते चन्द्रकान्तः॥

इसका सारांश यह है कि प्रकृति के वास्तविक स्वरूप और उसके गूढ़ रहस्य को बाह्य कारणों से नहीं समझा जा सकता। हमें उसकी आन्तरिक एकता तथा अखण्डता को आत्मसात करना होगा। सभी भौतिक कारणों के गर्भ में सदैव एक सूक्ष्म दैवी कारण विद्यमान है। इस अव्यय भाव—एक न खुलने वाले भाव—की तलाश करना ही भारतीय ज्ञान-विज्ञान का परम लक्ष्य है। इसीलिए भारतीय परम्परा में साहित्य, कला, दर्शन, विज्ञान और धर्म एक-

दूसरे से आप्लावित या 'उलझे-उलझे' दिखायी देते हैं। वस्तुतः जहाँ ये आपस में परस्पराप्लावित या उलझे-उलझे नहीं हैं, वहाँ वे मनुष्य की साधना/गरिमा को व्यक्त करने में समर्थ ही नहीं हैं।

भारतीय वैज्ञानिक उपलब्धि पर विचार करते समय भी यह बात स्पष्ट दिखती है कि इस विज्ञान का उद्देश्य प्रकृति को जीतना नहीं है, वरन् मनुष्य और प्रकृति को एक परस्पराकांक्षी युग्म के रूप में स्थापित करना है और सृष्टि चक्र को पथच्युत होने से रोकना है। प्राचीन भारतीय जीवन में यह नहीं था कि आखेट वर्जित हो, पशुवध न होता हो, किन्तु यह अवश्य था कि प्रजनन की ऋतुओं में आखेट वर्जित किया जाता था, जिससे सृष्टि का संतुलन बिगड़ने न पाए। पेड़ से लकड़ी तोड़ी जाती थी, लेकिन नई शाखा तोड़ना पाप समझा जाता था। कृषि-विकास के साथ-साथ वृक्षारोपण और पशु-संवर्द्धन को भी इसी सम्पूरक दृष्टि से महत्व दिया गया। बहुत सूक्ष्म पर्यवेक्षण के बाद प्राचीन भारतीयों ने आयुर्वेद और ज्योतिष का ज्ञान विकसित किया और इन दोनों प्रायोगिक विज्ञानों के क्षेत्र में उन्होंने धर्म-दृष्टि को खोने नहीं दिया। यही नहीं, उन्होंने आयुर्वेद को ज्योतिष से जोड़ा और बाह्य दृश्य या प्रत्यक्ष विद्याओं को अप्रत्यक्ष विद्या—अध्यात्म-विद्या से जोड़ा। नक्षत्र-विशेष या ऋतु-विशेष में देवता-विशेष की अनुकम्पास्वरूप औषधियों को तोड़ने-उखाड़ने को इसके दृष्टांत के रूप में देखा जा सकता है।

पश्चिम के प्रसिद्ध भारतीय तत्त्ववेत्ता हाइनरिख त्सिमर ने 'हिन्दू चिकित्सा' नामक ग्रन्थ में ठीक ही लिखा है कि हिन्दू चिकित्सा-पद्धति मन और शरीर के भेद को स्वीकार नहीं करती और केवल शरीर के स्वास्थ्य-लाभ तक सीमित भी नहीं रहती है। वह वस्तुतः शरीर के माध्यम से जीवन के आनन्द की पूर्णता प्राप्त करने की विधि प्रस्तुत करती है। इसलिए आयुर्वेद में शरीर, रति, हेतु, व्याधि, कर्म, कार्य, काल, कर्ता (वैद्य), करण और विधिविनिश्चय—इन दसों का महत्व है और यह चिकित्सा-पद्धति इसीलिए आयुर्वेद कही जाती है कि वह जीवन-तत्त्व को परिपूर्णता दिलाने के लिए है, वह मनुष्य के बाहरी शरीर की ही चिकित्सा नहीं, मनुष्य के अन्तर्वर्ती प्राण की भी चिकित्सा है। यही कारण है कि आयुर्वेद की भित्ति सांख्य की त्रिगुणात्मक सृष्टि-योजना है। यह योजना ऊपर से देखने पर प्रथमतः अस्पष्ट और बाह्य वस्तु-निरीक्षण से अप्रमाणित जान पड़ती है, परन्तु इसका आधार शरीर की स्थूल रचना नहीं, शरीर की सूक्ष्म रचना है। इसलिए आयुर्वेद को अच्छी तरह समझने के लिए योग-साधना के अनुसार शरीर में शक्ति-प्रवाह के रूप में स्थित चक्र-श्रृंखला को समझना आवश्यक हो जाता है। इस श्रृंखला की

कल्पना भी वस्तुतः विराट् विश्व के व्यष्टि शरीर में सूक्ष्म रूप से अवस्थित होने पर आधारित है।

ज्योतिष-विद्या के प्रसंग में भी यही बात लागू होती है कि वह केवल काल-गणना या दिग्गणना नहीं है, वह सृष्टि-विद्या भी है। वह खण्डकाल के परिणामों के माध्यम से अखण्डकाल की साधना करने वाली विद्या भी है। यह आकस्मिक नहीं है कि हिन्दू ज्योतिष में निरयण गणना को सायण गणना की अपेक्षा अधिक महत्व दिया गया है। निरयण गणना सृष्टि के आरम्भ को बिन्दु मानकर चलती है और इसीलिए यह स्थापना करती है कि मनुष्य का जन्म निरवधि-काल और सावधि-काल के मिलन-बिन्दु पर होता है। एक ओर वह जीवन की अनन्त यात्रा के पड़ावों की श्रृंखला के रूप में आता है और दूसरी ओर उसकी एक खण्डकालिक इयत्ता भी रहती है, जो उसी के प्रारब्ध, संचित और क्रियमाण कर्मों के द्वारा नियन्त्रित रहती है। हिन्दू ज्योतिर्विद्या का प्रारम्भ सौर-मण्डल की कल्पना से नहीं, नक्षत्र-मण्डल की कल्पना से हुआ। इसी से इस विद्या में प्रारम्भ से ही पृथ्वी-केन्द्रिक (Earth-centric) विचारधारा परिपोषित न होकर ब्रह्माण्ड की एकता देखने वाली (cosmocentric) विचारधारा परिपोषित हुई। प्राचीन हिन्दू ज्योतिष की यह व्यापक दृष्टि आज के पश्चिमी गणितज्ञों के लिए भी स्पृहा की वस्तु है, क्योंकि पश्चिम का गणितज्ञ या खगोलवेत्ता आज भी मनुष्य-केन्द्रिक (Homocentric) विश्व-दृष्टि से इतना बँधा हुआ है कि वह ब्रह्माण्ड की लयबद्धता के बारे में शंकालु बना हुआ है। हाइज़ेनबर्ग और आइंस्टाइन के चिन्तन ने कुछ व्यापक दृष्टि देकर अवश्य ही पश्चिम को आधुनिक विज्ञान के अंधविश्वास से मुक्त करने का प्रयत्न किया है।

योग, आयुर्वेद, ज्योतिष, खगोल, भूगोल के साथ ही विज्ञान के जिन क्षेत्रों में प्राचीन हिन्दू उपलब्धियाँ दिखती हैं, उनमें कृषि, पशुपालन, भवन-निर्माण, नगर-नियोजन, धातु-विद्या, रसायन, नौकायन और वस्तु-उत्पादन प्रमुख हैं। चावल, गन्ना, कपास की फसलें तथा आम, नींबू, सुपारी, नारियल जैसे फल वाले वृक्षों के विकास में भारत का महत्वपूर्ण योगदान है। भारत में कृषि, उद्यान और गो-पालन—तीनों अंतःसम्बद्ध हैं। हिन्दू शासन-तन्त्र ने इनको विकसित होने का स्वतंत्र अवसर भी दिया। भारत में ग्राम-स्तर पर स्वराज का अक्षुण्ण बने रहना इसका एक प्रमुख कारण है। भवन-निर्माण, नगर-नियोजन और धातु-विद्या का विकास अवश्य अवरूद्ध हुआ, उसके भी दो मुख्य कारण थे। एक तो इन विद्याओं के पीछे जो देश-काल की आध्यात्मिक अवधारणा भारतीय मानस में थी, वह लुप्त हो गयी और उसके

साथ-साथ रचना की प्रेरक शक्ति—धर्म का व्यापक बोध लुप्त हो गयी। दूसरे यह कि भौतिक समृद्धि के अवसरों का वितरण विषम हो गया, शासन का केन्द्रीयकरण बढ़ गया और सत्ता की लोलुपता के कारण प्राचीन भारतीय जीवन-दृष्टि में समग्र रूप से जो सौन्दर्य-बोध दिखता रहा, वह क्षीण होने लगा। अब इसके कारण भौतिक सुख-सुविधाओं के लिए सामाजिक दायित्व में ह्रास आया और इसी से धीरे-धीरे शिल्पी, धातुकार, कारीगर बेरोजगार होते गये। आज इन प्रायोगिक विद्याओं पर एक तो साहित्य का अभाव है, साहित्य अल्पाधिक है भी तो उसे समझना कठिन है, क्योंकि प्रयोग की परम्परा बीच में बहुत दिनों तक विच्छिन्न हो गयी थी। स्थापत्य, नगर-निर्माण तथा धातुकर्म के क्षेत्र में प्रयोग की परम्परा टूटने और आज मनुष्य के यन्त्र-कौशल के बहुत 'विकसित' हो जाने के उपरान्त भी यह तो समझने की कोशिश करनी ही चाहिए कि जिस धर्म ने भौतिक-आध्यात्मिक विकास को समानान्तर चलाया, वह धर्म आज के विश्व में यकायक क्यों इतना अप्रासंगिक हो गया है और हम क्यों इस धर्म के बारे में क्षमायाची भाव रखते हैं? मनुष्य की तृष्णा को केन्द्र में रखकर विकास के नाम पर मनुष्य के अस्तित्व के प्रश्न को निरन्तर उलझाते जा रहे विश्व को भारतीय विद्याओं की परम्परा सर्वभूत-हित की दृष्टि तो दे ही सकती है। इसी परम्परा में पुरुष और प्रकृति में अविरोध के आधार पर सृष्टि में सन्तुलन बनाये रखने की क्षमता है। भारतीय जीवन-विधान में साधारण जीवन की सभी क्रियाएँ इसी अर्थ में विज्ञान पर आधारित हैं, फलतः व्यष्टि और समष्टि के लिए उनका विनियोग सदैव कल्याणकारी रहता है।

× × ×

विकास और विज्ञान के सम्बन्ध में परम्परागत दृष्टि ऐसी ही रही। 'पुनर्जागरण-काल' के पूर्व भारत और यूरोप में भी कमोबेश यही दृष्टि मान्य थी। यूरोप में ईसाई धर्म-परम्परा के विरूद्ध जिस प्रतिक्रिया ने जन्म लिया उसे ही 'पुनर्जागरण' कहा जाता है। इसी पुनर्जागरण ने जीवन-दृष्टि के सम्बन्ध में गुणात्मक रूप से एक अतिभिन्न मान्यता को जन्म दिया, जिसे 'आधुनिकता' के नाम से जाना जाता है। 'आधुनिकता' से अभिप्राय प्रभात-बेला की तरह नित-नवीन होना नहीं है, जैसा हम अपनी भोली बुद्धि से मान लेते हैं। विद्या-विमर्श के क्षेत्र में आधुनिकता एक गुणवाचक विचार-वीथिका है, जिसके प्रमुख लक्षण हैं—स्वयंभू मनुष्य (Masterless/Unmediated Man) और स्वत्वसम्पन्न मनुष्य (Possessive Individus)-केन्द्रित 'मानववाद' (Humanism) इहलोकवाद (Secularism) तथा वैज्ञानिक बुद्धिवाद (Scientific Ratinalism)। अपने इन्द्रियजनित अनुभव व तार्किक बुद्धिबल

से सृष्टि के सभी रहस्यों का भेदन करने में मनुष्य को सक्षम मानने वाली आधुनिकता में मनुष्य-मनुष्य और मनुष्य-प्रकृति के सम्बन्ध में परम्परागत साकल्यवादी (Holistic) धारणा का पूर्णतः निषेध है। जीवन और जगत की खण्ड-खण्ड (Atomistic) दृष्टि पर टिकी आधुनिकता व्यक्ति, समाज, प्रकृति और ब्रह्माण्ड को एक कृत्रिम संयोजन (Aggregate) मानकर चलती है। स्वाभाविक ही जीवन और जगत के सम्बन्ध में साकल्यवादी और ईश्वर-केन्द्रित (Theo-centric) दृष्टि का लोप होने के परिणामस्वरूप आधुनिक-काल में सृष्टि के रहस्यों और मानवीय समाज के सम्बन्ध में अनेक प्रकार की खण्डित, अपूर्ण और विरोधी विचारधाराओं का जन्म हुआ। इन विचारधाराओं को लेकर मानवीय जीवन में व्यापक स्तर पर संघर्षों का भी जन्म हुआ तथा वैयक्तिक, सामाजिक और वैश्विक जीवन निरन्तर उलझता चला गया। इसलिए यह भी उतना ही स्वाभाविक है कि आधुनिकता के प्रभाव में विकास और विज्ञान की परम्परागत मान्यताओं में भी आमूल-चूल परिवर्तन हुआ। धर्म और धर्मजनित नैतिकता का निषेध करने वाली आधुनिकता धर्म को विभेदकारी, पतनकारी, प्रगति-विरोधी और अंधविश्वास मानती है। ऐसे में एक इहलोकवादी तथा मनुष्य-केन्द्रित (Homocentric) विचार का जन्म होता है जो आज के मानववाद (Humanism) और मानवतावाद (Humanitarianism) का आधार है। किसी तात्त्विक एकता के कारण नहीं, वरन राजनीतिक तंत्र और अर्थ-तंत्र के दबाव में मानवीय एकता की स्थापना का प्रयत्न होने लगा। किन्हीं आत्मोन्नयनकारी और परमार्थकारी सिद्धान्तों के आधार पर नहीं, विश्व-सरकार के माध्यम से विश्व-शान्ति का स्वप्न देखा जाने लगा। वैश्विक संरचनाएँ इतनी जटिल हो गयीं कि पहले तो विभिन्न प्रकार के सैनिक गठबन्धनों के द्वारा शक्ति-केन्द्रित विश्व को संतुलित करने का प्रयास आरम्भ हुआ तथा ऐसा करने से बढ़ती गयी शस्त्रों की दौड़ से घबराकर बीच-बीच में निःशस्त्रीकरण की बातें भी की जाने लगीं। निष्कर्ष यह है कि विकास और विज्ञान की अवधारणा अविश्वास, शोषण, प्रतिस्पर्द्धा, भय और आतंक के बीच एक भावनात्मक छलावा मात्र बनकर रह गयी है। राष्ट्र-राज्यों की अन्तर्सम्बन्धी राजनीतिक प्रतिस्पर्द्धा में बदल गयी विकास और विज्ञान की अवधारणा केवल बेचने-खरीदने, लुभाने-ललचाने, डरने-डराने और बनाने-बिगाड़ने वाली अन्तर्राष्ट्रीय गतिविधियों का ताना-बाना बनकर रह गयी है।

विकास की ही भाँति, आधुनिकता ने वैज्ञानिकता के परम्परागत स्वरूप को भी विरूपित किया है। आधुनिकता के परिणामस्वरूप एक ईश्वर-केन्द्रित

साकल्यवादी विश्व-दृष्टि के विरूद्ध जिस मनुष्य-केन्द्रित, अणुवादी (Atomistic) वैज्ञानिक बुद्धिवाद का आविर्भाव हुआ उसने ईश्वर, मनुष्य और प्रकृति के सोपानक्रम (Hierarchy) को अस्त-व्यस्त कर दिया, प्रकृति व ईश्वर में विरोध उत्पन्न कर दिया और एक मूलभूत अविभाज्यता को खण्डित करते हुए एक खण्डवादी विभाज्यता को जन्म दिया। इसके परिणामस्वरूप प्रकृति की पवित्रता की अवधारणा के त्याग के साथ-साथ मनुष्य ने अपने भौतिक-लौकिक सुख-वृद्धि के प्रयोजन को केन्द्र में रखते हुए अपनी सीमा का भयानक अतिक्रमण किया, प्रकृति-प्रदत्त तत्त्वों का भीषड़ शोषण किया और अपनी सुख-सुविधा बढ़ाने वाले नित-नवीन अविष्कारों से एक-दूसरे को चमत्कृत किया। आधुनिक मनुष्य की ये गतिविधियाँ प्रकृति व समाज, दोनों में विपत्तिकारी असन्तुलन का कारण बनीं।

आधुनिक विज्ञानवादी पाश्चात्य सभ्यता आज अपने चरमोत्कर्ष पर पहुँच रही है और निरन्तर 'विकासोन्मुख' प्रतीत हो रही है। किन्तु इस प्रत्यक्ष विरोधाभास को भी अस्वीकार नहीं किया जा सकता कि भौतिक जगत में अपनी अभूतपूर्व 'उपलब्धियों' और प्रकृति पर अपनी लगभग पूर्ण विजय के बावजूद (वस्तुतः उसके परिणामस्वरूप) मानव विनाश के कगार पर खड़ा है; और उन्हीं शक्तियों और सफलताओं के समक्ष अपने को असहाय और पराजित पा रहा है, जिन्हें उसने अपनी बुद्धि के वैभव से अर्जित किया है। भौतिक विकास की पराकाष्ठा और साथ ही विश्व के सन्निकट विनाश की तीव्र आशंका—दोनों इस युग के यथार्थ सत्य हैं; दोनों ही आधुनिक बुद्धिवाद, व्यक्तिवाद और मनुष्य के अहंकार तथा उसकी महत्वाकांक्षा के अनिवार्य परिणाम हैं। आज जिसे हम पर्यावरण का संकट कह रहे हैं, वह कोई तकनीकी संकट नहीं है; यह संकट मूलतः आध्यात्मिक चेतना के ह्रास, आधुनिक विज्ञानवाद के अभ्युत्थान और प्रसार तथा मनुष्य और प्रकृति के विच्छेद, विनिपात और अपवित्रीकरण के वृत्तान्त का निष्कर्ष है। प्रख्यात तत्त्वशास्त्री, दार्शनिक, विचारक और पर्यावरणविद् प्रोफेसर सैयद हुसैन नस्र ठीक ही कहते हैं कि बाहर दिखायी देने वाला पर्यावरण का संकट वस्तुतः मनुष्य की आत्मा के संकटग्रस्त होने की प्रतिच्छवि है। आधुनिकता के दुश्चक्र में मनुष्य ऐसा फँसा है कि वह एक समस्या का समाधान करने निकलता है, तो दस नई समस्यायें उत्पन्न हो जाती हैं; विचारणीय बात यह है कि ये नई समस्याएँ उसके द्वारा किये गये निवारणीय उपायों की असफलता का नहीं, उनकी सफलता का परिणाम होती हैं। पारमार्थिक तत्त्वज्ञान से विच्छिन्न बुद्धि का यही हस्र होता है। ऐसी बुद्धि अंहकार-प्रधान, उच्छृंखल और आक्रामक हो

जाती है तथा शक्ति और हिंसा का प्रतिरूप बन जाती है। वह प्राकृतिक पदार्थों (*Natura Naturata*) को उनके मूल जीवन-स्रोत (*Natura Naturans*) से पृथक करके उन्हें अविहित विनियोग, उपभोग और शोषण का विषय बना लेती है। प्रतिक्रियास्वरूप प्रकृति भी अपनी निगूढ़ शक्तियों के माध्यम से अपना विकराल, रौद्र रूप प्रकट करने के लिए विवश हो जाती है और पर्यावरण जैसा अस्तित्व का संकट उत्पन्न हो जाता है।

मनुष्य और प्रकृति का संघर्ष, 'विकास' के रूप में वैज्ञानिक आविष्कारों एवं प्रौद्योगिकी द्वारा प्रकृति पर मानव की विजय का प्रयास और उससे उत्पन्न पर्यावरण का संकट—ये सब मूल रूप से मनुष्य के अज्ञान और मिथ्याचार (Misconduct) के ही परिणाम हैं। बिडम्बना यह है कि महाविनाश के आसन्न संकट की घनीभूत, विकराल काली छाया में व्यतीत होता हमारा जीवन अन्यान्य आश्चर्यजनक वैज्ञानिक आविष्कारों से अभी भी असामान्य रूप से प्रभावित हो रहा है। परमाणु-जैविकी (Molecular Biology) एवं आनुवंशिक अभियान्त्रिकी (Genetic Engineering) के क्षेत्र में ऐसी क्रान्ति दिखायी दे रही है जैसे कि हम एक नये मानव एवं एक नये विश्व (Second Reality) के निर्माण में सफल हो गये हैं। किन्तु इस तथाकथित सफलता ने अनेक अपरिहार्य एवं गम्भीर नैतिक तथा सामाजिक समस्याओं को तो जन्म दिया ही है, मनुष्य, पशु और प्रकृति की उर्वरा शक्ति को तो क्षीण किया ही है, वैश्विक स्तर पर भी आणविक युद्ध जैसी विभीषिकाओं के भय और तद्जनित संत्रास को जन्म दिया है।

स्वतंत्रता, समानता तथा विश्व-बन्धुत्व के 'आदर्श' पराधीनता, असमानता, अन्तर्राष्ट्रीय संघर्ष, सामाजिक विषमता, आर्थिक शोषण और राजनीतिक दमन का रूप धारण कर चुके हैं। वस्तुतः शोषण, दमन और जीवन का यंत्रीकरण भौतिकवादी सभ्यता के अपरिहार्य परिणाम हैं। भौतिकवादी सभ्यता के आधारभूत सिद्धान्त—बुद्धिवाद, यान्त्रिक भौतिकवाद, परिणामवाद और व्यक्तिवाद ही इसके लिए जिम्मेदार हैं। बुद्धिवाद मानव और मानवोत्तर, दैहिक और दैविक को संयुक्त करने वाली श्रृंखला अर्थात् प्रज्ञा की ही अवज्ञा करता है और मनुष्य को वैयक्तिक एवं ऐहिक जगत तक सीमित कर देता है। यान्त्रिक भौतिकवाद पदार्थ एवं उसके विस्तार तथा उसकी संरचना को ही अन्तिम सत्य समझता है। गणित की अध्ययन-पद्धति का व्यापक प्रयोग परिमाणात्मक उपागम को ज्ञान का एकमात्र साधन बना देता है; और व्यक्तिवाद सामाजिक एवं राजनीतिक व्यवस्था को उसी प्रकार खण्डित कर देता है, जैसे अणुवाद (atomism) वस्तुओं को उनके अणुओं में विभक्त

कर देता है। प्रसंविदावादी (contractualist) विचारकों (हॉब्स, लॉक इत्यादि) ने राज्य की उत्पत्ति व्यक्तियों के आपसी समझौते से बतायी और संशयमूलक बुद्धिवाद के प्रवर्तक रेने देकार्त ने द्रव्य (matter) और गति (motion) के द्वारा पुनः सम्पूर्ण विश्व की रचना करने की मानव-सामर्थ्य में विश्वास व्यक्त किया—इस प्रकार, मानव-समाज और प्रकृति, दोनों अपना सहज सत्तामूलक (ontological) स्वरूप खोकर कृत्रिम पदार्थ बन गए, दोनों की दैवी गरिमा और पवित्रता नष्ट हो गयी और मनुष्य को प्रकृति की क्रिया में मनमाना हस्तक्षेप करने का सैद्धान्तिक आधार प्राप्त हो गया। कहने का तात्पर्य यह है कि सम्पूर्ण आधुनिक चिन्तन विघटन की प्रक्रिया है और इसका परिणाम है—विध्वंस। यह विध्वंस चाहे परमाणु अस्त्रों के प्रयोग से क्षण-मात्र में सम्भव हो अथवा पारिस्थितिकीय प्रदूषण के द्वारा अपेक्षाकृत कुछ विलम्ब से हो, चाहे हरे-भरे वनों तथा पर्वतों को काट कर भूस्खलन और भूचाल के रूप में लाया जाए, या नदियों पर बड़े-बड़े बाँधों के निर्माण के द्वारा स्थानीय निवासियों को उजाड़कर उन्हें बेरोजगारी, अवसाद और भुखमरी का शिकार बनाकर किया जाए—वास्तव में यह विकास और विनाश एक ही सिक्के के दो पहलू हैं। दोनों ही आधुनिक विज्ञान की अध्ययन-पद्धति के मूल में अन्तर्निहित हैं। पर्यावरण का वर्तमान संकट स्थूल जगत की विद्रूपता मात्र नहीं है, अपितु एक आध्यात्मिक संकट है; यह परम्परागत दर्शन एवं जीवन के प्रति अनास्था एवं ऐहिक जीवन में अतिशय आसक्ति का परिणाम है। आधुनिक विज्ञान एवं प्रौद्योगिकी इसको वैचारिक आधार प्रदान करते हैं और वर्तमान उपभोगवादी संस्कृति एवं आर्थिक संसाधनों की प्रचुरता उसे संपोषित एवं संवर्द्धित करती है।

सत्य तो यह है कि वैज्ञानिक-प्रौद्योगिक विकास और ब्रह्माण्ड के आश्रय-विन्यास की रक्षा—इन दोनों में मौलिक विरोध है। दोनों तत्त्वतः दो परस्पर विरोधी विचार-सरणियों से सम्बद्ध हैं। एक बाह्यमुखी, एकांगी, व्यष्टिपरक, परिमाणात्मक एवं रेखीय (linear) है; दूसरी अन्तर्मुखी, बहुआयामी, समष्टिमूलक, द्वन्द्वात्मक एवं गुणात्मक है। ब्रह्माण्ड जीव का लौकिक आश्रय है, जिसके साथ उसका सहज सामंजस्य है; तथा जिससे वह अपने जीवन-निर्वाह के लिए आवश्यकतानुसार यथोचित सामग्री प्राप्त करता है। यह सृष्टि के विभिन्न तत्त्वों, प्राणियों, वनस्पतियों और पदार्थों के अन्तर्सम्बन्धों की समग्र एकता है अथवा विश्व के विभिन्न अवयवों का पूर्ण रागात्मक समन्वय (harmony) है। यह एक implicate order है अर्थात् इसका एक-एक अवयव परस्पर तथा सम्पूर्ण-व्यवस्था से गुणात्मक रूप से

घनिष्टतः सम्बद्ध है। यदि इसमें एक सीमा के बाहर हस्तक्षेप किया जाएगा, या उसके साथ मनमाने ढंग से छेड़-छाड़ की जाएगी, तो उसका सहज सन्तुलन, उसकी सावयव एकता नष्ट हो जाएगी। उस विनष्ट एकता तथा सन्तुलन को पुनर्स्थापित करने के लिए हमें अन्यान्य अगण्य परिवर्तन करने होंगे। यह क्रम तब तक चलता रहेगा जब तक हम सृष्टि की पूरी व्यवस्था को न बदल दें, अर्थात् बिना किसी पूर्व-प्रदत्त उपादान के सम्पूर्ण सृष्टि का नव-निर्माण (ex-nihilo creation of Second Reality) अपनी इच्छानुसार करने में सफल न हो जाएँ। स्पष्टतः यह सर्वथा असंभाव्य और अपरिकल्पनीय है। विज्ञान एवं प्रौद्योगिकी का विकास चाहे जिस स्तर का और जितने विस्तार का हो, सृष्टि की मूल प्रकृति को नहीं बदल सकता।

असंतुलित और अमर्यादित विकास के अनिष्ट एवं अवांछित परिणामों के परिहार के लिए 'विकास-सिद्धान्त' के कुछ समर्थकों ने सम्भरणशील अथवा धारणीय विकास (sustainable development) की संकल्पना प्रस्तुत की है। किन्तु वस्तुतः यह विकास के सिद्धान्त की पुनर्व्याख्या नहीं, वरन् उसकी आलोचना है। दूसरे शब्दों में, यह धारणा विकास की धारणा के सर्वथा प्रतिकूल है। सम्भरणशीलता में परिमिति (measure) संयम एवं स्थायित्व की भावना का विशेष रूप से सन्निवेश है जो अनवरत्, असीम किन्तु अनिर्दिष्ट गतिशीलता की आधुनिक परिकल्पना के सर्वथा विपरीत है। सम्भरणशीलता की माँग है कि विकास को विराम दिया जाए, आन्तरिक और बाह्य जीवन में समन्वय स्थापित किया जाए और मध्यम मार्ग का अनुसरण किया जाए।

विचारणीय प्रश्न यह भी है कि विकास का अभिप्राय क्या है? इसमें कोई अतिशयोक्ति नहीं है कि वर्तमान युग में विकास एक अंधविश्वास का रूप धारण कर चुका है। अब तो सभी राजनीतिक दलों का भी यह सबसे प्रिय छलावा बन चुका है। बिना यह बताए कि किस वस्तु का किस अर्थ में विकास हो रहा है; अथवा विकास किस अर्थ में, किस सीमा तक और किस कीमत तक वांछित है; विकास को एक सर्वग्राह्य तथा स्वयंसिद्ध अवधारणा के रूप में प्रस्तुत किया जाता है। परम्परागत दर्शन में विकास का कोई सिद्धान्त नहीं है, उपलब्ध साहित्य में भी यह एक अपरिभाषित शब्द है। परम्परा में तो *Tao Dike*, Justice, Righteousness आदि धर्ममूलक प्रत्ययों की बात कही गयी है, जो आधुनिक विकासवादी चिन्तन से सर्वथा भिन्न हैं। इन परम्परागत प्रत्ययों की मुख्य विशेषताएँ सामंजस्य, स्वरानुरूपता (harmony), सन्तुलन, समानुपात (ratio), परिमिति, दैवी अभिक्रम (Hierachy, *Hieros*

= Divine, *Archy* = order) एवं पूर्णत्व (Perfection) हैं, जो विकास की अवधारणा के सर्वथा प्रतिकूल हैं। अच्छा होता यदि हम सामाजिक विज्ञानों एवं सामान्य चिन्तन में प्रचलित विकास की शब्दावली का ही सर्वथा परित्याग कर देते। वैसे भी यदि विकास का अभिप्राय यह है कि लोगों की प्राथमिक आवश्यकताओं की पूर्ति हो अथवा शोषण-विहीन, न्यायोचित समाज की स्थापना हो, तो यह सम्यक् अर्थ-व्यवस्था व न्याय का सिद्धान्त हुआ, न कि विकास का। विडम्बना यह है कि आजकल मानव को भी संसाधन मानकर उसका विकास करने की एक नई परिकल्पना ने जन्म ले लिया है। इससे भी बड़ी विडम्बना यह है कि मनुष्य के अभ्युदय के आध्यात्मिक-नैतिक क्षेत्रों की पूर्ण अवहेलना करते हुए यहाँ भी उसी भौतिक-आर्थिक विकास को महत्व दिया जा रहा है। विकास और विकास की मान्यता से जुड़ी क्षमता-उपागम (capability approach) तथा स्वतंत्रता आदि अवधारणाओं की व्यापक समीक्षा के उपरान्त भी यही सत्य प्रकट होता है कि आधुनिक विज्ञान और अनियंत्रित प्रौद्योगिकी पर निर्भर 'विकास' आधुनिक युग का सबसे भ्रामक मिथ्याप्रवाद है। अतः इस विकास के केन्द्र में विद्यमान ऐहिक विज्ञान की सीमा से बाहर निकलकर समस्त सृष्टि को ईश्वर के प्रतिभास (theophany) के रूप में हृदयंगम करना ही हमारा सम्यक् लक्ष्य होना चाहिए।

दुर्भाग्य से आज भारतवर्ष में भी वैज्ञानिकता को लेकर कई प्रकार के दृष्टिभ्रम प्रसारित किये जा रहे हैं और कई प्रकार की अनपेक्षित परिस्थितियाँ उत्पन्न की जा रही हैं। इन सबकी भी निर्मम समीक्षा का समय आ गया है। सर्वप्रमुख चिन्ता का विषय तो यह है कि धीरे-धीरे हमारे मानस से यह भाव ओझल होता जा रहा है कि भारत की मुख्य प्रतिष्ठा एक ज्ञान-मूलक परम्परा होने से है। आज ज्ञान की अखण्ड सत्ता के प्रति भारतवर्ष अपना दायित्व विस्मृत करता जा रहा है। या तो ज्ञान से अभिप्राय सूचनाओं से लगाया जाने लगा है, अथवा पश्चिमी उच्छिष्ट आज के भारतवर्ष में ज्ञान का आतंक बना हुआ है। यही कारण है कि राष्ट्र की प्रतिष्ठा क्रिकेट, सिनेमा, एवरेस्ट आरोहण, पैसे, शोहरत अथवा पद से आँकी जा रही है। इन्हीं क्षेत्रों के लोग राष्ट्र के विभिन्न उपक्रमों के 'ब्राण्ड एम्बेसडर' बन रहे हैं, इनकी आवभगत के लिए प्रतिष्ठित से प्रतिष्ठित संस्थान लालायित रहते हैं। इनके प्रभाव से अनर्गल और तुच्छ वस्तुओं और कार्यों के प्रति राष्ट्र में एक आत्मघाती आकर्षण का भाव बढ़ता जा रहा है। ज्ञान की वास्तविक सत्ता के विस्मरण तथा उसके प्रति सम्मान (noetic sensitivity) के भाव के क्षीण होने का

यह स्पष्ट संकेत है। वास्तव में यह राष्ट्र के बुनियादी चरित्र का स्खलन है, एक साधनामूलक परम्परा के प्रति दुर्भाग्यपूर्ण उपेक्षा का लक्षण है।

स्वतंत्रता का भारत के लिए, अपने वृहत्तर प्रभाव-क्षेत्र सहित, एक राजनीतिक मूल्य ही नहीं था, वरन् अपनी संस्कृति और सभ्यता के विश्वबोध को अपने जीवन में पुनर्प्रतिष्ठित करने का एक आदर्श भी था। दुर्भाग्य से स्वतन्त्रता पाने के उपरान्त भारतीय जीवन की मुख्यधारा (Mainstream) ही आधुनिक विकृतियों का शिकार हो गयी। परिणाम यह हुआ कि जो धारा नवोदित राष्ट्र की मुख्य धारा बनी, उसकी राष्ट्र की परम्परागत जीवन-दृष्टि के साथ कोई सामंजस्य नहीं था और जो राष्ट्र की परम्परागत जीवन-दृष्टि थी, उसको राष्ट्र की निवर्तमान मुख्यधारा में किनारे कर दिया गया। दूसरे शब्दों में, राष्ट्र की तथाकथित मुख्यधारा में राष्ट्र के वास्तविक जीवनादर्शों के लिए अनुकूलता ही नहीं बची, इसलिए एक ओर जहाँ राष्ट्र की परम्परागत संस्थाएँ राष्ट्र की 'मुख्यधारा' के लक्षणों का वाहक बनने में कठिनाई का अनुभव करने लगीं वहीं ये बची-खुची संस्थाएँ या समुदाय स्वयं हाशिए पर आ गए। विडम्बना यह रही कि 'समावेशी विकास' जैसे नारे भी उन संस्थाओं अथवा समुदायों को तो 'मुख्यधारा' में लाने की पैरवी करने लगे जो वस्तुतः आधुनिक पूँजीवादी अर्थ-रचना के ही वास्तविक शिकार थे, किन्तु उन परम्परागत संस्थाओं और समुदायों की स्थिति हाशिए पर रहने के उपरान्त भी उपेक्षित ही बनी रही, जिनके लिए इस 'मुख्यधारा' से अपने आदर्शों से च्युत हुए बिना संगति बिठाना दुष्कर या लगभग असंभव था।

इधर दूसरी ओर उस 'मुख्यधारा' की स्थिति भी निरापद नहीं कही जा सकती। जहाँ एक ओर इसे आधुनिक जीवन-दृष्टि के अनुरूप अनेक विरोधी युग्मों के पारस्परिक संघर्षों से दो-चार होना पड़ा, वहीं दूसरी ओर पूँजीवादी प्रवृत्ति के प्रभाव के कारण यह संघर्ष निरन्तर कटु से कटुतर होता गया। भारतीय बौद्धिकों की असफलता यह रही कि व्यक्ति बनाम समाज बनाम राज्य, समृद्धि बनाम पोषणीयता (sustainability), पुरुष बनाम स्त्री, अमीर बनाम गरीब, साधु बनाम सांसारिक, पारलौकिक बनाम लौकिक, जड़ बनाम चेतन, एक जाति बनाम दूसरी जाति तथा एक धर्म/सम्प्रदाय बनाम दूसरा धर्म/सम्प्रदाय जैसी अनेकानेक 'विरोधी' अवधारणाओं को उन्होंने आधुनिक पश्चिमी समाज-विज्ञानों के प्रभाव से स्वीकार तो कर लिया, किन्तु संघर्ष के स्थान पर सामंजस्य और समरसता को देखने की उस भारतीय दृष्टि का वे अवगाहन नहीं कर सके, जिसके बिना इन तथाकथित विरोधी भावों के अन्तस्तल को पहचाना ही नहीं जा सकता।

राष्ट्र के भावी जीवन में पीढ़ी-दर-पीढ़ी ऐसी परिस्थितियाँ बनती गयीं जिसमें राष्ट्रीय जीवन के आदर्शों के प्रति ही नई पीढ़ी में कोई आकर्षण नहीं बचा। धीरे-धीरे इन राष्ट्रीय आदर्शों के लक्षणों से युक्त महापुरुषों और मनीषियों के प्रति भी यह आकर्षण धुँधलाता चला गया। अब तो यह स्थिति आत्मविस्मृति और आत्मसंभ्रम के स्तर तक पहुँच गयी है। अपने ही देश-समाज में हमारी हालत बेगानों की हो गई है। इस स्थिति का परिणाम धीरे-धीरे अपसंस्कृति की स्वीकृति और उसके विस्तार के रूप में दिखाई दे रहा है। एक ऐसी संस्कृति जिसकी निर्मिति में विद्यानुराग की प्रधानता रही हो, एक ऐसी अपसंस्कृति का शिकार होती जा रही है जिसमें विद्यानुराग, विद्यानुरागियों और विद्याकेन्द्रों के प्रति आत्मीय सम्मान का भाव क्षीण होता जा रहा है। विद्या-साधना अब कोई प्रथम कोटि का जीवनादर्श नहीं रहा। विद्या-क्षेत्र से जुड़े व्यक्तियों में भी वांछित आत्म-गौरव दुर्लभ हो गया है। इनके विद्या-केन्द्रों को कितने भी हजार करोड़ की धनराशि दे देने से उनमें भला क्या बुनियादी बदलाव आ सकता है? अब तो राष्ट्र की मुख्यधारा की सबसे प्रभावी निर्धारक शिक्षा-प्रणाली को विदेशी और आप्रवासी शिक्षकों से आच्छादित करने का संकल्प व्यक्त किया जा रहा है। यह हमारी विद्या-परम्परा के सन्निपातग्रस्त हो जाने का स्पष्ट लक्षण है।

इसी प्रकार, ऋण-परम्परा का क्षरण जिस प्रकार आज के भारतीय समाज में हो रहा है, उस पर भी विचार करने की आवश्यकता है। देश के युवाओं का स्वप्निल मार्ग अपने घर-समाज से कोटा और बैंगलोर होते हुए कैलीफोर्निया तक तय हो चुका है। इस 'प्रतिभा'-पलायन की मानसिकता के चलते और एक दूरस्थ विजातीय परिवेश में हम इनसे किस देवऋण की बात कर सकते हैं। अपनी विद्या-परम्परा के विजातीय तत्त्वों से दूषित होने का ही परिणाम है कि आज उपनिवेशवाद से मुक्ति (decolonization) जैसे विचारों की आवश्यकता आ पड़ी है। नकल के दम पर तथाकथित स्वदेशी विकास का दम भरते हुए हम किस ऋषि-ऋण को चुकाने की कल्पना कर सकते हैं। विज्ञान के विभिन्न क्षेत्रों, यथा चिकित्सा-विज्ञान और अन्तरिक्ष-विज्ञान में जो कुछ भी हमने 'हासिल' किया है, वह ईमानदारी से कहा जाए तो शुद्ध रूप से नकल है। हमारे विद्यार्थी और वैज्ञानिक पहले विदेशी उपकरणों को खरीदकर उन पर हाथ साफ करते हैं और फिर उनकी नकल कर देश में उनके पुर्जों को जोड़ना (assembling) सीख लेते हैं, जिसे स्वदेशी तकनीक कहा जाने लगता है। कृषि और पशुपालन जैसे जीवन्त क्षेत्रों में बिना सोचे समझे किये गये 'वैज्ञानिक' परिवर्तनों का दुष्परिणाम कोई भी संवेदनशील और समझदार

व्यक्ति आसानी से देख सकता है। जैसे बच्चे दूसरे बच्चों के खिलौनों को देखकर मचलने लगते हैं, वैसी ही बालवत् उद्विग्नता बुलेट ट्रेन जैसी सुविधाओं को लेकर हमारे बड़े-बड़े नीति-नियन्ताओं के मन में व्याप्त है। ये विसंगतियाँ केवल अर्थनीति तक सीमित नहीं हैं, क्योंकि जीवन खण्डमय नहीं होता। ये हमारे सामाजिक ताने-बाने को भी क्षत-विक्षत कर रही हैं। गौ और कृषि के प्रति हमारे मन में बढ़ता विकर्षण का भाव केवल हमारे बदलते आर्थिक ताने-बाने का ही परिणाम नहीं है, इस ताने-बाने ने हमारे अपने-पराये के बोध को दरका दिया है। अपनों को अपनाने के लिए जिस आत्मीयता की आवश्यकता होती है, वह सूखती जा रही है। इसलिए गौ और कृषि से हमारा स्वाभाविक रिश्ता सूखता जा रहा है। गाय और कृषि यदि हमारे जीवन के अभिन्न अंग नहीं रहे तो गोशालाओं और सहकारी कृषि के सहारे बहुत दिनों तक इनकी रक्षा नहीं की जा सकती। इसी प्रकार, पितृऋण की हमारी संकल्पना धर्म-सन्तति के भाव पर टिकी संकल्पना है। व्यावहारिक भाषा में, जब तक देश में प्रथम कोटि की मेधा प्रथम कोटि के कार्य के प्रति आकर्षित नहीं होगी, इस ऋण से भी उऋण नहीं हुआ जा सकता। सीधे शब्दों में, जब तक देश की प्रथम कोटि की मेधा विद्या-परम्परा की रक्षा अर्थात् शिक्षण-कार्य की ओर आकर्षित नहीं होती, हम अपने पूर्वजों के ऋण से उऋण हो ही नहीं सकते। यह पूर्वजों का गौरव ही व्यापक अर्थ में हमारा राष्ट्रबोध है; और आत्मगौरवहीन शिक्षक कभी राष्ट्रगौरव का सम्वर्द्धन नहीं कर सकते। जो कुछ लोग देश में अपने इस दायित्व का ठीक प्रकार से पालन करना भी चाहते हैं, वे या तो उपेक्षित हैं, अथवा एक प्रकार के राजनीतिक व्यभिचार के शिकार हैं।

भारत एक परिवार-केन्द्रित सभ्यता है, इसी संस्था में मनुष्य के व्यक्तित्व को कुसुमित होने का अवसर प्राप्त होता है, और वह एक व्यापकतर विराट् के प्रति अपने सम्बन्ध और दायित्व का बोध प्राप्त कर पाता है। दुर्भाग्य से आधुनिक भारत की दृष्टि व्यक्ति-केन्द्रित बन चुकी है, सरकार की योजनाओं से लेकर समाज की संरचना तक इस दृष्टि के व्यापक प्रभाव का अवलोकन किया जा सकता है। व्यक्ति-केन्द्रित दृष्टि सामूहिकता और सामाजिकता के लिए वांछित सहयोग, सहानुभूति, प्रेम और त्याग की भावना को क्षीण करते हुए परिवारों के अन्दर और परिवारों के मध्य घोर असमानता, अविश्वास, स्वार्थ, प्रतिस्पर्द्धा, बिखराव और तद्जनित विसंगति को जन्म दे रही है। स्त्रियों में जिस प्रकार विजातीय संस्कार तेजी से बढ़ रहे हैं और अनपेक्षित कार्यों के माध्यम से उन्हें जिस प्रकार की शोहरत मिल रही है,

उससे समाज की सांस्कृतिक रीढ़ तेजी से कमजोर होती जा रही है। इसकी सबसे बड़ी कीमत बच्चे और वृद्धजन अदा कर रहे हैं। भारतीय समाज भी धीरे-धीरे अब लावारिस बच्चों और बेसहारा वृद्धों का समाज बनता जा रहा है। स्पष्ट है कि इन स्थितियों के रहते कोई समाज अपने ऋण-बोध से दूर ही होता चला जाएगा।

× × ×

इधर विद्या और विज्ञान के क्षेत्र में एक और प्रयोग तेजी पकड़ रहा है। दर्शन, योग, आयुर्वेद, ज्योतिष और संगीत जैसी विशिष्ट, गुह्य और आत्मपरक विद्याओं का हम तेजी से 'वैश्वीकरण' करते जा रहे हैं। हमें यह तथ्य विस्मृत होता जा रहा है कि इन विद्याओं का एक विशिष्ट भारतीय संदर्भ है और इनकी साधना के लिए एक विशिष्ट परम्परा प्रदत्त गुरु-शिष्य-मर्यादा-युक्त और साधनापरक मार्ग वांछित है। हम भारतीयों के कुछ विशिष्ट प्रश्न हैं जो हमारी ही चित्तवृत्ति और संस्कार की उपज हैं और जिन्हें हम भारतीय ही सम्यक् रूप से ग्रहण कर सकते हैं—कर्म-सांकर्य से बचते हुए योगस्थ और भगवद्प्रीतियुक्त होकर हम अपने आत्मबोध का लक्ष्य कैसे प्राप्त करें—हमारे दर्शन, हमारी भगवद्गीता हमारे इन विशेष प्रश्नों का विशिष्ट समाधान प्रस्तुत करते हैं। इसी प्रकार, योग हमारी चित्त-वृत्ति को संयमित करते हुए हमें अपने विराट् सांस्कृतिक-बोध के निकष-स्वरूप प्राप्त आत्म-बोध में लय करने की हमारी विशिष्ट युक्ति है। आयुर्वेद इस आत्मबोध के लिए हमें अपने वातावरण के अनुरूप शारीरिक और मानसिक रूप से तैयार करने की विद्या है। ज्योतिष सृष्टि को देखने की तथा सृष्टि से प्रकाशित होने की हमारी अपनी विधा और संगीत हमारी अपनी आत्मा के सुरों को झंकृत करने तथा चित्त को भगवद्োन्मुख करने की कला है।

इन सभी विद्याओं का स्वरूप साधनापरक है, किन्तु देश में दुर्भाग्य से ऐसा वातावरण, ऐसी परिस्थिति और ऐसी मनोदशा का निर्माण हो रहा है जो नितान्त साधना-विरोधी और परिणामतः विद्या-विरोधी है। दूसरी ओर इन विद्याओं को वैश्विक मान्यता दिलाने के एक ऐसे निरर्थक उद्योग में हम संलग्न हैं जिसका एकमात्र परिणाम इन विद्याओं के विरूपित होने के रूप में सामने आ रहा है। अत्यन्त गुह्य और विशिष्ट प्रकृति की इन विद्याओं का जिस तेजी से सामान्यीकरण और सामूहिकीकरण हो रहा है वह साधना-प्रक्रिया और विद्या के स्वरूप, दोनों के लिए घातक है। जन-सामान्य में इन विद्याओं के अवतरण की एक समानान्तर लोक-परम्परा हमारे यहाँ विद्यमान रही है, यह परम्परा तेजी से नष्ट होती जा रही है; पंचायतों के माध्यम से गाँवों का

शहरीकरण करने वाली सरकारी योजनाओं की इसमें महत्वपूर्ण भूमिका है। हम भावनात्मक प्रतीकात्मकता और बौद्धिक प्रमाद के शिकार होते जा रहे हैं। संचार के साधनों ने हमें, और विशेष रूप से हमारी युवा पीढ़ी को कहीं का नहीं छोड़ा। एक निरर्थक और बातूनी सभ्यता के रूप में हम विकसित होते जा रहे हैं। सोशल मीडिया के माध्यम से समाज की बुद्धि-मति में व्याप्त सारा अधकचरापन सतह पर आ चुका है। बौद्धिक परिवेश में गम्भीरता का बुरी तरह से ह्रास हुआ है। हम एक झटके में सब कुछ खारिज करने या सब कुछ स्वीकार करने वाली और इसी तरह एक ही झटके में सब कुछ प्राप्त करने या सब कुछ समाप्त करने वाली ज़मात बनते जा रहे हैं।

इस आपाधापी में हमारे शिक्षण संस्थान एक नये उहापोह में पड़े हुए हैं। वे तकनीकी और जीविकोपार्जन से जुड़े प्रतिस्पर्द्धी पाठ्यक्रमों के साथ कभी समाज-विज्ञानों, कभी मानविकी, तो कभी नैतिक शिक्षा जैसे विषयों का विसंगतिपूर्ण घालमेल कर रहे हैं। वे यह समझने को तैयार ही नहीं हैं कि आधुनिक समाज विज्ञानों और मानविकी विषयों की तासीर में ही उस आधुनिकता का विष विद्यमान है जो हमारे नैतिक मानदण्डों का सर्वथा तिरस्कार और निषेध करता है। इस प्रकार के नासमझी भरे जोड़-तोड़ से कुछ भी हासिल होने वाला नहीं। ये एक प्रकार से मनुष्य के व्यक्तित्व की एकता को खण्डित करने वाली दृष्टि का भी परिणाम है जो यह मानती है कि पहले भौतिक विकास सम्बन्धी आवश्यकताएँ पूरी हो जायें फिर नैतिक-आध्यात्मिक उन्नयन भी सुनिश्चित कर लिया जायेगा। ऐसा मानने वाले ये भूल जाते हैं कि नैतिक-आध्यात्मिक तत्त्व से रहित कोई सुसंगत भौतिक विकास सम्भव ही नहीं होता और यदि ऐसा यत्न किया भी जाये तो भौतिक विकास का भोग मनुष्य को आत्मिक रूप से इतना थका देने वाला और उसकी धारणा-शक्ति को इतना जीर्ण कर देने वाला होता है कि उसके पास नैतिक-आध्यात्मिक उन्नयन हेतु आत्मिक बल शेष ही नहीं बचता। पहले हम नष्ट करें, फिर दूसरे हमारे लिए बचायें, फिर हम उनका उपभोग करें और स्वस्थ सानन्द रहें—ऐसी परजीवी मानसिकता हमारी उन मान्यताओं में दृष्टिगत होती है जिन्हें हम जीवन स्तर (Standard of Life) और गुणात्मक जीवन (Quality Life) जैसे नामों से जानते हैं। भारतवर्ष में 'स्मार्ट सिटी' की धारणा भी इसी प्रकार की प्रेरणा से उपजी धारणा है। इस सम्बन्ध में बीसवीं शताब्दी के प्रसिद्ध तत्त्वशास्त्री, दार्शनिक और कलाविद् आनन्द कुमारस्वामी का यह कथन द्रष्टव्य है कि—

The beginning of the very idea of standard of life is the beginning of the destruction of the very fabric of the society.

इसी प्रकार, दो खतरनाक विचारों को भी भारतीय बौद्धिक-विमर्श में जगह मिल रही है। ये हैं सेकुलर और आधुनिक होने के भारतीय संस्करण। भारतीय सेकुलरिज़्म, हिन्दू सेकुलरिज़्म और इनके विरोध में छद्म सेकुलरिज़्म (Pseudo-secularism) तथा भारतीय आधुनिकता जैसी भ्रामक धारणाओं के माध्यम से सेकुलरिज़्म और आधुनिकता के किसी 'भारतीय' स्वरूप-विशेष को बचाये और बनाये रखने की आत्मघाती कोशिश भी भारतीय बौद्धिक जगत में जारी है। इस बारे में हमें स्पष्ट हो जाना चाहिए कि किसी भी अर्थ में भारतीय समाज और संस्कृति सेकुलर या आधुनिक नहीं है। सम्यक् भारतीय दृष्टि से ये अवधारणाएँ पूर्णतः त्याज्य अवधारणाएँ हैं। अतः, भारतीयता के मूल स्वरूप का कभी विस्मरण न करते हुए हमें इस बात का हमेशा ध्यान रखना चाहिए कि युगधर्म की मान्यता तो भारतीय परम्परा में स्वीकार्य है, पर आधुनिकता मूलतः एक आसुरी 'संस्कृति' है।

स्पष्ट है कि स्वाभाविक भारतीय जीवन राजनीति-केन्द्रित न होकर समाजोन्मुख और धर्मानुशासित जीवन रहा है। यहाँ लोगों को राजनीति में अपनी हिस्सेदारी की नहीं, धर्म में अपने प्रतिभाग की चिन्ता रहती थी। वर्णाश्रम, ऋण-त्रय, पुरुषार्थचतुष्ट्य और कर्म के सिद्धान्त के तात्त्विक निवेश से युक्त उनका समाज उनके विश्वास का आधार रहा है। राजसत्ता को भी तद्नुरूप व्यवहार करते हुए इस विश्वास को हासिल करना होता था। इस चिर-सुगठित बुनियाद को दरकाकर जिस राजनीतिक सहभागिता को अतिशय उभार देने का प्रयास किया गया, उसने इस समाज की समझ और व्यवस्था, दोनों को ही छिन्न-भिन्न कर दिया है। इसी छिन्न-भिन्नता का निराकरण हम कभी राजनीति के माध्यम से, तो कभी आर्थिक माध्यम से करने का निष्फल प्रयास करते रहते हैं।

कहने की आवश्यकता नहीं है कि सम्पूर्ण भारतीय जीवन-विधान में तात्त्विक एक-सूत्रता, इस एकता से उद्भूत अनेकता और धर्म के विधान से आच्छादित ईश्वर-मनुष्य और प्रकृति की सोपानवत् व्यवस्था विद्यमान है। इसी सांगोपांगता के कारण भारतीय जीवन-विधान के अन्तर्गत सम्यक् स्थिति में तत्त्व, अध्यात्म, धर्म, समाज, राजनीति, अर्थ—सभी या तो साथ-साथ प्रतिष्ठित होते हैं, या विपर्यय के उत्पन्न होने पर साथ-साथ ही अप्रतिष्ठित होते हैं। यही कारण है कि धर्म के अभाव में नैतिकता, प्रेम, सौहार्द्र, संवेदनशीलता और मानवीय मूल्य जैसी मान्यताएँ खोखली रह जाती हैं। धर्म की परिधि में ही इन मूल्य-मान्यताओं की पुष्टि होती है और धर्म ही जीवन में इनका वाहक बनता है। यही कारण है कि धर्म से रहित उपदेशों और प्रेरणाओं का हमारे जीवन पर कोई निर्णायक और स्थायी प्रभाव नहीं पड़ता।

यह विडम्बना ही है कि ज्ञानियों एवं मनीषियों की भूमि भारत आज आत्म-विस्मरण एवं संभ्रम की स्थिति में है। कई शताब्दियों के विजातीय शासन ने भारत के सामान्य एवं विशिष्ट जनों को जो आधुनिक विचार-दृष्टि दी उसने कुविचारों और कुचेष्टाओं को ही स्थापित किया है। पाश्चात्य विचार-दृष्टि देहात्मवादी, देहातिरिक्त आत्मवादी और आत्मातिरिक्त शक्तिवादी है। भारतीय ज्ञान-परम्परा में यह अज्ञान-भूमियाँ हैं जिनसे कलुषित, दूषित, पतनकारी सिद्धांत ही जन्म लेते हैं। बुद्धि पर अर्थ-कामादि वेगों का प्रभाव उसे चंचल और अस्थिर कर देता है, ऐसी दशा में सम्यक् एवं गंभीर चिन्तन संभव नहीं होता। आधुनिक जड़वादी एवं भोगवादी विचार-दृष्टि के आधार पर मानव-कल्याण के सूत्र तलाशना मृग-मरीचिका ही है। इस विचार-दृष्टि के कारण हमारी शिक्षा-पद्धतियाँ भौतिक-आर्थिक-ऐन्द्रिक लक्ष्यों की प्राप्ति का माध्यम बन कर रह गयी हैं। भारत में शिक्षा को सदैव लोक-द्वय प्रसाधिनी और आत्मोपलब्धिकारिणी माना गया। इस प्रकार शिक्षा के लक्ष्य का घोर संकुचन हुआ। जड़वादी दृष्टिकोण के कारण हमारी शिक्षा-पद्धतियाँ इन्द्रियगत अनुभव (Sensory Experience) और बौद्धिक विश्लेषण (Rational Analysis) तक सीमित हैं। ज्ञाता एवं ज्ञेय के मध्य एक विजातीयता और असम्बद्धता की दुर्लन्घ्य खाई बन गई। भारतीय विचार-दृष्टि जीवन एवं अनुभव को बहुआयामी (Multi-dimensional) समग्र (Holistic) और ज्ञाता एवं ज्ञेय को सम्बद्ध (Integrated) मानने की रही है। विचार-दृष्टि के बिखराव ने 'विशेषीकरण' (Specialization) की विचित्र अवधारणा को जन्म दिया है। व्यष्टि को समष्टि से सम्बद्ध न देखकर, स्वतंत्र रूप से देखने की आधुनिक वैज्ञानिक पद्धति ने जीवन एवं जगत के बारे में विभ्रम और विखंडनकारी मान्यताओं को ही प्रतिपादित किया है। व्यवहारिकता (Pragmatism) और अनुप्रयोग (Applied) पर विशेष बल दिए जाने के कारण सिद्धांत की घोर उपेक्षा हुई अथवा उसी सिद्धांत को वैज्ञानिक या सामाजिक प्रतिष्ठा दिया गया जो भौतिक-आर्थिक दृष्टि से उपयोगी हो, सुविधावर्धक हो—इस प्रवृत्ति ने उन लोकोत्तर सत्यों को उपेक्षा की जो मनुष्य के लिए आत्मिक और नैतिक रूप से उन्नयनकारी हैं। लोकोत्तर को अस्वीकार कर लोक-मंगल व लोक-कल्याण के प्रयास निष्फल ही होंगे। आज भारतीय शिक्षा-जगत को आत्म-मंथन की बड़ी आवश्यकता है। शिक्षा और शोध के लक्ष्य का निर्धारण भारतीय विचार-दृष्टि के अनुरूप होना चाहिए। यही नहीं, भारतीय समाज के प्रश्नों व समस्याओं पर ही हमारी शिक्षा व शोध केन्द्रित होने चाहिए। शोध की आधुनिक वैज्ञानिक पद्धति पर तो स्वयं पश्चिम में ही प्रश्न चिह्न लग गया है, अतः हमें प्रकृति एवं समाज पर भारत की परम्परागत दृष्टि से ही विचार

एवं शोध की प्रणाली विकसित करनी होगी। भारत के शोधकर्ताओं को आधुनिक पाश्चात्य Paradigm और Parameter से मुक्त होने की आवश्यकता है, क्योंकि इनकी उपादेयता एवं सार्थकता पश्चिमी जगत में ही संदिग्ध घोषित की जा चुकी है। भारत में शिक्षा और शोध के क्षेत्र में कार्यरत विद्यार्थियों, शोधार्थियों और शिक्षकों को विषयवस्तु (Substance) और पद्धति (Methodology) दानों को नितांत भिन्न दिशा देनी होगी। गांधी के शब्दों में, आधुनिक जीवन के प्रश्नों व समस्याओं को पुरातन (सनातन) दृष्टि से विचारने की आवश्यकता है।

× × ×

जिस आत्मबोधमय दृष्टि की चर्चा पहले की गई है, उसे व्यक्त, धारित, संपोषित और परिरक्षित करने वाले सभी प्रत्ययों के मध्य एक सांगोपांग और सर्वांगपूर्ण अंगांगी भाव विद्यमान है। इसलिए आत्मबोधमय जीवन का केन्द्रीय उद्देश्य, तत्सम्बन्धी तत्त्वशास्त्र, दर्शन, ऋत्, धर्म, संस्कृति, सभ्यता, समाज, अर्थ, राजनीति और शिक्षा—सभी परस्पर निबद्ध हैं। नई शिक्षा-नीति को समावेशी, बहुलतावादी और समानतामूलक बनाने का ध्येय रखा गया है। इन सन्दर्भ-रहित प्रत्ययों के भारतीय सन्दर्भ को समझे बिना इनका पारायण करने का कोई औचित्य नहीं है। इन प्रत्ययों का सम्यक् सन्दर्भ हमें परम्परागत भारतीय समाज-रचना में दिखाई देता है।

भारतीय राजनीतिक चिन्तन की पृष्ठभूमि में हमें संविधान के भारतीय स्वरूप को भी समझ लेना चाहिए। संविधान से हमारा तात्पर्य उस विधान से होना चाहिए जो हमारे परमपुरुषार्थ को सिद्ध करने के लिए पर्याप्त बल व वेग उत्पन्न कर सके। नई शिक्षा-नीति में संवैधानिक मूल्यों की स्वीकृति सुनिश्चित और विस्तारित करने की भी बात की गई है। किन्तु, संविधान की सनातन और भारतीय मान्यता के सन्दर्भ में देखा जाए तो इसकी प्रस्तावना में अनेक आधुनिक, इहलोकवादी और सन्दर्भहीन मूल्य-मान्यताओं का ही उल्लेख किया गया है। यही कारण है कि देश में जहाँ एक ओर श्रेष्ठ नागरिक और श्रेष्ठ मनुष्य की मान्यताओं के मध्य गंभीर अन्तर्द्वन्द्व दिखायी देता है, वहीं राज्य और नागरिकों के मध्य कोई सहज-स्वाभाविक सम्बन्ध नहीं स्थिर हो पाता। राज्य में सदैव बहुस्तरीय और बहुआयामी प्रतिद्वन्द्विता का वातावरण बना रहता है तथा न तो नागरिकों की राज्य के प्रति अविचल निष्ठा विकसित हो पाती है और न ही राज्य नागरिकों को उनके सम्यक् योग-क्षेम को वहन करने का विश्वास ही दिला पाता है। राज्य और नागरिकों के बीच एक बेगानेपन और अविश्वास का सम्बन्ध ही बना रहता है।

कहने की आवश्यकता नहीं है कि सम्पूर्ण भारतीय जीवन-विधान में

तात्त्विक एक-सूत्रता, इस एकता से उद्भूत अनेकता और धर्म के विधान से आच्छादित ईश्वर-मनुष्य और प्रकृति की सोपानवत् व्यवस्था विद्यमान है। इसी सांगोपांगता के कारण भारतीय जीवन-विधान के अन्तर्गत सम्यक् स्थिति में तत्त्व, अध्यात्म, धर्म, समाज, राजनीति, अर्थ—सभी या तो साथ-साथ प्रतिष्ठित होते हैं या विपर्यय के उत्पन्न होने पर साथ-साथ ही अप्रतिष्ठित होते हैं। यही कारण है कि धर्म के अभाव में नैतिकता, प्रेम, सौहार्द्र, संवेदनशीलता और मानवीय मूल्य जैसी मान्यताएँ खोखली रह जाती हैं। धर्म की परिधि में ही इन मूल्य-मान्यताओं की पुष्टि होती है और धर्म ही जीवन में इनका वाहक बनता है। यही कारण है कि धर्म से रहित उपदेशों और प्रेरणाओं का हमारे जीवन पर कोई निर्णायक और स्थायी प्रभाव नहीं पड़ता।

अन्ततः, सर्वाधिक महत्वपूर्ण आवश्यकता है कि अपने मान-बिन्दुओं के प्रति दरके हुए आत्मविश्वास को पुनः सृजित करने का यत्न किया जाए। अपने इतिहास, अपनी जातीय स्मृति, अपनी लोक-मान्यताओं को भूलकर केवल एक उपभोक्ता-समाज बनने की आकांक्षा कोई ऊँची आकांक्षा नहीं है। हमें उससे आगे देखना आना चाहिए। भारतीय सभ्यता ज्ञान, शौर्य की साधना, मांगल्य और जय को ध्येय बनाकर खड़ी हुई है। हमें अपने इतिहास को एक अत्यन्त उन्नत भारतीय सभ्यता के उत्तराधिकारी के सहज अभिमान से देखना चाहिए, क्योंकि उसी से हमें अपनी सभ्यता से भटके हुए मार्ग से वापस अपने मार्ग पर लौटने की दृष्टि मिल सकती है।

सहायक सन्दर्भ

1. शतपथ ब्राह्मण
2. विष्णु पुराण
3. भवभूति : उत्तर रामचरितम्
4. रघुवीर सिंह : पर्यावरण एवं विकास, भारतीय लोक प्रशासन संस्थान, नई दिल्ली, 1999
5. विद्यानिवास मिश्र : हिन्दू धर्म : जीवन में सनातन की खोज, वाग्देवी प्रकाशन, बीकानेर, 2016
6. विद्यानिवास मिश्र : क्या पूरब क्या पश्चिम!, सस्ता साहित्य मण्डल प्रकाशन, नई दिल्ली, 2015
7. रेने गेनों : 'विद्या और विज्ञान', कल्याण, हिन्दू संस्कृति अंक, गीताप्रेस, गोरखपुर, वर्ष 24
8. A. K. Coomaraswamy : Art and Swadeshi, Munshiram Manoharlal Publishers Pvt. Ltd., New Delhi, 1994.

9. A. K. Coomaraswamy : East and West and Other Essays, Ola Books Ltd., Colombo, 1940.
10. A. K. Coomaraswamy : Essays in National Idealism, Munshiram Manoharlal Publishers Pvt. Ltd., New Delhi, 1981 (originally published in 1909)
11. A. K. Saran, Hinduism in Contemporary India, Central Institute of Higher Tibetan Studies, Sarnath, Varanasi, 2007.
12. E.F. Schumacher : Small in Beautiful, Vintage, London, 1993.
13. J.H. Randall, Jr. : The Making of the Modern Mind, Houghton Mifflin Company, Cambridge, 1954.
14. Raghuveer Singh : 'Some Thoughts on Higher Education in India', Tattva-Sindhu, Coomaraswamy Foundation, Lucknow, 2021.
15. Rene Guenon : Studies in Hinduism Navrang, New Delhi, 1985.
16. S.H. Nasr : Man and Nature, Allen & Unwin, London, 1976.
17. T.S. Eliot : The Idea of a Christian Society, Faber and Faber Limited, London, 1939.

■

इतिहास एवं पुराण

भगवत शरण शुक्ल

भारतीय वैदिक परम्परा में चतुर्दश विद्याओं का तथा चौसठ कलाओं का उल्लेख हमें प्राप्त होता है। परन्तु उनसे भी अधिक विद्यायें हो जाती हैं। यथा—छह अङ्ग, (1) शिक्षा, (2) कल्प, (3) व्याकरण, (4) निरुक्त, (5) ज्योतिष, (6) छन्द। चार वेद—(1) ऋग्वेद, (2) यजुर्वेद, (3) सामवेद, (4) अथर्ववेद। चार उपवेद—(1) आयुर्वेद, (2) धनुर्वेद, (3) गान्धर्ववेद, (4) अर्थशास्त्र या स्थापत्यवेद (आधुनिक काल के अनुसार—(1) चिकित्सा विज्ञान, (2) सैन्य विज्ञान, (3) विविध कला या स्वर विज्ञान, (4) अभियांत्रिक विज्ञान एवं प्रशासन विज्ञान)। छः शास्त्र—(1) सांख्य शास्त्र, (2) योग शास्त्र, (3) वैशेषिक शास्त्र, (4) न्यायशास्त्र, (5) पूर्व मीमांसा शास्त्र, (6) उत्तरमीमांसा शास्त्र। इसके अतिरिक्त धर्मशास्त्र, अष्टादश पुराण, अष्टादश उपपुराण, इतिहास (रामायण तथा महाभारत)। तन्त्र विद्या, मन्त्र विद्या आदि अनेक विद्यायें भारतीय परम्परा में विद्यमान रही हैं। इन सभी विद्याओं को शास्त्र शब्द में कहा जाता है—शिष्यन्ते अनुशास्यन्ते सर्वजनोपयोगिविविधनियमाः वेदैः वैदिकपरम्पराबोधकतत्समबद्धाः परम्पराः सनातन परम्परया यैः तानि शास्त्राणि वेदादिविविधविद्यारूपाणि तानि शास्त्राणि। अर्थात् सर्वजनोपयागी विविध नियम जिन वेदादि विद्याओं के परम्परया बोधक विद्यायें हैं, वेद आदि सभी शास्त्र हैं।

अङ्गानि वेदाश्चत्वारो मीमांसा न्यायविस्तरः।
पुराणं धर्मशास्त्रं च विद्या ह्येताश्चतुर्दश॥
आयुर्वेदो धनुर्वेदो गान्धवश्चैव ते त्रयः
अर्थशास्त्रं चतुर्थं तु विद्या ह्यण्टादशैव ताः

—विष्णु पुराण 3/6/28, 29

आद्यं सर्वपुराणानां पुराणं ब्राह्ममुच्यते।
अष्टादशपुराणानि पुराणज्ञाः प्रचक्षते॥ 20॥
ब्राह्म पाद्मं वैष्णवं च शैवं भागवतं तथा।
तथान्यं नारदीयं च मार्कण्डेयं च सप्तमम्॥ 21॥

आग्नेयमण्टमं चैव भविष्यन्नवमं स्मृतम्।
दशमं ब्रह्मवैवर्तं लैङ्गमेकादशं स्मृतम्॥ 22 ॥
वाराहं द्वादशं चैव स्कन्दं चात्र त्रयोदशम्।
चतुर्दशं वामनं च कौर्मं पञ्चदशं तथा॥ 23 ॥
मात्स्यं च गारुण चैव ब्रह्माण्डं च ततः परम्।
महात्पुराणान्येतानि ह्यष्टादश महामुने॥ 24 ॥
तथा चोपपुराणानि मुनिभिः कथितानि च॥

—विष्णु पुराण 3/6/20-25

अठारह उपपुराणों का विवरण यद्यपि अनेक पुराणों में दिया गया है। कुछ पुराणों में विषय में मतभेद भी है। तथापि देवी भागवतोक्त उपपुराण विवरण अधिक मान्य होने से उनका परिचय इस प्रकार दिया जा रहा है—

तथैवोपपुराणानि शृण्वन्तु ऋषिसत्तमाः
सनत्कुमारं प्रथमं नारसिंह ततः परम्॥
नारदीयं शिवं चैव दौर्वा-समनुत्तमम्।
कापिलं मानवं चैव तथा चौशानमं स्मृतम्॥
वारुणं कालिकाख्यं च साम्बं नन्दिकृतं शुभम्।
सौरं पाराशरप्रोक्तमादित्यं चातिविस्तरम्॥
माहेश्वरं भागवतं वासिष्ठं च सविस्तरम्।
एतान्युपरपुराणानि कथितानि महात्मभिः॥

—देवी भागवत, 1/3/13-16

अर्थात् (1) आदिपुराण, (2) नरसिंहपुराण, (3) नारदीयपुराण, (4) शिवपुराण, (5) दुर्वासापुराण, (6) कपिलपुराण, (7) मानवपुराण, (8) औशनसपुराण, (9) वरुणपुराण, (10) कालिकापुराण, (11) साम्बपुराण, (12) नन्दीपुराण, (13) सौरपुराण, (14) पराशरपुराण, (15) आदित्यपुराण, (16) माहेश्वरपुराण, (17) वसिष्ठपुराण, (18) भागवतपुराण।

इन उपपुराणों के विषय में विभिन्न पुराणों में नाम भिन्न-भिन्न प्राप्त होते हैं। कुछ शिव पुराण को उपपुराण के अन्तर्गत तो वायुपुराण को महापुराण के अन्तर्गत मानते हैं तो कुछ इसके विपरीत शिव पुराण को महापुराण तथा वायुपुराण को उपपुराण मानते हैं। यही स्थिति देवीपुराण या श्रीमद्भागवत के विषय में भी है। इसीलिए कुछ स्थलों में मतभेद है।

पुराण भवमिति पुराणम् इस विग्रह में 'पुरा' इस अव्यय शब्द से 'सायं चिरंप्राहणेप्रगेऽव्ययेभ्यट्युटुट्युलौ तुट् च' 4/3/23 इससे से भव अर्थ में ट्यु या ट्युल प्रत्यय अनुबन्ध लोप करने पर यु को अन आदेश तथा तुट् आगम

निपातनात् निषेध होने से तथा न को णत्व होने से पुराण शब्द निष्पन्न होता है। पाणिनि के पुराणोप्रोक्तेषु ब्राह्मणकल्पेषु 4/3/105 सूत्र में पुराण शब्द प्रयोग के आधार पर तुडागम का अभाव निपातनात् माना जाता है। यास्क ने निरुक्त में 'पुरा नव भवति' 3/19 इस निरुक्ति के आधार पर जो प्राचीन होते हुए भी नवीन के समान वर्तमान परिस्थिति में उचित मागदर्शन करे वह पुराणा है। वायुपुराण पुरा अनक्ति इति पुराणम् इस रूप में व्युत्पत्ति माना है—

यस्मात् पुरा ह्यनक्तीदं पुराणं तेन तत् स्मृतम्।
निरुक्तमस्य यो वेद सर्वपापैः प्रमुच्यते॥

—वायु पुराण 1/203

पद्म पुराण इसकी व्युत्पत्ति करता है कि पुरा परम्परां वष्टि इति पुराणम् अर्थात् जो प्राचीन परम्पराओं का विवेचन करता है—"पुरा परम्परां वष्टि पुराणं तेन तत् स्मृतम्॥" पद्म महापुराण 5/2/53 ब्रह्माण्डपुराण में 'पुरा एतदभूत् इति पुराणम्।' ऐसी निरुक्ति मानी है—

यस्मात् पुरा ह्यभूच्चैतत् पुराणं तेन तत् स्मृतम्।
निरुक्तमस्य यो वेद सर्वपापैः प्रमुच्यते॥

पुराणों में नाना प्रकार की सृष्टियों का, प्रलय का, राजाओं तथा मुनियों के वंशों का, चौदह मन्वन्तरों का प्रमुख राजाओं तथा देवों के वंशानुचरित, धर्म का, मोक्षादि का, जीवों की वृत्तियों का, विविध अवतारों का, विविध दर्शनों, विद्याओं का वर्णन रहता है। जिसका लाभ पुराण अध्येता को विशिष्ट रूप से प्राप्त होता है। यद्यपि इतिहास का भी कुछ विषय पुराणों में अवश्य प्राप्त होता है। तथापि दोनों में भिन्ना है। क्योंकि पुराणों में सर्ग विसर्ग, वंश, मन्वन्तर, वंशानुचरित का वर्णन रहता है तथा इतिहास में विविध आख्यानों का निरूपण है। इति = इत्थं, ह = निश्चयेन, आस = आसीत् ऐसा इतिहास शब्द की निरुक्ति प्राप्त होतीहै। दुगाचार्य ने निरुक्त में इतिहास पद की व्युत्पत्ति 'इति ह एवम् आसीत इति य उच्यते स इतिहासः' (निरुक्त दुर्गाचार्य 2/3/1) संस्कृत साहित्य में प्राचीन इतिहास के रूप में वाल्मीकि रामायण तथा महाभारत माने जाते हैं। स्वयं महाभारत में ही महाभारत को इतिहास कहा गया है—

जयो नामेतिह्ससोऽयं श्रोतव्यो विजिगीषुणा

—उद्योग० 136/18

इतिहासोत्तमादस्माज्जायन्ते कविबद्धयः॥

—आदि पर्व 2/385

इतिहास रूप प्रदीप के द्वारा जो मोहावरण को दूर किया जाता है।

उससे लोकसमाज के गर्भगृह में छिपे सम्पूर्ण यथावत सम्यग् ज्ञान का प्रकाशन किया जाता है—

इतिहासप्रदीपेन मोहावरणघाति ना।
लोकगर्भगृहं कृत्स्नं यथावत् सम्प्रकाशितम्॥

इतिहास वस्तुतः प्राचीन महापुरुषों के चरित्र आदि के वर्णन से समाज को जागृत करता है। उनका पथ प्रदर्शित करता है। सम्प्रति इतिहास के रूप में रामायण तथा महाभारत ही प्राचीन इतिहास के रूप में गृहीत है। वाल्मीकि रामायण में सूर्यवंश तथा चन्द्रवंश के राजाओं का विधिवत वर्णन है तथा राम के सम्पूर्ण चरित्र का वर्णन है। इसके इतिहास के स्वरूप को प्रदर्शित करते हुए महर्षि वाल्मीकि युद्धपुराण में कहते हैं—

एवमेतत् पुरावृत्तमाख्यानं भाद्रमस्तु वः।
पुण्याहरत विब्धं बलं विष्णोः प्रवर्धताम्॥

वा०रा० 6/128/121

उत्तरकाण्ड के फलश्रुति में भी महर्षि वाल्मीकि यही कहते हैं। यह आख्यान आयुज्य सौभाग्य पापनाश का विधान करता है। यह वेद के समान है। श्राद्ध कार्यों में श्रवण करने से पितरों को मुक्ति प्राप्त होती है—

इदमाख्यानमायुष्यं सौभाग्यं पापनाशनम्।
रामायणं वेदसमं श्राद्धेषु श्रावयेद् बुधः॥

इन प्रमाणों से वाल्मीकि रामायण के भी इतिहासत्व की पुष्टि होती है। महाभारत के इतिहासत्व की पुष्टि में उसमें प्रदत्त वचनों से होती है जिसे पूर्व में बताया गया है।

शास्त्रीय विचार क्या हैं, इस जिज्ञासा में बताया गया कि वेद वेदाङ्ग, सांख्य योग, न्याय वैशेषिक पूर्वमीमांसा, उत्तरमीमांसा, पुराण, इतिहास, धर्मशास्त्र आदि ये सभी शास्त्र पद से गृहीत होते हैं। सामान्यतया सांख्य आदि छः दर्शन शास्त्रपद से व्यवहार में अधिक विद्यमान है पर वेदाङ्ग तथा तद्व्यतिरिक्त पाशुपत सिद्धान्त अन्य तन्त्र के ग्रन्थ वे भी शास्त्र पदेन गृहीत होते हैं। वाल्मीकि रामायण में वेद, धर्मशास्त्र, धनुर्वेद, भूगोल, राजनीतिशास्त्र का विषय प्रसङ्गतः हमें प्राप्त होता है। बालकाण्ड के षष्ठ एवं सप्तम सर्ग में नगरवासियों के गुणों का तथा मन्त्रियों के गुणों का वर्णन से उत्तमोत्तम राज्य के स्वरूप की प्रतिमा प्रस्तुत की गयी है। तथैव द्वादश सर्ग से लेकर षोडश सर्ग तक अश्वमेध एवं पुत्रेष्टि यज्ञ का वर्णन कात्यायन श्रौत सूत्र के अश्वमेध प्रकरण की सोदाहरण प्रस्तुति रूप है।

जब मुनि विश्वामित्र भगवान् राम को विविध अस्त्र-शस्त्रों का ज्ञान देते

हैं जिससे धनुर्वेद की उत्कृष्टता के दर्शन होते हैं। जिसमें राम को (1) दण्ड चक्र, (2) धर्म चक्र, (3) काल चक्र, (4) विष्णु चक्र, (5) अत्युग्र चक्र, (6) ऐन्द्र चक्र ये छः चक्रों के प्रदान किया था—

तानि दिव्यानि भद्रं ते ददाम्यस्त्राणि सर्वशः।
दण्डचक्रं महद्दिव्यं तव दास्यामि राघव॥
धर्मचक्रं ततो वीर कालचक्रं तथैव च।
विष्णुचक्रं तथा त्युग्रमैन्द्रं चक्रं तथैव च॥

इनमें यदि अत्युग्र को विशेषण माना जाने तो पाँच चक्र माने जा सकते हैं। इसी प्रकार विविध महारत्नों पाशों आदि का वर्णन अद्भुत है। वशिष्ठ जी का राम के प्रति राजनीति का सूत्रात्मक कथन भी अद्भुत है। कौशल्या के प्रति भरत राम का कथन पाप स्वरूपों तथा प्रायश्चित्त का वर्णन स्वरूप धर्म शास्त्र की बातों को प्रकाशित करता है। किष्किन्धाकाण्ड में सुग्रीव के द्वारा भूगोल का वर्णन भी अद्भुत है जो किष्किन्धाकाण्ड के सर्ग 40 से 43 सर्ग तक में है।

दूत चातुर्त्य का दिग्दर्शन एवं कूटनीति का दिग्दर्शन हनुमान एवं राम के कथनों से सुन्दरकाण्ड में प्राप्त होता है। युद्धकाण्ड विविध युद्ध की प्रक्रिया से सोदाहरण धनुर्वेद प्रस्तुत किया गया है। उत्तरकाण्ड में पृथक रूप से किसी शास्त्र विशेष की चर्चा नहीं है। पर प्रसंगतः धर्मशास्त्र एवं नीतिशास्त्र के कुछ अंश अवश्य संवाद के माध्यम से प्राप्त होते हैं।

महाभारत के आदिपर्व तथा सभापर्व में कथाप्रसंग के अनुसार विभिन्न राजशास्त्र एवं धर्मशास्त्र से सम्बद्ध विषय आए हैं। नगरपुर, राजभवन सभा वर्णन के प्रसंग में वास्तुशास्त्र की बातें दृष्टिगोचर होती हैं। वनपर्व में धन की महत्ता अतिथि सत्कार से सम्बद्ध शास्त्रीय विषय प्रसंगतः वर्णित हैं। तथैव धर्मशास्त्र एवं राजनीति शास्त्र का वर्णन भी 33, 34 अध्याय में हुआ है। अध्याय 82 से 90 तक तीर्थ वर्णन के व्याज से भूगोल शास्त्र का विवरण प्राप्त होता हे। इसी प्रकार प्रसंगतः अध्याय 155 में शकुनशास्त्र के दिग्दर्शन होते हैं। अध्याय 200 से 216 तक विविध शास्त्र तत्त्वों का विवेचन है। सत्यवान् सावित्री उपाख्यान अध्याय 293 से 298 तक सावित्री यमसंवाद अध्यात्म विद्या एवं तर्क विद्या का निदर्शन वर्णित है। विराट पर्व में राजनीति की उठापटक का स्वरूप दिखाई देता है। उद्योग पर्व में धृतराष्ट्र विदुर संवाद में विविध नीतियों का नीतिशास्त्र के रूप में विचार है जो विदुर नीति के रूप में प्रसिद्ध है जो अध्याय 33 से 40 तक तथैव सनतसुजातीय दर्शन 41 से 46 तक अध्यायों में निरूपित हुआ है। भीष्मपर्व में जम्बूद्वीप के भूगोल के साथ

श्रीमद्भगवदगीता का विवेचन है। यह सभी विवरण अध्याय 1 से 43 तक आया है। इसी प्रकार द्रोण पर्व, कर्ण पर्व, शल्य पर्व, सौप्तिक पर्व तथा स्त्री पर्व में प्रसङ्गतः धर्मशास्त्र, राजनीति शास्त्र तथा उत्तरमीमांसाशास्त्र के तत्त्व प्रसंगतः प्राप्त होते हैं। शान्तिपर्व में अध्याय 35, 36 में धर्मशास्त्र का व्यास, युधिष्ठिर संवाद में विवेचन है। भीष्म युधिष्ठिर संवाद जो अध्याय 55 से 74 तक धर्मशास्त्र का, अध्याय 75 से 130 तक राजनीति शास्त्र का, 131 से 173 तक आपद्धर्म तथा राजधर्म का, अध्याय 174 से 277 तक अध्यात्म विद्या का, अध्याय 290 से 308 तक पराशर जनक संवाद में पराशर गीता का, याज्ञवल्क्य जनक संवाद में अध्याय 309 से 322 तक अध्यात्म विद्या का सम्यग् विवेचन है। इस दृष्टि से शान्ति पर्व विविध शास्त्रों का कोष दिखाई पड़ता है। अनुशासन पर्व के अध्याय 1 से 165 तक धर्मशास्त्र के विविध विषय वर्णित हुए हैं। आश्वमेधिक पर्व में अर्जुन श्रीकृष्ण में अनुगीता प्रसंग में अध्याय 16 से 51 तक अध्यात्म विद्या का विवेचन है। आश्रम वासि पर्व में धृतराष्ट्र युधिष्ठिर संवाद में अध्याय 6, 7 में राजनीति शास्त्र का विवेचन है। शेष मौसल पर्व, महाप्रस्थानिक पर्व, स्वर्गारोहणपर्व में प्रसंगतः राजनीति तथा धर्मनीति का वर्णन है।

इतिहास में केवल इतिवृत्त ही नहीं अपितु प्रसंगतः विविध विद्याओं का विवेचन भी हो जाता है। महाभारत में सूर्यवंश, चन्द्रवंश ऋषिवंश आदि विविध राजाओं ऋषियों उनकी परम्पराओं का जो विवेचन हुआ है। उसी में प्रसंगतः विविध नीतियों राजनीतियों धर्मनीति तथा मनोविज्ञान का विवेचन आया है।

भारतीय अष्टादश विद्याओं में शास्त्रों का महापुराणों तथा उपपुराणों का भी विशिष्ट महत्व है। इन अठारह महापुराणों में शिवपुराण, वायुपुराण तथा श्रीमद्भागवतपुराण, श्रीदेवीभागवतपुराण को लेकर मतभेद अवश्य है। पर अधिकतर पुराण शिवपुराण तथा श्रीमद्भागवत की गणना महापुराण में मानते हैं। परन्तु कुछ महापुराण वायुपुराण तथा देवीभागवत को महापुराणों के अन्तर्गत मानते हैं। श्रीमद्भागवतपुराण में (12/13/4-9) (1) ब्रह्म, (2) पद्म, (3) विष्णु, (4) शिव, (5) भागवत, (6) नारद, (7) मार्कण्डेय, (8) वह्नि, (9) भविष्य, (10) ब्रह्मवैवर्त, (11) लिङ्ग पुराण, (12) वाराह, (13) स्कन्द, (14) वामन, (15) कूर्म, (16) मत्स्य, (17) गरुण, (18) ब्रह्माण्ड पुराणों का वर्णन है। उसी क्रम से महापुराणों में समागत शास्त्रीय परम्पराओं का विवेचन किया जायेगा।

(1) ब्रह्मपुराण—ब्रह्मपुराण सभी पुराणों में प्रथम माना जाता है।

इसमें भी शास्त्रीय विषयों का विवेचन प्राप्त होता है। जैसा कि प्रत्येक पुराणों में देखा जाता है। भूगोल का वर्णन अवश्य रहता है। इस पुराण में भी भूगोल वर्णन में भारतवर्ष के साथ-साथ सप्त द्वीपों का, सप्तपाताल का आदि के वर्णन के साथ सप्त भूः भुवः आदि लोकों का भी वर्णन है। तथैव विविध स्थलों में प्रथमतः धर्मशास्त्र तथा राजनीति शास्त्र का वर्णन प्राप्त होता है। ये सभी वर्णन अध्याय 17 से 27 तक है। अध्याय 216 से 223 तक धर्मशास्त्र का वर्णन है। वेदान्त शास्त्र एवं सांख्य शास्त्र का वर्णन अध्याय 231 से 242 तक प्राप्त होता है।

(2) विष्णु पुराण—यह महापुराण पाँच अंगों में विभक्त है। यद्यपि पुराणों में विष्णु पुराण के परिचय में तेइस हजार श्लोकों का विवरण प्राप्त है। तथापि वर्तमान समय में उपलब्ध प्रति में लगभग पाँच हजार श्लोक ही प्राप्त होते हैं। इसमें शास्त्रीय परम्परा के रूप में भूगोल शास्त्र 2/1 से लेकर 2/4 अध्याय तक तथा सप्त पाताल तथा सप्त भुः भुव, आदि लोकों का एवं खगोल विज्ञान का विवरण 2/5 से 2/12 तक प्राप्त होता है। धर्मशास्त्र के विवरण के तृतीय अंश के अध्याय आठ से सोलह तक वर्णाश्रम धर्म, श्राद्ध आदि का विचार है।

(3) श्रीमद्‌भागवत—इस पुराण में धर्मशास्त्रीय परम्परा का विवेचन प्रथम स्कन्द में अध्याय आठ में, सप्तम स्कन्द में अध्याय 11 से 15 तक में, एकादश स्कन्ध में अध्याय 17 से 18 में प्राप्त होता है। सांख्य एवं योग शास्त्रीय परमपरा का प्रामाणिक विवरण तृतीय स्कन्ध में अध्याय 15 से 32 तक तथा एकादश स्कन्ध में अध्याय बाइस से पच्चीस तक प्राप्त होता है। वेदान्त शास्त्र का विवेचन एकादश स्कन्ध के अध्याय दो से सोलह तक तथा 26 से 29 तक प्राप्त होता है।

(4) मार्कण्डेय—इस पुराण में कुल 134 अध्याय हैं। इसके अध्याय 24 से 32 तक राजनीति शास्त्र एवं धर्मशास्त्र की परम्परा का महत्वपूर्ण विवेचन है। योगशास्त्रीय परम्परा का विवेचन अध्याय 36 से 41 तक है। सृष्टि विज्ञान की शास्त्रीय विधि अध्याय 42 से 50 तक, भूगोल शास्त्र का 51 से 57 अध्यायों में विवेचन है।

(5) पद्म पुराण—वर्तमान काल में सम्प्राप्त पद्मपुराण पाँच खण्डों में उपलब्ध है—(1) सृष्टि खण्ड, (2) भूमि खण्ड, (3) स्वर्ग खण्ड, (4) पाताल खण्ड, (5) उत्तर खण्ड। इसमें कुल पचपन हजार श्लोकों की संख्या श्रीमद्‌भागवत के अनुसार मानी जाती है। वर्तमान प्रकाशनों में 48, 452 श्लोकों की संख्या प्राप्त होती है। इसके प्रथम खण्ड में धर्मशास्त्र का विवरण

प्राप्त होता है। द्वितीय खण्ड में प्रसंगतः धर्मशास्त्रीय एवं वेदान्तशास्त्रीय विचार प्राप्त होते हैं। स्वर्गखण्ड तथा पाताल खण्ड में पृथक रूप से किसी शास्त्रीय विषय का विवेचन नहीं है। परन्तु प्रसंगतः धर्मशास्त्रीय विचार के अन्तर्गत समस्त तीर्थों का विवेचन, व्रतों का विवेचन तथा अनेक धर्मशास्त्रीय विषयों का विवेचन है। वेदान्त शास्त्र का, भक्ति का सृष्टि विज्ञान का विवरण प्राप्त होता है। यह खण्ड विविध शास्त्रीय के विवेचन से परिपूर्ण है।

(6) शिव पुराण—यह बारह संहिताओं में विभक्त है—(1) विश्वेश्वर संहिता, (2) रौद्र संहिता, (3) विनायक संहिता, (4) ओम संहिता, (5) मातृ संहिता, (6) रुद्रैकादश संहिता, (7) कैलास संहिता, (8) शतरुद्र संहिता, (9) कोटिरूद्र संहिता, (10) सहस्रकोटि संहिता, (11) वायुप्रोक्त संहिता, (12) धर्म संहिता। इसमें शिव विषयक चिन्तन अधिक होने से प्रसंगतः विविध शास्त्रीय विषय भी वर्णित हुए हैं। किन्तु पृथकतया केवल धर्मशास्त्रीय एवं भक्ति का विवेचन है।

(7) अग्नि पुराण—यह पुराण 383 अध्यायों में विभक्त है। इसमें अनेक शास्त्रीय विषयों की परम्परा विवेचित है। जिसमें धर्मशास्त्र के विविध पक्षों में यागीय विधि पवित्रारोपण देवालयविज्ञान, प्रतिष्ठा विधि का, दीक्षा विधान का, वास्तु विज्ञान का विवेचन अध्याय 21 से 106 तक प्राप्त होता है। श्राद्धकल्प, भुवन विज्ञान, ज्योतिषशास्त्र का वर्णन अध्याय 117 से 133 वर्णन प्राप्त होता है। मन्त्रविज्ञान शास्त्र का विवेचन अध्याय 134 से 149 तक है। धर्मशास्त्र में वर्णाश्रम धर्म, व्रत, प्रायश्चित आदि का विवेचन अध्याय 151 से 207 तक, विविध दान विधि का अध्याय 208 से 214 तक वर्णन है। राजनीति शास्त्र का अध्याय 220 से 228 तक, शकुन शास्त्र का अध्याय 229 से 232 तक, अन्य राजशास्त्र का 234 से 247 तक वर्णन है। धनुर्वेद = युद्ध विज्ञान शास्त्र का अध्याय 249 से 252 तक, व्यवहार शास्त्र (न्यायालय विज्ञान शास्त्र) का अध्याय 253 से 258 तक, आयुर्वेद शास्त्र का अध्याय 279 से 302 तक, मन्त्र विज्ञान शास्त्र अध्याय 303 से 327 तक, छन्दःशास्त्र का अध्याय 328 से 335 तक, शिक्षा शास्त्र, साहित्य शास्त्र का कमशः अध्याय 336 तक 337 से 348 तक, व्याकरण शास्त्र का अध्याय 349 से 359 तक कोश विज्ञान का 360 से 367 तक, में विवेचन है। गर्भ विज्ञान का 369-367 तक, योगशास्त्र 372-376 तक, वेदान्त शास्त्र का अध्याय 377 से 382 तक विवेचन हुआ है। इस प्रकार विविध शास्त्रों की परम्परा प्राप्त होती है।

(8) नारद पुराण—इस पुराण में विविध शास्त्रों का विवेचन प्राप्त होता है। इसमें धर्मशास्त्र का विषय अध्याय 12 से 39 तक, अध्यात्म विज्ञान

शास्त्र का अध्याय 32 से 51 तक, व्याकरण शास्त्र का 52, निरुक्त 53, ज्योतिष 54-56, छन्दःशास्त्र 57, अध्यायों में विवेचन है। मन्त्रशास्त्र का अध्याय 63 से 91 तक, पुराणेतिहास का शास्त्र विवेचन 92 से 109 तक, धर्मशास्त्रीय विचार में व्रतादि का अध्याय 110 से 124 तक विवेचन हुआ है।

(9) भविष्य पुराण—यह पुराण (1) ब्राह्म पर्व, (2) विष्णु पर्व, (3) शिव पर्व, (4) सूर्य पर्व, (5) प्रति सर्ग पर्व इन पाँच पर्वों में विभक्त है—

प्रथमं कथ्यते ब्राह्मं द्वितीयं वैष्णवं स्मृतम्।
तृतीयं शैव माख्यातं चतुर्थं त्वाष्ट्रमुच्यते॥
पञ्चमं प्रतिसर्गाख्यंसर्वलोकैः सुपूजितम्।
एतानि तात पर्वाणि लक्षणानि निबोध मै॥

इसके ब्राह्म पर्व में अध्याय एक से 74 तक धर्मशास्त्र का तथा सूर्य विज्ञान शास्त्र का 89 से 128 तक में विवेचन है। विष्णुपर्व में शिवार्चन विज्ञान शास्त्र का अध्याय 151 से 202 तक, शक्त्युपासन विज्ञान का अध्याय 204 से 287 तक, धर्मशास्त्र का शेष भाग में वर्णन है। इसके प्रायः सभी पर्वों में उपासना विज्ञान, मन्त्र विज्ञान तथा धर्मशास्त्र का विज्ञान का विवेचन किया गया है। अन्य शास्त्रों का विकार नहीं है।

(10) ब्रह्मवैवर्तपुराण—इस पुराण के ब्रह्म खण्ड में आयुर्वेद शास्त्र अध्याय 16 में धर्मशास्त्र का, अध्याय 26 से 27 में विवेचन है। श्रीकृष्ण जन्म खण्ड के अध्याय 82 से 95 एक धर्मशास्त्र का विवेचन है।

(11) लिङ्ग पुराण—इस पुराण में योगशास्त्र का अध्याय 89 में भुवन विज्ञान का विवेचन अध्याय 45 से 49 तक, खगोल विज्ञान 52 से 62 अध्याय तक, धर्मशास्त्र का अध्याय 76 से 91 तक में विवेचन किया गया है। पाशुपत आगम शास्त्र का उत्तर भाग के अध्याय 8 से 27 तक, दानविधि का 28 से 44 तक में विवेचन है। इसके अलावा अन्य शास्त्रों का विवेचन नहीं है।

(12) वाराह पुराण—इस पुराण में धर्मशास्त्र के अतिरिक्त अन्य शास्त्रीय परम्परा का विवेचन नहीं हुआ।

(13) स्कन्द पुराण—इस पुराण में भी मुख्यतः धर्मशास्त्र का, सृष्टि विज्ञान का, भूगोल का, उपासना विज्ञान का प्रसंगतः वर्णन सभी खण्डों में हुआ है।

(14) वामन पुराण में भी केवल धर्मशास्त्र के अतिरिक्त अन्य शास्त्र का वर्णन नहीं है।

(15) कूर्म पुराण—इसके पूर्वार्ध में सृष्टि विज्ञान एवं भूगोल विज्ञान का भुवन कोश विज्ञान का विवेचन है और उत्तरार्ध में वेदान्त तथा सांख्य शास्त्र, योगशास्त्र और धर्मशास्त्र का विवेचन है।

(16) मत्स्य पुराण—इसमें धर्मशास्त्र का अध्याय 69 से 112 तक, भूगोल शास्त्र का अध्याय 113 से 123 तक, अन्य खगोल विज्ञान का अध्याय 124 से 128 तक, धर्मशास्त्र का अध्याय 144 से 145 में, वास्तुशास्त्र का अध्ययन 251 से 257 तक, प्रतिमा विज्ञान का 258 से 270 तक दान विधि शास्त्र का अध्याय 274 से 289 तक में विवेचन है।

(17) गरुण पुराण—इस पुराण में विविध शास्त्रों विद्याओं का सुन्दर विवेचन प्राप्त होता है। इसके पूर्व खण्ड के अध्याय 19 में गारुड़ शास्त्र का अर्थात् विष निवारण विद्या का, वास्तुशास्त्र का अध्याय 46 से 48 तक, धर्मशास्त्र का 49 से 53 तक, भूगोल खगोल का अध्याय 54 से 58 तक, ज्योतिष एवं शकुनशास्त्र रत्न परीक्षण शास्त्र का अध्याय 59 से 80 तक, पुनः धर्मशास्त्र का अध्याय 93 से 107 तक, नीतिशास्त्र व्रतादि का धर्मशास्त्र के अन्तर्गत ही अध्याय 108 से 147 तक, आयुर्वेद शास्त्र का अध्याय 150 से 208 तक में विवेचन है। व्याकरण शास्त्र का 209, 210 में, छन्दः शास्त्र का 211 से 216 तक में, धर्मशास्त्र का अध्याय 217 से 229 तक में, अष्टाङ्ग योग का 230, विष्णुभक्ति का 231 से 243 तक अध्यात्म विज्ञान का शास्त्र का वर्णन है। उत्तर खण्ड में प्रेतखण्ड का विषय भी धर्मशास्त्र के अन्तर्गत माना जाता है।

(18) ब्रह्माण्ड पुराण—योगशास्त्र का इस पुराण में अध्याय 7 से 10 तक में, धर्मशास्त्र का 11 से 17 तक में, भूगोल, खगोल धर्मशास्त्र का वर्णन अध्याय 31 से 75 तक में वर्णन मिलता है। मध्य भाग में अध्याय 7 से 18 तक धर्मशास्त्रीय विषय विवेचित है। इस प्रकार शास्त्रीय विषय महापुराणों में प्राप्त होते हैं।

यद्यपि उपपुराण भी अठारह हैं जिनमें अनेक शास्त्रीय विषयों की महती परम्परा का उल्लेख प्राप्त होता है। उदाहरणार्थ दो उपपुराणों में शास्त्रीय परम्परा का विचार किया जा रहा है। प्रथम नरसिंह पुराण तथा द्वितीय श्रीविष्णुधर्मोत्तर पुराण।

(1) नरसिंह पुराण—इस पुराण में केवल धर्मशास्त्र की परम्परा का विवेचन प्राप्त होता है। जिसमें विष्णु मूर्ति स्थापन विधि, भक्ति मार्ग, वर्ण धर्म, आश्रम धर्मों का विवेचन किया गया है। यह विवेचन अध्याय 56 से 60 तक में है। योगशास्त्र का विवेचन अध्याय 61 में है।

(2) विष्णुधर्मोत्तर पुराण—इस पुराण में भूगोल के साथ अध्याय 52 से 65 तक में शंकर गीता के रूप में वेदान्तशास्त्र का विवेचन है। इसके द्वितीय खण्ड में अध्याय एक से अड़सठ तक राजनीति शास्त्र का वर्णन है। पुनः

धर्मशास्त्र का 69 से 144 तक वर्णन है। ज्योतिष शास्त्र का अध्याय 163 से 176 तक किया गया है। धनुर्वेद का अध्याय 177 से 183 तक किया गया है।

तृतीय खण्ड में अध्याय सात में प्राकृत भाषा विज्ञान, कोश शास्त्र का अध्ध्याय 8 से 13 तक में, साहित्य अलंकारादि शास्त्र का विवेचन अध्याय 14 से 15 में, प्रहेलिका शास्त्र अध्याय 16 में नाट्यशास्त्र का अध्याय 140 में, संगीत शास्त्र का अध्याय 18 से 34 तक विवेचन है। चित्रशास्त्र का विवेचन अध्याय 35 से 44 तक किया गया है। धर्मशास्त्र का, वास्तुशास्त्र का, प्रतिमा शास्त्र का, अध्याय 45 से 226 तक विचार हुआ है। तथैव अध्याय 227 से 342 केवल धर्मशास्त्र के सभी पक्षों का विवेचन है।

इतिहास पुराण भारतीय संस्कृति के प्राण हैं। वे वेद के सोदाहरण व्याख्यान हैं। इसीलिये इतिहापुराणाभ्यां वेदं समुपबृं हयेत् ऐसा कहा गया है। वेद में प्रसङ्गतः आगत शास्त्रीय विषयों का तथा वेदाङ्ग के सन्दर्भों का विविध विद्याओं के संरक्षण को भी पुराणों में स्थान दिया गया है। धर्मशास्त्र भारतीय संस्कृति के महान उपकारक है। जो उसकी उदात्तता का संरक्षण करते हैं। वेदों का तात्पर्य कठिन है। उसके विविध रहस्यों का इतिहास, चरित्र एवं शास्त्रीय विवेचन से चारों वर्णों तक पहुँचाने के लिये इन इतिहास पुराणों का विवेचन किया गया है क्योंकि इनके स्वाध्याय का अधिकतर चारों वर्णों का है। पर प्रवचन का अधिकार केवल ब्राह्मण को है क्योंकि वे इनका भी तात्विक विवेचन करते हैं। एतदर्थ इतिहास एवं पुराणों में शास्त्रीय परम्परा का ज्ञान आवश्यक है।

■

नाट्यशास्त्र तथा भारतीय ज्ञान मीमांसा

राधावल्लभ त्रिपाठी

नाट्य या नाटक की विद्या मनुष्य के साथ तभी से रही है, जब से उसने धरती पर पाँव रखे। इस दृष्टि से नाट्यशास्त्र की ज्ञानमीमांसा भी सनातन है। भरत मुनि और उनके टीकाकार अभिनवगुप्त ने कहा है कि नाट्य एक वेद है या सनातन ज्ञान है, वह अनादि काल से मनुष्य समाज में मौजूद रहा है। नाशा० के प्रथम अध्याय में तेरह बार[1] तथा अन्तिम अध्याय में दो बार[2] नाट्यवेद शब्द नाट्य के लिये पर्याय के रूप में प्रयुक्त है।

नाट्यशास्त्र—ज्ञानमीमांसाओं का संगम

भरतमुनि कहते हैं कि संसार की कोई ऐसी कला, ज्ञान, शिल्प, विद्या, योग कर्म नहीं है, जो नाट्य में अंग न बन सके।[3] नाट्य (रङ्गमंच) में संगीत, नृत्य, चित्र, वास्तु आदि विविध कलाओं तथा अनेक प्रकार के शिल्पों का भी विनियोग होता है। इसलिए नाट्यशास्त्र में इन कलाओं या शिल्पों के विषय में भी शिक्षा दी गयी है। इसके साथ ही सौन्दर्यशास्त्र, कविता तथा

---

1. नाटय को वेदसम्मित भी कहा गया है (1/4) तथा वेदरूप भी। नाशा० के आरम्भ में ही ऋषियों का भरतमुनि से प्रश्न है कि नाट्यवेद कैसे उत्पन्न हुआ (1/4)? भरत उन्हें नाट्यवेद कथा के विषय में बतलाते हैं (1/6) और कहते हैं ब्रह्मा द्वारा निर्मित नाट्यवेद का सम्भव (उत्पत्ति) जैसे हुई, उसे सुनिये (1/7)—ब्रह्मा ने चतुर्वेदाङ्ग सम्भव नाट्यवेद की सृष्टि की (1/16)। यह नाट्यवेद वेदों तथा उपवेदों से सम्बद्ध था (1/17)। इस नाट्यवेद को उत्पन्न कर ब्रह्मा ने इन्द्र से कहा की मैंने इतिहास की सृष्टि कर दी है। यह नाट्यसंज्ञक वेद उन लोगों में संक्रांत करो, जो कुशल, विदग्ध, प्रगल्भ तथा जितश्रम हों (1/20)। फिर भरत ने पितामह से यह नाट्यवेद सीखकर अपने पुत्रों का पढ़ाया (1/25)। ब्रह्मा ने भरत को इन्द्रमह के अवसर पर नाट्यसंज्ञक वेद का प्रयोग करने का आदेश दिया (1/55)। असुरों ने उस प्रयोग से खिन्न होकर कहा की यह नाट्यवेद हमारे लिये प्रत्यादेश (चुनौती) है (1/103)। ब्रह्मा ने कहा कि मेरे द्वारा रचित यह नाट्यवेद शुभाशुभविकल्पक तथा कर्म, भाव और अन्वय (वंश) की अपेक्षा रखने वाला है (1/106)।
2. नाट्यशास्त्र, 37/7, 8
3. न तज्ज्ञानं न तच्छिल्पं न सा विद्या न सा कला।
   नासौ योगो न तत् कर्म नाट्येऽस्मिन् यन्न दृश्यते॥ नाशा० 1. 116

व्याकरण—ये विषय भी नाट्याभिनय तथा नाट्यलेखन से अनुषक्त हैं, अतः इन पर भरतकृत नाट्यशास्त्र में प्रसंगतः चर्चा हुई है।

इसलिये भरतमुनि नाट्यवेद को केवल अपनी पोथी तक सीमित नहीं मानते। वे कहते हैं कि नाट्य तो अनन्त सम्भावनों का संसार है, इसका न कोई ओर है न छोर। यह कोई एक सागर नहीं है, इसमें तो कई कई सागर समाये हुए हैं। हम तो एक ही सागर की न थाह ले पाते हैं, न उससे पार पा सकते हैं, फिर जहाँ कई सागर आ मिले हों, तो हम उन्हें जितना मथेगें, उतना ही वे अमृत हमें देते जायेगें।[1]

नाट्यशास्त्र में वर्णित नाट्योत्पत्ति के आख्यान के अनुसार, नाट्यवेद की सृष्टि करने के लिये ब्रह्मा ने यह सङ्कल्प किया—मैं नाट्य नामक ऐसे पाँचवें वेद की इतिहास सहित रचना करता हूँ जो धर्म और अर्थ की प्राप्ति कराने वाला (धर्म तथा अर्थ के प्रयोजन का उपपादक या उनके अनुकूल), यशःप्रदाता, उपदेश तथा संग्रह से युक्त भावी जगत् के लिये सभी कार्यों का पथ-प्रदर्शक, सभी शास्त्रों के अर्थों से परिपूर्ण और सभी शिल्पों को प्रदर्शित करने वाला होगा (नाश०, 1/14-15)।

आगे नाट्य-प्रयोग से कुपित असुरों को समझाते हुए ब्रह्मा कहते हैं—

'नाट्य में तो त्रैलोक्य के (समस्त) भावों का अनुकीर्तन होता है। कहीं धर्म है, कहीं क्रीडा, कहीं अर्थ (राजनीति, अर्थनीति), कहीं श्रम, कहीं हास्य, कहीं युद्ध कहीं काम तथा कहीं वध है।'

'धर्मपरायणों के लिये इसमें धर्म है, काम के प्रयोजनों में प्रवृत्ति रखने वालों के लिये इसमें काम (भी) है। इसमें दुर्विनीतों (उद्दण्ड या अनीति का आश्रय लेने वाले व्यक्तियों) के लिये दण्ड व्यवस्था तथा मदमत्त व्यक्तियों का दमन करने की क्रियायें हैं। यह नपुंसकों में धृष्टता का तथा अपने को वीर समझने वाले मनुष्यों में उत्साह का उपपादक है। (यह) अबोध जनों को विशेष ज्ञान प्रदान करने वाला तथा विद्वानों के ज्ञान को बढ़ाने वाला है। यह ऐश्वर्यशाली प्रभुओं के लिये विलास, दुःखों से पीड़ित व्यक्तियों के लिये स्थिरता, अर्थाश्रित व्यक्तियों के लिये अर्थ तथा विकलचित्त व्यक्तियों के लिये धीरज देने वाला है' (नाशा० 1/107-11)।

---

1. न शक्यमस्य नाट्यस्य गन्तुमन्तं कथंचन ।
   कस्माद् बहुत्वाद् भावानां शिल्पानां वाप्यनन्ततः ॥
   एकस्यापि न वै शक्यमन्तं ज्ञानावर्णवस्य हि।
   गन्तुं किं पुनरन्येषां ज्ञानानामर्थतत्त्वतः ॥ नाट्यशास्त्रम्, 6. 6-7

'यह अनेक प्रकार के भावों से समन्वित, विभिन्न अवस्थाओं वाला तथा लोकव्यवहार का अनुकरण करने वाला है। यह नाट्य उत्तम, मध्यम तथा अधम मनुष्यों के कर्म का आधार लेने वाला तथा हितावह उपदेशों का जनक होगा। यह नाट्य रसों, भावों तथा इन सभी (रसभाव आदि) के कार्य और क्रियाओं के द्वारा उपदेश प्रदान करने वाला होगा। यह दुःख से, थकावट से तथा शोक से पीड़ित दीन-दुःखियों के लिये विश्राम देने वाला होगा। यह नाट्य धर्म, यश और आयु का संवर्धक, हितकारी बुद्धि का विकास करने वाला तथा संसार को उपदेश देने वाला होगा। ऐसा कोई ज्ञान, शिल्प, विद्या, कला योग और नहीं है, जो नाट्य में न मिले। इसमें सभी शास्त्रों, सभी शिल्पों और विभिन्न प्रकार के अनेक कार्यों का सन्निवेश रहता है।'

'यह नाट्य संसार में वेदों, विद्याओं और इतिहास की गाथाओं की परिकल्पना करने वाला होकर प्रजाजन के मनोविनोद का कर्ता होगा और यही नाट्य श्रुति, स्मृति, सदाचार तथा शेष (बचे हुए) अर्थों की कल्पना करने वाला तथा लोकरंजनकारी होगा।'

ज्ञानमीमांसा के पाँच चरण

भारत में नाट्यशास्त्र की ज्ञानपरम्परा विगत दस हजार वर्षों से सिद्धान्त और प्रयोग दोनों क्षेत्रों में निरन्तर विकसित होती रही है। इसी विकासयात्रा को पाँच चरणों में इस प्रकार समेकित किया जा सकता है—

- प्रथम चरण—10,000 ई०पू० से 500ई०पू० तक—उन्मेषकाल
- द्वितीय चरण—500 ई०पू० से 300 ई० तक—व्यवस्थापनकाल
- तृतीय चरण 300 ई० से लगभग 1000 ई० तक—भाष्यकाल अथवा विस्तारकाल
- चतुर्थ चरण ग्यारहवीं शताब्दी से अठारहवीं शताब्दी तक—वैविध्यकाल
- पञ्चम चरण—उन्नीसवीं शताब्दी से आज तक—पुनरुन्मेषकाल

प्रथम चरण में नाट्य का उन्मेष आदि मानव के द्वारा सङ्गीत नृत्य आदि की प्रस्तुतियों के साथ हुआ। भीमबैठका, सीताबेङ्गा, जोगीमारा, उदयगिरि खण्डगिरि आदि की गुफाओं में नृत्य-संगीत की गतिविधियों के आदिम साक्ष्य मिलते हैं। वैदिक काल में नाट्य याज्ञिक अनुष्ठान से जुड़ा। महाव्रत की विधि के अंतर्गत ब्रह्मचारी और पुंश्चली के संवाद का अभिनय किया जाता था, जिसका विवरण शाङ्खायन आरण्यक, कात्यायन श्रौतसूत्र तथा लाट्यायन श्रौतसूत्र में मिलता है। ऐतरेय तथा शाङ्खायन ब्राह्मणों में महाव्रत की विधि का

वर्णन है। कात्यायन श्रौतसूत्र 13.3.6-7 में यह विधि वर्णित है। ब्रह्मचारी और पुंश्चली के संवाद इस प्रकार बताये गये हैं—

पूर्वेणाग्नीन्धनीयं ब्रह्मचारी अन्तर्वेदि उदङ्मुखः तिष्ठेत्। बहिर्वेदि पुंश्चली दक्षिणाभिमुखी। सा ब्रूयात्—दुष्चरितिन्नवकीर्णिन्निति। धिक् त्वां जाल्मि पुंश्चलि ग्रामस्य ग्रामस्य मार्जनि पुरुषस्य पुरुषस्य शिश्नपुणेजनि इति ब्रह्मचारी। एवमातृतीयं व्यत्यासम्। (लाट्यायन श्रौतसूत्र 4.3.9-12)

इस दृष्टि से अग्निष्टोम यज्ञ में प्रस्तुत किया जाने वाला अध्वर्यु-सोमविक्रयी संवाद उल्लेखनीय है। कात्यायन श्रौतसूत्र में इस संवाद का जिस प्रकार निरूपण है, उससे यह अपने आप में एक प्रहसनात्मक रूपक प्रतीत होता है—

तं विक्रयिणे प्रयच्छति। पंचकृत्वः सोमं पणते। स आह—सोमविक्रयिन्, क्रय्यस्ते सोमो राजा इति। क्रय्य इत्याह सोमविक्रयी। तं वै ते क्रीणानीति। क्रीणीहीत्याह सोमविक्रयी। कलया ते क्रीणानीति। भूयो वातः सोमो राजाऽर्हतीत्याह सोमविक्रयी। भूय एवातः सोमो राजाऽर्हति। महांस्त्वेव गोर्महिमेत्याह अध्वर्युः। गौर्वै प्रतिधुक्, तस्यै शृतं, तस्यै शरस्तस्यै दधि, तस्यै मस्तु, तस्या आमिक्षा तस्यैवाजितमिति।

भूय एवातः प्रभृति चतुरावर्तयति। एकेनान्ते पणते शफेन पदार्धेन गवा क्रीणानीत्यन्तः। प्रश्नान्ते प्रश्नान्ते। (कात्यायनय श्रौतसूत्र, 7.7.22 से 7.8.12)।

सोम की बूटी तो अध्वर्यु के पास है, पर वह संवाद (नाटक) प्रारम्भ करने के लिए उसे सोमविक्रयी या सोम बेचने का अभिनय करने वाले व्यक्ति को दे देता है जिससे संवाद में सोमविक्रेता की यजमान या पुरोहितों से जिस प्रकार मोल-तोल के लिए झड़प होती होगी, उसकी रोचक ढंग से नकल की गयी है, जो आगे की भाण ओर प्रहसन से मिलता-जुलता रूपक प्रतीत होता है। कात्यायन श्रौतसूत्र में यह संवाद इस प्रकार दिया गया है—

अध्वर्यु : क्या, यह सोम बेचोगे?

विक्रेता : हाँ, श्रीमान् यह बेचने के ही लिए है।

अ० : मुझे इसे खरीदना है।

वि० : ठीक है, आप इसे ले लीजिए।

अ० : मैं इसे गाय के सोलहवें हिस्से के बदले में लूँगा।

वि० : श्रीमन्, सोम का मूल्य इससे अधिक है।

अ० : गाय का मूल भी क्या कम है? गाय हमें दूध, दधि, घृत, नवनीत देती है।

सोमविक्रेता तथा अध्वर्यु अन्तिम संवादों को चार-चार बार दोहराते है।

प्रत्येक बार सौदा करने के लिए अध्वर्यु सोम का मूल्य गाय के शफ (खुर, आठवाँ हिस्सा), पाद (पैर, चौथाई), आधी गाय और अन्ततः पूरी गाय तक बढ़ाता है। विक्रयी हर बार उत्तर में कहता है—'श्रीमान्, सोम का मूल्य इससे अधिक है। सोम औषधियों का राजा है' आदि। फिर वह अध्वर्यु के द्वारा एक पूरी गाय मूल्य में दिये जाने की बात कहने पर मान जाता है। अध्वर्यु उससे सोम के साथ न्यग्रोध का पौधा भी खरीदता है तथा दोनों में मूल-स्वरूप उसे कुछ स्वर्ण देता है, विक्रयी स्वर्ण ले लेता है और यज्ञ के देवताओं की पूजा करके प्रस्थान करने को होता है। ठीक इसी समय अध्वर्यु के दल के लोग झपट कर उसे पकड़ लेते हैं और उससे स्वर्ण छीन कर उसकी पिटाई कर डालते हैं।

इस संवाद का उल्लेख वैदिक साहित्य में अनेकत्र आता है। सम्भवतः यह उस समय यज्ञ के अवसर पर अभिनीत होने वाले सबसे अधिक लोकप्रिय संवादों में रहा होगा। कात्यायन श्रौतसूत्र के विवरण से स्पष्ट है कि यथार्थ में वहाँ सोम की खरीद-फरोख्त नहीं हो रही है, पूरा-का-पूरा संवाद प्रहसन है। सोम विक्रयी भी सचमुच का सोम-विक्रयी नहीं है, अध्वर्यु के दल का ही आदमी है, जिसे अध्वर्यु ने पहले खरीदा हुआ अपने पास का सोम देकर सोमविक्रयी की भूमिका सौंप दी है। यह संवाद वैदिक आर्यों की जन-भावनाओं की अभिव्यक्ति प्रतीत होता है।

यजुर्वेद के तीसवें अध्याय में बताया गया है कि यज्ञ में गायन के लिये शैलूष तथा नर्तन के लिये सूत को आमन्त्रित किया जाना चाहिये। यहाँ सूत, शैलूष आदि के साथ वैणिक (वीणावादक), मार्दङ्गिक (मृदङ्गवादक), वांशिक (बाँसुरी बजाने वाला) आदि के उल्लेख से नटमण्डली का स्वरूप उपस्थित हो जाता है। श्रौतसूत्रों के उल्लेखों से भी प्रमाणित होता है कि पितृमेध यज्ञ में नृत्त, गीत तथा वादन का आयोजन होता था। इन यज्ञों में बजाये जाने वाले वाद्य तथा गायन की विधियों के विवरण भी श्रौतसूत्रों में मिलते हैं।[1]

वीणावादन का अश्वमेध, वाजपेय आदि यज्ञों में अनिवार्य स्थान था। वीणा बजाने के लिये जिन आचार्यों को बुलाया जाता था, उन्हें पारिश्रमिकस्वरूप सौ स्वर्णमुद्राएँ देने का निर्देश दिया गया है। वीणावादन के साथ साथ गाथाएँ भी इनमें गायी जाती थीं। इनके श्रौतसूत्रों ने उत्तरमन्द्रा में गाथाएँ गाने का निर्देश दिया है।[2] भरतमुनि ने नाट्यशास्त्र के संगीतविषयक

1. कात्यायनश्रौतसूत्र, 21.3.11
2. वही, 14.3.71,79 तथा 20.3.2, 20.8,7

अध्यायों में मूर्च्छनाओं का प्रतिपादन किया है, जिसमें मूर्च्छना (सात स्वरों का आरोह अवरोह) का एक भेद उत्तरमन्द्रा बताई गई है।

अश्वमेध यज्ञ एक वर्ष तक चलता था। इसमें दिग्विजय के लिये अश्व को छोड़ देने के बाद यज्ञ जहाँ प्रारम्भ किया जाता था, उस स्थान पर एक वर्ष तक आख्यान कहे व सुनाये जाते थे। इन आख्यानों को 'पारिप्लव आख्यान' कहा गया है। शतपथ ब्राह्मण के निर्देश के अनुसार अश्वमेध यज्ञ 360 दिनों में दस-दस दिन के 36 आख्यानचक्र पूरे कर लिये जाते थे। ऐतरेय ब्राह्मण (7.118.10) में कहा गया है कि राजसूय यज्ञ में शौनःशेप आख्यान की प्रस्तुति होता के द्वारा की जाती है।

यज्ञ मात्र एक कर्मकांड ही नहीं था, वह वैदिक काल के लोगों की समस्त रचनात्मक गतिविधियों के विकास के लिये एक माध्यम भी था। यज्ञ में हमारी सारी कलापरम्परा—विशेष रूप में नाट्यपरम्परा के उद्भव के लिये बीजवपन हुआ था—इसमें कोई सन्देह नहीं।

इस प्रकार वैदिक यज्ञों में विविध आख्यानों की प्रस्तुति की परम्परा से आख्यान की एक शैली विकसित हुई और आख्यान का रंगमंच भी बना। यह कथागायन की शैली थी, जिसमें अभिनय व संगीत भी जुड़ा रहता था। कथागायकों के पास एक मानक पदावली का संचय अथवा कोश रहता था, जिसे वे कथा में तुरत विनियोजित कर लेते थे।

वैदिक यज्ञ के संपादन के समय मन्त्रपाठ के साथ हाथों के लयबद्ध संचालन का जो निर्देश दिया गया है, उसमें नाट्यप्रयोग के आंगिक अभिनय के सूत्र मिलते हैं। यज्ञवेदी की प्रदक्षिणा के विधान में भी नाट्यशास्त्र में निर्दिष्ट प्रदक्षिण प्रवेश तथा अप्रदक्षिण प्रवेश की व्यवस्था का मूल समाहित है। जिस स्थान पर विष्णु स्थापित हैं, अध्वर्यु प्रदक्षिणा के समय उससे हट कर चलता है, और मन्त्र में यह भाव व्यक्त करता है कि कहीं उसके पाँव विष्णु को न छू दें।[1] यह भाव ही संस्कृत नाटक की भावभूमि है। विष्णु के तीन पदक्रमों का अनुकरण तीन कदम चल कर किया जाना चाहिये, उसके साथ अन्वर्थक मंत्रों का पाठ भी होना चाहिये।[2] इस पृष्ठभूमि में कपिला वात्स्यायन ने अश्वमेध, सौत्रामणि आदि यज्ञों की विधि में आंगिक अभिनय का विनियोग तथा उससे समस्त कर्मकांड की नाट्यरूपता का सटीक विश्लेषण किया है।[3]

वैदिक यज्ञ की संस्था से ही सूत या सूत्रधार का उदय हुआ, जिसकी

1. वाजसनेयि संहिता 2.8
2. कात्यायन श्रौतसूत्र 14.3.19.42
3. क्लासिकल इंडियन डांस इन लिटरेचर एंड दि आर्ट्स, कपिला वात्स्यायन, पृ० 153-56

नाट्य के विकास में अग्रणी भूमिका रही। सूत जाति के लोग वास्तुवेत्ता होने के कारण यज्ञवेदी तथा यज्ञमण्डप के निर्माण में भी सहयोग देते थे। यज्ञ में कहे जाने वाले आख्यानों के प्रस्तुतीकरण में भी इनकी भूमिका रहती होगी—ऐसा अनुमान किया जा सकता है। आख्यान या पुराण को प्रस्तुत करने के कारण ही इनका एक नाम पौराणिक प्रचलित हुआ। महाभारत में जनमेजय के नागयज्ञ में यज्ञवेदी के निर्माण के लिये जिस सूत को बुलाया गया है, उसी को महर्षि व्यास ने स्थपति (स्थापत्त्य विद्या का जानकार), वास्तुविद्याविशारद, सूत्रधार तथा पौराणिक—इन चार विशेषणों से वर्णित किया है और उसकी बुद्धिमत्ता की सराहना भी की है—

स्थपतिर्बुद्धिसम्पन्नो वास्तुविद्याविशारदः।
इत्यब्रवीत् सूत्रधारः सूतः पौराणिकस्तथा॥

(महाभारत, आदिपर्व, 51। 15)[1]

नाट्यशास्त्र में भरतमुनि ने नाट्य को यज्ञरूप ही मना है। इससे यज्ञ तथा नाट्य की समरूपता सिद्ध होती है। यज्ञ में नाट्य और नाट्य में यज्ञ समाविष्ट है। दोनों के भीतर मूल भावना भी एक ही है। यह मूल भावना समष्टि या अनन्त में व्यष्टि या सीमित व्यक्तित्व के विसर्जन की है।

वैदिक संहिताओं के बाद ब्राह्मण ग्रंथों में संगीत, नृत्य, चित्र और मूर्ति कलाओं से संबंधित प्रचुर सामग्री मिलती है। ऐतरेय, कौषीतकि और गोपथ ब्राह्मणों में तो शिल्प और कला के सिद्धांतों का भी विवेचन किया गया है। इसमें कोई संदेह नहीं कि नृत्य, संगीत व विविध शिल्पकलाएँ वैदिक काल में विकसित हो चुकी थीं।

इस चरण में कलानुभूति के स्वरूप पर चिन्तन का उपक्रम हुआ। तैत्तिरीय का ही वचन है—रसो वै सः। रसं ह्येवायं लब्ध्वाऽऽनन्दीभवति—यही आनन्द रस है। रस को प्राप्त कर के मनुष्य आनन्दमय हो जाता है। साहित्य शास्त्र में तैत्तिरीय के इन वचनों को उद्धृत किया जाता रहा है—आनन्दाध्येव खल्विमानि भूतानि जायन्ते, आनन्दं प्रयन्त्यभिविशन्ति च। समस्त प्राणी आनन्द से जन्म लेते हैं, आनन्द के लिये जीवन भर प्रयास करते हैं तथा आनन्द में ही अन्ततः समाविष्ट हो जाते हैं। यही आनन्द परम तत्त्व है—आनन्दो ब्रह्मेति व्यजानात्।

जिस आधिभौतिक जगत् से आरम्भ हो कर यह यात्रा आनन्द के अध्यात्म में पहुँचती है, वह आधिभौतिक जगत् भी आनन्दमय परमात्मा की

1. अधिक विवरण के लिये महाभारत विषयक अध्याय में महाभारत तथा भारतीय नाट्यकला शीर्षक द्र०

रचना है, उसलिये आनन्द उसमें अन्त:स्तिमित है। वैदिक विश्वबोध इस जगत् को परमात्मा की रची कविता के रूप में देखता है—देवस्य पश्य काव्यं न ममार न जीर्यति। शतपथ ब्राह्मण (7। 2। 2। 17) तथा बृहदारण्यक उपनिषद् (1। 5.14) में प्रजापति की सोलह कलाओं का विवरण है, जो काल या समयचक्र के रूप में जगत् को धारण करती हैं। यदि यह जगत् परमात्मा के द्वारा रची कविता है, तो इस कविता को कवि या कलाकार अपनी कृति में नये सिरे से रचता, कहता और प्रस्तुत करता है। वैदिक ऋषि ऐतरेय महीदास अपने ऐतरेय ब्राह्मण में इस दृष्टि से समस्त कलाओं या शिल्प को दो प्रकार का मानते हैं—देवशिल्प और मानुष शिल्प। देवशिल्प की ही अनुकृति मानुष शिल्प है। इस संसार के नाना पदार्थ देवताओं के शिल्प हैं। उनकी अनुकृति में मनुष्य अपना शिल्प, कला या कविता रचता है।

कला की सृष्टि में भी अन्नमय, प्राणमय और मनोमय से हो कर विज्ञानमय के द्वार से आनन्दमय तक की यह यात्रा होती है और इसकी सारी गत्यात्मकता के में नित्य नये पड़ाव आते रहते हैं क्योंकि कलाएँ निरन्तर हमें संस्कारित और परिमार्जित करती चलती हैं। कलाएँ शुभ और अशुभ का विवेक देती हैं, अतएव पुरुषार्थ की प्राप्ति उनके द्वारा अवश्य होती है। ब्रह्मा के मुख से नाशा० में कहलवाया गया है—

भवतां देवतानां च शुभाशुभविकल्पक: ।
कर्मभावान्वयापेक्षी नाट्यवेदो मया कृत: ॥ (1/106)

इसलिये कला की सर्जना और कलानुभूति में आनन्द की साधना और आनन्द की जो सिद्धि होती है, वह पुरुषार्थ के साधना और पुरुषार्थ की सिद्धि भी बन जाती है। नाट्यशास्त्रकार भरतमुनि कहते हैं कि रस मात्र रञ्जन या आस्वाद नहीं है, पुरुषार्थसिद्धि में उसकी परिणति अनिवार्यत: होनी चाहिये। इसीलिये शृङ्गार रस के भी धर्मशृङ्गार, अर्थशृङ्गार और कामशृङ्गार—ये तीन प्रकार भरतमुनि बताते हैं, आगे चलकर भोज ने इनमें मोक्षशृङ्गार चौथा भेद भी जोड़ा।

वैदिक ऋषि ऐतरेय महीदास एक प्रतीकात्मक कथा के द्वारा बताते हैं कि छन्दस् या वेद के छन्दों में रस था। छन्द छन्द में जो रस था वह ऊभचूभ होकर बहने लगा। प्रजापति भयभीत हुए कि इस तरह तो छन्दस् का रस लोक से अतिक्रान्त हो जायेगा। तब उन्होने छन्दस् के उस रस को नारांशंसी तथा गायत्री के द्वारा बाँध लिया।[1]

1. छन्दसां वै षष्ठैनाह्नाप्तानां रसोऽत्यनेदत्। स प्रजापतिरबिभेत्। पराङयं छन्दसां रसो लोकानत्येष्यतीति। तं परस्ताच्छन्दोभि: पर्यगृह्णात्। नाराशंस्या गायत्र्या:। रैभ्या त्रिष्टुभ:।

अनुकृति या ईश्वरनिर्मित जगत् की मानवीय सर्जनाव्यापार के द्वारा पुनःसृष्टि है। ऐतरेय की चिन्तन परम्परा के अनुवर्तन में अनुकृति का यही स्वरूप भरतमुनि ने नाट्य की सर्जन प्रक्रिया के द्वारा सूचित किया है। नाट्यशास्त्र में भरत मुनि बार-बार नाट्य को जगत् की अनुकृति कहते हैं।[1] विष्णुधर्मोत्तर पुराण में कलाओं का एकत्व बताने के लिये कहा है कि नाट्य, नृत्य या चित्र सभी में अनुकृति का तत्त्व समान है।[2] यह अनुकृति अपने भीतर के ईश्वर को पाना, उसे रचना और उससे एक हो जाना है।

वैदिक साहित्य के पश्चात् त्रिपिटकों में नाट्य के विकास के अनेक विवरण मिलते हैं। संयुत्तनिकाय में विदूषक बनने वाले नट का बड़ा ही आकर्षक तथा सजीव चित्र अंकित किया गया है, जो समाज के बीच अपनी कला से लोगों को रिझाता है, रमाता है, हँसाता है, और उनका मन जीत लेता है। दीघनिकाय में शोभनगरक का उल्लेख है, जिसका अर्थ है—नटों की मण्डली। इसके अतिरिक्त कीटगिरि की रङ्गशाला का उल्लेख भी बौद्ध साहित्य में मिलता है। नटानां भासमानानां यो सो नटो रङ्गमज्झे सञ्चलिकेन जनं हासेति रमेति...(गामणीसुत्त, संयुत्तनिकाय-4)

इसी प्रकार जैनागमों में भी नृत्य और नाट्य की विकास यात्रा के साक्ष्य हैं। रायपसेणिय (राजप्रश्नीय) में महावीर के समक्ष देवकुमार और देवकुमारियों के द्वारा प्रस्तुत नृत्यनाट्य का वर्णन है। इस नृत्यनाट्य में विविध प्रसङ्गों व नृत्यसंरचनाओं को सम्मिलित किया गया। इस प्रकार के 32 नृत्यों का विवरण रायपसेणिय आगम में दिया गया है।

रामायण और महाभारत इन दोनों महाकाव्यों में भी 500 ई०पू० के पहले तक की नाट्यपरम्परा, सौन्दर्यशास्त्र, रसशास्त्र तथा कलाचिन्तन के उत्तरोत्तर विकास के अछूते पक्ष खोलते हैं। महाभारत प्राचीन भारतीय नाट्य के उद्भव और विकास के इतिवृत्त की अनेक टूटी कड़ियाँ जोड़ता है। यह भरतपूर्व की रंग-परम्परा पर प्रकाश डालते हुए नाट्यशास्त्र की पीठिका प्रस्तुत

पारिक्षित्या जगत्याः। कारव्यानुष्टपभः। तत् पुनः छन्दःसु रसमदधात्। सरसैर्हास्य छन्दोभिरिष्टं भवति। सरसैश्छन्दोभिर्यज्ञं तनुते य एवं वेद।

(ऐतरेयब्रा० 30।6, भाग-3, पृ० 155-59)।

1. तदन्तेऽनुकृतिर्बद्धा यथा दैत्यैः सुरा जिताः। नाट्यशास्त्र 1।57,
नाना भावोपसम्पन्नं नानावस्थान्तरात्मकम्।
लोकवृत्तानुकरणं नाट्यमेतन्मया कृतम्॥ वही 1।112
सप्तद्वीपानुकरणं नाट्यमतद् भविष्यति। वही, 1।117
येनानुकरणं ह्येतन्नाट्यमेतन्मया कृतम्। वही, 1।118,
2. यथा नृत्ते तथा चित्रे त्रैलोक्यानुकृतिः स्मृता—विष्णुधर्मोत्तर पुराण तृतीय खण्ड

करता है। रंगमंच के निम्नलिखित प्रस्थान महाभारत के आलोक में प्रकाशित होते हैं—प्रेक्षागृह, नटनर्तक, समाज, ग्रन्थिक, जवनिका, इन्द्रमह और यज्ञ के अवसर पर नाट्यप्रयोग, अभिनय, संगीत, पुत्तलिका-नृत्य, छायानाट्य, नाट्य का भूलोक पर अवतरण आदि।

इस चरण में नटों के लिये एक निर्देश ग्रन्थ के रूप में आचार्य शिलालि ने नटसूत्र की रचना की। पाणिनि के द्वारा उल्लिखित तथा सम्प्रति अनुपलब्ध नटसूत्र नाट्यशास्त्र की परम्परा का पहला स्वतन्त्र ग्रन्थ था।

द्वितीय चरण

500 ई०पू० से 300 ई० तक विस्तृत इस चरण में भरतमुनि का नाट्यशात्र तथा सुबन्धु का नाट्यशास्त्र—ये दो अत्यन्त महत्त्वपूर्ण ग्रन्थ निर्मित हुए। व्यावसायिक नाट्यमण्डलियों का गठन हुआ। कौटिल्य के अर्थशास्त्र तथा वात्स्यायन के कामसूत्र में ऐसी मण्डलियों का स्पष्ट विवरण दिया गया है। स्त्रियों के लिये स्त्रियों की मण्डलियों के द्वारा होने वाली नाट्य प्रस्तुतियों का भी उल्लेख कौटिल्य ने किया है। कौटिल्य ने बाहर से आकर नगर में नाट्यप्रस्तुति देने वाली मण्डलियों से कर वसूलने के नियम निर्दिष्ट किये हैं। बाहर से आने वाली नटमण्डलियों की प्रेक्षा (खेल) नगर में कराने का दायित्व राजा का होता था।

राजा बिम्बिसार के द्वारा अपनी राजसभा में बुद्ध के जीवनचरित पर आधारित नाटक खेलने के लिये नटमण्डली को आमंत्रित किया गया। इस नाटक में मंडली के सूत्रधार ने स्वयं ही बुद्ध की भूमिका की।

द्वितीय चरण में भास, वासवदत्ता नाट्यपारा के प्रणेता सुबन्धु, कालिदास, रामिल सौमिल्ल, कविपुत्र आदि नाटककार हुए।

तृतीय चरण

चतुर्थ शताब्दी से दसवीं-ग्यारहवीं शताब्दियों तक चलने वाला नाट्यशास्त्रीय ज्ञानमीमांसा की विकासयात्रा का तृतीय चरण संस्कृत नाटक के परमोत्कर्ष का काल है। नाट्यशास्त्र के सिद्धान्तों में दार्शनिक और मनोवैज्ञानिक दृष्टि से इस काल में अभूतपूर्व चिन्तन हुआ। नाट्यशास्त्र के भाष्यकारों, टीकाकारों तथा सिद्धान्तकारों में संग्रहकार, शातकर्णी, अश्मकुट्ट तथा नखकुट्ट, राहुल, शकलीगर्भ, कीर्तिधर, भट्टतण्डु, मातृगुप्त, उद्भट, हर्ष, लोल्लट, शङ्कुक, भट्टनायक, अभिनवगुप्त, भोज आदि इस काल में हुए। इनके अतिरिक्त विष्णुधर्मोत्तर पुराण (विधपु०) (तृतीय खण्ड), अग्निपुराण (अपु०) तथा अन्य अनेक पुराणों में नाट्यशास्त्र तथा अन्य प्राचीन ग्रन्थों से

नाट्य की तत्त्वमीमांसा और प्रमाणमीमांसा के विवेचन को संग्रहीत करते हुए नाट्य के प्रयोग और सिद्धान्तों के प्रचार-प्रसार में व्यापक भूमिका का निर्वाह किया।

चतुर्थ चरण

ग्यारहवीं शती से अठारहवीं शती तक विस्तारित नाट्यशास्त्रीय ज्ञानमीमांसा की विकास यात्रा का चतुर्थ चरण इस ज्ञानमीमांसा के सिद्धान्तों और प्रयोगों के वैविध्य का अनुपम काल है। नाट्यशास्त्र में जहाँ नृत्य, संगीत, छन्दःशास्त्र, काव्यशास्त्र वास्तु, ज्योतिष, अभिनय, नाटक के सिद्धान्त—नाट्य से जुड़े हुए इन सभी विषयों का एकत्र विवेचन था, वहाँ इस काल में एक ग्रन्थ में एकत्र विवेचन के स्थान पर इन विषयों को अलग-अलग शास्त्रों के रूप में विकसित कर उन पर पृथक्-पृथक् ग्रन्थ लिखे जाने लगे। इस से सम्पूर्ण नाट्यशास्त्र के साकल्य में अध्ययन और प्रयोग की परम्परा का किञ्चित् उच्छेद हुआ। विप्रकीर्णता मूलोच्छेदिका भी हो जाती है, जैसा काव्यमीमांसा में राजशेखर ने कहा—इत्थं च विप्रकीर्णत्वात् सा किञ्चिदुच्चिच्छिदे। शार्ङ्गदेव के संगीतरत्नाकर में अभिनय, नृत्य और संगीत तीनों का विस्तृत विवेचन हुआ, पर नाटक के सिद्धान्त, रूपकभेद, रंगमण्डल आदि विषय जो भरतकृत नाट्यशास्त्र में विवेचित थे, वे छूट गये। एक नई प्रवृत्ति इस काल में यह आई कि क्षेत्रीय नाट्यपरम्पराओं देशीररूपकों तथा उपरूपकों, जिन्हें आज की भाषा में लोकनाट्य कहा जाता है, का वर्गीकरण, व्यवस्थापन तथा लक्षणनिर्धारण आचार्यों ने अपने नाट्यशास्त्र विषयक ग्रन्थों में किया। सोमेश्वर का मानसोल्लास तथा जायसेनापति की नृत्तरत्नावली ऐसे ही ग्रन्थ हैं। रसार्णवसुधाकर, संगीतदामोदर, संगीतमालिका, संगीतराज, नृत्तरत्नकोश, नाटकचन्द्रिका, हस्तमुक्तावली, भरतार्णव, नाट्यसर्वस्वदीपिका आदि महत्त्वपूर्ण ग्रन्थों की रचना भी इस काल में हुई। अठारहवीं शताब्दी तक यह परम्परा हस्तमुक्तावली (शुभंकर), नर्तननिर्णय (पुण्डरीक विट्ठल), शृङ्गारमंजरी (अकबरशाह), संगीतमालिका (मोहम्मदशाह), संगीतचन्द्र (विप्र), अभिनयप्रकाशिका, नंजराजयशोभूषण, बालरामभरतम् (राजा बालराम वर्म (धर्मराज) आदि के प्रखर कृर्तत्व में जारी रही। इस अवधि में रचे गये अन्य महत्त्वपूर्ण ग्रन्थ हैं—नाट्यसर्वस्वदीपिका—आदिभरत, अभिनयदर्पण : नन्दिकेश्वर, भरतार्णव, दशरूपक—धनंजय, अभिनवभारती, शृङ्गारप्रकाश—भोज, काव्यानुशासन—हेमचन्द्र, नाट्यदर्पण—रामचन्द्र तथा गुणचन्द्र, मानसोल्लास :- सोमेश्वर, नाटकलक्षणरत्नकोश : सागरनन्दी, शृंगारतिलक : रुद्रभट्ट, सहृदयलीला : रुय्यक, भावप्रकाशन : शारदातनय,

नृत्याध्याय : अशोकमल्ल, नृत्तरत्नावली : जायसेनापति, एकावली : विद्याधर, रसरत्नाकर, नृत्यसर्वस्व, संगीतसमयसार, संगीतमण्डन, संगीतोपनिषत्सारोद्धार, कविकण्ठहार, नाट्यशेखर, अलङ्कारसंग्रह : अमृतानन्दयोगी, प्रतापरुद्रयशोभूषण (प्रतापरुद्रीय) : विद्यानाथ, काव्येन्दुप्रकाश—कामराज दीक्षित, साहित्यदर्पण—विश्वनाथ, नृत्यरत्नकोश—कुम्भ, संगीतचन्द्र—विप्रदास, काव्यानुशासन—वाग्भट, रसमंजरी—भानुदत्त, रसकौमुदी—श्रीकण्ठ, संगीतदामोदर—शुभङ्कर, हस्तमुक्तावली—शुभङ्कर, नर्तननिर्णय—पुण्डरीक विट्ठल, नाटकचन्द्रिका—रूपगोस्वामी, शृङ्गारमंजरी—अकबरशाह, संगीतमालिका—मोहम्मदशाह, नृत्तसंग्रह, नाट्यमनोरमा—रघुनाथ, रसरत्नहार—शिवरामत्रिपाठी, साहित्यसार, मन्दारमरन्दचम्पू—श्रीकृष्णकवि तथा नाट्यशास्त्रसंग्रह।

पाँचवाँ चरण

अठारहवीं शताब्दी के अन्तिम दशकों में कलकत्ता में सर विलियम जोंस मुख्य न्यायालय के प्रमुख न्यायाधीश रहे। उन्होंने अपने प्रयास से संस्कृत पढ़ी, मनुस्मृति आदि ग्रन्थों पर काम किया। जोंस ने शाकुन्तल की पोथियाँ प्राप्त कीं, 1787 ई. में उन्होंने शाकुन्तल का सम्पादन और अंग्रेजी अनुवाद का काम प्रारम्भ किया था, 1789 में वह छपा। शाकुन्तल का अंग्रेजी अनुवाद के साथ पुस्तकाकार छपना एक क्रान्तिकारी घटना थी। कालिदास की शकुन्तला संसार के सामने थी। उसके सामने आने पर दुनिया बदल गई। जोंस ने शाकुन्तल की भूमिका में विलुप्त नाट्यशास्त्र का भी उल्लेख किया। यह वे समझ रहे थे कि नाट्यशास्त्र और संस्कृत नाटक के बिना भारतवर्ष उस शकुन्तला की तरह है जिसकी अँगूठी गुम गई है। नाट्यशास्त्र और संस्कृत नाटक के साथ भारत वर्ष उस शकुन्तला की तरह है जिसकी गुम गई अँगूठी दुष्यन्त को मिल गई है।

सर विलियम जोंस का अनुवाद जर्मनी में पहुँचा—उससे यूरोप की भारत के बारे में दृष्टि बदली, योरोप कला, साहित्य और संस्कृति में बदलाव आया, इससे भारत को लेकर भारतवासियों की दृष्टि बदली।

जोंस ने लिखा कि नाट्यशास्त्र नाम की भी कोई पुस्तक संस्कृत में है, पर वह उन्हें मिल नहीं पाई, मिलती तो वे कालिदास के नाटक को अधिक अच्छी तरह समझ पाते। तब से नाट्यशास्त्र की आधुनिक विश्व में खोज का एक सिलसिला शुरू हुआ।

उन्नीसवीं शताब्दी के मध्य तक तो भारतीय विद्या के अनुसन्धाताओं को भरतमुनि का नाट्यशास्त्र मुद्रित पुस्तक के रूप में अप्राप्त ही था, पाण्डुलिपियाँ भी दुर्लभ थीं। इंग्लैंड के प्रख्यात संस्कृतज्ञ श्री एच० एच०

विल्सन ने अपने ग्रन्थ-'सेलेक्ट स्पेसिमैन ऑफ दि थियेटर ऑफ हिन्दूज' में नाट्यशास्त्र जैसे नाट्यविद्या के सर्वमान्य ग्रन्थ के लुप्त हो जाने पर खेद प्रकट किया था। सन् 1865 ई. में फ्रिट्ज एडवर्ड हाल नामक अमरीकी प्राच्यविद्यावेत्ता ने नाट्यशास्त्र की खण्डित और भ्रष्ट पाण्डुलिपि प्राप्त करके उस पर कार्य करना आरम्भ किया और हाल ने अपने दशरूपक के संस्करण के साथ नाट्यशास्त्र के कतिपय अध्याय भी प्रकाशित किये। इसके पश्चात् सन् 1880 ई० में फ्रांस के पण्डित पाल रेनो ने नाट्यशास्त्र का सत्रहवाँ और इनके शिष्य जान ग्रोसे ने अट्ठाईसवाँ अध्याय 1888 ई० में प्रकाशित किया। 1894 ई० में नाट्यशास्त्र का सम्पूर्ण प्रकाशन काव्यमाला सीरीज के अन्तर्गत भारत में हुआ। काव्यमाला संस्करण (कामा० सं०) तथा 1929 ई० में काशी से प्रकाशित संस्करण—दोनों में दो-दो पाण्डुलिपियों का आधार लिया गया था, जबकि भारत भर से प्राप्त लगभग चालीस पाण्डुलिपियों के आधार पर नाट्यशास्त्र का प्रामाणिक संस्करण अभिनवगुप्त की टीका अभिनवभारती के साथ चार खंडों में 1926 ई० से 1964 ई० के बीच बड़ौदा से प्रकाशित हुआ। पुस्तकाकार प्रकाशन ने शताब्दियों में उत्तरभारत में प्रायः विलुप्त और दक्षिण में केरल में चाक्यारों के द्वारा कहीं-कहीं अधीत नाट्यशास्त्र की पाठ परम्पराओं पर विद्वानों का ध्यान गया। उस पर अन्वेषण और चिन्तन-मनन होने लगा। आनन्द कुमारस्वामी, एम० हिरियन्ना, कपिला वात्स्यायन, पद्मा सुब्रह्मण्यम् आदि ने हमारी शताब्दी में नाट्यशास्त्र, उसकी प्रयोग परम्परा तथा उसके कलाचिन्तन को वैश्विक क्षितिज पर आलोकित किया। स्तानिस्लाव्स्की, एडवर्ड गोर्डन क्रेग, जे०बी० प्रीस्टले, बर्तोल्त ब्रेख्त, आर्तो, ग्रोताव्स्की, रिचर्ड शेख्नर आदि विश्व के बड़े रंगकर्मियों तथा नाट्यचिन्तकों ने जाने या अनजाने में योरोप के कलाचिन्तन के तार एशिया तथा भारत की परम्पराओं से जोड़ दिये।

अभिनव भारती के साथ पूरे नाट्यशास्त्र के प्रकाशन से उसके अध्ययन में एक विशेष प्रवृत्ति आई—उसकी प्रयोगधार्मिता और रंगमंचीय संभावनाओं पर विचार। नाट्यशास्त्र की रंगमंच की जीवित परंपराओं की संदर्भ में परीक्षा की जाने लगी। इस पृष्ठभूमि में स्वभावतः विश्व के महान् रंगकर्मियों और नाट्य मर्मज्ञों का ध्यान प्रयोग की दृष्टि से संस्कृत नाटक और नाट्यशास्त्र की ओर आकर्षित हुआ। नाट्यशास्त्र सम्मत नाट्यगृह या रंगमंच का निर्माण कर उस पर संस्कृत नाटक अथवा नये नाटक खेलने के प्रयास पिछले प्रयास पिछले कतिपय दशकों से रंगकर्मियों के द्वारा किये जाते रहे हैं। भरत के द्वारा निरूपित अभिनय की, विशेषतः आंगिक अभिनय की पद्धतियों का उपयोग भी

ऐसी कुछ प्रस्तुतियों में किया जाने लगा है। भारतीय भाषाओं के श्रेष्ठ नाटककार भी भरतमुनि के नाट्यशास्त्र की सम्भावनाओं को अब स्वीकार करने लगे। रवीन्द्रनाथ टैगोर, भारतेन्दु और जयशंकर प्रसाद इन तीन महान नाट्यकारों के नाटक और रंगमंच पर लिखे हुए निबन्धों में यह प्रवृत्ति स्पष्ट है।

रंगमंच के क्षेत्र में अब बींसवीं शताब्दी नाट्यशास्त्र की शताब्दी भी बन गई। विद्वानों और रंगकर्मियों के बीच संवाद का भी उपक्रम हुआ, इस संवाद के क्रम में संस्कृत रंगमंच—इस संज्ञा ने नई और व्यापक अर्थवत्ता ग्रहण की। यह माना गया कि नाट्यशास्त्र से सम्बन्ध तोड़ कर योरोपीय रंगमंच की अनुकृति में संस्कृत नाटक किया जायेगा, तो भाषा संस्कृत होने पर भी वह संस्कृत रंगमंच नहीं होगा, नाट्यशास्त्र के मर्म को पकड़कर तदनुसार अन्य भाषा का भी नाटक खेला जायेगा, तो वह संस्कृत रंगमंच कहा जायेगा।

नाट्यशास्त्र का अन्य ज्ञानमीमांसाओं से सम्बन्ध

वेद तथा नाट्यशास्त्र— लुई रेनो ने कहा है—वैदिक यज्ञ नाटक का ही एक रूप है, जिसमें अभिनेयता और संवाद हैं, संगीत का स्थल-स्थल पर उपयोग है तथा जिसमें अन्तराल और अवसान की अपनी स्थितियाँ हैं। भरत के व्याख्याकार अभिनव ने प्रामाणिक दृष्टि से चार वेदों से नाट्य से चार मूलभूत उपादानों से ग्रहण के औचित्य और यथातथ्यता पर विस्तार से विचार किया है। उनका कहना है कि ऋग्वेद त्रिस्वरप्रधान है तथा स्त्रोत के शब्दों के माध्यम से यज्ञ का उपकारक है। नाट्य के पाठ्य में तीनों स्वरों का उपयोग होता है तथा पाठ्य भी शब्द के द्वारा ही नाट्य का उपकारक है। सामवेद से गीत के ग्रहण की पुष्टि में जैमिनि का सूत्र उद्धृत करते हुए अभिनव कहते हैं कि गीति का पर्याय ही साम है। यजुर्वेद में याज्ञिक क्रियाओं-प्रदक्षिणा क्रम आदि का जो विनियोग है, उससे अभिनय का नि:सृत होना स्वाभाविक ही है (अभिभा०, भ० 1, पृ० 14)। वस्तुतः हाथों, चरणों आदि के लयबद्ध संचालन की जो स्थितियाँ यजुर्वेद में याज्ञिक कर्मकांड के संदर्भ में निर्दिष्ट हैं, उनसे यज्ञ की नाट्यरूपता सिद्ध है। विष्णु के तीन पदक्रमों का अनुकरण तीन चरण चलकर यहाँ हुआ करता है साथ में अन्वर्थक मंत्रों का गायन भी होता चलता है (वाज० सं०, 3.25)। इसी प्रकार वाज० सं०, 2.8 में निर्दिष्ट प्रदक्षिणा की गति और उसके साथ मन्त्र भी नाटक का परिवेश रच देते हैं।

नाट्यशास्त्र में नाट्य की उत्पत्ति के विषय में एक प्रतीकात्मक कथा दी गयी है। इसमें बताया गया है कि देवताओं के अनुरोध पर ब्रह्मा ने ऋग्वेद, सामवेद, यजुर्वेद तथा अथर्ववेद इन चारों वेदों से क्रमशः चार तत्त्व (पाठ्य,

गीत, अभिनय तथा रस) निकाल कर नाट्य रूपी पाँचवे वेद की सृष्टि की। इस कथा का आशय यही है कि हमारी परम्परा नाटक के उद्भव में चारों वेदों को मूल मानती है।

रस का तत्त्व नाट्य में अथर्ववेद से आया। ब्रह्मा ने चारों वेदों से पाठ्य, गीत, अभिनय और रस ये चार तत्त्व लेकर पंचम नाट्यसंज्ञक वेद की रचना की। इनमें ऋग्वेद से पाठ्य का लिया जाना तो उचित ही है, क्यों कि ऋग्वेद का पाठ त्रैस्वर्यप्रधान है और नाट्य के पाठ्य में भी त्रैस्वर्य की प्रयोग ऋग्वेदवत् होता है। सामवेद से तो संगीत आया ही है। यजुर्वेद से अभिनय का लिया जाना भी उचित है, क्योंकि यजुर्वेद में ऋत्विक्प्रचरणप्रकरण में ऋत्विक् के आहार्य तथा आंगिक का वर्णन है और समस्त याज्ञिक व्यापार की नाट्यरूपता का प्रतिपादन है। अथर्ववेद से रस क्यों लिया गया? अथर्ववेद वेदान्त का भी एक महत् शास्त्र है। वह सूक्ष्मातिसूक्ष्म तत्त्व रस का निर्वचन करता है तथा रसानुभव का प्रतिपादन भी। उपनिषद् इसी परम्परा में रस का निवर्चन करते हैं।

अथर्ववेद आङ्गिरस वेद कहा गया है। अङ्गिरा या आङ्गिरस इसके साक्षात्कर्ता हैं। आङ्गिरस के नाम में भी यह ध्वनि है कि सारे अंगों का सार रस है। अमरकोश में आङ्गिरस बृहस्पति का पर्याय कहा गया है। मनु ने आङ्गिरस और कवि को पर्याय माना है—'अध्यापयामान पितर्नि् शिशुराङ्गिरसः कविः (मनु 2.151)।

1896 ई० में मैक्समूलर ने ऋग्वेद के एक सूक्त (1.1.65) का अनुवाद करते हुए यह अनुमान व्यक्त किया कि इस सूक्त का यज्ञ के अनुष्ठान के अवसर पर दो दलों के द्वारा अभिनय किया जाता होगा। इनमें से एक दल इन्द्र का और दूसरा मरुद्गणों का प्रतिनिधि बनता था। आगे चलकर सिल्वाँ लेव्ही ने इस अनुमान का समर्थन किया तथा मैक्डॉनल ने इस दृष्टि से वैदिक संवादसूक्तों से भी नाटक के उद्भव की संभावना स्वीकार की।[1] सिल्वाँ लेव्ही ने तो ऋग्वेद के संवाद सूक्तों को आनुष्ठानिक नाटय का ही अवशिष्ट प्रकार मान लिया था।

यदि कतिपय यज्ञों में नाटकीय संवादों की प्रस्तुति कर्मकांड का अनिवार्य अंग थी, तो दूसरी ओर वैदिक संहिताओं में—विशेषतः ऋग्वेद में अनेक ऐसे सूक्त मिलते हैं, जो संवादात्मक होने के कारण नाटकीय हैं। इस प्रकार के कुछ सूक्त हैं—पुरूरवा और उर्वशी का संवाद (10.95), सरमा और पणि का संवाद (10.108), यम-यमी-संवाद (10.10), इन्द्र-वृषाकपि-संवाद

1. हिस्ट्री आफ संस्कृत लिटरेचर—ए०ए० मेक्डानल, पृ० 346-47

(10.86), विश्वामित्र-नदी-संवाद (3.33), अगस्त्य-लोपामुद्रा-संवाद (1.179) तथा नेमि और इंद्र का संवाद (8.10) आदि। इन सभी संवाद-सूक्तों के पीछे कोई न कोई प्राचीन आख्यान या कथा-प्रसंग है। इन सभी में दो पात्रों के बीच उक्ति-प्रत्युक्ति या सवाल-जवाब चलते हैं। संवादों में भावनात्मक आवेग तथा विभिन्न मनोदशाएँ सामने आती हैं। इस प्रकार ये सूक्त अपने आप में छोटे छोटे नाटक कहे जा सकते हैं। सरमापणिसंवाद में सरमा अपनी पैनी उक्तियों से पणियों को हतप्रभ कर देती है। यम-यमी-संवाद में यमी के संवादों में आवेग और त्वरा है, यम उसकी एक एक उक्ति पर तर्क व धैर्य के साथ प्रत्युक्ति करते हैं। उसी प्रकार पुरूरवोर्वशीसंवाद में पुरूरवा के संवादों में उर्वशी के ले आकुल आह्वान है, उर्वशी उसके हर कथन का प्रत्याख्यान करती है। इस संवाद सूत में अठारह मन्त्र हैं, जिनमें नौ पुरूरवा के तथा नौ उर्वशी के द्वारा कहे गये हैं। वस्तुतः इन संवादसूक्तों में करुणा, व्यथा, प्रेम, व्यंग्य, उपहास आदि विविध भावों की नाटकीय अभिव्यक्ति हुई है। इनमें नाटक के तत्त्व अंतर्निहित हैं। नद्यः सूक्त को छोड़कर ये सभी सूक्त किसी मिथक या प्राचीन लोकप्रिय कथा पर आधारित हैं, जिसकी प्रसिद्धि इन सूक्तों की प्रस्तुति के प्रति उस समय के समाज के आकर्षण का कारण रही होगी। सूक्तों की ऐसी कथा का अंश ही लिया गया है जो नाटकीय तत्त्व से अधिक युक्त है। पूरी कथा का यही अंश नाट्य-प्रस्तुति के लिए सर्वाधिक उपयुक्त प्रतीत होता है। सभी संवाद सूक्त उक्ति-प्रत्युक्ति के रूप में है। उत्तर-प्रत्युत्तर की पद्धति एक आवेगपूर्ण नाटकीयता है। ये संवाद सूक्त इतिहास या मिथक के किन्हीं विशिष्ट पात्रों को प्रस्तुत करते हैं, जिनके जीवन में कोई रोमांचक घटना घट चुकी है। उस घटना का नाटकीय मोड़ वाला अंश इन संवाद-सूक्तों में प्रस्तुत होता है। संवाद-सूक्तों में कहे गये संवाद उनके साथ चलने वाले अभिनय कार्य-व्यापार को सूचित करते हैं। संवादों के आगे-पीछे कवि की ओर से कोई व्यवस्था-व्याख्या नहीं दी गयी है। इन सूक्तों के संवाद के साथ अन्य कोई टिप्पणी आदि नहीं है—यह तथ्य भी इस बात की ओर संकेत करता है कि संवाद सूक्त अभिनय या जन-समाज के सम्मुख प्रस्ततीकरण के लिए थे; वे मूलतः पाठ्य नहीं हैं।

इस प्रकार संवादसूक्तों तथा यज्ञ ने नाटक के लिए एक अनुकूल रचनात्मक परिवेश प्रस्तुत किया तथा आर्यों की जातीय स्मृतियों तथा इतिहास-पुरुषों की कथाओं के संचय के लिए आधार जुटाया। भारतीय नाट्य साहित्य का प्राचीनतम रूप ऋग्वेद के यम-यमी, पुरूरवा-उर्वशी, सरमा-पणि आदि संवाद-सूक्तों में देखा जा सकता है।

भरतमुनि के नाट्यशास्त्र के तृतीय अध्याय में रंगदैवतपूजन तथा पंचम अध्याय में पूर्वरङ्ग की आनुष्ठानिक विधि का वर्णन है। रंगदैवतपूजन नाट्यशाला के निर्माण के पश्चात् किया जाता है। पूर्वरङ्ग किसी भी नाट्यप्रस्तुति के पहले आयोजित होता है। इन दोनों अनुष्ठानों में वैदिक देवमण्डल तथा वैदिक यज्ञ की परम्परा प्रतिफलित हुई है। रंगदैवतपूजन में जिन देवों के आवाहन व पूजन का विधान किया गया है, उनमें से निम्नलिखित देवता वेदों में प्रोक्त हैं—इंद्र, मरुद्गण, अश्विनौ, मित्र, अग्नि, मेधा, धृति, विष्णु और सरस्वती। इनके साथ पितामह, गुह, महाग्रामणी (गणपति) आगम या पौराणिक परम्परा के देवता भी रंगदैवतपूजन में पूजित हैं। इससे वेद तथा आगम दोनों से नाट्यशास्त्र का सम्बन्ध स्पष्ट है।

नाटक वैदिक यज्ञ की संरचना में समाया हुआ है। महाभारत के अनुशासन पर्व में राजा दिलीप के यज्ञ का विवरण मिलता है, जिसमें बताया गया है कि यज्ञ में बनाये गये यूप (स्तंभ) के चारों ओर इंद्र आदि देवों तथा गन्धर्वों ने नृत्य किया था और विश्वावसु ने वीणा बजायी थी।[1]

वस्तुतः नाट्यशास्त्र में उपबृंहण की पौराणिक पद्धति को अपनाया गया है। श्रुतिप्रतिपाद्य तत्त्व का ही व्याख्यात्मक विस्तार पुराण करते हैं, जिसे उनके द्वारा किया जाने वाला उपबृंहण कहा जाता है। नाट्यशास्त्र भी इसी प्रकार श्रुति या वेदोपनिषदादि के प्रतिपाद्य का उपबृंहण करता है।

भरतमुनि ने नाट्यशास्त्र के रसाध्याय में नाट्य के ग्यारह मूलभूत तत्त्वों का परिगणन किया है, जिसके समुच्चय को उन्होंने नाट्यसंग्रह कहा है। ये तत्त्व हैं—रस, भाव, अभिनय. धर्मी, वृत्ति, प्रवृत्ति, सिद्धि, स्वर, आतोद्य, गान तथा रंग (नाट्यशास्त्र, 6/10)। इनमें सूक्ष्मातिसूक्ष्म तत्त्व रस है। भरतमुनि कहते हैं कि रस के बिना तो नाट्य में कहीं भी कुछ भी होता ही नहीं, क्योंकि सब उसी में से आविष्कृत, पल्लवित और परिवर्धित होता चलता है—नहि रसाद् ऋते कश्चिदर्थः प्रवर्तते (नाट्यशास्त्र, षष्ठ अध्याय)। इस बात को वृक्ष और बीज के चिरन्तन दृष्टान्त से स्पष्ट करते हुए वे फिर कहते हैं—

यथा बीजाद्भवेद्वृक्षो वृक्षात्पुष्पं फलं यथा।
तथा मूलं रसाः सर्वे तेभ्यो भावा व्यवस्थिताः ॥ 6.38 ॥

जैसे बीज से वृक्ष होता है, वृक्ष से पुष्प और फल। इसी तरह बीज के रूप में तो सारे रस (नाट्यप्रयोग के) मूल में हैं, इन्हीं से भाव व्यवस्थित होते हैं।

मूलतः रस कविगत संवित् है। अभिनवगुप्त कहते हैं कि जैसे बीज वृक्ष के मूल के रूप में अवस्थित रहता है, उसी तरह रस नाट्यवृक्ष के मूल के रूप

1. महाभारत, अनुशासन पर्व, 29.67-69

में बीजभूत संवित् है। अभिनवगुप्त कहते हैं कि काव्यपुरस्सर नटव्यापार प्रवर्तित होता है, अर्थात् कवि के भीतर संवित् के रूप में जो बीजभूत रस है वह काव्य में पल्लवित होता है, उसी काव्य का अभिनय आदि के द्वारा विस्तार कर के शाखा प्रशाखाओं के साथ नट उसे साकार करता है। इस दृष्टि से समस्त काव्यव्यापार तथा समस्त नाट्यव्यापार के एक ही मूल पराचेतना से उन्मिषित और प्रसृत होता है—यह अभिनवगुप्त की नाट्यशास्त्रव्याख्या का स्वारस्य है—

> कविगतसाधारणीभूतसंविन्मूलश्च काव्यपुरस्सरो नटव्यापारः। सैव च संवित्परमार्थतो रसः।

भरतमुनि जिसे नाट्यवृक्ष में बीजभूतसंविद्रूप रस बता रहे हैं उसी को ब्रह्माण्डवृक्ष के बीजभूत तत्त्व के रूप में उपनिषद् बता रहे हैं। यदि कहा जाये कि काव्यरस या नाट्यरस अलग हैं, औपनिषदिक तत्त्वमीमांसीय रस इनसे पृथक् पदार्थ हैं, तो यह कहना उचित नहीं, क्योंकि काव्यरस या नाट्यरस को भी संविद्विश्रान्ति रूप या स्वात्ममात्रपर्यवसिति के रूप में ही समझाया गया है। आत्म का अनुभव भी भाव है, इस अनुभव से तदाकारिता रस है। यदि काव्य आत्मा की संकल्पात्मक अनुभूति है तो रस आत्मा की संवेदनात्मक अनुभूति है। नट का अभिनय करना आत्मा का अभिनय है। भाव के लक्षण में भरतमुनि कहते हैं— आत्माभिनयनं भावः (नाट्यशास्त्र 26.29)।

इस प्रकार के वाक्यों के द्वारा में उपनिषदों में रस के सूक्ष्मातिसूक्ष्म रूप से लगा कर स्थूलतम रूप का निदर्शन किया गया है। भरतमुनि भी रस के सूक्ष्मतम रूप से उसके स्थूल रूप तक का विवेचन करके सूक्ष्म से स्थूल और स्थूल से पुनः सूक्ष्म तक पहुँचने की यात्रा का भी प्रतिपादन करते हैं।

उपनिषदों में उपासनाओं का प्रतिपादन है। उपासना भाव पर आधारित है। देवता का भावन चित्त में करते हैं और देवरूप हो जाते हैं। नाट्य अपने आप में एक उपासना है। इसमें भी स्व को त्याग कर अन्य का भावन किया जाता है। इसीलिये भरतमुनि अनेकत्र यह बात दोहराते हैं कि नाट्य की प्रक्रिया वेद और अध्यात्म पर आधारित है। राजा का अभिनय करना है। राजा मनुष्य है। गतिप्रचाराध्याय में भरतमुनि राजा की गति बताते हुए कहते हैं कि जैसे देवों की गति होती है ऐसे ही राजा की गति होगी। जिज्ञासु मुनिजन उनसे पूछते हैं राजा तो मनुष्य है, उसकी गति देवों की गति से अभिन्न कैसे हो सकती है। भरतमुनि इसके उत्तर में कहते हैं—

वेद और अध्यात्म शास्त्र में राजा देवता के अंश से उत्पन्न कहा गया है। अतः राजाओं की गति देवों की गति के समान रखने में दोष नहीं है (12.28)।

भरतमुनि ने नाट्यशास्त्र में छन्दोविधान को विस्तार से बताया है। प्रत्येक छन्द देवतादिष्ठित है और तत्तद् देवता की उपासना उसका प्रयोजन है। छन्दों के द्वारा प्रात:सवन, माध्यन्दिन सवन तथा तृतीय सवन ये तीनों सवन सम्पन्न हो जाते हैं। देवता शरीराश्रित भी है और दिगाश्रित भी। शरीराश्रित देवता मन्त्र से प्रादुर्भूत होते हैं। उनका अधिष्ठान गायत्री आदि छन्द हैं। क्रूष्ट के लिये गायत्री, माध्यन्दिन के लिये त्रिष्टुप् और तृतीय सवन के लिये जगती का प्रयोग किया जाता है।

अग्न्यादिदैवतं प्रोक्तं स्थानं द्विविधमुच्यते।
शरीराश्रयसंभूतं दिगाश्रयमथापि
शारीरं मन्त्रसंभूतं छन्दो गायत्रसंज्ञितम्।
क्रुष्टे मध्यंन्दिनं प्रोक्तं त्रैष्टुभं परिकीर्त्यते।
तृतीयसवनञ्चापि शीर्षण्यं जागतं हि यत्।

(नाट्यशास्त्र, 14.101–3)

व्याकरण दर्शन और नाट्यशास्त्र

उपनिषदों में जगत् की नामरूपात्मकता का प्रतिपादन किया गया है। इस नामरूपात्मकता का मूल वाक् है। वाक् की ही वनिषपत्तियाँ नाम और रूप के संसार में होती हैं।

वाक्–तत्त्व का परमाद्वैत के रूप प्रतिपादन ऋग्वेद में किया गया है। वहाँ निखिल भुवनों के वाक् से जन्म लेने की बात कही गई है—वागेव विश्वा भुवनानि जज्ञे। बृहदारण्यक (1.6, पृ० 93) में एक वाक् तत्त्व के सर्वविध नाम, रूप और कर्म में अनुस्यूत होने की बात कही गई है—त्रयं वा इदं नाम रूपं कर्म, एषां नाम्नां वागित्येतदुक्थमतो हि सर्वाणि नामान्युत्तिष्ठन्ति।

नाट्यशास्त्रकार कहते हैं—

वाचि यत्नस्तु कर्तव्यो नाट्यस्येयं तनुः स्मृता।
अङ्गनेपथ्यसत्त्वानि वाक्यार्थं व्यंजयन्ति हि॥
वाङ्मयानीह शास्त्रणि वाङ्निष्ठानि तथैव च।
तस्माद् वाचः परं नास्ति वाग् हि सर्वस्य कारणम्॥

नाशा, 14.3–4

वाक् नाट्य का शरीर है। आङ्गिक, आहार्य तथा सात्त्विक अभिनय वाक्यार्थ को व्यंजित करते हैं (जो वाक् से अनुषक्त हैं) सारे शास्त्र वाक् से अनुस्यूत तथा वाङ्निष्ठ हैं, अतः वाक् से परे जगत् में कुछ है ही नहीं, वाक् सबका कारण है।

ऋग्वेद के वाक्सूक्तों में वाक् को सर्वव्यापिनी सर्जनाशक्ति के रूप में

प्रतिष्ठित किया गया है (द्र० ऋ 10.71) तथा बृहदारण्यक उपनिषद् में वाक् (वाणी) के विषय में कहा है—यह समस्त पृथ्वी वाक् का शरीर है। जितना इस जगत् का विस्तार है, उतना वाक् का। यहाँ जो कुछ भी जाना जाता है, सब वाक् का रूप है, वाक् ही नाना पदार्थों के रूप में सारे जगत् में व्याप्त है (1.58.11)। नाशा० में वाक् की अवधारणा इसी परम्परा से आयी है। मुक्तिकोपनिषद् में कहा है कि शब्दब्रह्म को भी जानना चाहिये ओर परब्रह्म को भी, शब्दब्रह्म में निष्णात होकर परब्रह्म तक पहुँचा जा सकता है—

द्वे ब्रह्मणी वेदितव्ये शब्दब्रह्म परं तथा।
शब्दब्रह्मणि निष्णातः परब्रह्माधिगच्छति॥

वाक्यपदीयम् की पहली कारिका में भर्तृहरि ने कहा है—शब्दतत्त्व अनादिनिधन (जिसकी न शुरूआत है, न अन्त) और अक्षर (क्षरित न होने वाला) है। वही ब्रह्म है। यह अर्थ के रूप में विवर्तित होता है, जिससे जगत् की प्रक्रिया या रचना होती है।[1]

भर्तृहरि के दर्शन में शब्द परम सत्ता है, इसके समानान्तर या इसके ऊपर अन्य किसी सत्ता की चर्चा वे नहीं करते। उनके मत को इसीलिये शब्दाद्वैतवाद भी कहा जाता है। अभिनवगुप्त का दर्शन जिस प्रकार शिव को एकमात्र परम तत्त्व के रूप में स्वीकार करने के कारण शिवाद्वैत है, उसी तरह भर्तृहरि का मत शब्दाद्वैत है।

शब्द को अनादिनिधन कहने के साथ भर्तृहरि ने उसे अक्षर भी कहा है। अक्षर का सामान्यतया अर्थ होता है—क्षरित या नष्ट न होने वाला। पर यह बात तो शब्द को अनादिनिधन कहने से ही गतार्थ हो जाती है। इसलिये अय्यर आदि कतिपय विद्वान् यहाँ अक्षर शब्द का अन्य अर्थ लेते हैं, अक्षर यहाँ वर्णमाला में पठित तथा उच्चरित होने वाला अक्षर है, जिसे अंग्रेजी में फोनीम कहा जाता है। तब भर्तृहरि का आशय है कि यही अनादिनिधन शब्द अक्षर के रूप में भी विवर्तित होता है और यही अर्थ के रूप में भी विवर्त बनता है।

शब्द ही हमारी रोजमर्रा की दुनिया के पदार्थों का ज्ञान कराते हैं। अतः जगत् की वस्तुओं के रूप में भी ये ही विवर्त बनाते हैं यह कहना उचित है। इसीलिये आगे भर्तृहरि कहते हैं—

न सोऽस्ति प्रत्ययो लोके यः शब्दानुगमादृते।
अनुविद्धमिव ज्ञानं सर्वं शब्देन भासते॥ वाप० 1.123॥

(संसार में ऐसा कोई बोध नहीं जो शब्द का अनुगम किये बिना संभव

1. अनादिनिधनं ब्रह्म शब्दतत्त्वं यदक्षरम्।
विवर्ततेऽर्थभावेन प्रक्रिया जगतो यतः॥ वाप०1.1॥

हो पाता हो। जितना भी ज्ञान यहाँ प्राप्त होता है, वह शब्द से अनुविद्ध या शब्द में पिरोया होकर भी भासित होता है।)

इस प्रकार व्याकरणदर्शन का प्रमाणमीमांसा से नाट्यशास्त्र का विमर्श जुड़ जाता है। दर्शनों में प्रत्यक्ष, अनुमान, शब्द आदि प्रमाण माने गये। पर इन प्रमाणों का विमर्श भी किसी भाषा में ही होगा अतः इन प्रमाणों से पहले शब्दतत्व है वाक् या शब्दतत्त्व के बिना न तो किसी तरह की कोई प्रमाणमीमांसा सम्भव है, न संसार के पदार्थों का कोई बोध सम्भव है। अतः शब्दतत्त्व ही एक मात्र वास्तविकता है—यह मानना पड़ता है। इस पर प्रश्न आता है कि बच्चा या गूँगा जो बोल नहीं पाता, संसार के पदार्थों का बोध तो उसको भी होता है, तब यह कहना सही नहीं है कि संसार को बोध शब्दतत्त्व के बिना असम्भव है। भर्तृहरि की ओर से इसका उत्तर यह बनता है कि शब्दतत्त्व से उनका आशय भाषा के उच्चरित या बोले जाने वाले रूप से नहीं है, वाग्रूपता से है, जिसका अनुवाद तन्द्रा पटनायक ने बर्वलाइजेसेबिलिटी किया है।[1] इसीलिये भर्तृहरि कहते हैं—

वाग्रूपता चेदुत्क्रामेदवबोधस्य शाश्वती।
न प्रकाशः प्रकाशेत सा हि प्रत्यवमर्शिनी॥ वाप० 1.124॥

(यदि शाश्वत वाग्रूपता या प्रत्येक बोध के शब्दमय होने की सनातन स्थिति निकल कर चली जाये, तो प्रकाश भी प्रकाशित नहीं हो पायेगा क्योंकि प्रकाश का प्रत्यवमर्श यह वाग्रूपता ही कराती है।)

सारा का सारा अभिनयव्यापार जो कुछ भी रंगमंच पर अभिनेता करता है वह वाग्रूप होता है, वाक् से ही जन्म लेता है। वह माइम करता है, तब वह उच्चरित शब्दों का प्रयोग नहीं करता, पर सांकेतिक भाषा का प्रयोग करता है।

भर्तृहरि ने अर्थ को शब्द का विवर्त कहा है और यही विवर्त उनके अनुसार सारी सृष्टि है। आगे चलकर भर्तहरि ने कहा कि यह संसार शब्द का परिणाम है ऐसा आम्नाय (आगम) के जानकार समझते हैं (जो उचित ही है) क्योंकि छन्दस् (शब्द) से ही यह विश्व विवर्तित हुआ है।[2]

इस प्रकार औपनिषदिक तत्त्वचिन्तन अरूप या निराकार के रूप ग्रहण करने तथा साकार होने की प्रक्रिया और इस रूप तथा साकार के पुनः अरूप और निराकार के अनुभव में विश्रान्त होने की प्रक्रिया के द्वारा संसार और मुक्ति का प्रतिपादन करते हैं। शब्दाद्वैतवाद में परा, पश्यन्ती, मध्यमा और

1. शब्द—ए स्टडी आफ भर्तृहरिज फिसासफि आफ लैंग्वेज, पृ० 26
2. शब्दस्य परिणामोऽयमित्याम्नायविदो विदुः।
छन्दोभ्य एव प्रथममेतद् विश्वं व्यवर्तत॥ वही, 1.120॥

वैखरी—इन वाणी के चार स्तरों में यही प्रक्रिया घटित होती है परा से वैखरी तक की यात्रा काव्य और नाट्य में भी होती है और फिर यह यात्रा पुनः वैखरी से परावाक् या पराचेतना के बोध में जाकर समाप्त होती है। मुमुक्षुयों के द्वारा भर्तृहरि के अनुसार अपनाई गई अजिह्म राजपद्धति भी यह है, यही भरतमुनि के अनुसार आत्मद्वार से सकल विश्व को देखने उन्मीलित करने और उसमें आत्मरूप के भावन की पद्धति है, जो मुक्त करती है।

नाट्यशास्त्र का अन्य शास्त्रों से सम्बन्ध

नाट्यशास्त्र तथा काव्यशास्त्र—नाशा० की परम्परा के अनुसार नाटक (रूपक) काव्य का ही प्रकार है। काव्य के दो भेद हैं—दृश्य तथा श्रव्य। दृश्य काव्य में सभी रूपकभेद समाहित हो जाते हैं। इसलिए नाशा० में केवल रंगमंच और अभिनय के ही विषय नहीं, अपितु काव्यकला का भी विवेचन हुआ है।

काव्यशास्त्रीय चिन्तन का सूत्रपात वैदिक संहिताओं की रचना के साथ ही हो गया, क्योंकि ऋग्वेद के अनेक सूक्तों में काव्य की रचना प्रक्रिया, गुण और वैशिष्ट्य पर स्पष्ट और गहन चिन्तन मिलता है। यास्क (सातवीं शताब्दी ई० पू०) से पूर्व उपमा का विवेचन गार्ग्य नामक आचार्य कर चुके थे। रस की अवधारणा भी रामायण-महाभारत की रचना के साथ सामने आ चुकी थी। इस प्रकार भरत के नाशा० की रचना के समय काव्यशास्त्र के सिद्धान्तों का आधार विद्यमान था। फिर भी नाशा० ने भारतीय काव्यशास्त्र को व्यवस्थापित करने की दिशा में प्रवर्तक का कार्य किया।

नाशा० के सोलहवें अध्याय में नाट्य का काव्य की दृष्टि से विशेष विवेचन हुआ है। इसमें काव्य की निम्नलिखित कोटियों पर विचार है—काव्यलक्षण, काव्यगुण, काव्यदोष तथा काव्यालङ्कार।

भरत ने रस की व्याख्या नाट्य की दृष्टि से की थी। काव्यशास्त्र में रस की अवधारणा के बीज भले ही भरत के पूर्व की वैदिक साहित्य की परम्पराओं में निहित हों, रसनिष्पत्ति की व्याख्या का क्रम तो भरतकृत रससूत्र से ही प्रवर्तित हुआ।

काव्यशास्त्र के सभी आचार्यों पर नाशा० का प्रभाव पड़ा है।

नाट्यशास्त्र तथा व्याकरण—नाशा० में वाचिक अभिनय के निरूपण में शिक्षा (उच्चारणज्ञान) तथा व्याकरण के विषय भी विवेचित हैं। अभिनेताओं के लिए भाषा और व्याकरण का ज्ञान भरत ने अपेक्षित माना है। व्याकरण के विषय संस्कृत व्याकरण की पद्धति से नाशा० में स्पष्ट किये गये है तथापि वर्णमालाविचार में पाणिनि के प्रस्थान से किंचिद् भेद है।

नाट्यशास्त्र तथा अन्य कलाएँ और कलाशास्त्र—नाशा० में नाट्येतर कलाओं पर विचार आवश्यक है, क्योंकि इसमें विभिन्न कलाओं के सिद्धान्त और उपादानों का समावेश अथवा विनियोग होता है।

नाशा० में नाट्य को अनुकृति या अनुकरण के द्वारा पारिभाषित किया गया है विष्णुधर्मोत्तरपुराण के तृतीय खण्ड (विधपु०) के अनुसार अनुकरण का तत्त्व सभी कलाओं में रहता है। मूल तत्त्व के एक होने से सभी कलाओं में पारस्परिकता, अन्तनिर्भरता और साम्य दिखाई देता है।

विधपु० में नाटक में इतर कलाओं का विनियोग बताते हुए कहा है—

एते कलाकौशलसम्प्रयुक्ताः
कार्यास्तथा लोकविधानयुक्ताः।
धर्मार्थकामाद्युपदेशगाश्च
हिताय लोकस्य नरेन्द्रचन्द्र। (विधपु०, 17.63)

(ये नाटक आदि प्रबन्ध विभिन्न कलाओं के कौशल से युक्त, लोकविधान से समन्वित तथा धर्म, अर्थ और काम के उपदेशक होते हैं, लोक हित के लिए इनका प्रयोग करना चाहिए।)

नृत्य और नाटक की पारस्परिकता भी इस पुराण में स्वीकार की गयी है (वही, 15.5) तथा प्रतिमा, चित्र, नृत्त, आतोद्य ओर गीत की अन्तनिर्भरता को इस प्रकार बताया गया है—

चित्रसूत्रं न जानाति यस्तु सम्यङ्‌ नराधिप।
प्रतिमालक्षणं वेत्तुं न शक्यं तेन कर्हिचित्॥
बिना तु नृत्तशास्त्रेण चित्रसूत्रं सुदुर्विदम्।
जगतोऽनुक्रिया कार्या द्वयोरपि यतो नृप॥
आतोद्यं यो न जानाति तस्य नृत्तं सुदुर्विदम्।
आतोद्येन बिना नृत्तं विद्यते न कथंचन।
न गीतेन बिना शक्यं ज्ञातुमातोद्यमच्युत।
गीतशास्त्रविधानज्ञः सर्वं वेत्ति यथाविधि॥ (वही, 2.2-8)

(जो अच्छी तरह चित्रसूत्र नहीं जानता, वह प्रतिमालक्षण नहीं जान सकता है। नृत्तशास्त्र के बिना चित्रसूत्र का भी ज्ञान नहीं हो सकता, क्योंकि दोनों में ही जगत् की अनुकृति रहती है। आतोद्य के बिना नृत्त सम्भव नहीं है, इसलिए जो आतोद्य नहीं जानता, उसके लिए नृत्त अज्ञेय ही रहेगा। गीत के बिना आतोद्य नहीं जाना जा सकता, गीतशास्त्र के विधान को जानने वाला विधिपूर्वक अन्य सब कलाओं को जानने लगता है।)

विधपु० का गीत से यहाँ आशय बड़ा व्यापक है, क्योंकि जो कुछ

पाठ्य है, उसे यहाँ गीत कहा गया है, जिसमें गद्य तथा पद्य दोनों का समावेश माना गया है, अतएव गीतशास्त्र से काव्यकला का भी संग्रह कर लिया गया है (वही, 2.11, 12)।

नाट्यशास्त्र तथा चित्रकला

चित्रकला के विषयों का नाट्यशास्त्र में प्रकारान्तर से विचार हुआ है। नाट्यमण्डप के भीतर विभिन्न प्रकार के चित्र भित्तियों या स्तम्भों पर बनाये जाने चाहिए—इसका निर्देश नाशा० की परम्परा में मिलता है (द्र० नाशाविको० के तीसरे खण्ड में नाट्यगृह)। उसी प्रकार आहार्य अभिनय के अन्तर्गत वर्णरचना में रंगों का विचार किया गया है, उनका रस से सम्बन्ध भी बताया गया है (द्र० नाशाविको० के दूसरे खण्ड में अभिनय के अन्तर्गत आहार्य अभिनय)।

नाशा० की परम्परा से चित्रकला के अभिप्रायों का अनेकत्र उपयोग किया गया है। आचार्य शंखक ने रसास्वाद की प्रक्रिया को चित्रतुरगन्याय के द्वारा समझाया था। आचार्य वामन साहित्य की सभी विधाओं में दशरूपक की श्रेष्ठता बताते हुए कहते हैं कि चित्रपट पर निर्मित चित्र में जिस प्रकार विविध वैशिष्ट्य का साकल्य हो जाता है, उसी प्रकार दशरूपकों में भी—'सन्दर्भेषु दशरूपक श्रेयः। तद्धि चित्रं चित्रपटवद् विशेषसाकल्यात्।' (काव्यालङ्कारसूत्र, 1.3.30-31)।

विधपु० के अनुसार रस, भाव, दृष्टि अंग, उपांग, हस्त आदि की अवधारणाएँ चित्र में उसी प्रकार विनियुक्त होती हैं, जिस प्रकार नृत्य या नाट्य में (विधपु०, 25.7)। केवल प्रमाण (नाप) का अन्तर रहता है, नृत्त का प्रमाण चित्र के प्रमाण से भिन्न होता है। विधपु० के इस मन्तव्य को स्वीकार करते हुए भोज ने समरा० तथा सोमेश्वर ने मान० में चित्र का निरूपण करते हुए नाशा० में निरूपित आङ्गिक अभिनय, हस्त-भेद, दृष्टि आदि का प्रतिफलन चित्र में भी प्रतिपादित होता है।

विधपु० में चित्र के लिए अंगुल का प्रमाण मानक माना गया है, भोज में कला का।

नाशा० में निरूपित स्थान चित्रकला में उसी प्रकार विनियुक्त होते हैं जैसे नाट्य में इस दृष्टि से चित्रशास्त्र और नाट्यशास्त्र का गहरा सम्बन्ध बनता है। भोज ने नाशा० के स्थानों—वैष्णव, समपाद, वैशाखमण्डल, प्रत्यालीढ, आलीढ आदि को चित्र में उन्हीं परिभाषाओं के साथ स्वीकार किया है (समरा०, अ० 90)।

रसनिष्पत्ति तथा रसास्वाद का चित्र के सन्दर्भ में विस्तृत निरूपण

नाशा० से प्रेरित होकर विधपु० तथा भोज ने किया है। विधपु० ने चित्र में नवरस माने हैं और प्रत्येक रस के अनुसार चित्र की संरचना का वैशिष्ट्य बतलाया है, रसास्वाद की दृष्टि से गुण और दोष का विचार अवश्य चित्रकला में अलग हो जाता है। विधपु० के अनुसार दौर्बल्य, स्थूलरेखत्व, अविभक्तत्व (विभाजन की प्रतीति न होना), बृहद्गण्डौष्ठनेत्रत्व, वक्ररेखत्व तथा वर्णसंकर ये चित्र में रसापकर्षक दोष हैं तथा स्थान, प्रमाण, भूलम्भ, मधुरत्व, विभक्तता, सादृश्य, क्षय और वृद्धि ये गुण हैं।

भोज ने चित्र में ग्यारह रस माने हैं, जिसमें नाशा० सम्मत नौ रसों के साथ प्रेयान् नामक दसवाँ रस है। ग्यारहवें रस को समरा० में प्रत्यक्षाक्षि कहा गया है।

भोज ने चित्र में दृष्टियों का निरूपण विशेष रूप से किया है, जो नाशा० में प्रतिपादित दृष्टि प्रकारों से कुछ भिन्न भी है। भोज ने ललिता, विकासिता, हृष्टा, विकृता, मुकुलीकृता, भ्रकुटीविभ्रमा, संकुचिता, ऊर्ध्वगता, योगिनी, दीना, विह्वला, जिह्मा, मध्यस्था, स्थिरा इत्यादि दृष्टियाँ चित्र में भावविन्यास की दृष्टि से मानी हैं।

इस प्रकार चित्र में नाशा० में निरूपित स्थानों के अतिरिक्त उसके अपने स्थान भी विधपु० तथा भोज ने माने हैं। विधपु० ने ऋज्वागत, अनृजु, साचीकृतार्ध-विलोचन, पुरावृत्त, पृष्ठगत, अधःकाय, पुरावृत्त और समानत—ये नव स्थान चित्र के लिए अतिरिक्त माने हैं। भोज ने इन्हीं स्थानों के उपभेद और जोड़ते हुए समरा० के चित्रविषयक प्रकरण में विवेचन किया है।

नाट्यशास्त्र तथा प्रतिमालक्षण

चित्र के ही समान प्रतिमाओं में भी नाशा० में निरूपित आंगिक अभिनय का चित्रण किया जाना चाहिए—यह विधपु०, समराङ्गणसूत्रधार, तथा मानसोल्लास आदि ग्रन्थों में विवेचन से स्पष्ट है। प्राचीन प्रतिमाओं में करण, हस्त, स्थान, पद आदि का चित्रण नाशा० के अनुसार अनेकत्र मिलता भी है।

भारत में निम्नलिखित प्राचीन मन्दिरों में नाट्यशास्त्र में वर्णित करणों का मूर्तियों में शिलांकन मिलता है—(1) बृहदीश्वर मन्दिर (ग्यारहवीं शताब्दी), (2) शार्ङ्गपाणि मन्दिर कुम्भकोणम् (बारहवीं शताब्दी), (3) नटराज मन्दिर चिदम्बरम् (तेरहवीं शताब्दी) (4) अरुणाचलेश्वर मन्दिर, तिरुवन्नमलै, (पन्द्रहवीं शताब्दी) (5) वृद्धगिरीश्वर मन्दिर—सोलहवीं शताब्दी

इसके अतिरिक्त आधुनिक काल में सतारा में नटराज मन्दिर स्वामी चन्दरशेखरेंद्र सरस्वती के प्रेरणा से पद्मा सुब्रह्मणयम् के निर्देशन में नाट्यशास्त्र में निरूपित एक सौ आठ करणों का शिल्पांकन किया गया।

नाट्य का दर्शन

रस मात्र रंजन या आस्वाद नहीं है, पुरुषार्थसिद्धि में उसकी परिणति अनिवार्यतः होनी चाहिये। इसीलिये शृंगार रस के भी धर्मशृंगार, अर्थशृंगार और कामशृंगार—ये तीन प्रकार भरतमुनि बताते हैं, आगे चल भोज ने इनमें मोक्षशृंगार चौथा भेद भी जोड़ा।

शारदातनय ने नाटक को उपलक्षण से नाट्य का ही पर्याय मानते हुए कहा है कि नाटक सुप्रयुक्त होने पर प्रेक्षक, नट, प्राश्निक और कवि इन चारों की भुक्ति तथा मुक्ति के लिये होता है (भाप्र० 8, 226)।

नाट्य के दिक्काल विचार में एक वैश्विक परिदृश्य खुलता है। हम अपने पर्यावरण से अलग नहीं हैं। नाट्य के अनुष्ठान उसके आस्वाद में जो सीमित चेतना हमारे व्यक्ति होने की उसका हम विसर्जन कर देते हैं। कवि या नाट्यकार, नट और प्रेक्षक तीनों की चेतना के बंधन टूट जाते हैं। यह हद से अनहद होना है।

नाट्यशास्त्र के दूसरे अध्याय में भरतमुनि ने प्रेक्षागार या नाट्यमण्डप बनाने की विधि विस्तार से बतायी है। रंगशाला के स्थापत्य और वास्तु का विवरण देने के साथ-साथ उन्होंने यह भी यहाँ बताया है कि रंगशाला के किस भाग में कौन से देवता का वास रहता है।

भरतमुनि के अनुसार रंगशाला दो बराबर हिस्सों में बँटी होती है, इसका आधा हिस्सा अभिनेताओं के लिए रहता है, उसके तीन खंड होते हैं—नेपथ्यगृह, रंगशीर्ष ओर रंगपीठ। नेपथ्यगृह से रंगशीर्ष पर अभिनेता के प्रवेश के लिए दो दरवाजे रहते हैं। रंगशीर्ष पर वेदिका या वेदी बनाई जाती है। शेष आधा भाग प्रेक्षागार होता है।

नेपथ्यगृह में सूर्य और नेपथ्यगृह के दरवाजे की दोनों देहलियों पर नियति और मृत्यु का वास होता है। रंगशीर्ष पर जो वेदिका बनी रहती है, उसके ऊपर अग्नि का अधिष्ठान है। रंगपीठ, जिसके ऊपर नाटक खेला जाता है, उस पर ब्रह्मा प्रतिष्ठित होते हैं और प्रेक्षागार जहाँ दर्शक बैठते हैं, उस पर समुद्र की स्थिति है। इस तरह और भी जगहों पर अलग-अलग देवता रंगशाला में निवास करते हैं।

रंगशाला में अलग-अलग देवताओं के बसे होने की बात धार्मिक आस्था से ज्यादा रंगमंच के अपने शास्त्र और तकनीक से सम्बन्ध रखती है। इसमें यह प्रश्न उठता है कि बाकी देवता तो अपनी-अपनी जगह ठीक बिठाये गये, पर नियति और मृत्यु को भी रंगशाला में बिठाने का क्या आशय है?

जिन दो द्वारों से अभिनेता नेपथ्यगृह से निकल कर मंच पर आएगा,

उसमें से एक की देहली पर नियति है, दूसरे की देहली पर मृत्यु है। अभिनेता जब नेपथ्यगृह से निकल कर मंच पर आने को होता है, तो वह नियति और मृत्यु की देहलियाँ लाँघता है। वह अपनी नियति का अतिक्रमण करता है और अपनी ही मौत से भी गुजरता है। रंगमंच पर आना अभिनेता की मृत्यु है। अभिनेता की मृत्यु का अभिप्राय उस आदमी की मृत्यु जो अभिनय करने जा रहा है, तभी वह उस दूसरे आदमी को जिलाकर खड़ा करता है, जिसका उसे अभिनय करना है। भरत मुनि नेपथ्यगृह से बाहर निकलने के दरवाजे पर नियति और मृत्यु का अधिष्ठान बताकर यही कहना चाहते हैं। इस बात का खुलासा वे अभिनय का दर्शन बताते हुए परकायप्रवेश के अभिप्राय के द्वारा करते हैं। अभिनेता जब रंगमंच पर अभिनय करता है, तो वह मानो एक ऐसा जीव होता है, जो अपनी देह छोड़कर दूसरे की देह में प्रवेश कर चुका है। यह अभिनेता का परभावकरण है, जिसके लिए परकायप्रवेश जैसी कठिन साधना करनी होती है।[1]

नियति को लाँघ कर और मृत्यु से गुजरकर ही अभिनेता सही मायने में रंगमंच पर पहुँच सकता है। इस रंगपीठ पर ब्रह्मा प्रतिष्ठित हैं। ब्रह्मा सृष्टिकर्ता हैं। रंगमंच पर हर बार नई सृष्टि होती है। जो दर्शक इस सृष्टि को होता हुआ देखते हैं, वे रंगपीठ को सामने बैठे हैं, रंगपीठ के सामने प्रेक्षागार है और प्रेक्षागार के अधिष्ठाता देवता समुद्र हैं।

नियति और मृत्यु को लाँघना भी आसान नहीं है, पर अभिनेता को यह करना होता है। सागर में बने रहना भी आसान नहीं है, पर दर्शक को यह करना चाहिए।

कुछ अभिनेताओं के लिए नियति और मृत्यु के पार पहुँच सकना और कुछ दर्शकों के लिए नाटक का बोध यदि एक सागर होता है, तो उसमें डूब सकना सहज क्रिया हो सकती है। जिनके लिए सहज नहीं है, उनके लिए प्रशिक्षण की अपेक्षा है।

यदि रंगकर्म एक यन्त्रणा से गुजरना है, तो इस सारी यन्त्रणा में कोई ऐसा आनन्द जरूर होगा, जिसकी वजह से नाटक करने वाला बार-बार उससे गुजरना चाहता है। चूँकि वह हर बार चोला बदलता है, इसलिए उसकी यन्त्रणा और उसका आनन्द हर बार नया होता है।

1. यथा जन्तुः स्वभावं स्वं परित्यज्यान्यदेहिकम्।
तत्स्वभावं हि बजते देहान्तरमुपाश्रितः ॥
वेषेण वर्णकैश्चैव छादितः पुरुषस्तथा
परभावं प्रकुरुते यस्य वेषं समाश्रितः ॥ नाट्यशास्त्र 21.90-91

रंगमंच पर काम कर रहे अभिनेता के लिए यह आवश्यक है कि वह अभिनेता भी बना रहे और उसके साथ कुछ और भी हो जाय। अभिनेता बने रह कर कुछ और हो जाना सहज और सुलभ स्थिति नहीं है। उसके लिए तैयारी करना जरूरी है। यह तैयारी कई स्तरों पर होती है। नाट्यशास्त्र की अभिनय-प्रविधि में ये स्तर चार कोटियों में बाँट दिये गये हैं—देह, वाणी, मन और बाहरी सामग्री।

इन चार स्तरों पर सक्रिय रहकर कुशल अभिनेता अपने लिए रंगमंच पर काम करते समय एक खोल बुन लेता है। यह एक विचित्र खोल होती है, जो दृश्य भी रहती है, अदृश्य भी, स्थूल भी हो सकती है, सूक्ष्म भी। अभिनेता इस खोल में रहता है। वह खुद भी दर्शकों लिए दृश्य भी रह सकता है, अदृश्य भी।

इस खोल में रह कर अभिनेता जो करता है, वहीं रंगमंच है। अभिनेता और उसके द्वारा रचा गया विश्व इसमें समाहित है। इसे हम रंगमंचीय पर्यावरण कह सकते हैं। भरतमुनि ने वेष, आच्छादन और परभावकरण—इन तीनों शास्त्रीय पदों के कारण रंगमंच की सारी प्रक्रिया को सार रूप में समझा दिया है। अभिनेता जो वेष या बना धारण करता है, वह उसके लिए एक आच्छादन या खोल हो जाता है। उसमें रहकर वह परभावकरण करने लगता है। पर जितनी आसानी से भरत मुनि ने यह प्रक्रिया समझा दी है, अपने आप में यह प्रक्रिया उतनी आसान नहीं है। वेष, आच्छादन ओर परभावकरण—इन तीनों ही स्तरों पर यह संश्लिष्ट और जटिल प्रक्रिया है। वेष का आशय वस्त्राभूषण पहन लेना या चेहरे पर मेकअप करवा लेना ही नहीं है, अलबत्ता यह भी आशय वेष का है ही। अपने ऊपर अभिनेता किसी की भूमिका ओढ़ता है। यह ओढ़ लेना मन से हो सकता है। भूमिका यदि मन ने नहीं ओढ़ी है, तो ऊपर-ऊपर से 'वेष' धर लेने से रंगमंच नहीं हो सकता।

इसीलिए वेष शब्द कतिपय पारम्परिक नाटकों या लोकनाटकों में केवल ऊपरी वेषभूषा के ही लिए नहीं, नाटक खेलने के सारे उपक्रम के लिए प्रयुक्त होता है। वेष वह है जो अभिनेता को आवेष्टित कर सके। आवेष्टित होना देह से ही नहीं मन से भी होना चाहिए। बाहरी आवेष्ट न उसके लिए सर्वथा अनिवार्य नहीं है, पर वे अभिनेता को अपनी भूमिका की खोल में घुसने की प्रक्रिया में मददगार हो सकते हैं।

इसीलिये नाट्यशास्त्र में बाहरी आवेष्टन के लिए बहुत अधिक आग्रह नहीं है। अभिनेता अपना मुखौटा अभिनय के दौरान स्वयं गढ़ता और रचता चलता है। वह अपनी चेतना के हिस्से को ऐसी झिल्ली बना लेता है, जो

उसके कुछ और होने तथा अभिनेता भी होने का प्रत्यक्ष एक साथ दे सके। भरतमुनि ने आङ्गिक अभिनय की जो बारीकियाँ बताई हैं, वे सब भी अभिनेता के लिए उस अवधाणा को दृढ़ बनाती चलती हैं, जिसमें वह कभी एकदम अपने से अलग दूसरा कुछ भी दिखे और कभी उस आवरण में से झाँककर अभिनेता की तरह भी प्रकट हो जाय। यही परभावकरण है। इसमें भूमिका, जो शव की खोल के जैसी है, उसमें घुस पर उसे जिन्दा भी करना होता है और अभिनेता को अपने खुद के जीव में भी रहना होता है। वह अपनी खुद के अन्य खोल में घुसने की सारी प्रक्रिया के प्रति साक्षी भी बना रहता है, साक्षी रहते हुए वह इसे नियन्त्रित भी करता है।

नाट्यशास्त्र की ज्ञानमीमांसाएँ शास्त्रों की पारस्परिकता के साथ भारतीय ज्ञानपरम्परा के प्रकर्ष और विस्तार की भी दिग्दर्शक हैं।

■

न्यायशास्त्र का आलोक

सरोज कौशल

भारतीय दर्शन छः आस्तिक शाखाओं द्वारा तथा तीन नास्तिक शाखाओं से चिन्तन को विशद तथा समृद्ध करता है। न्याय-वैशेषिक, सांख्य-योग, पूर्वमीमांसा तथा उत्तरमीमांसा, ये छः शाखाएँ वेद की प्रामाणिकता को स्वीकार करने के कारण 'आस्तिक' कहलाती हैं। जबकि चार्वाक, जैन और बौद्ध—ये तीन शाखाएँ वेद के प्रामाण्य को स्वीकार न करने के कारण नास्तिक के अन्तर्गत परिगणित की जाती हैं।

भारतीय दर्शन केवल रूक्ष दार्शनिक सिद्धान्तों का ही व्याख्यान नहीं करता, वह मात्र पूर्वपक्ष-स्थापना पूर्वक उत्तरपक्ष मण्डन नहीं करता अपितु लोकसंग्रहार्थ प्रवृत्त होता हुआ जन-जन के चिन्तन को विस्तार प्रदान करता है। यदि न्याय-वैशेषिक दर्शन पर दृष्टिपात करें तो यह वस्तुतः बाह्यार्थवादी दर्शन है। यहाँ वेदान्त के समान जागतिक पदार्थों का मिथ्यात्व प्रतिपादित नहीं किया गया है अपितु प्रमाण-प्रमेय-संशय-प्रयोजन आदि षोडश पदार्थों के तत्त्वज्ञान से निःश्रेयस् की प्राप्ति का कथन किया गया है।

भाष्यकार वात्स्यायन संशय आदि को पदार्थ रूप में परिगणित करने की उपपत्ति प्रदान करते हुए कहते हैं—यदि पूर्वपक्षी यह शंका करें कि संशय आदि पदार्थों की पृथक् गणना करना निष्प्रयोजन है; प्रमाण एवं प्रमेय इन दो विभागों में ही सबको अन्तर्भूत मान लेना चाहिए। भाष्यकार इस पूर्वपक्ष का निरास करते हुए कहते हैं—यह सत्य है। पर ये चार विद्याएँ हैं—त्रयी, वार्ता, दण्डनीति और आन्वीक्षिकी। इनमें से धर्म और आत्मादि के स्वरूप का उपदेश त्रयी का विषय है। कृषि आदि जीविका के उपदेश वार्ता का, राज्यशासन दण्डनीति का और प्रमाणों से अर्थपरीक्षण—आन्वीक्षिकी का विषय है। युक्तियुक्त रीति से अपना सिद्धान्त वादी के मन में स्थापित कर देना और स्वयं किसी भी प्रकार से वञ्चना को प्राप्त न करना—इस अवधारणा का निरूपण करना आन्वीक्षिकी का विषय है और यह बात संशय, प्रयोजन, दृष्टान्त आदि के तत्त्वज्ञान के बिना नहीं हो सकती, इसलिए संशय आदि का पृथक् रूप से प्रतिपादन किया गया है। इनके पृथक् कथन के बिना यह

आन्वीक्षिकी अध्यात्म विद्यामात्र हो जायेगी, जैसे कि उपनिषद्साहित्य। अतः संशय प्रयोजन, दृष्टान्त, सिद्धान्त आदि पदार्थों का पृथक् निरूपण किया गया है।

न्यायसूत्र में भाष्यकार वात्स्यायन ने प्रथम सूत्र के अन्त में एक सूत्रात्मक वाक्य-प्रयोग किया 'तदिदं तत्त्वज्ञानं निःश्रेयसाधिगमश्च यथाविद्यं वेदितव्यम्।' सभी विद्याओं के तत्त्वज्ञान तथा निःश्रेयस् भिन्न-भिन्न होते हैं। यथाविद्यं वेदितव्यम् से तात्पर्य यह है कि मनु द्वारा चार प्रकार की विद्याओं को परिगणित किया गया है—त्रयी, वार्ता, दण्डनीति तथा आन्वीक्षिकी।

1. वेद विद्या का नाम त्रयी है। याग आदि का यथार्थ ज्ञान ही उस विद्या में तत्त्वज्ञान से अभिप्रेत है, स्वर्ग की प्राप्ति ही निःश्रेयस् है।

2. कृषि आदि के शास्त्र का नाम वार्त्ता है। भूमि आदि विषयक यथार्थ ज्ञान ही उस शास्त्र का तत्त्वज्ञान है और कृषि तथा वाणिज्य से उत्पन्न लाभ ही वहाँ निःश्रेयस् है।

3. दण्डनीति शास्त्र में देश, काल तथा पात्र के अनुसार साम, दाम, दण्ड और भेद के प्रयोग का ज्ञान तत्त्वज्ञान होता है तथा राज्यादि की प्राप्ति इस शास्त्र का निःश्रेयस् होता है।

प्रत्येक विद्या के प्रतिपाद्य समूह के स्वभाव की पर्यालोचना से इन विद्याओं के भिन्न-भिन्न तत्त्वज्ञानों एवं निःश्रेयस् का परिज्ञान हो सकता है। भाष्य में प्रयुक्त 'यथाविद्यं वेदितव्यम्' का इतना विशद अर्थ है और तत्त्वज्ञान तथा निःश्रेयस् आपेक्षिक पारिभाषिक शब्दावली के रूप में प्रयुक्त किये गये हैं। वाचस्पति मिश्र कहते हैं—'सूत्रं च बह्वर्थसूचनाद् भवति।' सूत्र अनेक अर्थों का सूचक होता है।

'यथाविद्यं वेदितव्यम्' यह सूत्रांश नहीं है अपितु भाष्यांश है। भाष्यकार अथवा टीकाकार भी अनेक सूत्रों का प्रयोग करते हैं जिसे तदुत्तरवर्ती टीकाकार स्पष्ट करते हैं और यही कारण है कि भाष्यकार के पश्चात् वार्तिककार तात्पर्य टीकाकार, परिशुद्धिकार आदि की सुदीर्घ परम्परा ने उत्तरोत्तर अर्थ का स्पष्टीकरण एवं विस्तार किया।

इन षोडश पदार्थों में अनेक पदार्थ लोक की प्रत्येक लीला में पर्यवसित होते हुए प्रतीत होते हैं। इस क्रम में सर्वप्रथम अनुमान प्रमाण का निरूपण किया जा सकता है। अनुमान तीन प्रकार का बताया गया—पूर्ववत्, शेषवत् और सामान्यतोदृष्ट। भाष्यकार इन तीनों के उदाहरण देते हुए कहते हैं—जहाँ कारण से कार्य का अनुमान होता है—यथा मेघोन्नति देखकर यह कहा जा सकता है कि वृष्टि होगी। शेषवत् वह है जिसमें कार्य से कारण का अनुमान

होता है। नदी का स्थूल प्रवाह देखकर यह अनुमान लगाना कि 'भूता वृष्टि' अवश्य कहीं तीव्र वृष्टि हुई है अतः तीव्र प्रवाह है। 'सामान्यतोदृष्ट' का फलितार्थ है—लोकबुद्धि (Common-sense) सूर्य का एक स्थान से अन्यत्र गति करना यद्यपि प्रत्यक्ष रूप से दृष्ट नहीं होता परन्तु यह अनुमान लगाया जाता है कि कोई भी व्यक्ति यदि एक स्थान से अन्य स्थान को प्राप्त करता है तो वह गतिपूर्वक ही यह कर पाता है। यही सूर्य के लिए अनुमान किया जाता है। यह सामान्यतोदृष्ट पूर्णतः लोक की व्यावहारिक बुद्धि का पर्याय प्रतीत होता है।

वर्तमान काल में वाद-संवाद अथवा विवाद में यदि पञ्चावयव अनुमान के प्रतिज्ञा, हेतु, उदाहरण, उपनय, निगमन का प्रयोग किया जाये तो प्रत्येक प्रस्तुति, स्थापना अथवा सम्वाद कदापि खण्डन को प्राप्त नहीं होगा। हम वाद में यह देखते हैं कि प्रतिज्ञा ही ज्ञात नहीं है। यदि प्रतिज्ञा की स्थापना कर भी ली तो हेतु नहीं दे पायेंगे। पर्वतो वह्निमान्, धूमवत्त्वात्, यत्र-यत्र धूमः, तत्र-तत्र वह्निः आदि ये पाँच अवयव हमारी प्रस्तुति को अथवा पक्ष को सुदृढ़ करते हैं।

पञ्च अवयव केवल परार्थानुमान के ही घटक नहीं हैं अपितु किसी भी प्रकार की प्रस्तुति में ये सारगर्भितता का आधान कराने में मुख्य साधन हो सकते हैं। यदि प्रतिज्ञा का स्पष्ट कथन करके हेतु को सोपपत्तिक रूप से प्रस्तुत कर दिया जाये तो कोई भी स्थापनीय पक्ष का खण्डन नहीं कर पायेगा।

कथा—यह न्याय दर्शन का पारिभाषिक शब्द है। भाष्यकार कहते हैं—तिस्रः कथा भवन्तिवादः, जल्पः वितण्डा चेति।

भारतीय तर्कशास्त्र में बहस के तीन प्रकार हैं—वाद-एक रचनात्मक बहस है जिसका उद्देश्य सत्य की खोज करना है। जल्प एक प्रतिस्पर्धी बहस है जिसमें सत्य की खोज के साथ-साथ अपने पक्ष को स्थापित करने और विपक्षी के तर्क को खण्डित करने पर भी ध्यान दिया जाता है। वितण्डा एक निराधार बहस है जो केवल विपक्षी के तर्कों का खण्डन करने पर केन्द्रित होती है, वैतण्डिक का कोई स्वपक्ष नहीं होता।

विचार विनिमय के लिए दो या दो से अधिक व्यक्तियों के मध्य किया जाने वाला विचार-विनिमय अथवा संवाद ही वाद कहा जाता है। इस वाद से अज्ञात तत्त्व का ज्ञान होता है। संशय की निवृत्ति होती है।

वाद के विषय में यह कहा जा सकता है कि जब भी व्यक्ति वाद में प्रवृत्त होता है तो वाद में एकवाक्यता का सन्धान नितान्त अपेक्षित है अथवा यदि लक्ष्यच्युत हो जाये अथवा मुख्य वाद-विषय से भ्रष्ट होकर आनुषंगिक विषयों पर केन्द्रित हो जाये तो वाद का उद्देश्य निष्फल हो जायेगा।

हमारे दार्शनिकों ने केवल वाद के लक्षण तथा भेद-प्रभेद ही नहीं किये अपितु उनके प्रयोग भी परपरा में प्रभूत मात्रा में प्राप्त होते हैं। वाद के महत्त्वपूर्ण निदर्शन के रूप में हम याज्ञवल्क्य के साथ उषस्त चाक्रायण, गार्गी आदि के शास्त्रार्थ को रख सकते हैं।

वर्तमान में चारों ओर जब वाद का अपभ्रष्ट रूप ही प्रवृत्त हो रहा है, प्रायः समस्त वार्तालाप 'विजिगीषुकथा' में पर्यवसित होने को तत्पर हैं। वितण्डा का साम्राज्य पसरा हुआ है, स्वपक्ष अथवा चिन्तन और गम्भीरता का अत्यन्ताभाव दृष्टिगोचर हो रहा है ऐसे विकट कालखण्ड में न्यायशास्त्र में निरूपित 'वाद' पदार्थ 'तत्त्वबुभुत्सुकथा' के रूप में अभिनव आलोक स्तम्भ बनता हुआ प्रतीत होता है। वाद के प्रयोक्ता तत्त्वबोध के इच्छुक होते हैं। यह भी ध्यातव्य है कि जब जय की आवश्यकता एवं अपेक्षा होती है तब 'जल्प' की भूमिका अवश्यम्भावी हो जाती है क्योंकि जल्प जयकामी की कथा होती है।

जिसमें प्रमाण तथा तर्क से स्वपक्ष का साधन और परपक्ष का उपालम्भ (खण्डन) होता है, ऐसा सिद्धान्त—अविरोधी, पाँच अवयवों से युक्त, पक्ष और प्रतिपक्ष का परिग्रहस्वरूप वाक्य समूह 'वाद' कहलाता है। यह यद्यपि न्याय शास्त्र का पारिभाषिक शब्द है तथापि श्रीमद्भगवद्गीता में इस वाद को भगवान् के विभूति विशेष के रूप में स्वीकार किया गया है—'वादः प्रवदतामहम्' (गीता 10, 32)

लोक में वाद की अपेक्षा जल्प और वितण्डा का अधिक प्रयोग देखा जाता है। जल्प और वितण्डा के प्रायः 4 अंगों का विवरण प्राप्त होता है। इसमें सभापति नियम के अन्तर्गत अनेक गुणों का कथन किया गया है।

रागद्वेषविनिर्मुक्ताः सप्त पञ्च त्रयोऽपि वा।
यत्रोपविष्टा विप्राः स्युः सा यज्ञसदृशी सभा॥

सभापति तथा अन्य सभी सदस्य रागद्वेष से विनिर्मुक्त होने चाहिए। मध्यस्थों में परस्पर विरोध हो जाने पर बहुमत की मान्यता होगी अतः सप्त, पञ्च, त्रय कहा गया है। विचार सभा यज्ञसदृशी होनी चाहिए। यह 'यज्ञसदृशी' विशेषण जल्प और वितण्डा को भी गरिमा में स्थापित करता है। परन्तु ऐसे दृश्य तो लुप्तप्रायः ही हैं।

न्याय भाष्य में प्रत्यक्ष लक्षण सूत्र के अन्तर्गत एक पूर्वपक्ष उत्थापित किया गया। 'आत्मादिषु सुखादिषु च प्रत्यक्षलक्षणं वक्तव्यमनिन्द्रियार्थसन्निकर्षजं हि तदिति।' आत्मादि में यह प्रत्यक्ष लक्षण कैसे घटित होगा क्योंकि वह तो अनिन्द्रियार्थसन्निकर्षजन्य होगा? इसके उत्तरपक्ष के रूप में भाष्यकार ने मनस् के इन्द्रियत्व का प्रतिपादन किया और कहा कि मनस् भी इन्द्रिय

माना जाता है। अतः मनस् रूप इन्द्रिय से आत्मा रूप अर्थ का सन्निकर्ष होने से इन्द्रियार्थसन्निकर्षोत्पन्न यहाँ घटित हो सकता है।

इस प्रसङ्ग में भाष्यकार ने कहा—'न वाच्यं लक्षणान्तरं, तन्त्रान्तरसमाचाराच्च'। तन्त्रयते व्युत्पाद्यतेऽनेनेति तन्त्रम्' इस व्युत्पत्ति के अनुसार तन्त्र पद का अर्थ है—शास्त्र। दूसरे शास्त्र में मनस् को इन्द्रिय कहा गया है। महर्षि ने उसका खण्डन नहीं किया है। अतः जिस परमत का निराकरण नहीं किया जाता और वह हमारे सिद्धान्त के अनुकूल हो तब वह अनुमत होता है—ऐसी तन्त्रयुक्ति है। दार्शनिकों के मध्य ऐसी तन्त्रयुक्तियाँ वस्तुतः वैचारिक विशदन का एक माध्यम बनती हैं।

सुश्रुत ने अपने ग्रन्थ के उत्तरतन्त्र में 32 प्रकार की तन्त्रयुक्तियों का लक्षण और उदाहरण प्रस्तुत किया है। कौटिल्य के अर्थशास्त्र के उपसंहार में भी इन तन्त्रयुक्तियों का उल्लेख प्राप्त होता है। ये तन्त्रयुक्तियाँ शास्त्र में तो अर्थसंगति का महान् उपकरण रूप होती हैं परन्तु यदि सूक्ष्मेक्षिकया चिन्तन किया जाये तो ये तन्त्रयुक्तियाँ लोक-जीवन की युक्तियाँ भी बन सकती हैं।

यदि 'अनुमत' नामक प्रस्तुत तन्त्रयुक्ति पर विचार करें तो दार्शनिकों ने किसी भी अन्य शाखा को धुर विरोधी नहीं माना है यदि उनका कोई ऐसा मत है, जिससे कि इनका सिद्धान्त पुष्ट होता है तो ये उसे भी शिरोधार्य कर लेते हैं।

यह 'अनुमत' तन्त्रयुक्ति केवल समानतन्त्र में ही घटित होती हो ऐसा नहीं है अपितु वेदान्त और न्याय में भी घटित हो जाती है। आचार्य शङ्कर 'जन्माद्यस्य यतः' सूत्र में न्यायसूत्र के द्वितीय सूत्र को उद्धृत करते हैं—

'दुःखजन्मप्रवृत्तिदोषमिथ्याज्ञानानामुत्तरोत्तरापाये तदनन्तरायायादप-वर्गः।' (न्याय सूत्र, 1.1.2)

जब आचार्य शङ्कर भाष्य में यह पूर्वपक्ष उत्थापित करते हैं कि क्या यहाँ भी अर्थात् जन्मादिसूत्र में भी नैयायिकों का ईश्वर विषयक अनुमान प्रस्तुत किया गया है तो आचार्य शङ्कर कहते हैं—'न वेदान्तवाक्यकुसुम-ग्रथनार्थत्वात्सूत्राणाम्, वेदान्तवाक्यानि हि सूत्रैरुदाहृत्य विचार्यन्ते।' ब्रह्मसूत्रों के द्वारा वेदान्त वाक्यों पर विचार किया जाता है। जगत् के जन्मादि कारण पर विचार करने वाले वेदान्त वाक्यों के अर्थ का समर्थन करने वाले अनुमानादि वाक्य हमें स्वीकार्य हैं। श्रुतियों के सहायक अथवा समर्थक तर्क हमें स्वीकार्य हैं। बृहदारण्यकोपनिषद् के वचन श्रोतव्यो मन्तव्यः (6.14.2) में भी श्रुति (श्रवण) तथा मनन का समर्थन प्रदर्शित किया गया है। इस प्रकार यहाँ भी अनुमत नामक तन्त्रयुक्ति का प्रसङ्ग है। जिस प्रकार न्याय दर्शन अन्य दार्शनिक शाखा के मत को स्वसमर्थन में प्रस्तुत और 'अनुमत' नामक तन्त्रयुक्ति के

अन्तर्गत उसे रखा जाता है तो इस शास्त्रविधि को हम लोकविधि में भी संक्रान्त कर सकते हैं।

भाष्यकारों की परम्परा शोध के महत्त्वपूर्ण आयाम स्थापित करते हुए 'नातिसंक्षेप तथा नातिविस्तीर्ण' नियम की व्याख्या करती है। न्यायसूत्रकार गोतम ने प्रत्यक्ष प्रमाण का लक्षण करते हुए 'इन्द्रियार्थसन्निकर्षोत्पन्न' पद का प्रयोग किया। भाष्यकार ने यह प्रश्न उठाया कि 'न तर्हीदानीमिदं भवति। आत्मा मनसा संयुज्यते, मन इन्द्रियेण, इन्द्रियमर्थेन इति।' केवल एक सोपान ही उपयुक्त नहीं है अपितु आत्मा का मन से संयोग, मन का इन्द्रिय से संयोग और तदनन्तर इन्द्रियों का पदार्थ से संयोग होता है। अर्थात् 'आत्मा मनसा संयुज्यते, मन इन्द्रियेण' ये पूर्ववर्ती दो सोपान हैं, जिन्हें सूत्र में नहीं कहा गया। जबकि इन दो पूर्ववर्ती अवस्थाओं के अभाव में उत्तरवर्ती अवस्था सम्भव ही नहीं है।

भाष्यकार ने इस प्रसंग में एक महत्त्वपूर्ण सूत्र प्रदान किया है। आत्ममनः संयोग तथा मनस् इन्द्रिय संयोग ये दोनों अनुमानादि में समान रूप से घटित होते हैं। प्रत्यक्ष का जो विशिष्ट कारण है केवल वही प्रत्यक्ष लक्षण में कहना अभीष्ट है।

नेदं कारणावधारणमेतावत् प्रत्यक्षे कारणमिति किन्तु विशिष्ट-कारणवयनमिति। यत् प्रत्यक्षज्ञानस्य विशिष्टकारणं तदुच्यते। —न्यायभाष्य, 1/1/4

इस पूरे प्रसंग का निहितार्थ यह है कि जो जिस अवधारणा का विशेष कथनीय हो, वही सूत्रकार अथवा भाष्यकार का विवक्षित होता है। जो अन्य अवधारणाओं के साथ सामान्य होता है उसका विस्तार भय से कथन न करना तथा निषेध भी न करना यह शोध-प्रविधि का कर्त्तव्य बिन्दु है।

इस पूरे प्रसङ्ग का फलितार्थ यह है कि जिस प्रसङ्ग में जो विशेष कथनीय हो, उसका ही कथन करना अभिप्रेत होना चाहिए, अनावश्यक विस्तार न तो शास्त्र में अपेक्षित होता है और न ही लोक में अनावश्यक विस्तार अपेक्षित होता है। ऐसे अनेक प्रसंग न्यायशास्त्र के हैं जो केवल तत्तत् शास्त्र की ही प्रातिस्विक अवधारणाएँ नहीं हैं अपितु यदि लोक में भी वे प्रसारित की जायें तो लोक में वे आलोक का प्रसार करेंगी।

■

धारणा एवं ध्यान : एक यौगिक प्रक्रिया

शशिकान्त द्विवेदी

अष्टांग योग में वर्णित धारणा, ध्यान तथा समाधि को सम्मिलित रूप से संयम कहा जाता है। जैसा कि—त्रयमेकत्र संयमः। —योगसूत्र 3/4, योगागों में ये अन्तरंग साधन है। बहिरंग साधन (यम, नियम, आसन, प्राणायाम, प्रत्याहार) के कथन के बाद अन्तरंग साधनों का प्रतिपादन किया गया है। इसके लिए पातंजल योगसूत्र में एक पृथक पाद है जिसे (विभूति पाद) का नाम दिया गया है।

वस्तुतः धारणा, ध्यान तथा समाधि एक ही उच्च मानसिक तथा आध्यात्मिक अवस्था की प्राप्ति के लिए संघटक अवस्थाएँ है।अन्तरंग योगांगों की साधना से विवेक ख्याति की प्राप्ति होती है। जो योगांगानुष्ठान का परम लक्ष्य है। जैसाकि कहा गया है-योगांगानुष्ठानादशुद्धिक्षये ज्ञानदीप्तिराविवेक-ख्यातेः। —योगसूत्र 2/28 और विवेक ख्याति से अविद्यादि क्लेशों का और समस्त कर्मों का अभाव हो जाता है। जैसाकि पतंजलि ने कहा है—ततः क्लेशकर्मनिवृत्तिः। —योगसूत्र 4/30। उस समय चित्त विवेक ज्ञान में निमग्न होकर कैवल्याभिमुख रहता है। यही ज्ञान जब समाधि की निर्मलता के कारण पूर्ण निश्चल हो जाता है तो उसमें किसी प्रकार का मल नहीं रहता। जैसा कि कहा है—तदा सर्वावरणमलापेतस्य ज्ञानस्यानन्त्याज्ज्ञेयमल्पम्।—योगसूत्र 4/31

उसके बाद चित्त अपने आश्रय महत् तत्वादि के सहित अपने कारण में विलीन हो जाता है तथा प्रकृति का जो स्वाभाविक परिणाम क्रम है, वह उसके लिए बन्द हो जाता है। जैसाकि—ततः कृतार्थानां परिणामक्रम-समाप्तिर्गुणानाम्—योगसूत्र 4/32। यही मुक्ति की अवस्था है जो कैवल्य कहलाती है और हम सभी जानते हैं कि योग का वास्तविक एवं चरम लक्ष्य कैवल्य है।

धारणा

भारतीय ज्ञान परम्परा में अंतरंग साधनों में धारणा प्रथम स्थान पर है। अष्टांग योग में यह छठें स्थान पर है। उपनिषदों में वर्णित अष्टांग योग में चौथे तथा पंच दशांग योग में तेरहवें स्थान पर है। त्रिविध संयमों में प्रथम धारणा है।

धारणा का लक्षण—"किसी देश विशेष में चित्त को बाँधना या कहें

कि चित्त का बंधन धारणा है"। जैसाकि—देशबन्धश्चित्तस्य धारणा। —योगसूत्र 3/1, धारणा के इस लक्षण में आए 'देश' पद का अर्थ ध्यान के आधारभूत ध्येय का अधिकरण (प्रदेश) है। 'बन्ध' पद का अर्थसम्बन्ध अथवा स्थापन् है।[1] चित्त को समस्त विषयों से हटाकर किसी स्थान विशेष में स्थापित (स्थिर) करना धारणा है।[2]

देश दो प्रकार के हैं—बाह्य तथा आन्तरिक। नाभिचक्र, हृदयकमल, कण्ठ, मुख आदि निश्चित क्रम से धारणा के अभ्यास का विधान किया गया है। आचार्यों ने गरुण पुराण के श्लोकों द्वारा आध्यात्मिक देशों में धारणा के क्रमिक विकास को उपन्यस्त किया है सर्वप्रथम नाभि तदन्तर कण्ठ, तदन्तर मुख (जिह्वाग्र), तदन्तर नासिकाग्र, तदन्तर नेत्र, तदनन्तभ्रू का मध्यभाग, तदन्तर मूर्धा तथा सबसे अन्त में मूर्धा से ऊपर द्वादश-अंगुल परिमित प्रदेश में चित्त की स्थापना की जाती है।[3]

सूर्य, चन्द्र, अग्नि, ईश्वर, देवता आदि बाह्य देश है। इनकी धारणा बाह्य धारणा कहलाती है।[4] भाष्यकार व्यास तथा भास्वतीकार ने सूर्य आदि बाह्य विषयों को एक स्थान पर प्रसंगवश आन्तरिक देश के समान शरीर के आन्तर अंग के रूप में स्वीकार किया है। इसके फलस्वरूप सूर्य का अर्थ सुषुम्नाद्वार तथा चन्द्र का अर्थ चन्द्र द्वार होगा। तालुमूल तथा ध्रुव का अर्थ ध्रुवतारा न होकर शरीरान्तर्गत अन्य स्थिर आन्तर अंग विशेष होगा। भाष्यकार व्यास ने इसीलिए सूर्य का अर्थ सूर्यद्वारे किया है[5] तथा योगभाष्य के व्याख्याकार हरिहरानन्दारण्य ने उसे और स्पष्ट करते हुए सूर्य का सुषुम्नाद्वार, चन्द्र का तालुमूल अर्थ स्वीकार किया है।[6] फलतः धारणा के लिए आश्रय देश शरीरान्तर्गत सूक्ष्म आन्तर अवयव ही है।

---

1. (क) बन्धः = सम्बन्धः। - तत्त्ववैशारदी, पृ० 282
   (ख) .... चित्तस्य स्थापनम्। —योगवार्तिक, पृ० 281
2. यत्र देशे ध्येयं चिन्तनीयं तत्र ध्यानाधार देशविषये चित्तस्य स्थापनं तदैकाग्र्यं धारणा। —योगवार्तिक, पृ० 181
3. प्राङ्नाभ्यां हृदये वाऽथ तृतीये तथोरसि।
   कण्ठे मुखे नासिकाऽग्रे नेत्रभ्रूमध्यमूर्द्धसु।
   किंचिश्रस्मात्परस्मिंश्च धारणा दश कीर्तिताः॥
   —गरुणपुराण 1/2, 18/21-22, योगवार्तिक, पृ० 281
4. बाह्ये वा विषय इति। सूर्यचन्द्राग्न्यादावीश्वरदेवताऽऽदिध्यानदेश इत्यर्थः।
   —योगवार्तिक, पृ० 282
5. एतद् योगिना साक्षात्कर्तव्यं सूर्यद्वारे संयमं कृत्वा। —योगभाष्य, पृ० 346
6. सूर्यद्वारे सुषुम्नाद्वारे चन्द्रे चन्द्रद्वारे उक्तं च —'तालुमूले च चन्द्रमा'।
   —भास्वती पृष्ठ 346-347

उपनिषदों के अनुसार धारणा के लक्षण—तेज बिन्दूपनिषद के अनुसार ''जहाँ-जहाँ मन जाए वहाँ-वहाँ ब्रह्मदर्शन करना तथा मन द्वारा उसे धारण करना 'धारणा' है''।[1] अमृतनादोपनिषद् में कहा गया है कि ''बुद्धिमान साधक संकल्पात्मक मन के वृत्तियों को संक्षेपित कर नि:संकल्प रूप से आत्मा को धारणा करता है'' यही धारणा है।[2]

धारणा के स्वरूप के सन्दर्भ में योगतत्त्वोपनिषद् में कहा गया है कि 'जो भी हम नेत्र द्वारा देखें वहाँ आत्मा की भावना करें। जो भी हम सुने उसमें आत्मा की भावना करें। जो भी नाक से सूँघें उसमें आत्मा की भावना करे। जिह्वा जो रस का पान करे उसमें आत्मा की भावना करे। त्वचा से जो भी स्पर्श करे उसमें योगी आत्मा का भावना करें। इस प्रकार अपने सभी ज्ञानेन्द्रियों से आत्मा की भावना करना धारणा है।'[3]

पातंजल योगसूत्र तथा उपनिषदों में वर्णित धारणा के लक्षण में अन्तर है। जहाँ योगसूत्र में धारणा का अर्थ देश विशेष में चित्त को बाँधना या एकाग्र करना है वहीं उपनिषदों में धारणा का अर्थ अपने इन्द्रियों द्वारा सर्वत्र ब्रह्म भावना या आत्म भावना से भावित करना है।

पुराणों में धारणा का स्वरूप—विष्णु पुराण के अनुसार—''प्राणायाम से प्राणों को तथा प्रत्याहार से इन्द्रिय को वश में करके जिस शुभ देश को चित्त का आश्रय बनाया जा सकता है वह है—भगवान विष्णु का उपाश्रय निष्पृह रूप और इस विष्णु रूप को चित्त में धारण करने का नाम ही धारणा है''। जैसा कि कहा है—

प्राणायामेन पवनं प्रत्याहारेण चेन्द्रियम्।
वशीकृत्य ततः कुर्यात् चित्तस्थानं शुभादपि।

---

1. यत्र यत्र मनो याति ब्रह्मणस्तत्र दर्शनात्।
मनसा धारणं चैव धारणा सा परा मता॥
—तेजबिन्दूपनिषद्, प्रथम अध्याय, श्लोक-35, पृ० 53

2. मनः संकल्पकं ध्यात्वा संक्षिप्यात्मनि बुद्धिमान्।
धारयित्वा तथात्मानं धारणा परिकीर्तिता॥—अमृतनादोपनिषद्, श्लोक-15, पृ० 17

3. यद्यत् पश्यति चक्षुर्भ्यां तत्तदात्मेति भावयेत्।
यद्यच्छृणोति कर्णाभ्यां तत्तदात्मेति भावयेत्।
लभते नासया यद्यत् तत्तदात्मेति भावयेत्।
जिह्वया यद्रसं ह्यत्ति तत्तदात्मेति भावयेत्।
त्वचा यद्यत् स्पृशेद्योगी तत्तदात्मेति भावयेत्।
एवं ज्ञानेन्द्रियाणां तु तत्तदात्मेति भावयेत्।
—योगतत्त्वोपनिषद्, श्लोक-69, 70, 71, पृ० 376

मूर्तं भगवतो रूपं सर्वोपाश्रयनस्पृहम्।
एषा वै धारणा ज्ञेया यच्चितं तत्र धार्यते।

—विष्णुपुराण, 6/7/45, 78

विष्णु पुराणकार का कथन है कि चूँकि बिना आधार के चित्त की धारणा सम्भव नहीं हो पाती[1] अत: भगवान विष्णु के निम्नलिखित स्वरूप का ध्यान करना चाहिए—प्रसन्नमुख, सुन्दरकमलपत्र के समाननयन, सुन्दर कपोल, सुविशाल उज्ज्वल ललाट, सुन्दरतम कुण्डलों से विभूषित कान, शंख के समान गर्दन श्रीवत्स से अंकित सुविस्तीर्ण वक्षस्थल, त्रिवलिभंग एवं गम्भीर नाभि से युक्त उदर, सुविशाल आठ या चार भुजाओं से युक्त सुचिक्कण, सुविभक्त उरू तथा सुस्थिर चरणों एवं करकमलों से युक्त पीत वस्त्रधारी विष्णु साक्षात् ब्रह्मस्वरूप है।[2]

वहीं कूर्मपुराण के अनुसार हृदय कमलनाभि, मूर्धा तथा मस्तक आदि देशों में चित्त को बाँधना धारणा है।[3]

धारणा के भेद—हमारा शरीर पाँच तत्त्वों से मिलकर बना है। पृथ्वी, जल, तेज, वायु तथा आकाश। आचार्य नारायण तीर्थ प्रणीत योगसिद्धान्तचन्दिका तथा उपनिषदों में पंचमहाभूतविषयक चिन्तन को धारणा के अन्तर्गत रखकर उसके आधार पर धारणा के पाँच भेद किये गये हैं—पार्थिव धारणा, वारूणी धारणा, तैजसी धारणा, वायवी धारणा, तथा नाभसी धारणा।[4] योगसिद्धान्तचन्द्रिका में इसे

1. तच्च मूर्तं हरे रूपं यादृक चिन्त्यं नराधिप:। तच्छ्रूयतामनाधारे धारणा नोपपद्यते॥ —विष्णुपुराण 6/7/45, 78
2. प्रसन्नवदनं चारू पद्मपत्रनिभेक्षणम्। सुकपोलं सुविस्तीर्णं ललाटफलकोज्वलम्। समकर्णान्तविन्यस्तचारूकुण्डलभूषणम्। कम्बूग्रीवं सुविस्तीर्णं श्रीवत्साङ्कितवक्षसम्। वलीत्रिभङ्गिना भग्ननाभिना चोदरेण वै। प्रलम्बाष्टभुजं विष्णुमथवापि चतुर्भुजम्॥ समस्थितोरूजंधं च सुस्थिरांघ्रिकराम्बुजम्। चिन्तयेद् ब्रह्मभूतं तं पीतनिर्मल-वाससम्॥ —विष्णुपुराण 6/7/80-83
3. हृत्पुण्डरीके नाभ्यां वा मूर्ध्नि पर्वतमस्तके। एवमादिषु देशेषु धारणा चित्तबन्धनम्।
—कूर्मपुराण-11/39
4. (क) पृथिव्यप्तेजोवाय्वाकाशेषु पंचमूर्तिधारणं चेति।
—शाण्डिल्योपनिषद्, प्रथम अध्याय, नवम खण्ड, पृ० 548
(ख) भूमिरापोऽनलो वायुराकाशश्चेति पञ्चकः। येषु पञ्चसु देवानां धारणा पञ्चधोच्यते॥ —योगतत्त्वोपनिषद्, श्लोक-84, पृ० 378
(ग) पञ्चभूतमयेदेहे भूतेष्वेतेषु पञ्चसु। मनसो धारणं यत्तद्युक्तस्य च यमादिभिः॥ धारणा सा च संसारसागरोत्तारकारणम्॥
—त्रिशिखिब्रह्मणोपनिषद् मन्त्र भाग, श्लोक 133, 134, पृ० 145

ही क्रमशः स्तम्भनी प्लावनी दहनी भ्रामणी तथा शमनी नाम से अभिहित किया गया है।[1]

दर्शनोपनिषद् के अनुसार पैर के तलवे से घुटने पर्यन्त पृथ्वी का भाग है। घुटने से पायुस्थान तक जल का स्थान है। पायुस्थान से हृदय तक अग्नि का स्थान है। हृदय से भ्रूमध्य तक वायु का स्थान है। भ्रूमध्य से मूर्धा तक आकाश का अंश है। पृथ्वी भाग में ब्रह्मा, जल भाग में विष्णु, अग्नि भाग में शिव, वायु भाग में ईश्वर तथा आकाश भाग में सदाशिव की धारणा करना चाहिए।[2]

पार्थिव धारणा या स्तम्भिनी धारणा—पैर से लेकर जानुपर्यन्त (घुटने तक) चतुष्कोण पृथ्वी का स्थान है। यह स्थान लकार से युक्त पीतवर्ण का है। योगसिद्धान्तचन्द्रिका के अनुसार इसका वर्ण हरिताल के सदृश है। यह स्थान चतुर्भुजाकार, चतुर्वक्त्र (चार मुख वाले) ब्रह्मा का है। इस स्थान पर पाँच घटी (दो घंटे) तक वायु ग्रहण का चिन्तन करते रहना चाहिए। इस प्रकार के चिन्तन करने वाले योगी की मृत्यु नहीं होती है। जैसाकि—

पादादिजानुपर्यन्तं पृथिवीस्थानमुच्यते।
पृथिवीचतुरश्रं च पीतवर्णं लवर्णकम्।
पार्थिवेवायुमारोप्यलकारेण समन्वितम्।
ध्यायं श्चतुर्भुजाकारं चतुर्वक्त्रं हिरण्मयम्।
धारयेत् पंच घटिकाः पृथिवीजयमाप्नुयात्।
पृथिवीयोगतोमृत्युर्नभवेदस्य योगिनः।

—योगतत्त्वोपनिषद्, श्लोक-85-87, पृ० 378

और भी कई उपनिषदों में कहा है।[3]

---

1. सेयं धारणा भूतानां भेदेन स्तम्भिनी प्लाविनी दहनी भ्रामणी शमनी चेति पञ्चधा भवति॥ —योगसिद्धान्तचन्द्रिका, योगसूत्र 1/3, पृ० 133
2. जान्वन्तं पृथिवी ह्यंशो ह्यपां पाय्वन्तमुच्यते। हृदयांशस्तथाग्न्यांशो भ्रूमध्यान्तोऽनिलांशकः॥
   आकाशांशस्तथा प्राज्ञ मूर्धांशः परिकीर्तितः। ब्रह्माणं पृथिवीभागे विष्णुं तोयांशके तथा। अग्न्यंशे च महाप्राज्ञ धारयेश्रु सदाशिवम्॥

   —दर्शनोपनिषद्, अष्टम खण्ड, श्लोक, 4,5,6, पृ० 181
3. (क) तत्र पादादिजानुपर्यन्तदेशे हरितालनिभसलकारसवेधसचतुष्कोणपृथिव्यैकाग्रता स्तम्भिनी। इयमेव पार्थिवी धारणेत्युच्यते। —योगसिद्धान्तचन्द्रिका, पृष्ठ 133

   (ख) आजानुपादपर्यन्तं पृथिवीस्थानमिष्यते। पीतला चतुरस्त्रा च वसुधा वज्रलाञ्छिता। स्मर्तव्या पञ्चघटिका तत्रारोप्य प्रभञ्जनम्।

   —त्रिशिखिब्राह्मणोपनिषद्, मन्त्र भाग, श्लोक- 135, 136, पृ० 145

जलीय धारणा या प्लाविनी धारणा—जानु से पायुपर्यन्त जल का स्थान है। यह स्थान त्रिशिखि ब्रह्मणोपनिषद् में कटिपर्यन्त माना गया है। अर्धचन्द्रकार यह स्थान शुक्लवर्ण एवं 'वं' बीज से युक्त है। इस जल स्थान में वायु को धारण कर वकार से समन्वित श्रीनारायण का स्मरण करना चाहिए जो चार भुजाओं से युक्त मुकुट धारण किए हुए शुद्ध स्फटिक के समान पीताम्बर धारण किए हुए है। पाँच घटी (दो घंटे) इस प्रकार धारणा करने से साधक है। सभी पापों से मुक्त हो जाता है। साधक को जल से भय समाप्त हो जाता तथा जल में डूबने से मृत्यु नहीं होती है। जैसाकि—

आजानोः पायुपर्यन्तमपां स्थानं प्रकीर्तितम्।
अपोऽर्धचन्द्रं शुक्लं च वंबीजं परिकीर्तितम्॥
वारूणेवायुमारोप्य वकारेण समन्वितम्।
स्मरन् नारायणं देवं चतुर्बाहुंकिरीटिनम्॥
शुद्धस्फटिकसंकाशंपीतवाससमच्युतम्।
धारयेत् पंच घटिकाः सर्वपापैः प्रमुच्यते॥
ततोजलाद्भयं नास्ति जले मृत्युर्नविद्यते।

—योगतत्त्वोपनिषद्, श्लोक 88-91, पृ०-378

और भी कई उपनिषदों में कहा है।[1]

आग्नेयी या दहनी धारण

पायु से हृदय तक अग्नि का स्थान है। त्रिशिखिब्राह्मणोपनिषद् में इसका क्षेत्र देह मध्य यानि नाभि तक बताया गया है। त्रिकोणाकार यह स्थान इन्द्र गोपा के सदृश अरुण आभा (रक्त वर्ण) एवं रेफ अक्षर व से युक्त है। यहाँ रुद्र देवता निवास करते हैं। जिनका शरीर के सभी अंग भस्म से विभूषित है तथा जिनके मुख मण्डल प्रसन्न है। इस प्रकार की धारण पाँच घटी (दो घंटे) करने से साधक का शरीर अग्निकुण्ड में प्रवेश के बावजूद नहीं जलता है। त्रिशिखिब्राह्मणोपनिषद् में धारणा की अवधि पन्द्रह घटी (6 घंटा) बताई गयी है। जैसाकि—

आपायोर्हृदयान्तं च वह्निस्थानं प्रकीर्तितम्।
वह्निस्त्रिकोणं रक्तं च रेफाक्षरसमुद्भवम्।

---

1. (क) जानुतः पायुपर्यन्ते देशे अधेन्दुनिभसवकारसविष्णुकुन्दाभजलैकाग्रता प्लाविनी। इयमेव वारूणी धारणेत्युच्यते। —योगसिद्धान्तचन्द्रिका, पृ०133
   (ख) आजानुकटिपर्यन्तमपां स्थानं प्रकीर्तितम्। अर्धचन्द्रसमाकारं श्वेतमर्जुन-लाञ्छितम्। स्मर्तव्यमम्भः श्वसनमारोप्य दशनाडिका।
   —त्रिशिखिब्राह्मणोपनिषद्, मन्त्रभाग, श्लोक 136, पृ० 145

वह्नौ चानिलमारोप्यं रेफाक्षरसमुज्ज्वलम्॥
त्रियक्षं वरदं रुद्रं तरुणादित्यसंनिभम्।
भस्मोद्धूलितसर्वांगं सुप्रसन्नमनुस्मरन्॥
धारयेत् पंच घटिकावह्निनाऽसौ न दह्यते।
न दह्यते शरीरं च प्रविष्टस्याग्निकुण्डके।

—योगतत्वोपनिषद्, श्लोक 378, 379

और भी कई स्थलों में वर्णन मिलता है।[1]

वायवीय धारणा या भ्रामणी धारणा

हृदय से लेकर भ्रूमध्यपर्यन्त प्रवहणशीलवायु-तत्त्व का स्थान माना गया है। त्रिशिखिब्राह्मणोपनिषद् में इसका स्थान हृदय से नसिका तक ही बताया गया है। इसके आकार के सन्दर्भ में भी मतभेद है। योगतत्त्वोपनिषद् में इस स्थान का आकार षट्कोण बताया गया है। योगसिद्धान्तचन्द्रिका में इस स्थान का आकार गोलाकार तथा त्रिशिखिब्राह्मणोपनिषद् में वेदिका के आकार का बताया गया है। वर्ण के सन्दर्भ में योगसिद्धान्तचन्द्रिका तथा योगतत्त्वोपनिषद् में धूम्रवर्ण उल्लेखित है। यह ईश्वर का निवास स्थान है। जो सर्वज्ञ है तथा सारे विश्व में व्याप्त है। यहाँ यकारवर्ण अभिव्यक्त होता है। इस प्रकार के प्रदेश से विशिष्ट वायुतत्त्वविषयिणी चित्त की स्थिरता भ्रामणी धारणा है। इस धारणा को पाँच घटी (दो घंटा) करने से वायु के समान गति हो जाती है तथा वायु से मृत्यु नही होती है। त्रिशिखिब्रह्मणोपनिषद्, में इस धारणा की अवधि बीस घटी (8 घंटे) बताया गया है। जैसाकि—

आहृदयाद् भ्रुवोर्मध्यं वायुस्थानं प्रकीर्तितम्।
वायुः षट्कोणकं कृष्णं यकाराक्षरभासुरम्॥
मारुतं मरुतांस्थाने यकाराक्षरभासुरम्।
धारयेत् तत्र सर्वज्ञमीश्वरं विश्वतोमुखम्।
धारयेत् पंच घटिकावायुवद्व्योमगोभवेत्।
मरणं न तु वायोस्तु भयं भवति योगिनः॥

—योगतत्त्वोपनिषद्, श्लोक 95, 96, 97 पृष्ठ-379

और भी कई उपनिषदों में उपलब्ध है।[2]

---

1. आपायोर्हृदयपर्यन्ते देशे इन्द्रगोपाभत्रिकोणसरेफसरुद्रवह्न्यैकाग्रता दहनी। इयमेव तैजसी धारणेत्युच्यते। —योगसिद्धान्तचन्द्रिका, पृष्ठ 133
2. (क) हृदयाद् भ्रूमध्यपर्यन्ते देशेऽञ्जनसन्निभसवृत्तसयकारसेशवाय्वेकाग्रता भ्रामणी। इयमेव वायवी धारणेत्युच्यते। —योगसिद्धान्तचन्द्रिका, पृष्ठ 133

आकाशीय या शमनी धारणा

भ्रूमध्य से लेकर मूर्धान्त अर्थात् ब्रह्मरन्ध्र तक का स्थान आकाश का है। आकाशवृत्त के आकार का यह क्षेत्र घूम्रवर्ण का है। योगसिद्धान्तचन्द्रिका में इसका रंग जल के समान शुभ्र बताया गया है। त्रिशिखिब्राह्मणोपनिषद् में नीले आकाश के रंग के रूप में इसका उल्लेख किया गया है। 'हकार' अक्षर से युक्त इस स्थान पर धारणा करना चाहिए। यह स्थान सदाशिव का है जो शुद्ध स्फटिक के समान है, जो अपने सिर पर बाल चन्द्रमा को धारण किए हुए है, पाँच मुखों और दश हाथों वाले सदाशिव के तीन नेत्र हैं तथा जिनका स्वरूप सौम्य है, जो सभी आयुध को धारण किए हुए है तथा सभी भूषण से शोभायमान है। इस प्रकार आकाशतत्त्व के धारणा से खेचरी मुद्रा लगने लगती है। जहाँ कहीं भी योगी रहता है। वहाँ अत्यंत सुख प्राप्त होता है।

आभ्रूमध्याश्रुमूर्धान्तमाकाशस्थानमुच्यते।
व्योमवृतं च धूम्रं च हकाराक्षरभासुरम्॥
आकाशेवायुमारोप्य हकारोपरि शंकरम्।
बिन्दुरुपं महादेवं व्योमाकारं सदाशिवम्॥
शुद्धस्फटिकसंकाशं धृतबालेन्दुमौलिनम्।
पंचवक्त्रयुतं सौम्यं दशबाहुं त्रिलोचनम्॥
सर्वायुधैर्धृताकारंसर्वभूषणभूषितम्।
उमार्धदेहं वरदं सर्वकारणकारणम्॥
आकाशधारणात् तस्य खेचरत्वं भवेद् ध्रुवम्।
यत्रकुत्र स्थितो वापि सुखमत्यन्तमश्नुते॥

—योगतत्त्वोपनिषद् श्लोक–98,–102, पृष्ठ 379

और भी कई उपनिषदों में उल्लेख मिलता है।[1]

पूर्वोक्त पाँच प्रकार की धारणाओं के अतिरिक्त दो अन्य प्रकार की धारणाएँ भी हैं 'मनस् तथा बुद्धिविषयणी'। ये धारणाएँ मूर्धा में वायु को स्थिर

(ख) नाभेरुपरि नासान्तं वायुस्थानं तु तत्रं वै। वेदिकाकारवद्धूम्रो बलवान् भूतमारुतः। स्मर्तव्यः कुम्भकेनैव प्राणमारोप्य मारुतम्। घटिकाविंशति-स्तस्माद् घ्राणाद् ब्रह्मबिलावधि।

—त्रिशिखिब्राह्मणोपनिषद्, श्लोक 139, 140, पृष्ठ 146

1. (क) भ्रूमध्यात् ब्रह्मरन्ध्रपर्यन्ते देशे सहकारविशुद्धवारिसदृशसदशिवाकाशैकाग्रता शमनी। इयमेव नाभसी धारणेत्युच्यते। —योगसिद्धान्तचन्द्रिका, पृष्ठ 133

(ख) व्योमस्थान नभस्तत्र भिन्नांजनसमप्रभम्। व्योम्नि मारुतमारोप्यं कुम्भकेनैव यत्नवान्। —त्रिशिखिब्राह्मणोपनिषद्, मन्त्रभाग, श्लोक 141 पृष्ठ 146

करने से सिद्ध होती है।[1] इस प्रकार धारणा के सात भेद हुए। अन्य शास्त्रों में भी उक्त सात प्रकार की धारणाओं का वर्णन उपलब्ध होता है।

ऊपर प्राणवायु के नियंत्रणपूर्वक जो सात प्रकार की धारणाएँ प्रतिपादित हुई हैं उसका तात्पर्य समझाते हुए नारायणतीर्थ ने कहा है कि ये शरीर के भिन्न-भिन्न प्रदेशों में प्राणवायु के नियंत्रण रखने मात्र से सिद्ध नही होती प्रत्युत वायु का संयमनपूर्वक तत्वों पर चित्त के एकाग्रीकरण से सिद्ध होती है।[2]

देशविशेष पर चित्त की स्थिरता के न्यूनतम काल को स्पष्ट करते हुए आचार्य विज्ञानभिक्षु, भावगणेश तथा नारायणतीर्थ लिखते हैं कि धारणा कम से कम द्वादश प्राणायाम काल से अवछिन्न होनी चाहिए।[3] इससे न्यून काल (क्षणभर) विशिष्ट चित्त का देशबन्ध धारणा नहीं कहा जाता है। इसलिए विज्ञानभिक्षु आदि व्याख्याकारों ने धारणा के लक्षण में 'प्राणायामद्वादश-कालावछिन्नत्व' इस विशेषणांश के सन्निवेष का परामर्श दिया है।[4] साधक अभ्यास द्वारा धारणा काल को क्रमशः बढ़ाता हुआ चित्त को ध्यान के सोपान के योग्य बनाता है।

ध्यान के लक्षण

धारणा के सन्दर्भ में जिन देशों में चित्त के संयम की चर्चा है उन्हीं देशों में चित्त की एकतानता को ध्यान कहते हैं। जैसाकि—तत्र प्रत्ययैकतानताध्यानम्।—योगसूत्र 3/2

इस अवस्था में ध्येय देश के अतिरिक्त अन्य किसी भी विषय की प्रतीति नहीं हुआ करती है। अर्थात् ध्यानकाल में चित्त ध्येय विषय में इतना लीन हो जाता है कि चित्त में अन्य विषयक वृत्तियाँ उदित नहीं होती है। इस अवस्था में एकमात्र ध्येयविषयक वृत्ति ही आविर्भूत एवं तिरोभूत होती रहती है। इस प्रकार ध्यानकाल में वृत्त्यन्तर शून्य चित्त का ध्येयविषयक सदृश प्रवाह बना रहता है। आचार्यों ने तैल की अखण्ड धारा से चित्त के इस सदृश प्रवाह

1. (क) एवं मनसो बुद्धेश्च धारणा मूर्ध्नि।
(ख) इत्थं हि धारणा सप्त कुर्वन् योगी भवेद् दृढ़ः।
ब्रह्मणः प्रलयेऽप्यस्य मृत्योर्भीतिर्न विद्यते॥ —योगसिद्धान्तचन्द्रिका, पृष्ठ 134
2. वायुसंयमनपूर्वक तत्त्वैकाग्रता कार्या। —योगसिद्धान्तचन्द्रिका, पृष्ठ 134
3. (क) प्राणामैर्द्वादशभिर्यावत्कालः कृतो भवेत्। स तावत्कालपर्यन्तं मनो ब्रह्मणि धारयेत्। —योगवार्तिक, पृष्ठ 283, योगसिद्धान्तचन्द्रिका, पृष्ठ 134
(ख) तत्र धारणा द्वादशप्राणायामकालपरिच्छिन्नेति। —नागोजीभट्टवृति, पृष्ठ 115
4. अतः सूत्रोक्तं विशेषलक्षणमपि प्राणायामद्वादशकालवछिन्नत्वेन विशेषणीयमिति। —योगवार्तिक, पृष्ठ 283

को स्पष्ट किया है।[1] विष्णुपुराण में ध्यान का ऐसा ही स्वरूप प्रतिपादित हुआ है।[2] गरुणपुराण के अनुसार ध्यान अन्य देश में न होकर केवल ब्रह्म में ही होना चाहिए।

ध्यान की स्थितिमें यद्यपि चित्तवृत्तियों का पूर्णतः निरोध रहता है, किन्तु उस समय ग्रहीता, ग्राह्य और ग्रहण तीनों का ही भान रहता है, इतना अवश्य है इस अवस्था ग्राह्य अनेक नहीं बल्कि एक रहता है। साथ ही उसका सूक्ष्मतम् रूप ही प्रतीति का विषय होता है। क्योंकि एक विषय में भी अवयवादि की प्रतीति की स्थिति में विविध अवयवों में चित्तवृत्तियों के भ्रान्त होने के कारण एकतानता (एकाग्रता) नही हो सकती। अतः आवश्यक है कि ध्यान की स्थिति में चित्त की एकतानता रूप से प्रतीत होनेवाला विषय सूक्ष्म हो स्थूल नहीं।

उपनिषदादि ग्रन्थों से भी ध्यान के लक्षण प्राप्त होते हैं। तेजबिन्दूपनिषद के अनुसार निरालम्ब ब्रह्म की भावना ही ध्यान है।[3] मण्डलबाह्मणोपनिषद् में सभी शरीरों में स्थित चैतन्य की एकतानता को ध्यान कहा गया है।[4] योगचूणामण्युपनिषद् में द्वादश धारणा को ध्यान कहा गया है।

ध्यान के भेद

योगसूत्र के व्याख्याकारों में एकमात्र नारायणतीर्थ ने योगसिद्धान्तचन्द्रिका में ध्यान के भेद बताए है। योगसिद्धान्तचन्द्रिका में ध्यान के दो भेद हैं (1) सगुण (2) निर्गुण[5] । योगतत्त्वोपनिषद्, त्रिशिखिब्राह्मणोपनिषद् तथा शाण्डिल्योपनिषद् में ध्यान को सगुण तथा निर्गुण रूप में विभाजिन किया गया है।[6]

सगुणध्यान

साधक नीलकमल की पंखुड़ी की तरह श्यामवर्णवाले, पीतवर्ण के

1. प्रत्यस्य वृतर्यां एकतानता तैलधारवदेकतानप्रवाहः। —भास्वती, योगसूत्र 3/2, पृष्ठ 283
2. तद्रुपप्रत्ययैकाग्र्यसन्ततिश्चान्यनिः स्पृहा।
   तद् ध्यानं षड्भिरंगैः प्रथमैर्निष्पाद्यतेनृप॥
   —विष्णुपुराण 6/7/91 तत्त्ववैशारदी, पृष्ठ 283
3. ब्रह्महैवास्मीति सद्रत्या निरालम्बतया स्थितिः। ध्यानशब्देन विख्यातः परमानन्द दायकः। —तेजविन्दूपनिषद्, प्रथम अध्याय, श्लोक 36, पृष्ठ 53
4. धारणा द्वादश प्रोक्तं ध्यानं योगविशारदैः।
   —योगचूड़ामण्युपनिषद्, श्लोक 112, पृष्ठ 360
5. तच्च ध्यानं सगुणनिर्गुणभेदेन द्विविधम्। —योगसिद्धान्तर्चान्द्रका, पृष्ठ 135
6. (क) अथ ध्यानम्। तद्विविधं सगुणं निर्गणं चेति। सगुणं मूर्तिध्यानम्। निर्गुण-मात्पयाथात्म्यम्। —शाण्डिल्योपनिषद् प्रथम अध्याय, एकादश खण्ड, पृष्ठ 549
   (ख) सगुणनिर्गुणभेदेन द्विप्रकारं ध्यानम्। —योगतत्त्वोपनिषद्, पृष्ठ 380

रेशमीवस्त्र धारण करनेवाले, शंख, चक्र, गदा, पद्म आदि से सुशोभित चार भुजाओं वाले तथा करोड़ों सूर्य के तुल्य दीप्तिमान तथा अविनाशी भगवान विष्णु का ध्यान करे। इसी प्रकार साधक निर्मल, ज्ञानदाता, कल्याणकारी तथा स्फटिकमणि के समान वर्णवाले महेश्वर का ध्यान करें। साधक महादेवादि से भी श्रेष्ठ अर्थात् सर्वश्रेष्ठ, अविनाशी, नीलकण्ठी, त्रिनेत्री एवं पापों का नाशक शिव का सर्वदा ध्यान करें। सभी पापों का नाश करनेवाले ब्रह्मा का ध्यान साधक निरन्तर करे। जैसाकि कहा है—

नीलोत्पलदलश्यामं पीतकौशेयवाससम्।
चतुर्भुजं शंखचक्रगदापद्मादिशोभितम॥
कोटिसूर्यप्रतीकाशं ध्यायेदच्युतमव्ययम्।
अथैवं चिन्तयेद्देवं निर्मलंज्ञानदं शुभम्॥
शुद्धस्फटिकसंकाशं महादेवं महेश्वरम्।
परात् परतरं नित्यं नीलकण्ठं त्रिलोचनम्।
ब्रह्माणं च सदाध्यायेत् सर्वपापप्रणाशनम्॥
मकारार्थोमहादेवं उकारार्थो हरिर्मतः।
अकारार्थोभवेद् ब्रह्माभावयेत्तु ततः सदा।
तेषामैक्यं ततः सद्यः क्षीणपापोभवेन्नरः।

—योगसिद्धन्तचन्द्रिका, पृष्ठ 135

ऊँकार का जप करने वाला मकार, उकार तथा अकार को क्रमशः महादेव, हरि तथा ब्रह्मा—इस प्रकार की भावना से जप करें। तदन्तर तीनों देवों में ऐक्यबुद्धि करें। जो साधक इस प्रकार का ध्यान करता है उसके समस्त पाप नष्ट हो जाते हैं।

निर्गुणध्यान

जो एक, ज्योतिर्मय, शुद्ध, आकाश के समानविभु, दृढ़, अव्यक्त, नित्य, आदि (उत्पति), मध्य (स्थिति) तथा अन्त (लय) से रहित, स्थूलरूप, सूक्ष्म, अवकाशरहित, स्पर्शरहित, चक्षु से अगोचर, रसगन्धादि से रहित, प्रमाणातीत, आनन्दस्वरूप, अजर, नित्य, सदसत् पदार्थों का कारण, सर्वाधार, जगद्रूप, अमूर्त, अज, अव्यय, अदृश्य, तथा दृश्य पदार्थों में निवास करने वाला, सबको स्पर्श करने वाला तथा सहस्त्र सिरों वाला है—इस प्रकार ब्रह्म सदृश स्वयं हो जाउँ—इस तात्त्विक चिन्तन को ही बह्मवेत्ता निर्गुण ध्यान कहते हैं। जैसाकि कहा है—

एकं ज्योतिर्मयं शुद्धं सर्वगं व्योमवद् दृढ़म्।
अव्यक्तममलं नित्यमादिमध्यान्तवर्जितम्।
स्थूलसूक्ष्ममनाकाशसंस्पर्शमचाक्षुषम्।
न रसं न चगन्धाद्व्यमप्रमेयमनूपमम्।
आनन्दमजरं नित्यं सदसत्सर्वकारणम्।
सर्वाधारं जगद्रूपममूर्तमजमव्ययम्।
अदृश्यं दृश्यमध्यस्थं वृत्तिस्थंसर्वतोमुखम्।
सर्वदृक् सर्वतः पादं सर्वस्पृक् सर्वतः शिरः ॥
ब्रह्मबह्ममयोऽहंस्यामितितत्त्वस्यवेदनम्।
तवेतन्निर्गुणं ध्यानमिति योगविदोविदुः ॥

—गोगसिद्धन्तचन्द्रिका, पृष्ठ–135

योगतत्त्वोपनिषद के अनुसार सगुण ध्यान साठ घटी करने से अणिमादि सिद्धि इष्ट देवता द्वारा प्रदान की जाती है।[1] निर्गुण ध्यान का बारह दिनों तक अभ्यास से समाधि सिद्धि प्राप्त होती है। इस प्रकार वायु की निरुद्ध कर निर्गुण ध्यान का अभ्यास करने पर साधक जीवन्मुक्त हो जाता है। यह समाधि जीवात्मा तथा परमात्मा का समतावस्था है।[2]

ध्यान के भेद का दूसरा प्रकार

घेरण्ड–संहिता के अनुसार ध्यान तीन प्रकार के होते हैं—

(1) स्थूलध्यान
(2) ज्योतिर्ध्यान
(3) सूक्ष्म ध्यान।

जब किसी मूर्तिमान देव या परमगुरु का ध्यान किया जाता है। तो इसे 'स्थूल ध्यान' कहा जाता है। जब किसी तेजोमय ज्योति का ध्यान किया जाता है तो उसे 'ज्योतिर्ध्यान' एवं जब बिन्दुस्वरूप का ध्यान किया जाता है तो वह 'सूक्ष्म ध्यान' कहा जाता है। यह बिन्दु बह्मस्वरूप होता है और इस सूक्ष्म

1. समभ्यसेत् तथा ध्यानं घटिकाषष्टिमेव च। वायुं निरुध्य चाकाशे देवतामिष्ट-दामिति॥
सगुणध्यमेतत् स्यादणिमादिगुणप्रदम्॥ —योगतत्त्वोपनिषद्, श्लोक 104, पृष्ठ 380

2. निर्गुणध्यानयुक्तस्य समाधिश्च ततो भवेत्।
दिनद्वादशकेनैव समाधिं समवाप्नुयात्
वायु निरुध्य मेधावी जीन्मुक्तो भवत्ययम्।
समाधिः समतावस्था जीवात्मपरमात्मनोः।
—योगतत्त्वोपनिषद्, श्लोक 105, 106, पृष्ठ 380

ध्यान से ही कुण्डलिनी शक्तिस्वरूपा परादेवता के दर्शन करने में ध्याता समर्थ होता है।[1]

स्थूल ध्यान से सौगुना विशिष्टत्योति र्ध्यान हैं एवं ज्योतिर्ध्यान से लाख गुना विशिष्ट सूक्ष्म ध्यान है।[2]

स्थूलध्यान

साधक अपनी आँखों को बन्दकर अपने हृदय में इस प्रकार ध्यान करे कि सर्वोतम सुधासागर के मध्य में अतिशय सुन्दर रत्नमय बालुका राशि द्वारा उत्पन्न होनेवाली अलौकिक शोभा से समन्वित एकरत्न द्वीप विराजमान है।[3]

वह रत्नद्वीप चारों ओर से कदम्ब वृक्षों से समन्वित है। चारों ओर कदम्ब पुष्पों से घिरा हुआ वह रत्नद्वीप परिखा (खाई) से अलंकृत नगर के समान दिखाई दे रहा है। सुरभित उन कदम्ब वृक्षों के चारों ओर सभी दिशाएँ मालती, मल्लिका, चमेली, केशर चम्पा पारिजात, स्थलपद्म आदि नानविध अलौकिक पुष्पों की सुरभि से सुवासित है।[4]

तत्पश्चात् योगी मन ही मन चिन्तन करे कि उस नानाविध पुष्पों से अलंकृत रत्नद्वीप के मध्य सदा-सर्वदा पुष्पों से समन्वित चतुर्वेद स्वरूप चार शाखाओं से सुशोभित अतीव मनोहर कल्पवृक्ष विराजित है। कल्पवृक्ष की उन सुशोभित शाखाओं पर भ्रमरगण गुंजार कर रहे हैं एवं कोकिल समूह उनकी शाखाओं पर बैठकर मनोहारी शब्द कर रहें हैं। उस कल्पवृक्ष के नीचे स्थिर

---

1. स्थूलं ज्योतिस्तथा सूक्ष्मं ध्यानस्य त्रिविधं विदुः।
   स्थूलं मूर्तिमयं प्रोक्तं ज्योतिस्तेजोमयं तथा।
   सूक्ष्मं बिन्दुमयं ब्रह्म कुण्डलीपरदेवता —घेरण्डसंहिता, षष्ठोपदेश, श्लोक-1
2. स्थूलध्यानाच्छतगुणं तेजोध्यानं प्रचक्षते।
   तजोध्यानाल्लक्षगुणं सूक्ष्मध्यानं विशिष्यते॥
   —घेरण्डसहिता, षष्ठोपदेश, श्लोक 21, पृष्ठ 87
3. स्वकीयहृदये ध्यायेत् सुधासागरमुत्तमम्।
   तन्मध्ये रत्नद्वीपन्तु सुरत्नवालुकामयम्।
   —घेरण्डसंहिता, षष्ठ अध्याय, श्लोक 2, पृष्ठ 83
4. चतुर्दिक्षु नीपतरुर्वकहुपुष्पसमन्वितः।
   नीपोपवनसंकूले वेष्टितं परिखा इवं
   मालतीमल्लिकाजातीकेशरैश्चम्पकैस्तथा।
   पारिजातैः स्थलैः पद्मैर्गन्धामोदितदिङ्मुखैः।
   —घेरण्डसंहिता, षष्ठोपदेश, श्लोक 3, 4, पृष्ठ 83

होकर योगी ऐसा ध्यान करे कि उस कल्पवृक्ष के नीचे महा-माणिक्य से निर्मित एक मण्डप परम शोभयामान है।[1]

तत्पश्चात् योगी इस प्रकार चिन्तन करे कि उस माणिक्य मण्डप के मध्य में एक अत्यन्त मनोहरपर्यंक (पलंग) अवस्थित है जिसके ऊपर उनके गुरुदेव द्वारा उपदिष्ट उसके इष्ट देव विराजमान हैं जिस देवता का जो रूप भूषण वाहन आदि शास्त्रों में प्रतिपादित किया गया है उनमें से योगी के इष्टदेव का जैसा स्वरूप निर्दिष्ट हो वैसा ही ध्यान योगी द्वारा करना चाहिए। इसे ही स्थूल ध्यान कहा गया है।[2]

ज्योतिर्ध्यान

मूलाधार अर्थात् गुह्य प्रदेश एवं लिंग का मध्यगत स्थान, जहाँ पर भुजगाकार स्वरूपिणी अर्थात् सर्पाकृति वाली कुण्डलिनी विराजमान है, जिसमें प्रज्ज्वलित दीपक की आकृति वाला जीवात्मा अवस्थित है। उसी जीवात्मा में ज्योतिरूपी परात्पर ब्रह्म का ध्यान करना चाहिए। इसे ही तेजो ध्यान या ज्योतिर्ध्यान कहते हैं।[3]

प्रकारान्तर से ज्योतिर्ध्यान का निरूपण करते हुए कहा गया है कि दोनों भौंहों के मध्य भाग में एवं मन के ऊर्ध्व भाग में जो प्रणवात्मक अर्थात् ओंकारमय एवं शिखामाला समन्वित ज्योति विद्यमान है, उस ज्योति को ही परब्रह्म समझकर उसका ध्यान को ही ज्योतिर्ध्यान कहा जाता है।[4]

सूक्ष्म ध्यान

बहुत भाग्यशाली होने के फलस्वरूप जिसकी कुण्डलिनी शक्ति जागृत होकर आत्मा के साथ युक्त होकर नेत्ररन्ध्र-पथ से बाहर निकलकर उर्ध्व

1. तन्मध्ये संस्मरेद्योगी कल्पवृक्षं मनोहरम्।
चतुःशाखचतुर्वेदं नित्यपुष्पकलान्वितम्॥
भ्रमराः कोकिलास्तत्र गुंजन्ति निगदन्ति च।
ध्यायेत्तत्र स्थिरो भूत्वा महामाणिक्यमण्डपम्। —घेरण्डसंहिता, षष्ठोपदेश, श्लोक 5, 6
2. तन्मध्ये तु स्मरेद्योगी पर्यङ्कं सुमनोहरम्। तत्रेष्टदेवतां ध्यायेद्यद्ध्यानं गुरुभाषितम्।
यस्य देवस्य यद्रूपं यथा भूषणवाहनम्। तद्रूपं ध्यायते नित्यं स्थूलध्यानमिदं विदुः।
—घेरण्डसंहिता षष्ठोपदेश, श्लोक-7, 8, पृष्ठ 84
3. मूलाधारे कुण्डलिनी भूजगाकाररुपिणी। जीवात्मा तिष्ठति तत्र प्रदीपकलिकाकृतिः।
ध्यायेत्तेजोमयं ब्रह्म तेजोध्यानं परात्परम्।
—घेरण्डसंहिता, षष्ठोपदेश, श्लोक 16, पृष्ठ 86
4. भ्रूवोर्मध्ये मनोर्ध्वे च यत्तेजः प्रणवात्मकम्। ध्यायेज्ज्वालावलीयुक्तं तेजोध्यानं तदेव हि। —घेरण्डसंहिता, षष्ठोपदेश, श्लोक 17, पृष्ठ 86

भाग-स्थित राजमार्ग में भ्रमण करती है परन्तु अत्यंत सूक्ष्म एवं चंचल होने के कारण वह दृष्टि पथ में नहीं आती। योगी शाम्भवीमुद्रा का अनुष्ठान करता हुआ कुण्डलिनी का ध्यान करें यही सूक्ष्म ध्यान है। यह ध्यान अति गोपनीय है और यह देवताओं के लिए भी दुष्प्राप्य है।[1]

धारणा तथा ध्यान में अन्तर

ध्यान की साधना धारणा के पश्चात विहित होने से स्पष्ट है कि साधक का चित्त धारणा में अपेक्षाकृत कम एकाग्र रहता है। धारणा के समय ध्येयाकारवृत्ति के अलावा दूसरी वृत्तियाँ भी उदित होती हैं। जैसे सूर्य की धारणा की स्थिति में सूर्य का परिमण्डल, तीव्रतर किरणें इत्यादि बोध भी रहता है। ऐसी स्थिति में ध्येयाकार वृत्ति विच्छिन्न होती रहती है। ध्यान में ध्येयाकारवृत्ति की एकतानता रहती है। इसमें भिन्न-जातीय अन्यबोध का संसर्ग नहीं रहता। ध्यान में वृत्ति का एकबोध प्रवाह-रूपता तैलधारावत् अविछिन्न रूप से बना रहता है।

धारणा तथा ध्यान में द्वितीय अन्तर को स्पष्ट करते हुए आचार्य नारायणतीर्थ लिखते हैं कि ध्यान में धारणा के आधारभूत नाभि आदि देश से उपलक्षित परमेश्वर आदि का चित्त में आधान किया जाता है। धारणा आधार विषयक तथा ध्यान आधेय विषयक होता है। नाभि आदि आभ्यन्तर देश एवं सूर्यादि बाह्य देश में चित्त को बाँधना (स्थापित करना) धारणा है और उन्हीं देशों में ईश्वर देवतादि का निरंतर चिन्तन करना ध्यान है।[2]

धारणा तथा ध्यान में तृतीय अन्तर को स्पष्ट करते हुए विज्ञान भिक्षु लिखते हैं कि धारणा में चित्त की वृत्ति द्वारा देश विशेष में स्थापित मात्र किया जाता है[3] वहाँ ध्येय का चिन्तन अपेक्षित नहीं है। अर्थात् ध्यानकाल में ध्येयाकार वृत्ति रहती है साथ ही इस समय ध्याता को ध्येयचिन्तन का पूर्णबोध रहता है। आचार्य ने धारणा तथा ध्यान के इस अन्तर को स्पष्ट करने के लिए ईश्वर गीता

---

1. बहुभाग्यवशाद्यस्य कुण्डली जागृता भवेत्।
   आत्मनः सहयोगन नेत्ररध्राद्विनिर्गता।
   विहरेद् राजमार्गे च चंचलत्वान्न दृश्यते।
   शाम्भवीमुद्रया योगी ध्यानयोगेन सिध्यति।
   सूक्ष्मध्यानमिदं गोप्यं देवानामपि दुर्लभम्।
   —घेरण्डसंहिता, षष्ठोपदेश, श्लोक 18-20
2. ध्यानस्य देशेनोपलक्षितपरमेश्वरैकाग्र्यरुपत्वात्।
   धारणायास्तु ध्येयाधारैकाग्र्यरुपत्वात्। —योगसिद्धान्तचन्द्रिका, पृष्ठ 133
3. वृतिमात्रेण न तु ध्येयकल्पनयेत्यर्थः, तेन ध्यानादिव्यावृश्रिः।—योगवार्तिक, पृष्ठ 282

से श्लोक भी उद्धृत किए है। श्लोकों के 'चित्तबन्धनम्' एवं 'देशावस्थित मालक्ष्य' ये पद इस अन्तर को अधिक स्पष्ट करते हैं।[1]

धारण तथा ध्यान में चतुर्थ अन्तर अवधि सम्बन्धी हैं धारण का अवधि ध्यान में परिणत हो जाता है। चित्त की ध्येय विषयक चिन्तन कब ध्यान कहलाता है? इस शंका के समाधानार्थ आचार्य विज्ञान भिक्षु, नारायणतीर्थ, नागोजी भट्ट आदि व्याख्याकारों ने ध्यान का न्यूनतम काल सप्रमाण प्रस्तुत किया है।[2] उनका कहना है कि द्वादश प्राणायाम के काल से अवछिन्न धारणा के बारह गुना कालपर्यन्त चित्त की जो अखण्ड ध्येयकारता है वह ध्यान है।

उपर्युक्त विवेचन से स्पष्ट है कि धारणा तथा ध्यान में अन्तर होने के बावजूद धारणा के दीर्घकालिक अभ्यास द्वारा जब चित्त में ध्येयाकारवृत्ति की एकतानता स्थापित हो जाती है तब वही ध्यान कहलाने लगता है। ध्यानावस्था में चित्त की सम्पूर्ण वृत्तियों का निरोध हो जाता है सिर्फ ध्येय की ही वृत्ति बच जाती है। उस समय ग्रहीता, ग्राह्य और ग्रहण या ध्येय, ध्याता तथा ध्यान का ही भान रहता है। उस अवस्था में ध्येय सूक्ष्मतम प्रतीति का विषय होता है।

ध्यान की यह अवस्था साधक को समाधि के लिए भूमि तैयार करता है तथा साधक समाधि की योग्यता प्राप्त करता है जो साधक की उच्चतम उत्कृष्टावस्था है।

ध्यान का मानव जीवन पर प्रभाव

ध्यानबिन्दूपनिषद् का कथन है कि यदि पर्वत सदृश विशालतम पाप समूह बहुत योजन तक फैले हुए हो तो उन सब पापों का ध्यानयोग से भेदन हो सकता है। अन्य किसी भी मार्ग से इसका भेदन नहीं हो सकता।[3]

---

1. हृत्पुण्डरीके नाभ्यां वा मूर्ध्नि पर्वतमस्तके।
   एवमादिप्रदेशेषु धारणा चित्तबन्धनम्॥
   देशावस्थितमालक्ष्य बुद्धेर्या वृत्तिसन्ततिः।
   वृत्त्यान्तरैरसंस्पृष्टा तद्ध्यानं सुरयो विदुः। —योगवार्तिक 282
2. (क) तस्यैव ब्रह्मणि प्रोक्तं ध्यानं द्वादशधारणेत्यनेन, तस्यैव द्वादशप्राणायामकालेन धारितचित्तस्य, द्वादशधारणाकालावछिन्नां चिन्तनं ध्यानं प्रोक्तम।
   —योगवार्तिक, पृष्ठ 283
   (ख) द्वादशधारणाकालं च ध्यानं। —नागोजीभटवृतिः, पृष्ठ 116
   (ग) तस्यैव द्वादशप्राणायामकालेन धारितचित्तस्य द्वादशधारणाकालावछिन्नं चिन्तनं ध्यानं प्रोक्तम। —योगसिद्धान्तचन्द्रिका, पृष्ठ 136
3. यदि शैलसमं पापं विस्तृर्णं बहुयोजनम्।
   भिद्यते ध्यानयोगेन नान्यो भेदः कदाचन॥—ध्यानबिन्दूपनिषद्, श्लोक 1, पृष्ठ 186

योगसिद्धान्तचन्द्रिका में कहा गया है कि अश्वमेध यज्ञ तथा राजसूय यज्ञ से जो पुण्य नहीं प्राप्त होता वह सिर्फ स्थिरासन में बैठकर ध्यान लगाने से प्राप्त होता है। महापातक से युक्त होने पर भी ध्यान का क्षणमात्र अनुष्ठान करने पर योगी तपस्वी होकर पवित्र योगियों के पंक्ति में बैठने लायक हो जाता है।[1]

■

1. नाऽश्वमेधेन तत्पुण्यं न च वै राजसूयतः।
यत्पुण्यमेकध्यानेन लभेद् योगी स्थिरासनः॥
महापातकयुक्तोऽपि ध्यायन्निमिषमच्युतम्।
भूयस्तपस्वी भवति पङक्तिपावन एव सः॥ —योगसिद्धान्तचन्द्रिका, पृष्ठ 135

भारतीय काव्यशास्त्र

मीरा द्विवेदी

भारतीय ज्ञानपरम्परा मूल स्वर सनातन है। समय के साथ परिवर्तित होते हुए भी अपनी मूल आत्मा को अक्षुण्ण बनाए रखना सनातनता का आधार है। काव्यशास्त्र इस परम्परा की एक विशिष्ट शाखा है जो साहित्य, दर्शन, और सौन्दर्यशास्त्र का अद्भुत समन्वय है। इस आलेख में काव्यशास्त्रीय विमर्श के आधारभूत काव्यतत्त्वों का वैदिककाल से अद्यावधि तक प्रस्तुत भारतीय काव्यशास्त्र की मुख्य प्रवृत्तियों का विश्लेषण करता है।

भारतीय ज्ञान परम्परा एक जीवन्त, बहुआयामी और शाश्वत परम्परा है। काव्यशास्त्र भी इसी व्यापक परम्परा का अंग है। संस्कृत काव्यशास्त्र केवल साहित्यिक मूल्यांकन का उपकरण नहीं, बल्कि आत्मानुभूति और सौन्दर्यबोध का दर्शन भी है। यह भी ज्ञान-विज्ञान की अन्य शाखाओं के समान धर्म, अर्थ, काम और मोक्ष को ही जीवन का पुरुषार्थ मान कर प्रवृत्त हुआ है।[1] श्रुतियों से आविर्भूत काव्यशास्त्र मीमांसा, न्याय, शैव, अद्वैत, वैष्णव, वेदान्त आदि की अवधारणाओं से संजीवनी प्राप्त करता रहा है, साथ ही जैन और बौद्ध परम्पराओं से भी सम्पुष्ट हुआ है। इसके लिए क्रियाकल्प (कामसूत्र), काव्यालंकारशास्त्र (अग्निपुराण), अलंकारशास्त्र, काव्यशास्त्र, साहित्यविद्या (राजशेखर) आदि शब्दों के प्रयोग मिलते हैं।[2]

संस्कृत काव्यशास्त्र का तीन सहस्त्र वर्षों की गत्यात्मकता का इतिहास इसकी अनवरत विकास यात्रा का जीवन्त प्रमाण है। इसकी परम्परा का व्यवस्थापन और पुनर्व्यवस्थापन प्रत्येक युग में बार-बार होता रहा है। भरत, भामह, वामन, आनन्दवर्धन, कुन्तक, क्षेमेन्द्र, विश्वनाथ, रूपगोस्वामी, जगन्नाथ आदि आचार्यों ने समय-समय पर इसकी पुनः पुनः समीक्षा की है और अपने युग की आवश्यकता के अनुरूप इसको पुनर्विवेचित भी किया है। लगभग दसवीं-ग्यारहवीं शताब्दी में राजशेखर और भोज सम्पूर्ण काव्यशास्त्र को

1. धर्मार्थकाममोक्षेषु वैचक्षण्यं कलासु च।
करोति कीर्तिं प्रीतिं च साधुकाव्यनिषेवणम्॥ —काव्यालङ्कार (भामह), 1/2
2. कामसूत्र 1/3/20, अग्निपुराण, 347 की पुष्पिका, काव्यमीमांसा (राजशेखर), द्वितीय अध्याय, पृ० 29

पुनर्व्यवस्थापित करने का प्रयास करते प्रतीत होते हैं। राजशेखर ने सरस वाक्य रचना शैली की परख करने वाली सामग्री और उसकी समालोचन विधा को काव्यविद्या या साहित्यविद्या कहा है और कवि शिक्षा को भी काव्यशास्त्र का अंग बनाया। भोजदेव ने साहित्य की पूर्णता के लिए द्वादशविध सम्बन्धों को आवश्यक माना है।[1]

व्यवस्था और पुनर्व्यवस्था के आधार पर इसे प्राय: पाँच भागों में विभक्त किया जा सकता है—

- प्रारम्भिक युग (मौखिक चिन्तन का)
- रचनात्मक युग (नूतन तत्त्वों के अन्वेषण का, भामह से आनन्दवर्धन के पूर्व)
- निर्णयात्मक (आनन्दवर्धन काव्यतत्त्वचिन्तन)
- व्याख्यात्मक (मम्मट एवं उनसे परवर्ती आचार्यों का)
- आधुनिक युग

बींसवीं और इक्कीसवी शताब्दियों में भी नूतन भावबोध वाली रचनाओं को समालोचना की परिधि में समेटने के लिए नए सिद्धान्तों को गढ़ने के प्रयास हो रहे हैं। इनके द्वारा कालजयी साहित्य का पुन:सन्धान किया जा रहा है और विश्व साहित्य में हो रहे नवोत्थानों और नवप्रयोगों का परीक्षण भी किया जा रहा है। यदि काव्य कालजयी है तो उसकी समीक्षा और समालोचना का पक्ष भी कालजयी है।

वैदिक युग में श्रुतियों के कालजयित्व का उद्घोष करते हुए कहा गया था— देवस्य पश्य काव्यं न ममार न जीर्यति (अथर्ववेद, 10/8/32)। तत्कालीन ऋषियों ने अपने कुछ मापदण्डों के आधार पर ही उनके कालजयित्व का उद्घोष किया था। आज उनके मापदण्डों का कोई लिखित प्रमाण उपलब्ध नहीं है। सम्भवत: श्रुतियों की मौखिक परम्परा के अनुरूप समीक्षा के मापदण्ड भी मौखिक थे। भर्तृहरि ने भी काव्य और कवि की अमरता का ऐसा ही उद्घोष किया है—

जयन्ति ते सुकृतिनो रससिद्धाः कवीश्वराः।
नास्ति येषां यशः काये जरामरणजं भयम्॥ [नीतिशतक 24]

परवर्ती काव्यशास्त्र में छन्द, रस, अलंकार, ध्वनि, प्रकृति-सौंदर्य आदि काव्यतत्त्व किसी रचना की समीक्षा और गुणवत्ता की परख के मापदण्ड बने। न केवल संहिताओं में अपितु उपनिषद् आदि में ये तत्त्व भव्यता के साथ मिलते हैं।

1. तत्राभिधा विवक्षातात्पर्यप्रविभागव्यपेक्षासामर्थ्यान्वयैकार्थीभावदोषहानगुणोपादाना-लङ्कारससावियोगरूपाः शब्दार्थयोर्द्वादश समर्थाः साहित्यमित्युच्यते।
—शृंगारप्रकाश, सप्तमप्रकाश, पृ० 352 (सम्पा० वी० राघवन्)

वैदिक वाङ्मय में काव्यतत्त्व

वेद स्वयं काव्यरूप हैं। वेदों में अनेक स्थानों पर कवि शब्द का प्रयोग किया गया है। यहाँ काव्य का सम्पूर्ण सौन्दर्य पाया जाता है। संहिताओं, ब्राह्मण, आरण्यक उपनिषद् आदि ग्रंथों में गायत्री, त्रिष्टुप्, अनुष्टुप् आदि छन्दों की विविधता देखी जा सकती है। वेदार्थ के अवबोध में छन्द विशेष का ज्ञान भी अपरिहार्य माना गया है। छन्द को जाने बिना वेदाध्ययन में प्रवृत्त व्यक्ति कृतार्थ नहीं होता। वैदिक ऋषियों की, भावमयी वाणी प्रकृति के विविध रूपों का वर्णन करते हुये भक्ति, वीर, करुण, अद्भुत आदि रसों की अनुभूति कराती है। अनुप्रास, यमक, उपमा, रूपक आदि अलंकारों की सुन्दर सहज छटायें अनायास पाठकों और श्रोताओं को आकृष्ट करती हैं। यहाँ ऋषियों की वाणी में अभिव्यक्त सूक्ष्मार्थ की अभिव्यक्ति और प्रतीकात्मकता ध्वनि एवं वक्रोक्ति के आधार हैं। उषा, सूर्य, पर्जन्य, मण्डूक, झञ्झावात, पर्वत, नदियों आदि का काव्यात्मक अंकन श्रुतियों के अंतर्निहित काव्यत्व का उद्घोष करते हैं।

यास्क के निरुक्त में काव्यबोध की परख के मानदण्ड दिखाई देते हैं। वे शब्दों के निर्वचन के साथ उपसर्ग और प्रत्ययों की व्यंजकता भी उदाहरणों के साथ स्पष्ट करते हैं। उनकी व्याख्याएँ शब्दार्थ–व्यंजना, प्रतीकात्मकता, ध्वन्यात्मकता से परिपूर्ण हैं। उपमा, उपमा के प्रभेद और उपमान के द्योतक शब्दों पर भी गार्ग्यमत की समीक्षा करते हुए यास्क ने गम्भीर चिन्तन किया है।[1] पाणिनि, पतंजलि आदि आचार्यों ने उपमा, उपमान और सामान्य (साधारणधर्म) मूलक शब्दों के आधार पर समास, प्रत्यय, तद्धित, सनाद्यन्तादि के विशिष्ट नियमों पर चिन्तन किया है।[2] इनके आधार पर कालान्तर में उपमा के श्रौती और आर्थी भेदों का विभाजन हुआ।

पाणिनि ने शिलालि और कृशाश्व के नट सूत्रों का उल्लेख किया है[3], जो नाट्यशास्त्र की शिक्षा के लिए रचे गए थे। आनन्दवर्धन ने अपने ध्वनि सिद्धान्त की प्रेरणा व्याकरणशास्त्र से ही ली थी।[4] वाल्मीकि ने स्वयं के मुख से सहजाविर्भूत प्रसिद्ध श्लोक 'मा निषाद' (लौकिक संस्कृत का प्रथम

1. निरुक्त, प्रथम अध्याय, 1/4; 3/5, 13, 4/11; 7/20
2. उपमानादाचारे (अष्टाध्यायी 3/1/10) उपमानानि सामान्यवचनैः (अष्टा० 2/1/55), तत्र तस्येव (5/1/116), तेन तुल्यं क्रिया चेद्वति (1/1/115)
3. पाराशर्यशिलालिभ्यां भिक्षुनटसूत्रयोः। अष्टा० 4.3.110
4. ध्वन्यालोक, प्रथम उद्योग, कारिका 13 की वृत्ति।

काव्यात्मक पद्य) को समीक्षा के कतिपय मानदण्डों पर परख कर उसके काव्यत्व का कथन किया था।[1]

काव्यशास्त्र का ऐतिहासिक विकास—काव्यशास्त्र का व्यवस्थित क्रमबद्ध विकास भरतमुनि के नाट्यशास्त्र से मिलता है। काव्यशास्त्र के इतिहास में सबसे प्रथम भरत हैं, जिन्होंने 36 अध्यायों में 'नाट्यशास्त्र' ग्रन्थ की रचना करके अभिनय को केन्द्र में रखकर काव्य के लक्षण, अलंकार, दोष, गुण, रस आदि सभी अंगों का विवेचन किया। इसमें नाट्य की उत्पत्ति, नाट्यशाला की रचना, अभिनय, भाषा, छन्द, अलंकार, रस, संगीत, नृत्य, गीत, वाद्य आदि सभी तत्त्वों पर व्यापक और विशद चिन्तन किया गया है। इनको रस-सम्प्रदाय का प्रवर्तक माना जाता है। भरत का रससूत्र 'विभावानुभावव्यभिचारिसंयोगाद् रसनिष्पत्तिः' बहुत प्रसिद्ध है तथा इस पर विभिन्न दृष्टिकोणों से टीकाएँ लिखी गई हैं। नाट्यशास्त्र में भरत ने रस को काव्य-नाट्य के मुख्यार्थ के रूप में चुना है।[2]

भामह (छठीशती) अलंकार सिद्धान्त के प्रवर्तक माने जाते हैं। भामह के 'काव्यालङ्कार' ग्रन्थ में छः अध्याय हैं। इनमें काव्य-शरीर, गुण, अलङ्कार, दोष, न्याय और शब्दशुद्धि का विवेचन किया गया है। शब्दार्थ के सहभाव को काव्य मानने की परम्परा का सूत्रपात भामह ने ही किया जिसे प्रायः बहुसंख्यक आचार्यों के द्वारा स्वीकार किया गया। भामह के द्वारा प्रवर्तित अलंकारवाद के मुख्य आचार्य दण्डी, उद्भट और रुद्रट अलंकारों को काव्य का सार मानते हैं। आचार्य रुद्रट (नौवीं शती) ने अलंकारों के वैज्ञानिक विवेचन का प्रयास किया और उन्हें वर्गों में व्यवस्थित किया। अलंकारों के चार मूल तत्त्वों के आधार पर वास्तव, औपम्य, अतिशय और श्लेष वर्ग में अलंकारों का विभाग इनकी मौलिक देन है। भाषा, वृत्ति, रीति, गुण एवं रसादि सम्बन्धी मीमांसा से युक्त होने पर भी अलंकारों का सुव्यवस्थित वर्णन और उनकी समीक्षा के कारण रुद्रट को अलंकारवादी माना जाता है। आगे चलकर रुय्यक (12वीं शती) ने अर्थालंकारों के सादृश्य, विरोध, शृंखलाबन्ध, तर्कन्याय, वाक्यन्याय, लोकन्याय, गूढार्थप्रतीति तथा चित्तवृत्तिमूलक वर्ग बनाकर अलंकारववाद को और विस्तार दिया। जयदेव, अप्पय दीक्षित आदि आचार्यों ने भी अलंकारवाद के विकास में अपना योगदान किया है।

1. समाक्षरैश्चतुर्भिर्यः पादैर्गीतो महर्षिणा।
   सोऽनुव्याहरणाद्भूयः शोकः श्लोकत्वमागतः॥ वाल्मीकि रामायण 1/2/40
   पादबद्धः अक्षरसमः तंत्रीलयसमन्वितः।
   शोकार्तस्य प्रवृत्तो मे श्लोको भवतु नान्यथा॥ वाल्मीकि रामायण 1/2/18
2. न हि रसादृते कश्चिदप्यर्थः प्रवर्तते। —नाट्यशास्त्र (भरत), छठा अध्याय

आचार्य वामन (8 वीं शती) रीति सिद्धान्त के प्रवर्तक थे और पदसंघटनात्मिका रीति को काव्य के काव्यत्व का आधार मानते थे।[1] उन्होंने काव्य में पाये जाने वाले माधुर्यादि गुणों के आधार पर रीति सिद्धान्त का प्रवर्तन किया। वस्तुतः वामन का रीतिवाद काव्यगुणों पर ही प्रतिष्ठित है।

आचार्य आनन्दवर्धन (9वीं शती) का ध्वन्यालोक युग-परिवर्तनकारी ग्रन्थ सिद्ध हुआ। तीन शताब्दियों में विस्तृत अलंकार सिद्धान्त की सर्वस्वीकार्यता को चुनौती देकर इन्होंने ध्वनि के महाप्रासाद की स्थापना की। कालान्तर में कुन्तक (10वीं शती) ने वैचित्र्यभंगीभणिति रूप वक्रोक्ति को काव्य-सौन्दर्य का सार मानकर वक्रोक्तिसिद्धान्त की और क्षेमेन्द्र (11 वीं शती) ने रससिद्ध काव्य का आत्मस्थानीय औचित्यतत्त्व को मानकर औचित्य सिद्धान्त की स्थापना करने का प्रयास किया किन्तु आनन्दवर्धन की स्थापनाओं का दोनों ही आचार्यों ने कोई विरोध भी नहीं किया। इन दोनों को प्रच्छन्न ध्वनिवादी कहा जाये तो अतिशयोक्ति नहीं होगी। इस प्रकार क्षेमेन्द्र तक काव्यशास्त्र के प्रमुख तत्त्व रस, अलङ्कार, रीति, ध्वनि, वक्रोक्ति और औचित्य का अन्वेषण हो चुका था।

परवर्ती आचार्यों द्वारा इन्हीं काव्य तत्त्वों की व्याख्या और विश्लेषण किया जाता रहा। आनन्दवर्धन की अवधारणाओं से प्रभावित अभिनवगुप्त, मम्मट, पण्डितराज जगन्नाथ जैसे कुशाग्र आचार्यों के निर्भ्रान्त तर्कों ने ध्वनि की जड़ें इतनी दृढ़ता से जमा दीं कि अभिधावादी मुकुलभट्ट, अनुमितिवादी महिमभट्ट आदि आचार्यों के तर्कांकुश भी उसका उच्छेद न कर सके और ध्वनि को केन्द्र में रखकर आचार्यगण विविध काव्यतत्त्वों की व्याख्या करते रहे। विश्वनाथ, विद्यानाथ, विद्याधर, केशवमिश्र आदि ऐसे आचार्यों और भाष्यकारों की एक विस्तृत परम्परा है।

भरत से लेकर पण्डितराज जगन्नाथ तक ही काव्यशास्त्र की परम्परा का विराम नहीं होता। संस्कृत काव्यशास्त्र की यह अटूट परम्परा विभिन्न दार्शनिक सम्प्रदायों के विद्वानों, टीकाकारों, भाष्यकारों और टिप्पणीकारों द्वारा पोषित होती रही। जैन और बौद्ध आचार्यों ने भी इस परम्परा को आगे बढ़ाने में महत्त्वपूर्ण योगदान किया। कुछ उल्लेखनीय नाम हैं—हेमचन्द्र, रामचन्द्र, गुणचन्द्र, अमरचन्द्र यति, नयचन्द्र सूरि, नरेन्द्र प्रभसूरि, शौद्धोदनि आदि। इन आचार्यों ने कवि शिक्षा को भी काव्यशास्त्र का अंग बनाया और काव्यपाक, कविसमय जैसे विषयों को काव्यशास्त्र में विस्तार दिया। कई वैष्णव आचार्यों जैसे रूपगोस्वामी (हरिभक्तिरसामृतसिन्धु, उज्ज्वलनीलमणि), बलदेव-

1. रीतिरात्मा काव्यस्य। विशिष्या पदसंरचना रीतिः विशेषो गुणात्मा।

—काव्यालङ्कारसूत्र 1/2/6, 7, 8

विद्याभूषण (साहित्यकौमुदी, काव्यकौस्तुभ), कर्णपूर (अलंकारकौस्तुभ), मधुसूदन सरस्वती (भक्तिरसायनम्) आदि ने अपने सम्प्रदाय के अनुरूप काव्यशास्त्र में भक्तिरस को विशेष मान्यता दी।

पण्डितराज जगन्नाथ के बाद भी अच्युतराय मोडक (साहित्यसार), विश्वेश्वर पाण्डेय (अलंकारमुक्तावली, अलंकारकौस्तुभ, रसचन्द्रिका आदि), आशाधर भट्ट (त्रिवेणिका), श्रीकृष्ण (मन्दारमरन्द चम्पू), नरसिंह (नंजराज- यशोभूषण) आदि आचार्यों की रचनाओं से काव्यशास्त्र की धारा का सातत्य बना रहा है।

बीसवीं और इक्कीसवी शताब्दी में भी यह परम्परा अनवरत विद्यमान है। सत्यकाव्यात्मवादी ब्रह्मानन्द शर्मा ने साम्यवाद से प्रभावित होकर काव्यसत्यालोक के माध्यम से सत्य को काव्य की आत्मा के रूप में प्रतिष्ठित करने का प्रयास किया है। अलंकारवादी आचार्य रेवाप्रसाद द्विवेदी और आचार्य राधावल्लभ त्रिपाठी वामन के 'सौन्दर्यमलकार:' का मूल लेकर चले और अलंकार को ही काव्य की आत्मा के रूप में पुनर्प्रतिष्ठापित करने का प्रयास किया। ध्वनिवादी आचार्य अभिराजराजेन्द्र मिश्र मम्मट के समान ही समन्वयवाद के पक्षधर हैं किन्तु काव्य के प्रधान तत्त्व के रूप में ध्वनि को ही मान्यता देते हैं। जम्मू निवासी श्री रामप्रताप वेदालङ्कार ने चमत्कृति के बिना काव्य को निष्फल मानते हुए चमत्कार को ही काव्य की आत्मा के रूप में स्थापित करने का उपक्रम किया है। नूतनप्रयोगधर्मी हर्षदेव माधव ने वागीश्वरी कण्ठसूत्र की रचना करके आधुनिक भारतीय भाषाओं और विदेशी भाषा के काव्यशास्त्रीय प्रतिमानों नारीवाद, दलितवाद, फ्रायडवाद, बिम्बवाद, उत्तर आधुनिकतावाद आदि को काव्य की समीक्षा के मानदण्ड बनाने का पक्ष रखा है। जापानी हाइकू और टांका और कोरियाई सिजो छन्दों को संस्कृत काव्य में उतारने का श्रेय भी इनको है। इस प्रकार श्रुति परम्परा से आरम्भ यह काव्यालोचन की धारा इक्कीसवीं सदी में भी नवीन मान्यताओं के साथ निरन्तर आगे बढ़ रही है। युगधर्म को आधार बनाकर काव्यशास्त्र चिन्तन की धुरी का वहन अनेक काव्यशास्त्रज्ञ आचार्य आज भी कर रहे हैं।

आधुनिक विमर्श में प्रासंगिकता

भारतीय काव्यशास्त्र के सिद्धान्त व्यापक एवं समृद्ध हैं। युगीन साहित्य के अनुकूल संस्कृत काव्यशास्त्र ने अपने आपको भी पर्याप्त विकसित तथा अनुकूलित किया। अनेक शताब्दियों तक उनका प्रयोग संस्कृत तथा अन्यान्य भारतीय साहित्य की आलोचना में किया जाता रहा है। प्राकृत, पालि, अपभ्रंश तथा मध्ययुगीन ब्रजभाषा में विरचित रीतिग्रन्थ भी संस्कृत काव्यशास्त्रीय परम्परा के समीक्षा निकष पर कसे जाते रहे हैं। हर्षदेव माधव का वागीश्वरी

कण्ठसूत्र प्रमाण है कि साहित्यिक नवाचारों के अनुरूप भी साहित्यिक मानदण्डों को संस्कृत काव्यशास्त्र ने आत्मसात किया है।

काव्यशास्त्र के तत्त्व विविध प्रकार के आधुनिक समीक्षा मानदण्डों के अनुकूल हैं। जैसे—Reader-response Theory, Semiotics, Stylistics आदि। लुईज़ रोज़ेनब्लैट (Louise Rosenblatt) स्टैनली फिश (Stanley Fish) वोल्फगांग ईज़र ने 'Reader-response' पर पर्याप्त बल दिया है। भारतीय काव्यशास्त्र में 'रस' श्रोता अथवा सहृदय के हृदय में उत्पन्न भावानुभूति है। यह पूरी तरह से पाठक के अनुभव पर आधारित होता है। इसी प्रकार 'Reader's Response Theory' भी पाठ की व्याख्या को पाठक के अनुभव और प्रतिक्रियाओं पर केन्द्रित करती है। दोनों में ही 'पाठक अथवा रसिक' की सक्रिय भूमिका प्रमुख होती है तथा पाठ का अर्थ पाठक की सक्रिय भागीदारी से उत्पन्न होता है।

'ध्वनि' सिद्धान्त में काव्य के भीतर अन्तर्निहित अर्थों की ओर संकेत होता है, जो प्रत्यक्ष शब्दों से परे होते हैं। आधुनिक Semiotics भी प्रतीकों (signs) और संकेतों के माध्यम से अर्थ-सृजन की प्रक्रिया को समझाता है। Symbolism में भी शब्दों के पीछे गूढ़ और गहन अर्थ छिपे होते हैं। इस प्रकार, ध्वनि और सेमियोटिक्स/सिंबॉलिज्म दोनों में भाषा से परे अर्थों की खोज की जाती है। फेर्दिनाँ दे सॉस्यूर (Ferdinand de Saussure), रोलाँबर्त्स (Roland Barthes), उम्बेर्तो एको (Umberto Eco) आदि इस विचार के प्रबल पक्षधर हैं।

रीति और वक्रोक्ति का मूल है 'काव्य भाषा में चातुर्य और कलात्मक अभिव्यक्ति'। ये शैली की विशेषता को विशेषतः इंगित करते हैं। Stylistics भी साहित्यिक भाषा की शैलीगत विशेषताओं का अध्ययन है—जैसे अलंकार, वाक्य-संरचना, ध्वनि आदि। ये सभी विश्लेषण में भाषा की कलात्मक बनावट पर ध्यान केन्द्रित करते हैं। रोमान याकोब्सन (Roman Jakobson), जॉफ्री लीच (Geoffrey Leech), मिक शॉर्ट (Mick Short) ने प्रेषण मॉडल और काव्य भाषा का विश्लेषण, भाषिक शैली और व्यावहारिक भाषा विज्ञान पर गम्भीर चिन्तन किया है। साहित्यिक भाषा की बनावट, वाक्य-विन्यास, ध्वनि, छवि आदि की अध्ययन-विधि काव्य की समीक्षा के मुख्य बिन्दु हैं।

'नायिका भेद' स्त्रियों के प्रकार, स्वभाव और भावनात्मक अवस्थाओं पर आधारित है। विविध कलाओं में नायक-नायिका अंकन और समीक्षण परम्परा-पोषित ही है। Gender Studies आधुनिक दृष्टिकोण से लिंग की समाजशास्त्रीय व्याख्या करता है, जिसमें स्त्री की पहचान, भूमिका, और पितृसत्तात्मक दृष्टिकोण पर प्रश्न उठाए जाते। यहाँ स्त्री की सामाजिक

भूमिका, मनोविज्ञान और सौन्दर्य को परिभाषित विशेषतः किया जाता है। सिमोन दे बोवुआ (Simone de Beauvoir), जूडिथ बटलर (Judith Butler), इलेन शोवॉल्टर (Elaine Showalte) नारीवादी चिन्तक हैं और मानते हैं कि लिंग एक सामाजिक संरचना है। ये साहित्य में स्त्री की आवाज़ और प्रतिनिधित्व की विवेचना भी करते हैं।

'अभिनय' पारम्परिक नाट्यशास्त्र का मूल आधार है। यह केवल acting का पर्यायवाचक नहीं है। आंगिक, वाचिक, सात्त्विक, आहार्य की परिधि में समस्त रसभावमयी प्रस्तुति और उसकी समस्त प्रक्रिया नाट्यरूपों, रंगमंचीय प्रस्तुतियों, अभिनय तकनीकों, नाटककारों और दर्शकों के संबंध समाहित है। Theatre Studies आधुनिक नाट्यरूपों, रंगमंचीय प्रस्तुतियों, अभिनय तकनीकों, नाटककारों और दर्शकों के संबंधों का अध्ययन करता है। दोनों में प्रस्तुति, भावाभिव्यक्ति और दर्शकों की प्रतिक्रिया का महत्व है। बेर्टोल्ट ब्रेख्त (Bertolt Brecht), रिचर्ड शेचनर (Richard Schechner), पीटर ब्रुक (Peter Brook) आदि आधुनिक नाट्यशास्त्रीय चिन्तक हैं। ये एपिक थियेटर, प्रदर्शन सिद्धांत (Performance Theory) और रंगमंच की शुद्धता की व्याख्या भरत के परिप्रेक्ष्य में करते हैं। इन तुलनाओं से स्पष्ट होता है कि पारम्परिक भारतीय काव्यशास्त्र और आधुनिक साहित्यिक सिद्धान्तों के मूलभूत चिन्तन का आधार समान है, यद्यपि उनका भाषिक और वैचारिक परिवेश भिन्न है।

इस प्रकार भारतीय काव्यशास्त्र की सनातनता उसकी युगानुकूलता, आत्मपरिष्कार और सौन्दर्यबोध के प्रति जागरूकता में निहित है। काव्यशास्त्र एक सनातन चिन्तन है, जो समय के साथ केवल रूपान्तरित होता है और नवीन बोध को आत्मसात् करता है।

सन्दर्भ

1. उपाध्याय, बलदेव (प्रधान सम्पादक), संस्कृतवाङ्मय का बृहद् इतिहास खण्ड-8, उत्तर प्रदेश संस्कृत संस्थान, 2001
2. डे, सुशील कुमार, संस्कृत काव्यशास्त्र का इतिहास, (अनु० मायाराम शर्मा), बिहार हिन्दी ग्रन्थ अकादमी, 2019
3. नगेन्द्र, भारतीय काव्यशास्त्र की भूमिका (दो भाग) औरियण्टल बुक डिपो, दिल्ली, 1955
4. त्रिपाठी, राधावल्लभ, संस्कृत काव्यशास्त्र और काव्यपरम्परा, प्रतिभा प्रकाशन, दिल्ली, 2004
5. राममूर्ति, त्रिपाठी, भारतीय काव्यशास्त्र : नई व्याख्या, राका प्रकाशन, इलाहाबाद, 1974
6. सिंह, नामवर, आधुनिक साहित्य की प्रवृत्तियाँ, लोकभारती प्रकाशन, 2023

■

भारतीय कला और नृत्य की शास्त्रीय परम्परा

नर्मदा प्रसाद उपाध्याय

अपरिमित को परिमित करना परिभाषा से संभव होता है इसलिए परिभाषा बंधनजयी का बंधन है। भारतीय कला का स्वभाव और स्वरूप बन्धन से परे है किन्तु हमारे मनीषियों ने इन्हें शब्दों में बड़े कौशल से गूंथ कर कला को परिभाषित कर दिया है।

भारतीय कला के संबंध में सुविख्यात कलाविद राय कृष्णदास जी गीता के सन्दर्भ से कहते हैं कि "आत्यंतिक सुख इंद्रिय सुखों के परे है फलतः बुद्धिगम्य है, और वह सुख ऐसा है कि उसमें स्थित हो जाने वाले को भारी-से-भारी दुःख भी विचलित नहीं कर पाता। इसी बुद्धिग्राह्य, बुद्धिगम्य सुख की अभिव्यक्ति का साधन कला है। कलाकार अपनी कृति द्वारा उस परम रस का, उस आत्यंतिक बुद्धिग्राह्य सुख का एक मूर्त प्रतीक प्रस्तुत कर देता है। और, ऐसे प्रतीक की उपासना द्वारा, आराधना द्वारा, सेवा द्वारा रसिक सहृदय उस परमानंद का स्पर्श पाता है।"

भारतीय दृष्टिकोण से कला की यही परिभाषा हो सकती है।

डॉक्टर वासुदेवशरण अग्रवाल का मत है कि "भारतीय कला, भारतवर्ष के विचार, धर्म तत्वज्ञान और संस्कृति का दर्पण है। भारतीय जनजीवन की पुष्कल व्याख्या कला के माध्यम से हुई है।" उनके अनुसार "भारतीय कला को दीर्घकालीन 'रूपसत्र' कहना उचित है जिसने देश के प्रत्येक भूभाग में अपना अर्ध्य अर्पित किया।"

यदि कला शब्द पर विचार करें तो इसकी परिभाषाएं अनन्त हैं। लेकिन सटीक रूप से कला के सम्बन्ध में विचार करते हुए प्रख्यात संस्कृतिविद डॉक्टर विद्यानिवास मिश्र कहते हैं कि संस्कृत साहित्य में इसका प्रयोग लगभग 20 अर्थों में हुआ है। कला शब्द 'कल' से बना है। इसके कई अर्थ हैं, जैसे भेदना, खण्ड खण्ड करना, प्रीतिकर करना। वे कहते हैं कला का अर्थ है खण्ड लेकिन ऐसा खण्ड जिसके बिना सम्पूर्ण अधूरा ही रहता है। एक तरह से कला संपूर्णता को मापने का पैमाना है।

व्याकरण की दृष्टि से भी 'कला' शब्द का अर्थ हैं—शोभा, अलंकरण, किसी वस्तु का छोटा अंश या चन्द्रमा का सोलहवाँ अंश आदि।

भरतमुनि के 'नाट्यशास्त्र' की रचना से पहले कला शब्द के स्थान पर शिल्प शब्द का ही प्रयोग अधिक प्रचलित था। 'शिवसूत्र-विमर्षिणी' में वस्तु का रूप सुन्दर बनाने वाली विशेषता को कला कहा गया है।

कला शब्द का प्रयोग शतपथ ब्राह्मण, तैत्तिरीय आरण्यक तथा अथर्ववेद में भी मिलता है किन्तु यहाँ कौशल शिल्प अथवा हुनर के अर्थ में इसका प्रयोग नही किया गया है।

कला शब्द का यथार्थवादी प्रयोग भरतमुनि ने अपने नाट्यषास्त्र में किया जिसे अधिकांश विद्वान ईसा से दूसरी-तीसरी सदीपूर्व का ग्रंथ मानते हैं और कहा कि ऐसा कोई ज्ञान नहीं, कोई षिल्प नहीं कोई विद्या नही जो कला न हो। भरत के अनुसार कलाएँ, आनंद और शिक्षा दोनों प्रदान करती हैं और सौंदर्य, कर्तव्य तथा आचरण क़ी संवाहक हैं। भरत के नाट्यशास्त्र ने दो हजार वर्षों से भी अधिक की अवधि से भारतीय कलाओं के सर्जनात्मक और आलोचनात्मक विमर्श को गति दी है।

नाट्यशास्त्र की प्रासंगिकता साहित्य, काव्य और नाटक के लिए भी उतनी ही है जितनी स्थापत्य, शिल्प, चित्रकला और संगीत जैसे अनुशासनों के लिए है। इसमें सम्प्रेषण, रूप, सौन्दर्यानुभूति और कलात्मक अभिव्यक्ति का सांगोपांग विश्लेषण है और यह विश्लेषण समग्रता की ऐसी भित्ति रचता है जिसके अन्दर समस्त भारतीय कलाओं की अस्मिता समा जाती है। भरत ने जिस रस सिद्धांत को प्रतिपादित किया उसने सभी कलाओं के बीच एक अंतर्निहित एकता प्रदान की तथा इस प्रकार कला के निर्माण और विश्लेषण दोनों के लिए एक पद्धति भी निर्मित की।

भरत के नाट्यशास्त्र में कला को लेकर जो व्यापक और बहुआयामी विमर्श है, कालान्तर में उसीने विभिन्न रूपों में जहां एक ओर स्वयं को व्याख्यायित किया वहीं दूसरी ओर सौन्दर्य और रस के मर्म को भी उद्घाटित किया।

कालिदास कला को महामाया का चिन्मय विलास कहते हैं। वे कहते हैं कि जहां कहीं मनुष्य चित्त में सौंदर्य के प्रति आकर्षण है, सौंदर्य रचना की प्रवृत्ति है, सौंदर्य के आस्वादन का रस है वहां महामाया का यही रूप वर्तमान रहता है जो चित्त कला, आनंद कलिका, कलानिधि, काव्य कला, आदि का है। कलाकार वास्तव में महाशक्ति के ललिता रूप की ही पूजा करता है जो कला और आनंद की निधि है तथा समस्त प्रेरणाओं के रूप में विराजती है।

हमारा शास्त्रकार भी यही कहता है,

विश्रान्तिर्यस्य सम्भोगे सा कला न कलामता:।
लीयते परमानन्दे ययात्मा सा परा कला॥

अर्थात् आनन्दवादी दृष्टि से वह कला, कला नहीं है, जिसका प्रभाव केवल मानसिक विश्रान्ति तक सीमित रह जाये। वस्तुत: वही कला, कला या पराकला है जो चित्त को परमानंद में विलीन कर दे।

विष्णुधर्मोत्तर पुराण के चित्रसूत्र नामक अध्याय में चित्रकला का महत्त्व इन शब्दों में बताया गया है—

कलानां प्रवरं चित्रं धर्मार्थकाममोक्षदम्।
मांगल्य प्रथम् दोतद् गृहे यत्र प्रतिष्ठितम्॥ 38 ॥ (1)

(अर्थ—कलाओं में चित्रकला सबसे ऊँची है जिसमें धर्म, अर्थ, काम एवं मोक्ष की प्राप्ति होती है। अत: जिस घर में चित्रों की प्रतिष्ठा अधिक रहती है, वहाँ सदा मंगल की उपस्थिति मानी गई है।

भारतीय कला के सूक्ष्मतम अनुभव तक पहुँचने के लिए रूप और निराकार, सीमायुक्त और अनंत तथा बद्ध और असंदिग्ध के बीच के संबंधों की सूक्ष्मता तक पहुंचना अपेक्षित होता है। भारतीय कला की आत्मा सदैव से लयबद्ध और अनुशासन की परिधि में अपनी अभिव्यक्ति पाती रही है। उसका उद्देश्य प्रतीकात्मक रूपों के माध्यम से निस्सीम की भावना को प्रस्तुत करना है तथा सूक्ष्म और स्थूल दोनों प्रकार के रूपों तक पहुँचना है। इन रूपों की उस रचनात्मकता को स्पष्ट करना है जो कला को कहीं अपने प्रतीक के द्वारा अभिव्यक्त करते हैं।

भारतीय कला का सौन्दर्य पक्ष सर्वाधिक महत्वपूर्ण है जिसके मूल में रस है जो सकल होने का सार है। यह सौन्दर्य, व्यष्टि का वह छन्द है जो समष्टि के छन्द से मिलकर चलता है और सुन्दर को जन्म देता है। यह छन्द, शब्द में, रेखा में, गंध और वर्ण में सामन्जस्य के भाव को खोज लेता है। यही कारण है कि भारतीय कला के सौन्दर्य में काव्य की प्रतिष्ठा हो जाती है और कालिदास इसी को अभिव्यक्त करते हुए कहते हैं,

वागार्थविव सम्पृक्तौ वागर्थप्रतिपत्त्ये
जगत पितरौ वन्दे पार्वती परमेश्वरौ।

भारतीय कला में जिसे सौन्दर्य की प्रतिष्ठा है वह सौन्दर्य दैहिक नहीं है। भारतीय सौंदर्यदृष्टि से ही भारतीय कलादृष्टि को जाना जा सकता है। भारतीय कला वास्तव में समुद्र की अतल गहराई में स्थिर और निष्कंप जल की मौन भंगिमा है। वह न तो रूप है, न रंग, न आकृति, न शिल्प, न

तकनीक और न ही कोई कौशल। ये सब कला के ऊपरी आवरण हैं। उसके पास अपने कोई अलंकरण नहीं है। उसके पास केवल निस्संगता का एकाकी भाव है और कृति उस कलाकार की देन होती है जिसके मन में कला का यह निर्मल और एकाकी भाव बसा रहता है। कला के पास कोई सृष्टि नहीं होती, सिर्फ दृष्टि होती है और उस दृष्टि को जो दृष्टा आत्मसात कर लेता है वही कलाकार हो जाता है।

ललित निबंधकार श्री कुबेरनाथ राय कहते हैं कि जीवन और वास्तविकता तम और रज से परिवेष्ठित हैं तथा कला इसका त्याग करती है। उनकी महत्वपूर्ण स्थापना है कि 'सद्' द्वारा 'तमस' का विमर्दन भारतीय साहित्य और शिल्प का महत्वपूर्ण सूत्र है।

साहित्य में तो इसे विभिन्न कथाओं के माध्यम से अभिव्यक्त किया गया है किन्तु अपरसमार को रौंदते हुए नर्तित नटराज, देवी तथा महिषासुर और कालिया नाग के फण पर नृत्य करते कृष्ण इस सूत्र को शिल्प में व्यक्त करते हैं।

भारतीय कला में सिंह, हंस, कमल और यक्ष आदि अपने भौतिक रूप को व्यक्त नहीं करते अपितु अपनी मूल प्रकृति के 'वैश्विक' प्रारूप को व्यक्त करते हैं। उनकी दृष्टि में मनुष्य की कला प्रकृति का स्वाभाविक अनुकरण जब करती है तो वह सुंदर हो जाती है क्योंकि मनुष्य स्वयं प्रकृति की सुंदर कृति है।

भारतीय सौंदर्यदृष्टि को व्यापक परिप्रेक्ष्य में भरत ने अपने नाट्यशास्त्र में स्थापित किया तथा यह कहा कि भारतीय चेतना अनुपात को गौण मानते हुए सौंदर्य के मूल में रस को ग्रहण करती है। भरत ने सौंदर्य को रहस्यात्मक नहीं रहने दिया बल्कि उसे सामान्य व्यक्ति से जोड़ दिया। भरत की दृष्टि में सौंदर्य के मनोविज्ञान को भी समझने की पहली बार चेष्टा हुई। यह स्पष्ट हुआ कि इस दृष्टि से लोकमंगल जुड़ा हुआ है तथा सुंदरता का अर्थ केवल उसे निहारकर अपने को आनंदित करने तक सीमित नहीं है बल्कि उसके कारण लोक कैसे आनंद से परिपूर्ण हो, उसका उद्देश्य यह है।

इस परिप्रेक्ष्य में प्रख्यात कलाविद डॉ. आनंदकुमार स्वामी ने केवल एक वाक्य में कहा, 'कला आदर्श सौंदर्य का वक्तव्य है' और यह आदर्श सौंदर्य क्या है इसे माघ के शब्दों में कहें तो वह सौंदर्य ऐसा है जो स्थिर नहीं है, परिवर्तनशील है, 'क्षणे क्षणे यन्नवत्तामुमैति तदेव रूपं रमणीय ताया: ।'

डॉ. आनंदकुमार स्वामी ने एक और महत्वपूर्ण तथ्य भारतीय कलादृष्टि के संबंध में प्रस्तुत किया। उन्होंने कहा कि भारतीय कला नवीन बनाने पर

नहीं बल्कि नवीन बने रहने पर बल देती है और वास्तव में नवीन बने रहना नवीन बनाने से बहुत कठिन है। इसलिए कि नवीन बने रहने के लिए बार-बार प्रयास करने होते हैं। अपने चिंतन को अपने युगीन सरोकारों से और अपने लोक से जोड़े रखना होता है।

सौंदर्य के बारे में उन्होंने कहा कि वह अनवरत और अविराम है। यह उत्कृष्टता की ऐसी अवस्था है, जिसे प्रयास कर प्राप्त नहीं किया जा सकता।

भारतीय कलादृष्टि में सौंदर्यबोध का अर्थ केवल देह का अलंकरण नहीं है। इसमें अनुपात महत्वपूर्ण नहीं है, लावण्य महत्वपूर्ण है। लावण्य वह होता है जो अंदर की दीप्ति को देह के माध्यम से उजागर करे। इसीलिए जब कभी दैहिक सौंदर्य को अभिव्यक्त करने का प्रश्न उपस्थित हुआ तब महाकवि को दीपशिखा से अधिक उपयुक्त कोई उपमा नहीं लगी। रघुवंशम में कालिदास का वह प्रसिद्ध श्लोक है जिसके कारण उनका नाम दीपशिखा रखा गया। श्लोक है—

संचारिणी दीपशिखैव राजो यं यं व्यतीयाय पतिंवरासा,
नरेन्द्र मार्गाट्ट इव प्रपैदे विवर्णभावं स स भूमि पालः।

इस श्लोक में, चलती, संचलित होती दीपशिखा से उस नायिका की तुलना की गई है जो अपने स्वयंवर के समय हर नरेश के आगे जाकर जब खड़ी हो जाती है तो उस नायिका की दीप्ति से उस राजा का मुख जगमगा जाता है लेकिन ज्यों ही माला लिए उसके आगे से बढ़ जाती है तब वह विवर्ण हो जाता है।

आचार्य हजारीप्रसाद द्विवेदी की सौन्दर्य के संबंध में जो दृष्टि है उसका आधार भी कालिदास का कृतित्व है। वे भारतीय सौन्दर्य दृष्टि को तप से उत्पन्न मानते हैं। इस परिप्रेक्ष्य में द्विवेदीजी का मानना है कि सौंदर्य अनादि शिवतत्व और शक्तितत्व के शाश्वत लीला विलास की अभिव्यक्ति है। वे मानते हैं कि सौंदर्य केवल चाक्षुष अर्थात् आंखों का विषय नहीं है। उसकी स्वीकृति चेतना के विभिन्न स्तरों पर अपेक्षित होती है।

यह सौंदर्य समष्टिगत है। जो वस्तु पूरे समाज के मानव चित्त को सुंदर लगे, वही सुंदर है। यह सौंदर्य संस्कारजन्य है, तपस्याजन्य है। सीता का सौंदर्य उन सरोवरों से उद्भूत हो रहा है जिनमें उन्होंने स्नान किया औरशकुंतलाके सौंदर्य की प्रतीति तब हो रही है जब वे परिश्रमपूर्वक घड़े को एक हाथ से उठा रही हैं और दूसरे हाथ से पर्याकुल केशों को संभालने का और ललाट पर आए हुए पसीने को पोंछने का असफल यत्न कर रही हैं।

यह सौन्दर्य हमें दिखाई देताहै इस कलादृष्टि से निर्मित भव्य मंदिरों की

सरणियों, शिल्पों और चित्रांकनों में। यदि हम दक्षिण भारत के विशाल मंदिरों के विलक्षण स्थापत्य को देखें, एलोरा के दिव्य कैलाश मंदिर के दर्शन करें या कोणार्क व खजुराहो के मंदिरों की भित्तियों पर शिल्पित लोच से भरपूर नायिकाओं पर दृष्टिपात करें, दीदारगंज की यक्षी, ग्यारसपुर की शालभंजिका और सांची के तोरण द्वारों पर उत्कीर्णित सुरसुंदरियों, शालभंजिकाओं, चोलकालीन शिल्पों तथा किशनगढ़, मेवाड़, कांगड़ा तथा बसोहली शैलियों में चित्रित लघुचित्रों को निहारें तो इस लावण्य और भारतीय कला की गतिशीलता से हमारी आंखों का सहज साक्षात्कार हो जाता है।

सौंदर्य चेतना अन्य संस्कृतियों में भी है लेकिन वह भिन्न है। अंग्रेजी में ब्यूटी शब्द है इसका आशय रसिकता से है, पाश्चात्य अर्थों में इन्द्रियों को तीव्र आनंद प्रदान करना सौंदर्य का लक्ष्य है। सुकरात के अनुसार जो आंखों और कानों के माध्यम से प्रीतिकर लगे वही सुंदर है।

पश्चिम में यद्यपि सौंदर्य के मुख्य रूप से चार प्रकार माने गए हैं, मानसिक सौंदर्य, शारीरिक सौंदर्य, नैतिक सौंदर्य और प्रज्ञात्मक सौंदर्य। किंतु इनमें प्रमुखता शारीरिक सौंदर्य की ही है जबकि शारीरिक सौंदर्य भारतीय सौंदर्यदृष्टि को परिभाषित नहीं करता। पाश्चात्य दार्शनिकों का एक वर्ग ऐसा है जो सौंदर्य की अलग व्याख्या करता है। प्लोटिनस के अनुसार अनुराग का जो विषय है वही सुंदर है जबकि आगस्टीन जैसे ईसाई संत सुंदरता में ईश्वरीय तत्व को देखते हैं।

कांट सौंदर्य को सापेक्ष और निरपेक्ष रूप में देखते हैं जबकि हीगल उसे ऐन्द्रीय प्रतीति या दिव्य चेतना की गोचर अभिव्यक्ति कहते हैं। हरबर्ट ने रूप, आकार की रचना, अनुक्रम, अनुपात, दीप्ति आदि तत्वों को सौंदर्य तत्व के रूप में माना है। बामगार्टन ने सौंदर्य को एक शास्त्र माना तथा उसे इथिक्स, लॉजिक और ऐस्थेटिक्स में विभाजित किया। पश्चिम के कतिपय विद्वानों ने सौंदर्य को परमात्मा की हस्तलिपि कहा तथा अमेरिकी दार्शनिक सांतियाना ने कहा कि सौंदर्य देखने वालों की दृष्टि में होता है।

हेचेसन और एलिसन जैसे चिंतकों ने सौंदर्य को सहचर के रूप में देखा। पश्चिम के विचारकों में कुछ विचारक ऐसे भी हुए जिन्होंने सौंदर्य के परम्परागत पश्चिमी अर्थ से भिन्न अर्थ के रूप में सौंदर्य का आख्यान किया। फॉक्नर इच्छा को सौंदर्य मानते हैं जबकि फ्रायड सौंदर्य का सीधा संबंध रति भावना से सम्बद्ध करते हैं।

यह अवश्य है कि लियोनॉर्ड दी विंशी जैसे महान कलाकार ने जरूर कहा कि कलाकार कला में किसी की अनुकृति नहीं करता वह उसका सृजन

करता है। वास्तव में यह सृजन ही कला की आत्मा है। यह अवधारणा भारतीय कलाचिंतन के निकट है।

भारतीय परिप्रेक्ष्य में आचार्य रामचन्द्र शुक्ल ने सौंदर्य को बांधते हुए कहा है कि मन तद्रूप हो जाए वही सौंदर्य है। कला आँखों का वह उत्सव है जहां जीवन के यथार्थ के साथ साथ यह भी मनाया जाता दिखाई देता है कि जीवन कैसा होना चाहिये। भारतीय कला का सबसे बड़ा गुण उसकी स्वाभाविकता है। यह कला दूब की तरह उगती है उसे रोपा नहीं जा सकता। रोपना कलात्मक नहीं है, मनोभूमि इतनी उर्वर हो कि सहज कुछ उग आए वही कला है। भारतीय कला में प्राणों के संधान पर बल है। निर्जीवता भारतीय कला का गुण नहीं है। यहां पाषाण भी स्पंदित होता है।

भारतीय कला दृष्टि समग्रता का उद्‌घोष करती है। जहां निजता की परिधि समाप्त होती है वहां से कला का क्षेत्रफल आरम्भ होता है। उसकी दृष्टि एकांगी नहीं है। इस समग्रता में राग बोध और सौन्दर्य दोनों समाविष्ट हैं। इस कला का स्वरूप बंधनजयी है। उसकी जीवन से अलग कोई स्थिति नहीं है। उसके सरोकार केवल कला के सरोकार नहीं हैं बल्कि लोक के राग से, रस से और सौन्दर्य से हैं।

भारतीय कला का प्रमुख लक्षण अन्तरावलम्बन है, परस्पर सम्बद्धता है। यह अलग अलग उपादानों की सुन्दरता पर बल नहीं देती। इसमें किसी केन्द्र पर बल नहीं है बल्कि उस केन्द्र की परिधि में आने वाले समस्त संसार पर, उसके लोकव्यापारों पर बल है। भारतीय कला जीवन से ओतप्रोत है। वह जीवन का ऐसा रागात्मक संस्कार है जिसके बिना जीवन अपना सहज छंद नहीं पहचान पाता।

कला, रूप की भाषा है। रूप चाहे मूर्त हो या अमूर्त वह कला की भाषा के माध्यम से ही व्यक्त होता है और जो इस भाषा को अंगीकार कर लेता है वही सच्चे अर्थों में कला को आत्मसात करने वाला कलाकार हो जाता है।

दादा माखनलाल चतुर्वेदी कहते थे कि कला रूठने वाली लड़की की तरह है जो सीधी नहीं बैठती, निरंतर गतिमान रहती है और उसकी निर्मात्री शक्ति इतनी प्रबल होती है कि वह जाने कितने कला रूपों की जननी हो जाती है। कला मनुष्य की उस तपस्या का मूर्त रूप है जो उसे विकास की ओर ले जाती है और भारतीय कला के संबंध में यही सत्य विद्यमान है और इसीलिए खजुराहो के जीवंत शिल्प समाधि के नहीं संभावनाओं के शिल्प हैं।

सार रूप में भारतीय कलात्मक सृजन एक आध्यात्मिक अनुशासन है।

मीमांसा दर्शन के अनुसार यह परम अनुभव, ब्रह्मानंद-सहोदर हैं। यह जिज्ञासु है। हिमगिरि के उत्तुंग शिखर से लेकर सागर की अतल गहराई तक कला अपने आयामों की खोज करती है। बिना छन्द और लय के वह निस्पंद है।

हमारे प्राचीन वाङ्मय में प्रतीकों के माध्यम से कला को अर्थ दिए गए हैं। मंगलघट, कल्पवृक्ष, लक्ष्मी, स्वस्तिक, यक्ष, नाग ये सब एक निश्चित अर्थ देते हैं। नटराज शिव इस कला के आदर्श हैं। कला की अपनी भाषा है इस भाषा का मूल सौन्दर्य है। इसलिए भारतीय कलादृष्टि और सौन्दर्य दृष्टि में कोई अंतर नहीं है।

जहां तक दर्शन का प्रश्न है, उसका सीधा अर्थ देखना है यों उसकी भी अनेक क्लिष्ट व्याख्याएं हैं। यह देखना केवल भौतिक आंखों से देखना नहीं है बल्कि अन्तर नेत्रों से निहारना है। जब अन्तर की आंखों से देखा जायेगा तभी यथार्थ तत्व की अनुभुति होगी। यही हमारी परम्परा कहती है, 'दृश्यते यथार्थ तत्वमनेन'। यही आंतरिक दृष्टि भी है जो पहिले अंतर में स्वरूप गढ़ती है लेकिन जो मूर्त बाद में होता है और यह मनुष्य ही नहीं परमात्मा भी करते हैं।

आचार्य हजारीप्रसाद द्विवेदी कालिदास के संदर्भ से कहते हैं कि परमात्मा भी मनुष्य की तरह कलाकार है। जैसी परिकल्पना मनुष्य करता है वैसी ही विधाता करते हैं। कल्प पहले होता है अर्थात् मानस में मूर्ति पहले बनती है तथा उसकी सृष्टि बाद में होती है।

वे इस संदर्भ में अन्यथाकरण की भी चर्चा करते हैं। अन्यथाकरण का आशय यह है कि जो कलाकार की मानस मूर्ति है वह ज्यों की त्यों चित्र में अंकित होती है और वह उस मूर्ति से भिन्न होती है जो उसकी आंखों के सामने प्रत्यक्ष होती है।

इसी संदर्भ में द्विवेदीजी कहते हैं कि कालिदास ने चित्रकला के प्रसंग में भावानुप्रवेश को महत्वपूर्ण माना है। उन्होंने लिखा है कि कालिदास ने चित्रकला के प्रसंग में इस शब्द का व्यवहार किया है जिसका आशय है चित्रित विषयों के भावों को रेखा और रंगों में फिर से प्रवेश करा देना।

लेकिन भावानुप्रवेश की पूर्णता तभी होती है जब चित्र हृदय में उतर जाए और इसके लिए चित्रकार का आत्मदान आवश्यक होता है। जब तक वह विषय के साथ तन्मय न हो तब तक उत्तम कला की सृष्टि नहीं होती। भावानुप्रवेश तभी सम्पन्न होना माना जाता है जब कलाकार भावों को आत्मसात कर ले।

कलाकार का देखना सामान्य ढंग से देखना नहीं होता। एक वस्तु को देखकर उसके अनेक संस्कार उसी प्रकार झनझना उठते हैं जिस प्रकार सौ

तारों वाली वीणा के एक तार को छेड़ने पर सभी तार झनझना उठते हैं। कलाकार का सर्जक चित्त अनेक रागों, रूपों, छंदों और वर्णों में प्रतिफलित करके देखता है। कलाकार के पास तथा उसकी रचना को सार्थक रूप से देखने वाले सहृदय दर्शक में तीन शक्तियां होती हैं, ये हैं जानना, ज्ञान करना और इच्छा करना।

कोई भी शिल्प या चित्र स्थूल जगत से अर्थ ग्रहण किए बिना नहीं रह सकता और यही कला का विनायक धर्म है। बिना विनायक धर्म के कला परिभाषित नहीं होती। यह विनायक धर्म सामाजिक मंगल से जुड़ा हुआ है जिसे पाकर वर्ण अर्थ की ओर, अर्थ रस की ओर तथा रस मंगल की ओर जाता है।

उनकी दृष्टि में मनुष्य की कला प्रकृति का स्वाभाविक अनुकरण जब करती है तो वह सुंदर हो जाती है क्योंकि मनुष्य स्वयं प्रकृति की सुंदर कृति है।

द्विवेदीजी शैव सिद्धांत के परिप्रेक्ष्य में भी कला की व्याख्या करते हुए कहते हैं कि इस सिद्धांत में कला का प्रयोग माया के कंचुक के रूप में हुआ है जो काया का स्थूलतर रूप है। यह शिव के रूप में, रेखा में, मूर्त भाव प्रकाश करने वाली ऐसी मानसी शक्ति है जो व्यक्ति में नहीं बल्कि समष्टि में विद्यमान होती है।

द्विवेदीजी विधाता, कलाकार को बाद में और मनुष्य, कलाकार को पहले रखते हैं। इस संदर्भ में उन्होंने 'कुमारसंभव' के इस श्लोक को उद्धृत किया है जिसमें पार्वती के रूप का वर्णन है।

उन्मीलितं तूलिकयेव चित्रं सूर्यांशप्रोद्भिन्नमिवारविन्दम्।

अर्थात् जैसे तूलिका या कूंची से रंग भरने पर चित्र निखर आता है और जिस प्रकार सूर्य की किरणों से कमल का फूल रूपवर्ण और गंध से फट पड़ता है वैसे ही नवयौवन के द्वारा पार्वती का चैरस शरीर निखर उठा। इस श्लोक में मनुष्य की तूलिका और रंग पहले आए हैं और सूर्य की किरणों से कमल के फूल उठने का संदर्भ बाद में आया है।

कला को वे मनुष्य की यात्रा के लिए आवश्यक मानते हैं। उनका मानना है कि कला की सृष्टि पहले हो जाती है। पहले उसका रूप रंग आता है, चित्त में उसकी पहचान, उसका रूप आ जाता है, वस्तु बाद में होती है। इसीलिए उन्होंने कला को ध्यान से, समाधि से जोड़ा।

पं. विद्यानिवास मिश्र के मत में भारतीय कलादृष्टि का विश्वास, भारतीय लोकदृष्टि की तरह साझीदारी का है। यहां सब कुछ एक दूसरे से गुंथा हुआ है। वह किसी एक का नहीं है और भारतीय कलाकार की दृष्टि यह

रही है कि उसे जहां जहां रिक्तता दिखाई दे वह उसे भरता रहे। इसमें किसी प्रकार का भेद नहीं है और यही कारण है कि भारतीय कला किसी एक व्यक्ति के नाम पर नहीं है, वह गुप्त है, कुषाण है, शुंग है। यहां व्यक्ति महत्वपूर्ण है ही नहीं, उसकी व्यंजना महत्वपूर्ण है। वे मानते हैं कि कला की जीवन से अलग कोई स्थिति नहीं है और यही कारण है कि हमारे यहां कला, कला के लिए है या जीवन के लिए यह विवाद नहीं उठा। कला हमारे जीवन का रागात्मक संस्कार है। हमारे यहां कला जीवन के लिए है, अपने लिए नहीं है, वह जीवन में ओत-प्रोत है तथा उसके बिना जीवन अपना सहज छन्द नहीं पहचान पाता।

मिश्र जी के अनुसार भारतीय कला में धाराओं का आवेग और तटों जैसा संयम है। शरीर की सुन्दरता उसका मानदण्ड नहीं है बल्कि उसका मानदण्ड प्राणों के संधान से भरपूर होना है। खजुराहो के शिल्प ऐसे ही प्राणवान शिल्प हैं जिनमें बौद्धों के सहजिया सम्प्रदाय, शैवों के प्रत्यभिज्ञा दर्शन तथा वैष्णवों के मधुर भाव का ऐसा सुन्दर संयोग है जिसमें पूर्ण परितृप्ति है।

इस कला के धरातल रस और आनन्द हैं। तैत्तरीय उपनिषद् में जिस 'रसो वैसः' का उद्‌घोष हुआ वही भारतीय कला का मर्म है जिसकी निरंतरता प्रत्येक युग में विद्यमान रही। माघ और भारवि से लेकर कालिदास तक ने रस और आनन्द को प्रतिष्ठा दी और उपनिषदकार से लेकर रूपगोस्वामी तक ने इसे खरा पाया।

भारतीय कलाएँ पश्चिम के निजवादी दृष्टिकोण का समर्थन नहीं करती। पश्चिम की वस्तुपरक अवधारणा के विरुद्ध भारतीय कला अवधारणा दर्शन परक है। वह न तो कामप्रेरित है जैसा फ्रायड मानते हैं न भौतिक अनुभूतिपरक जैसा विश्वास मार्क्स का है। यह प्रकृति का अनुवाद भी नहीं है जैसा गिफ्सन मानते हैं। भारतीय कला में न वाद हैं और न वह व्यक्तियों के नाम पर है।

भारतीय कला के अंतर्गत अनेक कलाएं सम्मिलित हैं। प्राचीन भारतीय ग्रंथों में 64 कलाओं का उल्लेख मिलता है।

भारत की चर्चा तब तक अपूर्ण मानी जाएगी, जब तक की उसके कला पक्ष को शामिल न किया जाय। प्राचीन भारतीय ग्रन्थों में 64 कलाओं का उल्लेख मिलता है, जिनका ज्ञान प्रत्येक सुसंस्कृत नागरिक के लिए अनिवार्य समझा जाता था। इसीलिए भर्तृहरि ने तो यहाँ तक कहा, 'साहित्य, संगीत, कला विहीनः साक्षात् पशुः पुच्छविषाणहीनः।' अर्थात् साहित्य, संगीत और कला से विहीन व्यक्ति पशु के समान है।

द्विवेदीजी ने दक्षिण के विद्वान ए० वेंकट सुब्बैया की कृति का उल्लेख करते हुए बताया है कि उन्होंने जो प्राचीन ग्रंथों में वर्णित कलाओं की सूचियां प्रकाशित की हैं उनमें 'ललित विस्तर' की कला सूची में 86, वात्स्यायन की सूची में 64, शुक्रनीतिसार में 64 तथा प्रबंधकोष में 72 कलाओं की सूची है।

द्विवेदीजी ने वात्स्यायन की कलाओं का उल्लेख करते हुए कहा है कि इनमें लगभग एक तिहाई तो विशुद्ध साहित्यिक हैं, कुछ नायक-नायिकाओं की विलास क्रीड़ा से संबंधित हैं और कुछ ऐसी भी हैं जिन्हें दैनिक प्रयोजनों का पूरक कहा जा सकता है जैसे वास्तु विद्या, गृह निर्माण कला, पेड़-पौधों की विद्या। वे कहते हैं कि वात्स्यायन ने अपनी सूची में काम कलाओं के अतिरिक्त अन्य सुकुमार कलाओं को भी शामिल किया है जबकि पांचाल की कलाएं विशुद्ध कामशास्त्रीय हैं।

उन्होंने कुछ रोचक जानकारियां देते हुए यह भी बताया है कि वेश्याओं की 64 कलाएं हैं जिनमें अधिकांश लोक को आकर्षित करने और धन के अपहरण करने के कौशल से संबंधित हैं। कायस्थों की 16 कलाएं हैं जिनमें लिखने के कौशल से लोगों के साथ धोखा करने की बात प्रमुख है। जैनियों की 72 कलाएं हैं जो पुरुष प्रधान हैं तथा सुनारों की 64 कलाएं हैं।

इस संक्षिप्त विवेचन से भारतीय कला की अवधारणा तथा दृष्टि स्पष्ट होती है। यह स्पष्ट हो जाता है कि आज जिस खंडित रूप में कला को व्यापक माना जाने लगा है तथा उसके अनेक अर्थ हो गए हैं यह स्थिति प्राचीनकाल की कला अवधारणा में नहीं थी। उस कला की परिभाषा की परिधि में समग्रता का भाव समाहित होता था जिसमें विविधता के दर्शन भी होते थे।

भारतीय कला का परंपरागत परिप्रेक्ष्य भी बड़ा पुरातन और समृद्ध है। ज्यों-ज्यों मनुष्य सभ्य होता गया वैसे-वैसे उसका कला पक्ष भी सुदृढ़ होता गया। आरंभिक काल में उसने मिट्टी के बर्तनों से लेकर अपने दैनिक जीवन के उपयोग में आने वाली वस्तुओं का निर्माण किया तो वहीं दूसरी ओर उसने चित्रांकन भी शैल भित्तियों पर किया, मूर्तियाँ बनाईं व मोहरों का भी निर्माण किया। भारत के उत्तर-पश्चिमी भाग में सिंधु घाटी व हड़प्पा की जिन सभ्यताओं का विकास हुआ उनमें भारतीय कला की परिपक्वता दिखाई देती है। सिंधु घाटी की सभ्यता के लगभग 100 केन्द्रों पर उत्खनन में जो प्रमाण मिले हैं वे ये सिद्ध करते हैं कि हमारे पूर्वजों की दृष्टि कितनी कलात्मक थी। सिंधु घाटी की सभ्यता से एक नृत्यांगना की भावप्रवण मूर्ति मिली है।

उल्लेखनीय है कि यूनेस्को ने अपनी सूची में 28 से अधिक भारतीय कलात्मक उदाहरणों को सम्मिलित किया है।

ऐतिहासिक काल में मौर्य, कुषाण और गुप्त काल में भारतीय कला ने अपने उत्कर्ष को छुआ। गांधार और माथुरी कलाओं की उत्कृष्टता विश्वविख्यात है।

पूर्व मध्ययुग में उत्तर व दक्षिण भारत में भव्य स्मारक तथा विशालकाय मंदिर व किले बने। सौंदर्य की पराकाष्ठा को स्पर्श करने वाली मूर्तियां निर्मित हुईं। इन सबका विवरण विपुल है। ब्रिटिशकाल में भारतीय कला पर पश्चिम की कला का प्रभाव पड़ा जिसके कारण विशेष रूप से स्थापत्य प्रभावित हुआ।

भारतीय कला की यात्रा के इतिहास में ऐसे कालखण्ड भी आए जब भारतीय कला की मौलिकता का ह्रास होना प्रतीत हुआ किंतु वास्तव में ऐसा हुआ नहीं था इसलिए कि हमारे पुरखों ने कला को अपने जीवन का अभिन्न अंग बना लिया था। इसलिए आधुनिक काल के बाहरी प्रभाव ने जीवन की बाह्य शैली को भले प्रभावित किया हो किंतु उसकी आंतरिक लय पूर्ववत ही विद्यमान रही।

संगीत, स्थापत्य, चित्रांकन, मूर्ति कला, शिल्प, उत्कीर्णन से लेकर भारतीय कला के जितने अन्य अनुशासन हैं वे सब अपनी लय में यद्यपि अलग-अलग दिखाई तो दिए किंतु उनकी सूत्रबद्धता बनी रही। वे एक-दूसरे को प्राणदान देते रहे। यही कारण है कि ये सारी कलाएं आज भी अपनी मौलिक अस्मिता के साथ विद्यमान हैं। यह अवश्य है कि पाश्चात्य प्रभाव के कारण संविलियन की स्थिति निर्मित हुई है किंतु इस संविलियन में भी भारतीय कला के मौलिक तत्वों का अध्यारोही प्रभाव रहा है।

भारतीय कला के तिथि क्रम का आरंभ विद्वान सिन्धु सभ्यता की कला के समय से मानते हैं जो ईसा से 2500-1500 वर्ष पूर्व से विद्यमान थी तथा उसके बाद वैदिक सभ्यता का आगमन हुआ। महाजनपद युग, शैशुनागनन्द युग, मौर्य युग से लेकर सोलंकी वंश 765-1200 ईस्वी तक उत्तर भारत में अनेक कला आंदोलनों का जन्म हुआ। इनके अतिरिक्त आंध्र प्रदेश सहित दक्षिण के विभिन्न राज्यों में विभिन्न वंशों के काल में तथा चालुक्य, राष्ट्रकूट, पल्लव, चोल, पांड्य और होयसल सहित विजयनगर के शासकों के समय में भारतीय कला के अनेक मौलिक आयाम जन्मे तथा विकसित हुए। ग्यारहवीं से तेरहवीं सदी के बीच ओडिशा, गंग और केसरी वंश तथा मगध के पाल और बंगाल के सेन वंश के शासकों ने नौवीं से बारहवीं सदी के बीच भारतीय कला को अभिनव स्वरूप दिया। बाद के काल में उत्तर भारत में गुप्त और दक्षिण भारत में चोल शासकों के समय में भारतीय कला ने अपने उत्कर्ष को स्पर्श किया।

इसके बाद का समय मुस्लिम और मुगल शासकों का काल है। यद्यपि इस्लाम में चित्रांकन सहित ललित कला के विभिन्न अनुशासनों के संबंध में प्रतिबंधात्मक अवधारणा थी किन्तु इसके बावजूद भारत में इन शासकों के समय में भारतीय कला ने एक विशिष्ट सामासिक स्वरूप धारण किया।

भारतीय कला के विकास को लेकर एक और मत प्रकट हुआ है जिसके अनुसार भारतीय कला का इतिहास ये लेखक मौर्यकाल से आरंभ करते हैं। डॉ० फैबरी जैसे हंगेरियन विद्वान ने भारत में कला आंदोलनों को तीन कालखंडों में बाँटा है। पहला कालखंड लगभग 2600 ईसा पूर्व का है जब मोहनजोदड़ो और हड़प्पा के काल में भारतीय कला का अपना स्वरूप था। दूसरा कालखंड 2600 और 1800 ईसा पूर्व के बीच की अवधि का है जिसके संबंध में बहुत जानकारी नहीं है तथा तीसरा काल 1800 ईसा पूर्व से आरंभ होने वाला आर्य काल व 300 ईसा पूर्व से आरंभ होने वाला अशोक का काल है।

जहाँ तक नृत्य का संबंध है नृत्य शब्द संज्ञा है जो 'नृत्' क्रिया से बना है। इसका आशय है नाचना, इधर-उधर हिलना, रंगमंच पर अभिनय करना, हाव-भाव दिखाना।

नृत्य कला सबसे प्राचीन मानवीय कला कही जाती है। नृत्य मानव समाज में कब आरंभ हुआ इसके संबंध में कोई निश्चित कालावधि ज्ञात नहीं होती। सुश्री कमलादेवी चट्टोपाध्याय के अनुसार नृत्य एक बहुत ही सहज और स्वाभाविक क्रिया है जो कि मानवीय संवेगों की अभिव्यक्ति है। नृत्य को ईश्वर से जोड़ने का माध्यम भी कहा गया है।

भरत के 'नाट्यशास्त्र' में जो ईसा पूर्व 2री सदी की रचना मानी जाती है में 36 अध्यायों में नाट्य संबंधी विषयों की विस्तृत व्याख्या है। इसे भारत की विभिन्न नृत्य शैलियों का आधार माना जाता है।

नाट्यशास्त्र में नृत्य की व्याख्या करते हुए कहा गया है, 'विनोदकरणं चेति नृत्तमेतत्प्रवर्तितम्' अर्थात् नृत्य प्रदर्शन की शोभा बढ़ाता है तथा विनोद मूलक भी है, लेकिन इसमें अभिनय तथा भाव का समावेश नहीं होता, जब हो जाता है तब वह नृत्य हो जाता है।

नन्दिकेश्वर द्वारा रचित 'अभिनयदर्पणम्' जो दूसरी सदी ईसा पूर्व की नृत्य पर पहली रचना मानी जाती है, में नृत्य की परिभाषा देते हुए कहा गया है, 'रसभावव्यंजनादियुक्तं नृत्यमितीर्यते' अर्थात् वह नर्तन जो रस तथा भावों से युक्त हो, नृत्य कहलाता है।

धनंजय ने अपने ग्रंथ 'दशरूपक' में लिखा है कि नृत्य भावों पर आश्रित है तथा इस विषय के प्रायः सभी विद्वान यह मानते हैं कि नृत्य के

साथ रस, भाव और व्यंजना का जब प्रदर्शन होता है तब उसे नृत्य कहते हैं। कालिदास के अनुसार नृत्य आंखों का यज्ञ अर्थात चाक्षुष यज्ञ है।

हमारे वांग्मय में नृत्य के विपुल संदर्भ हैं। ऋग्वेद में ऊषा की तुलना एक सुसज्ज नृत्यांगना से की गई है। उसे चिरपुराणों युवती कहा गया है (1.123.1) तथा इस नर्तकी को 'नृतूरिव' भी कहा गया है। ऋग्वेद में लिखा है, 'नृत्य मानो देवता' (5.33.6)। यहां नृत्यमान का अर्थ है नृत्य करते हुए देवता। ऋग्वेद में ही, 'नृत्य-मानो अमृता' तथा 'जगाम नृत्य ये' आदि शब्दों का प्रयोग किया गया है जिसके आधार पर नृत्य के विकसित स्वरूप की परिकल्पना सहज ही की जा सकती है। इन्द्र और अश्विन को भी नृत्यकार के रूप में दर्शाया गया है तथा उनसे संबंधित तीन ऋचाएँ भी हैं लेकिन बाद की अवधि में इन्द्र को इस रूप में नहीं दर्शाया गया।

ऋग्वेद में पुरंदर, मारुत तथा अश्विनी कुमारों को अनेक स्थलों पर 'नृतु' उपाधियों से विभूषित कर इनका आव्हान नर्तक के रूप में किया गया है। इन नृत्यरत् देवताओं में बीज-रूप में निहित परिकल्पना ही परवर्ती शिव एवं विष्णु के नृत्य अथवा नटराज अवधारणा के रूप में विकसित हुई।

विद्वानों का मानना है कि नटराज परम नर्तक हैं तथा शिव के नर्तन का अनादि भाव चिदम्बरम नटराज के रूप में 10वीं तक आते-आते स्थिर हो गया। यही आंतरिक दृष्टि भी है जो पहिले अंतर में स्वरूप गढ़ती है लेकिन जो मूर्त बाद में होता है और यह मनुष्य ही नहीं परमात्मा भी करते हैं।

वैदिक काल के स्त्री पुरुषों के जीवन में, जन्म से लेकर मृत्यु तक हर महत्वपूर्ण अवसर का अनिवार्य अंग नृत्य था। तथा ऋतुपरक सांगीतिक उत्सवों— 'समन' के माध्यम से वैदिक जनजीवन नृत्य तथा संगीत से भरपूर था।

समन रात्रि में आयोजित ऐसे संगीत समारोह थे जिसमें युवक-युवतियों की सांगीतिक प्रतिभा का परीक्षण होता था।

सामवेद में इनका स्वरूप यही रहता है किन्तु यजुर्वेद में केवल ऊषा के आगमन की सूचना देने वाले अश्विनी कुमार, जिनके चाबुक निपुण नर्तकी- 'सुनृत्तवती' के समान नृत्य करते हैं, ही नर्तक देव रह जाते हैं।

अथर्ववेद तक आते-आते अश्विनी कुमारों सहित इन्द्र, मारुत भी मात्र पूज्य देव रह जाते हैं, नर्तक के रूप में उनका अस्तित्व समाप्त हो जाता है।

अथर्ववेद के पृथ्वीसूक्त (12.1.41) के कर्मकाण्डों में व प्रकृति के प्रकोपों से भयभीत नर-नारियां रोगों तथा इन प्राकृतिक प्रकोपों के बीच भी नृत्य करते हैं। विवाह के अवसर पर चार से आठ सधवाओं द्वारा नर्तन इन्द्राणी के कर्म का अंग माना गया है।

स्मृतियों तथा सूत्रों के काल में तत्कालीन समाज के कतिपय विशिष्ट वर्गों में संगीत व नृत्य के प्रति उपेक्षा का भाव दृष्टिगत होता है।

मनु ने मांस-मदिरा के समान नृत्य गीत को भी वर्जित बताया है तथा पेशेवर संगीतज्ञों को गोपालक तथा रसोई बनाने वालों के समान मानकर, शद्रों की श्रेणी में उनकी गणना की है।

वाजसनेयी संहिता के पुरुषसूक्त में यज्ञों के विभिन्न अवसरों व क्रियाओं पर नृत्त के लिए 'सूत' को तथा गीत के लिए 'शैलूष' को नियुक्त करने का उल्लेख आया है। (नृत्ताय सूतं गीताय शैलूषम्) अथर्ववेद के पुरुषसूक्त (12.1.412) में भूतल के मनुष्यों द्वारा नृत्य-गीतों के आयोजन का 'यास्याय गायन्ति नृत्यन्ति भूम्याम् मृत्यर्व्येलवा' अर्थात् आनंद भरी किलकारी को कण्ठ से निनादित करने वाले जिस भूमि पर नाचते गाते रहते हैं, का उल्लेख किया गया है।

काठक संहिता, तैत्तरीय ब्राह्मण तथा कात्यायन श्रौतसूत्र इत्यादि में नृत्य संगीत, अभिनय, नर्तकों (सूत), गायकों (शैलूष) का उल्लेख हुआ है।

कौषीतकी ब्राह्मण में कलाओं की विस्तृत सूची में नृत्य-संगीत सूचित है तथा इन्हें शिल्प माना गया है—'त्रिविधो शिल्पं नृत्य गीतं वादित्र च'।

देवताओं का नृत्य से संबंध ऋग्वेद से अथर्ववेद तक कम होता जाता है वहीं गंधर्वपत्नी 'अप्सराओं' का नृत्य से संबंध अथर्ववेद में जाकर पूर्ण विकसित होता है। यहां उनका मुख्य कार्य देवेन्द्र की राज्यसभा में तथा सार्वभौमिक महत्व के मंगल अवसरों पर नर्तन, गायन तथा वादन करने के अलावा ऋषियों-मुनियों की तपस्या भंग करने के लिए विमोहक अस्त्र की भूमिका को निभाने का भी है।

वेदों के बाद विस्तार से उपनिषदों में नृत्य का वर्णन है। यह कहा गया है कि देह भगवान का मंदिर है और नृत्य वह माध्यम है जिसके द्वारा उसके दर्शन किए जाते हैं। यह भी कहा गया है कि यह साधना का ऐसा चरम स्वरूप है जिसे योग कहा जाता है।

महाकाव्यकाल में अर्थात् ईसा से 1500 वर्ष पूर्व जब रामायण और महाभारत का युग आया तब उस काल में भी नृत्य पूर्णतः स्थापित था। यह सामाजिक जीवन का एक अंग था। रामायण में भारद्वाज ऋषि के आश्रम में भरत का स्वागत करने के लिए मनोरंजन के विभिन्न साधनों में, नृत्य करती हुई उत्तम नृत्यांगनाएं भी थीं।

वाल्मीकि रामायण में उल्लेख है, 'रथयाश्च जनसम्बाधा नटनर्तक संकुलाः' (1/18/18) अर्थात् श्रीराम के जन्मोत्सव पर राजमार्ग पर नटनर्तकों

की भीड़ लगी हुई थी। रामायण में सुग्रीव का उल्लेख करते हुए यह कहा गया कि वह संगीत तथा नृत्य का ऐसा विकट प्रेमी था कि लक्ष्मण को उसे टोकने पर विवश होना पड़ता था। रामायण में अयोध्या, किष्किंधा तथा लंका की संस्कृति दिखाई देती है तथा इन तीनों राज्यों में नृत्य अनिवार्य है। रामायण के उद्धरणों से पता चलता है कि संगीत व नृत्य कला का ज्ञान राजाओं व रानियों की शिक्षा का अनिवार्य अंग था तथा नट-नर्तक व गणिका समाज के सम्माननीय सदस्य थे।

अयोध्या में राजा दशरथ ने चार मण्डप बनवाए थे जिसमें एक केवल स्त्रियों के नृत्य के लिए था।

रावण स्वयं शिव की स्तुति नृत्य एवं संगीत से करता था। रामायण में यह उल्लेख है कि लंकाधिपति दशानन 'नृत्तेश्वर' शिव की आराधना ताण्डव मुद्राओं से तथा वीणा वादन से करते हुए उन्हें संतुष्ट करता था। उसकी रानियां नृत्य, गीत तथा वादित्र में निष्णात थीं।

ऐतिहासिक काल में पाणिनी की अष्टाध्यायी (ईसा पूर्व 500) तथा पतंजलि के महाभाष्य (ईसा पूर्व 200) में नृत्य का वर्णन मिलता है।

कौटिल्य के अर्थशास्त्र में नृत्य के विशद उल्लेख हैं तथा अशोक के गिरनार के शिलालेख से भी इस तथ्य की पुष्टि होती है।

महाभारत में अर्जुन के संबंध में यह उल्लेख है कि उन्होंने इन्द्रलोक की अप्सरा से नृत्य सीखा और फिर बाद में उन्होंने उत्तरा को नृत्य सिखाया। विराट पर्व में उल्लेख है,

'गायामि नृत्याम्यथ वादयामि भद्रोऽस्मि नृत्ते कुशलोऽस्मि गीते।
त्वमुत्तरायाः परिदस्व मां स्वयं भवामि देव्या नरदेव नर्तकः ॥ 8 ॥

अर्थात् हे नरदेव मैं गाना, नाचना और बजाना जानता हूं, मैं नाचने में निपुण हूं और गाने में भी कुशल हूं, इसलिए आप मुझे उत्तरा के घर में रहने की आज्ञा दीजिए। हे राजन मैं राजपुत्री को गायन एवं नर्तन सिखाउंगा।

पौराणिक काल में नृत्य का रूप अतिविकसित हुआ। शिवपुराण में उल्लेख है कि शिव के मंदिर में पूजन करते समय नृत्य एवं संगीत में पारंगत 100 कन्याएं भी होनी चाहिए।

देवी भागवतपुराण में देवी पूजन के साथ नृत्य तथा संगीत का होना परम आवश्यक था।

अग्निपुराण में नृत्य करते समय शरीर के विभिन्न अंग संचालन के प्रयोग के बारे में एक अलग अध्याय लिखा गया है। जैन, बौद्ध व हिन्दू इन तीनों धर्मों में देवताओं के द्वारा नृत्य किए जाने की परम्परा का वर्णन है।

बौद्ध जातकों में गीत, वाद्य, नृत्य तथा नाट्य का उल्लेख है। देवदासियों की परम्परा भी बौद्ध धर्म से आने के संबंध में विद्वानों का विश्वास है तथा 'चुल्लवग्ग' नामक बौद्ध ग्रंथ में यह उल्लेख है कि चैत्य एवं विहारों में पूजा कार्यों के लिए नर्तकियों को रखा जाता था। अल्तेकर के मतानुसार यह प्रथा तीसरी सदी से आरंभ हुई तथा 6वीं सदी तक अत्यधिक प्रचलित हुई।

महावस्तु नामक बौद्ध ग्रंथ में शुद्धोधन के महल के राजसी जीवन का विवरण है जिसमें अम्बपाली व शालवती जैसी गणिकाओं के साथ-साथ वीणा, वेणु, नकुल, तूनक व सुघोष जैसे वाद्यों का भी उल्लेख है।

बौद्ध साहित्य के इन उद्धरणों से स्पष्ट होता है कि बौद्ध धर्म के इतिहास के प्रारंभिक काल में ही संगीत व नृत्य के प्रति विरोधी दृष्टिकोण त्याग दिया गया था

जैन ग्रंथों में इन्द्र के द्वारा नृत्य किए जाने का उल्लेख है। पुष्पदंत कृत 'महापुराण' में भी रास संबंधी रचनाएँ हैं।

बसंत सेना, आम्रपाली, वासवदत्ता तथा चित्रलेखा आदि नृत्य और संगीत में पारंगत नर्तकियों के उल्लेख हमें मिलते हैं।

तमिल साहित्य में नृत्य साधना के अनेक उदाहरण हैं। यह एक ऐसा अनुशासन कहा गया है जिसमें आध्यात्मिक अनुभव अंतरनिहित है।

पुराणों में इसके 108 प्रकार बताए गए हैं जिन्हें करण कहा जाता है।

जहां तक परम्परा का प्रश्न है विद्वानों का मानना है कि शास्त्रीय नृत्य की भारतीय परम्परा कम से कम 2000 वर्ष पुरानी है।

यह परम्परा कभी टूटी नहीं व नृत्य ईश्वर की आराधना के उच्चतम मार्ग के रूप में प्रतिष्ठित हुआ।

वैदिक साहित्य में नृत्य प्रत्येक शुभ अवसर पर तथा मनोरंजन के लिए किया जाता था। महाव्रता संस्कार के समय कन्याएं सिर पर घड़ा लेकर अग्नि के चारों ओर नृत्य करती थीं ताकि धान के लिए वर्षा हो सके। विवाह के अवसर पर सुहागिन स्त्रियां अपने दीर्घ दाम्पत्य जीवन की कामना कर नृत्य करतीं थीं।

मंदिरों में देवदासियों के द्वारा नृत्य किए जाने की परम्परा का सूत्रपात हुआ जो एक मंदिर तथा भगवान विशेष को सदैव के लिए समर्पित कर दी जाती थीं। यह नृत्य का एक पवित्र रूप था लेकिन अंग्रेजों ने बिना इसके ऐतिहासिक व धार्मिक परिप्रेक्ष्य पर विचार किए इसे प्रतिबंधित कर दिया जिसका परिणाम यह हुआ कि वह नृत्य परम्परा जो शास्त्रीय मूल से पूरी तरह विकसित हुई थी वह शनैः शनैः समाप्त होने लगी।

जैन, बौद्ध व हिन्दू इन तीनों धर्मों में देवताओं के द्वारा नृत्य किए जाने की परम्परा का वर्णन है। भारतीय कला परम्परा में प्राचीन शिल्पों में तथा संस्कृत काव्यों में नृत्य के विशद् वर्णन हैं।

अभिनय दर्पण के अनुसार स्वयं ब्रह्मा ने भरत को नृत्य और नाट्य की शिक्षा दी तथा नाट्यशास्त्र लिखने का आदेश दिया। भरत का नाट्यशास्त्र अपने अनुशासन का प्राचीनतम शास्त्र है।

सिंधु घाटी की सभ्यता विश्व की प्राचीन सभ्यताओं में से एक है। मोहनजोदड़ो और हड़प्पा इन दोनों स्थानों से सर्वाधिक प्राचीन नृत्यांगनाओं की मूर्तियां मिली हैं। यहां से नृत्य करती युवती की कांसे की मूर्ति भी प्राप्त हुई है जो लगभग 8 से.मी. की है। यह सभ्यता ईसा से 6000 वर्ष पूर्व की मानी जाती है। हड़प्पा में नृत्यरत् पुरुष की तीन पाषाण मूर्तियां प्राप्त हुई हैं, जिनमें से एक, कला मर्मज्ञों के अनुसार नटराज की है। यहां कुछ ऐसी सील भी मिली हैं जिनमें नृत्य की भंगिमाएं दर्शाई गई हैं।

कई ऐसे शिल्प भी मिले हैं जिनकी भंगिमाओं का साम्य केरल के कथकली नृत्य की मुद्राओं से होता है।

ईसा पूर्व 2री सदी में व उसके बाद के मंदिर शिल्पों में विशेष रूप से शुंगकालीन शिल्पों में नृत्य के अनेक उदाहरण मिलते हैं।

उदयगिरि तथा खण्डगिरि की उड़ीसा में अवस्थित ईसा पूर्व 2री सदी की गुफाओं में नृत्यरत् दृश्य मिले हैं। इन गुफाओं में नृत्यांगनाओं के साथ वाद्य यंत्र बजाने वाला पूरा समूह भी है।

नटराज का सर्वप्रसिद्ध उदाहरण 'भुजंगत्रासित' मुद्रा में प्रदर्शित दक्षिण भारतीय नटराज प्रतिमा है।

नटराज की अवधारणा के आधार पर अधिकांश शिल्प दक्षिण भारत में बने लेकिन भुजंगत्रासित मुद्रा में नटराज मध्यप्रदेश में भी मिले हैं।

नटराज की विभिन्न भंगिमाएं हैं जिनके आधार पर उनके अनेक नामकरण किए गए हैं।

भरहुत, सांची और अमरावती के स्तूपों के पैनल्स में नृत्यांगनाओं के सहज दर्शन होते हैं। गण, अप्सरा, शालभंजिका और सुरसुंदरियां, सांची से लेकर खजुराहो तथा दिलवाड़ा से लेकर कोणार्क की भित्तियों पर नृत्यरत् उरेही गई हैं। अमरावती के दैवीय दरबार में नृत्यकारों के द्वारा किए जाने वाले नृत्य को उरेहा गया है। मथुरा संग्रहालय में दो स्त्रियों के साथ नृत्य मुद्रा में लीन एक पुरुष को प्रदर्शित करने वाला शुंगकालीन मृत्तिका फलक है जो संभवत: हल्लीसक की ओर संकेत करता है। मथुरा संग्रहालय में शुंगकाल का ही एक और फलक है जिसमें

नृत्य का दृश्य उत्कीर्ण है। मथुरा के कंकाली टीले से एक कलावशेष मिला है जिसमें तीर्थंकर ऋषभदेव के सम्मुख नीलांजना अप्सरा नृत्य कर रही है। मथुरा संग्रहालय में ही शक व कुषाण काल के पुरातात्विक साक्ष्य मिले हैं। इसके बाद नाग व गुप्त काल के भी अनेक पुरावशेष मिले हैं। बाघ की गुफाओं के एक भित्तिचित्र में नृत्य दृश्य उत्कीर्ण है जिसे हल्लीसक का उदाहरण कहा जाता है। इसमें एक नर्तक बीच में है तथा उसके चारों ओर कई नर्तकियां छोटे-छोटे डंडों को लिए हुए मण्डलबद्ध नृत्य कर रही हैं।

भरहुत कला में चूड़ा महोत्सव के नर्तन तथा वादन का दृश्य उत्कीर्ण किया गया है। इसमें अप्सराओं और गंधर्वों को नृत्यरत् तथा वादनरत् दर्शाया गया है।

सांची में भी चूड़ा महोत्सव के नर्तन तथा वादन के दृश्य मुख्य स्तूप में मिले हैं।

इसी काल का एक पैनल जिसमें बोधिवृक्ष के समक्ष अप्सराएं नृत्य कर रही हैं वह ग्वालियर के निकट एक स्थान से प्राप्त हुआ है।

गुप्तकाल व उत्तरगुप्तकाल में नृत्य व संगीत के संबंध में अनेक ग्रंथ रचे गए जिनमें कालिदास के ग्रंथ महत्वपूर्ण हैं। इनके अतिरिक्त शूद्रक, बाण, भवभूति के ग्रंथों में भी विस्तार से इनका उल्लेख किया गया है।

विदिशा के पास उदयगिरि की गुफा (4थी सदी) में गंगा-यमुना के अवतरण तथा संगीत नृत्य को उत्कीर्ण किया गया है। इसी प्रकार का संगीत-नृत्य दृश्य जो 5वीं सदी का है वह पवाया (ग्वालियर) से प्राप्त हुआ है।

5वीं सदी के गुप्तकाल के वादक युगल के शिल्पांकन नचना में हैं।

5वीं शती के वीणा वादिका के शिल्प तुमैन (गुना) से प्राप्त हुए हैं।

5वीं-6वीं शताब्दी का संगीत-नृत्य का शिल्प दृश्य देवगढ़ से प्राप्त हुआ है।

एक तंत्रीयवीणा वादिका के 5वीं-6टी शती का शिल्पांकन अढ़भार, बिलासपुर में है।

7वीं सदी के पूर्वार्द्ध का नृत्यांगना का एक शिल्पांकन सिरपुर से प्राप्त हुआ जो सिरपुर संग्रहालय में है। सिरपुर के शिल्प उत्तरगुप्तकालीन शिल्प हैं।

चोल राजाओं के द्वारा जिन शिल्पों का निर्माण किया गया है वे भरत के नाट्यशास्त्र पर आधारित हैं। इसी प्रकार भरतनाट्यम की मुद्राओं को भी चोल शिल्पों में शिल्पित किया गया है।

हमारे यहां गण, अप्सरा, शालभंजिका और सुरसुंदरियां हैं तथा ये सांची से लेकर खजुराहो तथा दिलवाड़ा से लेकर कोणार्क की भित्तियों पर नृत्यरत् उरेही गई हैं।

नृत्य चित्रांकन के प्राचीनतम साक्ष्य उत्तर भारत व दक्षिण भारत दोनों स्थानों पर मिलते हैं। ये साक्ष्य लोअर मेसोलिथिक, अपर मेसोलिथिक, लोअर नियोलिथिक व लोअर चारकोलिथिक काल से लेकर ऐतिहासिक काल (2500 ईसा पूर्व से 500 ईसा पूर्व) तक के मिले हैं। दक्षिण भारत में 3000 वर्ष पूर्व के नृत्यांकन के साक्ष्य प्राप्त हुए हैं।

भारत में नृत्यांकन के प्राचीन उदाहरण उन गुफाओं में हैं जो प्रागैतिहासिक तथा ऐतिहासिक काल की हैं। विभिन्न अभिप्रायों को अभिव्यक्त करते हुए ये अंकन किए गए हैं।

नृत्य एक लयात्मक अंग संचालन है तथा हमारे नृत्य विषयक शैलचित्रों में एकल, युगल व सामूहिक नृत्यों का अंकन हुआ है। एकल नर्तन के उदाहरण भीमबैठका (श्यामला हिल्स), इमलीखोह, पचमढ़ी (बोरी) में विशेष रूप से मिलते हैं।

युगल नर्तन तथा वादन के दृश्य गुफा मंदिर (भोपाल), भीमबैठका, श्यामला हिल्स, पचमढ़ी (निम्बू भोज) में मिलते हैं।

सामुहिकनर्तन के दृश्य लाखा ज्वार, निम्बे भोज, भीमबैठका, झिरी (रायसेन), कबरा पहाड़ा (रायगढ़), टी.बी. हॉस्पिटल (भोपाल) आदि स्थानों पर मिलते हैं।

शिकार दृश्यों में भी नृत्य के दृश्य दिखाई देते हैं। इसी प्रकार युद्ध दृश्यों के अंकनों में भी आकृतियों की नृत्य भंगिमाएं दिखाई देती हैं।

मध्यप्रदेश में सीताबेंगरा की गुफा व जोगीमारा के अंकन विश्वप्रसिद्ध हैं। जोगीमारा की गुफा में एक नृत्यरत् युगल का अंकन मिला है। यह पहली सदी ईसा पूर्व का है। यहां एक शिलालेख भी प्राप्त हुआ है जिसमें सुतानुका नामक देवदासी का उल्लेख है तथा यह चित्र देवादिन्न नामक चितेरे के द्वारा बनाया गया है। कई विद्वान देवादिन्न को प्रेमी के रूप में उल्लिखित मानते हैं। यह शिलालेख ब्राह्मी लिपि में लिखा गया है। विद्वानों का मानना है कि यह 2री-3री सदी ईसा पूर्व का है।

ये गुफाएँ विश्व के प्राचीनतम थिएटर मानी गई हैं।

यह परम्परा अप्रतिहत रही है तथा ऐतिहासिक काल में नृत्य चित्रांकन के सर्वश्रेष्ठ उदाहरण अजंता की गुफाओं में मिले हैं।

अजंता की गुफा क्र० 1 में जो नृत्यांगना का अंकन है वह स्पिंक के अनुसार 5वीं सदी का है।

अवलोकितेश्वर की त्रिभंगी मुद्रा का अंकन अजंता के सर्वश्रेष्ठ अंकनों में से है। यह भी इसी काल का है।

अजंता की गुफाओं में नृत्य मुद्राओं के अन्य अंकन भी हैं। कतिपय अंकन 5वीं सदी के पूर्व के भी हैं।

अजंता के पश्चात बौद्ध प्रभाव से युक्त अंकन बाघ की गुफाओं के हैं। 5वीं सदी की बाघ की गुफाओं में नृत्य का एक चित्र उपलब्ध हुआ है।

9वीं सदी में दक्षिण भारत में निर्मित सित्तनवासल की गुफाओं में नृत्यांकन की दृश्य मिले हैं।

भित्तिचित्रों की परम्परा निरंतर रही किंतु इसके साक्ष्यों की निरंतरता नहीं रही।

विद्वानों की मान्यता है कि 11वीं-12वीं सदी तक राजा भोज के भतीजे उदयादित्य के समय तक भित्तिचित्रों के अंकन हुए।

भित्तिचित्रों के अंकन की परम्परा के बाद तथा कुछ समय तक समान्तर रूप से भी भारतीय लघुचित्रों की परम्परा का आरंभ हुआ।

लामा तारानाथ का निष्कर्ष है कि 7वीं शताब्दी में पश्चिम भारतीय शैली जन्मी जबकि 9वीं शताब्दी में पूर्वी भारत में एक नई शैली का जन्म हुआ। 7वीं सदी के काष्ठ अंकन गिलगिट से मिले हैं। 9वीं सदी की बंगाल की पाल शैली सबसे पुरानी चित्रशैली है जिसमें ताड़पत्रों पर प्रज्ञापारमिता तथा महामयूरी जैसे बौद्ध ग्रंथों के अंकन हुए।

जब 10वीं सदी में ताड़पत्रों और भोजपत्रों पर अंकन किए गए तब नृत्यांकन भी हुए।

इस शैली के पश्चात 12वीं सदी से गुजरात शैली में अथवा अपभ्रंश शैली में जिसमें परली आंख बनाई गई, में बनाए गए जैन विषयों के चित्र मिलते हैं, विशेष रूप से कल्पसूत्र व कालकाचार्य कथा के।

नृत्यांकन का ताड़पत्र पर सबसे पुराना उदाहरण कल्पसूत्र के अंकनों में मिलता है। यह अपभ्रंश शैली में बनाया गया। कल्पसूत्र में कौशा वेश्या जो नृत्यांगना थी की कथा है जिसे कलाकारों ने चित्रित किया है। इस कथा के अनुसार कौशा सुई की नोक पर नृत्य करती थी।

लघुचित्रों की प्रमुख शैलियों में सबसे पुरानी शैली मालवा शैली है। इसके पश्चात सल्तनत काल की शैलियां हैं। माण्डू में सचित्र जैन ग्रंथ बने जिनमें ईस्वी सन् 1439 का सचित्र कल्पसूत्र शामिल है। पालम से ग्वालियर तक जो शैली इस काल में विकसित हुई उसे चैरपंचाशिका शैली अथवा कुलहदार शैली कहते हैं।

दक्षिण में, बीजापुर, गोलकुण्डा,अहमदनगर, हैदराबाद,बीदर व खानदेश में चित्रशैलियां पनपीं। औरंगाबाद, शोरापुर तथा नागपुर (विदर्भ) में भी चित्रशैलियों का विकास हुआ।

गुजरात में कच्छ में वहां के स्थानीय प्रभाव से युक्त चित्रशैलियां पनपीं।

मुगल काल (1526-1860) में विभिन्न बादशाहों के समय चित्रशैलियों का विकास हुआ। ये फारसी प्रभाव से युक्त थीं जैसे इम्पीरियल, सब इम्पीरियल, पॉपुलर, प्रोविंशियल, बाज़ार, अवध तथा मुर्शिदाबाद।

मुगलों के पराभव के बाद अर्थात् ईस्वी सन् 1707 के बाद राजस्थान तथा पहाड़ (हिमाचल प्रदेश) में विभिन्न रियासतों व ठिकाणों में लघुचित्र बने।

राजस्थान में निम्नांकित स्थानों पर चित्रबने तथा यहां की चित्र शैलियों का नामकरण इन्हीं स्थानों के नाम पर हो गया।

मेवाड़-उदयपुर, नाथद्वारा, देवगढ़, सांवर, शाहपुर, बनेड़ा, बागौर, बेगूं।

मारवाड़-जोधपुर, बीकानेर, किशनगढ़, अजमेर, नागौर, जैसलमेर, घाणेराव, रियाँ

हाड़ौती-बूंदी, कोटा, झालावाड़।

ढूंढार-आमेर, जयपुर, शेखावाटी,अलवर, उनियारा, झिलाय, इसारदा, सामोद, शाहपुरा।

पहाड़ी शैलियों में मुख्यतः बसोहली, कांगड़ा, चम्बा, नूरपुर, बिलासपुर, मानकोट, बाहू, जम्मू, कुल्लू व गढ़वाल में चित्र बने।

सिख क़लम में पंजाब में चित्र बने।

ओडीशा तथा बंगाल में पटचित्र बने।

अंग्रेज़ों के समय में कंपनी शैली में बनारस व पटना में विशेष चित्रशैलियां विकसित हुईं इनमें पटना की स्याह क़लम प्रसिद्ध है।

अवनीन्द्रनाथ ठाकुर के समय में ठाकुर शैली जन्मी जिसमें अवनीन्द्रनाथ टैगोर, नन्दलाल बोस, यामिनी रॉय, सुधीर खास्तगीर तथा उकील बंधुओं ने चित्र बनाए।

मध्य काल की जिन शैलियों का ऊपर उल्लेख किया गया है इन सब शैलियों में प्रभूत रूप से चित्र निर्मित हुए। इनमें से अधिकांश लघुचित्र उन राजाओं और सम्राटों के समक्ष दरबार में सम्पन्न किए जाने वाले वे नृत्यदृश्यों के थे जिन्हें समकालीन चितेरों ने रंगों और रेखाओं में बांधा था। इनके उदाहरण देशतथा विदेश के विभिन्न संग्रहालयों, कला संग्राहकों के संग्रहों और चित्र वीथिकाओं में उपलब्ध हैं।

वर्तमान में जो नृत्य शैलियां प्रचलित हैं वे गुरुओं के निरंतर शोध कर उनके आधार पर इन शैलियों के पुनर्जीवित करने का परिणाम है।

भारतीय नृत्य के तत्वों में अंगिका, वाचिक अभिनय, अहार्य अभिनय, सात्विक अभिवय तथा नवरस सम्मिलित होते हैं।

हल्लीसक तथा रास नृत्य के प्राचीनतम उदाहरण हैं।

रास के पूर्ववर्ती स्वरूप को हल्लीसक भी कहा जाता है। यह एक प्रकार का नृत्य था। इसका प्राचीनतम उल्लेख भास के बालचरित नाटक में मिलता है। भास कालिदास के पूर्ववर्ती थे। इसी प्रकार के नृत्य छालिक्य अथवा छलिक व रासक भी थे।

भागवत की रास पंचाध्यायी तथा विष्णुपुराण में रास का सर्वोत्कृष्ट रूप देखने को मिलता है।

श्रीमद्भागवत के प्रमुख टीकाकार श्रीधर स्वामी ने अनेक नर्तकियों के नृत्य विशेष को रास माना है तथा जीव गोस्वामी ने नटों के द्वारा ग्रहीत कंठी नारियों का परस्पर हाथ पकड़कर शोभा विस्तारक मण्डलाकार नृत्य को रास कहा है। श्रीपाद बिल्वमंगल ने एक-एक गोपी और कृष्ण के मण्डलाकार नृत्य को रास माना है।

रास का विस्तृत वर्णन भागवत के दशम स्कंध में रासपंचाध्यायी में है। श्रीमद् वल्लभाचार्यजी के मतानुसार भगवान कृष्ण ने यह रास गिरिराज के समीपस्थ परासवली-चन्द्रसरोवर पर किया। इसे उन्होंने रास का पुनीत आदिम स्थल माना है। रास के लिए यमुना पुलिन होना भागवत के अनुसार आवश्यक माना है।

रास का मूल रूप नृत्त है तथा रास के अनुकरण के बाद वह नृत्य हो जाता है जिसके दो भेद ताण्डव और लास्य हैं।

ताण्डव नृत्य भगवान शंकर ने त्रिपुर-दाह के अवसर पर प्रस्तुत किया था। यह भी कहा जाता है कि कालिया नाग के फणों पर जो भगवान श्रीकृष्ण ने भीषण नृत्य किया वह भी ताण्डव का ही एक रूप था जबकि लास्य श्रृंगार रस प्रधान सुकुमार नृत्य है।

रास के पुरातात्विक साक्ष्य शुंग काल अर्थात् आज से लगभग 2200 वर्ष पूर्व की अवधि के मिलते हैं।

जैन रास व बौद्ध रास के भी विवरण मिलते हैं। हर्षवर्धन के समय नागानंद नामक नाटक का रंगमंचीय प्रदर्शन किया गया था। जैन रास के अनेक ग्रंथ हैं इनमें प्रमुख ग्रंथ 'रास पसेणीय सुत्त' है। इसके संबंध में विस्तृत वर्णन डॉ० वासुदेव शरण अग्रवाल ने अपनी कृति 'भारतीय नाट्य साहित्य' में किया है। इस नृत्य में 160 देवकुमारों और देवकुमारियों के दल ने 32 प्रकार की नाट्यविधियों का प्रदर्शन करते हुए रंगभूमि में प्रवेश किया। इनमें से 31 में भारतीय नृत्य का उदार प्रदर्शन सम्मिलित था।

भारत के शास्त्रीय नृत्यों में विभिन्न प्रांतों में अपनी-अपनी नृत्य शैलियां

प्रचलित हैं। तमिलनाडु में भरतनाट्यम, उत्तर प्रदेश में कथक, केरल में कथकली/मोहिनीअट्टम, आंध्रप्रदेश में कुचिपुड़ी, मणिपुर में मणिपुरी, ओडिशा में ओडिसी तथा आसाम में सतारिया। इनके अतिरिक्त प्रत्येक प्रदेश में अपने-अपने लोकनृत्य भी होते हैं।

लोकनृत्यों में राजस्थान का कालबेलिया, चारी, घूमर, गैर, कच्छी गोरी, गुजरात का गरबा, डांडिया व रास, पंजाब का भांगड़ा, धमाल, गिद्दा, महाराष्ट्र का तमाशा, लावणी, डिंडी, आसाम का बीहू, आंध्र का गोबी, बथाकम्मा, ओडिशा का गुटीपुआ, कंधेई, चंगु, केलाकेलूनी, तमिलनाडु का कयाडी, थेरूकोट्टू, पश्चिम बंगाल का कुशान तथा कर्नाटक का यक्षगान प्रमुख है।

भारतीय कला और नृत्य की शास्त्रोक्त परम्पराओं के समग्र परिप्रेक्ष्य पर किए गए विचार तथा प्रस्तुत विवरण का यही सार है कि भारतीय कला का स्वरूप बंधनजयी है। इस स्वरूप में अनेक कलाएं समाविष्ट हैं जिनमें एक कला नृत्य की भी है।

भारतीय कला की यह एक अनुपम विशेषता है कि वह दृश्य और शब्द दोनों में व्यंजित होती है। शब्दों से शास्त्र भी रचे जाते हैं और गीत भी तथा दृश्य भी पूरी आत्मीयता के साथ अनुरागी नहीं विरागी रच देते हैं। इसलिए भारतीय कला विश्व की सर्वश्रेष्ठ कला है जहां निजस्व लोक के लिए विसर्जित होता है और सृजन अपनी पहचान समग्रता के रूप में स्थापित करता है। यही विसर्जन और पहचान स्थापित करने का यही भाव वह साधना है, तपस्या है जिसकी परिणति में भारतीय मानस अपने परमात्मा के दर्शन करता आया है।

■

संगीत की भारतीय परम्परा

राजेश कुमार व्यास

संगीत संस्कृति का अभिज्ञान अर्थात् संस्कृति को जानने का प्रमुख स्रोत है। भारतीय संगीत प्रकृति की ध्वनियों से उपजी माधुर्य—परम्परा है। हमने प्रकृति में व्याप्त लय को पहचाना और उनसे ही बाद में मनुष्य मन से जुड़े भावों में गान, वाद्य संगीत की सर्जना की। इसीलिए संगीत जीवन से विलग नहीं, उससे संबद्ध है। कहें, जीवन की गति का निरूपण वहाँ है। इसीलिए वहाँ जड़त्व नहीं है। मुरझाए हुए में भी स्पंदन कराने की शक्ति उसमें है। झरनों के झर-झर में, हवाओं के संसर्ग में पेड़ों के पत्तों की खड़खड़ाहट में, बहती नदी की धारा में संगीत की अनुभूति होती है। पर, जब इस गति में योग का, समन्वय का संधान हुआ तो संगीत माधुर्य का अनुष्ठान भी बना। जिस तरह योगी अपने को साधता है, आंतरिक सत्य में प्रवेश कर बाह्य सत्यता को समग्रता में अनुभूत करता है, संगीत भी बहुत-से स्तरों पर इसे संभव करता है, काल का अतिक्रमण करते हुए। इसलिए जब संगीत को ध्यान से सुनते हैं, हम बहुत बार काल से परे चले जाते हैं। वर्तमान से अतीत और अतीत से भविष्य की गूँज हममें समाने लगती है।

भारतीय संगीत दृष्टि का, श्रवण का संधान है। इसलिए तो संगीत के जो सात स्वर निर्धारित हुए, उनमें पक्षियों की, पशुओं की ध्वनियाँ जैसे समाहित है। कहते हैं, संगीत का सा मोर की ध्वनि का प्रतिनिधित्व करता है, रे वृषभ से जुड़ा है। ग बकरी से, म श्रृंगाल से, प कोयल से, ध अश्व से और नी हाथी की चिंघाड़ का नाद करता है। इस बार जब इन पशु-पक्षियों की आवाज सुनें तो संगीत के सात स्वरों से इनका मेल करें। बहुत कुछ नया पाएंगे। कोई-कोई यह भी कहता है, संगीत के सात स्वर इन्द्रधनुष के सात रंगों से जुड़े हैं। इन रंगों में मध्य की छाया को श्रुतियों में मिलाया गया। इसी तरह हमारे यहाँ विभिन्न जो राग प्रचलित हैं, उनके गायन का समय सूर्य की गतियों से सम्बन्धित माना गया है। मध्याह्न और सायं के राग दिन के वातावरण की विशेषताओं से जुड़े प्रतीत होते हैं। आधी रात के स्वर राग बिहाग में, भोर के भैरवी में, दोपहर के पीलू राग को व्यंजित करते हैं। रागों

के आरोह-अवरोह में, आलाप में, अंतर्मन समय से ही तो हम साक्षात् होते हैं।

असल में संगीत अंतर्मन भाव प्रकट करने की ध्वनियों की व्यवस्थित दृष्टि है। संगीत शब्द भी तो सम् और गीत से मिलकर बना है। सम् का अर्थ होता है सहित और गीत का अर्थ हुआ, गान। इस आलोक में नृत्य और वादन के साथ किया गान ही संगीत है।

संगीत के इतिहास का स्रोत हमारे यहाँ की वे मूर्तियाँ, प्राचीन सभ्यताओं के अवशेष हैं, जिनमें गाते-बजाते मनुष्य को व्यंजित किया गया है। सिन्धु घाटी सभ्यता और हड़प्पा, मोहन जोदड़ो के उत्खनन में मिली मूर्तियाँ और ढोल बजाते हुए, नृत्य की भंगिमाओं के साथ नर्तकी की मिली छवि से अनुमान लगाया जा सकता है कि संगीत प्राचीन काल से ही हमारे यहाँ परम्परा में रहा है।

कथा आती है, ब्रह्मा ने वेदों की रचना की। मतान्तर से महादेव के पंचमुख से पाँच राग और पार्वती के मुख से एक-इस प्रकार छह रागों की उत्पत्ति हुई। इसके पश्चात् ब्रह्मा ने छह ऋतुओं के अनुसार छह रागों का व्यवहार किया। ग्रीष्म में दीपक, वर्षा में मेघ, शरत् में भैरव, हेमन्त में श्री, शीत में मालकोश और बसन्त में हिन्दोल। इन छह रागों की छह-छह भार्याओं के हिसाब से छत्तीस रागिनियों की उत्पत्ति हुई। ब्रह्मा ने शिव से छह राग और छत्तीस रागिनियों की उपलब्धि कर उनकी शिक्षा भरत, नारद, रम्भा, तुम्बुरु को दी। इन्होंने इनसे 48 उपरागों की सृष्टि की। रामायण में भगवान श्री रामचन्द्र की सभा में लव-कुश द्वारा संगीत प्रस्तुति का प्रमाण मिलता है। पुराणों में कृष्ण की वंशी-ध्वनि का मोहक आख्यान है। उस काल में सोलह हजार गोपियों में प्रत्येक द्वारा एक रागिनी की सृष्टि से पुराण में सोलह हजार रागिनियों के नाम भी कहीं-कहीं मिलते हैं।

वैदिक परम्परा में सामवेद पूरी तरह से संगीत से ही जुड़ा है। ऋक् को वाणी माना जाए तो साम उसका प्राणभूत है। सामसंहिता में ऋग्वेद के सभी मंत्र नहीं हैं। चुने हुए मंत्रों का संग्रह इसमें है। पर प्रधान अंग वहाँ स्वर है। 'साम' का एक अर्थ ही होता है, 'गान'। सा और अमः शब्दों के मेल से बना है, सामः। सा का अर्थ है ऋचा और अमः का अर्थ है आलाप। ऋचाओं के आधार पर किया गया गान ही साम है। कहें, वेद के पद्यबद्ध मंत्रों को जब गान विद्या से अनुप्राणित किया गया तो सामवेद बन गया। इस वेद में जो ऋचाएँ हैं, वे अधिकांश ऋग्वेद से ली गई हैं। यज्ञ और अन्य अनुष्ठानों में इनके उद्गाता का उल्लेख है। उद्गाता माने जो मंत्रों को गाकर देवताओं की

स्तुति करता है। उद्गीथ को साम का अविच्छिन्न अंग माना गाया है। छान्दोग्योपनिषद् में आया है—

'वाचा रग्रस रचः साम रसः समान उद्गीथो रसः'

अर्थात् वाणी का रस ऋचा है। ऋचा का रस साम है। और साम का रस उद्गीथ है। ऋचा का अर्थ होता है चरणयुक्त मंत्र। इनका षडज, मध्यम आदि स्वरों में आलाप होता है।

साम संगीत में स्वरों की योजना अवरोही यानी उतरते हुए क्रम से होती थी। मुख्य चार वर्गों के वाद्य तब प्रचार में। तत् यानी वीणा जैसे तंत्री वाद्य। अवनद्ध यानी पटह वाले, सुषिर अर्थात् बाँसुरी जैसे और घन अर्थात् झाँझ जैसे वाद्य।

सामयोनि मंत्रों का आश्रय लेकर ऋषियों ने गान मंत्रों की रचना की। ये गान चार तरह के हैं—ग्राम गेय गान, आरण्यक गान, ऊह गान तथा ऊह्य गान या रहस्य गान। सामगान की जो परम्पराएँ या शाखाएँ थीं, उनमें अब केवल तीन ही उपलब्ध हैं। ये हैं, कौथुमीय शाखा, रामायणीय शाखा और जैमिनी सूत्र। कौथुमीय शाखा का प्रचलन गुजरात तथा बंगाल में हुआ। रामायणीय शाखा का प्रचलन महाराष्ट्र में और जैमिनी शाखा का प्रचलन कर्नाटक और केरल में हुआ। नारदीय शिक्षा के अनुसार सामवेद ऋचाओं को एक ही स्वर के प्रयोग से गाया जाता था तो उस गान को आर्चिक कहते थे। गाथाएँ जब दो स्वरों में गाई जाती तो वह गाथिक और तीन स्वरों में गाई जाती तो उसे सामिक कहा जाता था। सबसे अधिक गान जैमिनीय शाखा में मिलते हैं।

नारद शिक्षा के अनुसार साम के स्वर मंडलों में सात स्वर, तीन ग्राम, 21 मूर्छना और 41 तान है। सात स्वरों की तुलना वेणु स्वरों के अंतर्गत प्रथम मध्यम—म, द्वितीय गंधार—ग, तृतीय ऋषभ—रे, चतुर्थ षड्ज—सा, पंचम निषाद—नि, षष्ठ धैवत—ध और सप्तम पंचम—प है। साम गानों में ये ही सात तक के अंक तत्तत् स्वरों के स्वरूप को सूचित करने के लिए लिखे जाते हैं। सामयोनि मंत्रों के सामगानों के रूप में ढालने पर अनेक संगीतानुकूल शाब्दिक परिवर्तन किये जाते हैं। इन्हें साम विकार कहा गया है। इनकी संख्या छह है। साम गायन की पद्धति बहुत कठिन है। सामान्यतया साम गान के पाँच भाग बताए गए हैं। ये हैं, प्रस्ताव—मंत्र का प्रारम्भिक भाग जो 'हुं' से प्रारम्भ होता है। इसे प्रस्तोता नामक ऋत्विज् गाता है। दूसरा उद्गीथ—इसे साम का प्रधान ऋत्विज् उद्गाता गाता है। इसके आरम्भ में 'ओम्' लगाया जाता है। तीसरा प्रतिहार—इसका मतलब होता है, दो को जोड़ने वाला। इसे प्रतिहर्ता गाता है। इसी के कभी-कभी दो टुकड़े कर दिये जाते हैं। चौथा उपद्रव—जिसे

उद्गाता गाता है और इसके बाद पांचवां निधन—जिसमें मंत्र के दो पद्यांश या ओम् रहता है। इसका गायन तीनों ऋत्विज, प्रस्तोता, उद्गाता, प्रतिहर्ता एक साथ मिलकर करते हैं।

भारतीय संगीत सामवेद की प्राचीन परम्परा से जुड़ा जरूर रहा है परन्तु साम केवल गान की विद्या थी, वहाँ गायन के साथ वादन की कोई परम्परा नहीं मिलती है। साम में स्वरों को अवरोही क्रम में गिना जाता था जबकि हमारे यहाँ संगीत की जो राग परम्परा है, उसमें स्वरों का क्रम आरोही होता है। असल में साम गान का बँधा रूप था। राग संगीत का खुला रूप है। इसलिए कि साम स्वर—रूप—श्रुति था। वहाँ कौनसा स्वर किसके बाद आएगा, कितने अंतराल में आएगा, यह नियत है। इसका अनुशासन है।

आरंभ में हमारे यहाँ जातिगान की परम्परा रही। जातिगान का प्राचीन नाम था, गांधर्व। कभी हमारे यहाँ संगीत का पयार्य गांधर्व ही रहा है। गांधर्व के दो प्रमुख शास्त्र हमारे यहाँ थे, पहला दत्तिल का 'दत्तिलम्' और दूसरा भरतमुनि का 'नाट्यशास्त्र'। दत्तिल के अनुसार लोक में जो कुछ भी गाया जाता है, वह जाति में स्थित है। दत्तिल ने 'दत्तिलम' में अपने से पुराने आचार्यों के नाम लिए हैं परन्तु वहाँ नाट्यशास्त्र के रचयिता भरत का नाम नहीं है। इससे यह अनुमान लगाया जा सकता है कि यह नाट्यशास्त्र से भी पुराना संगीत ग्रंथ हमारे यहाँ रहा है।

साम गान विधा थी। उसके साथ बजता कुछ नहीं था। गांधर्व में गान भी था और वादन भी था। माने गांधर्व में गाने के साथ वाद्य की संगति हो सकती थी। वाद्य वहाँ स्वतंत्र भी हो सकता था। गांधर्व में संगीत के स्वर—स्वरूप को 'मेय' कहा गया है। माने जिसे मापा या नापा जा सके। मतंग मुनि द्वारा छठी से आठवीं शताब्दी ईस्वी के बीच लिखे गए भारतीय संगीत के एक और प्राचीन, पर महत्त्वपूर्ण ग्रंथ 'बृहद्देशी' में राग को रंजन से जोड़ा गया है। इसमें ही पहले पहल मार्ग यानी शास्त्रीय और देसी अर्थात् लोक संगीत के बीच अंतर स्थापित करने के सूत्र मिलते हैं। स्वर अंतराल, श्रुति और सप्तक के विभाजन जैसे विषयों पर विस्तार से इसमें चर्चा है। मतंग ने ही पहले पहल यह स्थापित किया कि चार या पाँच स्वरों से कम में राग बन ही नहीं सकता।

'बृहद्देशी' में नाद के पाँच भेद माने हैं। मतंग ने रागों का वर्गीकरण 'ग्राम राग' व 'भाषा राग' आदि सात गीतियों में किया है। मतंग ने 'बृहद्देशी' में 'देशी-उत्पत्ति-प्रकरण' में नाद की व्याख्या करते हुए बताया है कि नाद के बिना कोई संगीत या जगत में कुछ भी सृजन नहीं होता है—

न नादेन बिना गीतं, न नादेन बिना स्वराः।
न नादेन बिना नृत्तं, तस्मान्नपादात्मकं जगत्॥

मतंग ने आर्चिक, गाथिक और सामिक आदि सप्त वैदिक स्वरों का उल्लेख करने के साथ ही 'बृहद्देशी' में राग को रंजन से, बल्कि कहें लोक रंजन से जोड़ने का महती कार्य किया। राग-रागिनियों में शब्द हो, यह अनिवार्य नहीं है। बगैर शब्दों के भी राग का माधुर्य कम नहीं होता। इसे ऐसे भी समझ सकते हैं कि राग लक्षण में वादी-संवादी, आरोही, अवरोही, औडव, षाडव, संपूर्ण जैसे लक्षणों के साथ यह जरूरी नहीं है कि अमुक राग को अमुक शब्दों के साथ ही गाएँ। राग गाया ही नहीं बजाया भी जा सकता है। हमारे यहाँ गायन के साथ स्वतंत्र रूप में राग वादन की भी महती परम्परा आरंभ से चली आ रही है। जब किसी वाद्य में राग बजता है तो वहाँ शब्द कहाँ होते हैं? शब्द के बगैर भी वादन में राग खिलता है। वाद्यवृंद सुनेंगे तो इसे और भी गहरे से अनुभूत करेंगे।

भरतमुनि का 'नाट्यशास्त्र' कहने को नाट्य से जुड़ा है परन्तु इसमें भारतीय कलाओं की सर्वांग दृष्टि है। इसका रचनाकाल दूसरी शताब्दी ईसा पूर्व और चौथी शताब्दी ईस्वी के बीच माना गया है। संगीत के साथ वादन की उत्पत्ति की इसमें मनोहारी कथा है। स्वाति मुनि अपने आश्रम में बैठे कुछ लिख-पढ़ रहे थे। रात्रि का समय था। सहसा उन्होंने बाहर देखा, वर्षा मँडरा रही थी। पानी पीने के लिए वह गए। घड़ा देखा तो खाली था। वह घड़ा लेकर सरोवर के पास जाते हैं। सरोवर से पानी भरने लगते हैं कि औचक वर्षा होने लगती है। कमल पत्रों पर वर्षा की बूँदों से जो ध्वनि हुई, उसे सुनकर वह चौंके। छोटी बूँदे, बड़ी बूँदे। वर्षा का धीमे और फिर तेज होना। वह भूल गए, अपने आपको भी। कमल पत्रों पर वर्षा की उस ध्वनि को सुनने में ही गुम हो गए। अहा! कितनी मधुर है, यह ध्वनि। इसे सुनकर ही उनके मन में अवनद्ध वाद्य निर्माण का विचार आया। उन्होंने विश्वकर्मा की सहायता से मृदंगों का, फिर पुष्कर, पणव और दर्दुर का निर्माण किया। दुन्दुभि देख सुनकर स्वाति मुनि ने मुरज आदि नये मढ़े हुए वाद्य बनाए। स्वाति मुनि ने मृदंग, दर्दुर और पणव वाद्य को चमड़े से गढ़कर उन्हें तन्तुओं से बाँध दिया। इसके पश्चात् उन्होंने अत्तरी, पटह जैसे वाद्यों को लकड़ी तथा लोहे से बनाते हुए उन्हें भी चमड़े से मढ़ दिया। इस तरह अवनद्ध वाद्य यंत्र बने।

भरतमुनि ने नाट्यशास्त्र के ध्रुवाध्याय में कहा है कि मैंने वह 'गान्धर्व' कहा है, जिसका कथन पहले नारद ने किया है। कैलाश चन्द्रदेव वृहस्पति की कृति 'भरत का संगीत सिद्धान्त' के अंतर्गत नाट्यशास्त्र में संगीत की स्वरवधि

के अंतर्गत उदात्त, अनुदात्त, स्वरित—जैसी वैदिक स्वर संज्ञाओं की चर्चा नहीं है। श्रुतियों के नाम तथा उनकी जातियाँ वहाँ नहीं है परन्तु 'स्थायी' स्वर एवं 'संचारी स्वर' की चर्चा है। वहाँ स्वरों की भावव्यंजकता का निर्देश है। श्रुतियों के मध्यमत्व, आयत्व, दीप्तत्व की चर्चा अलंकारविधि में है परन्तु संख्या के अनुसार उन्हें नहीं बताया गया है। सात शुद्ध ग्रामों की चर्चा नाट्यशास्त्र में है और नाट्य के प्रयोग में उनके अवसर निर्दिष्ट हैं।

असल में नाट्यशास्त्र में जो आतोद्य यानी वाद्यों की परम्परा या विधि वर्णित है, उसका मूल भले ही वैदिक परम्परा है परन्तु वह अपने आप में वैदिक और पौराणिक मार्ग से पर्याप्त मात्रा में स्वतंत्र है। भरत मुनि के नाट्यशास्त्र में संगीत को लोकरंजन से जोड़ते हुए गान्धर्व और संगीत दोनों शब्दों का प्रयोग किया गया है परन्तु वहाँ संगीत के दो भेद—मार्ग और देशी के बारे में कोई चर्चा नहीं है। नाट्यशास्त्र में मूल ध्वनियाँ दस बताई गई हैं। स्थूल दृष्टि में वे नौ प्रतीत होंगी परन्तु विचार कने पर उनकी संख्या दस सिद्ध होती है। वहाँ यह बताया गया है कि दो या अधिक जातियों के संकर से संकीर्ण या मिश्र जातियों की उत्पत्ति होती है। ऐसी अवस्था में भी वे षाड्जग्रामिक या माध्यमग्रामिक मानी जाती हैं। यदि ऐसी जातियों में 'पंचम' अविलोपी होता है, यदि 'धैवत' लोप्य स्वर हो, तो वे माध्यमग्रामिक मानी जाएँगी क्योंकि षड्ज ग्राम में धैवत का लोप विहित नहीं। प्रयोज्य पंचम एवं धैवत की त्रिश्रुतिकता एवं चतुःश्रुतिकता से भी ग्रामविशेष का बोध होता है।

नाट्यशास्त्र में संकीर्ण जातियाँ एवं उनसे उत्पन्न राग हैं परन्तु उन जातियों या रागों को किसी एक ग्राम से ही सम्बद्ध माना गया है। किसी जाति या राग को 'द्वैग्रामिक' नहीं कहा गया है। माने अन्तर स्वरों का प्रयोग जातियों में केवल आरोह में विहित है। एक ही जाति या राग में गांधार या निषाद के दोनों रूपों का प्रयोग सम्भव नहीं।

भरतमुनि का नाट्यशास्त्र लौकिक संगीत पर विचार करने वाला प्राचीनतम उपलब्ध महत्त्वपूर्ण ग्रंथ है। संगीत और राग शब्दों के प्रयोग के साथ नाट्यशास्त्र में सात रागों का वर्णन है। नाट्यशास्त्र का 17वाँ अध्याय 'काकुस्वरव्यंजनम्' है। इसमें संगीत के सात स्वरों के रस बता दिए गए हैं। हास्य, शृंगार में मध्यम—पंचम, वीर—रौद्र—अद्‌भुत में षड्ज—ऋषभ, करुण में गांधार—निषाद और बीभत्स—भयानक में धैवत स्वर करना चाहिए। नाट्यशास्त्र में रस के अनुसार स्वरावलि की चर्चा है। नाट्यशास्त्र के 34वें अध्याय में सारे अवनद्ध वाद्यों का वर्णन है।

आचार्य वृहस्पति के अनुसार भरत की सारणाविधि के परिणामस्वरूप

ही हमें श्रुतियों के तीन परिमाण प्राप्त हुए हैं। जातियों और ग्रामरागों का गेय एवं वादनीय रूप नाट्यशास्त्र ही हमें देता है। नाट्यशास्त्र स्पष्ट यह कहता है कि नाट्य के प्रयोक्ता को पहले गीत में परिश्रम करना चाहिए क्योंकि 'गीत' नाट्य की शय्या है। भरतमुनि कहते हैं, पंचम वेद नाट्यशास्त्र की रचना में सामवेद से गीत लिया गया। क्यों लिया गया? वह कहते हैं, इसलिए कि गीत नाट्य का प्राण है। गीत और वाद्य भली-भाँति प्रयुक्त होने पर ही नाट्य प्रयोग में कोई विपत्ति नहीं आती है। इसीलिए नाट्यशास्त्र के 'पूर्वरंगविधि' और 'ध्रुवागान' अध्यायों में गीत, वाद्य और नृत्य का प्रयोग विहित है। महर्षि भरत ने गीत, वाद्य और नृत्य का वर्णन सूत्ररूप में किया है परन्तु यह अपने आप में इतना पूर्ण है कि बाद के संगीताचार्यों ने भारत में संगीत के अंतर्गत महर्षि भरत के वचनों को ही प्रमाणस्वरूप माना है। इस दृष्टि से भरतमुनि का नाट्यशास्त्र संगीत का भी महती ग्रंथ है। इसमें विभिन्न वाद्यों का ही सांगोपांग वर्णन नहीं है, उनकी उत्पत्ति, बजाने के तरीकों, स्वर, छंद, लय और विभिन्न तालों का भी विषद् वर्णन है। भरत ने बताया है कि गायन का एक प्रकार वह है, जिसमें केवल स्वरों का प्रयोग किया जाता है। दूसरे प्रकार में सार्थक शब्दों का प्रयोग किया जाता है। (4/354) पहला प्रकार काव्य से स्वतन्त्र है। दूसरा प्रकार काव्य का अंग है। काव्य ने अन्य कलाओं को भी प्रभावित किया। नियम यह बना, मंच पर नर्तकी के आने पर वीणा-मृदंग आदि सभी वाद्य बजाए जाएँ।

तेरहवीं सदी में शारंगदेव रचित ग्रंथ 'संगीतरत्नाकर' में पहली बार हिन्दुस्तानी संगीत तथा कर्नाटक संगीत दोनों का वर्णन आया है। दक्षिण भारत में तिरुनेलवेल्ली के श्री नेल्लेईअप्पर मंदिर और मदुरै के श्री मीनाक्षीअम्मन् मंदिर में कर्नाटक संगीत के 35 प्रकार की तालों को बहुत ही कलात्मक तरीके से पत्थरों पर खुदाई कर चक्रों में अंकित गया गया है। बारहवीं सदी में बने केशव मंदिर और सोलहवीं सदी में चिदम्बरम् में बने नटेश्वर शिव मंदिर की मूर्तियाँ भी उस समय इस संगीत के होने की कहानी कहती है।

शारंगदेव का 'संगीतरत्नाकर' उत्तरी और दक्षिणी दोनों भारतीय संगीत पद्धतियों का आधार ग्रन्थ माना गया है। यह सात अध्यायों में विभाजित है। इनमें गायन, वादन और नृत्य तीनों से संबंधित पारिभाषिक शब्दों के साथ नाद की उत्पत्ति और उसके भेद यथा आहत और अनाहत नाद, सारणां चतुष्टयी, ग्राम, मूर्छना, वर्ण, अलंकार और जाति का विस्तृत वर्णन है। हालांकि शारंगदेव ने भरतमुनि के नाट्यशास्त्र का ही अपने इस ग्रंथ में अनुसरण किया है फिर भी उसकी अपनी संगीत सिद्धान्त विषयक मौलिकता है।

इसी ग्रंथ में भारतीय संगीत की आधुनिकी के बीज भी हैं। शारंगदेव ने इसमें संगीत प्रबंध विषय पर विचार किया है। देशी संगीत, मार्गी संगीत, निबद्धगान, अनिबद्धगान, रागालाप, रूपकालाप, आलप्तिगान, स्वस्थान नियम का आलाप, अल्पत्व, बहुत्व आदि पर इसमें महती जानकारियाँ हैं। इसके अलावा इसमें अलग से तालाध्याय और वाद्याध्याय भी हैं। इसमें प्रचलित तालों और समस्त वाद्यों पर विचार है। वाद्यों को चार भागों में बाँटा है—तत्, सुषिर, अवनद्ध और घन।

ध्वनि, स्वर और ताल ही तो संगीत का मूलाधार है। जो संगीतोपयोगी नाद है, वही 'स्वर' है। इसीलिये संगीतज्ञों ने एक स्वर से उसमें दुगुनी ध्वनि तक के क्षेत्र में ऐसे संगीतोपयोगी कुल बाईस नाद बताये हैं। यही श्रुतियाँ हैं। ध्वनि की प्रारंभिक अवस्था ये श्रुतियाँ हैं और इनका गुँजन स्वर। स्वर वह नाद है जो स्वयं मधुर हो। संगीत ग्रंथ 'संगीत दर्पण' में कहा गया है, 'श्रुति के पश्चात उत्पन्न होने वाला स्निग्ध, अनुरणनात्मक, स्वयं रंजक नाद 'स्वर' है।' ...और सात शुद्ध स्वरों का समूह जब बन जाता है तो वह सप्तक हो जाता है। नाद से श्रुति, श्रुति से स्वर, स्वर से सप्तक और सप्तक से थाट। इन्हीं के अंतर्गत वर्गीकृत हैं तमाम हमारे संगीत के राग। असल में राग संगीत की ऐसी रचना है जो पूर्णतः स्वरों के निश्चित विन्यास पर निर्भर एक व्यवस्थित क्रम से ध्वनित होना है।

राग की संकल्पना मूलतः भारतीय है। संगीत की यह विरल दृष्टि है। बारह स्वरों (सात शुद्ध और पाँच विकृत) का आरोह-अवरोह क्रम में प्रयोग, थाट के स्वरों का निश्चित संख्या में प्रयोग और स्वर-विन्यास के पारस्परिक सम्बन्ध के आधार पर अब तक असंख्य रागों की रचना हमारे यहाँ हुई है। जिस प्रकार भाषा में वर्ण हैं, जिनसे शब्द बनते हैं और शब्द-संयोजन से वाक्य पूर्ण होता है, उसी प्रकार राग में सांगीतिक वर्ण होते हैं। गायन-वादन की प्रत्यक्ष क्रिया वर्ण कहलाती है। स्थाई वर्ण, आरोही वर्ण, अवरोही वर्ण और संचारी वर्ण, इस प्रकार से चार वर्णों के माध्यम से राग की प्रस्तुति की जाती है। इनका शब्दों से किसी प्रकार का संबंध नहीं होता है। इसीलिए कहें, संगीत हमारे यहाँ शब्दाश्रित नहीं है।

राग भी हमारे यहाँ जाति गान की भाँति सुन्दर और गेय थे। अठारह जातियों से 30 ग्राम उत्पन्न माने गये। मूर्च्छना से जाति और जाति से ग्राम रागों की उत्पत्ति मानी गई। मुख्य राग, उनकी पत्नियाँ, पुत्र और पुत्रवधू के रूप में रागों को वर्गीकृत करने के चार मत प्रचलित थे—शिव अथवा सोमेश्वर मत में 6 राग थे तथा जिनकी 6-6 रागिनियाँ मानी गई। कृष्ण

अथवा कल्लिनाथ मत में 6 राग सोमेश्वर मतानुसार ही थे, परन्तु उनकी 6-6 रागिनियाँ शिव मत से भिन्न थी। भरत मत के 6 राग शिव और कृष्ण मत से भिन्न थे तथा उनमें से प्रत्येक की 5-5 रागिनियाँ, 8-8 पुत्र तथा पुत्रवधुओं को मानने की प्रथा मौजूद थी। हनुमत मत के 6 राग भरत मत के समान ही थे परन्तु 5-5 रागिनियाँ और 8-8 पुत्र और पुत्रवधुएँ मानने की परम्परा भरत मत से भिन्न थी। संगीतविद् मुरारी शर्मा के अनुसार पुराने समय में रागों के सम्बन्ध में यह धारणा भी रही कि जो राग स्वतन्त्र थे अर्थात् जिनमें किसी राग की छाया नहीं आती वे शुद्ध राग कहलाते थे। जो राग किसी राग की छाया से प्रभावित होते उन्हें छायालग राग कहा जाता था और जिन रागों पर एक से अधिक रागों की छाया दृष्टिगोचर होती वे राग संकीर्ण कहलाते थे। मध्यकाल तक रागों के सम्बन्ध में इस प्रकार की अवधारणा प्रचलित रही जिनमें शुद्ध राग ब्राह्मण प्रकृति, छायालग राग वैश्य प्रकृति तथा संकीर्ण राग शूद्र प्रकृति के समझे जाते रहे। पर यह सब पुरानी वर्णित बाते हैं, इस समय राग जिस रूप में प्रचलित हैं उनका मध्यकालीन राग-रागिनी के स्वरूप से कोई साम्य नहीं दिखता है। प्राचीन संस्कृत ग्रंथों में जो संगीत चर्चा है, उसमें आज का संगीत कहाँ है! वहाँ प्रबंध का उल्लेख है।

सम्राट अकबर के दरबार के नवरत्नों में से एक तानसेन का भारतीय संगीत के विकास में महान योगदान माना गया है। तानसेन ने ध्रुवपद की परम्परा को कण्ठ—सिद्ध कर उसे लोकप्रिय ही नहीं बनाया बल्कि उसे जीवन से जोड़ा। एक दौर वह भी आया जब हर कोई अपने बच्चों को तानसेन बनाने का इच्छुक होने लगा था। श्रोता शायद कम होने लगे थे, इसलिए विष्णु दिगंबर पलुस्कर को कहना पड़ा, 'हमें तानसेन नहीं कानसेन बनाने हैं।' प्रख्यात बंगाली लेखक वीरेन्द्र राय चौधुरी का शोध बताता है, वाराणसी के भावभंगी-गीत गायक मुकुन्दराम पाण्डे के तानसेन पुत्र थे। असल नाम था—रामतनु। ग्वालियर के हजरत गौस मुहम्मद सिद्ध पीर के आशीर्वाद से उनका जन्म हुआ। हजरत मुहम्मद गौस ही उन्हें ग्वालियर दरबार ले गए, उनका विवाह करवाया। विवाह के बाद उनका नाम मुहम्मद अता अली खां भी कहीं-कहीं पढ़ने में आता है। पर यह शायद इसलिए है कि कई स्थानों पर उनकी संगीत योग्यता को देखते उन्हें 'अताई' लिखा है। संगीत ग्रंथ 'रागदर्पण' में 'अताई' की परिभाषा है—वह जो 'इल्म' यानी विद्या का 'अमल' करना जानता है।

तानसेन बचपन से ही किसी भी स्वर को सुनकर हूबहू नकल कर लेते थे। एक दफा स्वामी हरिदास वाराणसी तीर्थ—यात्रा को आए। वह वाराणसी

की सीमा पहुँचे तब रामतनु वन में गायें चरा रहा था। अपरिचित संन्यासी और शिष्यों को देखकर उसे विनोद सूझा। उसने वृक्ष के पीछे छिपकर बाघ के समान जोरदार आवाज निकाली। शिष्य भयभीत हो गए। पर हरिदास ने समझ लिया कि वाराणसी में बाघ नहीं हो सकता। शिष्यों से ढुँढवाया तो वृक्ष की ओट में रामतनु मिल गया। स्वामी हरिदास ने उसके पिता मकरन्द पाण्डे से शिष्य रूप में रामतनु को माँग लिया। गुरु हरिदास से वृंदावन में दस वर्ष तक रामतनु ने संगीत की गहन शिक्षा ली। रामतनु नाद-सिद्ध हेतु हुए और बाद में संगीत सम्राट तानसेन कहलाए।

कहते हैं एक बार अकबर के अतिरिक्त आग्रह पर उन्होंने दरबार में दीपक राग गाया। संगीत सभा के चारों ओर दीप सजाए गए। तानसेन ने गाना प्रारम्भ किया और उनका बदन जलने लगा। सभा के सारे दीपक जल उठे। दुहिता रूपवती ने इधर घर में मेघ मल्हार गाया। इससे औचक बादलों की घनघोर घटा संग जलधारा बही। इसी से तानसेन का दग्ध शरीर शीतल हुआ। पर इसके बाद वह लम्बे समय तक बिस्तर पर बीमार पड़े रहे। उनके गान से जुड़ी बहुत-सी अलौकिक गाथाएँ और भी हैं। एक यह भी है, 'भलो भयो जो विधि ना दिये शेषनाग के कान....' माने यह अच्छा हुआ जो विधाता ने शेषनाग को सुनने की शक्ति नहीं दी अन्यथा तानसेन की तान सुनकर अनन्तनाग सिर हिला देते और मेदिनी यानी यह पृथ्वी ध्वंस हो जाती। तानसेन नाम की कथा भी कम रोचक नहीं है। कहते हैं, एक दफा तानसेन ने इतना मधुर गाया कि बादशाह इतना विभोर हुआ कि उसने अपने गले का मणि-हार उतारकर उनके गले में पहना दिया। तानसेन माने वह जो संगीत की अपनी 'तान' द्वारा 'सैन' कर दे। यानी हृदय को द्रवीभूत करने की क्षमता रखे। तानसेन ऐसे ही थे।

तानसेन का ध्रुवपद आज भी प्रसिद्ध है पर, आधुनिक काल में ध्रुवपद को व्यवस्थित रूप में प्रचलित करने का श्रेय किसी को जाता है तो वह ग्वालियर के राजा मानसिंह तोमर हैं। उन्होंने खुद भी बहुत-सी ध्रुवपद रचनाएँ की और गुर्जरी तोड़ी, माल गुर्जरी, मंगल गुर्जरी जैसी बहुतेरी रागों का निर्माण भी किया। अपने दरबारी संगीतज्ञों के साथ मिलकर कभी उन्होंने 'मानकुतूहल' नाम से एक पुस्तक की भी रचना की। इसमें ध्रुवपद से जुड़ी विरासत के साथ ही रागों से जुड़े विरल ज्ञान को संजोया गया था। पर कहते हैं, इस कृति का ही भावानुवाद फ़कीरूल्लाह ने 'तर्जुमा-ए-रागदर्पण' शीर्षक से किया था। इस कृति में ध्रुवपद की वाणियों से संगीत की इस विधा को विकसित करने का श्रेय राजा मानसिंह तोमर को दिया गया है। मध्यकाल में

उन्होंने बैजू के साथ मिलकर ध्रुवपद-धमार शैली का भी विकास किया। अबुल फज़ल की 'आइने-अकबरी' में ध्रुवपद की प्रस्तुति से जुड़े बहुत से उल्लेख हैं। ध्रुवपद असल में नाद-ब्रह्म से जुड़ा संगीत माना गया है। भक्ति एवं दर्शन से जुड़े इस संगीत की बड़ी विशेषता यह भी है कि इसमें उच्च कोटि के साहित्य से संगीत को जोड़ते राग शुद्धता को विशेष महत्त्व दिया गया है। ध्रुवपद की आरम्भ में चार वाणियाँ प्रचलित थीं। ये वाणियाँ अपने प्रतिष्ठाता के नाम व स्थान से जानी गयी और प्रसिद्ध हुई।

अकबर के दरबार में चार गुणी संगीतज्ञ विख्यात थे। इन गुणियों के नाम से ही ध्रुवपद की चार वाणियाँ प्रसिद्ध हैं। तानसेन गौड़ीय ब्राह्मण थे इसलिए उनकी वाणी का नाम हुआ गौड़ी, गौरहार अथवा गोबरहरी। राजा समोखन सिंह के पुत्र सुप्रसिद्ध बीनकार मिश्री सिंह जी ने तानसेन की कन्या सरस्वती देवी के साथ विवाह किया, तब उनका नाम हो गया था नबात् खां। नबात् खां की वाणी का नाम था 'खण्डारी', इसलिए कि वह खण्डार के निवासी थे। ब्रिजचन्द के निवास स्थान के अनुसार उनकी वाणी का नाम डागुर हुआ। राजपूत श्रीचन्द नौहर के अधिवासी थे सो उनकी वाणी नौहर वाणी कही गयी। संगीत की इन चार वाणियों की संक्षिप्तताओं में उजागर करता एक दोहा भी प्रसिद्ध है—

जोर-जोर से खण्डार गावे, मधुर बोल को नोहार लेवे
साँस बड़ी है गोबरहार की, आलापचारी है डागुर की

तानसेन रचित एक ध्रुवपद में भी आता है—

बानी चारों के भेद सुन लीजै हौ गुनीजन तब पावै यह विद्यासार
राजा गुबरहार, फौजदार खंडार, डागुर दीवान, बकसी नौहार

ऐसा लगता है, चूँकि तानसेन ने इस ध्रुवपद को रचा है इसलिए उन्होंने संगीत की इन चार वाणियों में अपनी गौड़ीय वाणी को राजा का आसन दिया है। डागर वाणी को मंत्री का, खण्डार को सेनापति का और नौहर वाणी को भृत्य का स्थान दिया है।

इन पंक्तियों के लेखक ने चारों ही वाणियों में ध्रुवपद का आस्वाद किया है और इसमें कोई संदेह नहीं है कि सभी की अपनी-अपनी विशेषता है। अपनी अपनी सार्थकता है। यह कहना बहुत मुश्किल है कि कौन-सी अधिक श्रेष्ठ है और कौन-सी उससे कमतर पर इस बात से इन्कार नहीं किया जा सकता कि ध्रुवपद विरल है। गुणीजनों की दीठ में गौड़ी वाणी में प्रत्येक स्वर अपनी सीमा में सुनिर्दिष्ट रूप में प्रकट होता है। स्वर-स्वर ओज और स्पष्टता इसका प्रमुख लक्षण है। डागर वाणी तो सुनकर नाद-ब्रह्म ही जैसे

साक्षात् होता है। एक स्वर दूसरे स्वर में घुलकर अनूठे रहस्य की ओर मन को ले जाता है। स्वरों को स्पष्ट भले पकड़ा-छुआ नहीं जाता पर स्वरों का लालित्य कुछ ऐसा होता है कि रहस्य के ताने-बाने में सुनते हुए उसे मन अपने तई कल्पना में पूर्ण करने को प्रेरित होता रहता है। खण्डार वाणी को संस्कृत में 'भिन्ना गीति' कहा गया है। इस वाणी में स्वर कटे-कटे से लेते हुए गायक अपने तई उन्हें साधता है। स्वरों को सरल ढंग से न गाकर उन्हें वक्र ढंग से लगाया जाता है। कहें यह वक्र गति का ऐसा गान है, जिसका अपना माधुर्य है। सूक्ष्म गमक की सहायता से स्वर काटने या आंदोलित करने पर उसमें उत्तरोतर वृद्धि होती है। इसीलिए उत्तम गुणी मधुर, सूक्ष्म, गमक के सहयोग से खण्डार वाणी गाते हैं।

यह सही है, ध्रुवपद की चार वाणियों में संगीत की हमारी भारतीय परम्परा निरन्तर विकसित हुई पर इधर डागर वाणी जिस ढंग से आगे बढ़ी वैसी कोई और वाणी नहीं बढ़ी। कह सकते हैं, ध्रुवपद की परम्परा को जीवंत रखने का प्रयास किसी स्तर पर हुआ है तो डागर वाणी के जरिए ही हुआ है। यह बात इसलिए भी बहुतेरी बार अनुभूत होती है कि डागर वाणी में जड़त्व नहीं है। इसलिए भी कि डागर वाणी से जुड़े घरानों ने और बाद में इस परम्परा से जुड़े दूसरे गायकों ने परम्परा में निहित संभावनाओं को अपने तई निरन्तर विकसित किया।

संगीत में ही नहीं तमाम दूसरी कलाओं में परम्परा जड़ हो जाती है, यदि उसमें निहित संभावनाओं की तलाश में कलाकार आगे नहीं बढ़े। डागर घराने के डागरों ने और उनके बाद और भी बहुत-से घराने इसके सामने आते हैं। इन सबने अपने तई ध्रुवपद की विरासत को एक तरह से पोषित किया। ध्रुवपद के जो घराने इधर विकसित हुए हैं उनमें बिहार, बेतिया, आगरा, मथुरा, और विष्णुपुर घरानों की अपनी विशेषताएँ हैं। इसके अलावा ध्रुवपद धमार गायकी के अन्य कुछ घराने दिल्ली, अतरौली, रामपुर, ग्वालियर, सहसवान आदि भी हुए हैं, परन्तु इन घरानों का नाम ख़याल के घराने से अधिक है।

हमारे यहाँ इस समय जो दो संगीत पद्धतियों का प्रचलन है—कर्नाटक और हिन्दुस्तानी संगीत, यह दोनों ही राग आधारित पद्धतियाँ हैं। परन्तु दोनों में राग प्रस्तुति और उनके लक्षणों से सम्बन्धित अनेक भिन्नताएँ हैं। ध्रुवपद की चार वाणियों में राग स्वरूप पर अलग-अलग मत आज तक चले आ रहे हैं। ख़्याल अंग में यह अलगाव और भी अधिक है। संगीत में हमारे यहाँ घरानों की परम्परा है। घरानें यानी गुरु-शिष्य परंपरा पर आधारित संगीत की विशिष्ट

शैली। ग्वालियर, आगरा, किराना, जयपुर, दिल्ली, पटियाला, रामपुर-सहसवान और बनारस आदि घरानों की अपनी अनूठी शैली, गायकी, राग और बंदिशें हैं। इनमें कलाकारों ने निरन्तर संगीत का विरल माधुर्य रचा है।

भारतीय संगीत परम्परा में जड़त्व नहीं है। इसलिए वहाँ अनुशासन भी है तो अपार स्वतंत्रता भी है। पूर्ण-संपूर्ण राग-स्थायी, अंतरा, बोल, तान के शास्त्रबद्ध नियम हमारे यहाँ हैं परन्तु प्रस्तुति की अपार स्वतंत्रता भी है। समयानुकूल रंजक तत्त्वों को अपने में समाहित करने की अपार शक्ति लिये है हमारा संगीत।

यह भारतीय संगीत परम्परा ही है जिसमें गायक और वादक सीखे हुए को ही नहीं गाते-बजाते बल्कि स्वयं अपने तई भी मौलिकता रचते हैं। लम्बे समय तक सांगीतिक परम्पराएँ जीवित भी शायद इसीलिए रह पायी हैं कि वे जन-जीवन के सतत प्रवाह से जुड़ी हैं। वहाँ परम्परा है उसके बंधन नहीं। संगीत पर लिखे की ही बात करें। अव्वल तो संगीत पर लिखा ही कम गया है और जो लिखा है, वह इस कदर शास्त्रीय है कि बजाय जोड़ने के संगीत के श्रोता उसने तोड़े ही है। गायक, वादक अपने तई सीखे हुए की बात करते हैं परन्तु लिखे की कौन करे!

ध्रुवपद के बाद हमारे यहाँ शास्त्रीय संगीत की आधुनिकी में खयाल, धमार, सादरा, तराना, त्रिवट, चतुरंग आदि परम्पराएँ भी निरंतर विकसित होती रही हैं। खयाल का अर्थ है, कल्पना। अमीर खुसरो खयाल गायकी के हमारे यहाँ प्रवर्तक रहे हैं। उन्होंने भारतीय शास्त्रीय संगीत और फारस के संगीत के मेल से संगीत की जिन नई-नई शैलियों को जन्म दिया, उनमें खयाल भी एक था। इसी तरह धमार भी हमारे यहाँ बहुत लोकप्रिय हुआ है। धमार का सीधा साधा अर्थ है, धमाचौकड़ी। धूम-धाम। उमंग-उत्साह से जुड़ी गायकी। ध्रुवपद से धमार का जन्म हुआ। ध्रुवपद की गंभीरता की बजाय इसमें चंचलता, रंगीनीयत का समावेश होता है। चौदह मात्राओं वाली धमार ताल पर, पखावज पर गाया जाता है। राज दरबारों में धूम-धाम से खेली जाने वाली होली, राधा-कृष्ण की लीलाओं में धमार गायकी निरंतर विकसित हुई।

तराना भी इधर भारतीय संगीत में बेहद लोकप्रिय है। स्थायी और अंतरा, इन दो भागों में तराना में बोल का कोई महत्त्व नहीं है। कहते हैं, अमीर खुसरो जब भारत आए तो उन्हें संस्कृत के बोल समझ नहीं आए। उन्होंने संगीत के अर्थहीन शब्द गढ़े। यह अर्थहीन शब्द थे, ता, ना, तादारे, तादानी, तानोम आदि। दस मात्राओं की झपताल में प्रस्तुत सादरा भी ध्रुवपद की तरह गाया जाता है। कहते हैं, बैजू बावरा की गायन शैली से प्रभावित

होकर दो भाइयों शिव मोहन और शिवनाथ ने सादरा शैली विकसित की। चूंकि यह दोनों भाई शाहदरा के रहने वाले थे, शैली का नाम सादरा पड़ गया।

खयाल, तराना, सरगम और त्रिवट के चार रंगों से मिलकर गान की चतुरंग शैली विकसित हुई। यह खयाल की तरह ही गाया जाता है। पहले भाग में गीत के शब्द, दूसरे में तराने के बोल, तीसरे में सरगम और चौथे में पखावज के बोल से चतुरंग खिलता है। शास्त्रीय संगीत की इन शैलियों के साथ ही इधर उपशास्त्रीय संगीत में ठुमरी, टप्पा, दादरा, कजरी, चैत्ती, कव्वाली और गजल भी लोकप्रिय हो रहे हैं। ठुमक ठुमक कर, इतराते हुए चलने के कोमल भाव की सांगीतिक व्यंजना ठुमरी है तो कूद, फांद, उछाल आदि की भांति तेज गति से चंचल-चपल रूप में गाना टप्पा। ताल में गाई जाने वाली शैली दादरा कही गई। कव्वाली कौल शब्द से उपजी। इसी तरह कौल यानी कहना, बात करना, प्रतिज्ञा या वचन। कौल गाने वाले को कव्वाल कहा गया।

जयपुर गायकी के पुरोधा उस्ताद अल्लादिया खां ध्रुवपद घराने के थे परन्तु साधा उन्होंने अपने को ख़याल में। धीमी आलापचारी में उनके गान में ध्रुवपद अंग स्पष्ट दिखाई देता था। उन्हें सुनेंगे तो लगेगा ध्रुवपद अंग की विशिष्ट गमक तथा टप्पा वहाँ है। टप्पा माने छोटी-छोटी तानों की मलिका। तन धातु से निकला है तान। वह जिससे राग का विस्तार हो। खयाल में यही होता है। सिद्धान्ततः ध्रुवपद में तान नहीं होती परन्तु गमक अंग से की गई चौगुन की लयकारी नोम्-तोम् पर जब भी जाता हूँ, न जाने क्यों बोलतान का आस्वाद होता है। श्रोता मन तो माधुर्य का पान करता है। शास्त्रीय निबद्धता गान का आधार हो सकती है, उसकी श्रेष्ठता और माधुर्य का पैमाना नहीं। भाव अभिव्यक्ति के लिये ही तो संगीत बना है। उसका शास्त्र तो बाद में बना है। शास्त्र के नियमों को ही महत्त्व देते सुना जायेगा तो क्या भावाभिव्यक्ति की सहजता को हम मार नहीं देंगे!

गुरु-शिष्य परम्परा पर आधारित भारतीय संगीत को आधुनिक दृष्टि से संस्कारित करने का कार्य देश में 20 वीं सदी में पण्डित विष्णु दिगम्बर पलुस्कर और पण्डित विष्णु नारायण भातखण्डे ने किया। इन दोनों ने ही संगीत शिक्षा एवं प्रशिक्षण प्रणाली की दो समानान्तर परम्पराओं को विकसित किया।

पंडित भातखण्डे ने भारतीय रागों के व्याकरण का दस्तावेजीकरण ही नहीं किया, वर्तमान में प्रचलित थाट प्रणाली में उन्हें पुनर्वर्गीकृत किया। रागों के व्याकरण की व्याख्या करने वाली नई बंदिशों की रचना की। भातखंडे ने हिन्दुस्तानी संगीत की व्यवस्थित शिक्षा के लिए भारत में स्कूल और कॉलेज

शुरू करने की पहल की। संगीत पाठयक्रम तैयार किए। संगीत की अपनी स्वरलिपि बनाई। वर्ष 1916 में उन्होंने बड़ौदा राजकीय संगीत विद्यालय का पुनर्गठन किया और बाद में ग्वालियर के महाराजा की मदद से ग्वालियर में माधव संगीत महाविद्यालय की स्थापना की।

पंडित विष्णु दिगम्बर पलुस्कर ने घरानों के अंतर्गत संगीत की शिक्षा देने की सीमित दृष्टि की बजाय संगीत को भी दूसरे विषयों की तरह सुलभ कराने की विशिष्ट पहल की। संगीत को सर्व साधारण को सुलभ करने के अंतर्गत ही विष्णु दिगम्बर जी ने पाया कि प्राचीन अनुकरण पद्धति से संगीत सिखाना कठिन है और व्यावहारिक भी नहीं है। इसी आलोक में उन्होंने गहन मंथन और चिन्तन के बाद संगीत की 'विष्णु दिगम्बर पलुस्कर स्वर लिपि' सिरजी। यह भरतखण्डे स्वर-लिपि से थोड़ी भिन्न है। सांगीतिक बंदिश को लिखने की चिह्न पद्धति उन्हीं की है। इसमें स्वरों के कोमल, तीव्र के चिह्न, सप्तक के मन्द्र-तारत्व, ताल मात्राओं के चिह्न आदि के सरल चिह्न प्रचलित किए। वर्ष 1901 में उन्होंने गांधर्व महाविद्यालय की स्थापना की। इसके तहत उन्होंने संगीत के विद्यार्थी ही तैयार नहीं किए संगीत शिक्षकों को भी तैयार किया। संगीत में शृंगारिकता के अंतर्गत उन्होंने रामायण की चौपाइयों, श्लोक, मंत्रों की सांगीतिक प्रस्तुतियों को बढ़ावा दिया। ठुमरी के साथ महफिलों में भजन, कीर्तन गायन की परम्परा विकसित की। नासिक में उन्होनें राम नाम आधार आश्रम की स्थापना की। बाल्यकाल से ही नेत्रज्योति चले जाने के बावजूद पंडित पलुस्कर ने विश्वविद्यालयों और महाविद्यालयों में संगीत को विषय रूप में स्थापित करने की ऐतिहासिक पहल की।

पं० विष्णु दिगम्बर पलुस्कर का कहा याद आ रहा है—'संगीत की शिक्षा से कोई तानसेन नहीं बन सकता कानसेन जरूर बन सकता है।' उनके इस कहे पर जाएँ तो लगेगा संगीत सच में सागर है। वहाँ शब्दों के अर्थ निश्चित होने पर भी भिन्न-भिन्न प्रकार से गाकर नये-नये अर्थ उत्पन्न किये जाते हैं। काव्य से जो व्यक्त नहीं होता, संगीत उसे व्यक्त करता है। ध्वनि की अपरिमित गमक वहाँ है। तराने को ही लें। 'तन देरे ना—द्रे द्रे तनोम आदि निरर्थक शब्दों का प्रयोग वहाँ होता है। क्यों? क्या पद नहीं है जो गान की यह गत हुई! ऐसा नहीं है। कहते हैं, अमीर खुसरो जब भारत आए तो संस्कृत देखकर घबराए। उन्होंने फिर निरर्थक शब्द गाकर तरह-तरह के हिन्दुस्तानी राग गाए। यही तराने हुए। तराना माने राग, ताल और लय। हमारे संगीत की यही विराटता है। चरैवेति, चरैवेति। यानी चलते रहें, चलते रहें। सबको समाहित करते हुए। यही जीवन है। जहाँ रुक गए, वहीं मरण है।

संदर्भ ग्रंथ

- सामवेद—गीता प्रेस गोरखपुर
- भरतमुनि प्रणीत नाट्यशास्त्र चार भाग—बाबूलाल शुक्ल शास्त्री, मोतीलाल बनारसी दास, वाराणसी
- भरत का संगीत सिद्धांत—कैलाश चन्द्रदेव वृहस्पति, उत्तर प्रदेश हिन्दी संस्थान, लखनऊ
- हिन्दुस्तानी संगीत—अशोक दा० रानाडे, राष्ट्रीय पुस्तक न्यास, नई दिल्ली
- संगीत पद्धतियों का तुलनात्मक अध्ययन—पं० विष्णुनारायण भातखण्डे, अनुवाद भगवतशरण शर्मा
- भारतीय संगीत कोश—विमलकांत राय चौधरी, अनुवाद मदन लाल व्यास, भारतीय ज्ञानपीठ, नई दिल्ली
- संगीत का इतिहास और भारतीय नवजागरण की समस्याएँ—रामविलास शर्मा, राजकमल प्रकाशन, नई दिल्ली
- राग रहस्य—आचार्य बृहस्पति एवं सुलोचना बृहस्पति, बृहस्पति पब्लिकेशंस, नयी दिल्ली
- हिन्दुस्तानी संगीत की घराना परम्परा—शंभूनाथ मिश्र, प्रकाशन विभाग, भारत सरकार, नई दिल्ली
- भारतीय संगीत का इतिहास—ठाकुर जयदेव सिंह, संगीत रिसर्च एकेडमी, कोलकाता

■

आयुर्वेद का वैशिष्ट्य

जे०एस० त्रिपाठी

भारतवर्ष की संस्कृति और परंपरा अपने आप में विशिष्ट और अत्यंत समृद्ध रही है। भारतीय ज्ञान परंपरा की विशेषता यह रही है कि उसने भौतिक से अधिक आध्यात्मिक, क्षणिक से अधिक शाश्वत और व्यक्तिगत से अधिक समष्टिगत कल्याण को प्राथमिकता दी है। आयुर्वेद इसी परंपरा की एक अनुपम धरोहर है। आयुर्वेद केवल रोग की चिकित्सा पद्धति नहीं, बल्कि एक समग्र जीवनशैली है जो व्यक्ति के शारीरिक, मानसिक, सामाजिक एवं आत्मिक स्वास्थ्य की रक्षा करती है। यह भारत की प्राचीनतम वैज्ञानिक परंपरा का प्रतीक है, जिसे वेदों का उपवेद माना गया है और जिसका दार्शनिक आधार अत्यंत गहन और वैज्ञानिक है। यह शरीर, मन और आत्मा के संतुलन को ध्यान में रखते हुए 'स्वस्थस्य स्वास्थ्य रक्षणं, आतुरस्य विकार प्रशमनं' की संकल्पना पर आधारित है।

आयुर्वेद शब्द संस्कृत के 'आयुः' (जीवन) और 'वेद' (ज्ञान) से मिलकर बना है अर्थात् यह जीवन का 'विज्ञान' है। यह केवल रोगों की चिकित्सा तक सीमित नहीं है, बल्कि यह बताता है कि स्वस्थ रहने के लिए क्या करना चाहिए, दिनचर्या, ऋतुचर्या, आहार-विहार, आचार-विचार आदि में कैसी जीवन शैली अपनानी चाहिए। चरक संहिता में इसकी परिभाषा दी गई है—

हिताहितं सुखं दुःखमायुस्तस्य हिताहितम्।
मानं च तच्च यत्रोक्तमायुर्वेदः स उच्यते॥

जिसमें जीवन के हित-अहित, सुख-दुख और जीवन की आयु के मापदंडों का विवेचन है, वह आयुर्वेद है।

आयुर्वेद की मुख्य विशेषता यह है कि यह पंचमहाभूत, त्रिदोष (वात, पित्त, कफ), सप्तधातु, त्रिमल, ओज, अग्नि इत्यादि के आधार पर व्यक्तिगत चिकित्सा और रोग निवारण की व्यवस्था करता है। यह व्यक्ति विशेष की प्रकृति (Prakriti) के अनुसार चिकित्सा करता है, जिसे आज की आधुनिक पद्धति में अब 'पर्सनलाइज्ड मेडिसिन' कहा जा रहा है।

भारतीय परंपरा में चार वेद—ऋग्वेद, यजुर्वेद, सामवेद और अथर्ववेद को प्रमुख माना गया है। आयुर्वेद को अथर्ववेद का उपवेद कहा गया है। वेदों में भी आयु, स्वास्थ्य, औषधियों और रोग निवारण के अनेक मंत्र मिलते हैं। उदाहरण स्वरूप, ऋग्वेद में आयु, औषध और चिकित्सा से संबंधित अनेक सूक्त हैं। भारतीय ज्ञान परंपरा में आयुर्वेद अथर्ववेद से उद्भूत माना गया है, परन्तु इसके तत्व ऋग्वेद, यजुर्वेद और सामवेद में भी मिलते हैं। यह चिकित्सा विज्ञान का प्राचीनतम एवं सर्वाधिक व्यवस्थित रूप है। वैदिक काल से ही औषधि विद्या का प्रचलन भारतवर्ष में रहा है—'भिषग् भेषजम् अमृतं।'—ऋग्वेद

आयुर्वेद की उत्पत्ति देवताओं से मानी जाती है—ब्रह्मा ने इसे स्वयं जाना, प्रजापति, अश्विनी कुमारों और फिर इंद्र से यह मानवों में प्रवाहित हुआ। (चरक संहिता, सूत्रस्थान 1/4-7)

आयुर्वेद का विकास वेदों के काल से ही प्रारंभ हुआ और समय के साथ इसके महान आचार्यों ने इसमें व्यापक योगदान दिया—इसके शास्त्र रचयिता धन्वंतरि, चरक, सुश्रुत, वाग्भट्ट, माधव, भावमिश्र, शार्ङ्गधर जैसे आचार्य रहे हैं, जिनकी रचनाएँ आज भी चिकित्सा विज्ञान की अमूल्य धरोहर हैं। परम्परा के अनुसार धन्वंतरि—शल्यचिकित्सा के जनक हैं। आचार्य चरक—चिकित्सा संहिता के रचयिता हैं। आचार्य सुश्रुत-शल्य और शालाक्य के प्रणेता हैं। वाग्भट्ट, माधव, शार्ङ्गधर, भाव मिश्र आदि ने आयुर्वेद के अन्य ग्रंथ रचे हैं।

इन ग्रंथों में न केवल रोगों का वर्गीकरण है, बल्कि शरीर की संरचना, क्रियाएँ, मन, आचरण, औषधियों के प्रयोग, निदान और चिकित्सा की विस्तृत प्रणाली वर्णित है। चरक संहिता, सुश्रुत संहिता और अष्टांग हृदय जैसे ग्रंथों में शरीर रचना, शरीर क्रिया, औषध विज्ञान, रोग विज्ञान, चिकित्सा, रसायन और वाजीकरण जैसी विषयवस्तु का इतना वैज्ञानिक विवेचन मिलता है कि आधुनिक चिकित्सा पद्धति भी इनसे चकित रह जाती है।

आयुर्वेद का दार्शनिक एवं वैज्ञानिक आधार

आयुर्वेद केवल भौतिक शरीर तक सीमित नहीं है। इसका आधार भारतीय दर्शन की गहराइयों से जुड़ा है। इसके आधारभूत सिद्धान्त इस प्रकार हैं—

1. **पंचमहाभूत सिद्धांत (पृथ्वी, आप, तेज, वायु, आकाश)**—इन पाँच महाभूतों से शरीर और प्रकृति दोनों का निर्माण होता है। शरीर के विभिन्न अवयवों, धातुओं और दोषों में इन तत्वों का अनुपात भिन्न-भिन्न होता है।

2. त्रिदोष सिद्धांत (वात, पित्त, कफ)—ये तीन दोष शरीर में जैविक ऊर्जा के रूप में कार्य करते हैं। इनका संतुलन स्वास्थ्य का प्रतीक है, जबकि असंतुलन रोग का कारण बनता है।

वात : गति, श्वास, संचार (वायु और आकाश से)

पित्त : पाचन, ऊष्मा, बुद्धि (अग्नि से)

कफ : स्निग्धता, स्थिरता, बल (जल और पृथ्वी से)

3. सप्तधातु : धातु : रस, रक्त, मांस, मेद, अस्थि, मज्जा, शुक्र

4. त्रिमल : मल, मूत्र, स्वेद

इन सभी का उचित निर्माण, संचार और निष्कासन स्वास्थ्य के लिए आवश्यक है। आयुर्वेद मन, आत्मा और शरीर की एकता को स्वीकार करता है। इसमें ओज को जीवन की मूल शक्ति माना गया है जो प्रतिरक्षा प्रणाली का प्रतिनिधित्व करता है। इन सिद्धांतों पर आधारित चिकित्सा व्यक्ति की प्रकृति, दोष स्थिति, ऋतु, आहार, विहार, मनस्थिति आदि को ध्यान में रखकर की जाती है।

अष्टांग आयुर्वेद

आयुर्वेद की निम्नांकित आठ प्रमुख शाखाएँ हैं—

1. कायचिकित्सा (Internal Medicine)— दोषों के अनुसार सामान्य और विशिष्ट रोगों की चिकित्सा।

2. बालतंत्र (Kaumarbhritya / Pediatrics)— शिशु एवं स्त्री की देखभाल, गर्भ संस्कार आदि।

3. ग्रहचिकित्सा (Psychiatry / Bhuta Vidya)— मानसिक विकार, अदृश्य शक्तियों का प्रभाव।

4. शालाक्यतंत्र (ENT and Ophthalmology)—नेत्र, कर्ण, नासिका, मुख, गला आदि की चिकित्सा।

5. शल्यतंत्र (Surgery)—विभिन्न शल्य क्रियाएँ; सुश्रुत संहिता इसका मूल ग्रंथ है।

6. अगदतंत्र (Toxicology)—विष चिकित्सा, जन्तु विष, खाद्य विष आदि।

7. रसायनतंत्र (Rejuvenation Therapy)—जीवन की दीर्घता, शक्ति, ओज, स्मृति आदि को बढ़ाने हेतु।

8. वाजीकरणतंत्र (Aphrodisiac Therapy)—प्रजनन शक्ति, वीर्यवृद्धि, कामशक्ति वृद्धि हेतु चिकित्सा।

ये आठ अंग आयुर्वेद को एक पूर्ण चिकित्सा विज्ञान के रूप में स्थापित

करते हैं। आयुर्वेद न केवल शारीरिक स्वास्थ्य की बात करता है, बल्कि यह धर्म, अर्थ, काम और मोक्ष की प्राप्ति के लिए स्वास्थ्य को आधार मानता है। आयुर्वेद की प्रमुख विशेषताएँ निम्नलिखित हैं—

1. समग्र दृष्टिकोण : आयुर्वेद केवल शरीर को ही नहीं, अपितु मन, आत्मा, आचार और पर्यावरण को भी रोग के कारणों में सम्मिलित करता है। आयुर्वेद शरीर, मन और आत्मा तीनों के संतुलन पर बल देता है।

2. रोग निवारण नहीं, स्वास्थ्य रक्षण प्रमुख : 'स्वस्थस्य स्वास्थ्य रक्षणं' आयुर्वेद का मूल उद्देश्य है। आधुनिक चिकित्सा जहाँ मुख्यत: रोग के इलाज पर केन्द्रित है, वहीं आयुर्वेद रोग से पहले स्वास्थ्य की रक्षा करता है।

3. प्राकृतिक चिकित्सा और नाड़ी परीक्षण : आयुर्वेद प्रकृति के अनुरूप चिकित्सा करता है, नाड़ी परीक्षण, जिह्वा, दृष्टि, मल-मूत्र आदि के निरीक्षण से बिना आधुनिक यंत्रों के भी रोग की पहचान की जाती है।

4. व्यक्तिगत उपचार : प्रत्येक व्यक्ति की प्रकृति के अनुसार औषधि, आहार और चिकित्सा दी जाती है।

5. रस, गुण, वीर्य, विपाक और प्रभाव के अनुसार औषधियाँ : यह विश्लेषण केवल आयुर्वेद में ही पाया जाता है जो औषधियों की गहराई से पहचान कराता है।

6. रसायन और वाजीकरण : दीर्घायु, बल, स्मृति, और प्रजनन शक्ति को बढ़ाने के लिए रसायन चिकित्सा और वाजीकरण को स्थान दिया गया है।

7. नैतिकता और जीवन मूल्य : आचार्य चरक ने चिकित्सक के लिए चार गुण बताये—शास्त्र ज्ञान, प्रयोग, शुद्धता और करुणा।

8. ऋतुचर्या और दिनचर्या : प्रत्येक ऋतु और दिन के अनुसार आहार-विहार की व्यवस्था।

9. मानसिक स्वास्थ्य पर बल : सत्त्वावजय चिकित्सा, ध्यान, प्रार्थना और योग के द्वारा मन का शुद्धिकरण।

चिकित्सा के प्रकार

आयुर्वेद में रोग निवारण हेतु विविध चिकित्सा विधियाँ विकसित की गई हैं, जिन्हें 'चिकित्सा चतुष्टय' के रूप में वर्गीकृत किया गया है। इन पद्धतियों में द्रव्य, मनोविज्ञान, जीवनशैली, आहार और योग का समन्वय होता है।

शोधन चिकित्सा—यह चिकित्सा शरीर को दोषमुक्त करने हेतु की जाती है। इसे पंचकर्म के माध्यम से किया जाता है।

कर्म	दोष	उपयोगिता
वमन	कफ	त्वचा रोग, श्वास
विरेचन	पित्त	पीलिया, त्वचा रोग
बस्ती	वात	आमवात, गठिया, कटिशूल
नस्य	त्रिदोष	साइनस, नजला, माइग्रेन, मानसिक रोग
रक्तमोक्षण	रक्त	फोड़े, चर्मरोग

शमन चिकित्सा—यह चिकित्सा दोषों को शरीर से न निकालकर आहार, औषधि एवं जीवनशैली के माध्यम से उन्हें संतुलित करने की विधि है।

मुख्य उपाय

- दीपन (Agni)बढ़ाना
- पाचन (Ama)निवारण
- लंघन (उपवास)
- स्वेदन (पसीना लाना)
- औषध सेवन

उदाहरण—

- मंदाग्नि में— त्रिकटु, हिंगवाष्टक
- अजीर्ण में— पाचक चूर्ण

आयुर्वेद न केवल एक चिकित्सा पद्धति है, बल्कि यह एक समग्र जीवन शैली को परिभाषित करता है। इसमें चिकित्सा का उद्देश्य मात्र रोग निवारण नहीं, बल्कि जीवन की पूर्णता, संतुलन, और दीर्घायु प्रदान करना है। इस दृष्टिकोण से आयुर्वेद में चिकित्सा को व्यापक रूप से तीन भागों में बाँटा गया है—

त्रिविधमौषधमिति-दैव व्यपाश्रयम युक्ति व्यपाश्रयम सत्वावजयश्च

—चरक संहिता, सूत्र स्थान 11/54

यह श्लोक स्पष्ट करता है कि चिकित्सा के तीन मुख्य प्रकार हैं—

1. दैवव्यपाश्रय चिकित्सा— यह चिकित्सा पद्धति उन रोगों के लिए है जो कर्मफल, दैविक प्रभाव, अदृष्ट, ग्रहबाधा, भय, अवसाद या मानसिक विकृति के कारण होते हैं। इसमें मंत्र, जप, यज्ञ, दान, उपवास, होम, ब्रह्मचर्य आदि को माध्यम बनाया जाता है।

मुख्य अंग—

- मंत्र जाप (शाब्दिक चिकित्सा)
- यज्ञ (हवन द्वारा औषध धूम)

- दान (धार्मिक एवं मानसिक शुद्धि)
- उपवास (शरीर एवं मन की शुद्धि)
- तीर्थ यात्रा (मन को स्थिरता प्रदान करना)
- व्रत एवं पूजा

प्रयुक्त स्थिति—

- ग्रहबाधित रोगी
- अनिद्रा, भय, मानसिक आघात
- अपस्मार, उन्माद, भूतबाधा

'दैवव्यपाश्रयं तु तददृष्टकृतप्रायाणां रोगाणां चिकित्सा।'

—आचार्य चक्रपाणि टीका, च.सू.11/54

2. **युक्तिव्यपाश्रय चिकित्सा**—यह चिकित्सा सबसे वैज्ञानिक एवं तर्कसंगत मानी जाती है। इसमें दोष, धातु, मल, अग्नि तथा आहार-विहार के आधार पर उपचार किया जाता है। रोग का निदान एवं चिकित्सा युक्तिपूर्वक की जाती है। यह औषध, आहार एवं दिनचर्या आधारित तर्कसंगत चिकित्सा है, जिसमें रोग के अनुसार तात्त्विक दृष्टिकोण से चिकित्सा दी जाती है।

मुख्य अंग—

- औषधि
- आहार चिकित्सा
- विहार
- पंचकर्म
- रोग विशेष के अनुसार चिकित्सा

उदाहरण—

- मधुमेह में—मेथी, गुड़मार, जामुन
- आमवात में—रास्नादि क्वाथ, बस्ती

प्रमुख हर्बल औषधियाँ

औषधि का नाम	उपयोगिता	रोग
त्रिफला	पाचन, रसायन	कब्ज, आँख
अश्वगंधा	बल्य, मनःशक्ति	थकान, अवसाद
ब्राह्मी	मेधावर्धक	अनिद्रा, स्मृति
हरिद्रा	शोथहर, रक्तशोधक	त्वचा रोग
गुड़मार	मधुमेह हर	मधुमेह

रोग का नाम	उपयोगी चिकित्सा	सुझावित औषधियाँ
आमवात	बस्ती, विरेचन	रास्नादि क्वाथ, सिंधुवल्लि
मधुमेह	लंघन, कषाय औषध	मेथी, गुड़मार, जामुन
त्वचा रोग	रक्तमोक्षण, विरेचन	नीम, हरिद्रा, खदिर
उदर रोग	दीपन, पाचन	हिंगवाष्टक चूर्ण, त्रिकटु
मानसिक रोग	सत्वावजय	ब्राह्मी, शंखपुष्पी

3. सत्त्वावजय चिकित्सा—यह मानसिक बल की वृद्धि एवं मनोविकारों की चिकित्सा है। जब रोगी की मानसिक स्थिति असंतुलित होती है, तब यह चिकित्सा प्रभावी होती है।

मुख्य साधन—

- ध्यान
- प्रार्थना
- प्रेरणात्मक वार्तालाप
- सकारात्मक सोच
- ब्राह्मी, शंखपुष्पी जैसी औषधियाँ

चिकित्सा एवं उपयोग

चिकित्सा प्रकार	प्रयुक्त स्थिति	औषधि/साधन
दैवव्यपाश्रय	ग्रहबाधा, मानसिक विकार	मंत्र, यज्ञ, दान
युक्तिव्यपाश्रय	वात, पित्त, कफ रोग	पंचकर्म, औषधि
सत्त्वावजय	चिन्ता, अवसाद	ध्यान, ब्राह्मी
शोधन	दोष विकृति	वमन, बस्ती
शमन	सामान्य रोग	लंघन, दीपन

आयुर्वेद की चिकित्सा प्रणाली अत्यंत वैज्ञानिक एवं आध्यात्मिक दोनों प्रकार की है। यह रोगी को केवल औषधि से ठीक करने का प्रयास नहीं करती, बल्कि उसे शारीरिक, मानसिक, सामाजिक और आध्यात्मिक रूप से संतुलित एवं स्वस्थ बनाने का प्रयास करती है। दैवव्यपाश्रय, युक्तिव्यपाश्रय और सत्त्वावजय तीनों आयाम मिलकर आयुर्वेद को अद्वितीय बनाते हैं।

चिकित्सा प्रकार अनुसार उपयोग सारणी

चिकित्सा प्रकार	रोगों में उपयोग	विधियाँ	संबंधित औषधियाँ
शोधन चिकित्सा	वात, पित्त, कफ	पंचकर्म	त्रिफला, दशमूल
शमन चिकित्सा	अजीर्ण, मंदाग्नि	औषध, लंघन	हिंगवाष्टक
सत्वाावजय	चिन्ता, अनिद्रा	ध्यान,	ब्राह्मी
युक्तिव्यपाश्रय	सामान्य विकार	तर्कसंगत औषधि	यष्टिमधु, नीम

आयुर्वेद में चिकित्सा बहुआयामी है। यह केवल औषधि पर आधारित नहीं, बल्कि जीवनचर्या, आहार, योग और मानसिक स्वास्थ्य के समुचित संतुलन पर बल देती है। आधुनिक विज्ञान भी अब इस पद्धति की स्वीकार्यता की ओर अग्रसर हो रहा है।

आधुनिक विज्ञान में आयुर्वेद की प्रासंगिकता

आज जब संपूर्ण विश्व 'लाइफस्टाइल डिसऑर्डर', 'मेंटल हेल्थ प्रॉब्लम्स' और 'ड्रग रेसिस्टेंस' जैसी समस्याओं से जूझ रहा है, तब आयुर्वेद की अवधारणाएँ—जैसे दिनचर्या, ऋतुचर्या, सत्त्वावजय चिकित्सा, पंचकर्म, योग आदि अत्यंत प्रभावी और प्रासंगिक सिद्ध हो रही हैं।

विश्व स्वास्थ्य संगठन (WHO) ने भी आयुर्वेद को एक प्रमुख पारंपरिक चिकित्सा प्रणाली के रूप में मान्यता दी है। आयुष मंत्रालय, भारत सरकार द्वारा भी आयुर्वेद को वैश्विक मंच पर प्रचारित किया जा रहा है।

राष्ट्रीय परिप्रेक्ष्य में आयुर्वेद की वर्तमान स्थिति भारत में आयुर्वेद को संस्थागत रूप से सशक्त बनाने हेतु अनेक कदम उठाए गए हैं। वर्ष 2014 में आयुष मंत्रालय की स्थापना भारत सरकार द्वारा की गई जो आयुर्वेद, योग, यूनानी, सिद्ध और होम्योपैथी को सशक्त करने हेतु समर्पित है।

अनुसंधान संस्थान

- आयुर्वेदिक विज्ञानों में अनुसंधान के लिए केन्द्रीय परिषद् (CCRAS)
- क्षेत्रीय आयुर्वेदिक अनुसंधान संस्थान (RARIs)

डिजिटल और नवाचार

- आयुष ग्रिड
- ई-औषधि
- आयुष संजीवनी ऐप जैसे डिजिटल टूल्स का विकास

आयुर्वेद आधारित स्टार्टअप्स को प्रोत्साहन

नीति स्तर पर समर्थन : राष्ट्रीय स्वास्थ्य नीति (2017) में आयुर्वेद की एकीकृत चिकित्सा में भूमिका को रेखांकित किया गया। कोरोना काल में 'आयुष क्वाथ', गिलोय, अश्वगंधा जैसी औषधियों के उपयोग से जनसामान्य का विश्वास बढ़ा।

राष्ट्रीय स्तर पर आयुर्वेद की स्थिति

भारत सरकार द्वारा आयुष मंत्रालय (Ministry of Ayush) की स्थापना 2014 में की गई, जो आयुर्वेद, योग, यूनानी, सिद्ध और होम्योपैथी के विकास हेतु कार्यरत है।

प्रमुख संस्थान

- राष्ट्रीय आयुर्वेद संस्थान, जयपुर
- आयुर्वेद अनुसंधान परिषद (CCRAS)
- गुजरात आयुर्वेद विश्वविद्यालय, जामनगर
- बीएचयू, काशी हिन्दू विश्वविद्यालय—आयुर्वेद संकाय
- एम्स में आयुष विभागों की स्थापना
- राष्ट्रीय आयुष मिशन (NAM)
- डिजिटल आयुष स्वास्थ्य आईडी, ई-आयुष पोर्टल

राष्ट्रीय नीतियाँ

• राष्ट्रीय स्वास्थ्य नीति 2017 में आयुष को प्राथमिक स्वास्थ्य सेवा से जोड़ा गया।

• आयुर्वेद पद्धति द्वारा कोविड-19 में रोग प्रतिरोधक क्षमता बढ़ाने की दिशा में बड़े कदम।

वैश्विक स्तर पर आयुर्वेद की स्वीकार्यता (Global Status of Ayurveda)

1. WHO की मान्यता :

• विश्व स्वास्थ्य संगठन (WHO) ने आयुर्वेद को पारंपरिक चिकित्सा पद्धति के रूप में मान्यता दी है।

• भारत में 2022 में WHO नेग्लोबल सेंटर फॉर ट्रैडिशनल मेडिसिन की स्थापना की।

2. अंतरराष्ट्रीय आयुर्वेद दिवस :

• धन्वंतरि जयंती (धनतेरस) को अंतर्राष्ट्रीय आयुर्वेद दिवस के रूप में मनाया जाता है।

3. विदेशों में आयुर्वेद संस्थान :

• अमेरिका, यूरोप, कनाडा, ऑस्ट्रेलिया, नेपाल, श्रीलंका, रूस आदि में कई आयुर्वेदिक क्लीनिक, संस्थान, रिसर्च सेंटर और कोर्स चलाए जा रहे हैं।

• भारत में योग और आयुर्वेदिक पर्यटन की वैश्विक पहचान बन चुका है।

वर्तमान चुनौतियाँ एवं समाधान

चुनौतियाँ	समाधान
1. मानकीकरण की कमी	गुणवत्ता नियंत्रण और शोध संस्थानों की संख्या बढ़ाना

2.	वैज्ञानिक शोध का अभाव	आधुनिक रिसर्च विधियों को अपनाना
3.	आधुनिक चिकित्सा से तुलना	सह-चिकित्सा मॉडल (Integrative Medicine) को बढ़ावा देना
4.	जनमानस में जागरूकता की कमी	डिजिटल माध्यम, सोशल मीडिया और जनअभियान के द्वारा प्रसार
5.	मानकीकरण की कमी (औषधियों की गुणवत्ता)	WHO मानकों के अनुसार औषधियों का परीक्षण एवं प्रमाणीकरण
6.	अकादमिक संसाधनों की असमानता	अनुसंधान आधारित डेटा निर्माण
7.	वैज्ञानिक शोध की अपर्याप्तता	इंटरडिसिप्लिनरी रिसर्च का प्रोत्साहन (AI, Data Science के साथ)
8.	गलत प्रचार-प्रसार और छद्म दावों से बनी गलत छवि	आयुर्वेद चिकित्सकों को मुख्यधारा स्वास्थ्य प्रणाली में सशक्त स्थान

निष्कर्ष

आयुर्वेद भारत की उससांस्कृतिक और बौद्धिक चेतना का प्रतीक है, जो हजारों वर्षों से मानव कल्याण हेतु समर्पित रही है। यह केवल चिकित्सा प्रणाली नहीं, बल्कि जीवन जीने की एक सशक्त शैली है। भारतीय ज्ञान परंपरा में इसकी शास्त्रीयता, वैज्ञानिकता और आध्यात्मिकता इसे विशिष्ट बनाती है।

आज जब पूरी दुनिया जीवन शैली जनित रोगों, मानसिक तनाव और दवाओं के दुष्प्रभावों से जूझ रही है, तब आयुर्वेद एक उम्मीद की किरण बनकर उभर रहा है। भारत को चाहिए कि वह इस अमूल्य धरोहर को न केवल संरक्षित करे, बल्कि वैश्विक मानवता के कल्याण हेतु इसे समर्पित करे। भारतीय ज्ञान परंपरा में आयुर्वेद एक ऐसी वैज्ञानिक, आध्यात्मिक और मानवतावादी चिकित्सा प्रणाली है जो जीवन को दीर्घकालीन, स्वस्थ और सार्थक बनाने की पूर्ण क्षमता रखती है। आज जब आधुनिक चिकित्सा पद्धति अपने सीमित दृष्टिकोण से थकान महसूस कर रही है, तब आयुर्वेद एक नई आशा के रूप में उभर रहा है। यह केवल भारत की धरोहर नहीं, बल्कि विश्व मानवता के लिए एक अमूल्य उपहार है। जहाँ जीवन की संपूर्णता का ज्ञान है, वहीं आयुर्वेद है, और जहाँ आयुर्वेद है, वहीं स्वस्थ और सशक्त मानवता की नींव है।

भारतीय ज्ञान परंपरा में आयुर्वेद केवल एक चिकित्सा पद्धति नहीं,

बल्कि एक सांस्कृतिक और दार्शनिक चेतना का प्रतीक है। इसकी वैज्ञानिकता, समग्र दृष्टिकोण और दीर्घकालिक स्वास्थ्य सिद्धांत इसे आज भी प्रासंगिक बनाते हैं। राष्ट्रीय और वैश्विक स्तर पर इसकी उपयोगिता और लोकप्रियता निरंतर बढ़ रही है। यदि इसके ज्ञान-संरचनात्मक, अनुसंधानात्मक और सामाजिक पक्षों को और भी सशक्त किया जाए तो यह 21वीं सदी में मानवता के लिए अमूल्य चिकित्सा विकल्प बन सकता है।

संदर्भ

चरक संहिता—सूत्रस्थान 1/41 (सूत्रस्थान, चिकित्सास्थान, शरीरस्थान)

विश्व स्वास्थ्य संगठन (WHO) (2022), ग्लोबल सेंटर फॉर ट्रेडिशनल मेडिसिन, जिनेवा : वर्ल्ड हेल्थ ऑर्गेनाइजेशन।

ऋग्वेद (10/97/1-20)

सुश्रुत संहिता — शरीरस्थान, कल्पस्थान

कुटुम्बैया, पी० (1969), प्राचीन भारतीय चिकित्सा (Ancient Indian Medicine), ओरिएंट लॉन्गमैन।

चरक संहिता — शरीरस्थान 1/64-69

सुश्रुत संहिता — शारीरस्थान 5/3

वासंत लाड (2002), आयुर्वेद का पाठ्यपुस्तक (Textbook of Ayurveda), द आयुर्वेदिक प्रेस।

अष्टांग हृदयम् — वाग्भट्ट

आयुष मंत्रालय (2021). वार्षिक प्रतिवेदन।

शर्मा, हेमराज एवं डैश, भगवान (1994), चरक संहिता : हिंदी-अंग्रेज़ी अनुवाद सहित, चौखम्भा संस्कृत सीरीज़।

राष्ट्रीय स्वास्थ्य नीति (2017), भारत सरकार।

केन्द्रीय आयुर्वेदिक विज्ञान अनुसंधान परिषद (CCRAS) (2020), अनुसंधान उपलब्धियाँ एवं वार्षिक प्रतिवेदन।

आयुर्वेदिक फार्माकोपिया ऑफ इंडिया।

आयुष मंत्रालय — मानक उपचार प्रोटोकॉल।

डैश एवं जूनियस —आयुर्वेद के मूल सिद्धांत (Fundamentals of Ayurveda)

■

भारतीय ज्ञान परंपरा में तंत्र शास्त्र

कमलकिशोर मिश्र

सनातन ज्ञान परंपरा में तंत्र एक महत्वपूर्ण और गूढ़ विषय है। 'तंत्र' दो संस्कृत शब्दों, 'तनोति' (विस्तार) और 'त्रयति' (मुक्ति) की संधि से बना है। शैव सिद्धान्त के 'कायिक आगम' में इसका अर्थ करते हुए कहा गया है, 'तन्यते विस्तार्यते ज्ञानम् अनेन्, इति तन्त्रम्' (वह शास्त्र जिसके द्वारा ज्ञान का विस्तार किया जाता है)। तंत्र की निरुक्ति 'तन' (विस्तार करना) और 'त्रै' (रक्षा करना), इन दोनों धातुओं के योग से सिद्ध होती है। तंत्र अपने समग्र अर्थ में ज्ञान का विस्तार करने के साथ उस पर आचरण करने वालों की रक्षा भी करता है।

तंत्र का उद्देश्य है ऊर्जा की मुक्ति और चेतना का उसके स्थूल रूप से विस्तार। यह मन का विस्तार करने और सुप्त संभावित ऊर्जा को मुक्त करने की एक विधि है और इसके सिद्धांत सभी योग प्रथाओं का आधार बनते हैं। हिन्दू तंत्र शास्त्र परिणाम प्राप्त करने की तकनीकों का उल्लेख करते हैं। तंत्र मुख्यतः दो प्रकार के होते हैं—आगम और निगम। आगम वे ग्रंथ हैं जिनमें देवी ने प्रश्न पूछे और भगवान ने उत्तर दिया। निगम ग्रंथों में, भगवान ने प्रश्न पूछे और देवी ने उत्तर दिए। भगवान और देवी के बीच यह संवाद अधिकांश तंत्र की विशिष्टता है।

तंत्र शास्त्र के रचयिता एवं वक्ता आदिनाथ भगवान शिव कहे गए हैं और इसे किसी न किसी रूप में समस्त भारतीय समाज में मान्यता प्राप्त है। तांत्रिक विद्या के लिए जानी जाती है माँ तारा। देवी तारा को तांत्रिक साधना की देवी माना जाता है। तांत्रिक साधना करने वाले तारा माता के भक्त कहे जाते हैं। तंत्र की देवी बगलामुखी को वीर रति भी कहा जाता है क्योंकि देवी स्वयं ब्रह्मास्त्र रूपिणी हैं। बगलामुखी के शिव महारुद्र हैं। तंत्र के सभी ग्रन्थ शिव और पार्वती के संवाद के अन्तर्गत ही प्रकट होते हैं। देवी पार्वती प्रश्न करती हैं और शिव उनका उत्तर देते हुए एक विधि का उपदेश करते हैं। अधिकांश प्रश्न समस्या मूलक ही हैं। सिद्धान्त के सम्बन्ध में भी कोई प्रश्न

पूछा गया हो तो भी शिव उसका उत्तर कुछ शब्दों में देने के उपरान्त विधि का ही वर्णन करते हैं। आगम शास्त्र के अनुसार 'करना' ही जानना है।

तंत्र का सामान्य अर्थ है 'विधि' या 'उपाय'। तंत्र अथवा आगम में व्यवहार पक्ष ही मुख्य है। तन्त्र की दृष्टि में शरीर प्रधान निमित्त है। उसके बिना चेतना के उच्च शिखरों तक पहुँचा ही नहीं ज़ा सकता। इसी कारण तंत्र का तात्पर्य 'तन' के माध्यम से आत्मा का 'त्राण' या अपने आपका उद्धार भी कहा जाता है। तंत्र साधना में शरीर, मन और काय का सूक्ष्मतम स्तरों पर समन्वय होता है। तंत्र शरीर के साथ मन, बुद्धि और चित को महत्त्व देता है।

सभी धर्मों का मानना है मनुष्य के भीतर अनन्त ऊर्जा छिपी हुई है। सभी धर्म-सम्प्रदायों के अनुयायी अपनी छिपी हुई शक्तियों को जगाने के लिए प्रायः समान विधियों का उपयोग करते हैं। उनमें जप, ध्यान, एकाग्रता का अभ्यास और शरीरगत ऊर्जा का सघन उपयोग होता है। यही तंत्र का प्रतिपाद्य है। तंत्रोक्त मतानुसार मंत्रों के द्वारा यंत्र के माध्यम से भगवान की उपासना की जाती है।

तंत्रों की विषयवस्तु है—

- ज्ञान, या दर्शन,
- योग,
- कर्मकाण्ड,
- विशिष्ट-साधनाऐं, पद्धतियाँ तथा समाजिक आचार-विचार के नियम।

तंत्र की तीन परम्परायें मानी जाती हैं—

- शैव आगम या शैव तंत्र,
- वैष्णव संहिताएँ, तथा
- शाक्ततंत्र

यह शास्त्र तीन भागों में विभक्त है—आगम, यामल और मुख्य तंत्र। आगम भाग में सृष्टि, प्रलय, देवताओं की पूजा, सब कार्यों के साधना, पुरश्चरण, षट्कर्म-साधन और चार प्रकार के ध्यानयोग का वर्णन होता है। जिसमें सृष्टितत्व, ज्योतिष, नित्य कृत्य, क्रम, सूत्र, वर्णभेद और युगधर्म का वर्णन हो, उसे यामल कहते हैं। मुख्य तंत्र में सृष्टि, लट, मंत्रनिर्णय, देवताओं के संस्थान, यंत्रनिर्णय, तीर्थ, आश्रम, धर्म, कल्प, ज्योतिष संस्थान, व्रत-कथा, शौच और अशौच, स्त्री-पुरुष-लक्षण, राजधर्म, दान-धर्म, युवाधर्म, व्यवहार तथा आध्यात्मिक विषयों का वर्णन होता है।

इस शास्त्र के सिद्धान्तों को गुप्त रखा जाता है और इसकी शिक्षा लेने के लिए मनुष्य को पहले दीक्षित होना पड़ता है। यह शास्त्र प्रायः शाक्तों का होता है और इसके मंत्र प्रायः अर्थहीन और एकाक्षरी होते हैं जैसे, 'क्लीं',

'श्रीं', 'शूं' आदि। तांत्रिकों का पंचमकार—मद्य, मांस, मत्स्य, मुद्रा और मैथुन—और आगम मठ की चक्रपूजा प्रसिद्ध है। अथर्ववेद संहिता में मारण, मोहन, उच्चाटन और वशीकरण आदि प्रक्रियाओं का वर्णन और विधान होता है। बौद्धों में भी तंत्र का प्रचार हुआ और उससे संबंधित अनेक ग्रंथ बने, जिन्हें 'उपतंत्र' कहा जाता है। वाराही तंत्र में यह भी लिखा है कि जैमिनि, कपिल, नारद, गर्ग, पुलस्त्य, भृगु, शुक्र, बृहस्पति आदि ऋषियों ने भी कई उपतंत्रों की रचना की है।

संस्कृत ग्रन्थों में 'तंत्र' शब्द का अस्तित्व और सन्दर्भ

'तंत्र' शब्द संस्कृत भाषा में प्रचलित है और इसका अर्थ होता है 'विधि' या 'तरीका'। यह शब्द विशेष रूप से तांत्रिक साहित्य के सन्दर्भ में प्रयुक्त होता है, जो धार्मिक और तांत्रिक अनुष्ठानों, उपासनाओं और सिद्धांतों के विविध मार्गों का विवरण करता है।

तंत्र शास्त्र में, यह शब्द अधिकतर प्रायोगिक ज्ञान, उपाय, और सिद्धांतों को संदर्भित करने के लिए प्रयुक्त होता है, जिसका उपयोग धार्मिक अनुष्ठान और उपासनाओं में किया जाता है। यह ग्रंथों की एक विशेष श्रेणी को दर्शाता है जो अत्यधिक गोपनीय और रहस्यमय होती है और अक्सर महाशक्तियों और देवताओं की साधना को आधार बनाती है।

तंत्रों के अनुसार, उन्हें अधिक अद्भुत और रहस्यमय शक्तियों का उपयोग करके अनुष्ठान करने का विवेकी और धार्मिक तरीका माना जाता है। ये ग्रंथ समाधान, मंत्र, तांत्रिक यंत्र, पूजा, मेधा और साधना के विविध विधाओं का वर्णन करते हैं। तंत्र शास्त्र के कई प्रकार होते हैं, जैसे कि भैरव तंत्र, काली तंत्र, गणेश तंत्र, वैष्णव तंत्र, शाक्त तंत्र और नाथ सिद्ध तंत्र आदि।

इन ग्रंथों में, चिकित्सा, ज्योतिष, वास्तु, शास्त्रीय संगीत और उपायों के बारे में भी बहुत कुछ विस्तार से विवरण दिया जाता है। तंत्र साहित्य धार्मिक और आध्यात्मिक अनुष्ठानों के लिए महत्वपूर्ण माना जाता है, जो उन्हें भगवानी, देवी या अन्य देवताओं के संपर्क में लाते हैं।

संस्कृत ग्रन्थों में 'तंत्र' शब्द का अस्तित्व और सन्दर्भ

काल	ग्रन्थ या ग्रन्थकार	'तंत्र' का प्रासंगिक अर्थ
1700–1100 ईसापूर्व	ऋग्वेद (X, 71.9)	वस्त्र बुनने का यंत्र
1700– ? ईसापूर्व	सामवेद, तांड्य ब्राह्मण	'सार' जो शास्त्रों की सर्वोत्कृष्टता को बतलाता है

1200–900 ईसापूर्व	अथर्ववेद (X, 7.42)	वस्त्र बुनने का यंत्र या वस्त्र बुनना
1400–1000 ईसापूर्व	यजुर्वेद, तैत्तिरीयब्राह्मण (11.5.5.3)	वस्त्र बुनने का यंत्र या वस्त्र बुनना
600–500 ईसापूर्व	पाणिनि कृत अष्टाध्यायी (1.4.54 एवं 5.2.70)	वस्त्र बुनने का यंत्र, वस्त्र बुनना
pre–500 ईसापूर्व	शतपथ ब्राह्मण	'सार'
350–283 ईसापूर्व	चाणक्य कृत अर्थशास्त्र	विज्ञान, शास्त्र
300 ई	सांख्यकारिका	दर्शन या सिद्धान्त (सांख्य को 'तंत्र' कहा है।)
320 CE	विष्णुपुराण	अभ्यास और अनुष्ठान
320–400 ई	अभिज्ञानशाकुन्तलम्	किसी विषय की गहन समझ या पाण्डित्य
423 CE	राजस्थान के गंगाधर शिलालेख	तंत्रोद्धुत, तांत्रिक संदर्भ
550 CE	मीमांसासूत्र पर शाबरस्वामी का भाष्य (11.1.1, 11.4.1)	धागा, पाठ; लाभकारी कार्य या बात
500–600 CE	तन्त्र (वज्रयान) तांत्रिक बुद्धिज्म Chinese Buddhist canon (Vol. 18–21)	सिद्धांतों या प्रथाओं का समूह
600 CE	कामिकागम या कामिकातन्त्र	वास्तविकता के सिद्धांतों का व्यापक ज्ञान
606–647 CE	बाणभट्ट (हर्षचरित और कादम्बरी), भासकाचारुदत्त, शूद्रककामृच्छकटिक	देवी-देवताओं या मातृकाओं के लिए स्थलों और पूजा विधियों का सेट।
975–1025 CE	अभिनवगुप्त का तंत्रालोक	सिद्धांतों या प्रथाओं, शिक्षाओं, ग्रंथों, प्रणाली का सेट (कभी-कभी 'आगम' भी कहा जाता है)
1150–1200 CE	अभिनवगुप्त के यंत्रालोक के भाष्यकार जयरथ	सिद्धांतों या प्रथाओं, शिक्षाओं का सेट
1690–1785 CE	भास्कराचार्य (दार्शनिक)	विचार प्रणाली या सिद्धांतों या प्रथाओं का सेट, एक सिद्धांत

संस्कृत ग्रन्थों में 'तंत्र' शब्द का अस्तित्व और सन्दर्भ काल का विस्तार उपरोक्त तालिका में दिखाया गया है। यह तालिका वेदों, उपनिषदों, ब्राह्मणों, शास्त्रों और पुराणों के विभिन्न ग्रंथों में 'तंत्र' शब्द के प्रासंगिक अर्थ के उदाहरण प्रस्तुत करती है। इस तालिका के आधार पर, 'तंत्र' शब्द का प्रासंगिक अर्थ विविध संदर्भों में पाया जाता है, जैसे वस्त्र बुनने का यंत्र, विज्ञान, शास्त्र, दर्शन, अभ्यास और अनुष्ठान।

ऐतिहासिक रूप से, तंत्रों को वेदों के काल के बाद की रचना माना जाता है, जो प्रथम सहस्राब्दी के मध्य रचे गए। ये तंत्र धर्म के अध्ययन का भाग रहे हैं और इसकी स्थापना शैव धर्म में हुई। कश्मीरी गुरु अभिनवगुप्त और उनके अनुयायी इस धारा के प्रमुख प्रवर्तक रहे हैं। इन्होंने तंत्र सिद्धांतों की रचना की, जिसमें वेदान्त के अद्वैत विचारों का प्रभाव भी दिखाई देता है। तंत्र ग्रंथों में प्रकृति के साथ शिव के बारे में चर्चा होती है और इस दर्शन मंग 'शक्ति' (ईश्वर की शक्ति) को विशेष बल दिया गया है।

तंत्र शास्त्र का एक नाम 'आगम शास्त्र' भी है, जो इसके विषय में कहता है कि यह शास्त्र विभिन्न आगम ग्रंथों के रूप में प्रस्तुत होता है। आगम शास्त्रों की प्रमुखता तंत्रों के अध्ययन और वाचस्पति मिश्र ने योग भाष्य की तत्ववैशारदी व्याख्या में 'आगम' शब्द के अर्थ को स्पष्ट करते हुए लिखा है कि जो उपाय अभ्युदय (लौकिक कल्याण) और निःश्रेयस (मोक्ष) के लिए बुद्धि में आते हैं, वह 'आगम' कहलाता है। शास्त्रों का एक अन्य स्वरूप 'निगम' कहा जाता है। निगम के अंतर्गत वेद, पुराण, उपनिषद आदि आते हैं और इसमें ज्ञान, कर्म और उपासना आदि के विषयों का वर्णन किया गया है। इसीलिए वेद-शास्त्रों को निगम कहा जाता है। उस स्वरूप को व्यवहार (आचरण) में उतारने वाले उपायों का रूप जो शास्त्र बतलाता है, उसे 'आगम' कहते हैं। तंत्र या आगम में व्यवहारिक पक्ष ही मुख्य होता है। तंत्र क्रियाओं और अनुष्ठान पर बल देता है। 'वाराही तंत्र' में इस शास्त्र के सात लक्षणों का वर्णन किया गया है, जिनमें व्यवहार ही मुख्य है। सृष्टि, प्रत्यय, देवार्चन, सर्वसाधन (सिद्धियाँ प्राप्त करने के उपाय), पुरश्चरण (मारण, मोहन, उच्चाटन आदि क्रियाएँ), षट्कर्म (शान्ति, वशीकरण, स्तम्भन, विद्वेषण, उच्चाटन और मारण के साधन) तथा ध्यान (इष्ट के स्वरूप का एकाग्र तल्लीन मन से चिन्तन)। इन सात लक्षणों में—

1. **उद्दिष्टं यत्र विज्ञेयं :** जहाँ उपाय का विवरण किया गया है।

2. **साध्यं तत्र च विश्वस्तं :** वहाँ साधना का उल्लेख किया गया है जिस पर विश्वास किया जाता है।

3. विना साध्यं न तत्र च विश्वस्तं : जहाँ कोई साधना के बिना विश्वास नहीं किया जाता है।

4. साधकस्यानुग्रहाय : साधक के लाभ के लिए।

5. अधिकारिणस्तु साधनाय : साधक के लिए उपाय की प्राप्ति के लिए।

6. यत्र लक्षणसंयुक्तं : जहाँ लक्षणों का संयोजन होता है।

7. अन्त्रत्यत्परविद्या : गुप्त रहस्यों की विद्या।

आगम का मुख्य लक्ष्य 'क्रिया' होता है, जिसका अर्थ है कार्य का प्राप्ति या उसमें सफलता के उपाय। तथापि इसमें ज्ञान का भी पर्याप्त विवरण उपलब्ध होता है। 'वाराही तंत्र' के अनुसार, आगम सात लक्षणों से सम्पन्न होता है—

1. सृष्टि : ब्रह्मांड की उत्पत्ति और विकास का विवरण।

2. स्थिति : ब्रह्मांड की स्थिरता और संरक्षण का वर्णन।

3. प्रलय : ब्रह्मांड का प्रलय और नष्ट होने का प्रक्रियावात वर्णन।

4. देवतार्चन : देवताओं की पूजा और आराधना के उपाय।

5. सर्वसाधन : सभी कार्यों के लिए साधना या उपाय।

6. पुरश्चरण : तपस्या और साधना के माध्यम से चित्त शुद्धि का प्राप्ति।

7. षट्कर्म : शांति, वशीकरण, स्तंभन, विद्वेषण, उच्चाटन और मारण के विविध क्रियाओं का वर्णन। इन्हें साधन तथा ध्यानयोग का भी अंग माना जाता है।

महानिर्वाण तंत्र के अनुसार, कलियुग में प्राणी मेध्य (पवित्र) तथा अमेध्य (अपवित्र) के विचारों से बहुत हीन होते हैं और इन्हीं के कल्याणार्थ भगवान महेश्वर ने आगमों का उपदेश पार्वती को स्वयं दिया।

शैव आगम (पाशुपत, वीरशैव सिद्धांत, त्रिक आदि) द्वैत, शक्तिविशिष्टाद्वैत तथा अद्वैत की दृष्टि से भी इनमें तीन भेद माने जाते हैं। आगमिक पूजा विशुद्ध तथा पवित्र भारतीय संस्कृति का एक महत्वपूर्ण हिस्सा है। 28 शैवागम सिद्धांत के रूप में विख्यात हैं। 'भैरव आगम' में चौंसठ सभी मूलतः शैवागम हैं और इनमें द्वैत भाव से लेकर परम अद्वैत भाव तक की चर्चा है। किरणागम में लिखा है कि, विश्वसृष्टि के अनंतर परमेश्वर ने सबसे पहले महाज्ञान का संचार करने के लिए दस शैवों का प्रकट करके उनमें से प्रत्येक को उनके अविभक्त महाज्ञान का एक एक अंश प्रदान किया। इस अविभक्त महाज्ञान को ही शैवागम कहा जाता है। वेद जैसे वास्तव में एक है

और अखंड महाज्ञान स्वरूप है, परंतु विभक्त होकर तीन अथवा चार रूपों में प्रकट हुआ—

शैव आगमों की चार विचारधाराएँ हैं—

(1) शैवसिद्धांत,

(2) तमिलशैव,

(3) कश्मीरीशैवदर्शन, तथा

(4) वीरशैव या लिंगायतशैवदर्शन

● **शैव सिद्धान्त**—शैव सिद्धान्त में, 28 आगम और 150 उपागमों को महत्वपूर्ण माना गया है। इस सिद्धान्त के अनुसार, शिव ही केवल चेतना तत्त्व हैं, जबकि प्रकृति जड़ तत्त्व है। शिव की मूलाधार शक्ति होती है और इसी शक्ति के द्वारा ही बंधन और मोक्ष प्राप्त होता है।

● **कश्मीरी शैवदर्शन**—प्रमुख ग्रन्थ शिवसूत्र है। इसमें शिव की प्रत्यभिज्ञा के द्वारा ही ज्ञान प्राप्ति को कहा गया है। इस दर्शन को 'त्रिक' दर्शन भी कहा जाता है, क्योंकि यह शिव, शक्ति और जीव (पशु) तीनों के अस्तित्व को स्वीकार करता है।

● **वीरशैव दर्शन**—इस दर्शन का महत्वपूर्ण ग्रन्थ 'वाचनम्' है, जिससे अभिप्राय है 'शिव की उक्ति'। यह दर्शन पारम्परिक तथा शिव को ही पूर्णतया समस्त कारक, संहारक, सर्जक मानता है। इसमें जातिगत भेदभाव को भी नहीं माना गया है। इस दर्शन के अन्तर्गत गुरु परम्परा का विशेष महत्व है।

वैष्णव संहिता की दो प्रमुख ग्रन्थ हैं—वैखानस संहिता और पंचरात्र संहिता।

● **वैखानस संहिता**—यह वैष्णव परम्परा के वैखानस विचारधारा है। वैखानस परम्परा प्राथमिक तौर पर तपस् एवं साधनपरक परम्परा रही है।

● **पंचरात्र संहिता**—पंचरात्र से अभिप्राय है—'पंचनिशाओं का तन्त्र'। पंचरात्र परम्परा प्राचीन तौर पर विश्व के उद्भव, सृष्टि रचना आदि के विवेचन को समाहित करती है। इसमें सांख्य तथा योग दर्शनों की मान्यताओं का समावेश दिखायी देता है।

शाक्ततंत्र

- तंत्रसाहित्य (भारतीय)
- तंत्र साहित्य के विशिष्ट आचार्य
- आगम
- कौलाचार
- चक्र

- योग
- रसशास्त्र
- तंत्रयुक्ति

तांत्रिक साहित्य

तांत्रिक साहित्य के विभिन्न प्रकार हैं जैसे तंत्र, आगम, संहिता, सूत्र, उपनिषद, पुराण, टीका (टिप्पणी), प्राकरण, पद्धति ग्रंथ, स्तोत्र, कवच, निघंतु, कोष और भौगोलिक साहित्य। ये साहित्य संस्कृत और क्षेत्रीय भाषाओं में लिखे गए हैं।

वैदिक अनुष्ठान के विपरीत, जो परंपरागत रूप से मूर्तियों या प्रतीकों के बिना घर के बाहर किया जाने वाला तांत्रिक अनुष्ठान है। इसमें मंदिर संरचनाओं के निर्माण और रखरखाव के विवरण और विशिष्टताएँ हैं, उदाहरण के लिए अजिता महातंत्र है। देवताओं को निर्देशित अनुष्ठानों में शासकों के विशेष उपयोग के लिए गूढ़ ग्रंथों का संरक्षण था, उदाहरण के लिए शरद-तिलक तंत्र।

हिन्दू तंत्रों में कुल 92 ग्रंथ हैं; इनमें से, 64 विशुद्ध रूप से अभेद हैं, जिन्हें भैरव तंत्र या कश्मीर शैव तंत्र के रूप में जाना जाता है, 18 भेदाभेद के रूप में जाने जाते हैं। रुद्र तंत्र और 10 पूरी तरह से भेद हैं, जिन्हें शिव तंत्र के रूप में जाना जाता है। बाद के दो (रुद्र तंत्र और शिव तंत्र) का उपयोग शैव सिद्धांतों द्वारा किया जाता है, और इस प्रकार उन्हें कभी-कभी शैव सिद्धांत तंत्र या शैव सिद्धांत आगम के रूप में जाना जाता है।

कुछ प्रमुख तंत्र परंपराएँ और उनके ग्रंथों का विवरण निम्नांकित हैं—

- **शैव**—सदाशिव (शिवगम), वामया तुम्बुरु, दक्षिणया भैरव

कुलार्णवतंत्र, अमृतेशतंत्रया नेत्रतंत्र, नेत्रज्ञानार्णवतंत्र, निःश्वसत्त्वसंहिता, कलोत्तारतंत्र, सर्वज्ञानोत्तर, शैवागम, रौद्रगम, भैरवागमस, वामाअगमस, दक्षिणागम

- **शिवशक्ति परंपराएँ**—यमला (भैरव परंपरा का भी हिस्सा)

ब्रह्मयमला, रुद्रयमला, स्कन्दयमला, विष्णुयमला, यमयमला, यायुयमला, कुबेरयमाला, इंद्रयमला

- **शाक्त**—काली परंपराएँ और श्रीकुल परंपरा

वाराहीतंत्र, शाक्तआगम, मुंडमालातंत्र, तोडालातंत्र, चामुंडातंत्र, देवियामाला, माधवकुल, योनिगहावरा, कलिकुलार्णवतंत्र, कंकालमालिनीतंत्र, झंकारकरवीरा, महाकालसंहिता, कालीतंत्र, कलाज्ञानतंत्र, कुमारीतंत्र, सिद्धलहरीतंत्र, निरुत्तरतंत्र, कालीविलासतंत्र, उत्पत्तितंत्र, कामधेनुतंत्र,

निर्वाणतंत्र, कामाख्यातंत्र, तारातंत्र, कौलतंत्र, मत्स्यसूक्त/ताराकल्प, समयतंत्र, वामकेश्वरतंत्र, तंत्रजातंत्र, योगिनीतंत्र।

● कुल—कुलमार्ग और अन्य तंत्र

कुलार्णवतंत्र, महानिर्वाणतंत्र, कुलचूड़ामणितंत्र, कुलार्णवतंत्र, गुप्तसाधनातंत्र, मातृका भेदतंत्र।

● वैष्णव-वैखानस, पंचरात्र, कृष्ण और राम के भक्ति-उन्मुखतंत्र

पंचरात्रसंहिताग्रंथ, अहिर्बुध्न्यसंहिता, जयाख्यसंहिता, परमेश्वरसंहिता, पौस्करसंहिता, पद्मसंहिता, नारदीयसंहिता, हंसपरमेश्वरसंहिता, लक्ष्मीतंत्र, वैहायससंहिता, श्रीकालप्रासंहिता, वैखानसअगमस, गौतमीयतंत्र, बृहद्ब्रह्मसंहिता, महेश्वरतंत्र, सात्वततंत्र, राधातंत्र, अगस्त्यसंहिता और दाशरथीयतंत्र, ईशानसंहिता और श्रद्धानयसंहिता

● मंत्र-शास्त्र-मंत्रों, मंत्रिक ध्वनि के तत्व मीमांसा, संबंधित प्रथाओं और अनुष्ठानों पर उपलब्ध साहित्य :

प्रपंचसारतंत्र और उसकी टिप्पणियाँ और टीकाएँ, लक्ष्मणदेसि केन्द्र द्वारा शारदतिलक तंत्र, परमहंस पूर्ण प्रकाश की मंत्र मुक्तावली, महीधर की मंत्रमहोदधि, विष्णुदेव की मंत्रदेव प्रकाशिका, कमलाकर भट्ट का मंत्रकमलाकार, यदुनाथ चक्रवर्ती के मंत्ररत्नाकर, माधव राय वैद्य का मंत्रमहार्णव, कृष्णानन्द आगम वागीष का तंत्रसार

● निबन्ध—अनुष्ठानपूजा, साधना और पूजा विषयक साहित्य

शक्तिनाथ कल्याणकर का क्रियाकल्पतरु, ज्ञानानंद गिरि परमहंस का कौलवली निर्णय, ब्रह्मानंदगिरि की शक्तानंदतरंगिणी, पूर्णानन्द का शाक्त क्रम, पूर्णानंद की श्रीतत्त्व चिन्तामणि, गोविन्दा के अगम कल्पद्रुम, यदुनाथ की आगम कल्पलतिका, रघुनाथ तर्क वागीश की अगम तत्त्वविलास और रामकृष्ण की अगमचंद्रिका, नवमी सिन्हा की तंत्रचिन्तामणि, रामतोषन विद्यालंकार की प्राणतोषिणी, शिवरहस्य, शैवकल्पद्रुम।

● सौरा तंत्र

● गाणपत्य तंत्र

अनेक तंत्र ग्रंथों का अनुवाद हुआ है। एक अपवाद विज्ञान भैरवतंत्र है, जो क्रिस्टोफर वालिस के अनुसार, अधिकांश तांत्रिक ग्रंथों के लिए असामान्य है। सर जॉन वुड्रोफ ने अन्य तांत्रिक ग्रंथों के साथ तंत्र ऑफ द ग्रेटलिबरेशन (महानिर्वाणतंत्र) (1913) का अंग्रेजी में अनुवाद किया। अन्य तंत्र जिनका पश्चिमी भाषा में अनुवाद किया गया है उनमें मालिनी-विजयोत्तरातंत्र, किरानातंत्र और पराख्यातंत्र शामिल हैं।

■

ज्योतिष शास्त्र

रामचन्द्र पाण्डेय

सृष्टि से पूर्व की स्थिति का वर्णन करते हुए नासदीय सूक्त में जिन परिस्थियों का चिन्तन कर कहा गया है कि जब सत् नहीं था असत् भी नहीं था, आकाश भी नहीं था, प्रकाश और अन्धकार भी नहीं था, उस समय सृष्टि के रहस्य को समझने का कोई आधार भी नहीं था। ये सारी परिस्थितियाँ या जिज्ञासाएँ ही आज मानवीय चिन्तन को ब्रह्माण्ड के रहस्य को सुलझाने हेतु प्रेरित करती हैं। अनसुलझी सृष्टि का रहस्य उस समय और गम्भीर हो जाता है जब वैदिक ऋषि यह शंका करता है कि—

यो अस्याध्यक्षः परमे व्योमन् सो अङ्ग वेद यदि वा न वेद।

—तै०ब्रा.० 2.8.9

सृष्टि का अध्यक्ष जो परमाकाश मे निवास करता है वह भी इस रहस्य को जानता है या नहीं? इस आशंका के सन्दर्भ में ऋग्वेद तो पहले ही यह चुनौती दे चुका है—

तिस्रो द्यावः सवितुर्द्वा उपस्थाँ एका यमस्य भुवने विराशात्।
आणिं न रथ्यममृताधि तस्थुरिह ब्रवीतु य उ तच्चिकेतत्॥ 1.35.6

अर्थात् सृष्टि के इस रहस्य को यदि कोई जानता है तो आकर बतावे अर्थात् आज तक यह रहस्य उद्घाटित नहीं हो सका है। जितना ज्ञात हो सका उसके सन्दर्भ मे उक्त ऋचा में ही कहा गया है तीन द्यौः है जिसमें से दो सूर्य के उदर में है तथा एक यम के पास है। ऐसे सृष्टि विषयक अनेक सन्दर्भ वैदिक साहित्य मे उपलब्ध हैं जिनसे सृष्टि की जटिलता व्यक्त होती है साथ ही उन पर गम्भीर चिन्तन से रहस्य सुलझाने मे सहायक संकेत भी मिल सकते हैं। इतना तो स्पष्ट है कि सूर्य के आने के बाद ही सृष्टि का क्रम आरम्भ हो गया। सृष्टि में सर्वप्रथम आने के कारण ही सूर्य को आदित्य कहते हैं। सूर्य सिद्धान्त कहता है—'आदित्यो ह्यादिभूतत्वात् प्रसूत्या सूर्य उच्यते'।

सृष्ट्यारम्भ एवं सूर्य, चन्द्र की उत्पत्ति के साथ-साथ ज्योतिष शास्त्र का भी उदय हो जाता है। समस्त प्राणी सूर्योदय-सूर्यास्त, दिन-रात्रि एवं ऋतुओं के परिवर्तन को स्वयं देखने और समझने लगे। शनैः शनैः सृष्टि के विकास

होने के साथ-साथ मनुष्य इन परिवर्तनों के रहस्य को समझने लगा। वैदिक काल में मन्त्रद्रष्टा ऋषियों ने ब्रह्माण्ड को समझने का गहन प्रयास किया। न केवल सूर्य, चन्द्र की गतियों और उनके परिणामों को पहचाना अपितु अनन्त ब्रह्माण्ड में बिखरे असंख्य तारों के बीच 27 नक्षत्रों को भी चिह्नित कर उनका नामकरण किया। सूर्य-चन्द्रमा की एक युति से दूसरी युति के बीच एक नियमित अन्तराल के साथ-साथ चन्द्रमा की कलाओं में क्रमिक ह्रास-वृद्धि के रहस्य को समझकर काल गणना में तिथि मास और वर्ष की इकाइयों का निर्धारण किया। इतना ही नहीं नक्षत्रों का ज्ञान होने से घटी, पल, विपल आदि लघु कालखण्ड की इकाइयों का भी मान सुनिश्चित किया जा सका। साथ ही नक्षत्रों को विभिन्न व्यवहारों से जोड़ने तथा उनके उपयोग की विधि पर भी विचार किया। तिथि, नक्षत्र एवं मास का सम्यक ज्ञान होने से दर्श, पौर्णमास आदि यज्ञकर्म विधिवत् आरम्भ हो गये। यज्ञों से पूर्व की क्रियाओं का विधान किया गया जिसमें यज्ञाधिकार प्राप्ति हेतु अग्न्याधान की व्यवस्था दी गई है, उसके लिए नक्षत्रों का निर्देश करते हुए कहा गया है—

न पूर्वयोः फल्गुन्योरग्निमादधीत। एषा वै जघन्या रात्रिः संवत्सरस्य। यत्पूर्वे फल्गुनी पृष्टित एव संवत्सरस्याग्निमाधाय। पापीयान् भवति। उत्तरयोरादधीत। एषा वै प्रथमा रात्रिः संवत्सरस्य। यदुत्तरे फल्गुनी मुखत एव संवत्सरस्याग्निमाधाय वसीयान् भवति॥ —तै० ब्रा० 1.1.2.8

अर्थात पूर्वाफल्गुनि नक्षत्र में अग्न्याधान नहीं करना चाहिए। संवत्सर की प्रथम रात्रि होने से उत्तर फल्गुनि नक्षत्र में अग्न्याधान शुभ होता है।

अग्न्याधान के अनन्तर यज्ञमण्डप तथा यज्ञ वेदियों का क्रम आता है। मण्डप का दैर्घ्य-विस्तार, मण्डप मे स्तम्भों की संख्या तथा उनका प्रमाण (माप) आदि गणित एवं वास्तु से सम्बन्धित विषयों का विवेचन किया गया। यज्ञाग्नि की दृष्टि से वृत्त, अर्धवृत्त, त्रिभुज तथा चतुर्भुज आदि आकृतियों वाली विभिन्न वेदियों की निर्माण विधि तथा श्येन, कूर्म आदि चितियों के स्वरूप और क्षेत्रफल का निर्धारण किया गया। वेदियों विशेषकर चितियों मे प्रयुक्त होने वाली ईंटों की संख्या तथा ईंटों के आकार आदि का आकलन शुद्ध रूप से गणितीय सिद्धान्तानुसार किया गया ताकि निर्माण मे त्रुटि न हो सके। इन विधियों का विवेचन बौधायन और आपस्तम्ब शुल्बसूत्रों मे विस्तार से किया गया है। इस प्रकार यज्ञादि वैदिक कर्म मे ज्योतिष शास्त्र की उपस्थिति आरम्भ से ही महत्वपूर्ण भूमिका के साथ रही है। सभी वेदांगों में ज्योतिषशास्त्र का महत्वपूर्ण स्थान होने से ही इसे वेद पुरुष का नेत्र कहा गया है।

वेदस्य निर्मलं चक्षुः ज्योतिश्शास्त्रमकमल्मषम्॥

काल, स्थान तथा यज्ञीय उपकरणों के निर्धारण के अनन्तर ही यज्ञ का आरम्भ सम्भव होता है। कार्यानुसार उचित कालज्ञान ज्योतिष द्वारा ही होता है। इसी आधार पर वेदांग ज्योतिष मे आचार्य लगध ने लिखा है—

वेदा हि यज्ञार्थमभिप्रवृत्ता कालानुपूर्वा विहिताश्च यज्ञाः।
तस्मादिदं कालविधानशास्त्रं यो ज्योतिषं वेद स वेद यज्ञान्॥

वेदों का मुख्य प्रतिपाद्य कर्म यज्ञ है, यज्ञों का विधान कालानुसार किया गया है। काल का निर्णय ज्योतिष शास्त्र करता है। इसलिए यहाँ ज्योतिष को कालविधान शास्त्र कहा गया है। ज्योतिष के प्राचीनतम ग्रन्थ सूर्य सिद्धान्त मे काल का निरूपण करते हुए कहा गया है—

लोकानामन्तकृत्कालः कालोऽन्यः कलनात्मकः।
स द्विधास्थूलसूक्ष्मत्वान् मूर्तश्चामूर्त उच्यते॥

काल दो प्रकार का होता है एक संसार का अन्त करने वाला दूसरा गणना करने वाला काल या समय। यह गणनात्मक काल भी दो प्रकार का होता है—1. सूक्ष्म और 2. स्थूल। सूक्ष्मकाल को अमूर्त तथा स्थूल को मूर्त काल भी कहते हैं।

भास्कराचार्य ने भी सिद्धान्त ज्योतिष का लक्षण बताते हुए सर्वप्रथम काल का ही उल्लेख किया है—

त्र्युट्यादि प्रलयान्तकालकलना मानप्रभेदः क्रमा—
श्चारश्च द्विषदां द्विधा च गणितं प्रश्नास्तथा सोत्तराः।
भूधिष्ण्यग्रहसंस्थितेश्च कथनं यन्त्रादि यत्रोच्यते।
सिद्धान्तः स उदाहृतोऽत्र गणितस्कन्धः प्रबन्धे वुधैः॥ सि०शि० 1.6

त्रुटि से लेकर प्रलय तक की काल गणना, कालों के सौर, चान्द्र आदि विभिन्न मानों का विवेचन, ग्रहों की गति, दो प्रकार की (अंकगणित और बीजगणित) गणित का वर्णन, अन्तरिक्ष सम्बन्धी प्रश्नों का समाधान, भूमि, नक्षत्र एवं ग्रहों की स्थिति- गति आदि का वर्णन तथा वेधोपयोगि यन्त्रों का विवेचन जहाँ हो उसे सिद्धान्त ज्योतिष कहते हैं।

उक्त सिद्धान्त लक्षणों द्वारा यह स्पष्ट कर दिया कि काल की सूक्ष्म इकाई त्रुटि से लेकर काल की महत्तम इकाई कल्प (कल्पान्त ही प्रलयकाल) तथा सौर, चान्द्र सावन आदि कालमानों का विवेचन ज्योतिष शास्त्र ही करता है। भारतीय ज्योतिष मे ब्राह्म, दिव्य, प्रजापत्य, पैत्र, गौरव, सौर, चान्द्र, सावन तथा नाक्षत्र ये 9 प्रकार के कालमान होते हैं परन्तु इनमें सौर, चान्द्र, सावन और नाक्षत्र ये चार काल मान हमारे सामान्य जीवन मे निरन्तर प्रयुक्त होते हैं। इन्हीं चार कालमानों का व्यवहार भारत में तथा इनमें से ही कुछ का व्यवहार

समस्त संसार में होता है। इन मानों के व्यवहार हेतु एक व्यवस्था दी गई है। ऋतु, अयन, वर्ष युग आदि काल की बड़ी इकाइयों की गणना सौर मान से, तिथि और मास की गणना चान्द्र मान से, रवि, सोम, मंगल आदि वारों की गणना सावन मान से तथा घटी-पल या घण्टा-मिनट आदि लघु कालखण्ड की गणना नाक्षत्र मान से करनी चाहिए। अन्य काल मानों का भी विशिष्ट प्रयोजन है उन सबका उल्लेख आवश्यक नहीं है। काल गणना एक स्वतन्त्र विषय है अतः इसके विस्तार मे न जाते हुए इसे यहीं विराम देकर काल के अतिरिक्त अन्य विषयों पर विचार करेंगें।

वैदिक सृष्टि विषयक मूल चिन्तन के अनन्तर जब हम पुराणों पर दृष्टि डालते हैं तब सृष्टि से लेकर समस्त ब्रह्माण्ड विषयक विवेचन की विस्तृत रूपरेखा देखने को मिलती है। प्रायः सभी पुराणों में भुवनकोश नाम से ब्रह्माण्डीय विवेचन के साथ ज्योतिष शास्त्र का वर्णन मिलता है। इसके अतिरिक्त विभिन्न प्रसंगों मे ज्योतिष विषयक सन्दर्भ मिलते हैं। कहीं-कहीं कथाओं के माध्यम से भी ज्योतिष का प्रारम्भिक ज्ञान कराया गया है। उदाहरण के लिए भागवत मे वर्णित ध्रुव के वंश का वर्णन लेते हैं। कहा गया है प्रजापति शिशुमार की कन्या भ्रमी से ध्रुव का विवाह हुआ। उससे कल्प और वत्सर नामक दो पुत्र हुए।

प्रजापतेर्दुहितरं शिशुमारस्य वै ध्रुवः।
उपयेमे भ्रमीं नाम तत्सुतौ कल्पवत्सरौ॥ भाग०पु० 4.10.1

राजा उत्तानपाद के पुत्र ध्रुव का विवाह प्रजापति शिशुमार की कन्या भ्रमी से हुआ तथा उनसे कल्प और वत्सर नामक दो पुत्र हुए। यह सम्बन्ध स्वाभाविक है। ज्योतिष के सन्दर्भ मे देखें तो यह घटना परिवार से नहीं अपितु ब्रह्माण्ड से सम्बन्धित है। उत्तर दिशा मे स्थित लघु सप्तर्षि मण्डल का अन्तिम तारा ध्रुवतारा नाम से विख्यात है तथा लघु सप्तर्षि मण्डल को ही शिशुमार चक्र कहते हैं। भ्रमी का अर्थ है भ्रमण करने वाली अर्थात् पृथ्वी। ध्रुव केन्द्रीभूत होकर सौर मण्डल के सभी पिण्डो का नियंत्रण करता है। जैसा कि कहा गया है—

उत्तानपाद पुत्रोसौ मेढीभूतो ध्रुवो दिवि।
स हि भ्रमन् भ्रामयते चन्द्रादित्यौ ग्रहैः सह॥ म०पु० 125.5

पृथ्वी के भ्रमण के कारण ही वर्ष और कल्प की उत्पत्ति होती है। इसलिए ध्रुव और पृथ्वी को पति-पत्नी के रूप वर्णित किया गया है। आगे की वंशावली भी पारिवारिक परिदृश्य के साथ खगोलीय सम्बन्धों को ही दर्शाती है।

तं मत्वा जडमुन्मत्तं कुल वृद्धाः समन्त्रिणः।
वत्सरं भूपतिं चक्रे यवीयांसं भ्रमेः सुतम्॥
स्वर्वीथी वत्सरस्येष्टा भार्यासूत षडात्मजान्
पुष्पार्णं तिग्मकेतुं इषमूर्जं वसुं जयम्॥

.....भाग०पु० 4.13.11-14

परिवार के वृद्ध जनों तथा मन्त्री गणों ने कल्प को जड़ मानकर भ्रमी के छोटे पुत्र वत्सर को राजा बना दिया। भ्रमी (पृथ्वी) जब अपनी कक्षा में एक चक्र भ्रमण कर लेती है तब एक वर्ष होता है तथा जब 4 अरब 32 करोड़ परिक्रमा पूर्ण करती है तब एक कल्प होता है। एक कल्प ब्रह्मा का एक दिन होता है। कल्प के अन्त में ब्रह्मा सृष्टि को समेटकर सो जाते हैं। यही प्रलय काल होता है जब सृष्टि समाप्त हो जाती है। एक कल्प तुल्य ब्रह्मा की रात्रि भी होती है।

इतनी विशाल कालावधि के कारण ही कल्प को जड़ कहा गया तथा वत्सर (वर्ष), जो काल की बहुत छोटी इकाई है उसे राजा बनाया। वत्सर ने स्वर्वीथी से विवाह किया। स्वर्वीथी अर्थात अन्तरिक्ष पथ। वत्सर की भार्या स्वरवीथि ने छः पुत्रों को जन्म दिया, जिनके नाम हैं—

1. पुष्पार्ण, 2. तिग्मकेतु, 3. इष, 4. ऊर्ज, 5. वसु, तथा 6. जय। ये पृथ्वी कक्षा के प्रमुख छः बिन्दुओं की ओर संकेत करते हैं। इनमें से बड़े पुत्र पुष्पार्ण की दो पत्नियाँ थी—प्रभा और दोषा। प्रभा से प्रातः, मध्याह्न, सायम् नामक तीन पुत्र तथा दोषा से भी प्रदोष, निशीथ और व्युष्ट नामक तीन पुत्र हुए। यहाँ स्पष्ट है, प्रभा का अर्थ प्रकाश अर्थात् दिन तथा दोषा का अर्थ रात्रि। दिन से तीन पुत्र प्रातः, मध्याह्न, और सायम् तथा दोषा (रात्रि) से प्रदोष, निशीथ और व्युष्ट नामक तीन पुत्र हुए। दिन और रात्रि के पुत्रों से सभी लोग परिचित हैं अतः यहाँ अधिक विवेचन की आवश्यकता नहीं। ऐसी अन्य भी कथायें हैं जिनमे कथा के रूप में किसी ब्रह्माण्डीय घटना का उल्लेख किया गया है। यहाँ वंशावली के रूप में एक लघु कालगणना दर्शाई गई है किन्तु काल गणना का विस्तृत विवेचन भी पुराणों मे विस्तार से दिये गये हैं। काल की सबसे छोटी इकाई परमाणु संज्ञक है। परमाणु को परिभाषित करते हुए कहा गया है कि परमाणु वह सूक्ष्म अवयव है जिसका विभाग नहीं हो सकता तथा वह किसी अन्य परमाणु से सम्पृक्त नहीं होता।

चरमः सद्विशेषाणामनेकोऽसंयुतः सदा।
परमाणुः स विज्ञेयो नृणामैक्यभ्रमो यतः॥ भा०पु० 3.11.1-22

2 परमाणु = 1 अणु, 3 अणु = 1 त्रसरेणु, 3 त्रसुरेणु = 1 त्रुटि इत्यादि

परमाणु से लेकर कल्प पर्यन्त कालगणना का वर्णन श्रीमद्भागवत पुराण एवं ब्रह्माण्ड पुराण में देखा जा सकता है। यहाँ समस्त कालगणना उद्धृत करने का औचित्य नहीं समझ रहा हूँ इसलिए केवल संकेत मात्र किया।

वैदिक साहित्य के अतिरिक्त गणितीय चिन्तन तन्त्र शास्त्र में भी दिखलाई पड़ता है। विविध प्रकार की पंचदशी, बत्तीसा, छत्तीसा आदि यन्त्रों में 9,16.25 आदि अनेक कोष्ठक बनाकर उनमे अङ्कों का विन्यास इस प्रकार किया जाता है कि ऊर्ध्वाधः, पूर्वापर अथवा कोणों मे स्थित संख्याओं का योग यन्त्र के नामानुसार ही आता है। इस प्रकार अंकों का विन्यास एक चमत्कार से कम नहीं है। यह सब गणितीय सिद्धान्तों के ही परिणाम हैं। आगम और निगम दोनों में गणित एवं नक्षत्रविद्या का उल्लेख सहज ही देखा जा सकता है।

गणितीय सिद्धान्तों के अतिरिक्त ज्योतिष के कुछ अन्य विषयों पर भी विचार करेंगें जो वेदों से लेकर काव्यशास्त्र तक सर्वत्र दिखाई पड़ते हैं। इतना ही नहीं सामान्य जनमानस से भी अत्यन्त गहराई से जुड़े हुए हैं। उनमें से एक है मुहूर्त विषयक चिन्तन। यज्ञ में उपयुक्त काल निर्णय (मुहूर्त) की चर्चा पहले ही की जा चुकी है। हम सामाजिक एवं पारिवारिक मुहूर्तों के सन्दर्भ में विचार करेंगे। सर्वप्रथम पुराणों के आधार पर शिव-पार्वती के विवाह के मुहूर्त का वर्णन करेंगें।

हिमवान से सप्तर्षियों ने कहा आज से दूसरे दिन उत्तरा फल्गुनि नक्षत्र में मैत्र नामक मुहूर्त बनेगा उसी शुभ समय में पार्वती का विवाह करना उचित होगा।

ततः सप्तर्षयः प्रोचुः शैलराज निशामय।
उत्तराफल्गुनीयोगं द्वितीयेऽह्नि हिमांशुमान्
गमिष्यति च तत्रोक्तो मुहूर्तो मैत्रसंज्ञकः॥ —वामन पु० 52.62-63

इसी मुहूर्त का उल्लेख महाकवि कालिदास ने भी कुमारसम्भव में शिव विवाह प्रसंग में किया है—

मैत्रे महूर्ते शशलाच्छनेन योगं गातासूत्तरफल्गुनीषु।

महर्षि वाल्मीकि ने भी राम विवाह के लिए ऐसे ही मुहूर्त का उल्लेख किया है। राजा दशरथ से राजा जनक कहते हैं—

उत्तरे दिवसे ब्रह्मन् फल्गुनीभ्यां मनीषिणः।
वैवाहिकं प्रशंसन्ति भगो यत्र प्रजापतिः॥ वा०रा० 1.72.13

आज के बाद वाले दिनों मे दोनों फल्गुनि नक्षत्र हैं, जिसके स्वामी प्रजापति भग (सूर्य) हैं। विद्वानों ने इन नक्षत्रों मे वैवाहिक कृत्य को मंगल माना है। दोनों फल्गुनि से अभिप्राय पूर्वा फल्गुनि और उत्तर फल्गुनि से है। इनके स्वामी क्रम से भग और अर्यमा है। पूर्वा फल्गुनि मे वर-कन्या वरण

तथा उत्तरा फल्गुनि में विवाह प्रशस्त माना जाता है। रामायण मे मुहूर्त के अतिरिक्त ज्योतिष से सम्बन्धित कुछ अन्य भी महत्वपूर्ण प्रसंग उपलब्ध हैं जिनका उल्लेख आवश्यक है।

जब श्रीराम अयोध्या से वन के लिए प्रस्थान कर रहे थे उस समय उन्हें आकाश मे अमंगल सूचक शकुन दिखाई दिये। मंगल बुध, बृहस्पति तथा त्रिशंकु ये सभी चन्द्रमा को घेर कर दारुण समय का संकेत दे रहे थे।

त्रिशंकुर्लोहितांगश्च बृहस्पतिबुधावपि।
दारुणा सोममभ्येत्य ग्रहाः सर्वे व्यवस्थिताः॥ 2.41

शुभ और अशुभ शकुनों के वर्णन ज्योतिष के अतिरिक्त पुराणों तथा काव्यनाटकों में पग-पग पर मिलते हैं। प्रायः यात्रा प्रसंग मे शकुनों का विशेष विचार किया जाता था। आज भी शकुन विचार की परम्परा लोक मे प्रचलित है।

अभिज्ञान शाकुन्तलम् मे भी शकुन का एक प्रसंग आता है। राजा दुष्यन्त जब कण्वऋषि के आश्रम मे प्रवेश कर रहे थे उस समय उसकी दाहिनी भुजा फडक रही थी। उन्होने आश्चर्यपूर्वक कहा जंगल मे भुजा फडकने का कौन सा फल मिलेगा? फिर उन्होने ही उसका समाधान भी दिया कि भवितव्यता तो कहीं भी फलीभूत हो सकती है। परिणामतः उन्हें शकुन्तला प्राप्त हुई। काव्य नाटकों में जहाँ-जहाँ युद्ध यात्रा का वर्णन मिलेगा वहाँ-वहाँ युद्ध के परिणाम का संकेत युद्ध से पहले ही शकुनों द्वारा व्यक्त कर दिया जाता था। शकुनों तथा उनके परिणामों का ज्ञान अङ्गस्फुरण के साथ-साथ पशु-पक्षियों की चेष्टाओं तथा अन्तरिक्ष मे होने वाले उत्पातों से भी किया जाता है। आज भी लोग कौवे की ध्वनि से अतिथि के आने अथवा भावी संकट की सूचना प्राप्त करते हैं। संस्कृत में एक कहावत प्रचलित है—प्रथमः कः सखि पूज्यः काकः किं वा क्रमेलकः॥ कोई नायिका अपने सहेली से पूछती है घर मे प्रवासी (पति) के आने की पूर्व सूचना कौवे ने दी तथा प्रवासी को ऊँट ने घर पहुँचाया, इस स्थिति में हे सखि प्रथम पूज्य कौन है? आज भी गाँवों में घर के आँगन मे कौवे की ध्वनि को पहचान कर लोग किसी अतिथि के आने का अनुमान लगाते हैं। यद्यपि आज कल वातावरण मे कौवे तथा घर मे आँगन दोनों ही दुर्लभ हो गये हैं। अतिथि भी दूरभाष के कारण सतिथि हो गये हैं। अतः ये शकुन आज बहुत प्रसंगिक नहीं रह गये हैं फिर शास्त्रीय होने से चर्चा तो करनी ही होगी। शकुन का विचार केवल कौवे तक ही सीमित नहीं है अपितु इसके लिए कुछ अन्य पक्षी और पशु भी चिह्नित किये गये हैं।

पोतकी पिङ्गला काको यक्षः शिवा क्रमेण च।
पञ्चरत्नमिदं वक्ष्ये षष्ठाङ्के शकुने मते॥

पोतकी, पिङ्गला, कौवा, यक्ष (भास) नामक पक्षी तथा श्रृगाली पशु ये पाँच शकुन के मुख्य सूचक माने गये हैं। इनके अतिरिक्त उल्लू, हारीत आदि भी शकुन सूचक होते हैं। वामन पुराण में कहा गया है—

शकुनिश्चापि हारीतो मौनी याति परांमुखः॥ —40.15

बृहत्संहिता में भी कहा गया है—

पूर्वोदीच्यो शिवा शस्ता शान्ता सर्वत्र पूजिता।
धूमिताभिमुखी हन्ति स्वरदीप्ता दिगीश्वरान्॥ —89.3

यही कारण है प्राचीन काल में प्रायः राजा लोग अपने पास ज्योतिषी, स्वरज्ञ और शकुन वेत्ताओं को रखते थे। इनके सहयोग से प्रत्येक कार्य के लिए उचित निर्देशन प्राप्त करते रहे। स्वर शास्त्र में कहा गया है—

स्वरज्ञः शकुनज्ञश्चदैवज्ञो मन्त्रपारगः।
केरलीवित्तथा राज्ञां कीर्तितं रत्न पञ्चकम्॥ —न प ज०15

स्वर के अतिरिक्त शकुन, ज्योतिष, मन्त्र और प्रश्न विद्याएँ व्यवहार में प्रचलित थी। इनके विशेषज्ञ राजा के पञ्चरत्न कहे जाते थे।

स्वरशास्त्र भी ज्योतिष का एक प्रमुख भाग है। इससे भी शुभाशुभ ज्ञान किया जाता है। यात्रा में स्वर का प्रयोग विशेष प्रचलित रहा है। लोक में एक कहावत आज भी प्रचलित है—भरणी भद्रा एक न मानै, जो स्वर चलै वही पग धारै। यात्रा के समय नासिका रन्ध्र से जो स्वर चल रहा हो उसी ओर के पैर को पहले आगे रख कर यात्रा करना शुभ माना गया है।

शकुन के अनन्तर अङ्गविद्या का भी उल्लेख आवश्यक हो जाता है क्योंकि अनेक ग्रन्थों और पुराणों मे इसका विशद वर्णन मिलता है। अङ्ग विद्या के अनुसार शरीर का प्रत्येक अङ्ग व्यक्ति के किसी न किसी गुण-दोष का परिचायक होता है। अङ्ग लक्षण से व्यक्तित्व और भावी जीवन की सम्भावनाओं का भी अनुमान लगाया जाता है। सर्वप्रथम वाल्मीकि रामायण से ही अङ्ग लक्षण का उदाहरण प्रस्तुत कर रहा हूँ।

युद्धकाण्ड मे वर्णन आता है कि रावण ने अपनी माया से सीता को भ्रमित कर संग्राम में राम-लक्ष्मण को मृत दिखला दिया। दोनों भाइयों को मृत देख कर विलाप करती हुई सीता ने अपने अङ्ग लक्षणों के परिणमों का स्मरण कर कहने लगी कि मुझे तो विधवा होना ही नहीं था। लाक्षणिकों ने मेरे शरीर के लक्षणों के आधार पर मुझे पुत्रिणी तथा सदैव सौभाग्यवती रहना बताया था। आज राम के मर जाने से सभी लाक्षणिक झूठे हो गये। मुझे यज्ञ करने वाले

राजा की पत्नी होना बताया था वह सब झूठा हो गया। मेरे पैरों में कमल के चिन्हों को देख कर मुझे अपने महाराजा पति के साथ राज सिंहासन पर बैठने के लिए बतलाया था वह सब आज राम के मर जाने से असत्य हो गया।

भर्तारं निहतं दृष्ट्वा लक्ष्मणं च महाबलम्।
विललाप भृशं सीता करुणं शोककर्षिता॥
उचुर्लाक्षणिका ये मां पुत्रिण्यविधवेति च।
तेऽद्य सर्वे हते रामे ज्ञानिनोऽनृतवादिनः॥
यज्वनोमहिषीं ये मामूचुः पत्नीं च सत्रिणः।
तेऽद्य सर्वे हते रामे ज्ञानिनोऽनृतवादिनः॥
ऊचुः संश्रवणे ये मां द्विजाः कार्तान्तिकाः शुभाम्।
तेऽद्य सर्वे हते रामे ज्ञानिनोऽनृतवादिनः॥
इमानि खलु पद्मानि पादयोर्वै कुलस्त्रियः।
अधिराज्येऽभिसिच्यन्ते नरेन्द्रैः पतिभिः सह॥ इत्यादि।

—वा०रा० 6.48.1-14

पुराणों में राजाओं के वर्णन तथा काव्यों में नायक नायिकाओं के वर्णन प्रसंग में अङ्ग लक्षणों का वर्णन प्रायः उनके सौन्दर्य और सौभाग्य को प्रदर्शित करने के लिए किये जाते रहे हैं। यथा आजानु बाहु, वृषस्कन्ध, कमलनयन आदि शुभ अङ्ग लक्षणों के उदाहरण मिलते हैं। सौन्दर्य के साथ चन्द्रमा का अति घनिष्ठ सम्बन्ध देखने को मिलता है। प्रायः सौन्दर्य वर्णन में मुख की उपमा सर्वत्र चन्द्रमा से ही दी जाती है। उपमा प्रायः किसी न किसी साम्य के आधार पर ही दी जाती है। यहाँ सौन्दर्य का आधार एकमात्र चन्द्रमा का आह्लादकत्व ही है। चन्द्रमा का वास्तविक स्वरूप सौन्दर्य के विपरीत है, जिससे मुख की उपमा नहीं दी जा सकती क्योंकि चन्द्रतल पर अनेक गढ्डे हैं। विशाल गर्त के कारण ही चन्द्रमा मे कलङ्क दिखलाई पडता है। जहाँ चन्द्रमा के सौन्दर्य की चर्चा है वहीं चन्द्र कलङ्क की भी चर्चा होती है। कवियों ने चन्द्र कलङ्क के विषय मे भी अनेक कल्पनायें की है। कहीं चन्द्र कलङ्क हीनता का बोधक भी हो गया है। गोस्वामी तुलसीदास ने भी लिखा है—

जन्म सिन्धु पुनि बन्धुविष दिनमलीन सकलङ्क।
सियमुख समता पाव किमि चन्द्र वापुरो रङ्क॥

संस्कृत काव्यों में भी चन्द्र कलङ्क के विषय में अनेक कल्पनायें हैं किन्तु एक कवि की कल्पना ऐसी है जो केवल कल्पना ही नहीं अपितु सत्य के अत्यन्त समीप है—

यदेतच्चन्द्रान्तरजलदलवलीलां वितनुते
तदाचष्टे लोकः शशक इति नो मां प्रति तथा।
अहं त्विन्दुं मन्ये त्वदरिविरहाक्रान्ततरुणि—
कटाक्षोल्कापातव्रणकिणकलाङ्काङ्किततनुम्॥

किसी राजा की प्रशंसा मे कवि कह रहा है कि यह जो चन्द्रपिण्ड के मध्य में बादल की तरह काला दिखलाई देता है प्रायः इसे लोग शशक (खरगोश) कहते हैं। किन्तु मेरा मानना है कि यह आपके शत्रुओं की जो विरहिणियाँ हैं उनके क्रोधपूर्ण कटाक्षों से निकली हुई उल्काओं के गिरने से चन्द्रमा का शरीर क्षत विक्षत हो गया है वही घाव ही कलङ्क के रूप में दिखाई दे रहा है। यह कल्पना सत्य भी है। चन्द्रमा में दिखाई देने वाला कलङ्क वास्तव में चन्द्रतल पर स्थित एक विशाल गर्त ही है, जो अप्रकाशित होने से काला दाग दिखता है। दूसरा सत्य यह भी है कि चन्द्रतल पर उल्का पात होता रहता है, उससे भी चन्द्रतल पर अनेक गर्त बने हुए हैं।

ग्रहर्क्षसोमसूर्येषु पतन्त्युल्का भयावहा।
और भी— उल्का प्रज्ज्वलिताश्चन्द्रे विचरन्ति यथासुखम्॥

इसी प्रकार किसी न किसी प्रसंग में ज्योतिष के गूढ सन्दर्भ भी देखने को मिल ही जाते हैं। उदाहरण तो बहुत हैं सबको प्रस्तुत करना सम्भव भी नहीं है। फिर भी यहाँ नैषध के केवल दो तीन रोचक प्रसङ्गों को उद्धृत करना चाहूँगा। दमयन्ती के विरह वर्णन प्रसंग मे कवि ने जो भाव दमयन्ती के माध्यम से व्यक्त किया है, उसका गहन सम्बन्ध ज्योतिष से है—

असमये मतिरुन्मिषति ध्रुवं करगतैव गता यदियं कुहूः।
पुरुपैति निरुध्य निवास्यते सखि मुखं न विधोः पुनरीक्षते॥ 4.57

दमयन्ती कहती है असमय में ही बुद्धि भ्रमित हो गई। हाथ में आई हुई कुहू निकल गई। यदि पुनः कुहू आ गई तो उसे रोक कर रख लूँगी फिर चन्द्रमा का मुख कोई भी नहीं देख पायेगा। सर्व विदित है कि अमावास्या को चन्द्रमा आकाश में दिखाई नहीं देता। वस्तुतः चन्द्रमा अमावास्या को भी आकाश में पूर्ववत आता है किन्तु उसका अप्रकाशित भाग पृथ्वी के सम्मुख होने से चन्द्रमा आकाश में होते हुए भी दृश्य नहीं होता। ज्योतिष में अमावास्या तीन प्रकार की बताई गई है। 1. सिनीवाली, 2. कुहू, 3. दर्श। सिनीवाली और दर्श मे भिन्न-भिन्न प्रमाण से कुछ कलाएँ शेष रह जाती हैं, किन्तु कुहू नामक अमावास्या में चन्द्रमा की सभी कलायें नष्ट हो जाती हैं। 'सा नष्टेन्दुकला कुहूः' प्रस्तुत पद्य में इसी कुहू नामक अमावास्या का संकेत है। कुहू नामक अमावास्या आई और निकल गई। यदि पुनः आ गई तो उसे

रोक कर छिपा लेंगे फिर चन्द्रमा का मुख कोई भी नहीं देख पायेगा। यहाँ कुहू का उल्लेख विशेष प्रकार की अमावास्या को दर्शाना ही है। अन्य पद्य में चन्द्रमा को श्वेत विष के रूप में दर्शाते हुए दमयन्ती कहती है—

अंसितमेक सुराशितमप्यभून् न पुनरेष पुनर्विषदं विषम्।
अपि निपीय सुरैर्जनितक्षयं स्वयमुदेति पुनर्नवमार्णवम्॥ 4.61

समुद्र मन्थन से ही विष और चन्द्रमा दोनों की उत्पत्ति हुई है। संसार को नष्ट करने की क्षमता वाला काला विष था जिसे भगवान शंकर ने स्वयं अपने गले में धारण कर नीलकण्ठ हो गये, वह काला विष सदा के लिए समाप्त हो गया। किन्तु विरहिणियों को पीड़ित करने वाला श्वेत विष चन्द्रमा है, जिसकी कृष्ण पक्ष में एक-एक कलाओं का पान प्रतिदिन देवता लोग करते हैं तथा अमावास्या को चन्द्रमा भी कलाहीन (श्रीहीन) होकर अदृश्य हो जाता है (नष्ट होने से आशय है)। शुक्लपक्ष आते ही पुनः नवीन होकर बढ़ने लगता है अर्थात् काला विष एक बार पीने से सदा के लिए नष्ट हो गया, किन्तु यह श्वेत विष बार बार देवताओं द्वारा पीने के बाद भी कभी नष्ट नहीं होता। अगले पद्य में ज्योतिषियों को सुझाव के रूप एक तर्क प्रस्तुत किया है—

विरहिवर्गवधव्यसनाकुलं कलय पापमशेषकलं विधुम्।
सुरनिपीतसुधाकमपापकं ग्रहविदो विपरीतकथा कथम्॥ 4.62

ज्योतिष शास्त्र के अनुसार पूर्ण चन्द्रमा शुभ तथा क्षीण चन्द्रमा पाप ग्रह माना गया है। यहाँ कवि ने तर्क दिया है कि पूर्णचन्द्रमा ही विरहिणियों को पीड़ित करता है अतः वही पापी है। देवताओं ने जिस चन्द्रमा की अमृत कलाओं का पान कर उसे क्षीण कर दिया है वह तो अपाप है, फिर भी ज्योतिषियों की यह विपरीत धारणा क्यों है?

इस प्रकार ज्योतिष से सम्बन्धित कुछ प्रसंगों को मैंने स्थालीपुलाक न्याय से प्रस्तुत करने का प्रयास किया है। वास्तविकता यह है कि ज्योतिष का चिन्तन सृष्टि के साथ ही आरम्भ हो गया। मानव जीवन में ज्योतिष का व्यवहार किसी न किसी रूप में आ ही जाता है। सृष्टि के नियामक, प्राणियों मे जीवन का संचार करने वाले सूर्य, चन्द्र, ग्रह, पृथ्वी, मेघ आदि से मनुष्य पृथक कैसे रह सकता है। अतः मनुष्य के चिन्तन में इनका प्रभाव किसी न किसी रूप मे उपस्थित हो जायेगा। ज्योतिष शास्त्र का समग्र चिन्तन ही इन्हीं ब्रह्माण्डीय पिण्डों पर आधारित है। यही कारण है कि लगभग सभी शास्त्रों के चिन्तन मे कहीं काल से, कहीं पृथ्वी से, कहीं ऋतुओं से, कहीं सूर्य-चन्द्र आदि से सम्बन्धित जुड़ ही जाता है। इसीलिए ज्योतिष को जीवनपद्धति का अङ्ग माना जाता है।

■

न्यायव्यवस्था तथा तर्कशास्त्र

रामकिशोर त्रिपाठी

सकल लौकिक वैदिक व्यवहार का हेतु ज्ञान होता है। ज्ञात वस्तु-विषयक ही लोक या वेद में व्यवहार प्रवृत्त होता है। अज्ञातवस्तुविषयक व्यवहार नहीं होता है। जिस वस्तु का प्रमात्मकज्ञान से निश्चय रहता है उसी वस्तु का व्यवहार होता है। अनुभव और स्मृति के भेद से ज्ञान दो प्रकार का है। अनुभवज्ञान यथार्थ तथा अयथार्थ भेद से दो प्रकार का है। यथार्थ अनुभव सम्यग्व्यवहार का प्रतिपादक होने से 'प्रमा' कहलाता है। अयथार्थानुभव भ्रम, संशय, विपर्यय भेद से तीन प्रकार का होता है। अयथार्थानुभव प्रवृत्ति का प्रयोजक होने पर भी सम्यग् व्यवहार का प्रतिपादक नहीं होता। वह उत्तरज्ञान से बाधित भी होता है।

मन्द अन्धकार में सम्मुख स्थित रज्जु (रस्सी) का स्वरूपज्ञान न होने पर उसमें सर्प की प्रतीति होती है। उस सर्पदर्शन से भय होता है। भयवशात् पलायन प्रवृत्ति भी होती है। तथापि उत्तरकालीन रज्जुज्ञान से बाधित होने के कारण वह सम्यग्व्यवहार का सम्पादक नहीं होता। प्रमास्वरूप यथार्थज्ञान उत्तरज्ञान से बाधित नहीं होता तथा सम्यग्व्यवहार का सम्पादक होता है। प्रमास्वरूप ज्ञान के जनक कारणों को 'प्रमाण' कहते हैं। जिनकी संख्या को लेकर आचार्यों में मतभेद है। चार्वाक् प्रत्यक्षमात्र को प्रमाण मानता है। बौद्ध तथा वैशेषिक प्रत्यक्ष तथा अनुमान को प्रमाण मानते हैं। नैयायिक प्रत्यक्ष, अनुमान, उपमान तथा अनुमान चार प्रमाण मानता है।

इन्द्रियसन्निकृष्ट वस्तु का ज्ञान प्रत्यक्ष कहलाता है। प्रत्यक्ष ज्ञान की जनक इन्द्रियाँ प्रत्यक्षज्ञान में प्रमाण हैं। अनुमिति ज्ञान व्याप्तिज्ञान से जन्य है। अतः अनुमिति ज्ञान में प्रमाण व्याप्तिज्ञान है। उपमिति ज्ञान में करण सादृश्यज्ञान होता है। अतः सादृश्यज्ञान उपमितिज्ञान में प्रमाण है। शब्दज्ञान में शब्दस्वरूपज्ञान करण होता है। अतएव शब्दस्वरूपज्ञान शाब्दप्रमा में प्रमाण होता है।

अनुमानप्रमाण का महत्त्व

न्यायदर्शन में अनुमानप्रमाण का विशेष महत्त्व है। वैशेषिक दर्शन में

प्रत्यक्ष तथा अनुमान दो प्रमाण स्वीकृत हैं। शाब्दज्ञान तथा अर्थापत्ति आदि का करण अनुमान ही है। प्रमाणद्वयवादी वैशेषिकमत में अर्थापत्ति व्यतिरेकि अनुमान में अन्तर्भूत है। अर्थविशेष में शक्तिग्रहण जिस शब्द से हो चुका है वह शब्द आप्तपुरुषोच्चरित होकर परश्रवणगोचर होता हुआ शाब्दज्ञान का हेतु होता है। यह शाब्दप्रमा अनुमानप्रमाण से जन्य है। '**इदं वाक्यमेतदर्थबोधपरम् अन्यार्थपरकत्वशून्यत्वे सति आप्तोच्चरितत्वात्**' यह वाक्य आप्तपुरुष से उच्चरित होने से इस अर्थ का बोधक है। इसी प्रकार उपमिति आदि प्रमात्मकज्ञानों का समन्वय अनुमानप्रमाण में ही होता है ।

न्यायदर्शन में यद्यपि प्रत्यक्ष, अनुमान, उपमान तथा शब्द प्रमाण अभिमत हैं। तथापि नव्यन्याय में अनुमान की ही प्रधानता है। साध्य (ज्ञेय) के साथ हेतु (ज्ञापक) का अव्यभिचरित सम्बन्ध व्याप्ति है। जिसे अनुमितिज्ञान में करण माना जाता है। वह व्याप्ति पूर्वपक्षव्याप्ति तथा सिद्धान्त-व्याप्ति भेद से दो प्रकार की है। 'यत्र धूमस्तत्र वह्निः यत्र वह्निर्नास्ति तत्र धूमो नास्ति' प्रथम सिद्धान्त व्याप्ति है। द्वितीय पूर्वपक्षव्याप्ति है। **साध्याभाववदवृत्तिर्हेतु**—साध्य के अभावाधिकरण में हेतु का न रहना पूर्वपक्षव्याप्ति है। साध्य के अधिकरण में रहने वाले अभाव का प्रतियोगी साध्य का न होना सिद्धान्तव्याप्ति माना जाता है। इसका विस्तार से वर्णन न्यायदर्शन में किया गया है। यहाँ पर तर्क प्रतिष्ठा के उद्देश्य से सामान्य परिचयमात्र दिया गया।

अनुमान प्रमाण को चार्वाक के अतिरिक्त सभी दार्शनिकों ने माना है। अनुमान ही ऐसा प्रमाण है जिसके द्वारा वादी अपने पक्ष को स्थापित करने में समर्थ हो पाता है। इसे तर्क या न्याय भी कहा गया है। पूर्वकाल से आज तक तर्क के माध्यम से तत्त्व का निर्णय होता आया है। इस अनुमान में व्यभिचार बाधा, शतपक्ष असिद्धि तथा उपाधि आदि दोष होते हैं। उन दोषों से युक्त हेतु हेत्वाभास कहलाता है। हेत्वाभास हेतु के साधन समान प्रतीत होता हुआ अपने साध्य का साधक नहीं होता। अतः अनुमान से साध्य के निश्चय के पूर्व हेत्वाभासस्वरूपज्ञान आवश्यक होता है।

न्यायालय में तर्क की उपयोगिता

न्यायालय में वादी तथा प्रतिवादी के पक्ष का उपस्थापन अधिवक्ता-गण तर्क के माध्यम से करते हैं। जिस अधिवक्ता के अभिकथन में तर्क उपयुक्त होता है उसका अभिकथन तत्त्वनिर्णायक माना जाता है। जिस अधिवक्ता के अभिकथन में प्रयुक्त तर्क उपयुक्त नहीं होता है उसका अभिकथन तत्त्व का निर्णायक नहीं होता। अतः अधिवक्तागण परस्पर अभिकथन में प्रयुक्त तर्कों में दोषों का उद्भावन करते हैं। जिस अधिवक्ता के

अभिकथन में प्रयुक्त तर्क में दोषज्ञान हो जाता है। उस अभिवक्ता का अभिकथन न्यायाधीश द्वारा अमान्य कर दिया जाता है। दूसरी ओर जिस अधिवक्ता के अभिकथन में प्रयुक्त तर्क में दोषज्ञान न्यायाधीश को नहीं होता। उस अधिवक्ता के अभिकथन को न्यायाधीश यथार्थ मानकर निर्णय देता है।

न्याय आश्रित तत्त्वनिर्णय का स्थान न्यायालय है। न्याय शब्द का आशय तर्कशास्त्र में परपुरुष को यथार्थबोध के लिए प्रयुक्त प्रतिज्ञा आदि पञ्च वाक्यों के प्रयोग है। न्यायदर्शन में स्वार्थानुमान परार्थानुमान भेद से दो प्रकार के अनुमान माने गये हैं। स्वयं वह्नि तथा धूप के अव्यभिचरितसम्बन्धज्ञान से पर्वत में अविच्छिन्न धूमरेखा को देखकर व्यक्ति वह्नि का अनुमान कर लेता है। किंतु जिस व्यक्ति को साध्य साधन का साहचर्यज्ञान नहीं है। उसको हेतुदर्शन से साध्य का ज्ञान कराने के लिए प्रतिज्ञा, हेतु, उदाहरण, उपनय, निगमन रूप पाँच वाक्यों का उपयोग किया जाता है।

इसी प्रकार न्यायालय में भी स्वयं द्वारा तत्त्व का निर्णय कर अन्यपुरुष को बोध कराने के लिए वाक्यपञ्चक का प्रयोग वादी करता है। प्रतिज्ञात पक्षज्ञान का जनक वाक्य प्रतिज्ञा है। **'साध्यनिर्देशः प्रतिज्ञा'** (न्या०सू० 1/33) प्रतिज्ञात पक्ष का उपस्थापक प्रतिज्ञा है। वादी अपने पक्ष का उपस्थापन प्रतिज्ञावाक्य के माध्यम से करता है। उसको प्रमित करने के लिए हेतुपरक वाक्य का प्रयोग करता है।

हेतुवाक्य दो प्रकार का होता है। पहला उदाहरण सादृश्यधर्म के द्वारा प्रतिज्ञाततथ्य का निश्चायक होता है। दूसरा उदाहरण वैधर्म्य द्वारा प्रतिज्ञाततथ्य का निश्चायक होता है। न्यायालय में अधिवक्ता अपने पक्ष की परिपुष्टि में पूर्व में निर्णीतनिर्णय में प्रयुक्त हेतु का दिग्दर्शन अपने वाद में करता हुआ अपने अभिकथन की परिपुष्टि कराता है। तथा विपरीत निर्णय की स्थिति में हेतु का अभाव अपने अभिकथन में दिग्दर्शन कराता है। अर्थात् जिस हेतु द्वारा मेरे पक्षसदृश पक्ष का निर्णय हुआ है। वह हेतु मेरे अभिकथन में भी है। अतः मेरे अभिकथन को यथार्थ स्वीकार कर पूर्व निर्णय के समान मेरे पक्ष में निर्णय होना चाहिए। जहाँ पर विपरीत निर्णय हुआ है। उस विपरीत निर्णय में प्रयुक्त हेतु का अभाव अपने अभिकथन में दिग्दर्शित करता है। यतः विपरीत निर्णय का हेतु मेरे अभिकथन में नहीं हैं। अतः मेरे पक्ष को प्रबल मानते हुए मेरे पक्ष में निर्णय किया जाये। इस प्रकार उभयविध हेतुओं द्वारा प्रस्तुत वाद का तत्त्वनिर्णय होता है।

अपने अभिकथन की परिपुष्टि में दृष्टान्त (उदाहरण) प्रस्तुत करना अनिवार्य होता है। अधिवक्ता द्वारा प्रस्तुत वाद में पूर्वप्रदत्त निर्णय दृष्टान्त होता है। अतः अधिवक्ता अपने पक्ष के समर्थन में पूर्वनिर्णयों को उदाहरण के रूप

में प्रस्तुत करता है। वह निर्णय किसी भी न्यायालय में हुआ हो, वादी के पक्ष का समर्थक होने पर उदाहरण के रूप में गृहीत होता है। वादी द्वारा प्रस्तुत वाद के सदृश वाद में किया गया निर्णय उदाहरण होता है। **'साध्यसार्मथ्यात् तद्धर्मभावो दृष्टान्त उदाहरणम्'** (न्या०सू० 1/1/36) साध्यपद तत्त्वनिर्णयपरक है। अधिवक्ता अपने अभिकथन में जिन तथ्यों को प्रदर्शित करता है यदि उन तथ्यों के युक्त वाद में किसी न्यायाधीश ने वादी अभिमत निर्णय दिया है। तो वह निर्णय उदाहरण के रूप में अधिवक्ता प्रस्तुत करता है।

अपने अभिकथन के दृष्टान्त से साम्यताप्रदर्शन उपनय है। **'उदा—हरणापेक्षस्तथेत्युपसंहारो न तथेति वा साध्योपनयः'** (न्या०सू० 1/1/38) अधिवक्ता अपने अभिकथन में दृष्टान्त भूतपूर्व निर्णय तथ्यों की साम्यता अपने वाद में प्रदर्शित करता है। पूर्वप्रस्तुत निर्णय में जिन तथ्यों को आधार माना गया है। वे तथ्य मेरे अभिकथन में भी हैं। अतः जिस प्रकार तथ्यों के आधार पर पूर्व निर्णय हुआ है। उन्हीं तथ्यों के आधार पर मेरे पक्ष में निर्णय करें।

प्रतिज्ञा, हेतु, उदाहरण, उपनय द्वारा प्रतिज्ञात अर्थ साधक वाक्य निगमन है। पूर्वोक्त चार अवयवों द्वारा प्रस्तुत पक्ष में भ्रम बाध आदि की निवृत्ति हो जाती है। भ्रम संशय आदि जिस वाद में नहीं हैं उस वाद का यथार्थताबोधक वाक्य निगमन है। अधिवक्ता अपने वाद में पूर्वोक्त अवयवों को प्रदर्शित करके अपने अभिकथन को यथार्थ मानता है। इस प्रकार न्यायालय में न्यायशास्त्र के तत्त्वनिर्णायक सभी वाक्यों का प्रयोग किया जाता है। **'नीयन्ते प्राप्यन्ते विवक्षितार्था येन'** इस व्युत्पत्ति से न्याय शब्द विवक्षित अर्थ के निर्णय का बोधक होता है। वही विवक्षित अर्थ का निर्णय वादी प्रतिवादी के अभिकथन से होता है। वादी प्रतिवादी का अभिकथन तत्त्व निर्णय में हेतु होता है। **'वादिप्रतिवादिभ्यां निर्णीतोऽर्थः सिद्धान्तः'** न्यायालय में वादी प्रतिवादी के रूप में अधिवक्तागण अपने वाद को प्रस्तुत करते हैं। जिसका अभिकथन प्रमाण युक्त होता है तथा भ्रम संशय रहित होता है। उस अधिवक्ता के अभिकथन को यथार्थ मान कर न्यायाधीश निर्णय करता है।

न्यायालय में छलवाक्यों की उपादेयता

'अभिप्रायान्तरेण प्रयुक्तस्यार्थान्तरं परिकल्प्य दूषणं छलम्' अन्य अभिप्राय से प्रयुक्त वाक्य में अन्य अर्थ की परिकल्पना करके दोष का उद्भावन छल है। जैसे **'दरिद्रोऽयं नवकम्बलो ब्राह्मणः'** यह दरिद्र ब्राह्मण नूतन कम्बल वाला है। प्रकृत वाक्य में नवशब्द नूतनअर्थबोध के लिए प्रयुक्त है। प्रतिवादी नवशब्द का संख्यापरक अर्थ करके दोष देता है, कि इसके पास एक ही कम्बल है। नौ कम्बल नहीं हैं।

छलवाक्य की न्यायालय में भी उपादेयता है। अधिवक्ता को अपने पक्ष स्थापित करने के लिए ऐसे वाक्यों का प्रयोग करना चाहिए जिनमें छलवाक्य की सम्भावना न हो। अन्यथा प्रतिवादी वादीप्रयुक्त वाक्य का अभिप्रायविपरीत अर्थ करके वादी को निगृहीत कर देगा।

न्यायालय में जातिवाक्य की उपादेयता

'असदुत्तरं जातिः' पक्षविपरीत अर्थ का प्रतिपादक वाक्य जाति है। न्यायालय में अधिवक्ता को ऐसे वाक्य का प्रयोग नहीं करना चाहिए जिस वाक्यप्रयोग से अपने पक्ष का निरास हो रहा हो। जातिस्वरूप का ज्ञान न रहने पर अधिवक्ता ऐसे वाक्य का प्रयोग कर देता है। जिस वाक्य से अपने पक्ष से विपरीत पक्ष की परिपुष्टि हो जाती है। विपरीत अर्थबोधक वादी के वाक्य से प्रतिवादी अपने पक्ष को स्थापित कर वादी के पक्ष को अतात्विक सिद्ध कर देता है। अतः न्यायालय में अधिवक्ता को जातिवाक्य प्रयोग से बचना चाहिए।

न्यायालय में निग्रहस्थानों की उपादेयता

न्यायालय में वादी प्रतिवादी परस्पर को निगृहीत करने का प्रयास करते हैं। अतः प्रतिवादी वादी के अभिकथन में निग्रहस्थानों का अन्वेषण करता है। यदि वादी के अभिकथन में प्रतिवादी निग्रहस्थानों को प्रदर्शित कर देता है। तो वादी निगृहीत हो जाता है। इसी प्रकार प्रतिवादी के अभिकथन में वादी भी निग्रहस्थानों का अन्वेषण करता है। वादी प्रतिवादी के रूप में अभिकथन प्रस्तुत करने वाले अधिवक्ता एक-दूसरे के अभिकथन में निग्रहस्थानों का विशेष ध्यान रखते हैं।

अभिकथन, वाद, जल्प, वितण्डारूप तीन कथाओं के माध्यम से प्रस्तुत होता है। जल्पकथा में वादी प्रतिवादी स्वमतसिद्धि तथा परमतनिरास में प्रवृत्त परस्पर में शास्त्रार्थ करते हैं। मध्यस्थ दोनों के वाग्व्यवहार में निग्रहस्थानरूप वाग्व्यवहारदोष को देखता है। जिस वक्ता के अभिकथन में निग्रहस्थान देखता है। उसे निगृहीत कर देता है और दूसरे वक्ता को विजयी घोषित कर देता है। उसी प्रकार न्यायालय में मध्यस्थ के रूप में न्यायाधीश अधिवक्ताओं के अभिकथनों में निग्रहस्थानों को देखता है। जिस अधिवक्ता के अभिकथन में निग्रहस्थान देखता है। उसे निगृहीत कर देता है। 'तुम्हारा पक्ष समीचीन नहीं है' यह कहकर परपक्ष के अनुकूल निर्णय कर देता है। निग्रहस्थान बाईस प्रकार के होते हैं।

''प्रतिज्ञाहानिः, प्रतिज्ञाऽन्तरं, प्रतिज्ञाविरोधः, प्रतिज्ञासंन्यासो, हेत्वन्तरम्, अर्थान्तरं, निरर्थकम्, अविज्ञातार्थम्, अपार्थकम्, अप्राप्तकालम्, न्यूनम्,

अधिकम्, पुनरुक्तम्, अननुभाषणम्, अज्ञानम्, अप्रतिभा, विक्षेपः, मतानुज्ञा, पर्य्यनुयोज्योपेक्षणम्, निरनुयोज्यानुयोगा, अपसिद्धान्तः, हेत्वाभास निग्रह-स्थानानि।" (न्याय सूत्र 5/2/1)। निग्रहस्थानों में प्रथम प्रतिज्ञाहानि है। '**स्वप्रतिज्ञातस्य विरुद्धार्थाभ्युपगमत्वम्**' जिस पक्ष के स्थापन की प्रतिज्ञा किया उस पक्ष के विरुद्ध पक्ष का ग्रहण करना प्रतिज्ञाहानि है। शब्द के अनित्यत्व सिद्ध करने के '**शब्दोऽनित्यः प्रत्यक्षगुणत्वात्**' शब्द अनित्य है। प्रत्यक्षगुण होने से गन्ध के समान इस अनुमान प्रमाण से शब्द में अनित्यत्व साधन में प्रवृत्त है। '**सोऽयं गकारः**' यह वही गकार है। इस प्रत्यभिज्ञा से शब्द में अनित्यत्व साधक अनुमान में बाधदोष देखकर **शब्दो नित्यः** शब्द नित्य है। इस विरुद्ध पक्ष को ग्रहण कर शास्त्रार्थ में प्रवृत्त वादी को मध्यस्थ निगृहीत कर देता है और पक्षस्थापन करने से मना कर देता है कि तुम्हारा पक्ष प्रबल नहीं है।

न्यायालय में भी अधिवक्ता जिस पक्ष के स्थापन में वाद प्रस्तुत करता है। यदि उस पक्ष का परित्याग करके अन्य पक्ष का ग्रहण करता है तो मध्यस्थ के रूप में न्यायाधीश उस अधिवक्ता को निगृहीत कर देता है। उसे अपने वाद प्रस्तुत करने से रोक देता है। प्रस्तुत वाद में दोष देखकर अन्य वाद की प्रतिज्ञा करना प्रतिज्ञान्तर है तथा अपने पक्ष के समर्थ में की गयी प्रतिज्ञा का परित्याग करना प्रतिसंन्यास है। शास्त्रार्थ में मध्यस्थ वादी के अभिकथन में इन दोषों को देखकर निगृहीत कर देता है।

न्यायालय में भी अधिवक्ता अपने पक्ष के समर्थन में प्रस्तुत प्रथम अभिकथन से विरत होकर अन्य अभिकथन प्रस्तुत करता है तो न्यायाधीश उस अधिवक्ता को अभिकथन से रोक देता है।

अपने पक्ष के समर्थन में प्रस्तुत हेतु का परित्याग कर अन्य हेतु का ग्रहण करना हेत्वन्तरदोष है। शास्त्रार्थ में वादी पक्ष की सिद्धि में जिस हेतु को कहा था। उस हेतु में दोष को देखकर यदि अन्य हेतु का प्रदर्शन करता है तो मध्यस्थ उस वादी को निगृहीत कर देता है। न्यायालय में भी अधिवक्ता ने अपने पक्ष के समर्थन में जिस हेतु को बताया था। उस में दोष देखकर यदि अन्य हेतु को प्रदर्शित करता है, तो न्यायाधीश उसे अभिकथन से रोक देता है। जिस अभिकथन से प्रतिवादी के पक्ष का समर्थन हो रहा है। वह अर्थान्तर अभिकथन दोष है। अतः अभिकथन प्रस्तुत करते समय वादी को यह ध्यान रखना चाहिए कि मेरे अभिकथन से प्रतिवादी के पक्ष की सिद्धि न हो जाये। यह शास्त्रार्थ तथा न्यायालय में समान है।

अपने पक्ष की प्रस्तुति में सार्थक शब्दों का प्रयोग करना चाहिए निरर्थक

शब्दों का प्रयोग वर्जित है। इसलिए वाद में निरर्थक शब्द प्रयोग दोष माना गया है। वादी के पक्ष को समझ कर प्रतिवादी को उत्तर देना चाहिए बिना समझे उत्तर देने पर शास्त्रार्थ में मध्यस्थ न्यायालय में न्यायाधीश वादी को निगृहीत कर देता है। वाद की प्रस्तुति में क्रम होना चाहिए। क्रमहीन अभिकथन अपने पक्ष का साधक नहीं होता है। यहाँ अपार्थक दोष माना गया है। नियत समय पर वादी को प्रतिवादी का उत्तर देना चाहिए। उत्तर देने के लिए समय की अभियाचना वर्जित है। जितने शब्दों द्वारा वादी या प्रतिवादी के वाद का खण्डन सम्भव है उतने शब्दों का ही प्रयोग करे। जिस वाक्य का प्रयोग पूर्व में किया गया है। उस वाक्य का पुनः प्रयोग न करे। वादी के पक्ष को उपस्थापित करके उत्तर देना चाहिए आदि। न्यायशास्त्र में प्रयुक्त निग्रहस्थानों का परिपालन न्यायालय में भी भली-भांति होता है।

साक्षी का महत्त्व

न्यायालय में किसी भी निर्णय के पूर्व साक्ष्य की अपेक्षा होती है। साक्ष्य के अभाव में यथार्थ निर्णय नहीं हो पाता है। कैसा वैसा होना चाहिए? शास्त्रों में साक्षी के स्वरूप का वर्णन किया गया है।

यत्राविरुद्धो वीक्ष्येत शृणुयाद्वापि किञ्चन।
पृष्टस्तत्रापि तद्ब्रूयाद् यथादृष्टं यथाश्रुतम्॥

साक्षी को घटना का द्रष्टा होना चाहिए। पक्ष प्रतिपक्ष प्रस्तुत करने वाले वादी प्रतिवादी का सम्बन्धी नहीं होना चाहिए। यथार्थवक्ता आप्तपुरुष होना चाहिए। यदि वह किसी पक्ष से सम्बन्धित होगा तो अपने सम्बन्धी के पक्ष में साक्ष्य प्रस्तुत करेगा। यदि प्रत्यक्षद्रष्टा नहीं होगा तो वस्तुस्थिति का परिज्ञान नहीं करा सकेगा। यदि लोभी होगा, तो किसी पक्ष से धन लेकर उसके पक्ष में साक्ष्य प्रस्तुत कर देगा। अतः शास्त्र में जिस प्रकार का साक्षी स्वरूप वर्णित है वैसा ही साक्षी न्यायालय में गृहीत होता है। अतः साक्षी को आप्त होना चाहिए। आप्त का लक्षण पतंजलि ने चरकसंहिता में किया है। "**आप्तो नाम अनुभवेन वस्तुतत्त्वस्य कार्त्स्न्येन निश्चयवान् रागादिवशादपि नान्यथावादी**" जिसने यथार्थघटना को देखा हो तथा राग या दोष से अन्यथावादी (झूठ बोलने वाला) नहीं है वही आप्तपुरुष होता है। उसके कथन को न्यायालय में माना जाता है।

रजस्तमोभ्यां निर्मुक्तास्तपोज्ञानबलेन ये।
येषां त्रैकालममलं ज्ञानमव्याहतं सदा॥

राग द्वेष से रहित तप तथा ज्ञान के बल से त्रैकालिक शुद्ध अव्याहत ज्ञान वाला आप्तपुरुष होता है। वही साक्षी के रूप में मान्य होता है।

न्यायालय में कथा की उपादेयता

किसी तत्त्व के निर्णय में वाग्व्यवहाररूप कथा का आश्रय लेना होता है। बिना कथन के किसी तत्त्व का निर्णय नहीं होता है। वाद जल्प तथा वितण्डाभेद से कथाएँ तीन प्रकार की हैं। **'प्रमाणतर्कसाधनोपलम्भः सिद्धान्ताविरुद्धः पञ्चावयवोपपन्नः पक्षप्रतिपक्षिग्रहो वादः'** (न्याय सूत्र 1/2/42) जिस कथा में प्रमाण प्रस्तुत किये हों तथा तर्कसंगत हो एवं पक्ष को गृहीत करके प्रतिपक्ष की प्रस्तुति की गयी हो, प्रतिज्ञा उदाहरण आदि पाँच अवयवात्मक न्याय का आश्रय लिया गया हो वह वादकथा है।

न्यायालय में भी उक्त कथा के माध्यम से अधिवक्तागण अपने वाद को प्रस्तुत करते हैं। अधिवक्ता अपने पक्ष की परिपुष्टि में प्रमाण देता है। तर्कसंगत अभिकथन करता है। न्यायसङ्गत वाद प्रस्तुत करता है। प्रतिवादी के पक्ष को उपस्थापित करके अपने अभिकथन के माध्यम से खण्डन करता है तथा प्रतिज्ञा हेतु उदाहरण आदि पञ्चावयवरूप न्याय का प्रयोग करता है।

वाद से विपरीत जल्प है। जिसका लक्षण है—**'यथोक्तोपपन्नछलजाति-निग्रहस्थानसाधनोपलम्भो जल्पः'** (न्याय सूत्र 1/2/42) यदि वादकथा के माध्यम से अपने पक्ष की सिद्धि नहीं होती है तो अधिवक्ता अपने पक्ष को स्थापित करने के लिए जल्पकथा का आश्रय लेता है। जल्पकथा वादकथा के समान होते हुए भी छलवाक्यों वाली होती है तथा निग्रहस्थानों का दिग्दर्शन कराया जाता है। अधिवक्ता छलवाक्य का प्रयोग करके प्रतिपक्षी अधिवक्ता के वचन का भिन्न अर्थ निकालता है तथा उसके अभिकथन में निग्रहस्थानों का प्रदर्शन करता है।

जब वादकथा या जल्पकथा के माध्यम से अपने पक्ष सिद्धि होते नहीं देखता, तब अधिवक्ता वितण्डाकथा का आश्रय लेता है। **'स प्रतिपक्ष-स्थापनाहीनो वितण्डा'** उक्त जल्पकथा प्रतिपक्षस्थापनरहित है। अतएव वितण्डा कथा है। उक्त कथा में प्रतिवादी के पक्ष का खण्डन ही किया जाता है। न्यायालय में अधिवक्ता जब अपने पक्ष को स्थापित करने में असमर्थ हो जाता है। तो प्रतिवादी के पक्ष का खण्डन युक्तिपूर्वक करता है। प्रतिवादी के पक्ष का खण्डन हो जाने पर अपने मत की सिद्धि स्वतः हो जाती है। इस प्रकार न्यायालय में न्यायशास्त्र में वर्णित कथाओं का भली-भाँति उपयोग होता है।

सकल लोक का व्यवहार ज्ञातवस्तुविषयक होता है। वस्तु का ज्ञान लक्षण तथा प्रमाणों द्वारा होता है। अतिव्याप्ति अव्याप्ति असम्भव-दोषशून्य लक्षण होता है जिसका निरूपक न्यायशास्त्र है। प्रमाणस्वरूप का निर्धारक भी न्यायशास्त्र है। अतः भारतीय ज्ञानपरम्परा में न्यायशास्त्र का अति महत्त्व है।

■

दर्शन-शास्त्र में आनन्द से जीवन का विकास

सुद्युम्न आचार्य

विश्व के अध्यात्म और विज्ञान में यह प्रश्न उपस्थित रहा है कि सृष्टि में भौतिक पदार्थ और जीवन का विकास किस प्रकार हुआ है। सभी ने इस ज्वलन्त प्रश्न का अपनी 2 रीति से समाधान प्रस्तुत किया है। उपनिषदों ने इस पर अपना स्पष्ट अभिमत प्रस्तुत किया है। उनके सामने इस प्रश्न के उपस्थित होने पर आदि शंकराचार्य अनुसार उपनिषदों ने यह निर्णय-वाक्य प्रकट किया है—

आनन्दाद्ध्येव खल्विमानि भूतानि जायन्ते। आनन्देन जातानि जीवन्ति। आनन्दं प्रयन्त्याभिसंविशन्ति। —तैत्तिरीय उपनिषद् 3.6

अर्थात् आनन्द से ही विश्व के सभी भूत जन्म, स्थिति और विनाश को प्राप्त करते हैं।

यहाँ आदि शंकराचार्य के सर्वांगीण अध्ययन से 'आनन्द' की दो विशेषताएँ ज्ञात होती हैं।

1. यहाँ 'आनन्द' शब्द ब्रह्म की 'सच्चिदानन्द स्वरूपता' का प्रत्यायक है। यहाँ यह आशय बिल्कुल भी नहीं है कि ब्रह्म के सत् चित् आदि 3 स्वरूप हैं। अपितु वास्तव में एक ही स्वरूप तीन प्रकार से या तीन उपायों से ज्ञापित होता है। एक दृष्टि से वह चित् है तो दूसरी दृष्टि से ठीक वही आनन्द भी है। इस प्रकार सत् चित् स्वरूप ब्रह्म की एक साथ अनिवार्य रूप से आनन्द-स्वरूपता भी है।

2. यहाँ 'आनन्द' शब्द निष्प्रति द्वन्द्विक आनन्द के लिये प्रयुक्त है। हम लोग सभी पदार्थों को द्वन्द्व में समझते हैं। पर इस प्रसंग में आनन्द का कोई द्वन्द्व नहीं है। इस प्रकार वह ब्रह्म आनन्द और केवलमात्र आनन्द स्वरूप का है।

इस ब्रह्म से व्यवहार जगत् में जो विश्व सृजित हुआ, वह अवश्य ही 'आनन्द' की प्रतिद्वन्द्विता के साथ उत्पन्न हुआ। अतः इसे प्रतिद्वन्द्वी शब्दों 'सुख-दुख' से प्रकट किया जाता है। व्यवहार जगत् में हमें दुख के प्रतिद्वन्द्वी सुख की उपलब्धि होती है।

इस स्थिति में उक्त उपनिषद् वाक्य का व्यवहार जगत् में अर्थ किया जाय तो उसकी व्याख्या होगी कि व्यवहार में 'सुख' से जगत् का सृजन हुआ

है। यह तथ्य वेदान्त के सिद्धान्त अनुसार सर्वथा स्पष्ट है। यह जगत्, इसके सम्पूर्ण पदार्थ ब्रह्म की आनन्दस्वरूपता से संवलित हैं। अतः इस जगत् उपाधि में ब्रह्म की आनन्दस्वरूपता तथा माया की दुखरूपता मिलकर सुख-दुख द्वन्द्व रूप में उपलब्ध होती है। इससे सिद्ध है कि जगत् की उत्पत्ति स्थिति में ब्रह्म की आनन्दस्वरूपता भी अवश्य प्रभावी है।

लौकिक जगत् में इस संवलित आनन्द से उत्पत्ति, स्थिति की व्याख्या भली प्रकार सम्पन्न होती है। विश्व के सभी पदार्थ सबसे आसान तथा आराम की स्थिति में रहना चाहते हैं। एक Cell या एक कोशिकीय प्राणी Unicellular organism भी सबसे सुखद स्थिति में रहना पसन्द करता है। उसमें जरा भी विघात होने पर वह वहाँ से भाग जाना पसन्द करता है।

यह कहा जाता है कि 'स्वस्थ' रहने पर जीवन की स्थिति होती है। यहाँ स्वस्थ का अर्थ स्व=प्रकृति में अवस्थित होना है। यह स्थिति सभी की सबसे सामान्य दशा है। रबड़ की प्रकृतिस्थता सभी तनाव से मुक्ति की स्थिति है। जल की प्रकृतिस्थता आसमान में बूँदों की गोलाकार रूप है, जब उसके आकार को बदलने के लिये कोई भी अन्य बल उपस्थित नहीं होता या परिणामी बल शून्य होता है।

इसी प्रकार जीव का सुख वह प्रकृतिस्थता है, जब उसके प्रत्येक सेल, अन्य किसी तनाव के बिना कार्य कर रहे हैं। इसी में उसका जीवन और स्थिति है। आधुनिक प्राणिविज्ञानी Charles Darwin ने Surival of the Fittest सिद्धान्त अनुसार इस दुनिया में समुचिततम के जीवन की स्थिति की बात कही गई है। यहाँ 'समुचिततम' सर्वाधिक प्रकृतिस्थता ही है। जो प्राणी इस दुनिया के निरन्तर घात प्रतिघात के द्वन्द्व की दशा में प्रकृतिस्थ बनाए रखता है, वही स्वस्थ है, वही सुखी है। उसमें ही जीवन धारण की सर्वाधिक क्षमता है। योग सूत्र में इसे 'आसन' कहा है तथा इसे धारणा, ध्यान, समाधि की सीढ़ी बताया है—

स्थिरसुखमासनम्। —योगसूत्र 2.46

किसी अंग के सुख की सबसे बढ़िया पहचान यह है कि उसे भूल सके। दुख या पीड़ा होने पर उसे भूल नहीं सकते। उस ओर ही ध्यान अधिक जाता है। सुख-दुःख के द्वन्द्व में जो सुख को वरण कर सके, वही उसकी उन्नति का प्रथम सोपान है।

वेद में इस तथ्य की भली प्रकार व्याख्या की गई है। वहाँ अन्य विशेषणों के साथ आनन्द की अनेक बार चर्चा है—

यत्रानन्दाश्च मोदाश्च मुदः प्रमुद आसते। —यजुर्वेद 19.8

अर्थात् जहाँ आनन्द, मोद-प्रमोद उपस्थित हैं। यहाँ आनन्द के व्युत्क्रम के रूप में किसी का वर्णन नहीं किया है। सुख का व्युत्क्रम अवश्य ही दुख होता है। ये एक ही ख शब्द के साथ विरोधी सु तथा दुर् को जोड़ने से निष्पन्न होते हैं। इस प्रकार व्यवहार जगत् के लिये ये प्रतिद्वन्द्वी शब्द समाज में प्रचलित हैं। परन्तु यह कितना सुखद आश्चर्य कि वेद की अतिविशाल मन्त्र राशि में कहीं भी 'दुख' का प्रयोग नहीं है। 'सुख' का तो अनेक बार है।

इससे क्या हमें यह परिणाम निकालना चाहिये कि उस समय दुख की उपस्थिति नहीं थी। वास्तव में ऐसा तो नहीं है। अपितु यह कि तमाम झञ्झावात सभी घात प्रतिघात के मध्य उन्होंने सुख को प्राथमिकता दी है। उससे ही जीवन की स्थिति और विकास होता है।

इस विवेचना का निष्कर्ष यह है कि परमार्थ दशा में निष्प्रतिद्वन्द्विक आनन्द है। वह स्वयं चित् स्वरूप होने से जीवन है। व्यवहार दशा में सुख या प्रकृतिस्थता से ही जीवन की स्थिति और विकास होता है। यहाँ सुख का अर्थ विलासिता नहीं है। अपितु सु=भली प्रकार, ख=इन्द्रियाँ यह है। इन्द्रियों की वह ऊर्जा और उत्साह की दशा, जिसमें वे अधिकाधिक कार्य करने में समर्थ हो सकें, यह सुख है।

सुख या प्रकृतिस्थता से जीवन की स्थिति और विकास, इसमें तार्किकता भी है। विद्वान् बनने के लिये अध्ययन का मार्ग अपनाना होता है। पराक्रम के मार्ग से चल कर कोई सैनिक बन सकता है। इसी प्रकार निःश्रेयस या आनन्दस्वरूपता के लिये सुख का मार्ग समुचित है। अध्ययन के निवारण के मार्ग से चलकर कोई विद्वान् नहीं बन सकता। अध्ययन के मार्ग में अनध्याय को प्रेरित करने वाली अनेकानेक आसक्तियाँ उपस्थित होती हैं। उन सभी का निषेध करके अध्ययन के क्रम को बनाए रखा जाता है। इसी प्रकार यहाँ भी दुख के अनेक प्रसंग उपस्थित होने पर भी उन्हें कुछ न समझते हुए उन पर विजय प्राप्त करते हुए व्यवहार जगत् में इस पारिभाषिक 'सुख' से परमार्थ में आनन्दस्वरूपता की उपलब्धि होती हैं। वेद और उपनिषद् का यही सन्देश है।

वेदोत्तर युग से दृष्टिकोण में विभेद—आगे चल कर गौतम बुद्ध के उपदेशों से इस दृष्टिकोण में बहुत परिवर्तन आया। उन्होंने माना कि यह जगत् केवल और केवल दुखस्वरूप है। यदि आँख खोलकर देखें तो यहाँ दुख के अलावा और कुछ नहीं। ऐसी दशा में कहीं खुशी मनाने का कोई अवसर नहीं—

को नु हासो किमानन्दो नित्यं पज्जलिते सति।

उनके अनुसार यदि सही आँखों से देखा जाय तो यह दुनियाँ जल रही है। इसमें हँसी मनाने का अवसर ही कहाँ है। इसलिये सम्पूर्ण साधना इस दुखरूपता में रहकर इस मार्ग से ही अग्रसर होना है। इस साधना में कहीं भी सुख अनुभव का अवसर नहीं है। दुखरूपता को पूरी गम्भीरता से समझना ही इस साधना का प्रमुख उद्‌देश्य है। जैन परम्परा में अनेक कृच्छ्र साधना से इस देह को अनेक प्रकार के कष्ट देना आवश्यक है। जबकि वैदिक परम्परा में इस प्रकार के कष्ट देने को आत्मघात का मार्ग बताया है। इसे अन्धकार का रास्ता बताया है। ('तांस्ते प्रेत्याभिगच्छन्ति ये के चात्महनो जनाः'—यजुर्वेद 40.3)

गोतम बुद्ध ने 'चतुरार्यसत्य' का उपदेश दिया अर्थात् वे पूर्ण सत्य जो सर्वदा, सर्वथा सत्य ही होते हैं, कभी असत्य नहीं। वे इस प्रकार हैं—1. दुखम् (पूर्ण दुख) 2. दुख समुदयः (दुख का कारण), 3. दुखनिरोधः (दुख का निवारण), 4. दुःखनिरोधगामिनी प्रतिपत् (दुख के निवारण की बुद्धि, समझदारी, जो आर्याष्टांगिक मार्ग से प्राप्त होती है। इस मार्ग से चलने पर जो परिनिर्वाण प्राप्त होता है, वह मन की परम शान्ति या पूर्ण निस्तरंगता की दशा है।

परवर्ती आस्तिक दर्शनों में दुखरूपता का प्रभाव

गौतम बुद्ध के उपदेशों का जनमानस पर व्यापक प्रभाव पड़ा तथा आस्तिक दर्शन भी इससे अछूते न रह सके। अनेक दर्शनों में ठीक इसी प्रकार की व्याख्या करने का उपक्रम किया गया। योगदर्शन व्यास भाष्य में चतुरार्यसत्य का नाम न लेकर भी ठीक इसी प्रकार प्रतिपादन किया गया है—

यथा चिकित्साशास्त्रं चतुर्व्यूहम् —रोगो रोगहेतु-रारोग्यं भैषज्यमिति। एवमिदमपि शास्त्रं चतुर्व्यूहमेव। तद्यथा—संसारः, संसारहेतुर्मोक्षो मोक्षोपाय इति। तत्र 1. दुखबहुलो संसारो हेयः। 2. प्रधानपुरुषयोः संयोगो हेयहेतुः। 3. संयोगस्या त्यन्तिकी निर्वृत्तिहनिम्। 4. हानोपायः सम्यदर्शनम्।

—योगसूत्र व्यास भाष्य 2.15

सांख्य सूत्र में भी इस त्रिविध दुख स्वरूप संसार की आत्यन्तिक निवृत्ति को परम पुरूषार्थ बताया है—

अथ त्रिविधदुखस्यात्यन्तिकी निवृत्तिः परमपुरुषार्थः

—सांख्य सूत्र 1.1

योगसूत्र में इस दुख को इस प्रकार प्रस्तुत किया गया है—

अनित्याशुचिदुखानात्मसु नित्यशुचिसुखात्म-ख्यातिरविद्या।

—योग सूत्र 2.5

यहाँ प्राकरणिक अर्थ इस प्रकार है कि दुख को सुख के रूप में समझना अविद्या है। इसका आशय यह हुआ कि इस विश्व में दुख का होना एक सचाई है, एक वास्तविकता है। इसे सुख समझना केवल एक प्रतीति है। किसी वस्तुसत्ता में किसी अन्य की प्रतीति वास्तविक नहीं होती।

इस मन्तव्य की प्रस्तुति अन्य प्रकार से भी हो सकती है। 'दुख होना' कोई वस्तुनिष्ठ धर्म नहीं, अपितु सुख और दुख दोनों परस्पर सापेक्ष हैं। न्याय अनुसार ये दोनों आत्मा के गुण हैं। सापेक्ष होने से हम एक दृष्टि से उसे दुख समझ सकते हैं। पर अन्य दृष्टि से वही सुख भी है। किसी महान् दुख के सापेक्ष न्यून दुख को आराम से सुख समझते हैं—

सुखं हि दुःखान्यनुभूय शोभते घनान्धकारेष्विव दीपदर्शनम्।

इस रीति से देखा जय तो दोनों दृष्टियाँ एक साथ सच हैं। कोई एक प्रतीति या विभ्रम नहीं है। आधा पानी भरा हुआ गिलास एक साथ भरा हुआ भी है और खाली भी है। इस स्थिति में प्रश्न है कि किस प्रकार समझने से समृद्धि है। स्पष्टतः 'भरा हुआ' समझने से परिपूर्णता आती है।

इसी प्रकार विश्व में भयंकर झंझावात के बीच सुख को खोजने से आत्मबल, पराक्रम, पुरुषार्थ की प्रेरणा मिलती है। यहाँ पुनः कह सकते हैं कि यह सुख विलासिता स्वरूप नहीं हैं। अपितु वह प्रकृतिस्थता है, जिस दशा में कोई भी उस आत्मबल को ग्रहण करने की क्षमता पाता है।

योग-सूत्र में अन्य उपाय से भी विवेकी के लिये समूची दुनियाँ के दुखस्वरूप होने का प्रतिपादन किया है—

परिणामताप संस्कारदुखैर्गुणवृत्तिविरोधाच्च
दुखमेव सर्वं विवेकिनः। —योगसूत्र 2.12

यहाँ तीन प्रकार की दुःखताएँ बताई गईं हैं—

1. परिणामदुखता— इसके अनुसार भावी दुख की कल्पना से दुखी होता है। जैसे साँप के डसने से बचा व्यक्ति दुखी होता है कि कहीं आगे उसे बिच्छू न काट ले। 2. तापदुखता— किसी व्यक्ति को किसी अभिलषित वस्तु के प्रति लोभ या मोह से दुख होता है। 3. संस्कारदुःखता— पूर्व समय में किसी दुखद घटना को याद करके उसके संस्कार से भी दुख उत्पन्न होता है। इन दुखों के कारण कभी सुख उपलब्धि भी वस्तुतः दुख ही है।

उक्त सभी दुख सापेक्ष रीति से सुख— दुख के इन सभी उदाहरणों में सापेक्ष रीति से सुख उपलब्धि हो सकती है। साँप के काटने से बचा व्यक्ति आत्मसम्बल तथा पुरुषार्थ रूपी सुख को प्राप्त कर सकता है। उससे भविष्य में इस घटना की पुनरावृत्ति न होने की व्यवस्था कर सकता है तथा

भविष्य में निश्चिन्तता रूपी सुख का अनुभव कर सकता है।

इसी प्रकार अभिलषित वस्तु के लाभ होने पर उसके प्रति दुगुना पुरुषार्थ कर सकता है। पर वह लोभ आसक्तिमूलक नहीं हो सकती। अपितु अपने जीवन को ऊँचा उठाने से सम्बन्धित हो सकती है।

वह साधक अपने प्राचीन दुखों की याद करने में विश्वास नहीं करता। अपितु अधिकाधिक सुख प्राप्त करने का प्रयास करता है।

न्याय शास्त्र अनुसार भी जीवन में दुख की प्रबलता—

यहाँ भी अनेक विवरणों से यही तथ्य ध्वनित होता है। न्याय में 'प्रमेय' के अन्तर्गत आत्मा, शरीर से लेकर दुख, अपवर्ग की गणना की है—

आत्मशरीरेन्द्रियार्थ-बुद्धिमनःप्रवृत्तिफलदुखापवर्गास्तु प्रमेयम्

—न्यायसूत्र 1.1.9

यहाँ दुख की गणना है, सुख की नहीं। क्योंकि दुनियाँ में दुख ही भावरूप है, जीवन की सच्चाई है। सुख तो दुखाभाव का नाम है। उसे कोई विशेषण नहीं दिया जा सकता। जो भी कुछ उपलब्ध सुख है, वह वस्तुतः दुख से परिपूरित है—

सोयं सर्वं दुखेनानुविद्धम्।

—न्याय सूत्र 1.1.21 पर वात्स्यायन भाष्य

जिस प्रकार कोई लकड़हारा बाएँ कन्धे पर लकड़ी का बोझ रखने पर, उससे कष्ट प्राप्त करने पर उस बोझ को दाहिने कन्धे पर रख लेता है। इससे उसके दुख का अपगम होता है। पर वह इसी से अपने को सुखी समझ लेता है। (भारापगमे सुखी संवृत्तोऽहम् इतिवत्)। जीवन में यही घटना सभी जगह बार-बार दुहराई जाती है।

वेद और उपनिषद् अनुसार आनन्द और सुख से जीवन की उत्पत्ति और स्थिति— इसे इसके पहले विस्तार से प्रकट किया गया है। वास्तव में सुख, दुख के सापेक्ष होने से इस पर अनन्त विवाद हो सकता है। गौतम बुद्ध ने जीवन में दुख का गहराई से अनुभव किया था। उनके अनुसार इस दुनियाँ में दुख, शोक और करुणा से कितने आँसू गिर चुके हैं, इसकी गिनती नहीं है। आगे दर्शनों ने भी सर्वत्र दुख होने से कर्म से विरत रहने की प्रेरणा दी है।

इस प्रसंग में उपनिषद् आदि ने दुख-समुद्र के मध्य भी उस सुख कणिका को खोजने का उपक्रम किया है, जो पुरुषार्थ को प्रेरणा दे, आपदा को अवसर में बदल दे। उपनिषदों द्वारा सम्पूर्ण विवेचना के पश्चात् 'उत्तिष्ठत जागृत, प्राप्यवरान् निबोधत' के सन्देश का यही रहस्य है।

■

भारतीय चिंतन में अर्थशास्त्र : स्वरूप तथा प्रयोजन

कमलकिशोर मिश्र

भारतीय दर्शन में 'अर्थ' केवल धन-संपत्ति या भौतिक साधनों का पर्याय नहीं है, बल्कि यह धर्म और काम के साथ संतुलन स्थापित करके मोक्ष की दिशा में ले जाने वाला एक महत्त्वपूर्ण पुरुषार्थ है। मनुस्मृति में कहा गया है—

'धर्मार्थकाममोक्षाणां यः प्रीत्यै प्रवर्तते।

तस्यां निष्कारणं सर्वं धर्मार्थं तु करोति सः ॥' (मनु० 4.176)

अर्थात्—धर्म, अर्थ, काम और मोक्ष इन चार पुरुषार्थों में यदि कोई व्यक्ति उचित संतुलन से प्रवृत्त होता है तो उसका जीवन सफल और अर्थपूर्ण होता है।

धर्म जीवन की मर्यादा है, अर्थ जीवन का आधार है, काम जीवन का रस है और मोक्ष जीवन का परम लक्ष्य है। इनमें अर्थ की भूमिका विशेष है क्योंकि धर्म भी अर्थ पर आधारित है—

'न धर्मोऽर्थविहीनः स्यात्' (महाभारत, शांतिपर्व 8.15)

धन के बिना न तो यज्ञ-संस्कार सम्भव हैं, न दान, न शिक्षा, न ही सामाजिक उत्तरदायित्व का निर्वाह। इसीलिए अर्थशास्त्र केवल राजकीय नीति का ग्रन्थ न होकर समस्त जीवन का प्राण माना गया है। प्रस्तुत आलेख में अर्थशास्त्र को एक अध्ययन क्षेत्र के रूप में विचार करते हुए भारत के शास्त्रीय चिंतन में उसके विकास को रेखांकित करने का प्रयास किया गया है। अर्थ और अर्थ विषयक विमर्श की प्रासंगिकता सुनिश्चित करने हेतु इस आलेख में विविध ज्ञान स्रोतों का विहंगम सर्वेक्षण किया गया है। इससे ज्ञात होता है कि भारतीय चिंतन लोक में प्रतिष्ठित है और लोक का कल्याण उसका अभीष्ट है।

अर्थशास्त्र की परिभाषा एवं उद्देश्य

'अर्थशास्त्र' शब्द का मूल अर्थ है—अर्थस्य शास्त्रम् अर्थात् धन, सम्पत्ति और भौतिक साधनों का शास्त्रीय विवेचन। कौटिल्य अपने अर्थशास्त्र की भूमिका में स्पष्ट कहते हैं—

'प्रिथिव्याः लक्षणं अर्थः। अर्थ एव प्राणाः पृथिव्याः।' (कौटिल्य अर्थशास्त्र 1.4.13)

अर्थात्—राज्य की आत्मा अर्थ है, जैसे जीव के लिए प्राण अनिवार्य हैं वैसे ही पृथ्वी (राज्य) के लिए अर्थ अनिवार्य है। अर्थशास्त्र का उद्देश्य केवल धन-संग्रह नहीं, अपितु धर्म और लोक-कल्याण की रक्षा करते हुए राज्य एवं समाज का स्थायित्व है। कामन्दक कभी अपने नीतिसार में कहते हैं—

'अर्थं धर्मकामाभ्यां समं चरेत्' (कामन्दक नीतिसार 1.19)

अर्थात्—राजा अथवा गृहस्थ को धर्म और काम के साथ सामंजस्य बनाते हुए ही अर्थ का आचरण करना चाहिए।

धर्म, अर्थ, काम, मोक्ष में अर्थ की भूमिका

भारतीय जीवन-दर्शन में अर्थ का केन्द्रीय स्थान है।

1. धर्म बिना अर्थ के स्थिर नहीं—धर्माचार्य कहते हैं कि यदि राजा अथवा गृहस्थ के पास पर्याप्त अर्थ न हो तो वह यज्ञ, दान, अतिथि-सत्कार, शिक्षा आदि धार्मिक कृत्य नहीं कर सकता।

'धनमूलं धर्मः' (नीतिशतक 107) धर्म का आधार धन ही है।

2. काम की मर्यादा हेतु अर्थ का नियंत्रण—काम केवल शारीरिक या इन्द्रियसुख नहीं, बल्कि सौन्दर्य, कला और जीवन-रस की अभिव्यक्ति है। काम का सदुपयोग तभी सम्भव है जब उसके लिए उचित और नैतिक अर्थोपार्जन किया जाए।

3. मोक्ष के साधन रूप में अर्थ—मोक्ष की प्राप्ति प्रत्यक्षतः अर्थ से नहीं, परन्तु धर्म और साधना के लिए आवश्यक साधन अर्थ से ही उपलब्ध होते हैं। साधु, मुनि और विद्वान समाज के सहयोग (दान, दक्षिणा, गुरुदक्षिणा) से ही अपने आध्यात्मिक साधन पूरा करते हैं।

इस प्रकार अर्थ चार पुरुषार्थों की धुरी है, जो धर्म को सम्भव करता है, काम को मर्यादित करता है और मोक्ष की साधना को आधार देता है।

ज्ञान परंपरा में अर्थशास्त्र की परंपरा

अर्थशास्त्र की परंपरा अत्यन्त प्राचीन और समृद्ध है।

- **वैदिक काल**—ऋग्वेद में 'धन', 'हिरण्य', 'गो', 'अन्न' आदि को जीवन का आधार बताया गया है।
  'धनानि प्रजाभ्यः' (ऋग्वेद 1.25.6)—धन प्रजाओं के हित के लिए है।
- **महाकाव्यकाल**—रामायण और महाभारत दोनों में राज्य और समाज के संचालन में अर्थ की अनिवार्यता को स्वीकार किया गया

है। रामचरितमानस में भी श्रीराम को आदर्श 'राजर्षि' के रूप में प्रस्तुत किया गया है, जो अर्थ को धर्म से जोड़ते हैं।

- **स्मृतियाँ**—मनु, याज्ञवल्क्य, नारद आदि धर्मशास्त्रकारों ने अर्थ के अधिष्ठान को गृहस्थाश्रम का प्राण माना है।
- **कौटिल्य अर्थशास्त्र (चाणक्य)**—यह ग्रंथ अर्थशास्त्र की परंपरा का शिखर है, जिसमें शासन, राजनीति, वित्त, व्यापार, कृषि, सैन्यनीति आदि का वैज्ञानिक विवेचन मिलता है।
- **कामन्दक नीतिसार**—इसमें धर्म, अर्थ और काम के संतुलन पर बल दिया गया है।
- **शुक्रनीति और बृहस्पति-स्मृति**—बाद के ग्रंथों में अर्थ का नैतिक और प्रशासनिक दृष्टि से विश्लेषण मिलता है।
- **आधुनिक चिन्तन**—महात्मा गांधी ने 'ट्रस्टीशिप सिद्धांत' के माध्यम से अर्थ को लोककल्याण का साधन बताया, जबकि आधुनिक अर्थशास्त्रियों ने विकास और न्याय के बीच संतुलन पर बल दिया।

अर्थशास्त्र भारतीय दर्शन का प्रमुख अंग है। यह न केवल राज्य-संचालन का शास्त्र है, बल्कि जीवन के प्रत्येक आयाम का आधार है। वैदिक ऋचाओं से लेकर कौटिल्य और आधुनिक चिन्तन तक एक ही सूत्र प्रकट होता है—धन तभी पुण्य है जब वह धर्म और लोकहित में नियोजित हो।

'धर्मेण अर्थं समाचरेत्' (महाभारत, शांतिपर्व 12.60)

अर्थ का यही शाश्वत संदेश है—धन साधन है, साध्य नहीं। जब तक अर्थ धर्म और लोकहित से जुड़ा रहेगा, तभी तक समाज और राज्य का जीवन संतुलित और स्थायी रह सकेगा।

अर्थचिन्तन का प्रारंभ

भारतीय चिंतन परंपरा में अर्थ का मूलाधार वेद हैं। वेदों को अपौरुषेय तथा शाश्वत ज्ञान का स्रोत माना गया है। यद्यपि वेद मुख्यत: धर्म और यज्ञ-प्रविधि पर केन्द्रित हैं, तथापि उनमें अर्थ के विचार भी अंतर्निहित हैं। ऋग्वेद से लेकर ब्राह्मण-ग्रन्थों और उपनिषदों तक हमें यह बोध मिलता है कि अर्थ केवल भौतिक संग्रह नहीं, बल्कि जीवन और यज्ञ-संस्कार का आधार है।

ऋग्वेद और अर्थ

ऋग्वेद में धन, संपत्ति, पशुधन और अन्न की कामना अनेक स्थलों पर की गई है। उदाहरणार्थ—

- 'स नः पितेव सूनवेऽग्ने सुपायनो भव।' (ऋवे. 1.1.9) — यहाँ अग्नि से 'सुपथ' अर्थात् कल्याणकारी मार्ग पर ले जाने की प्रार्थना है, जो भौतिक समृद्धि और आध्यात्मिक उन्नति दोनों को सूचित करती है।
- 'रयिं नः पूषन्निषिरः सहस्त्रिणं वाजवत्तमम्।' (ऋवे. 6.54.5) — यहाँ 'रयि' अर्थात् धन-संपत्ति, वाज यानी शक्ति और अन्न की प्रार्थना की गई है।

स्पष्ट है कि वेदों में अर्थ का तात्पर्य केवल धन से नहीं बल्कि समृद्धि, शक्ति, अन्न और सामाजिक प्रतिष्ठा से भी है।

यजुर्वेद और सामवेद में अर्थ

यजुर्वेद के मंत्रों में यज्ञ हेतु धन, पशु और अन्न की आवश्यकता पर बल दिया गया है। यज्ञ बिना अर्थ के सम्पन्न नहीं हो सकता।

- 'अग्ने व्रतं हविष्मता यजस्व।' (यजु. 1.4) — यहाँ आहुति देने के लिए 'हविर्द्रव्य' आवश्यक बताया गया है।

सामवेद में भी गान और स्तोत्र के माध्यम से धन, धान्य, गो और अश्व की कामना की गई है।

अथर्ववेद में अर्थ का व्यावहारिक स्वरूप

अथर्ववेद विशेष रूप से लोकजीवन और सामाजिक समृद्धि पर केन्द्रित है। उसमें धन-धान्य, गृह, पशुधन, संतान, औषधि, कृषि और व्यापार से संबंधित प्रार्थनाएँ मिलती हैं।

- 'धनं धान्यं पशुमनु यं रयिं नयामहे।' (अथर्व. 3.24.1) — यहाँ धन-धान्य और पशुधन की अभिलाषा व्यक्त की गई है।

ब्राह्मण साहित्य और अर्थ

ब्राह्मण ग्रन्थों में यज्ञ की विधियों के साथ-साथ अर्थ का महत्व और अधिक स्पष्ट किया गया। शतपथ ब्राह्मण में उल्लेख मिलता है कि यज्ञ बिना द्रव्य के अधूरा है। द्रव्य से ही देवता संतुष्ट होते हैं और समाज में ऋत (cosmic order) की स्थापना होती है।

उपनिषदों का दृष्टिकोण

उपनिषदों में अर्थ को अंतिम साध्य न मानकर केवल साधन माना गया।

- बृहदारण्यक उपनिषद् (4.4.22) में कहा गया है कि धन और प्रजापालन का उपयोग धर्मपूर्ण जीवन के लिए करना चाहिए।
- ईशावास्योपनिषद् 'तेन त्यक्तेन भुञ्जीथाः' का आदेश है—अर्थात् धन का उपभोग त्याग और धर्म के साथ करना चाहिए।

इस प्रकार, वैदिक एवं प्राचीन साहित्य में अर्थ को धर्म का अंग, यज्ञ का आधार और लोककल्याण का साधन माना गया।

महाकाव्य, स्मृतियों और धर्मशास्त्रों में अर्थ की भूमिका

वेदोत्तर काल में अर्थचिन्तन का स्वरूप और अधिक विकसित हुआ। विशेषत: महाभारत और रामायण जैसे महाकाव्यों तथा मनुस्मृति, याज्ञवल्क्यस्मृति, नारदस्मृति इत्यादि धर्मशास्त्रों में अर्थ के व्यावहारिक और नैतिक पक्ष को स्पष्ट किया गया।

रामायण में अर्थ

वाल्मीकि रामायण में कई प्रसंग ऐसे हैं, जहाँ राज्य-शासन और सामाजिक जीवन में अर्थ का महत्व प्रतिपादित है।

- अयोध्या काण्ड में दशरथ अपने पुत्र राम को राज्याभिषेक देने से पूर्व राजकोष और राज्य समृद्धि की बात करता है।।
- राम स्वयं कहते हैं—
  'न धर्मं धर्मशास्त्रज्ञो न अर्थं वेत्ति राघवः।' (अयोध्या. 100.12)—यहाँ संकेत है कि राज्य का संचालन धर्म और अर्थ दोनों की समझ पर आधारित होना चाहिए।

महाभारत में अर्थ

महाभारत में शान्ति पर्व और अनुशासन पर्व में अर्थ और राज्यशास्त्र का विस्तृत विवेचन है। भीष्म पितामह युधिष्ठिर को उपदेश देते हैं कि —

- 'अर्थं मूलं धर्मकामौ, सत्यं मूलमृतं च यत्।' (शान्ति पर्व 69.12)—धर्म और काम दोनों का आधार अर्थ है।
- विदुरनीति में स्पष्ट कहा गया है कि राज्य और समाज में कोष (finance) और दण्डनीति (law) के बिना स्थिरता नहीं आ सकती।

मनुस्मृति और अन्य स्मृतियाँ

मनुस्मृति (7.80) का स्पष्ट मत है—

'धर्मस्य मूलं अर्थः' — धर्म का आधार अर्थ है।

मनु के अनुसार राजा को अपनी प्रजा का पालन अर्थसंग्रह और दण्डनीति के माध्यम से करना चाहिए। याज्ञवल्क्यस्मृति में भी स्पष्ट किया गया है कि अर्थ संग्रहण करते समय राजा को धर्म और लोकहित का ध्यान रखना चाहिए।

धर्म-अर्थ-काम का संतुलन

महाकाव्यों और स्मृतियों ने बार-बार इस तथ्य को प्रतिपादित किया कि अर्थ का प्रयोग धर्म और काम दोनों के साथ संतुलित होना चाहिए।

- यदि अर्थ धर्मविरुद्ध है तो वह विनाशकारी है।
- यदि अर्थ का प्रयोग केवल भोग के लिए हो, तो वह अधर्म का कारण बनता है।
- परंतु यदि अर्थ धर्मानुकूल है, तो वह मोक्ष तक ले जाने वाला साधन बन जाता है।

अतः, इस काल में अर्थचिन्तन का स्वरूप और अधिक व्यावहारिक, राजनैतिक और सामाजिक हो गया।

अर्थशास्त्र की प्रमुख परम्पराएँ एवं आचार्य-चिन्तन

भारतीय अर्थशास्त्र-परम्परा एकरेखीय (linear) विकास नहीं है, बल्कि यह वैदिक युग से आरम्भ होकर स्मृतियों, महाकाव्यों, नीतिशास्त्रों और तंत्र-शास्त्रों तक बहुपक्षीय और बहुआयामी प्रवाह का परिणाम है। यहाँ हम देखेंगे कि किस प्रकार ऋग्वैदिक मंत्रों में अर्थ का बीज निहित है और कालान्तर में कौटिल्य, कामन्दक, शुक्राचार्य, बृहस्पति, नारद आदि ने इसे संगठित स्वरूप प्रदान किया।

वैदिक एवं उपनिषद् कालीन दृष्टि

ऋग्वेद में 'अर्थ' शब्द का प्रयोग केवल भौतिक धन के लिए नहीं, बल्कि संपत्ति और साधन-समृद्धि के लिए हुआ है।

- ऋग्वेद (1.25.6) में प्रार्थना है—

'अस्मभ्यं धेहि द्रविणं भूरि शस्तम्।'

(हे वरुण! हमें विपुल धनोपार्जन का साधन प्रदान करें।)

यहाँ द्रविण = धनोपार्जन, किन्तु साथ ही 'शस्तम्' = कल्याणकारी भी। इससे स्पष्ट है कि वैदिक दृष्टि में धन मात्र भोग के लिए नहीं, बल्कि धर्म और लोककल्याण का आधार है।

उपनिषदों में अर्थ का दार्शनिक विवेचन मिलता है। बृहदारण्यकोपनिषद् (3.5.1) में कहा गया—

'अन्नं हि प्रजाः प्रजायन्ते, अन्नेन जाताः प्रजायन्ते।'

अर्थात् सम्पत्ति (अन्न/धन) से ही समाज की उत्पत्ति और पालन सम्भव है।

महाकाव्यकालीन दृष्टिकोण

रामायण और महाभारत दोनों में अर्थशास्त्रीय बोध गहन रूप से विद्यमान है।

● रामायण (अयोध्याकाण्ड 100.12) में श्रीराम कहते हैं—

'अर्थं वा धर्मकामौ वा सदा साधयितुं नृपः।
अर्थेनैव समृद्धेन धर्मकामौ प्रजाहितौ॥'

(राजा को चाहिए कि वह धर्म और काम दोनों का साधन करे और वह सम्भव है केवल अर्थ के समुचित साधन से।)

● महाभारत (शान्तिपर्व, 12.15) में भी यह मत दिया गया है कि—

'धर्मं मूलं हि राज्यानां धर्मे तिष्ठन्ति राज्ञः।'

किन्तु धर्म का पोषण अर्थ के बिना सम्भव नहीं।

स्मृतिकारों का दृष्टिकोण

मनुस्मृति (7.80) में कहा गया है—

'अर्थं च धर्मं च यथोक्तकर्मभिः प्रजाः पालयते राजा।'

राजा को अपने राज्य में धर्म और अर्थ दोनों का समन्वय करना चाहिए।

याज्ञवल्क्यस्मृति (1.357) स्पष्ट करती है कि अर्थ का उपयोग केवल व्यक्तिगत सुख के लिए नहीं, बल्कि लोकव्यवस्था और न्याय-पालन के लिए भी आवश्यक है।

कौटिल्य का अर्थशास्त्र

कौटिल्य (चाणक्य) का अर्थशास्त्र भारतीय राजनीति और अर्थनीति का सबसे व्यवस्थित ग्रन्थ है। उनके अनुसार—

'अर्थस्य मूलं राज्यं, राज्यस्य मूलं इन्द्रियजयः।' (अर्थशास्त्र, 1.7)

(अर्थ का मूल राज्य है और राज्य का मूल है—राजा का आत्मसंयम।)

कौटिल्य ने अर्थ को राज्यव्यवस्था का केन्द्र माना और कर-व्यवस्था, व्यापार, कृषिव्यवस्था, सैन्य-व्यवस्था आदि का सूक्ष्म विवेचन प्रस्तुत किया।

अन्य आचार्य एवं नीतिशास्त्र

1. **कामन्दक-नीतिसार**—कौटिल्य के आधार पर विकसित ग्रन्थ, जिसमें राजा और राज्य के कल्याण हेतु नीतियों का विवेचन है।
2. **शुक्रनीतिः**—इसमें समाज और राजनीति दोनों के लिए धनोपार्जन और वितरण की भूमिका पर बल दिया गया।
3. **बृहस्पति-स्मृति**—अर्थशास्त्रीय विषयों जैसे दण्डनीति, व्यापार-व्यवस्था और वित्तीय प्रबन्धन पर विशेष चर्चा।
4. **नारद-स्मृति**—व्यापारिक विवाद, ऋण, लेन-देन और द्यूत (जुआ) आदि पर विस्तृत विधान।

समन्वित दृष्टिकोण

यदि हम उपर्युक्त विविध संदर्भों को समाहित करें तो तीन बातें स्पष्ट होती हैं—

1. धन = साधन, साध्य नहीं है।
2. धर्म और अर्थ का अविच्छिन्न सम्बन्ध है।
3. राज्य, समाज और व्यक्ति—तीनों स्तरों पर अर्थ अपरिहार्यता है।

आधुनिक परिप्रेक्ष्य एवं भविष्यदृष्टि

आज के युग में पूँजीवाद (Capitalism) और उपभोक्तावाद (Consumerism) ने धन को ही साध्य मान लिया है। जबकि भारतीय दृष्टिकोण स्पष्ट रूप से कहता है—

'न अर्थः कामाय न सुखाय केवलम्, अपि तु लोककल्याणाय।'

भारतीय अर्थशास्त्र की परम्परा यह सिखाती है कि—

- राज्यनीति = अर्थनीति पर आधारित।
- समाजनीति = धर्म और न्याय के लिए अर्थ का उपयोग।
- व्यक्तिगत नीति = अर्थ का संयमित भोग एवं दान।

इसीलिए भारतीय चिन्तन का सन्देश है कि जब तक अर्थ धर्म और लोकहित से जुड़ा है, तब तक वह 'समृद्धि' का जनक है; जब वह केवल लोभ से प्रेरित होता है, तब वह 'विनाश' का कारण बनता है।

भारतीय अर्थशास्त्र की परम्परा न केवल प्राचीनतम है, बल्कि सर्वकालिक है। ऋग्वैदिक मन्त्रों से लेकर कौटिल्य और आधुनिक चिन्तन तक एक सूत्र में पिरोया हुआ यह विचार कहता है—

'धनं धर्माय, धर्मः कामाय, कामः मोक्षाय।'

अर्थात् अर्थ, धर्म और काम का साधन बनकर अन्ततः मोक्ष की ओर ले जाता है। यही भारतीय जीवन-दर्शन का वैशिष्ट्य है।

बृहस्पति, शुक्राचार्य और दैवी-दैत्य परंपरा का योगदान

भारतीय शास्त्रीय चिन्तन में अर्थशास्त्र केवल लौकिक राजनीति और प्रशासन का उपकरण नहीं रहा, बल्कि यह दैवी और दैत्य परंपरा के अंतर्गत भी विकसित हुआ। बृहस्पति और शुक्राचार्य—दोनों गुरु परंपराएँ—इस तथ्य का प्रमाण देती हैं कि अर्थनीति और राजनीति का शास्त्र देवताओं और असुरों के मध्य संतुलन, संघर्ष और संगठनात्मक शक्ति को बनाए रखने हेतु अनिवार्य माना गया।

बृहस्पति और देवनीति

बृहस्पति देवताओं के गुरु और देवगुरु के रूप में विख्यात हैं। महाभारत (शान्तिपर्व, अध्याय 59) में बृहस्पति को अर्थशास्त्र और राजनीति के गहन आचार्य के रूप में उल्लिखित किया गया है। माना जाता है कि उन्होंने बृहस्पतिसूत्र याबृहस्पति-नीतिशास्त्रकी रचना की, यद्यपि आज यह पूर्ण रूप से उपलब्ध नहीं है, किन्तु इसके उद्धरण कामन्दक-नीतिसार और अर्थशास्त्र में मिलते हैं।

उनका चिन्तन अधिकतर धर्मप्रधान राजनीति पर केन्द्रित था। बृहस्पति का मानना था कि राज्य का संचालन धर्म और नीति के आधार पर होना चाहिए। उनके मत में राजा को शस्त्रबल के स्थान पर नीति, सदाचार और धर्मयुक्त दंड का पालन करना चाहिए। इस चिंतन का सार है—'धर्मेण राज्यमार्यं भवति'—अर्थात धर्म से ही राजसत्ता पवित्र बनती है।

शुक्राचार्य और असुरनीति

शुक्राचार्य असुरों के गुरु माने जाते हैं। उनकी रचना शुक्रनीतिसार या शुक्रनीति अर्थशास्त्र और राजनीति पर एक अत्यंत महत्त्वपूर्ण ग्रंथ है। यह ग्रंथ उपलब्ध है और इसमें शासन-प्रशासन, वित्त, कर-व्यवस्था, कूटनीति, गुप्तचर-प्रणाली, दंडनीति और शिक्षा-पद्धति का विस्तृत विवरण मिलता है।

शुक्राचार्य की नीति व्यावहारिक और यथार्थवादी कही जा सकती है। उनका चिन्तन यह था कि सत्ता की रक्षा हेतु राजा को व्यावहारिक उपायों और दृढ़ शक्ति का प्रयोग करना चाहिए, न कि केवल धार्मिक आदर्शों पर आश्रित रहना चाहिए। उदाहरण के लिए, उन्होंने कर-प्रणाली का उल्लेख करते हुए कहा है कि राजा को अपनी प्रजा से कर इस प्रकार लेना चाहिए कि वे संतुष्ट रहें और राज्य की समृद्धि बनी रहे। श्लोक : 'राज्ञः कर्तव्यं सर्वेषां सुखाय न केवलं स्वार्थाय।' — शुक्रनीति

देव-दैत्य परंपरा और द्वैध दृष्टिकोण

यहाँ एक रोचक तथ्य यह है कि देवगुरु बृहस्पति और दैत्यगुरु शुक्राचार्य—दोनों की दृष्टि में राजनीति और अर्थशास्त्र का आधारभूत महत्व था। किन्तु दोनों में दृष्टिकोण भिन्न था—

- बृहस्पति — नैतिकता, धर्म और नीति पर बल देते हैं।
- शुक्राचार्य — यथार्थवाद, शक्ति और व्यावहारिक उपायों पर जोर देते हैं।

इससे यह सिद्ध होता है कि भारतीय परंपरा में अर्थशास्त्र केवल

आदर्शवादी या केवल यथार्थवादी नहीं रहा, बल्कि इन दोनों प्रवृत्तियों का संतुलन उसकी जड़ में निहित था।

साहित्य और इतिहास में प्रभाव

- रामायण और महाभारत दोनों में इन आचार्यों का अप्रत्यक्ष प्रभाव दृष्टिगोचर होता है। रामराज्य का आदर्श बृहस्पति की धर्मनिष्ठा से प्रेरित माना जा सकता है, वहीं रावण के राज्यतंत्र में शुक्राचार्य की नीतियों का आभास मिलता है।
- गुप्त और मौर्य कालीन शिलालेखों में कर-व्यवस्था और प्रशासनिक ढाँचे पर जो संकेत मिलते हैं, वे शुक्रनीति की व्यावहारिकता और कौटिल्य के अर्थशास्त्र की प्रणाली दोनों की ओर इशारा करते हैं।

भविष्य के लिए अंतर्दृष्टि

आधुनिक प्रशासन और अंतरराष्ट्रीय राजनीति में भी यह तुलना उपयोगी है।

- बृहस्पति की दृष्टि आज के नैतिक प्रशासन (Ethical Governance) और टिकाऊ विकास (Sustainable Development) की ओर संकेत करती है।
- शुक्राचार्य की नीति आधुनिक रियल पॉलिटिक (Realpolitik), राष्ट्रीय हित (National Interest) और सुरक्षा-नीति के निकट लगती है।

इस प्रकार भारतीय शास्त्रीय परंपरा में दोनों ही दृष्टियाँ प्रासंगिक बनी रहती हैं और शासन-प्रशासन में संतुलन बनाए रखने का संकेत देती हैं।

बृहस्पति और शुक्राचार्य की नीतियाँ भारतीय अर्थशास्त्रीय परंपरा के दो ध्रुव हैं। एक ओर यह धर्मप्रधान आदर्शवाद प्रस्तुत करती है और दूसरी ओर व्यावहारिक यथार्थवाद। दोनों का संगम ही भारत की प्राचीन राजनीति का आधार बना और यही आज भी शासन और कूटनीति के लिए अनुकरणीय है।

अर्थशास्त्र और शासन-तंत्र

भारतीय चिन्तन में शासन-तंत्र केवल राजकीय सत्ता का उपकरण नहीं, बल्कि समाज में धर्म और न्याय की स्थापना का माध्यम है। अर्थशास्त्र यहाँ मात्र धन-प्राप्ति की विद्या न होकर शासन के संचालन का व्यावहारिक विज्ञान भी है। कौटिल्य ने अर्थशास्त्र को राजनीति-शास्त्र का ही पर्याय माना है—'अर्थशास्त्रं इति राजनीतिः' (कौटिल्य अर्थशास्त्र 1.2)।

राजा और अर्थ का संबंध

राजा का प्रधान कर्तव्य धन की वृद्धि और न्यायपूर्ण वितरण है। मनुस्मृति (7.35) में कहा गया है—

'राजा धर्मेण भूमेः प्रजाः पालनमिच्छेत्।'

(राजा को धर्म के अनुसार प्रजा का पालन करना चाहिए।) कौटिल्य भी कहते हैं कि राजा की संपत्ति उसके कोषागार और सेना पर आधारित है। यदि कोषागार शून्य हो जाए तो न राज्य टिका रहता है न धर्म की रक्षा सम्भव होती है।

शासन में अर्थशास्त्र की भूमिका

1. कोष (Treasury)—शासन की रीढ़।
2. दण्ड (Law & Order)—अनुशासन और दण्ड व्यवस्था।
3. व्यवस्था (Administration)—मंत्रिपरिषद्, अधिकारी, गुप्तचर।
4. सैन्यबल (Army)—आन्तरिक एवं बाह्य सुरक्षा।
5. वाणिज्य और कृषि—आर्थिक स्थिरता का आधार।

महाभारत (शान्तिपर्व 68.6) में कहा गया है—

'अर्थेन हि विना धर्मं न साधयितुमर्हति।'

(अर्थ के बिना धर्म की स्थापना सम्भव नहीं।)

कौटिल्य का शासन-दर्शन

कौटिल्य का मत है कि राजा प्रजा का सेवक है, स्वामी नहीं। उन्होंने कहा—

'प्रजासुखे सुखं राज्ञः प्रजानां च हिते हितम्।' (अर्थशास्त्र 1.19)

(प्रजा का सुख ही राजा का सुख है, और प्रजा का हित ही उसका हित है।) यह सिद्धान्त आज के लोकतांत्रिक मूल्यों के निकट है।

धर्म और शासन

धर्म, अर्थ और काम—ये तीन पुरुषार्थ शासन-तंत्र के लक्ष्य हैं। धर्म ही शासन को न्यायोचित बनाता है, अर्थ शासन को सामर्थ्य प्रदान करता है और काम जनता के सुख-संपन्न जीवन की गारंटी करता है।

मनुस्मृति (7.80) में राजा के दायित्व बताए गए हैं—

'धर्मेणानुग्रहीता स्यादर्थेन च कामेन च।'

(राजा को धर्म, अर्थ और काम के द्वारा प्रजा का पालन करना चाहिए।)

आधुनिक परिप्रेक्ष्य

आज भी शासन की सफलता उसके आर्थिक संसाधनों के प्रबंधन पर निर्भर करती है। कर-प्रणाली, बजट और सामाजिक कल्याण योजनाएँ—ये सब अर्थशास्त्रीय दृष्टि से ही व्यवस्थित होते हैं। यदि अर्थ का उपयोग केवल शासक वर्ग के विलास हेतु हो तो राज्य अस्थिर हो जाता है।

भारतीय अर्थशास्त्र की परंपरा ने स्पष्ट रूप से शासन को धन-संचय और धन-वितरण के साथ जोड़ा है। धर्म से रहित शासन तानाशाही की ओर ले जाता है और अर्थ से रहित शासन अस्थिरता की ओर। कौटिल्य ने इसी संतुलन को 'अर्थशास्त्र' में प्रस्तुत किया। अतः कहा जा सकता है कि अर्थशास्त्र और शासन-तंत्र अभिन्न हैं—जहाँ अर्थ है, वहीं सुव्यवस्थित शासन है, और जहाँ शासन है, वहाँ धर्म और लोककल्याण की सम्भावना है।

राज्यव्यवस्था में अर्थशास्त्र का प्रयोग और उसकी आधुनिक प्रासंगिकता

कौटिल्य, शुक्राचार्य, कामन्दक तथा अन्य आचार्यों के द्वारा प्रतिपादित अर्थशास्त्र केवल प्राचीन ग्रन्थों में सीमित न रहकर आधुनिक युग की भी मार्गदर्शक शक्ति है। वैश्वीकरण, उपभोक्तावाद और आर्थिक असमानताओं के बीच आज का समाज पुनः यह प्रश्न पूछ रहा है—धन का उद्देश्य क्या है? क्या अर्थ केवल व्यक्तिगत विलास के लिए है अथवा धर्म, लोकहित और नैतिकता से जुड़ा हुआ है? इसी संदर्भ में प्राचीन अर्थशास्त्रीय दृष्टि आधुनिक आर्थिक सिद्धान्तों से संवाद करती है।

धर्म और अर्थ का आधुनिक समन्वय

वेदोक्त वचन है—

'अर्थेन हि धर्मं रक्षेत्, धर्मेणार्थं तथैव च।' (मनुस्मृति 4.176)

अर्थ और धर्म दोनों परस्पर पोषक हैं। आधुनिक युग में कॉर्पोरेट सामाजिक दायित्व (CSR) इसी सिद्धान्त का आधुनिक रूप है। जहाँ व्यवसाय केवल लाभ न कमाकर, शिक्षा, स्वास्थ्य, पर्यावरण और सामाजिक दायित्वों में भी निवेश करता है। इस प्रकार प्राचीन अर्थशास्त्र की नीति—'धर्मसाधनमर्थः'—आज भी जीवित है।

राजनीति और अर्थ का परस्पर सम्बन्ध

कौटिल्य ने कहा है—

'अर्थस्य मूलं राज्यम्, राज्यमूलं दण्डः।' (अर्थशास्त्र 1.4)

राज्य की स्थिरता अर्थव्यवस्था पर आधारित है। आज भी किसी भी राष्ट्र की शक्ति उसकी आर्थिक समृद्धि में निहित है। अमेरिका, चीन, भारत जैसे देशों की वैश्विक स्थिति मुख्यतः उनकी आर्थिक नीतियों और संसाधनों की शक्ति पर टिकी है। प्राचीन भारत में 'सप्ताङ्ग राज्य' का सिद्धान्त था, जिसमें कोष (खजाना) और दण्ड (सैन्यबल) अनिवार्य माने गए। आधुनिक काल में यह 'फिस्कल पॉलिसी' और 'डिफेन्स इकॉनमी' के रूप में देखा जा सकता है।

अर्थ और नैतिकता : उपभोक्तावाद की चुनौती

वर्तमान काल की सबसे बड़ी चुनौती है उपभोक्तावाद। कौटिल्य ने चेतावनी दी थी कि राजा अथवा प्रजा यदि केवल भोग-विलास में लिप्त होगी तो राज्य का पतन निश्चित है। प्रसिद्ध नीति वचन है—

'लोभमूलं सर्वनाशः ।'

अत्यधिक उपभोग और भौतिकवादी दृष्टि पर्यावरण संकट और मानसिक तनाव को बढ़ा रहा है। अतः आवश्यकता है कि 'धर्मार्थकाममोक्ष' की संतुलित दृष्टि को पुनः स्थापित किया जाए।

अर्थ और लोककल्याण

प्राचीन भारत में दान, यज्ञ, अन्नदान, जलसिंचन, गौसंरक्षण आदि को अर्थ का श्रेष्ठ उपयोग माना गया। आज के युग में इसे 'वेलफेयर इकॉनमी' या 'सस्टेनेबल डेवलपमेंट' के रूप में समझा जा सकता है।

ऋग्वेद में कहा गया है—

'सं गच्छध्वं सं वदध्वं सं वो मनांसि जानताम्।' (ऋग्वेद 10.191.2)

अर्थ का लक्ष्य सामूहिक कल्याण है, न कि केवल निजी विलास। आधुनिक योजनाएँ—गरीबी उन्मूलन, शिक्षा, स्वास्थ्य, डिजिटल इंडिया, स्टार्टअप इंडिया—सब इसी वेदवाक्य के व्यावहारिक रूप हैं।

आधुनिक आर्थिक चिन्तन और भारतीय दृष्टि

पश्चिमी अर्थशास्त्र (जैसे एडम स्मिथ का 'वेल्थ ऑफ नेशन्स') ने अर्थ को केवल 'वेल्थ मैक्सिमाइजेशन' तक सीमित किया। परन्तु भारतीय दृष्टि ने अर्थ को सदैव 'धर्मयुक्त लोकहित' से जोड़ा। आज नोबेल विजेता अमर्त्य सेन का 'कैपेबिलिटी एप्रोच' इसी भारतीय दृष्टिकोण के निकट है—जहाँ अर्थ केवल उत्पादन और उपभोग तक सीमित नहीं, बल्कि मनुष्य की स्वतंत्रता, शिक्षा, स्वास्थ्य और गरिमा का साधन है।

इस प्रकार स्पष्ट है कि प्राचीन अर्थशास्त्र के सिद्धान्त आज भी प्रासंगिक बने हुए हैं। आधुनिक युग की आर्थिक असमानता, उपभोक्तावाद और पर्यावरण संकट को दूर करने के लिए कौटिल्य और स्मृतिकारों की यह शिक्षा आवश्यक है—'अर्थः साध्यः धर्मकाममोक्षाणां साधनं।' धन साधन है, साध्य नहीं। जब अर्थ धर्म और लोकहित से जुड़ा होगा तभी सतत विकास और शान्ति सम्भव होगी।

आधुनिक युग में अर्थशास्त्र की प्रासंगिकता

अर्थशास्त्र की परंपरा केवल प्राचीन भारत तक सीमित नहीं रही, बल्कि

उसका मूल स्वर आज भी आधुनिक आर्थिक चिन्तन और नीतियों में प्रतिध्वनित होता है। कौटिल्य, कामन्दक और शुक्रनीति के विचार सिद्धांत आज भी अर्थनीति, राज्य-प्रशासन, और सामाजिक समृद्धि के आधार बन सकते हैं। आधुनिक वैश्विक परिस्थितियों में जब पूँजीवाद, उपभोक्तावाद और असमानता जैसी चुनौतियाँ बढ़ रही हैं, तब प्राचीन भारतीय अर्थदृष्टि हमें एक संतुलित मार्ग प्रदान करती है।

अर्थ और धर्म का संबंध : आधुनिक दृष्टि

प्राचीन दृष्टि के अनुसार धर्म की स्थापना के लिए अर्थ आवश्यक है और अर्थ की रक्षा के लिए सुशासन। आधुनिक युग में भी यही सिद्धांत लागू होता है—यदि आर्थिक संसाधन जनकल्याण में न लगें, तो न तो धर्म की रक्षा होती है और न ही सामाजिक स्थिरता बनी रहती है।

वैश्वीकरण और भारतीय दृष्टिकोण

वैश्वीकरण ने विश्व को एक साझा बाजार में बदल दिया है। परंतु इसके दुष्प्रभाव—जैसे आर्थिक विषमता, पर्यावरणीय संकट, और सांस्कृतिक विघटन—भी सामने आए हैं। भारतीय दृष्टिकोण यहाँ मार्गदर्शन देता है। अर्थशास्त्र के अनुसार—अर्थ का उद्देश्य केवल व्यक्तिगत विलास नहीं, बल्कि समाज की सुख-समृद्धि होना चाहिए। यही सिद्धांत Inclusive Growth और Green Economy जैसी आधुनिक नीतियों में परिलक्षित हो रहा है।

आधुनिक आर्थिक नीतियों के साथ संगति

1. **गांधीजी का ट्रस्टीशिप सिद्धांत**—धन को समाज की धरोहर मानकर उसका उपयोग लोकहित में करना।
2. **दीनदयाल उपाध्याय का एकात्म मानववाद**—अर्थनीति को मानवता और सामाजिक संतुलन से जोड़ना।
3. **आधुनिक भारतीय अर्थशास्त्री (अमर्त्य सेन)**—उनका सक्षमता उपागम (Capability Approach) भारतीय परंपरा के 'लोकसंग्रह' सिद्धांत के निकट है।
4. **सतत विकास लक्ष्य (SDGs)**—संयुक्त राष्ट्र द्वारा प्रतिपादित 17 लक्ष्य वस्तुतः भारतीय ग्रंथों में वर्णित 'सर्वे भवन्तु सुखिनः' के आधुनिक रूप हैं।

अर्थशास्त्र और सामाजिक न्याय

भारतीय परंपरा में अर्थ को सदैव न्याय और समता से जोड़ा गया है। ऋग्वेदमें कहा गया है—

'समानी स्तूपा समानी करुणवोऽहं।' (ऋग्वेद 10.191.3)

अर्थात समाज में समान अवसर और समान वितरण का भाव होना चाहिए। आधुनिक युग में यह विचार सामाजिक न्याय, अवसरों की समानता तथा कल्याणकारी राज्य की नीतियों में देखा जा सकता है।

आधुनिक चुनौतियों के संदर्भ में भारतीय अर्थ चिंतन की प्रासंगिकता

1. **भ्रष्टाचार**—प्राचीन शास्त्रों ने इसे राज्य और समाज का सबसे बड़ा शत्रु बताया है।
   कौटिल्य ने 40 प्रकार के भ्रष्टाचारों का उल्लेख किया है और उनके नियंत्रण हेतु कठोर दंड नीति बताई है।
2. **पर्यावरणीय संकट**—अथर्ववेद में 'माता भूमिः पुत्रोऽहं पृथिव्याः' (12.1.12) का उद्घोष है, जो हमें प्रकृति-मैत्री अर्थनीति की ओर प्रेरित करता है।
3. **आर्थिक विषमता**—भारतीय दृष्टिकोण में दान, यज्ञ और लोक सेवा के माध्यम से धन के पुनर्वितरण का विचार था। आधुनिक युग में यह क्रमिक कर व्यवस्था (progressive taxation) और कल्याणकारी योजनाओं के रूप में परिलक्षित होता है।

भारतीय अर्थदृष्टि हमें सिखाती है कि अर्थ केवल साधन है, साध्य नहीं।

- यदि अर्थ को धर्म और लोकहित से जोड़ा जाए तो आर्थिक समृद्धि के साथ-साथ सामाजिक न्याय और नैतिक संतुलन भी संभव है।
- यदि अर्थ केवल भोग और उपभोग का साधन बन जाए, तो समाज और राष्ट्र दोनों असंतुलित हो जाते हैं।
- आधुनिक युग में भी अर्थशास्त्र की भारतीय परंपरा अद्यतन और उपयोगी है। कौटिल्य, शुक्राचार्य, गांधी, दीनदयाल और अमर्त्य सेन—सभी ने अपने-अपने समय में यही प्रतिपादित किया कि अर्थ का यथार्थ तभी सार्थक है जब वह धर्म, लोकहित और मानव कल्याण से जुड़ा हो।

इस प्रकार, भारतीय अर्थशास्त्र की परंपरा केवल अतीत की धरोहर नहीं, बल्कि वर्तमान और भविष्य के लिए मार्गदर्शक भी है। अर्थशास्त्र की आधुनिक प्रासंगिकता भारतीय अर्थशास्त्र केवल प्राचीन ग्रंथों में सीमित न होकर, आधुनिक युग में भी आर्थिक नीति और सामाजिक न्याय का मार्गदर्शन कर सकता है। कौटिल्य, शुक्राचार्य और बृहस्पति जैसे आचार्यों ने जिस सिद्धांत को प्रतिपादित किया था—'अर्थः सर्वेषां प्रधानम्' (अर्थ ही सबका

आधार है)—वह आज भी उतना ही सत्य है। परन्तु आधुनिक काल में इसकी प्रासंगिकता का विश्लेषण करना आवश्यक है।

अर्थशास्त्र और आधुनिक आर्थिक नीतियाँ

भारतीय अर्थशास्त्र 'वितरण' (distribution) और 'संग्रह' (accumulation) दोनों में संतुलन पर बल देता है। जहाँ पश्चिमी पूँजीवाद केवल उपार्जन और उपभोग पर केन्द्रित है, वहीं भारतीय चिन्तन धन को 'साधन' मानकर धर्म और लोकमंगल की ओर अग्रसर करता है।

सामाजिक न्याय और समता में योगदान

कौटिल्य का विचार था कि राज्य का दायित्व केवल कर-संग्रह करना नहीं है, बल्कि समाज के प्रत्येक वर्ग का संरक्षण करना भी है। आज के लोकतांत्रिक शासन में भी यही विचार प्रासंगिक है—राजकोषीय नीति, शिक्षा का प्रसार, निर्धनों के लिए योजनाएँ, और महिला-सशक्तिकरण इसी दृष्टि के अंग हैं।

'अर्थसिद्धिः प्रजासुखं।' (अर्थशास्त्र 1.19)

प्रजा की सुख-संपन्नता ही वास्तविक आर्थिक सफलता है।

वैश्वीकरण और भारतीय दृष्टिकोण

आधुनिक वैश्वीकरण (Globalization) ने अर्थव्यवस्था में एक नया आयाम जोड़ा है। उल्लेखनीय है कि कौटिल्य ने भी विदेश-व्यापार और अन्तर्राष्ट्रीय संबंधों पर बल दिया था। उन्होंने कहा कि—

'साम, दान, भेद, दण्ड' की नीतियाँ केवल युद्ध में नहीं, बल्कि आर्थिक सम्बन्धों में भी लागू होती हैं।

आज भारत को वैश्विक अर्थव्यवस्था में अपनी स्थिति मजबूत करने हेतु प्राचीन नीतियों से प्रेरणा लेनी चाहिए, विशेषकर स्वावलम्बन (self-reliance) और संतुलन (sustainability) के सिद्धांत से।

अर्थशास्त्र और नैतिकता

आधुनिक अर्थशास्त्र का सबसे बड़ा संकट है—नैतिकता का अभाव। भ्रष्टाचार, लालच, पर्यावरण-शोषण, और असमानता इसके उदाहरण हैं। प्राचीन भारतीय दृष्टिकोण में अर्थ को धर्म से जोड़े बिना स्थिरता सम्भव नहीं। मनुस्मृति में कहा गया है—

'अर्थानामार्जने प्रज्ञा धर्मे च नियतिः सदा।'

(मनुस्मृति 4.176)

अर्थार्जन में प्रज्ञा और धर्म में स्थिरता आवश्यक है।

पर्यावरण और स्थायी विकास

आज पूरी दुनिया टिकाऊ विकास (Sustainable Development) की बात करती है। कौटिल्य ने कहा था कि वन, जल, भूमि, और पशुधन राज्य की मूल सम्पत्ति है। यदि इनका संरक्षण न हो तो अर्थव्यवस्था दीर्घकाल तक स्थिर नहीं रह सकती। यह विचार आधुनिक पर्यावरण-अर्थशास्त्र (Environmental Economics) की नींव से मेल खाता है।

भविष्य की दिशा

आज के भारत को प्राचीन अर्थशास्त्र से तीन बातें ग्राह्य हैं—

1. **धन का नैतिक उपयोग :** धन साधन है, साध्य नहीं।
2. **समान वितरण :** अर्थ की सफलता तभी जब समाज के सभी वर्ग लाभान्वित हों।
3. **स्थायी विकास :** प्रकृति का संरक्षण और भविष्य की पीढ़ियों के लिए संसाधन बचाना।

अर्थशास्त्र की परंपरा वैदिक काल से लेकर आधुनिक समय तक एक सतत प्रवाह है। आज जब विश्व असमानता, पर्यावरण संकट और आर्थिक असंतुलन से जूझ रहा है, भारतीय दृष्टिकोण हमें याद दिलाता है कि—

'अर्थं प्रधानं मन्यन्ते न धर्मं न च कामजम्। अर्थेण विनियुक्तं हि धर्मकामौ प्रवर्तते॥' (महाभारत, शान्तिपर्व 8.15)

अर्थ ही धर्म और काम का मूल आधार है। इस प्रकार प्राचीन अर्थशास्त्र केवल अतीत की धरोहर नहीं है, बल्कि वर्तमान और भविष्य की आर्थिक नीतियों के लिए भी दिशा-प्रदर्शक है।

आधुनिक सन्दर्भ में अर्थशास्त्र की परंपरा का पुनर्पाठ

भारतीय शास्त्रीय चिन्तन में अर्थशास्त्र केवल धनोपार्जन की विधि न होकर राज्यव्यवस्था, समाजरक्षा और धर्म-पालन की आधारभूत शिला रहा है। कौटिल्य, कामण्दक, शुक्राचार्य, बृहस्पति, मनु, वाल्मीकि तथा स्मृतिकारों ने जिस धर्म-अर्थ-काम-मोक्ष की त्रिवेणी में 'अर्थ' को प्रतिष्ठित किया था, वह आज भी सामाजिक और राजनीतिक विमर्श का केन्द्रबिन्दु है। इस अध्याय में हम देखते हैं कि किस प्रकार शास्त्रीय अर्थशास्त्रीय परंपरा आज के समय में भी प्रासंगिक है और भविष्य के लिए उससे क्या दिशा मिल सकती है।

शास्त्रीय अर्थशास्त्र की आधुनिक प्रासंगिकता

कौटिल्य का अर्थशास्त्र शासन, प्रशासन, कर-व्यवस्था, कूटनीति और युद्धनीति का विस्तृत ग्रंथ है। इसमें कहा गया है—

'सुखं हि राजा प्रजासुखे, प्रजानां च हिते हितम्।
नात्मप्रियं प्रियं राज्ञः प्रजानां तु प्रियं प्रियम्॥' (अर्थशास्त्र, 1.19)

अर्थात्, राजा का सुख प्रजा के सुख में है। यह सिद्धान्त आधुनिक लोकतांत्रिक राज्यव्यवस्था की रीढ़ है, जहाँ नागरिक कल्याण ही सरकार की प्राथमिकता है।

मनु ने कर-व्यवस्था और न्याय-शासन को धर्म के अधीन रखा। कामण्डक और शुक्रनीति ने सत्ता-चातुर्य और नीतिपरक निर्णय पर बल दिया। आज की आर्थिक नीतियों में भी यही मूल प्रश्न उपस्थित है—'विकास' केवल आर्थिक समृद्धि का नाम है या वह सामाजिक न्याय और समानता से जुड़ा होना चाहिए? शास्त्रीय परंपरा स्पष्ट कहती है कि अर्थ का चरम उद्देश्य धर्म और लोकमंगल है।

राज्य और आर्थिक नीति

वाल्मीकि रामायण में श्रीराम के शासन का आदर्श 'रामराज्य' स्वरूप में चित्रित है—

'नारीणां सुतमीश्राणां न कश्चिद् दुःखमस्पृशत्।
न च स्म वृद्धाः बालाः वा व्याधिभिः परिपीडिताः॥'

(रामायण, उत्तरकाण्ड, 128.102)

अर्थात्, न स्त्रियों को, न बच्चों को और न वृद्धों को कोई कष्ट था।

रामराज्य का आदर्श आज के समावेशी विकास (Inclusive Growth) की संकल्पना से मेल खाता है।

कौटिल्य का मत है कि कर-व्यवस्था ऐसी होनी चाहिए जिससे जनता पर अत्याचार न हो, पर राज्य की आय भी सुनिश्चित रहे। यह आज के Tax Justice और Welfare State की सोच से संगत है।

नैतिकता और अर्थ

शुक्राचार्य और बृहस्पति ने राजनीति में चातुर्य और व्यावहारिकता पर बल दिया। परन्तु स्मृतियों ने यह चेतावनी भी दी कि यदि अर्थ 'धर्म' से विच्छिन्न हो जाएगा, तो समाज में अराजकता फैलेगी।

मनुस्मृति (7.31) में कहा गया—

'धर्मेण अर्थमापद्येत, धर्मेण काममाप्नुयात्।
धर्मेणैव प्रयत्येन मोक्षमाप्नुयात् परम्॥'

अर्थात्, अर्थ, काम और मोक्ष सभी धर्म के अधीन होने चाहिए।

आधुनिक समय में जहाँ आर्थिक विकास का लक्ष्य प्रायः उपभोक्तावाद

और लाभ-प्रधानता में बदल गया है, वहाँ यह शास्त्रीय चेतावनी हमें संतुलन का मार्ग दिखाती है।

शास्त्रीय अर्थशास्त्रीय परंपरा हमें यह सिखाती है कि अर्थ कभी स्वयंपूर्ण लक्ष्य नहीं है, बल्कि धर्म और लोकमंगल के साधन के रूप में उसका मूल्य है। आज जब विश्व अर्थव्यवस्था पूँजीवाद, उपभोक्तावाद और पर्यावरण संकट से जूझ रही है, तब कौटिल्य, मनु, वाल्मीकि, शुक्राचार्य, कामण्डक और बृहस्पति के विचारों का पुनर्पाठ और आधुनिक परिप्रेक्ष्य में विश्लेषण मानवता को संतुलन, नैतिकता और न्यायपूर्ण विकास की दिशा दिखा सकता है।

शास्त्रीय चिन्तन में अर्थशास्त्र का समन्वय एवं भावी परिप्रेक्ष्य

भारतीय परम्परा में अर्थशास्त्र का चिन्तन केवल भूतकालीन ग्रंथों तक सीमित नहीं रहा, अपितु निरंतर परिवर्तनशील सामाजिक, राजनीतिक और सांस्कृतिक परिस्थितियों के अनुरूप उसका विकास होता रहा। कौटिल्य, कामन्दक, मनु, शुक्राचार्य और बृहस्पति जैसे आचार्यों ने अपने-अपने समय के अनुरूप अर्थचिन्तन प्रस्तुत किया। यह चिन्तन केवल शासक वर्ग के लिए ही उपयोगी न था, बल्कि सामान्य जनजीवन, सामाजिक स्थिरता और धार्मिक-नैतिक मर्यादाओं को भी प्रभावित करता रहा।

ज्ञान परंपरा का सातत्य

ध्यातव्य है कि भारतीय परम्परा में अर्थशास्त्र का अध्ययन और प्रयोग केवल राजसत्ता तक सीमित न रहकर ग्राम-जनपद, व्यापारिक संस्थाएँ, गिल्ड (श्रेणियाँ) और सामाजिक संस्थानों तक विस्तृत रहा।

- गुप्तकालीन शिलालेखों में कर, व्यापार और भूमि व्यवस्था का उल्लेख मिलता है।
- बौद्ध और जैन ग्रन्थों में भी व्यापार और आर्थिक नीति के विविध आयाम दृष्टिगोचर होते हैं।
- मध्यकालीन भारत में भक्ति आंदोलन के दौरान अर्थनीति का दृष्टिकोण नैतिकता और सामाजिक समानता के साथ जुड़ गया।
- आधुनिक भारत में महात्मा गाँधी ने 'ट्रस्टीशिप' का सिद्धान्त प्रस्तुत किया, जो अर्थोपार्जन को सामाजिक उत्तरदायित्व से जोड़ता है। यह भारतीय शास्त्रीय चिन्तन की आधुनिक व्याख्या है।

समकालीन दृष्टि से अर्थशास्त्र का महत्त्व

आज के युग में जब अर्थशास्त्र वैश्विक परिप्रेक्ष्य में बाजारवाद,

पूँजीवाद और उपभोक्तावाद से प्रभावित है, तब भारतीय शास्त्रीय चिन्तन की आवश्यकता और बढ़ जाती है।

- कौटिल्य का राजनैतिक अर्थशास्त्र आज भी राजस्व नीति, विदेश नीति और प्रशासनिक ढाँचे के लिए प्रासंगिक है।
- मनुस्मृति और शुक्रनीति का संतुलित दृष्टिकोण आज भी न्यायिक और सामाजिक संतुलन प्रदान कर सकता है।
- रामायण का रामराज्य मॉडल आज भी जनकल्याणकारी राज्य की अवधारणा के लिए प्रेरणास्रोत है।

भावी परिप्रेक्ष्य और अनुसंधान के आयाम

भविष्य की दिशा

भारतीय शास्त्रीय अर्थशास्त्र की परंपरा आधुनिक Sustainable Development, Corporate Governance, और Ethics in Economics के लिए महत्वपूर्ण आधार प्रदान कर सकती है।

- कौटिल्य की कूटनीति आज की अंतरराष्ट्रीय सम्बन्ध नीति के लिए मार्गदर्शक है।
- मनु और वाल्मीकि का दृष्टिकोण सामाजिक न्याय और कल्याणकारी राज्य के निर्माण में सहायक है।
- कामण्डक और शुक्राचार्य की नीतियाँ आधुनिक प्रशासनिक प्रशिक्षण और कूटनीतिक चातुर्य में प्रासंगिक हैं।
- बृहस्पति का जोर आर्थिक स्थिरता और न्यायपूर्ण व्यापार पर था, जो आज की वैश्विक अर्थव्यवस्था (ग्लोबल इकॉनमी) में भी आवश्यक है।

भविष्य में अर्थशास्त्र की परम्परा पर अनुसंधान के कई क्षेत्र विकसित हो सकते हैं—

1. **शास्त्रीय ग्रन्थों का तुलनात्मक अध्ययन** — कौटिल्य, कामन्दक और पश्चिमी विचारकों (मैकियावेली आदि) के बीच।
2. **प्राचीन अर्थनीति और आधुनिक नीति** — भारतीय पंचवर्षीय योजनाओं, आत्मनिर्भरता और ग्रामीण अर्थव्यवस्था के साथ तुलनात्मक अध्ययन।
3. **धर्म-अर्थ-काम-मोक्ष समन्वय**—आधुनिक जीवन में संतुलन की खोज।
4. **रामराज्य का मॉडल और आधुनिक लोकतंत्र** — शासन-प्रशासन में नैतिकता और आचारसंहिता का पुनःस्थापन।

5. वैश्विक अर्थव्यवस्था में भारतीय दृष्टिकोण—सतत विकास, सामाजिक उत्तरदायित्व और नैतिक आर्थिक नीतियाँ।

भारतीय शास्त्रीय चिन्तन में अर्थशास्त्र की परम्परा केवल सत्ता और शासन की नीति न होकर धर्म, समाज और लोककल्याण का समन्वय रही है। मनु से लेकर कौटिल्य और कामन्दक तक तथा रामायण से लेकर आधुनिक भारतीय चिन्तकों तक—सभी ने अर्थ को जीवन के सम्यक् संचालन का मूल आधार माना है। भविष्य में यदि भारतीय अर्थशास्त्र के इन शास्त्रीय आदर्शों का सम्यक् अध्ययन और प्रयोग किया जाए, तो न केवल भारतीय समाज में संतुलन और समृद्धि स्थापित होगी, अपितु वैश्विक स्तर पर भी एक नई नैतिक-आर्थिक दिशा प्रदान की जा सकेगी। आज के युग में आर्थिक विकास को प्रायः मात्रस्ष्ठक्क वृद्धिया पूँजी संचय से मापा जाता है। परन्तु भारतीय दृष्टिकोण हमें सिखाता है कि—

- अर्थ साधन है, साध्य नहीं।
- अर्थ का उद्देश्य केवल व्यक्तिगत उपभोग नहीं बल्कि सामाजिक कल्याण और धार्मिक मर्यादा है।
- यदि अर्थ धर्म और लोकहित से जुड़ा रहे तो समाज में आर्थिक समानता, न्याय और सतत विकास सम्भव है।

अतः भविष्य की आर्थिक नीतियों के लिए आवश्यक है कि भारतीय पुरुषार्थ-चतुष्ट्य की दृष्टि से अर्थ का पुनर्मूल्यांकन हो।

प्रासंगिक संदर्भ

1. कौटिल्य, अर्थशास्त्र, सम्पा० आर०पी० कंगले (Bombay University, 1965).

2. मनुस्मृति, 7.31.

3. वाल्मीकि रामायण, उत्तरकाण्ड, 128.102.

4. कामण्डक, नीतिसार.

5. शुक्रनीति, सम्पा० दत्त, वाराणसी, 1970.

6. बृहस्पति सूत्र, अंश उद्धृत धर्मशास्त्र संग्रह, चौखम्भा, वाराणसी.

■

श्रुतियों में कृषि एवं पर्यावरण विज्ञान

हनुमान मिश्र

सम्पूर्ण नक्षत्रमण्डलों में देदीप्यमान भगवान आदित्य प्राणिसमूह का नित्य संचालन करते हुए उनके जीवन का संचयन करते हैं उन्हीं के सादृश्य वेद स्वयं वेदाङ्गादि एवं उपवेदादि के साथ अज्ञानतिमिर दृग्विमोचक श्रेष्ठतम ज्ञानपथ प्रवर्तक इस भूमण्डल पर शाश्वत प्रतिष्ठित एवं सेव्यमान हैं। विविध विद्याओं, शास्त्रों एवं नित्य नूतन कलाओं के साथ कृषि का महत्त्व श्रुतियों में दृष्टिगोचर होता है। भारतीय प्राचीन ज्ञान एवं विज्ञान परम्परा में मनुष्यों की जीवनशैली का बृहद् वर्णन समादृत् है।

पर्यावरण शब्द की व्युत्पत्ति

परि एवं आ उपसर्ग पूर्वक वृ आवरणे धातु से ल्युट् प्रत्यय के योग से पर्यावरण शब्द सिद्ध होता है जिसका अर्थ प्रकृष्ट रूप से आच्छादन करना या एक परिवृत्ति है, जिसमें जल, पृथिवी, वनस्पति, ओषधि, मानव एवं पशु आदि हैं। पर्यावरण का व्यापक अर्थ-विस्तार करने पर हम स्थावर एवं जङ्गम से लेकर सम्पूर्ण ब्रह्माण्ड के प्रत्येक तत्त्व-समूह पर्यन्त का आच्छादन ही पर्यावरण है। पर्यावरण भी एक विज्ञान है, क्योंकि वैज्ञानिक पद्धति से किसी भी विषय-वस्तु का सुव्यवस्थित, सुसंगठित एवं क्रमबद्ध शैली में प्राप्त किया गया ज्ञान ही विज्ञान है। प्राचीन काल से लेकर अद्यावधि पर्यन्त कृषि जीवनयापन का साधन रहा है।

विज्ञानंनिर्मूलं सूक्ष्मंनिर्विकल्पं यदव्ययम्। अज्ञानमितरत्सर्वम्॥[1]

—कूर्मपुराण 2.39

कृषि प्रयोजन

किसी भी कार्य का सम्पादन करने के पूर्व हमें यह विचार कर लेना चाहिए कि यह अनुसंधान कार्य अंशकालीन अथवा दीर्घकाल तक समाज उपयोगी है अथवा नहीं। यदि फलप्रद होगा तो भविष्य को ध्येय मानकर अनुसंधान, कार्य करना सफल होता है।

---

1. कूर्म पुराण, 2/39

कृषि का मुख्य प्रयोजन—जीवनसंरक्षण, आर्थिक समृध्दि एवं पर्यावरण-शुद्धि।

जीवनसंरक्षण

भूम्यां मनुष्या जीवन्ति स्वधयान्नेन मर्त्याः।
सा नो भूमिः प्राणमायुर्दधातु जरदष्टिं मा पृथिवी कृणोतु॥[1]

—अथर्व० 12/1/22

हमारी भूमि पर मनुष्यों द्वारा यज्ञ सम्पन्न किये जाते हैं और उसमें उत्तमोत्तम पदार्थों का हवन आदि करके वायु और जल आदि को शुद्ध करते हैं, जिस भूमि में यज्ञों के कारण उत्तम वृष्टि होकर विपुल अन्न का उत्पादन होता है, जिसका भोग करके जीव सकुशल जीवन व्यतीत करते है वह भूमि हम सबके प्राणों एवं आयु को पूर्ण करें।

आचार्य पाणिनी ने एक प्रतिष्ठित वैयाकरण होकर भी कृषि की प्रशंसा की और उन्होंने कहा—

बुभुक्षितं न प्रतिभाति किञ्चित्। कारकप्रकरणम्[2]

अर्थात् जीवों के निमित्त कृषि-कर्म आवश्यक है।

आर्थिक-समृद्धि

निधिं बिभ्रती बहुधा गुहा वसु
मणिं हिरण्यं पृथिवी ददातु मे।
वसूनि नो वसुदा रासमाना
देवी दधातु सुमनस्यमाना॥[3] —अथर्व० 12/1/44

विविध प्रकार के रत्नों को पृथिवी धारण करती है यथा—धन, रत्न, स्वर्ण एवं मणि। इन उपलब्ध पदार्थों की धरयित्री देवी सुगमता से हमें प्राप्त करो।

पर्यावरण-शुद्धि

ॐ द्यौः शान्तिरन्तरिक्षं शान्तिः, पृथ्वी शान्तिरापः शान्तिरोषधयः शान्तिः।

वनस्पतयः शान्तिर्विश्र्वे देवाः शान्तिर्ब्रह्म शान्तिः,
सर्वं शान्तिः, शान्तिरेव शान्तिः, सा मा शान्तिरेधि॥[4]

—शुण्यजु, 36/17

1. अथर्व० 12.1.22
2. कारकप्रकरणम्
3. अथर्व 12.1.44
4. शु० यजु० 36/17

पर्यावरण को प्रकृति मानकर कृषि-कार्य का सम्पादन करें तो दोनों के मध्य अन्योन्याश्रित भाव दृष्टिगोचर होता है, क्योंकि वृष्टि के बिना कृषि-कार्य नहीं किया जा सकता है यदि किसी प्रकार किया भी जाय तो उत्तम शस्यों; फसलों का उत्पादन सम्भव नहीं होगा और विशेषकर भारतीय कृषि, जो कि पूर्णतया वृष्टि पर आधारित है। मनुष्य ही इस पर्यावरण के लिए उत्तरदायी है क्योंकि पर्यावरण उत्कृष्ट होने से मनुष्य, उसका भविष्य तथा उसका स्वास्थ भी पुष्ट होगा क्योंकि पर्यावरण के द्वारा ही उत्तम कृष्य का उत्पादन होगा। यदि पर्यावरण प्रदूषित होता है तो इसका सम्पूर्ण रूप से मनुष्य ही जिम्मेवार होगा और इसका परिणाम ....

(क) किसी महामारी काल को उदाहरण में सम्मिलित किया जा सकता है। जैसे कोरोना काल

(ख) उत्तर कोरिया के परमाणु परीक्षण।

उपरोक्त प्रमाणों से सिद्ध होता है कि कृषि विद्या एवं पर्यावरण विज्ञान के मध्य अत्यन्त घनिष्ट सम्बन्ध है।

अर्थात् कृषि कार्य का सम्पादन करने से पूर्व पर्यावरण की शुद्धता को बनाये रखना मनुष्य का ही उत्तरदायित्त्व है क्योंकि मनुष्य एक विवेकशील प्राणी है।

कृषिविद्या

कृषिः कृष् विलेखनेइन् + इगुपधाकित् (इन्) इति।

कृष्यते विलिख्यते यः सः कृषिः।[1] —उणादिकोष पृ० 47

सर्वप्रथम कृषि कार्य सरस्वती नदी के तट पर सम्पन्न हुआ था इसका प्रमाण हमें अथर्ववेद के षष्ठ काण्ड के सूक्तयोग त्रिंशत में प्राप्त होता है...

देवा इमं मधुना संयुतं यवं सरस्वत्यामधिमणावचर्कृषुः।
इन्द्र आसीत्सीरपतिः शतक्रतुः कीनाशा आसन्मरुतः सुदानवः॥[2]
—अथर्व० 6/30/1

अथर्ववेद के तृतीयकाण्ड के सूक्तयोग सप्तदश को कृषिसूक्त की अपर संज्ञा प्राप्त है। नव मंत्रों से समन्वित इस सूक्त की महत्ता गृहस्थ-जीवन यापन कर रहे मनुष्यों को दृष्टि में रखकर महर्षियों ने संकलित किया है, जिसकी उपयोगिता वर्तमान एवं भविष्य में यथावत् रहेगी। कृषि-कार्य मनुष्यों से लेकर सुसूक्ष्म प्राणियों तक के जीवन का साधन है, इसके अभाव में जीवन या प्राणियों की परिकल्पना असम्भव-सा प्रतीत होता है। प्राचीन मनीषियों ने इस

1. उणादिकोष, पृ० 47
2. अथर्व 6.30.1

विद्या का उत्तम अंश भविष्य को यथावत् प्रदान किया, साथ ही साथ कृषि के लिए लोगों को प्रेरित किया और द्यूत क्रीड़ा का निषेध किया। यह वेद की वेदता वर्तमान एवं भविष्य में भी प्रासांगिक रहेगी।

अक्षैर्मा दीव्यः कृषिमित्कृषस्व
वित्ते रमस्व बहु मन्यमानः।
तत्र गावः कितव तत्र जाया
तन्मे वि चष्टे सवितायमर्यः ॥[1] —ऋग्वेद 10/34/13

यजुर्वेद में भी प्रजापति को अन्नोत्पादक की संज्ञा दी गयी है, एक मंत्र में कृषिविद्या सम्पन्नता का बोधक है।

वाजस्य नु प्रसव आबभूवेमा च
विश्वा भुवनानि सर्वतः।
सनेमि राजा परियाति विद्वान् प्रजां पुष्टिं
वर्धयमानोऽस्मे स्वाहा ॥[2] —शुण्यजु० 9/25

हे अन्न के उत्पादक परमात्मा! सम्पूर्ण भुवनों को अन्नमय बना दें, हम सबको धन–धान्य से परिपूर्ण करके समृद्ध करें जिससे हम प्रायः आपको निरन्तर आहुतियाँ प्रदान करते रहें।

आरात् त्वदन्या वनानि वृक्षि त्वं शमि शतवल्या विरोह।[3]

—अथर्व 6/30/2

अथर्ववेद भौतिक एवं पारलौकिक विषयों का गुप्त संग्रह है इसके अध्येता प्रायः आमुष्मिक एवं लौकिक सुखों की अनुभूति करते हैं। अथर्ववेद में कृषिसूक्त, भूमिसूक्त एवं अन्नसूक्त आदि लौकिक प्रसिद्धियों के लिए प्रख्यात् है। इसमें शस्यों के साथ ही साथ शतावरी, अपामार्गा एवं शमी आदि ओषधियों की भी खेती होती थी, जो स्वास्थ्यवर्धक हैं।

यस्याश्चतस्रः प्रदिशः पृथिव्या यस्यामन्नं कृष्टयः संबभूवुः।
या बिभर्ति बहुधा प्राणदेजत्सा नो भूमिर्गोष्वप्यन्ने दधातु ॥[4]

—अथर्व० 12/1/4

जिस पृथिवी की चारों दिशाओं में कृषि–कार्य सम्पादित करके यवादि अन्न का उत्पादन किया जाता है तथा इसके द्वारा प्राणियों के प्राण का संरक्षण किया जाता है, हम उस पृथिवी के भू–भाग को प्राप्त करें।

1. ऋग्वेद 10.34.13
2. शु० यजु० 9.25
3. अथर्व 6.30.2
4. अथर्वा 12.1.4

कृषि का उपादान कारक—भूमि, जल एवं बीज।

कार्य सम्पादन के लिए जरूरी है कारकों पर विचार करना और उसकी उपलब्धता तथा समयानुसार उसका उचित प्रयोग का निर्धारण अथवा आकलन पूर्व में करना इन्हीं कारकों में से कोई उपादान और कोई निमित्त कारक होता हैं। कृषि कार्य के निमित्त उत्तम प्रकार की भूमि तथा उसकी ऊर्वरा-शक्ति का उत्तम होना आवश्यक है, वेदों में विविध प्रकार की भूमि एवं जल का उल्लेख प्राप्त होता है तथा इसकी शुद्धता का परिरक्षण उत्तम पर्यावरण पर निर्भर करता है।

भूमि

बभ्रुं कृष्णां रोहिणीं विश्वरूपां ध्रुवां भूमिं पृथिवीमिन्द्रगुप्ताम्।
अजीतोऽहतो अक्षतोऽध्यष्ठां पृथिवीमहम्॥[1] —अथर्व० 12/1/11

भूरी, काली, रक्तवर्णी आदि अनेक रूपों वाली इन्द्र द्वारा रक्षित एवं विस्तृत पृथिवी हम लोगों को अभय एवं प्रतिष्ठित बनाओ।

इस पर हम सरलतया कृषि सम्पादित करें तथा हम सब प्रकृष्ट और सात्विक अन्न-समूहों का उत्पादन कर सकें। विविधताओं से परिपूर्ण यह विश्वम्भरा सबका भरण-पोषण करने वाली, इसमें स्वर्णादि अनेक रत्नों भण्डागार हैं, तथा उत्पन्न सम्पूर्ण प्राणियों को शरण प्रदान करने वाली है—

युनक्त सीरा वि युगा तनोत कृते योनौ वपतेह बीजम्।[2]
—अथर्व० 3/17/2

हलों को जोड़े जुओं को फैलाएँ तथा बने हुए; कृषियोग्य खेतों में बीजों का वपन करें।

इसी सूक्त का पाँचवें मंत्र में यह उल्लेख प्राप्त होता है कि उत्तम प्रकार से कृषि के लिए बीज-वपन से पूर्व हवन आदि का प्रावधान किया गया है, इसका उल्लेख गृह-सूत्रों में भी प्राप्त होती है। हवन सिद्धार्थ घृतादि तथा अन्य पदार्थों का होना आवश्यक है फलतः पर्यावरण शुद्ध हो जाता है जिससे धान्यादि अथवा अन्य ओषधियुक्त शस्यों का प्रचुर मात्रा में उपज होती है तथा हवन करने से तम्बाकू आदि घातक पदार्थों, जो स्वयं उत्पन्न होते हैं उनकी सम्भावना ही समाप्त हो जाती है, इससे यह स्पष्ट हो जाता है कि वैदिक-प्रक्रिया से की गयी कृषि से अधिकाधिक धान्य की उत्पादकता होती है जिससे समाज कल्याण हो सके।

शुनासीरा हविषा तोशमाना सुपिप्पला ओषधीः कर्तमस्मै॥[3]
—अथर्व 3/17/5

1. अथर्ववेद, 12.1.11
2. अथर्ववेद, 3.17.2
3. अथर्ववेद, 3.17.5

अत्यन्त रुचिकर वाक्य यह है कि शहद और दुग्ध आदि का प्रयोग करके कृषि सम्पन्न किया जाय तो त्वरित फसल सम्पन्न होता है, जिसको आचार्य सायण ने आशु प्रापक की संज्ञा दी है..

विराजः श्नुष्टिः सभरा असन्।[1] —अथर्व 3/17/2

यस्यामन्नं व्रीहियवौ यस्या इमाः पंच कृष्टयः।
भूम्यै पर्जन्यपत्न्यै नमोऽस्तु वर्षमेदसे॥[2] —अथर्व॰ 12/1/42

वैदिक-कृषि-प्रक्रिया में यवादि पाँच प्रकार की फसलों का ऋग्वेद, यजुर्वेद तथा अथर्ववेद में उल्लेख प्राप्त होता है। अन्य फसलें भी होंगी, अतः इस विषय पर अधिकाधिक अनुसन्धान की आवश्यकता है।

सात्विक अन्न-समूहों से ही हमारा मन शुभ संकल्पों वाला होता है और हम पराक्रम के कार्यों को धैर्यपूर्वक सफल बना सकते हैं क्योंकि आहार की शुद्धता से मन एवं स्मृति अच्छी प्रकार से कार्य करती हैं।

आहार शुद्धौ सत्वशुद्धिरू सत्वशुद्धौ ध्रुवा स्मृतिः।[3]

—छान्दोग्योपनिषद् 7/26/2

आहार शुद्ध होने से अन्तःकरण की शुद्धि होती है, अन्तःकरण की शुद्धि होने पर सद्विवेक का निर्माण होता है—

अन्नमशितं त्रेधा विधीयते, तस्य यः स्थविष्ठो धातुस्तत्पुरीषं भवति।
यो मध्यस्तन्मांसं भवति योऽणिष्ठस्तन्मनः॥[4]

—छान्दोग्योपनिषद् 6/5/1

उपनिषद् वाक्य भी सात्विक अन्नों आहारों को प्राथमिकता देते हैं इस प्रकार से भक्ष्य अन्न तीन प्रकार से हमारे शरीर में विभक्त होते हैं।

(क) स्थूल अंश विकृत हो जाता है।

(ख) मध्यम् अंश रसादि क्रम से परिणत होकर मांस हो जाता है।

(ग) अणुतम् धातु होता है वह ऊपर की ओर हृदय में पहुँचकर हिता नामक नाड़ी में प्रवेश कर वाक् आदि इंद्रियसमूह की स्थिति उत्पन्न कर मन हो जाता है।

ऐतरेयब्राह्मण में अन्न को प्राण कहा गया है....अन्नं ह प्राणः.....

1. अथर्ववेद, 3.17.2
2. अथर्ववेद, 12.1.42
3. छान्दोग्योपनिषद् 7.26.2
4. छान्दोग्योपनिषद् 6.5.1

जल

आपो हि ष्ठा मयोभुवस् ता न ऽ ऊर्जे दधातन।
महे रणाय चक्षसे ॥[1] —शुण्यजु० 36/13

जल सुखकारी हैं। वे हमें महारमणीय प्रकाश के लिए बल में धारित करें।

शं नो देवीरभिष्टय आपो भवन्तु पीतये।
शं योरभि स्रवन्तु नः ॥
अप्सु मे सोमो अब्रवीदन्तर्विश्वानि भेषजा।
अग्निं च विश्वशंभुवम् ॥[2] —अथर्व 1/6/1.2

जल कृषि-कार्य के लिए आवश्यक तत्त्व के साथ-साथ औषधि भी है। इसका समय के अनुसार प्रयोग करना आवश्यक है विशेष रूप से वर्षा का जल कृषि के लिए अत्यधिक फलप्रद है।

सम्पूर्ण कार्यों के सम्पादनार्थ जल अत्यावश्यक तत्त्व है। वेदों में पाँच प्रकार के जलों को सर्वोत्तम माना गया है।

जल की भिन्नता।

(क) वार्षिकी:। वृष्टि से प्राप्त होने वाला जल।

(ख) सिन्धुः। नदी तथा समुद्र से प्राप्त होने वाला जल।

(ग) धन्वन्याः। मरु तथा रेतीले क्षेत्र में अथवा अल्प काल में होने वाली वृष्टि का जल।

(घ) खनित्रिमाः। खोदकर बनाई हुई बावली से ग्रहण किया हुआ जल।

(ड़) अनूप्याः। जलयुक्त क्षेत्रों में होने वाले जल।

वार्षिकी जल अन्तरिक्ष से आता है जिसका प्रयोग सर्वत्र होता है और वर्षा के जल को दिव्य एवं ओषध जल भी कहा जाता है।

शं न आपो धन्वन्याः शमु सन्त्वनूप्याः।
शं नः खनित्रिमा आपः शमु याः कुम्भ आभृताः
शिवा नः सन्तु वार्षिकीः ॥[3] —अथर्व 1/1/6

बीज

वैदिक कृषि प्रक्रिया में बीज की उत्तमता और प्रचुरता का उल्लेख प्राप्त होता है जिसको वपन् क्रिया के पूर्व औषधियों में संसिक्त किया जाता है और जब यह रसयुक्त हो जाता है विपुल मात्रा में उत्पादन की शक्ति इसमें हो जाती है।

---

1. शु० यजु० 36.13
2. अथर्व 1.6.1-2
3. अथर्व 1.1.6

उदुत्सं शतधारं सहस्त्रधारमक्षितम्।
एवास्माकेदं धान्यं सहस्त्रधारमक्षितम्॥
शतहस्त समाहर सहस्त्रहस्त सं किर।
कृतस्य कार्यस्य चेह स्फातिं समावह॥
तिस्त्रो मात्रा गन्धर्वाणां चतस्त्रो गृहपत्न्याः।
तासां या स्फातिमत्तमा तया त्वाभि मृशामसि॥
उपोहश्च समूहश्च क्षत्तारौ ते प्रजापते।
ताविहा वहतां स्फातिं बहुं भूमानमक्षितम्॥[1] —अथर्व 3/24/4.6

अर्थात् वृष्टि होने से तालाब आदि जलाशय जिस प्रकार से पूर्ण हो जाते हैं उसी प्रकार से हमारे गृह में अनेक प्रकार के धान्य अक्षय तथा प्रचुर मात्रा में हो। हे मनुष्य! तुम सौ हस्तयुक्त होकर धन प्राप्त करो तथा हजार हाथों वाला बनकर उसका दान करो। इस प्रकार अपने कर्तव्य-कर्म की उन्नति करो। ऐसा करने से अधिक से अधिक समृद्धि हम तुमको देते हैं।

गाय के गोबर के खाद से भरपूर मात्रा में अन्न का उत्पादन हो और हमारी सन्तान समृद्ध करने वाली हो।

करीषिणीं फलवतीं स्वधामिरां च नो गृहे।[2] —अथर्व० 19/64/3
स्योना पृथिवि नो भवानृक्षरा निवेशनी।
यच्छा नः शर्म सप्रथाः।[3] —शुण्यजु० 35/21

हे पृथिवी! तुम हमारे लिए सुखस्वरूपा, अकण्टका एवं वास करने वाली होओ तुम हमें सविस्तार सुख प्रदान करो।

आचार्य महीधर के अनुसार हे पृथिवी! त्वं नोऽस्माकं सुखरूपा भव।

कृषि का निमित्त कारक; उपकारकः, उपक्रियतेऽनेन इति उपकारकम्।

जो कार्य सम्पादन में बाह्य कारकों अथवा उपकरण के रूप में सहायक होते हैं उनको निमित्त-कारक कहते हैं। कृषि-कर्म में विभिन्न उपकरणों की आवश्यकता होती है अथर्ववेदीय कृषि उपकरणों की, कृषि को सफल बनाने में अत्यधिक उपयोगिता है तथा पर्यावरण की दृष्टि से भी उनका समुचित प्रयोग किया जाता है। उनके द्वारा पर्यावरण का अत्यधिक संरक्षण, संवर्धन, परिवर्धन एवं विकास हुआ है किन्तु वर्तमान में आधुनिक संसाधनों की उपलब्धता अधिक हो गयी है जिससे मनुष्य को अल्पकाल में अत्यधिक उत्पादन होता है परन्तु वही मनुष्य का स्वास्थ्य, पर्यावरण तथा अप्रत्याशित रूप

1. अथर्ववेद, 3.24.4-6
2. अथर्ववेद, 19.64.3
3. शु० यजु०, 35.21

से कृषि-योग्य भूमि भी प्रदूषित हुई है। जिसका ज्वलन्त उदाहरण वर्तमान में दृष्टिगोचर हो रहा है और यह श्रृंखला न्यून होने का कोई लक्षण अथवा संकेत नहीं दे रही है, जो अत्यन्त चिन्तनीय है। हमें उन वैदिक-कृषि-प्रक्रिया के परम्परागत माङ्गलिक उपकरणों पर पुनः विचार करने चाहिये।

(क) लाङ्गल
(ख) सीता
(ग) पशुः (बैल)
(घ) शुनासीरः
(ङ) अष्ट्रा
(च) ईषा
(छ) जुआ
(ज) वरत्रा (रस्सी)
(झ) सृण्यः (हसुआ)

● **लाङ्गलम् ध् सीरः**

वैदिक कृषि प्रक्रिया में कृषि के एक महत्त्वपूर्ण एवं सर्वप्रमुख उपकरणों में से एक है जिसका प्रयोग मृदा को खोदने में किया जाता है। इसका अग्रभाग इन्द्र के वज्रवत होता है।

शुनं कृषतु लाङ्गलम्।[1] —अथर्व० 3/17/6
सीरायुंजन्ति कवयो।[2] —अथर्व० 3/17/1

● **सीता**—अथर्ववेद में हल के अग्र भाग को सीता नाम से सम्बोधित किया गया है जिसका संरक्षण पूषा देवता करते हैं और इसमें इन्द्र देवता का निवास स्थल है।

इन्द्रः सीतां नि गृह्णातु तां पूषाभि रक्षतु।[3] —अथर्व० 3/12/4

● **पशुः**—बैलद्ध. शुनं सुफाला वि तुदन्तु भूमिं शुनं कीनाशा अनु यन्तु वाहान्।[4] —अथर्व० 3/17/4

● **शुनासीरः**— शुनासीर ही एक ऐसा उपकरण है जिसके सम्बन्ध में विद्वानों का मतैक्य नहीं है। प्रसिद्ध वैदिक भाष्यकार आचार्य सायण इसको फसल वर्धक वायु एवं सूर्य देवता कहते हैं तो डॉण् रुडाल्फ रॉथ हल का पूर्वांश मानते हैं।

1. अथर्ववेद, 3.17.6
2. अथर्ववेद, 3.17.1
3. अथर्ववेद, 3.12.6
4. अथर्ववेद, 3.17.4

● अष्ट्रा अथर्ववेद में दण्ड अथवा रस्सी को अष्ट्रा कहते हैं।

शुनं वरत्रा बध्यन्तां शुनमष्ट्रामुदिङ्गय॥[1] अथर्व० 3/17/6

● सृण्यः. हंसुआ पके हुए फसलों को, धान्यादि को हमारे पास लायें।

नो नेदीय इत्सृण्यः पक्वमा यवन्।[2] —अथर्व० 3/17/2

कामं कामदुधे धक्ष्व मित्राय वरुणाय च

नद्रयाश्विभ्यां पूष्णे प्रजाभ्य ओषधीभ्यः।[3] —शुण् यजु० 12/72

अर्थात् हमारी सारी कामनाओं को दुहने वाली, हे हल के सीते! तुम दया करके मित्र, वरुण, इन्द्र, अश्विनौ, पूषा हमारी सन्तानों और ओषधियों के निमित्त अब आज हमारी मनोकामनाओं को पूर्ण करो।

निष्कर्ष—हमें वैदिक परम्परागत कृषि तक दैनिक जीवन व्याप्ति के रूप में प्रयोग करना चाहिए, जहाँ हमारा निवास-स्थल है वहीं पर व्यापक नहीं तो अल्पमात्रा में उद्यान, गोशाला एवं कृषि भूमि का कुछ भाग संरक्षित कर लेना चाहिए, जिससे हमें शुद्ध वायु, उत्तम दुग्ध एवं स्वास्थ्यवर्धक दैनिक सब्जियों का प्रयोग करके स्वस्थ समाज का निर्माण कर सकें।

■

1. अथर्ववेद, 3.17.6
2. अथर्ववेद, 3.17.2
3. शु० यजु० 12.72

सम्पूर्ण मानव बनाम आर्थिक मानव

राकेश मिश्र

श्रीर्मंगलात् प्रभवति प्रागल्भ्यात् सम्प्रवर्धते।
दाक्ष्यात्तु कुरुते मूलं संयमात् प्रतितिष्ठति॥
धनेनाधर्म लब्धेन यच्छिद्रमपिधीयते।
असंवृतं तद् भवति ततोऽन्यदवदीयते॥
अतिक्लेशेन येऽर्थाः स्युधर्मस्याति क्रमेण वा।
अरेर्वा प्रणिपातेन मा स्म तेषु मनः कृथाः॥

—विदुर नीति[1]

(शुभकर्मों से लक्ष्मी की उत्पत्ति होती है, प्रगल्भता से वह बढ़ती है, चतुरता से जड़ जमा लेती है और संयम से सुरक्षित रहती है... अधर्म से प्राप्त हुए धन के द्वारा जो दोष छिपाया जाता है, वह तो छिपता नहीं, वरन् उससे भिन्न और नया दोष प्रकट हो जाता है... जो धन अत्यन्त क्लेश उठाने से, धर्म का उल्लंघन करने से अथवा शत्रु के आगे समर्पण करने से प्राप्त होता हो, उसमें आप मन न लगाइए।)

एक सर्वांगपूर्ण संस्कृति में किसी मनीषी का यह दायित्व है कि वह जीवन के विविध पक्षों व आयामों पर, उनके आन्तरिक सम्बन्धों पर, उनके अनुक्रमात्मक और सापेक्षित महत्व पर चिन्तन करते हुए जीवन की अर्थवत्ता का निर्धारण करे। भारत में अनन्तकाल से ऋषियों और आचार्यों ने जीवन और जगत में दृश्यमान द्वन्द्वों एवं विरोधाभासों तथा बिखराव व टकराव को एक परम सत्ता के शाश्वत विधान की अठखेलियों के रूप में ख्यापित किया है। अन्य और अनेक की अनन्यता एवं एकता का दिग्दर्शन कराना ही उनका साध्य रहा है। आज हमारे तत्त्वज्ञान में, सामाजिक व्यवहार में जो विप्रतिपत्ति उत्पन्न हो गयी है, उसके मूल में पारमार्थिक सत्ता एवं व्यावहारिक सत्य के सम्यक् सम्बन्ध का विस्मरण है। हमने इन दोनों सत्ताओं के समानान्तर प्रवाह को असम्बद्ध मान लिया है। दृष्टि एवं व्यक्तित्त्व का विखंडन चतुर्दिक व्याप्त होता जा रहा है। व्यक्ति व समाज में इसी द्वन्द्व एवं दुविधा का वर्चस्व है। जीवन की अद्वैत दृष्टि एवं समन्वय की सामर्थ्य हमारे जीवन की सरणी से,

सामाजिक व्यवहार की परिपाटी से उत्तरोत्तर लुप्त होती जा रही है। परिणामतः, 'अर्थ', 'अर्थशास्त्र' और 'मानव-कल्याण' का परम्परागत परिप्रेक्ष्य प्रतिगामी एवं आत्मघाती कहकर नकार दिया जाता है। हम यही विस्मृत कर बैठे हैं कि हमारा गंतव्य 'सोने की लंका' है अथवा 'रामराज्य'।

यह तो सर्वविदित है कि भारतीय संस्कृति का मूलभूत स्वरूप अध्यात्म-प्रवीणता है। सभी सम्प्रदायों व आचार्यों में इस बात पर ऐक्य रहा है कि अध्यात्म-दृष्टि से ही सभी कार्य-व्यवहारों की हेयता अथवा श्रेयता का निर्धारण करना चाहिए। धर्म-मूलक एवं ज्ञानमूलक भारतीय संस्कृति का लक्ष्य आत्मबोध है। आत्मा को उन्नत करने वाले आचरण को ही धर्म कहा गया है। ऋषि कणाद के अनुसार जो लौकिक (अभ्युदय) और पारलौकिक (निःश्रेयस) कल्याण की ओर प्रवृत्त करे, वही धर्म है। पुरुषार्थचतुष्ट्य और वर्णाश्रम धर्म के पालन के द्वारा इन्द्रिय, मन, बुद्धि, अहंकार आदि को सम्यक् भोग के द्वारा मोक्ष की ओर गतिमान करना ही धर्म का साध्य है। नीतिशास्त्र के ग्रन्थों में त्रिवर्ग-धर्म, अर्थ, काम का सेवन करते हुए मोक्षप्राप्ति की धारणा का प्रतिपादन किया गया है; साथ ही धर्म-विरूद्ध अर्थ और काम के परित्याग का निर्देश भी दिया गया है। यही कारण है कि भारत में अर्थशास्त्र सहित सभी अपरा विद्याएँ धर्मशास्त्र का अंग मानी गयी हैं। 'शुक्रनीति' में 'अर्थशास्त्र' की परिभाषा द्रष्टव्य है—

'श्रुति-स्मृति-अविरोधेन राजवृत्तादिशासन। सुयुक्तयार्थर्जनं यत्र हि—अर्थशास्त्रं तदुच्यते।

यदि मनुष्य केवल पंच भौतिक स्थूल शरीर का नाम होता तो केवल स्थूल शरीर को पुष्ट एवं सुखी बनाना ही उसका परम पुरुषार्थ होता, उसकी शिक्षा का एकमात्र लक्ष्य होता। किन्तु, केवल पंचभूतों के संघात को ही मनुष्य नहीं कहते हैं। आत्मा तथा स्थूल, सूक्ष्म एवं कारण शरीर रूपी उपाधित्रय से युक्त जीव को मनुष्य कहते हैं। अतः आत्मा को पूर्णोन्नत करना एवं स्थूल, सूक्ष्म तथा कारण शरीर को पूर्णता की ओर अग्रसर करना ही विद्या का लक्ष्य होगा और सभी अपरा विद्याएँ इस सम्पूर्ण मानव के सम्पूर्ण कल्याण का साधन होंगी। जिन समाजों के लिए भौतिक जगत में ही समस्त पुरुषार्थ का पर्यवसान है, वे केवल स्थूल शरीर को उन्नत करने की चेष्टा करेंगे और इस हेतु भौतिक विज्ञानों, राजनीति, व्यापार-वाणिज्य आदि की शिक्षा की व्यवस्था करेंगे। उनके लिए अपरा विद्याएँ स्वयं में साध्य बन जाएँगी। ऐसी भौतिकवादी दृष्टि को मानने वाले समाज यह नहीं समझ पाते कि परा और अपरा दोनों से मिलकर शिक्षा पूर्ण होती है और मनुष्य का सर्वतोमुखी कल्याण संभव होता है।

यह महत्वपूर्ण है कि पुरुषार्थों के विवेचन में धर्म और मोक्ष के मध्य में अर्थ व काम अवस्थित हैं। अर्थ व काम का आधार धर्म है और उनका साध्य मोक्ष है अर्थात् दोनों धर्ममूलक और मुक्तिसाधक हैं; और यदि ऐसा न हो तो वे सारे जीवन का 'प्रणाश' करते हैं। इस प्रकार, आध्यात्मिक व व्यावहारिक का समन्वय एक श्रेष्ठ समाज-व्यवस्था का अनिवार्य तत्त्व है। आचार्यों के अनुसार अर्थ के क्षेत्र में धर्म का स्वरूप अस्तेय एवं अपरिग्रह से प्रकट होता है और काम के क्षेत्र में धर्म ब्रह्मचर्य अथवा इन्द्रिय-निग्रह के द्वारा प्रकट होता है। इस प्रकार, अध्यात्म ज्ञानात्मक भी है एवं व्यावहारिक भी; सत्य अन्वेषण की वस्तु भी है और अनुभूति का विषय भी। ज्ञान क्रिया का उत्प्रेरक है और क्रिया ज्ञान की साधक। अध्यात्मशास्त्र तत्त्वज्ञान का आधान ही नहीं करता, वह हमारी वृत्ति व व्यवहार को परिशोधित एवं संस्कारित भी करता है। यही हमारी संस्कृति का अद्वैत है, यही उसकी समन्वयात्मक सामर्थ्य है। अध्यात्मशास्त्र से प्रसूत सभी विद्याएँ एवं कलाएँ प्रतिबिम्बों का भेदन करती हुई बिम्ब में विलीन होती हैं।

ज्ञानशक्ति, राजशक्ति, अर्थशक्ति एवं श्रमशक्ति के समन्वय और संयोजन से व्यष्टि एवं समष्टि का हित-संवर्धन हमारी संस्कृति का मूल स्वर है। जिसे आज 'अर्थशास्त्र' कहते हैं, हमारे शास्त्रों में उसको 'वार्ता' कहा गया है। यह चार विद्याओं- आन्वीक्षिकी, त्रयी, वार्ता, दण्डनीति में से एक विद्या है, जिसके अन्तर्गत कृषि, शिल्प, वाणिज्य आदि आते हैं। इन अर्थकरी वृत्तियों में लगकर अर्थ के सुनियंत्रित उत्पादन एवं वितरण के द्वारा समाज का भरण-पोषण करने वाली विद्या ही 'वार्ता' है। इन वृत्तियों को अपनाकर समाज के आर्थिक कल्याण में प्रवृत्त रहने वाला वर्ण 'वैश्य' वर्ण है। शास्त्रों में अर्थशास्त्र पद का प्रयोग अधिक व्यापक अवधारणा के रूप में हुआ है। भारतीय राजशास्त्र के प्रसिद्ध विद्वान के०आर० रंगास्वामी आयंगार ने अपनी पुस्तक 'Indian Economic Thought'[2] में लिखा है कि 'अर्थशास्त्र' के अन्तर्गत विधिशास्त्र (Jurisprudence), राजविद्या (Politics) और वार्ता तीनों का समावेश हो जाता है। राज्य की दण्डशक्ति एवं विधि-विधान के अभाव में आर्थिक-व्यापारिक गतिविधियों का समुचित संचालन संभव नहीं है; अतः अर्थशास्त्र का क्षेत्र एवं महत्व अधिक व्यापक है। इस संदर्भ में कौटिल्य का मत उल्लेखनीय है—'अर्थ सम्पूर्ण मानवों का जीवन या वृत्ति है अर्थात् मानवों से भरी हुई पृथ्वी अर्थ है। वह शास्त्र जो पृथ्वी की प्राप्ति एवं संरक्षण का साधन है, अर्थशास्त्र है।' 'अर्थ' के अनेक पर्यायवाची हैं, जिनके संदर्भ के अनुसार विशिष्ट अभिप्राय हैं। जो भौतिक पदार्थ हमारी आर्थिक

आवश्यकताओं को पूरा करते हैं उन्हें 'द्रव्य', उपार्जित धन को 'वित्त' तथा स्वर्ण आदि बहुमूल्य धातुओं को 'हिरण्य' कहा गया है। समृद्धि एवं ऐश्वर्य का कारण होने से अर्थ के लिए 'श्री' 'लक्ष्मी' 'वैभव' आदि संज्ञाओं का प्रयोग किया जाता है। उपयोगी एवं सुखकारक होने के कारण अर्थ 'भोग्य' है एवं हस्तांतरणीय और विवाद की जड़ होने के कारण उसके लिए 'व्यवहार्यकम्' पद का प्रयोग किया गया है। 'धन' किसी मूल्यवान वस्तु या श्रेष्ठगुण के लिए व्यवहृत होता है, यथा-गोधन, विद्याधन, तपोधन आदि।

पुरुषार्थ चतुष्ट्य में अर्थ का सम्बन्ध धन-सम्पत्ति आदि भौतिक पदार्थों के उपार्जन व उपभोग से है एवं अन्य तीन पुरुषार्थों का सम्बन्ध हमारी चित्तवृत्तियों से है। अर्थ एवं काम प्रवृत्ति मार्ग को इंगित करते हैं एवं धर्म तथा मोक्ष निवृत्ति मार्ग के ख्यापक हैं। जीवन प्रवृत्ति एवं निवृत्ति का समन्वय है, यह सन्तुलन साधने की कला ही सम्यक् दृष्टि या सम्यक् बुद्धि है। मनुष्य-मात्र स्वभाव से अधोगामी है, अपकेन्द्रीयता (Centrifugality) उसे आकर्षित करती है। परन्तु मानव-धर्म ऊर्ध्वगामिता एवं अभिकेन्द्रीयता (Centripetality) की साधना है। सम्पूर्ण सृष्टि एवं मनुष्य स्वयं त्रिगुणात्मक है। मनुष्यों में स्वभाव-वैचित्र्य, सामर्थ्य-वैचित्र्य तो होगा ही, लेकिन कल्याण तो सभी का इष्ट है। इसी प्रयोजन से वर्णाश्रम-धर्म की व्यवस्था की गयी है। चार पुरुषार्थों एवं वर्णाश्रम-धर्म में समवाय सम्बन्ध है। ब्राह्मण को तप और तितिक्षा से, क्षत्रिय को बल एवं पौरुष से, वैश्य को कृषि, पशुपालन एवं वाणिज्य से एवं शूद्र को कला-कौशल से समष्टि को लौकिक एवं पारमार्थिक कल्याण की ओर प्रवृत्त करना है। आधुनिक समाज-विज्ञान जिस प्रकार अर्थायाम को केन्द्रीय एवं स्वतन्त्र मानकर विकास के उच्चतम् बिन्दु का स्पर्श करना चाहते हैं, उसे हमारी संस्कृति आत्म-प्रवंचना ही मानती है। ज्ञान, शक्ति, सम्पत्ति व श्रम के समन्वय और सन्तुलन से ही मनुष्य का चतुर्दिक कल्याण संभव है; बशर्ते ये सभी धर्म से अनुप्राणित या अनशासित हों। धर्म-केन्द्रित ज्ञान, शक्ति, सम्पत्ति एवं श्रम परस्पर पूरक हैं, सहायक हैं, न कि प्रतिस्पर्धी। धर्म-समाज में व्यष्टि व समष्टि में कोई संघर्ष नहीं होता। व्यक्ति बनाम समाज जैसे हास्यास्पद आधुनिक प्रश्न वहाँ सर्वथा अनुपस्थित होते हैं। प्रसिद्ध साहित्यकार वासुदेव शरण अग्रवाल के अनुसार—'अनेक संघर्षों के बीच से समन्वय की प्राप्ति हमारी संस्कृति के इतिहास का राजमार्ग रहा है। ऋत, सत्य, धर्म में अखण्ड आस्था हमारी संस्कृति का मूल मंत्र रहा है और इसलिए लौकिक उत्थान से हम उतने तृप्त नहीं होते, जितने आध्यात्मिक उत्कर्ष से। निरी इहलोकवादी सभ्यता में लोभ, स्वार्थ, हिंसा अन्तर्भूत हैं। ऐसी सभ्यताएँ

'चार दिन की चाँदनी' होती हैं। ए०एन० व्हाइटहेड के शब्दों में, ऐसी सभ्यताएँ सत्वहीन व तत्त्वहीन ही होती हैं (There remains a show of civilization without any of its realities)। परम्परागत सभ्यता में कर्त्तव्य और आकांक्षा में द्वन्द नहीं होता। निर्द्वन्द्व बुद्धि संकल्प को पुष्ट करती है, न कि संशय को।

× × ×

आधुनिक अर्थशास्त्र इहलोकवादी (Secular), उदारवादी (Liberal), उपयोगितावादी (Utilitarian) दृष्टि से व्यष्टि और समष्टि के कल्याण पर विचार करता है। उसका 'आर्थिक मानव' अधिकाधिक लाभ कमाने के लिए सभी आर्थिक गतिविधियाँ सम्पादित करता है। मनुष्य की असीमित एवं निरन्तर वृद्धिमान इच्छाओं की पूर्ति के लिए बड़े पैमाने पर उत्पादन किया जाता है। इसके लिए भारी भरकम उद्योग स्थापित किए जाते हैं और तकनीक के निरन्तर परिष्कार के द्वारा लागत और श्रम को न्यूनतम कर अधिकतम लाभ अर्जित किया जाता है। विश्वव्यापी बाजार, तीव्र आर्थिक प्रतिस्पर्धा, वितरण एवं विनिमय का एक विशाल एवं जटिल तंत्र, उपभोग की असाधारण वृद्धि, प्राकृतिक संसाधनों का भयावह दोहन, अनियंत्रित शहरीकरण, पूँजी एवं उत्पादन के अन्य साधनों की बड़े पैमाने पर व्यवस्था आदि इस नए अर्थतंत्र के लिए आवश्यक एवं अपरिहार्य हैं। स्पष्टतः, यह अर्थशास्त्र हमारी अर्थनीति के सूत्रों के नितान्त विपरीत है। इस अर्थशास्त्र का कोई तत्त्वशास्त्र नहीं, या यों कहें कि यह तत्त्वशास्त्रीय दृष्टि से अन्धा (Metaphysically Blind) है। इसके लिए धन साध्य है और मनुष्य साधन, इसे इच्छा (Want) और आवश्यकता (Need) के महत्वपूर्ण अन्तर से कुछ लेना-देना नहीं; यह मनुष्य के कल्याण को भौतिक-आर्थिक पैमानों पर कसता है तथा भोग-विलास और आनन्द में अन्तर नहीं कर पाता। यह अर्थशास्त्र 'विकास' के नैतिक, मनोवैज्ञानिक, सामाजिक और पर्यावरणीय दुष्परिणामों से विचलित नहीं होता और शुतुरमुर्गी नीति को अपनाकर अपने को एवं समाज को सांत्वना देता रहता है कि विकास की इस प्रक्रिया में उथल-पुथल स्वाभाविक है और शीघ्र ही इसको नियंत्रित कर लिया जाएगा। ऐसे अर्थशास्त्रियों और नीति-नियामकों को यह नहीं दिखाई देता कि विकास की यह प्रक्रिया त्रिविध तापों—आधिभौतिक, आधिदैविक एवं आध्यात्मिक की निरन्तर वृद्धि कर रही है और प्रकृति के सभी चौबीस तत्त्व विकृत हो रहे हैं। यह अर्थशास्त्र और इसकी विकास की अवधारणा भारतीय संस्कृति की मूल मान्यताओं की अपघातक तो है ही, यह पाश्चात्य जगत का सदियों तक आधार रही ईसाईयत की जीवन दृष्टि का भी परित्याग है। यह

उल्लेखनीय है कि एडम स्मिथ एवं अन्य अर्थशास्त्रियों ने जिस अर्थ-चिन्तन का अठाहरवीं सदी में सूत्रपात किया, उसका तत्काल प्रतिरोध हुआ था और प्रतिरोध के स्वर निरन्तर तीव्र होते गए हैं।

एडम स्मिथ के समकालीन विचारक—कार्लायल, जॉन रस्किन आदि धन-पूजक (Mamon Worship) अर्थशास्त्र की मान्यताओं से चकित एवं व्यथित थे। 'आर्थिक मानव' की संकल्पना को मूल मानव-स्वभाव मानने की नवोदित धारणा ने धन-पिशाचों के उदय की व्यवस्था का मार्ग प्रशस्त किया। अर्थ के परम पुरुषार्थ की कोटि में आ जाने से इतिहास और समाज की आर्थिक व्याख्या ही सर्वाधिक महत्वपूर्ण मानी जाने लगी। धर्म और नीति के सिद्धान्त प्रगति में विक्षेपकारी माने जाने लगे। यह तर्क दिया गया कि कोई अदृश्य शक्ति (Invisible Hand) स्वार्थ को परमार्थ में रूपान्तरित कर देती है। प्राकृतिक विज्ञानों की तर्ज़ पर अर्थशास्त्र को एक शुद्ध विज्ञान (Pure Science) बनाने का उपक्रम प्रारम्भ हुआ, ताकि सम्पन्नता के अन्तहीन और समस्या-रहित युग का आरम्भ हो सके और प्राकृतिक विज्ञानों ने जो चमत्कार किए हैं, उसी प्रकार के चमत्कार आर्थिक-सामाजिक क्षेत्र में भी हो सकें। परन्तु, इस नए-नवेले अर्थशास्त्र पर तीखे व्यंग्य करते हुए टामस कार्लायल ने लिखा—

This Social Science—not a “gay science,” but a rueful .which finds the secret of this universe in 'supply-and-demand', and reduces the duty of human governance to that of letting men alone, is also wonderful. Not a “gay science,” but a dreary, desolate, and indeed quite abject and distressing one; what we might call, by way of eminence, the dismal science.[3]

उन्होंने पूछा, 'क्या बही खाते में ज़िक्र आने के अलावा मनुष्य का कोई मूल्य नहीं है?' इसी प्रकार, जॉन रस्किन ने अपनी पुस्तक 'Unto this Last' में इस नए आर्थिक दर्शन को अस्वीकार करते हुए कहा कि 'मानव-जीवन' ही सर्वोपरि सम्पत्ति है और किसी वस्तु का अन्तर्भूत मूल्य एवं महत्व जीवन को सम्बल देने में है' (Intrinsic value is the absolute power of anything to support life)। रस्किन के अनुसार, वह देश सर्वाधिक सम्पन्न है, जहाँ अधिकतम लोग श्रेष्ठ और सन्तोषी हैं। इसी प्रकार, सबसे सम्पन्न व्यक्ति वह है, जो निष्ठापूर्वक अपने कर्त्तव्यों व दायित्वों का पालन करता है। उन्होंने कहा कि नया अर्थशास्त्र भ्रामक सिद्धान्तों को गढ़ता है, क्योंकि वह मनुष्य की धन-संग्रह की क्षमता को उसके आचरण की श्रेष्ठता से अधिक महत्वपूर्ण मानता है। ये एक बड़ी भ्रान्ति है कि किसी देश में सम्पत्ति-वृद्धि से, उद्योगों

के विकास से सुख की वृद्धि होगी। सुख बाह्य परिस्थितियों से कहीं अधिक आन्तरिक अनुभूति पर निर्भर करता है।

वस्तुतः इस इहलोकवादी आधुनिक सभ्यता में कल्याण, विकास, न्याय आदि अवधारणाओं की व्याख्या भी इहलोकपरक संदर्भों में ही होगी। चाहे पूँजीवाद हो, या समाजवाद, दोनों मूलतः व्यावहारिकतावादी (Pragmatic) और इहलोकवादी (Secular) परिप्रेक्ष्य में आर्थिक, सामाजिक, शैक्षिक, सांस्कृतिक प्रश्नों पर विचार करते रहे हैं। डॉ० राम मनोहर लोहिया ने इसीलिए इन दोनों विचारधाराओं को भारत जैसे देश के लिए समान रूप से अप्रासंगिक माना था। यूरोप व अमेरिका में भी प्रमुख समाज-वैज्ञानिकों ने इस अर्थतंत्र की कटु आलोचनाएँ की हैं। मार्क्स ने पूँजीवादी अर्थतन्त्र में अन्तर्निहित 'अलगाव' (Alienation) की विस्तृत व्याख्या की है, जिसे फ्रैंकफर्ट सम्प्रदाय के दार्शनिकों ने अपने गंभीर विश्लेषण से और उजागर किया है। हरबर्ट मारक्यूज ने इस पूँजीवादी सभ्यता को 'एक आयामी मनुष्य' (One-dimensional Man) का निर्माण करने वाली सभ्यता कहा है। एमील दुर्खाइम 'अनन्त इच्छाओं की महामारी' (Malady of Infinite Aspirations) और 'मूल्यों के संकट' (Anomie) को लेकर व्यथित हैं। वे लिखते हैं—

The more one has, the more one wants since satisfactions received only stimulate instead of filling needs. To pursue a goal which is by definition unattainable is to condemn oneself to a state of perpetual unhappiness.[4]

विकास वस्तुतः अतृप्ति एवं असन्तोष को चिरस्थायी बनाता है। विकास की निरन्तर गतिमान प्रक्रिया के बावजूद वितरणात्मक संघर्ष शिथिल पड़ने के बजाय तीव्र होता जाता है। यह राजनीतिज्ञों और अर्थशास्त्रियों की उन अपेक्षाओं के ठीक विपरीत है जो उन्होंने विकासोन्मुख अर्थव्यवस्था से की थी। आर्थिक मानव ने जिस 'ग्रोथ मशीन' का निर्माण किया है, जिस 'ग्रोथ मेनिया' को पुष्पित-पल्लवित किया है, वह हमारी जीवन-यात्रा को दुष्कर एवं दुर्गम ही बना रहा है। स्पष्ट है कि विकास की मूल समस्या विकास की दिशा और विकास की सीमाएँ हैं। भारतीय संस्कृति में अर्थ को दिशा देने, उसकी मर्यादाओं को निर्धारित करने के लिए धर्म और धर्मशास्त्र हैं। आधुनिक सभ्यता ने उसके विकल्प के रूप में 'स्वतन्त्रता, समानता, बंधुत्व' अथवा 'वर्गविहीन और राज्यविहीन समाज' अथवा 'नैसर्गिक युग' जैसे प्रतिमानों को अंगीकार किया है। लेकिन क्या इन वैकल्पिक प्रतिमानों ने अर्थतंत्र के अन्तर्विरोधों और दुष्परिणामों का समाधान किया है?

बीसवीं सदी में महात्मा गाँधी और जर्मन विचारक शूमाकर ने इस

अर्थतंत्र को कतई अस्वीकार किया। दोनों 'Bigger the Better' के तत्त्वशास्त्र को नकारते हैं और अपनी विशिष्ट शैली में 'Small is Beautiful' के दर्शन का प्रतिपादन करते हैं। जब आधुनिक सभ्यता मानवीय आत्मा को विदीर्ण कर रही थी और विघटन को विकास घोषित किया जा रहा था, तब गाँधी ने भारत की सनातन एवं समग्र जीवन-दृष्टि की पुनर्प्रतिष्ठा का साहस दिखाया। उन्होंने इस सभ्यता को 'आसुरी' (Satanic) एवं 'चार दिन की चाँदनी' (Nine Days Wonder) कहा, क्योंकि यह धर्म व नीति की सम्प्रभुता को नकारती है। इसने मानव-जीवन के लक्ष्य को आमूल रूप से परिवर्तित एवं पुनर्गठित कर दिया है। राजनीति का साध्य शक्ति, अर्थनीति का साध्य भोग, सामाजिक सम्बन्धों का साध्य स्वार्थपूर्ति, कला-साहित्य का साध्य वासनाओं का उद्दीपन होने से मानवीय सभ्यता अपने केन्द्र से, अपनी धुरी से उखड़ गयी है। जीवन-नौका पतवारविहीन एवं दिग्भ्रान्त हो इधर-उधर डोल रही है। मशीनों एवं तकनीकों के अन्धाधुन्ध प्रयोग ने एक भयावह अमानवीयकरण (Dehumanization) उत्पन्न किया है, जिसने जीवन के रस और आनन्द को सुखा दिया है। गाँधीवादी अर्थशास्त्र के एक श्रेष्ठ प्रतिपादक जे०सी० कुमारप्पा ने अपनी पुस्तक 'Economy of Permanence' में 'सेवा के अर्थशास्त्र' को सम्यक् अर्थशास्त्र कहा है। उन्होंने अपने समकालीन मार्क्सवादी विचारक मानवेन्द्र नाथ राय के द्वारा प्रतिपादित किए जा रहे 'प्रचुरता के अर्थशास्त्र' (Economy of Abundance) की आलोचना करते हुए कहा है कि यह अर्थशास्त्र तो परजीविता (Parasitic) और लूट (Predatory) पर ही आधारित हो सकता है। कुमारप्पा गाँधी के 'ग्राम्यवाद' (Villegism) में ही मानवता का कल्याण देखते हैं। स्पष्ट है कि आधुनिक अर्थशास्त्र व गाँधीवादी चिन्तन में कोई मिलन-बिन्दु नहीं हो सकता, क्योंकि उनके नैतिक-बौद्धिक आधार नितान्त भिन्न हैं। गाँधी ने अपने एक मित्र एच०एस० पोलक को 1909 में ही स्पष्ट कर दिया था कि पूर्व और पश्चिम का मिलन असंभव है। 'पूर्व और पश्चिम वास्तव में तभी मिल सकते हैं जब पश्चिम आधुनिक सभ्यता से अपना पीछा छुड़ा ले' (East and West can only and really meet when the West has thrown overboard modern civilization)।

× × ×

1973 में ई० एफ० शूमाकर की पुस्तक 'Small is Beautiful' के प्रकाशन ने सम-सामयिक सामाजिक-आर्थिक चिन्तन की दिशा ही बदल डाली। बौद्ध धर्म-दर्शन से प्रेरित व प्रभावित यह पुस्तक मानव-केन्द्रित अर्थशास्त्र का प्रतिपादन करती है। समीक्षकों ने शूमाकर को समग्रतावादी

विचारक (Holistic Thinkers) कहा और उसकी विचार-दृष्टि में आर्थिक-सामाजिक जीवन के परम्परागत सिद्धान्तों एवं सूत्रों का पुनरोदय देखा। बुद्ध के अष्टांग मार्ग के एक सूत्र 'सम्यक् आजीव' ने शूमाकर के तर्कों की भाव-भूमि तैयार की। उन्होंने कहा कि आधुनिक अर्थशास्त्र 'तत्त्वशास्त्रीय अन्धत्व' (Metaphysical Blindness) से ग्रस्त है, अतः वह कोरा बुद्धि-विलास है, जड़मूल-विहीन है। वह यह मान बैठा है कि गुरुत्वाकर्षण के सिद्धान्तों की भाँति अर्थशास्त्र के सिद्धान्तों की भी कोई तात्त्विक या नैतिक भाव-भूमि नहीं होती। उसे पूँजी, श्रम, उत्पादन आदि बुनियादी अवधारणाओं की सम्यक् समझ नहीं है; क्योंकि इस अर्थशास्त्र का कोई तत्त्वशास्त्र (Meta-Economics) नहीं है। इस दृश्य-जगत में मनुष्य सर्वश्रेष्ठ प्राणी है, परन्तु ऐसा इसलिए कि उसमें आत्मबोध है, नीतिबोध है। उसमें चेतना के उच्चतम शिखर पर पहुँचने की सामर्थ्य है। यही उसका परम और सर्वाधिक महत्वपूर्ण लक्ष्य है एवं सभी क्रियाएँ एवं सभी पदार्थ इसमें सहायक हों, तभी उनका मनुष्य के लिए औचित्य है। जिस सभ्यता में यह जीवन-दृष्टि सामान्य और विशेष सभी में व्याप्त होती है, वहाँ धन-सम्पत्ति और भौतिक वस्तुओं को जीवन के केन्द्र में अवस्थित नहीं किया जाता। एक देहात्मवादी सभ्यता में ही देह एवं दैहिक सुखों को साध्य माना जाता है। इसमें मनुष्य की इन्द्रियाँ, मन, बुद्धि, प्रयत्न आदि अधिकाधिक भोग एवं संचय में अनुरक्त होते हैं। यही आधुनिक सभ्यता और इसके अर्थशास्त्र की विडम्बना है।

शूमाकर की 'पूँजी' और 'श्रम' की व्याख्या परम्परागत दृष्टिकोण को पुनर्स्थापित करती है। पूँजी (Capital) मात्र चल-अचल सम्पत्ति नहीं है। उत्पादन की प्रक्रिया में यंत्र-उपकरण, वित्तीय संसाधन, भूमि-भवन इत्यादि का योगदान रहता है। परन्तु यह सब मनुष्य पर निर्भर है और मनुष्य की क्षमता तथा कुशलता शिक्षा पर निर्भर है। परन्तु शिक्षा नई-नई प्रविधियों और प्रबन्धन की अधुनातन अवधारणाओं में निपुणता प्राप्त कर लेना मात्र नहीं है। इन सबमें कहीं अधिक जीवन एवं जगत की सम्यक् दृष्टि को आत्मसात करने का महत्व है। सद्गुण किसी तकनीक या प्रबन्धन के सदुपयोग की आधारशिला है। हस्तकौशल का आधार व्यवसायित्का बुद्धि होती है, प्रबन्धन का आधार विवेक है। इस प्रकार, मात्र जड़ वस्तुओं के संग्रह को पूँजी नहीं कहा जा सकता; मनुष्य और सम्यक् दृष्टि देने वाली शिक्षा का उत्पादन की दिशा और उसकी मर्यादाओं को निर्धारित करने में बहुत महत्व है। यही नहीं, प्राकृतिक शक्तियों यथा जल, वायु, वृक्ष-वनस्पतियाँ, खनिज पदार्थ आदि भी उत्पादन की प्रक्रिया में अत्यन्त सहायक हैं। शूमाकर इनको प्रकृति-प्रदत्त पूँजी

(Natural Capital) कहते हैं। इस प्रकृति-प्रदत्त पूँजी का भण्डार सीमित है और इसलिए इसका सीमित व विवेकपूर्ण उपयोग करना, इसके संरक्षण के लिए सतत् प्रयत्नशील रहना मानव-सभ्यता के अस्तित्त्व और विकास के लिए अति आवश्यक है। आज विकास की प्रक्रिया में हम इस प्राकृतिक पूँजी का अन्धाधुन्ध दोहन कर क्या अपने विनाश का मार्ग प्रशस्त नहीं कर रहे हैं? शूमाकर के अनुसार प्राकृतिक पूँजी को मात्र आय (Income) का साधन मान लेने के भयावह परिणाम हो रहे हैं। धरती-पुत्र अब आखेटक बन अपनी माता का चीर-हरण कर रहे हैं।

आधुनिक सभ्यता के श्रम के प्रति दृष्टिकोण को भी शूमाकर अस्वीकार करते हैं। श्रम को एक आवश्यक बुराई के रूप में देखा जाता है। पूँजीपति के लिए श्रम एक लागत (Cost) है, जिसे न्यूनतम किया जाना चाहिए, ताकि अधिकतम लाभ कमाया जा सके। इसी उद्देश्य के लिए मशीनीकरण एवं स्वचलीकरण (Automation) का अधिकाधिक चलन बढ़ा है। एक श्रमिक के लिए श्रम एक बोझ है, जिससे हमारी सुख-सुविधाओं में व्यवधान पड़ता है। हम एक ऐसी आदर्श स्थिति की कल्पना करते है; जिसमें न्यूनतम श्रम या बिना श्रम के अधिकतम आमदनी हो। कार्ल मार्क्स ने जिस समाजवादी कल्पना-लोक का वर्णन किया है, उसका सूत्र है—'प्रत्येक से उसकी क्षमतानुसार कार्य, प्रत्येक को उसकी आवश्यकतानुसार पुरस्कार' (From each according to his capacity, to each according to his needs)। कार्य की गरिमा (Dignity of Work) का परम्परागत सिद्धान्त इस औद्योगिक सभ्यता में तिरस्कृत है। उसका एक दृष्टान्त श्रम-विभाजन (Division of Work) की मान्यता है। इसने सृजनशीलता के महत्व और आनन्द को ही समाप्त कर दिया। एक सम्पूर्ण वस्तु का निर्माण एक कारीगर या श्रमिक करे, यह आधुनिक सभ्यता में अस्वीकार्य सा है। हस्तशिल्प का स्थान मशीनों द्वारा हड़पने के फलस्वरूप सृजनशीलता, कलात्मकता, दायित्व-बोध आदि का निरन्तर ह्रास होता गया है। प्रसिद्ध दार्शनिक आनन्द कुमारस्वामी ने इस औद्योगिक सभ्यता में सौन्दर्य-बोध, कलाबोध का उत्तरोत्तर विलोप होते जाने की बड़ी मार्मिक व्याख्या अपनी रचनाओं में की है। परम्परागत सभ्यता में श्रम को भावपक्ष और कलापक्ष दोनों के परिष्कार का माध्यम माना गया है। श्रम की परम्परागत धारणा उत्कृष्टता एवं सामूहिकता की पोषक रही है। औद्योगिक उत्पादन की प्रणाली नितान्त व्यक्तिवादी, उपयोगितावादी एवं उदर-परायण है। उसमें नैतिक-आत्मिक उत्कर्ष की संभावना न्यूनतम है। जे०सी० कुमारप्पा ने श्रम की परम्परागत अवधारणा को इसी दृष्टि से अत्यन्त महत्वपूर्ण माना है।

If the nature of the work is properly appreciated and applied, it will stand in the same relation to the higher faculties as food is to the physical body. It nourishes and enlivens the higher man and urges him to produce the best he is capable of. .... It furnishes an excellent background for man to display his scale of values and develop his personality.[5]

× × ×

प्रसिद्ध विद्वान फर्डिनांड टानीज़ ने पूँजीवादी सभ्यता में मानवीय सम्बन्धों के भावनात्मक आधार के दरकते जाने पर तीखी टिप्पणी की है। किसी समाज की श्रेष्ठता विभिन्न प्रकार के मानवीय सम्बन्धों की स्वाभाविकता एवं गहनता पर निर्भर होती है। ऐसे समाज में कोई किसी को अपना उपकरण न मानकर सहचर व सहपथिक मानता है। वहाँ बौद्धिक, आर्थिक, सामाजिक विषमताएँ तो हो सकती हैं, परन्तु मानवीय गरिमा के प्रति सार्वभौमिक सम्मान का भाव होता है। इस कारण समाज विश्वास एवं आत्मीयता के एक गहरे बंधन में बँधा होता है। न्यूनतम द्वन्द्व और अधिकतम सहकार की ऐसी व्यवस्था ही सम्यक् सभ्यता है। टानीज़ मानते हैं कि जब तक कुल, पास-पड़ोस व धार्मिक संस्थाएँ प्रेरित एवं निर्देशित करती थीं, तब तक हमारी सोच, हमारी वृत्तियों और भावनाओं का बाजारीकरण नहीं हुआ था और जीवन में स्थिरता, निश्चिन्तता एवं सार्थकता थी। परन्तु पूँजीवादी अर्थतंत्र ने मानवीय अस्तित्त्व को एक गहरी तात्त्विक असुरक्षा (Ontological Insecurity) में धकेल दिया है। आज मानवीय अनुभव की गहनता, व्यापकता एवं उदात्तता बुरी तरह छिन्न-भिन्न हो चुकी है।

परन्तु, बीसवीं सदी के चर्चित अर्थशास्त्री लार्ड कीन्स पूँजीवाद-जनित समृद्धि को ही विश्वशान्ति व विश्वकल्याण का मार्ग मानते हैं। उन्होंने महायुद्धों की विभीषिका से झुलसे विश्व का परित्राण समृद्धि के अधिकाधिक विस्तार में माना और वे इसके लिए इतने आतुर और आग्रहशील थे कि उन्होंने अनीति को भी अंगीकार करने का पक्ष-पोषण किया। उन्होंने कहा कि आगामी सौ वर्षों तक हमें नीति-अनीति, अच्छे-बुरे का विचार किए बिना आर्थिक विकास के लिए प्रयत्नशील रहना होगा। वैज्ञानिक प्रगति ने हमें इतनी बौद्धिक एवं तकनीकी सामर्थ्य प्रदान कर दी है कि परम्परागत सद्‌गुणों की बैसाखी अनावश्यक हो गयी है। उनका तर्क उद्धरणीय है—

For at least another hundred years we must pretend to ourselves and to every one that fair is foul and foul is fair; for foul is useful and fair is not. Avarice, usuary and precaution must be our gods for a little longer still.For only they can lead us out of the tunnel of economic necessity into daylight.

परन्तु, प्रश्न है कि सामाजिक, आर्थिक विकास नीति-विहीन होकर भी क्या आज के जटिल प्रश्नों का समाधान कर पाया है? दशकों पूर्व लार्ड कीन्स जैसे अर्थशास्त्रियों ने समृद्धि के लिए जिस 'राजमार्ग' का पक्ष-पोषण किया था, वह तो बहुत फिसलन भरा सिद्ध हुआ है। वस्तुतः, आर्थिक जीवन के प्रश्नों का सम्यक् निदान एवं उपचार अर्थशास्त्र की सीमाओं के अन्तर्गत नहीं खोजा जा सकता। आज अर्थशास्त्र को परम्परागत तत्त्वदर्शन के अमृत-कणों की आवश्यकता है। स्वयंभू अर्थशास्त्र ने व्यष्टि व समष्टि को विदीर्ण ही किया है।

संदर्भ

1. विदुरनीति, उद्योगपर्व, महाभारत
2. के० आर० रंगास्वामी आयंगर : एस्पेक्ट्स आफ एंशियन्ट इंडियन इकानामिक थॉट, बी०एच०यू०, 1973, पृष्ठ 17
3. टामस कार्लायल : मिसलेनीज़, पॉपुलर एडीशन, खंड VII, 1849, पृष्ठ 84
4. एमिल दुर्खाइम : सुसाइड, रुटलेज एंड केगन पॉल, लंदन, 1952, पृष्ठ 248
5. जे० सी० कुमारप्पा : इकानमी ऑफ परमानेन्स, सर्वसेवा संघ प्रकाशन, काशी, 1958

■

स्कूली पाठ्यक्रम तथा भारतीय ज्ञान प्रणाली

सोनाली जायसवाल
अमित कुमार जायसवाल

आईकेएस नवाचार, सतत विकास और राष्ट्र–निर्माण के लिए एक दूरदर्शी ढाँचा है, जो भारत को 21वीं सदी में एक वैश्विक ज्ञान नेता के रूप में स्थापित कर सकता है और आत्मनिर्भर भारत की अवधारणा में योगदान दे सकता है।

प्रस्तावना :

भारतीय ज्ञान प्रणाली (आईकेएस) भारत की बौद्धिक, सांस्कृतिक और वैज्ञानिक परंपराओं को आत्मसात करती है, जिन्हें शिक्षा के क्षेत्र में हज़ारों वर्षों से विकसित किया गया है। यह केवल आध्यात्मिक या धार्मिक क्रियाओं या विचारों तक ही सीमित नहीं है, बल्कि गणित, खगोल विज्ञान, भाषा विज्ञान, चिकित्सा (आयुर्वेद), वास्तुकला (वास्तु), प्रदर्शन कला, पारिस्थितिकी, दर्शन और शासन जैसे विविध विषयों को भी बढ़ावा देती है। परंपरागत रूप से, आईकेएस गुरु–शिष्य परंपरा और मौखिक परंपराओं के माध्यम से परिवर्तित हुआ, जहाँ ज्ञान को अलग–अलग विषयों में विभाजित करने के बजाय एक एकीकृत समग्र रूप में वितरित किया जाता था (इंडिया टुडे, इंडियन नॉलेज सिस्टम–ए विजन 2024)। आईकेएस मुख्यतः ज्ञान की अंतर्संबंधता को लागू करता है, जैसे सैद्धांतिक अन्वेषण, अनुभवजन्य अवलोकन और नैतिक व्यवहार का सम्मिश्रण। इसकी नींव मानव जीवन के चतुर्विध पुरुषार्थों—धर्म, अर्थ, काम और मोक्ष में गहराई से निहित है। ये लक्ष्य सुनिश्चित करते हैं कि शिक्षा केवल उपयोगितावादी कौशलों के बारे में ही नहीं, बल्कि मूल्य–आधारित जीवन और मानव उत्कर्ष के बारे में भी हो (कौर एवं सिंह, यूरेसिया, रिव्यू, 2025)। विद्वानों का तर्क है कि ऐसा ढाँचा या नीति न केवल प्राचीन ज्ञान का अभिलेख प्रदान करती है, बल्कि एक जीवंत ज्ञान प्रणाली भी प्रदान करती है जो शिक्षा, स्थिरता और नैतिकता में समकालीन बाधाओं को दूर करने के लिए प्रासंगिक बनी रहती है।

21वीं सदी में, वैश्वीकरण, तकनीकी व्यवधान और पारिस्थितिक संकटों के कारण, भारतीय ज्ञान प्रणाली शिक्षा और विकास पर पुनर्विचार के लिए मूल्यवान दृष्टिकोणों को बढ़ावा देती है। खंडित आधुनिक प्रणालियों के विपरीत, आईकेएस समग्र शिक्षा को प्रोत्साहित करता है, भौतिक प्रगति को आध्यात्मिक और नैतिक प्रगति के साथ संतुलित करता है। उदाहरण के लिए, एहतियाती स्वास्थ्य सेवा और स्थिरता पर आयुर्वेद का प्रयास वर्तमान समय में स्थायी कल्याण की माँगों के साथ दृढ़ता से प्रतिध्वनित होता है (मिथरी एच०एस०, नितिन कृष्णा आर ऐण्ड राजाराम महतो 2022), जबकि पारिस्थितिक, अर्थशास्त्र और ऋग्वेद जैसे ग्रंथों में निहित समझ पर्यावरणीय प्रबंधन के लिए मॉडल प्रस्तुत करती है।

स्वास्थ्य के अलावा, अर्थशास्त्र और ऋग्वेद जैसे प्राचीन भारतीय ग्रंथ, वृक्षायुर्वेद—'वनस्पति जीवन का विज्ञान'—के साथ मिलकर आज की स्थिरता आवश्यकताओं के लिए अत्यंत उपयुक्त पारिस्थितिक ज्ञान प्रदान करते हैं। अर्थशास्त्र वन संरक्षण, वन्यजीव संरक्षण और सुविचारित संसाधन उपयोग—के लिए दृष्टिकोणों को आकार देता है—जो आधुनिक पर्यावरणीय शासन के उल्लेखनीय रूप से समानांतर हैं (शर्मा एण्ड शर्मा, 2025)। इसके पूरक के रूप में, वेद प्रकृति के प्रति कृतज्ञता का व्यापक दस्तावेजीकरण करते हैं, नदियों, वृक्षों और पर्वतों जैसे मूलभूत तत्वों को पवित्र मानते हैं; यह परंपरा पारिस्थितिक संरक्षण को पोषित करती है और पर्यावरण संरक्षण की समकालीन विचारधाराओं को प्रतिध्वनित करती है (गोस्वामी, 2025)। इसके अलावा, आईकेएस शिक्षार्थियों को सांस्कृतिक जड़ों और वैश्विक दक्षताओं के साथ प्रशिक्षित करता है। आधुनिक वैज्ञानिक विचारों के साथ स्वदेशी ज्ञानमीमांसाओं से जुड़ने की क्षमता आलोचनात्मक सोच, अंतर-सांस्कृतिक समझ और समस्या-समाधान कौशल को प्रोत्साहित करती है—जो 21वीं सदी में वैश्विक नागरिकता के लिए आवश्यक गुण हैं (जेनेडो, 2024)। शिक्षण पद्धति में आईकेएस को शामिल करके, शिक्षा रटंत विद्या से आगे बढ़कर उपयुक्त और परिवर्तनकारी शिक्षण अनुभवों की ओर बढ़ती है, जो सतत विकास और वैश्विक नागरिकता के लिए शिक्षा के यूनेस्को के दृष्टिकोण का समर्थन करती है। राष्ट्रीय शिक्षा नीति (रा०शि०नी०, 2020) मुख्यत: ऐसी प्रणाली के निर्माण को प्रोत्साहित करती है जो भारतीय लोकाचार में गहराई से निहित हो और 21वीं सदी की आवश्यकताओं के प्रति उत्तरदायी हो (भारत सरकार, 2020, पृ० 3)। इसका एक महत्वपूर्ण योगदान भारतीय ज्ञान प्रणालियों (आईकेएस) को प्रॉस्पेक्टस रूपांतरण के एक प्रमुख आयाम के रूप में स्पष्ट रूप से मान्यता देना है।

रा०शि०नी० 2020 हस्तक्षेप के तीन प्रमुख क्षेत्रों पर प्रकाश डालता है—

- वैज्ञानिक अन्वेषण की भावना को प्रोत्साहित करते हुए भारत की विरासत पर गर्व को प्रतिस्थापित करने के लिए स्कूली पाठ्यक्रम में आईकेएस का समावेश।
- समर्पित आईकेएस केन्द्रों के माध्यम से उच्च शिक्षा संगठनों में अंत:विषय अनुसंधान को बढ़ावा देना।
- शिक्षक शिक्षा कार्यक्रमों को पुनर्व्यवस्थित करना ताकि शिक्षक शिक्षण पद्धति में आईकेएस को स्पष्ट रूप से शामिल कर सकें।

रंगनाथन और श्रीरामाना ऐथल (2021) जैसे विद्वान चर्चा करते हैं कि नीति की पद्धति शिक्षार्थियों को प्राचीन भारतीय ज्ञान को समकालीन वैज्ञानिक ज्ञान के साथ जोड़ने का अधिकार देती है, जिससे सांस्कृतिक जड़ता और वैश्विक प्रतिस्पर्धा दोनों मजबूत होती हैं। इसी प्रकार, वसुधा और अरोड़ा (2022) इस बात पर प्रकाश डालते हैं कि मूलभूत पाठ्यक्रम के भीतर आईकेएस को शामिल करना शिक्षा में समग्र विकास, पर्यावरणीय संवेदनशीलता और नैतिक जिम्मेदारी को प्रेरित करता है। ऐसा करके, रा०शि०नी० 2020 छात्रों को विश्व स्तर पर ज्ञानवान होने के साथ-साथ जातीय रूप से जमीनी नागरिकों के रूप में देखता है, जो भारत की बौद्धिक विरासत का लाभ उठाते हुए आधुनिक मुठभेड़ों का सामना करने में सक्षम हैं—एक ऐसा दृष्टिकोण जो एक ऐसे ज्ञान समाज की नींव से जुड़ा है जहाँ प्राचीन दृष्टिकोण न केवल अक्षुण्ण हैं बल्कि समकालीन उपयोग के लिए उत्साहपूर्वक पुनर्व्याख्या किए गए हैं। संक्षेप में, यह अध्याय शिक्षकों को शैक्षणिक दृष्टिकोण और मूल्यांकन रणनीतियों से लैस करता है।

भारतीय ज्ञान प्रणाली (आईकेएस) को समझना

भारतीय ज्ञान प्रणाली (आईकेएस) एक विशाल और बहुस्तरीय ज्ञान परंपरा का प्रतीक है जो हज़ारों वर्षों से चली आ रही है और न केवल आध्यात्मिक और दार्शनिक विचारों को बल्कि वैज्ञानिक, कलात्मक और वास्तविक ज्ञान के क्षेत्रों को भी एकीकृत करती है। आईकेएस की दार्शनिक व्यावहारिकताएँ मानव जीवन के चतुर्विध उद्देश्यों (पुरुषार्थ : धर्म, अर्थ, काम और मोक्ष) से निकटता से जुड़ी हैं और इस बात पर ज़ोर देती हैं कि शिक्षा व्यक्तिगत उपलब्धि, सामाजिक कल्याण और आध्यात्मिक ज्ञान प्राप्त करने का एक साधन है (राधाकृष्णन, 2029)।

दार्शनिक आधार

आईकेएस के दार्शनिक सुदृढ़ीकरण समग्र विकास और जीवन के एक साधन के रूप में ज्ञान की खोज के इर्द-गिर्द घूमते हैं। प्रारंभिक भारतीय चिन्तन ने शिक्षा को न केवल संज्ञानात्मक क्षमताओं, बल्कि मूल्यों, नैतिकता और भावनात्मक बुद्धिमत्ता को भी बढ़ावा देने वाली प्रगति के रूप में बढ़ावा दिया। इस दृष्टिकोण ने शिक्षार्थी को एक एकीकृत व्यक्ति के रूप में देखा, जिसकी शिक्षा में नैतिक निर्णय, आलोचनात्मक सोच, रचनात्मकता और सामाजिक उत्तरदायित्व का विकास होना चाहिए (पाठक, 2021)।

पारंपरिक शैक्षिक मॉडल

नालंदा, तक्षशिला, विक्रमशिला और वल्लभी जैसे प्राचीन शिक्षण संस्थान प्रगतिशील शिक्षा के केन्द्र थे, जो न केवल भारत के बल्कि दुनिया भर के बुद्धिजीवियों को आकर्षित करते थे। इन विश्वविद्यालयों ने बहु-विषयक शिक्षा को बढ़ावा दिया, जहाँ छात्र दर्शनशास्त्र, साहित्य, गणित, खगोल विज्ञान, चिकित्सा और राजनीति विज्ञान जैसे क्षेत्रों में ज्ञानवान परामर्शदाताओं के मार्गदर्शन में संलग्न होते थे। गुरु-शिष्य परंपरा, संशोधित शिक्षा का उदाहरण थी, जहाँ ज्ञान का संचरण केवल ग्रंथों तक सीमित नहीं था, बल्कि मार्गदर्शन, अनुभवात्मक शिक्षा, नैतिक आचरण और सामाजिक कर्तव्यों तक विस्तृत था (पाठक, 2021)। छात्र चर्चाओं (शास्त्रार्थ), सम्मेलनों और व्यावहारिक अभ्यासों में भाग लेते थे, जिससे शिक्षा एक गतिशील और सहयोगात्मक प्रक्रिया बन गई (ठाकुर, 2022)।

ज्ञान क्षेत्र

आईकेएस ज्ञान के विविध क्षेत्रों का अनुसरण करता है, जो प्राचीन भारतीय सभ्यता की ज्ञानात्मक जटिलता को दर्शाता है। जीवन शैली अर्थात् दर्शनशास्त्र, में योगदानों में उपनिषद और न्याय सूत्र शामिल हैं, जो तत्वमीमांसा, तर्कशास्त्र और ज्ञानमीमांसा की खोज करते हैं (राधाकृष्णन, 2019)। विज्ञान और गणित के क्षेत्र में, आर्यभट्ट, वराहमिहिर और ब्रह्मगुप्त जैसे सुप्रसिद्ध और शिक्षित विद्वानों ने खगोल विज्ञान, बीजगणित और ज्यामिति जैसे क्षेत्रों में प्रगतिशील अवधारणाएँ स्थापित कीं (झा, 2018)। आयुर्वेद एक संगठित और समग्र चिकित्सा प्रणाली का उदाहरण है जो निवारक स्वास्थ्य सेवा, जीवनशैली स्थिरता और नैतिक उपचार पर जोर देती है (पटेल और सिंह, 2021)। इसके अतिरिक्त, कला, वास्तुकला (वास्तु), कलाएँ, कृषि और शासन, सामाजिक कल्याण, पारिस्थितिक स्थिरता और

सांस्कृतिक स्वरूप के लिए एकीकृत दृष्टिकोण प्रकट करते हैं (इंसपायरा जर्नल, 2021)। इस अंत:विषयक निष्कर्ष से यह पता चलता है कि आईकेएस कभी भी अमूर्त सिद्धांत तक सीमित नहीं रहा, बल्कि हमेशा नैतिक और सांस्कृतिक दायरे के साथ व्यावहारिक अनुप्रयोग को एकीकृत किया।

सीखने की स्वदेशी विधियाँ

पारंपरिक भारतीय शिक्षा मौखिक संचरण, वाद-विवाद और व्यावहारिक शिक्षा पर अत्यधिक निर्भर थी। मौखिक परंपराओं ने कहानियों, महाकाव्यों (महाभारत, रामायण) और गीतों के माध्यम से पीढ़ियों तक ज्ञान को सुव्यवस्थित रखा, स्मृति, बौद्धिक क्षमता और नैतिक शिक्षा पर ज़ोर दिया (ठाकुर, 2022)।

बौद्धिक वाद-विवाद या शास्त्रार्थ, आलोचनात्मक तर्क, विश्लेषणात्मक कौशल और विविध दृष्टिकोणों के प्रति सहिष्णुता का पोषण करते थे, जिससे छात्रों को जानकारी में भावशून्य रूप से रमने के बजाय विचारों में गहराई से भाग लेने के लिए प्रोत्साहित किया जाता था। यथार्थवादी शिक्षा कृषि, वास्तुकला, चिकित्सा और कला जैसे क्षेत्रों की ओर अग्रसर थी, जिससे छात्रों ने सैद्धांतिक ज्ञान के साथ-साथ व्यावहारिक विशेषज्ञता भी विकसित की (झा, 2018)। ये शैक्षणिक कार्य समकालीन शैक्षिक पद्धतियों जैसे परियोजना-आधारित शिक्षण, सहकारी शिक्षण और अनुभवात्मक शिक्षा के साथ गहराई से प्रतिध्वनित होते हैं।

राशिनी 2020 के संदर्भ में आईकेएस

राष्ट्रीय शिक्षा नीति (एनईपी) 2020, भारतीय ज्ञान प्रणाली (आईकेएस) के महत्व को भारत की शैक्षिक नीतियों के एक अभिन्न अंग के रूप में मानती है। यह भारतीय भाषाओं, सांस्कृतिक परंपराओं, कलाओं और स्वदेशी ज्ञानमीमांसाओं को बढ़ावा देने के लिए व्यापक रूप से आह्वान करती है और प्रोत्साहित करती है कि शिक्षार्थियों को उनकी सांस्कृतिक विरासत से विमुख न किया जाए। राम, नेट्टो और मोहन (2025) इस बात पर ज़ोर देते हैं कि यह रूपरेखा निर्देश उन स्वदेशी ज्ञान परंपराओं को पुन: प्राप्त करने का एक प्रयास है जो औपनिवेशिक और उत्तर-औपनिवेशिक शिक्षा प्रणालियों के तहत हाशिए पर चली गई थीं। आईकेएस को प्रमुखता देकर, राशिनी 2020 प्रासंगिक सार्थक शिक्षा को बढ़ावा देने पर ज़ोर देती है जो भारत की बौद्धिक विरासत को उजागर करती है और साथ ही शिक्षार्थियों को वर्तमान चुनौतियों के लिए तैयार करती है।

इसके अलावा, ममगईं (2025) इस बात पर ज़ोर देते हैं कि राष्ट्रीय शिक्षा नीति आयुर्वेद, योग, गणित, खगोल विज्ञान और दर्शन जैसी पारंपरिक ज्ञान प्रणालियों की पुनर्स्थापना को बढ़ावा देती है, जिनका प्राचीन महत्व और आधुनिक अनुप्रयोग दोनों हैं। मार्गदर्शक सिद्धांत इस बात पर ज़ोर देता है कि ऐसी ज्ञान प्रणालियों को केवल प्राचीन ज्ञान के अवशेष के रूप में नहीं, बल्कि गतिशील और प्रगतिशील ढाँचों के रूप में देखा जाना चाहिए जिन्हें वैज्ञानिक अन्वेषण और नवाचार से जोड़ा जा सकता है। इस प्रकार, राष्ट्रीय शिक्षा नीति 2020, भारतीय सांस्कृतिक विरासत और वैश्विक शैक्षिक आकांक्षाओं के बीच एक कड़ी के रूप में भारतीय सांस्कृतिक संबंध परिषद (आईकेएस) की कल्पना करती है, जो शिक्षार्थियों के समग्र या समग्र विकास पर प्रकाश डालती है जिसमें पारंपरिक और आधुनिक दोनों अनुप्रयोगों का संयोजन होता है।

रा०शि०नी० 2020 लक्ष्यों को पूरा करने में आईकेएस का योगदान

राशिनी 2020 के मूलभूत उद्देश्यों में से एक समग्र या सार्वभौमिक और बहु-अनुशासनात्मक शिक्षा की व्यवस्था करना है, जो शिक्षार्थियों के समावेशी विकास को प्रोत्साहित करने के लिए रटने या याद रखने से आगे बढ़ना है। आई०के०एस० इस प्रक्रिया में एक महत्वपूर्ण भूमिका निभाता है, क्योंकि यह स्पष्ट रूप से एक समग्र विश्वव्यापी परिप्रेक्ष्य का उदाहरण देता है जहाँ ज्ञान सिलो में खंडित नहीं होता है बल्कि आपस में जुड़ा होता है। उदाहरण के लिए, शास्त्रीय भारतीय परंपराओं में दर्शन, कला, विज्ञान और नैतिकता के एकीकरण पर जोर दिया जाता है, जिससे छात्रों को अपने व्यक्तित्व के कई आयामों को विकसित करने के लिए प्रोत्साहित किया जाता है।

इसके अलावा, आई०के०एस० व्यावहारिक और कौशल आधारित सीखने को प्रोत्साहित करता है। पारंपरिक कृषि ज्ञान, आदिवासी चिकित्सा प्रणालियाँ और लोक कलाएँ जैसी प्रथाएँ पर्यावरण और समाज के साथ हाथ से जुड़ाव में निहित हैं। यह राशिनी 2020 के समानांतर है जो ज्यादातर व्यावसायिक शिक्षा और जीवन कौशल पर जोर देता है। ये वास्तविक दुनिया की चुनौतियों के लिए शिक्षार्थियों को तैयार करने के लिए आवश्यक हैं। आई०के०एस० को आधुनिक पाठ्यक्रम में शामिल करके, यह नीति सांस्कृतिक रूप से प्रासंगिक शिक्षाशास्त्र का समर्थन करती है जो बौद्धिक, भावनात्मक, नैतिक और सामाजिक विकास को तुरंत अपनाती है। इसलिए, समग्र शिक्षा और सीखना यह सुनिश्चित करता है कि छात्र न केवल सक्षम विशेषज्ञ बनें बल्कि जिम्मेदार और अनुशासित नागरिक भी बनें जो मूल्यों और टिकाऊ और पारिस्थितिक प्रथाओं पर आधारित हों।

शिक्षा में भारतीय ज्ञान प्रणाली (आईकेएस) के एकीकरण का दृष्टिकोण

इस दृष्टिकोण के अनुरूप, राष्ट्रीय शिक्षा नीति (एनईपी) 2020 एक बहु-विषयक और कौशल-उन्मुख शिक्षा संगठन के पोषण में आईकेएस की परिवर्तनकारी कार्रवाई को अलग करती है। नीति इस बात पर जोर देती है कि शिक्षा 'भारतीय लोकाचार में गहराई से निहित' होनी चाहिए, साथ ही विद्वानों को 21वीं सदी के कौशल से लैस वैश्विक नागरिक बनने के लिए भी तैयार किया जाना चाहिए (भारत सरकार, 2020)। आई०के०एस० ने निष्कर्ष निकाला कि अभिनव पाठ्यक्रम डिजाइन, कहानी कहने और परियोजना-आधारित सीखने जैसी शैक्षणिक प्रथाओं और डिजिटल प्रौद्योगिकियों के उपयोग से छात्रों को सार्थक आदतों में ज्ञान के साथ भाग लेने में सुरक्षा मिलती है। इस तरह के दृष्टिकोण रटने वाले संस्मरण से दूर चले जाते हैं, शिक्षार्थियों को समकालीन संदर्भों में पारंपरिक अंतर्दृष्टि को लागू करने के लिए प्रेरित करते हैं—चाहे वह स्थायी प्रथाओं, स्वास्थ्य और कल्याण के माध्यम से हो, या सिर्फ निर्णय लेने के माध्यम से हो (शर्मा और झा, 2022)। इस प्रकार, आई०के०एस० एकीकरण आज की तेजी से बदलती दुनिया में एक सांस्कृतिक आधिकारिक और एक शैक्षिक आवश्यकता दोनों है।

पाठ्यचर्या एकीकरण

स्कूली पाठ्यक्रम में आई०के०एस० का समावेश भारत की बौद्धिक विरासत के संरक्षण और उसे ताज़ा करने के लिए सबसे प्रत्यक्ष मार्गों में से एक है। राशिनी 2020 में स्वदेशी परंपराओं, भाषाओं और ज्ञान प्रणालियों को विषयों के माध्यम से शामिल करने के महत्व पर प्रकाश डाला गया है, न कि उन्हें पहुँच से बाहर के विकल्पों (भारत सरकार, 2020) तक सीमित रखा गया है उदाहरण के लिए, आई०के०एस० की विशेषताओं को नालंदा और तक्षशिला के ऐतिहासिक योगदान को दुनिया भर के शिक्षण केन्द्रों के मॉडल के रूप में प्रदान करके या आर्यभट्ट और भास्कराचार्य द्वारा आयुर्वेद, धातु विज्ञान और खगोलीय स्पष्टीकरण जैसी पारंपरिक प्रथाओं को शामिल करके विज्ञान में जोड़ा जा सकता है। इसी तरह, भाषा और कला में, छात्र भाषाई विशेषज्ञता और सांस्कृतिक संवेदनशीलता दोनों को विकसित करने के लिए शास्त्रीय ग्रंथों, लोक परंपराओं और मौखिक कहानी कहने में योगदान कर सकते हैं (पाठक, 2021)।

शैक्षणिक दृष्टिकोण

पाठ्यक्रम डिजाइन से परे, शैक्षणिक रणनीतियाँ यह सुनिश्चित करने के

लिए आवश्यक हैं कि आई०के०एस० को निश्चित ज्ञान के रूप में नहीं बल्कि मौजूदा, अनुभवात्मक और संवादात्मक प्रणाली के रूप में माना जाए। उदाहरण के लिए, कहानी सुनाना, ऐतिहासिक रूप से भारत में मूल्यों और ज्ञान के संचालन के सबसे शक्तिशाली तरीकों में से एक रहा है। रामायण या पंचतंत्र दंतकथाओं जैसे महाकाव्यों को कक्षा के विचार-विमर्श में एकीकृत करने से छात्रों को नैतिक दुविधाओं, सांस्कृतिक प्रतिनिधित्व और ऐतिहासिक संदर्भों के साथ आलोचनात्मक रूप से भाग लेने की अनुमति मिलती है (नारंग, 2022)। इसी तरह, स्थानीय केस स्टडी-जैसे कि राजस्थान में स्वदेशी जल-संचयन प्रणालियों का अध्ययन या पूर्वोत्तर में आदिवासी औषधीय प्रथाएँ-छात्रों को दर्शन को जीवित वास्तविकताओं से जोड़ने में मदद करती हैं (कुमार, 2021)।

विरासत स्थलों, संग्रहालयों और पारिस्थितिकीय हॉटस्पॉट का दौरा अनुभवात्मक शिक्षा को और मजबूत बनाता है। शास्त्रार्थ जैसी बहसों या सहभागी परियोजनाओं में छात्रों को शामिल करके, शिक्षाशास्त्र आलोचनात्मक सोच और सहयोग को बढ़ावा देते हुए संवादात्मक जांच के पारंपरिक भारतीय दृष्टिकोण को पुनः प्रस्तुत कर सकता है (मुखर्जी, 2021)।

आई०सी०टी० और डिजिटल उपकरणों की भूमिका

21वीं सदी में आई०के०एस० का संरक्षण और प्रसार डिजिटल प्रौद्योगिकियों की परिवर्तनकारी भूमिका को नजरअंदाज नहीं कर सकता है। डिजिटल अभिलेखागार, आभासी वास्तविकता और एआई-आधारित शिक्षण मंच जैसे आईसीटी उपकरणों में पारंपरिक ज्ञान को युवा पीढ़ियों के लिए अधिक सुलभ बनाने की क्षमता है। उदाहरण के लिए, भारतीय विद्या पोर्टल और भारतीय राष्ट्रीय डिजिटल पुस्तकालय (एन०डी०एल०आई०) जैसे मंच पहले से ही अकादमिक और सार्वजनिक उपयोग के लिए आयुर्वेद, संस्कृत ग्रंथों और क्षेत्रीय लोककथाओं पर संसाधन तैयार कर रहे हैं (मेहता, 2022)। पांडुलिपियों, मौखिक इतिहास का डिजिटलीकरण करके और स्वदेशी प्रथाओं, आईसीटी यह सुनिश्चित करता है कि ज्ञान जो कभी स्थानीय समुदायों तक ही सीमित था, अब इसकी प्रामाणिकता को बनाए रखते हुए विश्व स्तर पर साझा किया जा सकता है।

गेमिफाइड स्टोरीटेलिंग ऐप, विरासत स्थलों के 3डी टूर और प्राचीन ग्रंथों के एआई-सक्षम अनुवाद जैसे इंटरैक्टिव लर्निंग टूल आईकेएस को डिजिटल-देशी शिक्षार्थियों के लिए आकर्षक बना सकते हैं।

मूल्यांकन रणनीतियाँ

आई०के०एस० का एक सार्थक एकीकरण मूल्यांकन प्रणालियों पर पुनर्विचार करने की भी माँग करता है। पूरी तरह से रटना याद रखने पर आधारित पारंपरिक परीक्षाएँ आई०के०एस० के समग्र, अनुभवात्मक और मूल्य-उन्मुख आयामों को पकड़ने में विफल रहती हैं। इसके बजाय, प्रदर्शन-आधारित मूल्यांकन जैसे भूमिका नाटक, कहानी कहने का अभ्यास और चिन्तनशील निबंध छात्रों की स्वदेशी ज्ञान को आंतरिक बनाने और लागू करने की क्षमता का बेहतर मूल्यांकन कर सकते हैं (शर्मा, 2021)। उदाहरण के लिए, छात्रों का मूल्यांकन उनके इलाके में पारंपरिक कृषि विधियों का दस्तावेजीकरण करने या आधुनिक पोषण विज्ञान के साथ आयुर्वेदिक सिद्धांतों की तुलना करने पर किया जा सकता है।

व्यावहारिक परियोजनाएँ और समुदाय-आधारित मूल्यांकन एक और अभिनव आयाम प्रदान करते हैं। छात्र बावली (बावड़ी) जैसी पारंपरिक प्रणालियों से प्रेरित एक स्थायी जल-संचयन मॉडल तैयार कर सकते हैं या विरासत स्थलों पर क्षेत्र की यात्राओं से सीखे गए सबक पर चिन्तनशील पत्रिकाएँ लिख सकते हैं। इस तरह के दृष्टिकोण 21वीं सदी के आलोचनात्मक सोच, रचनात्मकता और समस्या-समाधान के कौशल के साथ भी संरेखित होते हैं, जिन पर राशिनी 2020 और परिवर्तनकारी शिक्षा के लिए यूनेस्को के ढाँचे (यूनेस्को 2020) दोनों द्वारा जोर दिया गया है चिन्तनशील, प्रदर्शन-आधारित और परियोजना-उन्मुख मूल्यांकनों को अपनाकर, आई०के०एस० शिक्षा पारंपरिक सीमाओं को पार कर सकती है और गहरे बौद्धिक और नैतिक जुड़ाव को बढ़ावा दे सकती है।

स्कूली शिक्षा में आई०के०एस० के एकीकरण के व्यावहारिक उदाहरण

स्कूली पाठ्यक्रम में भारतीय ज्ञान प्रणाली (आई०के०एस०) का सार्थक एकीकरण, जिसके लिए न केवल सैद्धांतिक स्वीकृति की आवश्यकता है, बल्कि विषय शिक्षा के भीतर वास्तविक दुनिया के अनुप्रयोगों की भी आवश्यकता है। गणितीय विज्ञान इस तरह के एकीकरण के लिए सबसे सीधे अवसरों में से एक प्रदान करते हैं। आर्यभट्ट (5वीं शताब्दी ईस्वी) और ब्रह्मगुप्त (7वीं शताब्दी ईस्वी) जैसे भारतीय गणितज्ञों द्वारा शुरू की गई शून्य (सूर्य) और दशमलव स्थान-मूल्य प्रणाली की अवधारणा को छात्रों को गणित में कालानुक्रमिक संकेतक के रूप में पढ़ाया जा सकता है (जोसेफ, 2010)। अपनी सभ्यता की पृष्ठभूमि के लिए अमूर्त संख्यात्मक धारणाओं के

संबंध में, लीनर्स न केवल सैद्धांतिक समझ में प्रगति करते हैं, बल्कि भारत की बौद्धिक परंपराओं में सांस्कृतिक गौरव भी करते हैं (कुमार, 2019)।

यह कार्यप्रणाली एनईपी 2020 की प्रासंगिक शिक्षा और भारत की ज्ञान विरासत (शिक्षा मंत्रालय, 2020) के उत्सव पर प्रकाश डालने के साथ समानांतर है विज्ञान और जीव विज्ञान शिक्षा में, आयुर्वेदिक ज्ञान आधुनिक जैव चिकित्सा विज्ञानों के अनुरूप धारणाएँ प्रदान करता है। उदाहरण के लिए, त्रिदोष सिद्धांत (वात, पित्त, कफ) को स्वास्थ्य और बीमारी को समझने के लिए एक पारंपरिक दृष्टिकोण के रूप में प्रस्तुत किया जा सकता है। आधुनिक शरीर रचना विज्ञान और शरीर विज्ञान को प्रतिस्थापित नहीं करते हुए, आयुर्वेद छात्र को समग्र स्वास्थ्य, निवारक देखभाल और जीवन शैली में संतुलन के विचार को समझने में मदद करता है—सिद्धांत जो कल्याण और निवारक चिकित्सा की आधुनिक धारणाओं के साथ प्रतिध्वनित होते हैं (प्रधान, 2021)। इस तरह की सामग्री का एकीकरण न केवल छात्रों की जिज्ञासा को बढ़ाता है, बल्कि सदियों के अभ्यास द्वारा मान्य स्वदेशी ज्ञान को शामिल करने के लिए स्वास्थ्य शिक्षा के दायरे को भी व्यापक बनाता है (मुखर्जी, 2020)।

इसी तरह, शास्त्रीय भारतीय साहित्य से भाषा और नैतिक शिक्षा को काफी लाभ हो सकता है। पंचतंत्र और जातक कथाएँ, जो दो सहस्राब्दियों से अधिक समय से प्रसारित की जा रही हैं, नैतिक प्रतिबिम्ब, समस्या समाधान रणनीतियों और कथात्मक तकनीकों के समृद्ध स्रोत हैं। इन संदर्भों का उपयोग पढ़ने की समझ, नैतिक तर्क और अंतर-सांस्कृतिक संचार को मजबूत करने के लिए किया जा सकता है (चौधरी, 2017)। स्वदेशी कहानी कहने की परंपराओं के संदर्भ में नैतिक शिक्षा तैयार करके, शिक्षक छात्रों को उनकी सांस्कृतिक जड़ों में आधार बनाते हुए सहानुभूति, सहयोग और आलोचनात्मक सोच जैसे मूल्यों को विकसित कर सकते हैं। पर्यावरण अध्ययन आई०के०एस० एकीकरण के लिए एक और महत्वपूर्ण स्थान प्रदान करते हैं। भारत की स्वदेशी परंपराएँ पारिस्थितिक ज्ञान के साथ गहराई से जुड़ी हुई हैं, जैसा कि वर्षा जल संचयन (राजस्थान में जोहड़) पवित्र उपवन (महाराष्ट्र में देवरई) और समुदाय-पूर्वोत्तर में वनों के प्रबंधन जैसी प्रथाओं में देखा जाता है। इन प्रथाओं का अध्ययन स्थायी मॉडल के रूप में किया जा सकता है जो जलवायु परिवर्तन और संसाधनों की कमी के सामने अत्यधिक प्रासंगिक हैं (गाडगिल गुहा, 2000 और शिवा 2016)। इस तरह के उदाहरण इस बात पर प्रकाश डालते हैं कि स्वदेशी परंपराएं स्थिर अवशेष नहीं हैं, बल्कि ज्ञान की

गतिशील प्रणालियाँ हैं जो आधुनिक पर्यावरणीय संकटों का समाधान प्रदान करती हैं।

अंत में, प्रदर्शन कलाएँ आई०के०एस० को शिक्षा में शामिल करने के लिए एक महत्वपूर्ण मार्ग प्रदान करती हैं। भरतनाट्यम और ओडिसी जैसे शास्त्रीय नृत्य रूप, गरबा या बिहू जैसी लोक परंपराएँ और यक्षगान जैसे रंगमंच रूप केवल सौंदर्य अभिव्यक्ति नहीं हैं, बल्कि दार्शनिक, आध्यात्मिक और नैतिक विचारों को धारण करते हैं (चक्रवर्ती और सिंह, 2022)। इन्हें पाठ्यक्रम में शामिल करने से रचनात्मकता, भावनात्मक अभिव्यक्ति और सांस्कृतिक साक्षरता को बढ़ावा मिलता है, जिससे रटने वाली शिक्षा से परे समग्र विकास को बढ़ावा मिलता है। इसके अलावा, मौखिक परंपराओं, संगीत और लोक रंगमंच को शैक्षणिक उपकरणों के रूप में नियोजित किया जा सकता है, जिससे राशिनी 2020 के अनुभवात्मक और बहु–विषयक सीखने (शिक्षा मंत्रालय, 2020) के दृष्टिकोण के समानांतर बहुआयामी शिक्षण रणनीतियों को अपनाने में शिक्षकों की सहायता की जा सकती है सामूहिक रूप से, ये उदाहरण दर्शाते हैं कि आई०के०एस० ज्ञान का एक अलग या पुराना निकाय नहीं है, बल्कि एक जीवित, गतिशील परंपरा है जिसे हर क्षेत्र में सार्थक रूप से जोड़ा जा सकता है। जब संवेदनशीलता और कठोरता के साथ एकीकृत किया जाता है, तो इस तरह की प्रथाएँ समग्र शिक्षा, सांस्कृतिक जड़ों और वैश्विक तैयारी का पोषण करती हैं अंततः भारत की बौद्धिक विरासत से गहराई से जुड़े रहने के साथ–साथ शिक्षार्थियों को नवप्रवर्तक, महत्वपूर्ण विचारक और जिम्मेदार वैश्विक नागरिक बनने के लिए तैयार करती हैं।

शिक्षक तैयारी और क्षमता निर्माण

समकालीन निर्देश में भारतीय ज्ञान प्रणालियों (आई०के०एस०) का सकारात्मक समामेलन विश्लेषणात्मक रूप से शिक्षकों की तैयारी और क्षमता पर निर्भर करता है। जैसा कि राष्ट्रीय शिक्षा नीति (एनईपी) 2020 रेखांकित करती है, शिक्षक विशुद्ध रूप से सूचना के प्रसारक नहीं हैं, बल्कि कार्यान्वयनकर्ता हैं जो छात्रों को पारंपरिक ज्ञान और समकालीन विषयों (भारत सरकार, 2020) दोनों से जुड़ने में मदद करते हैं इसके लिए शिक्षक शिक्षा कार्यक्रमों (बी०एड० और एम०एड०)के व्यापक पुनर्विन्यास की आवश्यकता है। आई०के०एस० सामग्री, शिक्षाशास्त्र और कार्यप्रणाली पर विशेष मॉड्यूल शामिल करना। शिक्षकों को आई०के०एस० की दार्शनिक व्यावहारिकताओं, ज्ञान क्षेत्रों की परस्पर जुड़ाव और समग्र, मूल्य–आधारित शिक्षा के शिक्षण के लिए कार्यप्रणाली को समझने की आवश्यकता है जो

आलोचनात्मक सोच, रचनात्मकता और नैतिक तर्क की देखभाल करती है (प्रधान, 2021)। शिक्षक क्षमता निर्माण की एक प्रमुख विशेषता में पारंपरिक ज्ञान धारकों, स्थानीय आबादी और क्षेत्र विशेषज्ञों के साथ सहयोग शामिल है। आयुर्वेद, वास्तु शास्त्र, शास्त्रीय कला और पारिस्थितिक प्रथाओं के विशेषज्ञों को शामिल करने से शिक्षकों को वास्तविक, व्यावहारिक ज्ञान मिल सकता है जो पाठ्यपुस्तकों से परे है। इस तरह के सहयोग से शिक्षकों को छात्रों के लिए आई०के०एस० अवधारणाओं को प्रासंगिक बनाने में मदद मिलती है, जिससे सीखने को अधिक सार्थक और जीवन की भागीदारी में आधारित बनाया जा सकता है (बद्योपाध्याय, 2020)। कार्यशालाएँ, सेमिनार और फील्ड विजिट ज्ञान चर्चा के लिए मंच के रूप में भाग ले सकते हैं, जिससे शिक्षकों को मौखिक परंपराओं, वाद-विवाद (शास्त्रार्थ) और अनुभवात्मक सीखने के तरीकों के अंतर सीखने की अनुमति मिलती है, जिन्होंने सदियों से आई०के०एस० को जारी रखा है।

संक्षेप में, शिक्षक प्रशिक्षण केवल आई०के०एस० की जानकारी प्रदान करने के बारे में नहीं है, बल्कि प्रशिक्षकों को सुविधा प्रदाता के रूप में पोषित करने के बारे में है जो अतीत और वर्तमान, परंपरा और आधुनिकता को जोड़ सकते हैं, यह सुनिश्चित करते हुए कि छात्र समग्र, चिन्तनशील और परिवर्तनकारी तरीके से ज्ञान के साथ भाग लेते हैं।

पारंपरिक ज्ञान के संरक्षक के रूप में महिलाएँ

आई०के०एस० में महिलाओं का योगदान स्वास्थ्य, भोजन, शिल्प और पारिस्थितिक ज्ञान के क्षेत्र में विशेष रूप से स्पष्ट है। स्वास्थ्य सेवा में, महिलाएँ पीढ़ियों से लोक चिकित्सा, दाई और जड़ी-बूटियों के उपचार की प्राथमिक व्यवसायी रही हैं। औषधीय पौधों, आहार व्यवस्था और प्रसवोत्तर देखभाल के उनके अनुभवात्मक ज्ञान ने ग्रामीण और आदिवासी क्षेत्रों में समुदायों को बनाए रखा है, जो अक्सर औपचारिक स्वास्थ्य सेवा तक सीमित पहुँच की भरपाई करते हैं (सहाय, 2019)। ये प्रथाएँ केवल उपयोगितावादी नहीं हैं, बल्कि मानव शरीर को पारिस्थितिकी, आध्यात्मिकता और सामाजिक जीवन से जोड़ते हुए एक समग्र परिप्रेक्ष्य को दर्शाती हैं।

खाद्य प्रसंस्करण और कृषि जैव विविधता में महिलाओं की भूमिका भी उतनी ही महत्वपूर्ण है। पूरे भारत में, महिलाओं ने सामूहिक बीज बैंकों और कृषि सहकारी समितियों के माध्यम से स्थानीय फसल किस्मों के संरक्षण को रेखांकित करते हुए बीज संरक्षक के रूप में काम किया है। वंदना शिवा, (2016) प्रोत्साहित करती है कि महिला किसानों, विशेष रूप से उत्तराखंड

और आंध्र प्रदेश में, स्वदेशी अनाज, दालों और बाजरे की खेती और संरक्षण करके कृषि-जैव विविधता को रोका—अब जलवायु-लचीला फसलों के रूप में मान्यता प्राप्त संसाधन। यह ज्ञान खाद्य संप्रभुता और जलवायु अनुकूलन पर वैश्विक एजेंडे को आगे बढ़ाने के लिए महत्वपूर्ण है। यहाँ लैंगिक आयाम इस बात में निहित है कि कैसे महिलाओं का दैनिक श्रम और स्थानीय नवाचार स्थिरता की रक्षा करते हैं, उनके योगदान के माध्यम से अक्सर आर्थिक और वैज्ञानिक प्रवचनों में अस्वीकृत हो जाते हैं। महिलाएँ शिल्प और कपड़ा परंपराओं में भी महत्वपूर्ण भूमिका निभाती हैं, विशेष रूप से बुनाई, कढ़ाई और प्राकृतिक रंगाई में। चित्रों के लिए, असमिया महिला बुनकर सांस्कृतिक कथा को कूटबद्ध करती हैं महिलाएँ शिल्प और कपड़ा परंपराओं में भी महत्वपूर्ण भूमिका निभाती हैं, विशेष रूप से बुनाई, कढ़ाई और प्राकृतिक रंगाई में। उदाहरण के लिए, असमिया महिला बुनकर सांस्कृतिक आख्यानों और पारिस्थितिक प्रतीकवाद को जप्पी (शंक्वाकार टोपी) या ज़ोराई (अनुष्ठान भेंट ट्रे) जैसी शैलियों में कूटबद्ध करती हैं, जबकि गुजरात के कच्छ क्षेत्र में महिलाएँ शिल्प परंपराओं को सहन करती हैं जो पैटर्न और रंग विकल्पों के माध्यम से जैव विविधता को पुनः उत्पन्न करती हैं। इस तरह के शिल्प न केवल सौंदर्य परंपराओं की विशेषता हैं, बल्कि आदिवासी पारिस्थितिक समझ के भंडार भी हैं, जहाँ प्राकृतिक रंग, रेशे और रूपांकन पर्यावरणीय इतिहास को मूर्त रूप देते हैं।

मौखिक परंपराएं और सांस्कृतिक प्रसारण

कथाकारों, गायकों और अनुष्ठान नेताओं के रूप में महिलाओं की भूमिकाएँ आई०के०एस० की एक अन्य महत्वपूर्ण कार्यप्रणाली का प्रतिनिधित्व करती हैं। लोरी, लोक गीतों, कहावतों और मौसमी त्योहारों के माध्यम से, महिलाएँ एक पीढ़ी से युवा पीढ़ी तक मूल्यों, पारिस्थितिक ज्ञान और सांस्कृतिक पहचान का संचार करती हैं। ज्ञान के मौखिक संचरण को अक्सर लिखित ग्रंथों की तुलना में कम आँका गया है, एक कालक्रम जो ज्ञानमीमांसा में व्यापक लैंगिक शक्ति संरचनाओं पर प्रकाश डालता है। फिर भी, ज्ञान के मौखिक रूप, विशेष रूप से महिलाओं द्वारा बनाए गए जो सुरक्षा प्रदान करते हैं और संबंधपरक नैतिकता, पर्यावरण जागरूकता और सामुदायिक एकजुटता में दृष्टिकोण प्रदान करते हैं (पारायन, 2021)।

उदाहरण के लिए, मध्य भारत के माध्यम से आदिवासी समुदायों में, पूरे कृषि चक्रों में गाए जाने वाले महिलाओं के गीत अक्सर पारिस्थितिक कैलेंडर का अनुवाद करते हैं, जो बुवाई, कटाई या प्रजनन समारोहों का आनंद

लेने के लिए सही समय का प्रदर्शन करते हैं। इसी तरह, बंगाल में सीताला माता की कहानियों जैसी लोक कथाएँ महिलाओं की उपचार प्रथाओं को रोग की रोकथाम और स्वास्थ्य के बड़े ब्रह्मांड में शामिल करती हैं। ये परंपराएँ इस बात पर प्रकाश डालती हैं कि कैसे लैंगिक और आध्यात्मिकता आई०के०एस० के भीतर पर्यावरण और सामाजिक ज्ञान के मूर्त रूपों का उत्पादन करने के लिए आपस में जुड़ती हैं।

नीति और शैक्षणिक निहितार्थ

एनईपी 2020 पाठ्यक्रम पुनर्गठन के मुख्य सिद्धांतों के रूप में समानता और समावेश पर जोर देती है। लिंग-संवेदनशील आई०के०एस० को एकीकृत करने से महिलाओं की महामारी सहायता को ज्ञान के उपयुक्त रूपों के रूप में अलग करके इस कार्यक्रम के अनुरूप लाया जाता है। स्कूली शिक्षा के लिए, इसका अर्थ हो सकता है :

पाठ्यक्रम मॉड्यूल : पूरे भारत से केस स्टडी का उपयोग करके पारंपरिक चिकित्सा, कृषि और शिल्प में महिलाओं की भूमिकाओं पर मॉड्यूल तैयार करना।

सामुदायिक जुड़ाव : कक्षाओं में जीवंत अनुभव लाने के लिए महिलाओं के स्वयं सहायता समूहों (एसएचजी) और जमीनी संगठनों के साथ साझेदारी करना।

शिक्षक शिक्षा : शिक्षकों को जेंडर लेंस के माध्यम से आई०के०एस० के साथ आलोचनात्मक रूप से भाग लेने के लिए प्रशिक्षित करना, सशक्तिकरण और विश्लेषण दोनों के प्रति संवेदनशीलता की रक्षा करना।

अनुभवात्मक शिक्षाशास्त्र : महिला सलाहकारों के नेतृत्व में बीज-बचत, बुनाई या हर्बल उद्यानों पर कार्यशालाओं का आयोजन करना, जिसका अर्थ है सामुदायिक ज्ञान को मान्य करना।

ये हस्तक्षेप न केवल महिलाओं के योगदान को ध्यान देने योग्य बनाएंगे, बल्कि छात्रों-विशेष रूप से लड़कियों-को खुद को ज्ञान उत्पादक के रूप में देखने के लिए सशक्त करेंगे, न कि केवल स्थापित ग्रंथों के उपभोक्ता के रूप में।

वैश्विक और तुलनात्मक परिप्रेक्ष्य

दुनिया भर में, स्वदेशी समझ में महिलाओं की भूमिका की स्वीकृति को बढ़ावा मिला है। संयुक्त राष्ट्र और यूनेस्को मुख्य रूप से खाद्य सुरक्षा, जैव विविधता और जलवायु लचीलापन (यूनेस्को, 2019) के संबंध में सतत विकास लक्ष्यों (एसडीजी) को प्राप्त करने में महिलाओं को मौलिक ज्ञान

धारकों के रूप में मान्यता देते हैं। अफ्रीका में, महिलाओं ने ऐतिहासिक रूप से बीज चयन, कृषि क्रांति और खाद्य संप्रभुता में नेतृत्व किया है, पर्यावरणीय तनाव के समय में सामुदायिक लचीलापन की रक्षा करते हुए (हावर्ड, 2003) इसी तरह, लैटिन अमेरिका में स्वदेशी महिलाएँ, जैसे कि क्वेचुआ और आयमारा समुदाय, पारंपरिक खेती के तरीकों (स्टीफेन, 2010) के माध्यम से एंडीज में कृषि जैव विविधता के संरक्षण में केन्द्रीय भूमिका निभाती हैं। ये प्रथाएँ बीज संरक्षण और आयुर्वेद के लिए भारतीय महिलाओं की सहायता के समानांतर हैं, जो एक वैश्विक विन्यास को उजागर करती हैं जहाँ महिलाओं का स्वदेशी ज्ञान पारिस्थितिक संतुलन और सामाजिक स्थिरता का पोषण करता है।

तुलनात्मक अध्ययनों से यह भी पता चलता है कि महिलाओं के स्वदेशी ज्ञान को शिक्षा में एकीकृत करने से अंतर-सांस्कृतिक समझ और लिंग समानता में सुधार होता है। उदाहरण के लिए, न्यूजीलैंड में, शैक्षिक प्रथाओं में माओरी महिलाओं के ज्ञान (मातौरंगा माओरी) का समावेश समुदाय-आधारित ज्ञान और समग्र कल्याण के लिए सम्मान पर प्रकाश डालता है (स्मिथ, 2012)। इसी तरह, कनाडाई प्रथम राष्ट्रों में जड़ी-बूटियों की दवा और पर्यावरण प्रबंधन के बारे में महिलाओं के ज्ञान को शिक्षा लाभों को उपनिवेश मुक्त करने के हिस्से के रूप में पाठ्यक्रम में तेजी से शामिल किया जा रहा है (सिम्पसन, 2014)। ये उदाहरण भारत के लिए मूल्यवान समझ उपलब्ध कराते हैं, जहाँ आई०के०एस० आधारित पाठ्यक्रम में महिलाओं के योगदान को एकीकृत करने से न केवल सांस्कृतिक विरासत को संरक्षित किया जा सकता है, बल्कि महिलाओं को सामाजिक परिवर्तन के सक्रिय मध्यस्थ के रूप में भी स्थापित किया जा सकता है। आई०के०एस० को वैश्विक प्रथाओं के साथ संरेखित करके, भारतीय शिक्षा एक तुलनात्मक, समावेशी और दूरदर्शी दृष्टिकोण का स्थान ले सकती है जो परंपरा को आधुनिकता के साथ जोड़ती है।

भारतीय ज्ञान प्रणालियों (आई०के०एस०) के एकीकरण में चुनौतियाँ और चिन्ताएँ

भारतीय ज्ञान प्रणालियों (आई०के०एस०) को समकालीन शिक्षा में एकीकृत करना एक परिवर्तनकारी संसाधन है, फिर भी यह कई व्यावहारिक और वैचारिक चुनौतियों को प्रस्तुत करता है। सबसे अधिक दबाव वाली चिन्ताओं में से एक कृत्रिम या सांकेतिक समावेश का जोखिम है। अक्सर, आई०के०एस० सामग्री को इन ज्ञान संरचनाओं में अंतर्निहित सिद्धांतों, संदर्भों

या दृष्टिकोण के साथ गहरी प्रतिबद्धता के बिना एक पूर्ण विधि में पाठ्यक्रम में जोड़ा जाता है। इस तरह के कृत्रिम एकीकरण से गलत प्रतिनिधित्व, वैधता की हानि और शैक्षणिक प्रभाव में कमी आ सकती है (बंद्योपाध्याय, 2020)। इसे संबोधित करने के लिए, पारंपरिक ज्ञान के साक्ष्य-आधारित सत्यापन की आवश्यकता पर एक विकासशील समझौता है। अध्ययनों का सुझाव है कि आयुर्वेद, शास्त्रीय वास्तुकला (वास्तु) और पारिस्थितिक सिद्धांतों जैसी प्रथाओं को प्रामाणिकता और प्रयोज्यता दोनों को बनाए रखने के लिए आधुनिक वैज्ञानिक संरचनाओं के भीतर संदर्भित किया जाना चाहिए (चक्रवर्ती और सिंह 2022)।

एक अन्य महत्वपूर्ण घटना संसाधनों और प्रशिक्षित शिक्षकों की सीमित उपलब्धता है। आई०के०एस० ऐसे प्रशिक्षक प्रदान करता है जो न केवल आधुनिक क्षेत्रों में बल्कि मौलिक सामग्री और शैक्षणिक दृष्टिकोण में भी अच्छी तरह से वाकिफ हैं। विशेष पाठ्यपुस्तकों, डिजिटल डिपॉजिटरी और प्रशिक्षित संकाय की अनुपस्थिति प्रभावी एकीकरण में बाधा डाल सकती है (राव, 2021)। इसके साथ-साथ पारंपरिक ज्ञान को आधुनिक वैज्ञानिक ज्ञान के साथ संतुलित करने की आवश्यकता है।

पारंपरिक वैज्ञानिक उदाहरणों और स्वदेशी ज्ञानमीमांसा के बीच मुठभेड़ों से बचने के लिए एक विवेकपूर्ण रूप से क्यूरेट किया गया पाठ्यक्रम आवश्यक है, उन्हें पारस्परिक रूप से अनन्य के रूप में प्रस्तुत करने के बजाय एक आत्मसात, बहु-स्तरीय पद्धति को बढ़ावा देना समझ में आता है (प्रधान, 2021)।

अंत में, बौद्धिक संपदा और नैतिक चिन्ताएँ आई०के०एस० के उपयोग में बाधा उत्पन्न करती हैं। कई आदिवासी प्रदर्शन और स्थानीय ज्ञान समुदाय के स्वामित्व वाले और सांस्कृतिक रूप से संवेदनशील होते हैं। अनधिकृत उपयोग, व्यावसायीकरण या गलत प्रतिनिधित्व नैतिक विनाश और सांस्कृतिक विनियोग का कारण बन सकता है। इसलिए, शिक्षा रचनाकारों को सामुदायिक अधिकारों की रक्षा के लिए तंत्र स्थापित करना चाहिए, जानकार सहमति प्राप्त करनी चाहिए और यह सुनिश्चित करना चाहिए कि ज्ञान का उपयोग विनम्रता और जिम्मेदारी से किया जाए (भाटिया और शर्मा 2020)।

नीति और कार्यान्वयन रोडमैप

शिक्षा में भारतीय ज्ञान प्रणाली (आई०के०एस०) के फलदायी एकीकरण के लिए एक सुव्यवस्थित नीति रूपरेखा और चरणबद्ध अनुप्रयोग रणनीति की आवश्यकता है। भारत सरकार इस दिशा में पहले ही कई चरण

शुरू कर चुकी है। 2020 में एआईसीटीई के तहत आईकेएस डिवीजन की स्थापना एक मील का पत्थर रही है, जिसका उद्देश्य अंत:विषय अनुसंधान, प्रलेखन और स्वदेशी ज्ञान (एन०सी०ई०आर०टी० 2021) को प्रोत्साहित करना है इसी तरह, एनसीईआरटी ने स्कूली पाठ्यपुस्तकों में आईकेएस के दृष्टिकोण को एकीकृत करना शुरू कर दिया है, जबकि विश्वविद्यालय अनुदान आयोग (यूजीसी) ने विश्वविद्यालयों को भारतीय परंपराओं, भाषाओं और विज्ञान (यू०जी०सी० 2021) पर पाठ्यक्रम और अनुसंधान कार्यक्रम तैयार करने के लिए प्रोत्साहित करने के लिए निर्देश आवंटित किए हैं ये पहल आई०के०एस० को मुख्यधारा की शिक्षा में शामिल करने के लिए सरकार की प्रतिबद्धता का उदाहरण हैं। एन०सी०ई०आर०टी०, एस०सी०ई०आर०टी० और सी०बी०एस०ई० जैसे पाठ्यक्रम विकासकर्ता इस प्रक्रिया में मौलिक भूमिका निभाते हैं। आयु-उपयुक्त आईकेएस सामग्री को शामिल करने के लिए पाठ्यक्रम को संशोधित करके, वे इस बात की पुष्टि कर सकते हैं कि छात्रों को गणित, पर्यावरण विज्ञान, इतिहास और साहित्य (एन०सी०ई०आर०टी० 2022) जैसे विषयों में भारत की ज्ञान परंपराओं से परिचित कराया गया है पाठ्यक्रम संशोधनों के साथ, संसाधन बैंकों का निर्माण-जिसमें पाठ्यपुस्तकें, डिजिटल भंडार और स्थानीय ज्ञान अभिलेखागार शामिल हैं—आवश्यक है। ये संसाधन शिक्षकों और शिक्षार्थियों दोनों के लिए संदर्भ सामग्री के रूप में काम करेंगे, जिससे आई०के०एस० सामग्री की पहुँच और मानकीकरण सुनिश्चित होगा।

भविष्य की संभावनाएँ

शिक्षा में आई०के०एस० का एकीकरण भारत के भविष्य को आकार देने के लिए भारी आश्वासन देता है। प्रमुख संभावनाओं में से एक आई०के०एस० को नवाचार और अनुसंधान के लिए एक आधार के रूप में उपयोग करने में निहित है।

भारतीय ज्ञान प्रथाओं की अंतर्राष्ट्रीय स्वीकृति पहले ही शुरू हो चुकी है, विशेष रूप से योग के माध्यम से, जिसे अब सार्वभौमिक रूप से मनाया जाता है और संयुक्त राष्ट्र द्वारा अंतर्राष्ट्रीय योग दिवस (यूनाइटेड नेशन्स 2014) के साथ मान्यता प्राप्त है इसी तरह, आयुर्वेद, सिद्ध और यूनानी चिकित्सा कल्याण के लिए अपनी समग्र पद्धतियों के लिए वैश्विक प्रतिष्ठा प्राप्त कर रहे हैं (विश्व स्वास्थ्य संगठन 2020)। पारंपरिक शिल्प, प्रदर्शन कला और पारिस्थितिक प्रथाएँ भी सांस्कृतिक कूटनीति और विरासत-आधारित उद्यमिता के लिए महत्वपूर्ण संभावना रखती हैं। वैश्विक मंच पर

आई०के०एस० का लाभ उठाना भारत की सॉफ्ट पावर और सांस्कृतिक मार्गदर्शन को समृद्ध कर सकता है।

घरेलू मोर्चे पर, आई०के०एस० निगमन आत्मनिर्भर भारत (आत्मनिर्भर भारत) के दृष्टिकोण के अनुरूप है शिक्षा में स्वदेशी ज्ञान को शामिल करने से उद्यमिता, स्थानीय नवाचार और टिकाऊ और पारिस्थितिक आजीविका को बढ़ावा मिल सकता है, इस प्रकार विकास के बाहरी मॉडल की आवश्यकता को कम किया जा सकता है (नीति आयोग, 2020)। उन छात्रों को प्रोत्साहित करके जो 21वीं सदी के कौशल और भारत की बौद्धिक परंपराओं में एक मजबूत आधार दोनों के साथ तैयार हैं, शिक्षा प्रणाली विश्व स्तर पर सक्षम लेकिन सांस्कृतिक रूप से निहित नागरिक पैदा कर सकती है। इस तरह, आई०के०एस० आधारित शिक्षा न केवल राष्ट्रीय पहचान को मजबूत करती है, बल्कि 21वीं सदी में एक ज्ञान नेता के रूप में भारत के उदय को भी रेखांकित करती है।

निष्कर्ष

राशिनी 2020 के तहत शिक्षा में भारतीय ज्ञान प्रणालियों (आईकेएस) का एकीकरण, सीखने और ज्ञान सृजन के लिए भारत की कार्यप्रणाली में एक परिवर्तनकारी बदलाव का संकेत देता है। आधुनिक वैज्ञानिक विकास के साथ-साथ स्वदेशी परंपराओं का मूल्यांकन करके, आई०के०एस० जलवायु परिवर्तन, सार्वजनिक स्वास्थ्य और संसाधन प्रबंधन जैसी समकालीन चुनौतियों के लिए स्थायी स्पष्टीकरण का प्रस्ताव करता है। यह समग्र विकास को रेखांकित करता है, सांस्कृतिक पहचान को आलोचनात्मक सोच, रचनात्मकता और नवाचार से जोड़ता है। ए०आई०सी०टी०ई०, यू०जी०सी०, एन०सी०ई०आर०टी०, एस०सी०ई०आर०टी० और सी०बी०एस०ई० का समावेश संस्थागत प्रतिबद्धता की गंभीरता को दर्शाता है, यह सुनिश्चित करते हुए कि आई०के०एस० पाठ्यक्रम, शिक्षाशास्त्र और शिक्षक प्रशिक्षण में अंतर्निहित है। यह प्रक्रिया न केवल भारत की विरासत को पुनर्प्राप्त करती है, बल्कि शिक्षा को रोजगार और राष्ट्र निर्माण दोनों के लिए एक साधन के रूप में पुनर्परिभाषित करती है (एनसीईआरटी, 2021; यूजीसी, 2022)।

साथ में, ये निर्धारण भारतीय लोकाचार में निहित एक ज्ञान अर्थव्यवस्था का निर्माण करेंगे, आत्मनिर्भर भारत के लक्ष्यों को आगे बढ़ाएँगे और साथ ही भारत को स्थिरता और नवाचार में एक वैश्विक नेता के रूप में स्थापित करेंगे। इस प्रकार, आई०के०एस० का एकीकरण एक पिछड़ेपन की कवायद नहीं है, बल्कि एक दूरदर्शी दृष्टिकोण है—भारत की विरासत का उपयोग

शिक्षा की फिर से कल्पना करने और 21वीं सदी के लिए जवाबदेह, रचनात्मक नागरिकों को तैयार करने की नींव के रूप में करना।

सन्दर्भ ग्रन्थ

AICTE. (2021). *Indian Knowledge System (IKS) Division initiatives*. All India Council for Technical Education.

Bandyopadhyay, S. (2020). *Indian knowledge systems and teacher education : Integrating tradition in modern pedagogy*. Academic Press.

Chakraborty, A., & Singh, R. (2022). Experiential learning in Indian knowledge systems : Implications for teacher training. *Journal of Indian Education*, 48(2), 45–62.

Education Ministry's Indian Knowledge Systems Division. (2023). UGC aims to train 1.5 million teachers in IKS. *The Hindu*.

Government of India. (2020). *National Education Policy 2020*. Ministry of Education.

NITI Aayog. (2020). *Strategy for New India @75*.

Joshi, K. D. (2020). *Indian Knowledge Systems : A Primer*. Bharatiya Vidya Bhavan.

Sharma, A. (2021). Indigenous knowledge and environmental sustainability in India : Implications for school education. *International Journal of Environmental Education Research*, 17(2), 112–128.

United Nations. (2014). UN Resolution 69/131: *International Day of Yoga*.

University Grants Commission (UGC). (2021). *Guidelines for integrating Indian knowledge systems (IKS) in higher education*. UGC.

UNESCO. (2020). *Education for sustainable development : A roadmap*.

World Health Organization (WHO). (2020). *Global report on traditional and complementary medicine* 2019.

Howard, P. (2003). *Women and plants : Gender relations in biodiversity management and conservation*. Zed Books.

■

वैश्विक अन्वेषण और चिंतन में भारतीय ज्ञान-परम्परा की प्रासंगिकता एवं महत्ता

रमेश चन्द्र गौड़

विश्व की प्रत्येक सभ्यता अपनी विशिष्ट विशेषताओं के लिए जानी जाती है। उदाहरणस्वरूप, चीनी सभ्यता अपने नैतिक आचार के लिए, यूरोपीय सभ्यता तर्क (लॉजिक)के लिए, वहीं भारतीय सभ्यता ज्ञान के लिए जानी जाती है। यही कारण है कि भारतीय सभ्यता को 'ज्ञान-संस्कृति' कहा जाता है, जिसमें ज्ञान को सर्वोच्च मूल्य प्रदान किया गया है। श्रीमद्‌भगवद्‌गीता में भगवान् श्रीकृष्ण अर्जुन से स्पष्ट रूप से कहते हैं— 'न हि ज्ञानेन सदृश पवित्रमिह विद्यते', अर्थात् इस संसार में ज्ञान के समान पवित्र कोई अन्य साधन नहीं है।

भारत के पास बौद्धिक ग्रंथों की एक विशाल परंपरा है— विश्व का सबसे बड़ा पांडुलिपि-संग्रह, भाष्य-परंपरा, महान चिंतक तथा ज्ञान के विविध क्षेत्रों में विकसित अनेक धाराएँ। यह परंपरा एक सनातन गंगा-प्रवाह के समान है, जो वेद, उपनिषद्, रामायण और महाभारत से आरंभ होकर महात्मा गांधी, श्री अरविंद और रवींद्रनाथ टैगोर तक अनवरत प्रवाहित होती चली आई है। भारतीय ज्ञान-परंपरा में 18 विद्याएँ (सैद्धांतिक अनुशासन) और 64 कलाएँ (व्यावहारिक अनुशासन) सम्मिलित हैं, जो राजनीति से लेकर कला तक मानव-जीवन के प्रत्येक पक्ष को समाहित करती हैं। यह समस्त ज्ञान विश्व के प्राचीनतम विश्वविद्यालयों, नालंदा, तक्षशिला, विक्रमशिला, उद्दंडपुर तथा वल्लभी—के माध्यम से प्रसारित किया गया। ये संस्थान चिकित्सा, आयुर्वेद, बौद्ध अध्ययन, गणित, व्याकरण, खगोलशास्त्र तथा भारतीय दर्शन जैसे विषयों के लिए अंतरराष्ट्रीय स्तर पर मान्यताप्राप्त ज्ञान-केंद्र थे, जहाँ विश्वविख्यात आचार्य अध्यापन करते थे। इन विश्वविद्यालयों ने एशिया के विभिन्न भागों से विद्वानों को आकर्षित किया और इनका उल्लेख ह्वेनसांग (Xuanzang) तथा फाह्यान (Fa Hien) जैसे चीनी यात्रियों के यात्रा-वृत्तांतों में भी मिलता है। इस प्रकार, इन संस्थानों ने बौद्धिक विचारों के वैश्विक प्रसार में महत्त्वपूर्ण भूमिका निभाई।

शताब्दियों से निरंतर चले आ रहे बौद्धिक अन्वेषण, आध्यात्मिक अनुभूतियों तथा वैज्ञानिक प्रगति में निहित भारतीय ज्ञान-परम्परा ने दर्शन, अध्यात्म, भाषा-विज्ञान व व्याकरण, योग, खगोलशास्त्र, गणित, चिकित्सा, कृषि, राज्य व्यवस्था और राजनीति आदि अनेक क्षेत्रों को गहराई से प्रभावित किया है। इसके योगदानों ने न केवल भारतीय उपमहाद्वीप की सांस्कृतिक और बौद्धिक विरासत को आकार दिया है, बल्कि वैश्विक ज्ञान और प्रगति पर भी दीर्घकालिक प्रभाव डाला है। विश्व-ज्ञान के प्रति भारत के योगदान को निम्नलिखित बिंदुओं के माध्यम से रेखांकित किया जा सकता है—

दर्शन और आध्यात्मिकता : वेद, उपनिषद्

दर्शन, चेतना, नैतिकता, तत्त्वमीमांसा तथा आध्यात्मिकता के गहन अन्वेषण के माध्यम से भारत की शास्त्र-परम्परा ने वैश्विक चिंतन पर गहरा प्रभाव डाला है। वेद और उपनिषद भारतीय बौद्धिक परंपरा के मूलभूत ग्रंथ हैं, जो अस्तित्व, आत्मा और ब्रह्मांड के स्वरूप का दार्शनिक विवेचन प्रस्तुत करते हैं। इन ग्रंथों ने वेदान्त, सांख्य और योग जैसे भारतीय दर्शन की विविध शाखाओं के विकास में केंद्रीय भूमिका निभाई। भगवद्गीता का प्रभाव केवल भारतीय दार्शनिक और आध्यात्मिक परंपरा तक सीमित नहीं रहा, बल्कि इसने पाश्चात्य बौद्धिक जगत को भी गहराई से प्रभावित किया है। जर्मन दार्शनिक आर्थर शोपेन हावर ने गीता को मानव-चिंतन की श्रेष्ठ कृतियों में से एक माना, जबकि अमेरिकी चिंतक हेनरी डेविड थोरो और राल्फवाल्डो इमर्सन इसके आत्मबोध और कर्म-सिद्धांत से विशेष रूप से प्रेरित हुए। एल्डस हक्सले, टी. एस. एलियट और कार्लयुंग जैसे आधुनिक पाश्चात्य विद्वानों ने भी गीता के मनोवैज्ञानिक और आध्यात्मिक आयामों की सराहना की। इसी व्यापक वैश्विक स्वीकार्यता के परिणामस्वरूप भगवद्गीता का अंग्रेज़ी, जर्मन, फ्रेंच, रूसी, स्पेनिश, जापानी सहित विश्व की अनेक भाषाओं में अनुवाद हुआ है। चार्ल्स विल्किन्स द्वारा किया गया पहला अंग्रेज़ी अनुवाद (1785) इस दिशा में एक महत्त्वपूर्ण उपलब्धि माना जाता है। इस प्रकार, गीता न केवल भारतीय दर्शन का प्रतिनिधि ग्रंथ है, बल्कि एक सार्वभौमिक दार्शनिक कृति के रूप में विश्व-मानवता को प्रेरित करती रही है।

बौद्ध और जैन दर्शन जैसी भारतीय दार्शनिक परंपराओं का भी अंतरराष्ट्रीय स्तर पर, विशेषकर पूर्वी और दक्षिण-पूर्वी एशिया में, व्यापक प्रभाव रहा है। अहिंसा, ध्यान और सजगता (माइंड फुलनेस) जैसे इनके मूल सिद्धांत आज भी विश्वभर की आध्यात्मिक साधनाओं और जीवन-पद्धतियों को दिशा प्रदान कर रहे हैं।

भाषा विज्ञान और व्याकरण : पाणिनि का योगदान

भाषा विज्ञान और व्याकरण के क्षेत्र में भारत का योगदान आधारभूत है और आज भी विश्वभर में भाषा-अध्ययन पर इसका दीर्घकालिक प्रभाव बना हुआ है। प्राचीन भारतीय भाषिक परंपरा अत्यंत उन्नत थी, जिसने भाषा की व्यावहारिक समझ—जैसे व्याकरण और ध्वनिविज्ञान—के साथ-साथ भाषा की संरचना और अर्थ के सैद्धांतिक अध्ययन में भी महत्त्वपूर्ण योगदान किया। पाणिनि को इतिहास में महानतम व्याकरणाचार्यों में गिना जाता है। उनका ग्रंथ अष्टाध्यायी संस्कृत व्याकरण का एक अत्यंत व्यापक, सुव्यवस्थित और वैज्ञानिक विश्लेषण प्रस्तुत करता है तथा इसे अब तक रचित भाषा वैज्ञानिक कृतियों में सबसे प्राचीन और परिष्कृत रचनाओं में से एक माना जाता है। पाणिनि ने भाषा की ध्वन्यात्मक संरचना, रूपात्मक विन्यास और वाक्यविन्यास को नियमबद्ध ढंग से वर्गीकृत किया, जिसे भाषा-विज्ञान की महानतम उपलब्धियों में स्थान प्राप्त है। उनके इस कार्य ने आधुनिक संरचनात्मक भाषा-विज्ञान की नींव रखी और फ़र्डिनांददे सॉस्यूर तथा नोमचॉम्स्की जैसे विद्वानों को भी प्रभावित किया । आधुनिक संरचनात्मक भाषा-विज्ञान के संस्थापकों में से एक फ़र्डिनांददे सॉस्यूर ने संस्कृत का अध्ययन किया था और वे भारतीय भाषिक परंपराओं से विशेष रूप से प्रभावित थे। भाषा-विश्लेषण के प्रति भारतीय व्याकरणाचार्यों की सूक्ष्म, नियमबद्ध और प्रणालीगत दृष्टि का प्रभाव सॉस्यूर की अवधारणाओं में परिलक्षित होता है, विशेषकर 'लांग' (भाषा-प्रणाली) और 'पारोल' (वाक्-प्रयोग) के बीच उनके द्वारा किए गए भेद में।

इसके अतिरिक्त, संगणकीय भाषा-विज्ञान और प्राकृतिक भाषा संसाधन (Natural Language Processing) के क्षेत्र में भी पाणिनि की अत्यधिक औपचारिक और नियम-आधारित व्याकरण-प्रणाली से लाभ प्राप्त हुआ है। उनके सूत्रात्मक नियम आधुनिक संगणकीय भाषा-मॉडलों में प्रयुक्त एल्गोरिदमिक संरचनाओं के समान हैं, जिससे यह स्पष्ट होता है कि प्राचीन भारतीय भाषा-विज्ञान समकालीन तकनीकी अनुसंधानों के लिए भी कितना प्रासंगिक और उपयोगी है।

योग और ध्यान : मन-शरीर के समन्वित साधन

प्राचीन भारत में उद्भूत योग वैश्विक संस्कृति के प्रति भारत का एक अत्यंत महत्त्वपूर्ण योगदान है। पतंजलि के योगसूत्र में निहित योग केवल शारीरिक अभ्यास तक सीमित नहीं है, बल्कि यह एक समग्र दार्शनिक एवं

आध्यात्मिक साधना-पद्धति है, जिसका उद्देश्य मानसिक स्पष्टता, आत्म-बोध तथा आंतरिक शांति की प्राप्ति है। कालांतर में योग का प्रसार विश्व के विभिन्न भागों में हुआ, जहाँ इसने शारीरिक स्वास्थ्य, मानसिक संतुलन और आध्यात्मिक उन्नति को प्रोत्साहित किया।

भारतीय ज्ञान-परंपरा से विकसित ध्यान-पद्धतियाँ - जैसे विपश्यना और ट्रान्सेडेंटल मेडिटेशन—ने भी वैश्विक स्तर पर व्यापक मान्यता प्राप्त की है। तनाव-नियंत्रण, सजगता (माइंडफुलनेस) और मनोवैज्ञानिक कल्याण में इनके सकारात्मक प्रभावों के कारण आज ये ध्यान-प्रणालियाँ विश्वभर में अपनाई जा रही हैं और आधुनिक जीवन की चुनौतियों के संदर्भ में विशेष रूप से प्रासंगिक सिद्ध हुई हैं।

खगोलशास्त्र : आर्यभट, भास्कराचार्य और प्रारंभिक ब्रह्मांड-विज्ञान

खगोलशास्त्र के क्षेत्र में भारत का योगदान अत्यंत महत्त्वपूर्ण और वैज्ञानिक दृष्टि से उन्नत रहा है। आर्यभट्ट ने अपने प्रसिद्ध ग्रंथ आर्यभटीयम् में पृथ्वी के अपनी धुरी पर घूर्णन का सिद्धांत प्रतिपादित किया, जो अपने समय से कहीं आगे की अवधारणा थी। उन्होंने सौरवर्ष तथा चंद्रमास की अवधि का अत्यंत सटीक निर्धारण किया, जो उनकी गणितीय और खगोलीय प्रतिभा को दर्शाता है।

आर्यभट्ट के उत्तरवर्ती विद्वानों में भास्कराचार्य द्वितीय (ईस्वी 12वीं शताब्दी) का विशेष स्थान है। उन्होंने खगोलीय गणनाओं को और अधिक परिष्कृत किया तथा ग्रहों की गति को समझने के लिए अवकलनात्मक अवधारणाओं (कैलकुलस के प्रारंभिक रूप) का विकास किया। इन प्रयासों ने खगोलीय गतिकी के अध्ययन को एक नई दिशा प्रदान की।

भारतीय खगोलविदों ने विस्तृत नक्षत्र-सूचियाँ (स्टारचार्ट्स) भी निर्मित कीं, तथा लगभग ईस्वी 400 के आसपास रचित सूर्यसिद्धांत जैसे ग्रंथों ने खगोलशास्त्र संबंधी ऐसे सूत्र और सिद्धांत प्रस्तुत किए, जिनका उपयोग सदियों तक भारत ही नहीं, बल्कि विश्व के अन्य भागों में भी किया जाता रहा। सौर और चंद्रग्रहणों के वैज्ञानिक कारणों की उनकी व्याख्या तत्कालीन मिथकीय धारणाओं से एक निर्णायक विच्छेद को दर्शाती हैं और भारतीय खगोलशास्त्र की तर्कसंगत एवं प्रेक्षण-आधारित परंपरा को रेखांकित करती है।

गणित के क्षेत्र में

वैश्विक ज्ञान-परंपरा में भारत का सबसे क्रांतिकारी योगदान शून्य की

संकल्पना का विकास है। सातवीं शताब्दी ईस्वी के महान भारतीय गणितज्ञ ब्रह्मगुप्त ने शून्य को न केवल परिभाषित किया, बल्कि उसके साथ गणितीय संक्रियाओं के स्पष्ट नियम भी प्रतिपादित किए। इस अवधारणा ने गणित की दिशा ही बदल दी और बीजगणित, कलन (कैलकुलस) तथा संगणनात्मक विज्ञानों के विकास का मार्ग प्रशस्त किया।

इसके अतिरिक्त, पाँचवीं शताब्दी ईस्वी के आर्यभट्ट ने स्थान-मूल्यप्रणाली (place-value system) को सुव्यवस्थित रूप में प्रस्तुत किया तथा त्रिकोणमिति, ज्या (sine) फलनों और p (पाई) के मान के निर्धारण पर महत्त्वपूर्ण कार्य किया। दशमलव प्रणाली, जो आज आधुनिक गणित की आधारशिला है, की उत्पत्ति भी प्राचीन भारत में हुई। यही प्रणाली आगे चलकर अरब जगत के माध्यम से यूरोप पहुँची और वहाँ के गणितीय विकास को गहराई से प्रभावित किया।

चिकित्सा : आयुर्वेद और शल्य-चिकित्सा

आयुर्वेद, विश्व की प्राचीनतम समग्र चिकित्सा प्रणालियों में से एक, भारतीय ज्ञान-परंपरा की एक अद्वितीय देन है। यह आहार, औषधीय वनस्पतियों और योगिक साधनाओं के माध्यम से शरीर-मन के संतुलन पर बल देता है। आयुर्वेद के मूल सिद्धांत चरकसंहिता और सुश्रुत संहिता में प्रतिपादित हैं, जिनकी रचना लगभग 600 ईसा-पूर्व मानी जाती है।

विशेष रूप से सुश्रुत संहिता, जिसे प्राचीन भारतीय शल्य-चिकित्सक सुश्रुत ने रचा, उन्नत शल्य-प्रणालियों का विस्तृत वर्णन प्रस्तुत करती है। इसमें मोतियाबिंद शल्य-क्रिया, नासिका पुनर्निर्माण (प्लास्टिक सर्जरी) तथा शल्य-क्रिया में औषधीय वनस्पतियों के माध्यम से संज्ञाहरण (एनेस्थीसिया) के प्रयोग का उल्लेख मिलता है। व्यापार और सांस्कृतिक संपर्कों के माध्यम से ये चिकित्सा-ग्रंथ यूनानी और अरबी सभ्यताओं तक पहुँचे और उनकी चिकित्सा-पद्धतियों को भी प्रभावित किया।

कृषि के क्षेत्र में

ऋक्संहिता के अनुसार, वैदिककाल में भूमि, क्षेत्र और अरण्य में विभाजित थी। सम्भवत: ये क्षेत्र खेती के लिए और अरण्य पशुओं को चराने के लिए प्रयोग में आते थे। भारत प्रारंभ से ही कृषिप्रधान देश रहा है। द्रष्टव्य है कि आज भी सामान्य कृषक वही उपकरण प्रयोग करते हैं, जो प्राय: वैदिक काल में भी उपयोग होते थे। ऋक्संहिता में क्षेत्रपति के स्तवन में वामदेव ऋषि ने कृषि में प्रयुक्त वस्तुओं और पशुओं का उल्लेख किया है—जैसे लांगल

(हल), वाह (बैल), अष्ट (प्रतोद), फाल (भूमि विदारक उपकरण) आदि। इससे स्पष्ट है कि हल का आविष्कार भारत में हुआ। हल खींचने के लिए बैलों का उपयोग भी भारत में ही हुआ। लोहे के फाल लगाना, क्यारियों का निर्माण करना आदि भी विश्व मानवता की देन है।

राज्यव्यवस्था और राजनीति के क्षेत्र में

राजनीति और राज्यशास्त्र के क्षेत्र में कौटिल्य का अर्थशास्त्र (प्रथम शताब्दी ईसा-पूर्व) एक ऐतिहासिक और आधारभूत ग्रंथ है। यह राजनीति, दर्शन और अर्थशास्त्र का एक समन्वित विवेचन प्रस्तुत करता है और अन्य सभ्यताओं में आधुनिक राज्य की अवधारणा विकसित होने से बहुत पहले ही राज्य-निर्माण के व्यावहारिक सिद्धांतों को प्रतिपादित करता है। इसमें कूटनीति, यथार्थवादी राजनीति (रियल पॉलिटिक) और प्रशासनिक दक्षता पर विशेष बल दिया गया है।

अर्थशास्त्र न केवल सुचारु प्रशासन और न्याय-व्यवस्था के सिद्धांत प्रस्तुत करता है, बल्कि परोपकारी राजतंत्र की अवधारणा को भी सुदृढ़ करता है। इसमें राजा के कर्तव्यों, प्रजा-कल्याण, राज्य-वित्त और आर्थिक प्रबंधन का विस्तृत विवेचन मिलता है, जिससे यह ग्रंथ कल्याणकारी राज्य (welfare state) की संकल्पना का प्रारंभिक और सशक्त प्रतिपादन करता है।

कला और सौंदर्यशास्त्र के क्षेत्र में

कला और सौंदर्यशास्त्र के क्षेत्र में भारत का योगदान अत्यंत प्राचीन, समृद्ध और बहुआयामी रहा है। भारतीय कला की जड़ें धार्मिक, दार्शनिक और आध्यात्मिक चेतना में निहित हैं, जहाँ सौंदर्य को केवल दृश्य आनंद का साधन न मानकर आत्मानुभूति और भावात्मक परिष्कार का माध्यम माना गया है। हिंदू मंदिर स्थापत्य, बौद्धस्तूप और गुफा-चित्रकला—जैसे अजंता और एलोरा—भारतीय कलात्मक प्रतिभा के उत्कृष्ट उदाहरण हैं। वास्तुशास्त्र की परंपरा ने स्थापत्य को प्रकृति और मानव-जीवन के साथ सामंजस्यपूर्ण संबंध में देखने की दृष्टि प्रदान की, जो आज भी समकालीन स्थापत्य-विचार में प्रासंगिक है।

भारतीय सौंदर्यशास्त्र का सबसे सशक्त सैद्धांतिक आधार नाट्यशास्त्र में प्रतिपादित रस-सिद्धांत है, जिसे भरतमुनि ने व्यवस्थित रूप प्रदान किया। नृत्य, संगीत, नाटक और काव्य जैसी ललितकलाओं में रस की अनुभूति को कलात्मक सृजन का परम लक्ष्य माना गया है। भरतनाट्यम, कथक, कथकली तथा ओडिसी जैसी शास्त्रीय नृत्य-परंपराएँ और हिंदुस्तानी एवं कर्नाटक संगीत

विश्वभर में भारतीय सौंदर्यबोध की पहचान बन चुकी हैं। व्यापार और सांस्कृतिक संपर्कों के माध्यम से भारतीय कला-रूपों और प्रतीकों का प्रभाव दक्षिण-पूर्व एशिया और अन्य क्षेत्रों तक पहुँचा, जिससे भारतीय कला और सौंदर्यशास्त्र को वैश्विक सांस्कृतिक धरोहर के रूप में मान्यता प्राप्त हुई।

हाल के वर्षों में भगवद्गीता, नाट्यशास्त्र, अभिनवगुप्त, सहृदयालोक—लोचन, रामचरितमानस तथा पंचतंत्र जैसे भारतीय ज्ञान-ग्रंथों का UNESCO के Memory of the World Programme में समावेश इस तथ्य का सशक्त प्रमाण है कि भारतीय बौद्धिक परंपरा न केवल ऐतिहासिक दृष्टि से महत्त्वपूर्ण है, बल्कि आज भी वैश्विक संदर्भ में प्रासंगिक बनी हुई है। ये ग्रंथ दर्शन, काव्यशास्त्र, नीतिशास्त्र, धर्म, कला और सौंदर्यबोध के ऐसे सार्वकालिक सिद्धांत प्रस्तुत करते हैं, जो विभिन्न सभ्यताओं और संस्कृतियों को जोड़ते हैं। UNESCO द्वारा इनका संरक्षण और अंतरराष्ट्रीय मान्यता भारतीय ज्ञान-प्रणाली की सार्वभौमिकता, बौद्धिक गहराई और मानव सभ्यता में उसके दीर्घकालिक योगदान को रेखांकित करती है।

भारतीय ज्ञान-परंपरा अपने मूल में सार्वकालिक, सार्वभौमिक और मानव-केंद्रित है, जो भौतिक प्रगति के साथ नैतिक, आध्यात्मिक और बौद्धिक संतुलन का मार्ग प्रशस्त करती है। वैश्विक ज्ञान-विमर्श के वर्तमान संदर्भ में यह परंपरा केवल अतीत की विरासत नहीं, बल्कि भविष्य की मानव सभ्यता के लिए एक सजीव और मार्गदर्शक दृष्टि है।

■

लेखकीय सम्पर्क

1. **विद्यानिवास मिश्र**, (स्व०) प्रख्यात निबन्धकार, चिंतक एवं भारत विद्या के गम्भीर अध्येता
2. **प्रो० अम्बिकादत्त शर्मा**, बी–31/80ए–एस–2एन–आर, भोगावीर, नरिया, लंका, वाराणसी–221005, मोबाइल : 9406519498
3. **प्रो० गिरीश्वर मिश्र**, टावर–1, फ्लैट नं० 307, पार्श्वनाथ मिजिस्तिक फ्लोर 18ए, वैभव खण्ड, इन्दिरमपुरम्, गाजियाबाद–201014, मोबाइल : 9922399666
4. **डॉ० दिव्यचेतन ब्रह्मचारी**, दत्तात्रेय मठ, डी० 25/12, नारद घाट, वाराणसी–221001 , मोबाइल : 9795273312
5. **प्रो० धनञ्जय कुमार पाण्डेय**, आचार्य, वैदिक दर्शन विभाग, संस्कृतविद्या धर्मविज्ञान संकाय, काशी हिन्दू विश्वविद्यालय, वाराणसी–221005, मोबाइल : 8004931508
6. **प्रो० उपेन्द्र कुमार त्रिपाठी**, आचार्य, वेद विभाग, काशी हिन्दू विश्वविद्यालय, वाराणसी–221005, मोबाइल : 9452563991
7. **डॉ० लक्ष्मी मिश्रा**, ब्लॉक डीए 274, शीश महल अपार्टमेंट, शालीमार बाग, दिल्ली–110088, मोबाइल : 9450885484
8. **प्रो० गोपबन्धु मिश्र**, फ्लैट नं० 1, नीलकण्ठ अपार्टमेंट, बी–1/87–7–1क, रविन्द्रपुरी एक्सटेंशन, वाराणसी–221005, मोबाइल : 9450870788
9. **प्रो० बृजेन्द्र पाण्डेय**, ई–1, आर०के० पुरम्, कल्याणपुर पश्चिम, लखनऊ–226022, मोबाइल : 9451155116
10. **प्रो० भगवत शरण शुक्ल**, 'आचार्य निलयम्', प्लाट नं० 619, वैष्णव नगर कालोनी, छित्तूपुर, सामनेघाट एरिया, वाराणसी–221005, मोबाइल : 9452300602
11. **प्रो० राधावल्लभ त्रिपाठी**, पुनर्नवा, सी–83, पार्श्वनाथ नगर, देवास रोड, उज्जैन–456006, मोबाइल : 9999836088
12. **प्रो० सरोज कौशल**, 73–बी, अभयगढ़, के०वी० नं० 1 के सामने, जोधपुर–342001 (राजस्थान), मोबाइल : 9890150728
13. **प्रो० शशिकान्त द्विवेदी**, प्रोफेसर, वैदिक दर्शन विभाग, संस्कृत विद्या धर्म विज्ञान संकाय, काशी हिन्दू विश्वविद्यालय, वाराणसी–221005, मोबाइल : 7390846991

14. **प्रो० मीरा द्विवेदी**, संस्कृत विभाग, दिल्ली विश्वविद्यालय, दिल्ली-110007, मोबाइल : 9871871071
15. **श्री नर्मदा प्रसाद उपाध्याय**, 85, इंदिरा नगर, केसरबाग रोड, इन्दौर, 452009 (म०प्र०), मोबाइल : 7805921221
16. **श्री राजेश कुमार व्यास**, शंकर विहार, ई-28 ए, सिद्धार्थ नगर, जयपुर-302017 (राजस्थान), मोबाइल : 9829102862
17. **प्रो० जे०एस० त्रिपाठी**, कायचिकित्सा विभाग, आयुर्वेद संकाय, चिकित्सा विज्ञान संस्थान, काशी हिन्दू विश्वविद्यालय, वाराणसी-221005, मोबाइल : 9838706393
18. **डॉ० कमल किशोर मिश्र**, संस्कृत विभाग, कलकत्ता विश्वविद्यालय, कलकत्ता-700073, मोबाइल : 7003851415
19. **प्रो० रामचन्द्र पाण्डेय**, 38, मानसनगर, दुर्गाकुण्ड, वराणसी-221005, मोबाइल : 8299224130
20. **प्रो० रामकिशोर त्रिपाठी**, वी 30/241, वी-2, नगवा, वाराणसी-221005, मोबाइल : 8707616758
21. **डॉ० सुद्युम्न आचार्य**, निदेशक, वेद वाणी वितान, प्राच्य विद्या शोध संस्थान, बिरला रोड, कोलगवाँ, सतना-485001 (मध्य प्रदेश), मोबाइल : 9589089007
22. **प्रो० हनुमान मिश्र**, वेद विभाग, श्री लालबहादुर शास्त्री राष्ट्रीय संस्कृत विश्वविद्यालय, नई दिल्ली-110016, मोबाइल : 7985280494
23. **प्रो० राकेश मिश्र**, 2/57, विश्वास खण्ड, गोमती नगर, लखनऊ-226010 , मोबाइल : 8953809188
24. **सोनाली जायसवाल**, सहायक आचार्य, लवली प्रोफेशनल यूनिवर्सिटी, फगवारा, पंजाब

    प्रो० अमित कुमार जायसवाल, प्रोफेसर एवं विभागाध्यक्ष, श्री देव सुमन उत्तराखण्ड यूनिवर्सिटी, कैम्पस गोपेश्वर चमोली, उत्तराखण्ड , मोबाइल : 7060191455
25. **प्रो० (डॉ०) रमेश चंद्र गौड़**, अधिष्ठाता, इंदिरा गाँधी राष्ट्रीय कला केंद्र, नई दिल्ली, मोबाइल : 9810066244

■

www.ingramcontent.com/pod-product-compliance
Lightning Source LLC
LaVergne TN
LVHW101236071026
849558LV00068B/445/J
* 9 7 8 9 3 5 8 6 9 6 8 9 9 *